巴蜀
全書

巴蜀全書

天瘦閣詩半 注

[清] 李士棻 / 撰
康清莲 唐德正 / 注

本研究得到四川外国语大学中国语言文学学科专业经费资助

西南師範大學出版社
国家一级出版社 全国百佳图书出版单位

图书在版编目(CIP)数据

天瘦阁诗半注/康清莲,唐德正注. -- 重庆:西南师范大学出版社,2019.11
ISBN 978-7-5621-9206-0

Ⅰ.①天… Ⅱ.①康… ②唐… Ⅲ.①古典诗歌－诗歌研究－中国－清后期 Ⅳ.①I207.227.52

中国版本图书馆CIP数据核字(2018)第101180号

天瘦阁诗半注
TIANSHOUGESHIBAN ZHU

康清莲　唐德正　注

策　　　划	任剑乔
责任编辑	吕　杭　刘江华
责任校对	李晓瑞
装帧设计	闽江文化
排　　　版	吴秀琴
出版发行	西南师范大学出版社
	网址:http://www.xscbs.com
	地址:重庆市北碚区
	邮编:400715
印　　　刷	重庆友源印务有限公司
幅面尺寸	185 mm×260 mm
印　　　张	36
字　　　数	645千
版　　　次	2019年12月第1版
印　　　次	2019年12月第1次
书　　　号	ISBN 978-7-5621-9206-0
定　　　价	168.00元

《巴蜀全书》出版说明

《巴蜀全书》是收录和整理巴蜀历史文献的大型丛书。该项工作2010年1月经由中共四川省委常委会议批准为四川省重大文化工程;同年4月又获国家哲学社会科学规划办公室批准,列为国家社科基金重大委托项目。该工程将对现今四川省、重庆市及其周边亦属传统"巴蜀文化"区域内的各类古典文献进行系统调查、整理和研究,实现对巴蜀文献有史以来规模最大、体例最善、编纂最科学、使用最方便的著录和出版。

《巴蜀全书》编纂工程,将收集和整理自周秦以下直至民国初年历代巴蜀学人撰著的重要典籍以及其他作者撰著的反映巴蜀历史文化的作品,编纂汇集成巴蜀文献的大型丛书。主体工作将分"巴蜀文献联合目录""巴蜀文献精品集萃""巴蜀文献珍本善本"三大类型,计划对两千余种巴蜀文献编制联合目录和内容提要,对五百余部、二十余万篇巴蜀文献进行精心校点或注释、评析,对一百余种巴蜀善本、珍本文献进行考察和重版。

通过编纂《巴蜀全书》,希望打造出巴蜀文化的"四库全书",为保存和传播巴蜀历代的学术文化成果,促进当代"蜀学"振兴与巴蜀文化建设,奠定坚实的文献基础;为提升中华民族的文化自觉和文化自信、建设文化强国贡献力量。

《巴蜀全书》编纂领导小组

整理巴蜀文献　传承优秀文化
——《巴蜀全书》前言

舒大刚　万本根

中华民族,多元一体;中国文化,群星璀璨。在祖国大西南,传承着一脉具有深厚历史底蕴和鲜明个性的文化,即巴蜀文化。巴蜀地区山川秀丽,物产丰富,自古号称"陆海""天府";巴蜀文化源远流长,内涵丰富,是古代长江文明的源头,与"齐鲁文化""荆楚文化""吴越文化"等同为中华文化之瑰宝。整理和研究巴蜀文化的载体——巴蜀文献,成为研究中国历史和中华文化不可或缺的内容。

一、综览巴蜀文化　提高文化自觉

巴蜀地区气候宜人,资源丰富,是人类早期的发祥地之一。考古发现,这里有距今约二百零四万年的"巫山人",有距今约三万五千年的"资阳人"。这里不仅有大禹治水、巴族廪君、蜀国五主(即蚕丛、柏灌、鱼凫、杜宇、开明五个王朝)等优美动人的历史传说,也有宝墩文化诸古城遗址、三峡考古遗址、三星堆遗址、金沙遗址、小田溪遗址、李家坝遗址等重大考古发现。商末周初,庸、蜀、羌、髳、微、卢、彭、濮,以及勇锐的巴师,曾参与武王伐纣。春秋战国,巴濮楚邓、秦蜀苴羌,虽互有战伐,亦相互交流。秦汉以降,巴蜀的地利和物产,更是抵御强侮、周济天下、维护祖国统一、实现持久繁荣的战略屏障和天然府库。

在祖国"多元一统"的文化格局中,巴蜀以其丰富的自然和人文资源,哺育出一批又一批杰出人物和文化精英,既有司马相如、王褒、严遵、扬雄、陈寿、常璩、陈子昂、赵蕤、李白、苏轼、张栻、李心传、魏了翁、虞集、杨慎、唐甄、李调元、杨锐、刘光第、廖平、宋育仁、谢无量、郭沫若、巴金等文化巨擘,也有朱之洪、张澜、谢持、张培爵、吴玉章、杨庶堪、黄复生、尹昌衡、邹容、熊克武、朱德、刘伯承、聂荣臻、陈毅、赵世炎、邓小平等革命英杰,他们超拔伦辈,卓然振起,敢为天下先,乐为苍生谋,创造了辉煌灿烂的思想文化,也推动了中国社会的历史巨变,演绎了一幕幕惊心动魄的历史大剧。

历代巴蜀学人在祖国文化的缔造中,成就良多,表现突出,许多文化人物和文明成果往往具有先导价值。巴蜀儿女锐意进取的创新精神,使这种创造发明常常居于全国领先地位,成为祖国文化宝库中耀眼的明珠。

在传统思想、文化和宗教领域,中国素号"三教互补",儒、释、道交互构成中华思想文化的主要内容,而儒学是其主干。从汉代开始,巴蜀地区的儒学就十分发达,西汉蜀守文翁在成都创建当时全国首个郡国学校——石室学宫,推行"七经"教育,实行儒家教化,遂使蜀地民风丕变,并化及巴、汉,促成中国儒学重要流派——"蜀学"的形成,史有"蜀学比于齐鲁"之称。巴蜀地区是"仙道"派发源地,东汉张道陵在蜀中创立"天师道",中国道教正式诞生。东汉佛教传入中国后,四川也是其重要传播区域。

巴蜀"易学"源远流长,大师辈出。自汉胡安(居邛崃白鹤山,以《易》传司马相如)、赵宾(治《易》持论巧慧,以授孟喜)、严遵(隐居成都,治《易》《老》)、扬雄(著《太玄》)而下,巴蜀治《易》之家辈出。晋有范长生(著《周易蜀才注》),唐有李鼎祚(著《周易集解》),宋有苏东坡(著《东坡易传》)、房审权(撰《周易义海》)、魏了翁(撰《周易集义》《周易要义》)、张栻(著《南轩易说》)、李石(著《方舟易说》)、李心传(著《丙子学易编》),元有赵采(著《周易程朱传义折衷》)、黄泽(著《易学滥觞》)、王申子(著《周易辑说》),明有来知德(撰《周易集注》)、熊过(著《周易象旨决录》),清有李调元(著《易古文》)、刘沅(撰《周易恒解》),皆各撰易著,发明"四圣"(伏羲、文王、周公、孔子)之心。巴蜀易学,普及面广,自文人雅士、方术道流,以至引车卖浆之徒、箍桶织履之辈,皆有精于易理、善于测算者。理学大师程颐两度入蜀,得遇奇人,遂有感悟,因生"易学在蜀"之叹。

巴蜀"史学"名著迭出,斐然成章。陈寿《三国志》雅洁典要,名列"前四史";常璩《华阳国志》体大思精,肇开方志体。谯周《古史考》,开古史考证之先声;苏辙《古史》,成旧史重修之名著。至于范祖禹(撰《唐鉴》,助司马光修《通鉴》)、李焘(撰《续资治通鉴长编》)、王称(撰《东都事略》)、李心传(撰《建炎以来系年要录》及《朝野杂记》《宋会要》),更是宋代史学之巨擘,故刘咸炘有"史学莫隆于蜀"之说。

蜀人"好文",巴蜀自古就是歌赋诗词的沃壤。禹娶涂山(今重庆南岸真武山,常璩《华阳国志·巴志》、郦道元《水经注·江水一》)氏,而有"候人兮猗"的"南音",周公、召公取之"以为《周南》《召南》"(《吕氏春秋·音初》)。西周江阳(今泸州)人尹吉甫亦善作诗,《诗经》传其四篇(曹学佺《蜀中广记》卷九一)。"文宗自古出巴蜀","汉赋四家",司马相如、扬雄、王褒居其三。陈子昂、李太白首开大唐雄健浪漫诗风,五代后蜀《花间集》与北宋东坡词,开创宋词婉约、豪放二派。"三苏"(苏洵、苏轼、苏辙)父子,同时辉耀于"唐宋八大家"之林;杨慎著作之富,位列明代儒林之首。"自古诗人例到蜀",汉晋唐宋以及明清,历代之迁客骚人,多以巴蜀为理想的避难乐土,而巴蜀的山水风物又丰富其艺情藻思,促成创作高峰的到来。杜甫、陆游均以巴蜀为第二故乡,范成大、王士禛亦写下千古流芳的《吴船录》和《驿程记》。洎乎近世,沫若、巴金,蔚为文坛宗匠;蜀讴川剧,技压梨园群芳。

"三苏"父子既是文学大家,也是"蜀学"领袖;绵竹张栻,不仅传衍南宋"蜀学"之道脉,而且创立"湖湘学派"之新范。明末唐甄撰《潜书》,斥责专制君主,提倡民本思想,被章太炎誉为"上继孟、荀、阳明,下启戴震"的一代名著。晚清廖平撰书数百种,区分今学古学,倡言托古改制。钱基博、范文澜俱誉其为近代思想解放之先驱。新都吴虞,批判传统道德,笔锋犀利,被胡适誉为"思想界的清道夫"。

在科技领域,秦蜀守李冰主持修建的都江堰,是至今还在使用的人类最古老的水利工程;汉代临邛人民,开创了人类历史上最早使用天然气煮盐的纪录。汉武帝征阆中洛下闳修《太初历》,精确计算回归年与朔望月,是世界上首部"阴阳合历"的范本。杨子建《十产论》异胎转位术领先欧洲近五百年。北宋唐慎微《证类本草》,将本草学与方剂学相结合,是世界上第一部大型药典和植物志。王灼《糖霜谱》详录蔗糖制作工艺,是世界上有关制糖技术的首部专书。南宋秦九韶《数学九章》,将中国数学推向古代科学顶峰,其"大衍求一术"领先西方世界同类算法近五百年。

至于巴蜀地区的乡村建设和家族文化,也是硕果累累,佳话多多。他们或夫妇齐名,比翼双飞(司马相如与卓文君,杨慎与黄娥);或兄弟连袂,花萼齐芳(苏轼、苏辙、苏舜钦、苏舜元、李心传、李道传、李性传等)。更有父子祖孙,世代书香,奕世载美,五世其昌:阆中陈省华及其子尧佐、尧叟、尧咨等,"一门二相,四世六公,昆季双魁多士,仲伯继率百僚"(霍松林语);眉山苏洵、苏轼、苏辙及子孙辈过、籍,并善撰文,号称"五苏";梓州苏易简及其孙舜钦、舜元,俱善诗文,号称"铜山三苏";井研李舜臣及其子心传、道传、性传,俱善史法、道学,号称"四李";丹棱李焘与其子壁、𡑅,俱善史学、文学,时人赞"前有三苏,后有三李"。降及近世,双流刘沅及其孙咸荥、咸炘、咸焌,长于经学、道学与史学,号称"槐轩学派"。如此等等,不一而足。

综观巴蜀学术文化,真可谓文章大雅,无奇不有!其先于天下而创者,则有导夫先路之功;其后于天下而作者,则有超迈古今之效!先天后天,不失其序;或创或继,各得其宜。

二、整理巴蜀文献 增强文化自信

历史上的四川,既是文化大省,也是文献富省。巴蜀上古历史文化,在甲骨文、金文和《尚书》《春秋》等华夏文献中都有记录,同时巴蜀大地还孕育形成了别具特色的"巴蜀文字"。秦汉统一后，历代巴蜀学人又为我们留下了汗牛充栋、丰富多彩的古典文献。唐代中后期(约8世纪初)，成都诞生了"西川印子"，北宋初期(10世纪后期)又出现了"交子双色印刷术"，标志着雕版印刷的产生、成熟和创新，大大推动了包括巴蜀文献在内的古典文献的保存与传播。据不完全统计，历史上产生的巴蜀古文献不下万种，现在依然存世的也在五千种以上。

巴蜀文献悠久绵长，影响深远，上自先秦的陶字、金文，下迄汉晋的竹简、石刻，以及唐刻、宋椠，明刊、清校，经史子集，三教九流，历历相续不绝，熠熠彪炳史册。巴蜀文献体裁多样，内容丰富，举凡政治之兴替、经济之发展、文化之繁荣、兵谋之奇正、社会之变革，以及思想学术之精微、高人韵士之风雅、地理民族之风貌、风俗习惯之奇特，都应有尽有，多彩多姿。它们是巴蜀文化的载体，也是中华文明的重要表征。

对巴蜀文献进行调查整理研究，一直是历代巴蜀学人的梦想。在历史上，许多学人曾对巴蜀文献的整理和出版付出过热情和心血，编纂有各类巴蜀总集、全集和丛书。《汉书·艺文志》载"'扬雄所序'三十八篇:《太玄》十九、《法言》十三、《乐》四、《箴》二"，或许是巴蜀学人著述的首次汇集。五代的《花间集》和《蜀国文英》，无疑是辑录成都乃至巴蜀作品的最早总集。宋代逐渐形成了"东坡七集"(苏轼)、"栾城四集"(苏辙)、"鹤山大全集"(魏了翁)等个人全集，以及《三苏文粹》《成都文类》等文章总集。明代出现杨慎的个人全集《升庵全集》和四川文章总集《全蜀艺文志》。入蜀为官的曹学佺还纂有类集巴蜀历史文化掌故而成的资料大全——《蜀中广记》。清代，李调元辑刻以珍稀巴蜀文献为主的《函海》，可视为第一部具体而微的"巴蜀文献丛书"。近代编有各类"蜀诗""蜀词""蜀文"和"川戏"等选集。这些都为巴蜀文献的系统编纂、出版做出了有益尝试。

20世纪初，谢无量曾提出编纂《蜀藏》的设想，因社会动荡而未果。胡淦亦拟编《四川丛书》，然仅草成"拟收书目"一卷。1983年中共中央《关于整理我国古籍的指示》下达，国家成立"全国古籍整理出版规划领导小组"和"全国高等院校古籍整理工作委员会"，四川也成立了"四川省古籍整理出版规划小组"，制定出《四川省古籍整理出版规划(1984—1990)》。可惜这个规划并未完全实施,巴蜀文献仍然处于分散收藏甚至流失毁损的状态。

2007年初,国务院下发《关于进一步加强古籍保护工作的意见》,全国各省纷纷编纂地方文献丛书。四川大学和四川省社科院的学人再度燃起整理乡邦文献的热情,向四川省委、省政府提交"编纂《巴蜀全书》,振兴巴蜀文化"的建议,四川省委、省政府再度将整理巴蜀文献提到议事日程。经过多方论证研究,2010年1月四川省委常委会议批准"将四川大学申请的《巴蜀全书》纳入全省古籍文献整理规划项目";4月又获得国家哲学社会科学规划办公室批准,将《巴蜀全书》列为"国家社科基金重大委托项目"。千百年来巴蜀学人希望全面整理乡邦文献的梦想终于付诸实施。

三、编纂《巴蜀全书》,推动文化自强

《巴蜀全书》作为四川建省以来最大的文献整理工程,将对自先秦至民国初年历代巴蜀学人的著作或内容为巴蜀文化的文献进行全面的调查收集和整理研究,并予以出版。本工程将采取以下三种方式进行:

一是编制《巴蜀文献联合目录》。古今巴蜀学人曾经撰有大量著作,这些文献在历经了历史的风风雨雨后,生灭聚散,或存或亡,若隐若现,已经面目不清了。该计划根据"辨章学术,考镜源流"的旨趣,拟对巴蜀文献的历史和现状进行全面普查和系统考证,探明巴蜀文献的总量、存佚、传承和收藏情况,以目录的方式揭示巴蜀文献的历史和现状。

二是编纂《巴蜀文献精品集萃》。巴蜀文献,汗牛充栋,它们是研究和考述巴蜀历史文化的重要资料。对这些文献,我们将采取三种方式处理。首先,建立"巴蜀全书网",利用计算机和网络技术对现存巴蜀文献进行扫描和初步加工,建立"巴蜀文献全文资料库",向读者和研究者提供尽可能集中的巴蜀文化资料。其次,本着"去粗取精,古为今用"的宗旨,按照历史价值、学术价值、文化价值"三结合"的原则,遵循时间性、代表性、地域性、独特性"四统一"的标准,从

浩繁的巴蜀古籍文献中认真遴选五百余种精品文献,特别是要将那些在中华传统文化体系中具有首创性和独特性的巴蜀古籍文献汇集起来,进行校勘、标点或注释、疏证,挖掘其中的思想内涵和治蜀经验,为当代社会、经济、政治、文化建设服务。第三,根据巴蜀文化的历史实际,收集各类著述和散见文献,编成儒学、佛学、道教、民族、地理、文学、艺术、科技、碑刻等专集。

三是重版《巴蜀文献珍本善本》。成都是印刷术发祥地之一,巴蜀地区自古以来的刻书、藏书事业都很发达,曾产生和收藏过数量众多的珍本、善本,"蜀版"书历来是文献家收藏的珍品。这些文献既是见证古代出版业、图书馆业发展的实物,也是进行文献校雠的珍贵版本,亟待开发,也需要保护。本计划将结合传统修复技艺和现代印刷技术,对百余种巴蜀文献珍稀版本进行修复、考证和整理,以古色古香的方式予以重印。

通过以上三个系列的整理研究,庶几使巴蜀文献的历史得到彰显,内涵得到探究,精华得到凸显,善本得到流通,从多个角度实现对巴蜀文献的当代整理与再版。

盛世修书,传承文明;蜀学复兴,文献先行。"《巴蜀全书》作为川版的'四库全书',蕴含着历代巴蜀先民共同的情感体验和智慧结晶,昭示着今天四川各族人民共有的文化源流和精神家园。"(《巴蜀全书》编纂领导小组会议文件。下同)《巴蜀全书》领导小组要求,"我们一定要从建设中华民族共有精神家园、打牢四川人民团结奋斗共同思想基础的高度,来深刻认识《巴蜀全书》编纂出版工作的重大意义。特别要看到,这不是一件简单的古籍整理出版工作,而是一件几百年来巴蜀学人一直想做而没有条件做成的文化盛事,是四川文化传承史上的重要里程碑"。无论是中国古代的文化发展,还是世界近世的文明演进,都一再证明:任何一次大的文化复兴活动,都是以历史文献的系统收集整理为基础和先导的。我们希望通过对巴蜀文献的整理出版,给巴蜀文化的全面研究和当代复兴带来契机,为"发掘和保护我国丰厚的历史文化遗产,提升我国文化软实力,推动中华优秀传统文化走向世界"做一些基础性工作。

有鉴于此,《巴蜀全书》领导小组明确要求,要广泛邀请省内外专家学者参与编纂,共襄盛举。这一决策,实乃提高《巴蜀全书》学术水准和编纂质量的根本保障。领导小组还希望从事此项工作的学人,立足编纂,志在创新,从文献整理拾级而上,自编纂而研究,自研究而弘扬,自弘扬而创新,"利用编纂出版《巴蜀全书》这个载体,进一步健全研究巴蜀传统文化的学术体系,以编促学、以纂代训,大力培养一批精通蜀学的科研带头人和学术新人"。可谓期望殷切,任务艰巨,躬逢其盛,能不振起?非曰能之,唯愿学焉。《巴蜀全书》的编纂希望为巴蜀的文化建设和"蜀学"的现代复苏拥彗前趋,至于搭建桥梁,开辟荆榛,上继前贤,下启来学,固非区区之所能,在此仅树其高标,以俟高明云尔!

2014 年 5 月
2017 年 12 月修订

目录

序：让李士棻在文学史上复活 /// 01

《天瘦阁诗半》序 /// 002
题新印诗卷酬徐君子静暨钱君昕伯、何君桂笙 /// 006
旅述八首 附印于此，冀览者知予近状。其去冬今春以后所作，入《天补楼行记》，别为一编 /// 009
卷一 五七言古 七十首 /// 015
  法源寺看花 016
  寄酬朝鲜李锦农徵君 017
  寄酬朝鲜徐芗坡尚书 019
  送常州潘昼堂游大梁，昼堂写美人一幅留别 020
  读稼生师琴味斋说，即题其后 021
  哭徐海观先生之讣，寄唁令子秋堂进士 022
  丰台看芍药花同周玉年、周式如作 023
  花之寺看海棠 024
  庚申上元后一日，萧芸浦过予天补楼，遂同访曾佑卿，复同叩周式如寓庐。酒半，式如出佳纸，属三人各书一则。书成，予辄缀诗纸尾，俾式如藏之。他日四人者出处离合靡有定踪，倘一相思，辄为展视，则此一幅墨缘，固彭泽停云之什而子山思旧之铭也 025
  谢丁恬生赠琴 027
  谢何廉昉先生点定旧诗 028
  端居一首柬冯老良、何廉翁、杨素园 029
  姚慕庭、马钟山过谈留饮 030
  新春忆琉璃厂肆收书之乐 031
  看画忆鸣玉溪 032

忆白文公祠次前忠州牧中州王先生尔鉴巴台题壁韵　033

斋居杂诗四十四首　034

六月廿四莲花生日，同董觉轩、郑晓涵、朱蘋洲小集揽秀楼，分韵得日字　046

三月三日雪岩招同修梅陪张衡翁游祇园庵看牡丹　047

题石埭徐子静仁兄《观自得斋印谱》，谱中萃二十年中所得古今佳印凡八百余事　049

题旧诗排印本分寄林颖叔、周荇农、郭筠仙三先生，曾劼刚、邵筱村、希虞臣三世仁兄，李仲约、平景苏、程尚斋、刘树君四同年，陈右铭、王壬秋两仁兄　050

卷二　五言律　八十八首　/// 057

昙华寺听济公说戒　058

典衣购书　059

文房四咏　059

示旧仆王泰　061

赠别欧阳仲孙晖同年　062

喜佑卿归自江西　063

登观象楼　064

送劳亦渔出都还南海　065

同方云侯过佑卿留饮　065

题家信后　066

过莲花寺旧寓　066

彭泽留别　067

寄答朝鲜徐秋堂进士问近状　068

奉赠廉昉先生　070

赠冯子良司马　071

赠弓篠芗明府　071

书愤　072

斋居养疴　073

赠别许小东同年　074

游妙相庵　075

送湘乡师相奉命东征二首　075

送盛恺翁守南康郡　076

追哭先师太傅曾文正公二十四首　078

题室中旧书架　087

喜晤雪岩和尚,乞为予作梦揽万松图　087

赠张子衡廉使　088

筱圃招同稷侯雪中小饮　089

寿蒲圻尚书贺云甫年丈　089

题孝昌沈同年棠溪文集　090

汪郎亭先生见示索杨咏翁书说文部首长歌,读竟题后　091

寄胡德斋明府　092

寄怀汪柳门学使吴中礼居二首　092

得李崇珊天津书　093

怀朱蘋洲　094

寄酬张衡翁　094

简钱君昕伯、袁君翔甫、何君桂笙,并乞和章　095

为任箕甫孝廉题杜培之所画蝶去寻花团扇　096

题高昌寒食生劫火纪焚诗册　097

方仲舫孝廉顷因鲍春霆爵帅聘游湖南,相见申江,抚今追昔,不可无诗　098

酬杨茂才裕勋　099

赠张傥仙　100

卷三　七言律　二百十四首 /// 103

入成都　104

青衫　104

竹西吟舫题壁　105

秋夜　105

水仙花四首,用渔洋山人秋柳诗韵　106

浣心精舍　108

游嘉州凌云山　108

秋怀　109

奉怀家兄克猷先生　110

怀伯位山先生　110

怀陈仪庭同年　111

怀杜海云　112

都门杂感　112

恭送座主曾涤生师典试西江,乞假归省四首　113

游二闸同杨海琴、何小宋、伍松生三太史,杨叔通同年、吴秋尹高士　115

都门秋夕　115

杂感二首　116

程钧甫、晴槎兄弟招饮　117

秋夕与程钧甫、汤东笙、吴琼楼、程晴槎、何芸阁、蒋松乔会饮宣武门外酒楼,首唱一诗,属群季和作　117

陶然亭题壁　118

稼生师命赋黄花鱼　119

东笙将归山左,作诗赠别　119

赠袁漱六太史　120

宿张酉山同年寓中不寐作　121

十月廿一日出都至保阳　121

寄东笙山左、钧甫山右　122

怀张酉山同年　122

出都留别师友诗十二首　123

行次保阳,归计顿左,侨寓安肃刘大令县斋,作诗遣怀,寄酬都中师友　127

座主蓉峰师赫特贺拜库车大臣之命,赋诗志别　128

呈座主丰城徐稼生师　129

怀王午桥学正,兼柬杨叔通同年　129

周翼庭下礼部第,将返保阳,因与同游诚园　130

纪梦诗　131

林岱青同年赠羊裘一袭,副以名笔。占谢　131

病中杂感四首　132

赠南昌傅古民比部兄　133

过易次京水部绍琦　134

酬古民兄赠羊裘　134

读家书寄示家人,兼酬里中亲友十二首　135

赠别林岱青同年　138

岁暮杂感四首　139

过佑卿寓庐　140

寿佑卿,兼送其赴江西戎幕　140

京邸晤翼庭　141

再晤琼楼喜赠　142

与琼楼、松乔酒边话旧　143

小病兼旬，次京数来问讯，并贻长歌，谓予酷喜为诗，诗债未完，不当便死。重感其意，作此答谢　143

乙卯北闱号舍题壁四首　144

闻座主花松岑、杜云巢两先生尝对客问荣近状甚悉，感而赋诗　146

乙卯冬，以北闱题壁诗为贽，奉谒座主贾相国桢筠堂夫子，蒙奖慰甚至，赋诗志感　147

呈房师衍洗马东之夫子二首　148

读李杜二公集　149

寿大冢宰花松岑师　150

乙卯腊月二十二日，予三十五岁初度，晓起，独拜坡公小像，斐然有作　152

朝鲜徐友兰国相、海观郎中、申澹人学士枉过寓斋，喜赠　152

除夕拜坡公小像　153

自题诗稿奉怀曾涤生夫子　154

赠何梦庐同年　156

题梦庐《双美图》　156

寄怀内子　157

视梦庐疾，兼以自警　157

怀松江太守袁漱六先生　158

王泽山同年见赠七律，读之感叹，谨如其数赋答　159

赠何镜海　160

书怀　161

仲冬九日内子初度，赋诗遣怀二首　161

寄酬朝鲜李锦农徵士　162

寄酬朝鲜徐秋堂进士　163

寄酬朝鲜赵苏堂鸿胪　164

寄酬朝鲜徐芎坡国相　164

挽朝鲜徐友兰国相　165

奉和稼生师见示原韵　165

重有感　166

得周翼庭昌乐县书，因念旧游，兼述近状寄答　167

去年九日与杜芳洲同游天宁寺看菊，今一年矣，感而赋诗　168

再晤韩子千大弟，命酒征歌，赋诗属和　168

书感　169

寄怀陈子余　169

赠别李载庵四弟　170

奉和廖韵叔见赠　170

柬泽山同年　171

都中赠别柳谏埠师回里　172

教习期满，行将出都还蜀，留别杂诗十六首　173

柬胡练溪同年　178

赠方子听　179

小寓题壁　179

柬周玉年　181

寄示文琮、文琛两儿　181

赠李眉生同年　182

酬玉年老弟　182

赠何梦庐　183

赠别吴子渔同年　184

酬王石甫留别之作　185

送方子听弟出关为人作记室　185

偕佑卿送朝鲜任荷漪尚书于玉河行馆　186

叠韵再呈荷漪　186

清明感怀　187

赠别周子谦进士　187

寄上李宫詹西沤师　188

赠别易次京刺史之官蜀中　188

赠吴秋伊兄　189

赠劳亦渔　190

送古民兄闻讣归南昌　190

感怀四首　191

寄怀吴拜亭明府　192

送方云侯弟往粤东省觐　193

冬夜不寐　193

稼生师招同张香涛解元、扬子恂舍人对菊饮酒　194

庄少甫刺史由蜀入觐，将赴兰州补官，与予同寓正阳门外旅舍。时予小病兼旬，雪中君为予作画独多，撰句赠别，情见乎辞，凡五首　195

赠别秋伊　196

李公步埠守戎，殉节粤西，事在道光丁未十月。荣自癸丑冬获交载庵骑尉，即读所征诗文前后刻本。今春，庄少甫刺史作《梅溪殉节图》，载庵装治成幅，乞曾太守省三、贺

孝廉良贞分书各体文，而以诸家诗律授莱书之。书既竣，谨撰一诗附书左方，用托不朽　197

　　赠梁南洲四弟　197

　　大招　198

　　赠赵韫山兄　198

　　留别载庵弟　199

　　留别杜芳洲　199

　　留别幼甫弟　200

　　留别崇珊弟　200

　　留别高云飞弟　201

　　出都杂诗　201

　　铜雀台　203

卷四　七言律　二百十八首　///　205

　　南昌旅社病中杂感_{庚申十月初到南昌}　206

　　寄呈湘乡师　206

　　春暮书怀　207

　　自彭泽卸事归，赠梅庵诗僧　208

　　书感　209

　　奉怀湘乡师相　209

　　同子良、恬生饮新丰酒楼　210

　　酬老良、廉昉两先生　211

　　和素园见酬韵　211

　　奉怀稼生师　212

　　寄怀廉舫先生　212

　　寄怀王霞轩太守　213

　　寄怀杨素园兄　214

　　仲兄莲亭先生自里中来皖上　214

　　稼生师奉讳南归，道经皖口，枉过再三，垂示篇什，读之怃然。谨成四律志别　215

　　题冯鲁川《微尚斋诗稿》　216

　　湘乡师相为书昌黎《伯夷颂》巨幅，赋谢　217

　　夜不得睡，默成一诗　217

　　赠赵惠甫　218

皖上感怀 219

奉赠吴竹庄方伯 219

赠莫子偲 220

赠徐懿甫 221

赠姚慕庭,时将赴湖口县任 221

赠黎莼斋 222

呈湘乡师 222

赠渔父 223

一等侯湘乡师相督师克复金陵,赋献六诗 224

奉酬沅甫九丈招同幕府诸君登楼会饮二首 226

恭送曾中丞沅甫九丈乞假还湘四首 227

江左书感 229

为廉昉先生题万足图 229

除夕以汲古阁十七史赠贺幼甫,副以此诗 230

梅庵和尚约同曾佑卿太守游生生庵 231

喜闻仲兄将至东乡 231

山行志喜丁卯三月十四日东乡作 232

游麻姑山,门人涂少卿、侄映庚、儿文琛侍行 232

甄别凤冈书院诸生,赋诗述意 233

读黄修馀和诗再赋 233

赠何镜海方伯 234

徐颂阁学使按试建昌,试竣赋赠 235

平景翁属题其族人《耕烟草堂诗集》 236

同许璞生同年游百花洲 237

元旦试笔四首 237

许星台观察赴九江任,诗以代饯 239

题项芝生先生诗集 239

祝王霞轩廉访之尊人八十寿 240

题汤雨生先生遗像为戴春波作 241

送罗惺士太守入蜀 241

酬陈右铭、朱蘋舟见过 242

赠右铭别 243

题素园兄小照 243

临川杂感二首 244

和董觉轩明府旅感原韵四首　245

和陈南村六十自寿四首　246

坡公生日，汪柳门学使招同董觉轩、赵㧑叔、张公束三大令及学使门人邓竹生孝廉谦集静香斋，即席有作　248

和韵柳门学使留须　248

用觉轩韵赠顾稷侯别驾四首　249

用觉轩韵答郑晓涵明府四首　250

寄酬王庐陵松溪明府，用觉轩旅感韵四首　252

六月三日见韩生于半梦庐　254

和赠俞竹君大令出都元韵　254

子衡老诗翁垂示花朝法云堂与梅庵修、梅雪岩、瑞青四长老小集原唱，因和其韵　255

和张傥仙游百花洲韵　255

得杜生芳洲沪上书　256

远游 庚辰八月沪上作　257

访袁翔甫仁兄于杨柳楼台，率成二律就正　258

赠吴孟霖仁兄二首　259

天津旅舍病小愈，赋投合肥李爵相二首　259

昕伯仁兄手赠《衡华馆诗集》，读竟，题寄王弢园广文求正　260

壬午元旦试笔，柬雾里看花客、仓山旧主、高昌寒食生，并寄赋秋生天津、瘦鹤词人梁溪四首　261

和松石道人于役江介即事原韵二首　262

哭童逊庵同年。予与逊庵及王同年泽山皆道光初元辛巳年生蜀中，车笠之盟无出三人右者。京邸过从，风义弥笃。一别二十余年，闻泽山卒于山东，遥哭之。今逊庵以词臣领琼海，未及通问而丧车俟至。夏间哭曾栗诚二弟，不意又哭逊庵于此也。自念白头一棹，载酒江湖，天且不遽夺之者！予才不如泽山，位不如逊庵，天其或者假我数年，将寿补蹉跎乎　263

赠别胡虎臣同年由湖南还肃州　264

沪上喜晤蔡辅臣太史　265

和管君秋初见赠元韵，并柬邹翰飞茂才二首　266

顷以"天瘦"颜室，客曰："是添寿也。"病中闻之则大喜，乃以"天补"名楼，而自称曰"天补老人"，盖谓将寿补蹉跎耳　267

近日新旧之交皆不似故友傅古民、曾佑卿之笃于责善，予虽欲寡过，而无人可质，吾道孤矣。即予将以傅、曾自任，亦未见有一人焉如予昔日之服善者，则世道又可知矣，此诗之所为作也　267

韩聪甫访予沪寓，顷复频来问疾，并赠所刻前贤遗书多种　268

冯子因过予视疾，赋谢　269

舒彰五静坐观心，时过予印证所得　269

寄陈南村，时宰新城　270

刘璧初喜藏金石书画，屡携所得佳品共赏。香涛制军主蜀试时，君受知最深　270

夏子和温雅好学，诗以奖之　271

许子玉约江南馆雅集，患足未往　272

李筱圃就《申报》中剪予沪上所作诗，排比成帙　272

前年在沪上，张廉卿告予曰："吾门有二范，天下士也。"予见无错，读其古文辞，才识闳卓，叹美之。顷，无错之弟仲木明经在陈伯潜学使幕中襄校文字，过予，定交。予益信廉卿之言不虚，喜而有作，贻仲木并寄无错　273

董觉轩同年集中有赠予二绝，盖初定交时予已失官也。用其诗第四句、第二句发端，成二律答之　274

钱塘戴秋畦为文节公少子，以优贡任训导，保选江西县丞。暂假回籍，顷至章门，客张子衡廉使薛局。闻予患足，偕吴劭之来顾，深谈竟日，酬以此诗索和　275

忆巴台台侧即白文公祠，中有醉吟楼，往时每逢九日宴客楼上，凡四五年。　276

怀屏风山陆宣公祠墓祠中有怀忠堂，堂之左右则毗庐寺吕祖楼也。　276

白桃花　277

追和湘乡先师曾文正公壬子主试江西，在涿州道中寄酬元韵二首　277

附：湘乡先师诗　278

和韵寄酬向梅修同年　279

感旧　280

写愤　280

沈棠溪至，赠所撰古文刻本。别逾十年，君今年七十有七，犹以著述自课。情话移时，皆切磋语也　281

题竹垞老人砚像摹本　281

附：竹翁著书砚铭砚背下段镌像，上段刊铭竹翁隶书　282

易笏山方伯往在都门，屡偕文谠。一日过予寓，勇谈经济。见予手一卷呷唔，辄夺掷于地，劝予赴湘乡师军幕，勿徒郁郁居此。追念三十年前良友勉慰之谊，乃为此诗　282

子衡廉使偶返平江，为杜文贞创修祠墓，已逾两月，时望其来。顷劭之至，言及廉使平生惬心三事：一驭兵，一堪舆之学，一则其诗也。适予刻《卧游诗》竟，寄呈求正，因附此篇　284

应莘臣时时过予，主方，关注勤切，卓有古风　284

读陈右铭所撰《河北致用精舍课士录》，经世之学，实事求是。昔人曰"识时务者为

俊杰",予于此录亦云　285

　　　奉怀曾沅甫九丈　285

　　　寄朱蘋舟　286

　　　酬悍士、右铭、幼甫三君子,并柬实君。适伯严自长沙寄予诗札,徐当和韵,先写此作寄览　287

　　　示儿文琛　288

　　　闻《申报》怀沅甫丈并寄陈舫仙方伯　288

　　　酬胡德斋屡偕子因过谈,并馈阿胶　289

　　　阅《申报》,读钱君昕伯为予志喜之作,始知沪上又有传予噩耗者。缨疾弥年,衰态大露,亟思再游黄浦。先次金陵,而亦迟迟未发。盖左足仅能移步,尚难出游,宜时人以予当少微之变。然予敢自命高隐,而以求死为荣耶?因和原韵,寄酬昕伯,其辛巳秋和答昕伯三律并附于左　290

　　　附:得李芋仙刺史江右旅次书,知夏初传言之误,喜而有作　291

　　　昕伯社兄宠赠三律,和韵求正　292

　　　附:昕伯见赠诗　293

　　　柬贺云舲　294

　　　怀熊小峰大令需次广州　294

　　　怀薛山长慰农　295

　　　阅《申报》,知沪人闻警,日有迁移。久不得故人消息,此时尚居旧巢否?疾草一书驰问,附寄是诗　296

　　　记梦七月十三日　297

　　　柬竿场诗友梅庵和尚　297

　　　晤浴室寺僧小沧大师于豫章城外　298

　　　贺云甫年丈初至南昌,相见话旧。赋呈二律　299

　　　饯毛孝廉实君部郎赴礼部试北行　300

　　　梅庵禅兄手造佛阁,赋诗落成,依韵和之　301

　　　留别王鹤樵廉使　302

　　　题《铁瓶诗钞》呈子衡廉使正和　302

　　　附:铁瓶先生和诗　303

　　　留别贺大司空云甫年丈　303

　　　故友何廉昉先生哲嗣秋辇、月担两世讲奉母居扬州,读书应举,能自树立。顷予再至沪上,承惠诗札、番币,读之欣慨交心。报以二律,寄酬高谊,并乞和章　304

　　　附:秋辇世讲见赠诗　306

　　　忆旧述怀寄程都转尚斋同年　307

寄酬刘树君同年侨居扬州　308

附：树君同年见怀诗　309

萧芸浦孝廉二十年前定交京邸，顷自扬州邮书问讯，拈句寄谢　310

与莫仲武世讲话京邸旧游　310

寄徐圣秋八弟需次淮南　311

柬莫上海善徵同年　312

李眉生同年自苏州以所刊《楞严蒙钞》见赠，寄谢　313

赠查翼甫，兼怀范无错、仲木，三君皆吾友，张廉卿门人也　313

柬郭孟毓舍人自日本使还　314

徐子静司马属校其先兄棣友《寄生山馆诗草》，行将付梓，谨题一律用代弁言　315

寄谢张子衡廉使　315

赠蔡子黻仁兄　316

读曾文正公奏议　317

怀陈舫仙仁兄　318

再题子静兄《观自得斋印存》　319

和桂筌兄不寐近作　319

碧玉清流与予别廿五年而再见，见而再别，离合之感无日无之　320

陈伯严孝廉近年勇于作诗，去夏寄予二律，如"空对黄江万柳丝，条条门巷断肠时。四愁南北思平子，满眼莺花领牧之"及"一代风流齐老辈，九州传说是狂名"等句，予读之恻然在念。去冬因曾重伯回长沙托交一书，久未得复，赋此寄之　321

病足数月，顷方小愈，酬陈舫仙、胡云台、徐子静三君燕窝鹿茸之馈　322

题剑，更定旧作　322

朝鲜徐侍郎秋堂世讲连年致予书，顷复寄惠人参，因撰句声谢，附新排《天瘦阁诗半》六卷求正　323

有致书责予不往金陵见九帅者，诗以答之　323

酬邵方伯筱村世仁兄叠赠刻诗经费　324

谢尔澂刺史需次粤东，远贻书币，寄酬二律　325

有传予噩耗者，黎莼斋星使在日本为予撰墓铭，此与昕伯为予作志喜诗皆他日传中佳事也　326

卷五　卧游七言律　一百二十六首 /// 327

灵会卧游录百廿六首 并序　328

钱昕伯　329

何桂笙　330

袁翔甫　331

杨诚之　331

邹翰飞　332

管秋初　333

王紫诠　333

金免痴　334

姚赋秋　335

徐秋堂　335

吴翰涛　336

杜邠农、王剑云　337

张敬甫　337

张牧九、徐砺青、陈杏生、郭子静、黎伯崿、刘葆吾六君合传　338

陈炳卿　338

徐子静　339

余易斋　340

刘仲康　340

吕箴叔　341

易实甫　341

毛实君　342

何丹臣　343

王石珊　343

刘树君　344

林颖叔　344

唐鄂生　345

李眉生　346

汪柳门学使视学山左，往年奉讳归吴，执别豫章城外。沪上晤李眉生同年，以予所钞论文书四册托其面交，不知柳翁留览否，甚念之　346

鲍春霆　347

方仲舫　348

张廉卿　348

贺幼甫　349

李载庵　349

方子听　350

方长孺是子听之子　350

胡练溪　351

胡云楣　351

方右民　352

平景苏　353

胡云老为余述其座主平景翁尝谓余诗可必传,既承景翁、云老与方右民同年分助经费,而新旧诸稿顷始钞付排印　354

冯培之　354

蔡辅臣　355

陈缄斋　356

陈伯商　357

陈养源　357

溧阳王子云　358

管才叔　359

刘季眉　360

范无错　360

洪引之　361

张道岷　362

郭莲生　363

许竺生　363

勒元侠　364

徐圣秋　365

程蒲生　365

陈次亮　366

顾稷侯　367

能筱垣　367

李洛才　368

任巽甫　369

袁如生　369

饶从五　370

歌园雏伶中有名想九霄者,每一登场,万人倾靡。予仅与一面,喜其略通弈妙,诗以旌之　371

梅谱慧人未死前,予犹题纨扇寄讯。伊闻予与子听先后失官,则为之饮泣　371

浣花余裔　372

碧玉清流　373

坡公生日，风雪满天，与碧玉同拜《笠屐图》，歌诗侑酒，情文斐然　373

湘水青人　374

马禅榍庚辰九日同予游潘园，写《湖楼啜茗图》，禅榍作序　375

歌园凡事皆穷极百巧，倾动万人　375

观外国戏法，凡十昼夜无一雷同，骇叹不已，而有此诗　376

电气灯　376

自来水　377

静安寺同车游览，世间无第二处。除此游，沪上亦无第一乐，不可无诗　378

程雪笠　378

庚辰秋，未抵沪之前，拜先师曾文正公遗像于莫愁湖楼。念今日飘零，过此，虽惭学道未坚，实由谋生不善。古人云："不作无益之事，何以悦有涯之生？"饥驱所至，不恤拍浮酒中，借消块垒。曩在京邸，吾师见赠有"太白醉魂今尚存"之句，今者落魄不羁，醉魂成谶，人间天上，感慨系之　379

陈右铭分巡河北，筑致用精舍，祀河朔英灵韩文公、韩魏公、邵康节、岳武穆，召多士来学。其子伯严孝廉抗心希古，世并称之。　380

曾沅甫九丈克复金陵，时时召予会饮。返湘之日，授予长剑留别。丁恬生赠予一琴。年来图史散失，独携琴剑至沪，觅工修治，顾之怃然。乃为二诗，一投九帅，一寄恬生　381

丁恬生　382

罗惺士以精微二字赠别，爱予与佑卿同　382

宦莘斋　383

李勉林　384

萧敬甫工于误正文字，顾千里之学如此　385

顷阅《申报》，知徐丰城先师门人张君香涛新拜总制两广之命，因念往年君以名解元留京，赠予诗曰："昔者晁美叔，远不及东坡。同列欧门下，因之古谊多。"复约予携陆宣公、苏文忠两集入西山求经世之学，今君果副壮怀。是行也，将见海不扬波，人皆安堵。予载酒江湖，有乐郊、乐土之适，幸矣　386

郭晚香携自寿诗见访，并问觉轩近状　387

沪上书肆日起岁增，不但外洋刊本麇至，而累朝有用之书及乾嘉诸老各种著述向未刊行者时时层见迭出　387

行箧所携，张之寓壁，则冬心佛像，湘乡格言，梅耦长为渔洋写千崖落木，程穆倩山水，张雪鸿图陶然亭，覃溪诗其上，竹垞老人、伊墨卿八分小联各一，仇十洲《笠屐图》之左厕以春痕小影，似朝云之伴老坡。丁琴、曾剑并予而三。《风雨怀人图》，则庄少甫为予作也。案上老、庄、骚、史、二严、灵素外，汉魏六朝碑拓十余种，及宋明旧磁三两器，聊供

涉猎　388

　　壁间佛像，长立合眼，内观其心。冬心历劫不磨之笔，即予西方公据也　389

　　湘乡先师曩在东流幕府为予撰书格言四幅，张之座隅，典型如在　390

　　庄少甫往在都门，为予作《风雨怀人图》，并写花木多幅，他人求一笔不可得也　391

　　读顾氏亭林遗书　391

　　读王氏船山全书　392

　　读朱竹垞集　393

　　读王渔洋集　393

　　故友何镜海向在京邸投予一诗，顷从旧箧中得之，忍泪题此　394

　　读朱丈伯韩、吴丈和甫两先生遗集，念两先生往在都门，时过予寓辄不值，予非厂肆收书即斜街顾曲。然每届亭林生日会饮顾祠，两先生则先期订，予必至，至则甚喜。追思两先生以韩、杜诱予之厚，白首无成，诗以志愧　395

　　俞荫甫太史有才有学，湘乡老门人也。读其书，天机洋溢，予尤爱其有趣，愿见其人，将以诗先之　396

　　曾重伯为先师文正公之孙，世二弟栗诚孝廉之子，顷自都中扶送孝廉灵榇回湘，道出申江，予哭之虹口舟次。重伯博学能文，年方十六　396

　　忠城北去十五里，地名龙井湾，先大夫先太宜人之墓田在焉，不躬祭扫三十余年，病剧时往往哭叫吾母，声达四邻。予年六十有四，失怙恃已五十年矣，诗不成音，告哀雨泣　397

　　病榻怆念，百年将尽，五岳未登，亦缺陷之一端。倘得病除，将于明春首谒孔林，次揽岱胜，徐游近蜀名山，归扫峨眉一亩宫。需之三年，当满夙愿，为此诗以盟息壤　398

　　沪寓乏用，辄检衣物质钱。顷搜行箧，得当票多纸，乃首唱此诗，引通人一笑　398

　　沪上所作逾三百首，仅录其半，余则记忆不清。又平生诸作，或题存而文不具，或句在而篇不全，其与朝鲜故人唱酬寄答并前后书札，约计可满四卷，即四十年来中外朋好见赠和韵亦不止百人百诗，大半散失，追念惘然　399

　　客谓予近作多犯佛门绮语戒，未免枉抛心力，因忆竹垞词有曰："老去填词，一半是空中传恨。"予亦犹是耳　400

　　顷病小愈，偶从《申报》中读陈伯潜侍郎疏请黄、顾两大儒从祀圣庑，疏稿具见。侍郎经世大略，世倘有援此例为方望溪、李穆堂两先生请谥者，予尤愿旦暮遇之　400

　　庚辰中秋前十日将往沪上，平江张衡翁赋诗作伐，并赠《铁瓶全集》，赋此留别　401

　　董觉轩君撰诗伐予游沪，顷君自建昌至，赠新刻诗续集，并《吴平赘言》《汝东判语》。读君上大府公牍及书，笃于恤下，非慢上也　402

　　彭小川　403

　　黎莼斋君出使日本，搜采唐镌宋锓善本书廿余种，影刊行世，皆中国稀有者　403

沪肆购得未见书多种，因忆往在都中，丰城徐稼生师尝为予题斋额曰"不廉于书之室"。予每从厂肆得佳书，必以进师，时曾湘乡师每来师寓，见予案上精本，往往携去，且束予曰："好书不可独享，肯以珍秘多供馋眼，德莫大焉。亦为尔惜福，非为豪夺地也。"今疾苦纠缠，床头金尽，藏书且与俱尽，不免乞贷累人，廉隅隳矣。追维师训，感叹弥襟　404

庚辰九日，莫善徵招同王石珊、黎椒园、宦莘斋、黎祝衡、赵筱容及善徵之子梅城、楚生偕游潘园，因题《湖楼啜茗图》　405

上年阅《新报》，有杏坪氏见赠一律，辄和元韵，实未晤杏坪也。近日《申报》中屡载海内诗流见怀之作，惜予未能遍答，爰附此诗，申予感佩　406

留沪三年，四方朋好屡继书问，并和予《远游》四律凡百余首，每以小杜相目。近有传予已游东岱者，钱昕伯兄岱得予手书，乃作诗志喜，曰："才大易遭流俗忌，书来几作古人看。"予谓非忌也，必凤知予者，念予抱疴弥年，无从探讯近状，私忧过计，而忽传噩耗。是亦他日传中一事，附记于此　406

沪上饮食衣服穷极腴丽，风气所驱，即贤者亦不免随波折节，求合时宜，此有心世道者之隐忧也　407

沪界十里外，龙华一寺在桃花林中，花时士女嬉游，与都城中顶相埒。予与碧玉青人辈独悭一至，胜游宜补，情见于诗　408

吴劭之为言姑苏城外山多水阔，订予同游，行将鼓勇一往　408

自诉　409

自悲　409

自悼　410

自慰　410

卧游诗起草纸费云蓝阁小笺近三百番，敛付一炬　411

罗蜀生喜读乾嘉诸老书，卧游诗粗就，多所涂乙，君为予写净本，无一误笔，可奖也　412

卧游诸作半是因花感旧，借酒消愁，虽近《小雅》之怨诽，恐贻大方之讥笑。适铁瓶老居士偶分佛面之钱，移给匠心之价，匆匆付梓，耿耿在怀　412

吴劭之、洪引之为卧游诗弁首跋尾，赋谢　413

卧游诗题后　414

附：李芋仙刺史卧游诗序并跋　414

卷六　五六七言绝句　三百五十首　///　419

鸣玉溪晚泛　420

塘上吟　420

游仙诗　421

海棠初放　422

读青莲居士集　422

除夕闻爆竹声　423

病中口占　423

题画四首　424

元宵微雨同伯位山受中何晓垣映辰游鸣玉桥　424

春日鲁惇五茂才国典招游鸣玉溪　425

文翁石室　426

子云亭　426

武侯祠　427

万里桥　427

青羊宫　428

草堂寺　428

薛涛井　429

梓潼道院　429

秋海棠　430

于琉璃厂肆书摊上得宋芷湾先生诗一帙，因题　430

次京招看海棠，不果往　431

神骏一首为王与琴弟作　431

式如属题《秋江饯别图》　432

读《紫葡萄馆诗稿》，题寄朝鲜徐秋堂　432

口占赠古民　433

寄答宜宾聂云峰同年鍊，兼怀蔼堂年丈　433

俞望之画梅见赠，钱揆初题诗其上，殆皆为予写照。奉答四绝，叹望之工画，至无以资其身，且愿与揆初更唱迭和以昌其诗，不徒有名于时已也　434

题劳亦渔词稿　435

偶过子听，见案上置时文一册，拟题强作，貌悴神伤，似深以此道为苦者　436

题少甫为予画菊　436

奉和稼生师冬夜不寐　437

病中忆故园花木，凡八种，属庄少甫刺史图之　438

少甫又为予作花卉长卷，各题一绝，凡十二首　439

荷花　莲房　梅花　佛手　兰花　萱草　绣毯　蔷薇　白牡丹　芍药　百合　桂花

安阳韩魏公故里碑　443

宿黄河岸上待渡　444

襄阳道中　444

畏热柬素园　445

题右军书翻刻本　445

七夕同内子夜坐　446

冯老良属和另影桥诗　446

题画为张梅孙大令作　447

寄怀贺幼甫八首　448

不能忘情吟　450

重有感　451

除夕送幼甫十七史　451

闲居无事，课次子文琛作画，得四绝句　452

读盛唐诸大家诗　453

廖养泉无赀购书，其仆出私蓄偿值，为作二绝以张之　454

题叶云岩松筠庵话别图，图为秦谊亭写　455

宿黄石矶　456

九如庵寓　456

恭和湘乡师相寿沅甫九丈克复金陵乞假还湘元韵十三首　457

题稼生师留仙诗帙　459

题白下杨西华孝廉诗卷　460

题画墨梅　460

白下闻歌　461

文德桥晚步　461

涂少卿贻余长歌，有"东坡老去思归蜀，汉嘉之守胜封侯"之句，叹味不已，拈此志谢　462

丁卯二月廿六日同揭仰斋、周缦卿、涂少卿、揭用宾游饶溪张菊裳静山书院　462

偶于破簏中拾得少年时东涂西抹伎俩，口占示赠汝东书院同学诸子　465

到书院与诸生作竟日谈，临别占示　466

闲居偶题五首　466

南城感事　467

赠徐茂才，兼寄梅庵大师　468

为平景翁题《栋山樵隐图》　468

怀汤若士先生　470

园居杂忆诗一百六首　470

歌	东 冬 江 支 微 鱼 虞 齐 佳 灰 真 文 元 寒 删 先 萧 肴 豪
贿	麻 阳 青 蒸 尤 覃 盐 咸 董 肿 讲 纸 尾 语 麌 荠 蟹 赚
送	轸 吻 阮 旱 潸 铣 篠 巧 皓 寄 马 震 问 愿 翰 谏 霰 感 琰 效 号 药
陌	宋 绛 真 未 御 遇 霁 泰 卦 队 震 沃 觉 质 物 月 曷 啸 屑 黠
	祃 漾 敬 径 宥 沁 勘 艳 陷 屋 沃 觉 质 物 翰 月 曷 霰 點
	锡 职 缉 合 叶 洽

偶然作六言绝句十三首　505

健饭自警八首　507

鹤樵观察命题湘浦真境手卷　509

同沤馆杂题卅二首庚辰五月作于豫章　509

题《斜倚熏笼坐到明图》，为曾幼乡驾部作　516

赠查慧如　517

听韩生度赏荷一阕　518

半梦庐即事　519

善徵兄饷鲈鱼　519

朱君筱艇属题《鉴湖渔隐图》　520

后记：十三年辛苦不寻常　///　521

让李士棻在文学史上复活

陈仁德

四川外国语大学康清莲教授、重庆工商大学唐德正老师注的《天瘦阁诗半注》，历经数年辛勤工作终于付梓了，这不仅是巴渝文化界的一件大事，即使放到全国文化界来考量，也未尝不是一件极有意义的事情。其独特意义在于，李士棻这样一个险些被历史的尘埃淹没的天才诗人，将会在中国文学史上复活。我作为最先研究李士棻的人，为之欣慰有加，额手称庆。康清莲教授将作序的任务交给我，令我既感荣光，又愧汗不已，只有勉力为之，以报知己。

一

李士棻，字芋仙，别号二爱仙人、天补道人、童鸥居士，中年后童鸥又作同沤，清道光元年辛巳腊月廿二（1822年1月24日）生于忠州（今重庆市忠县），光绪十一年乙酉八月初七（1885年9月15日）卒于上海。

李士棻家乡忠州是历史悠久文化灿烂之古县，其地忠臣良将辈出，文人骚客不断，产生过巴蔓子、严颜、文立、秦良玉、高倬等人物，又先后有杜甫、白居易、陆贽、李吉甫、刘晏、苏轼、黄庭坚、陆游等流寓其间。李士棻少年时代受忠县历史文化影响甚深。他从十二岁开始写诗，二十岁时西上成都入读锦江书院。锦江书院是当时四川省最高学府，每年仅在全省挑选五十名优秀生员。书院山长李西沤名惺，号伯子，乃一代大儒，李士棻在其门下受到系统而严格的训练，奠定了诗歌创作的基础。我们从他后来在京中所作《寄上李官詹西沤师》诗中可以看出他对李西沤的崇敬与感激之情："石室先生古大儒，早投簪组卧江湖。经师海右孙明复，文苑河东柳仲涂。壁立谁摩千仞峻，火传亲受一灯孤。远游徒结名山梦，何日归寻旧草庐。"与李士棻同时师从于李西沤的蜀人王再咸（泽山）诗名亦佳，二人并称"王李"，从此结为终生知己。

　　道光三十年（1850），李士棻赴京应试，在这里遇到了对他一生产生重大影响的曾国藩。当时曾国藩为阅卷大臣，对李士棻之才华赞叹不已，亲列他为会试第一名。没想到在庚戌（1850）廷试时意外落第。曾国藩为之深感惋惜，遂资膏火命游太学（即国子监，封建时代中国最高学府），从此李士棻终生师事曾国藩。

　　在京城的岁月可能是李士棻一生最风光的时候。他踌躇满志、意气风发，日日交游于翰墨场，周旋于王公巨卿之间。曾国藩此时赠给他的两首诗，成为他一生的骄傲：

　　　　巴东三峡猿啼处，太白醉魂今尚存。
　　　　遂有远孙通胯玺，时吟大句动乾坤。
　　　　爱从吾党鱼忘水，厌逐人间虱处裈。
　　　　却笑文章成底用，千篇不值一盘飧。

　　　　劲翮摩空故绝伦，吹嘘曾未出风尘。
　　　　细思科第定何物，却是饥寒解困人。
　　　　大道但期三洗髓，长途终遇九方歅。
　　　　秋高一放脱鞴去，看汝飞腾亦有神。

诗中对李士棻极尽褒扬,将他比之太白,称其"时吟大句动乾坤"。李士棻则对曾国藩充满感恩之情,其《恭送座主曾涤生师典试江西乞假归省四首》之四曰:"万里关河为客远,三年门馆受恩多。怜才直与前贤并,问字还期异日过。及事欧阳真厚幸,只惭无力到东坡。"他将曾国藩比为欧阳修,将自己比为欧阳修门下的苏东坡,"只惭无力到东坡"而已。

李士棻在《天瘦阁诗半》中,讲述了一段与曾国藩交往的轶事:"予每从厂肆得佳书,必以进师,时曾湘乡师每来师寓,见予案上精本,往往携去,且束予曰:'好书不可独享,肯以珍秘多供馋眼,德莫大焉。亦为尔惜福,非为豪夺地也。'"从这段文字可知二者关系极为融洽,完全打破了师生间的拘束与礼节。

李士棻在国子监求学时拜识京师督学徐稼生,深受器重。徐稼生乃名重朝野之大儒,曾为李士棻寓所题写"不廉于书之室"匾额。李士棻、张之洞、杨子恂先后受业于徐稼生,并称为徐氏门下三才子。张之洞后来官运亨通,成为清廷重臣、中国近代史上里程碑式的重要人物,但当时却自叹不如李士棻,曾赠李士棻诗曰:"昔者晁美叔,远不及东坡。同列欧门下,因之古谊多。"

当李士棻名震京师时,朝鲜外交家徐海观正好驻节中国,徐海观是一流的汉学家,对汉诗造诣极深,不让中华诸贤。徐海观闻李士棻大名,亦"诣君寓舍问起居,锦袍玉带作般辟拜,投缟赠纻,必乞其词翰以去"(王再咸《〈天瘦阁诗半〉序》)。李士棻晚年追忆,"与朝鲜故人唱酬寄答并前后书札,约计可满四卷"。

二

李士棻在京城多年,除了赢得诗名外,在仕途上并无多大发展,依然十分贫困,其中原因,当然是性格过于狂放。他自己也说:"颠张世谬推书圣,狂李人俱唤酒仙。贫到一锥无地立,富争万户有诗传。"

此时曾国藩率领的湘军正在江西与太平军激战,而李士棻却终日在京城里诗酒风流。一天，老朋友易笏山（即易佩绅，湖南龙阳人，亦与曾国藩为至交，官至江宁四川藩司）来他寓所与其大谈经天济世之道，见他手持一卷诗在独自吟咏，上前夺过掷于地，说，还看这个做甚，战事正急，快到曾先生军幕去吧。于是他离开京城去投奔了曾国藩。

曾国藩幕府中聚集了一大批高级人才，据义宁陈三立《畸人传》记李士棻："未几，寇大起。国藩督师东南，遂为两江总督。士棻至为客。当是时，海内硕儒奇士辐凑幕府，言兵言经世大略，有李鸿章、彭玉麟、李元度；言性理政事，有涂宗瀛、杨德乾、方宗诚、汪翰；言黄老九流之学著述，则有张文虎、汪世泽、刘毓崧、戴望、莫友芝、张裕钊、李鸿裔、曹耀湘之属。士棻遨游其间，无所侮然。"

但李士棻终是诗人本色，除了例行公务外，每日与人交往多是谈诗论文。他在《天补楼行记题词》中说："予试吏江西，从军江左，则与廉昉太守续前明何李之盟，其时游于先师湘乡幕府，自廉昉及劼刚、栗诚二曾外，尝与予商榷诗事者则欧阳晓岑、吴竹庄、张啸山、莫子偲、李壬叔、徐懿甫、李眉生、钱子密、张廉卿、黎莼斋、姚慕庭、程伯敷、赵惠甫、刘开生、向伯常、邓伯昭、方子听十余人。"李士棻所举的十余人，无一不是当时闻名全国的诗人，所以幕府中的生活想来还是很富诗意的。

曾国藩攻克南京后，李士棻赋六诗相贺，诗中用了大量赞颂之词，如"大名神笔武侯齐，迅扫蚩尤雾不迷"，"天上玉书催奏凯，阵前铁骑捷如飞"，"功在河山身欲退，帝褒智勇世谁如"。同时李士棻也没有忘记重提他们的师生之情："吾师心迹吾能说，舒卷闲云在绛霄"，"廿年门馆荷恩长，趋府从容礼数忘。骥尾幸依东国某，马头重拜北平王"，"不付勋名付文字，千秋衣钵受欧阳"。

在攻克南京的战役中，曾国藩弟国荃立有大功，而国荃与李士棻亦交厚，李士棻集中多有唱酬之作。在南京时，曾国荃曾赠李士棻长剑一柄，并招李士棻与幕府诸君登楼会饮，李士棻《奉酬沅甫九丈招同幕府诸君登楼会饮二首》有云："何幸元戎平巨寇，朅来胜地附嘉宾。九秋茱菊供高会，六代江山净战尘。"此时的李士棻依然"不改书生旧日狂"，"喜为才语成谐史，戏罚深杯王醉乡"。

不久,曾国荃乞假还乡,李士棻作送别诗四首,中云:"……行年四十成功退,潞国汾阳羡此人。"并与曾国藩一道送国荃至江边。

三

自知不宜为官的李士棻,在昔日的同僚都做了朝廷大官后,也先后当了东乡、临川、南城、彭泽四县的县官。

为彭泽令时,李士棻心中颇为欣喜,因为自陶渊明后,彭泽一直是"千古诗人之地"。他"捐俸买屋为诸生肄业之所,署其门曰'五柳书院',题其堂曰'耸壑昂霄'",力倡读书,彭泽在洪杨之乱后出现了"十户人家九读书"的景象。李士棻晚年回忆这段往事颇为自得:"棻在任时,正当乱后,息讼缓征,日求庠序中人与谋向学,数月之间,城厢内外亦遂有书声盈耳矣。"

为东乡、南城县令时,李士棻亦甚注重倡导读书,"在东乡修复汝东书院,为艾先生立后立祠,朔望行香,与诸生说先生文章风节,辄流涕以悲"。"初抵南城,即率书院诸生拜盱江先生墓,正议捐俸兴修为每年奠醊地,旋以禁止派捐被恝去任"。

平生喜读书的李士棻可算为官一任,兴学一方,以今天的眼光视之,亦是远见之举。他在南城的弟子饶从五后来举进士第,涂少卿以名解元成进士,便是对他的回报。办学之外,他也不是完全不理政事,事实上他是勤政的:"粮外派捐保甲钱,分充私橐十余年。便干群小耽耽怒,革弊粗伸县令权。"可见他为了减轻百姓负担,还勇敢地进行了一些改革,可惜不能为时政所容,"旋以禁止派捐被恝去任",实在可惜。

在临川,李士棻遇到了当时最难办的事,那就是教案。陈三立《畸人传》谓:"南城耶稣教民数犯法,自诩西教,隶于领事,至县庭,公然抗礼,县令因莫敢治。士棻传讯,置书架二,纵横庭中,教民疑惧,谓其十字架也,仓卒屈伏。士棻遂按竟其事,立置于法。"从这段文字可见李士棻的机智与谋略,他并非只会舞文弄墨。

"只手偏思扫异端,忍将人命博人欢。一堂儿女吾儿女,哭煞临川父母官。"这首诗真实地道出了李士棻当时的心情。多年后李士棻忆及临川教案说:"临川教案棻为民请命,民教至今相安。"

李士棻最终还是在临川丢了官,据他自己说,是"位于上者有二人嫉予,百计陷害。予署四邑,及办临川教案,吃亏忍辱,终有头绪,因之誉望日隆,上峰阳为称许,阴实趁交替之机劾之。此二人声迹甚劣,乃亦先后罢去,知天道不容也"。此二人为谁?据黎庶昌为李士棻所作墓志铭称,其一为江西巡抚刘秉璋:"数年,为临川钱粮空缺案,与巡抚使者刘公秉璋争论于堂皇,语侵辱之。刘公不能堪,劾君无状,遂罢居江西,旷绝久不相闻。"这件事在陈三立的《畸人传》中是这样记述的:"临川,壮县也,然士棻不名一钱,比解任,稍负逋课。布政使雅闻士棻名士,滋不悦,谓人曰:'恶有名士而能廉者乎?'及见,语侵士棻。士棻抵冠于地,攘臂趋出,由是劾罢。"以李士棻的傲骨与狂放,是难以容忍刘秉璋的"批评教育"的,"抵冠于地,攘臂趋出"八字,活画出李士棻当时的神态,真狂士也。刘秉璋后来改任四川巡抚,闻李士棻病逝于上海,以为其忠州老家有许多积蓄,派人前去抄家,谁知李士棻一生两袖清风,家中未置一物,此是后话。

罢官之后李士棻卜居南昌:"八口将安寄,南昌且卜居。……转徙成流寓,飘摇失旧庐。"他心境很悲凉,回首半生风云颇多感慨,其《南昌旅舍病中杂感》云:"十载高吟动帝城,一官遂削旧诗名。悲欢已悟前尘幻,宠辱俄从末路惊。事到难言惟有泪,身将安往欲无生。眼中不少怜才者,半是当年阮步兵。"这期间他多次寄诗给曾国藩,诉说心中的感伤,同时也希望能有机会再追随曾国藩。但事实上此时的曾国藩已顾不了他,因为曾国藩自己也快走到生命尽头了。

曾国藩的去世是李士棻最悲痛的事,他回忆起从京城拜识直到攻克南京后相别于扬州这段经历,感慨万端,一口气赋五律二十四首追哭曾国藩,其一为:"送至扬州返,师生一世终。后先书屡寄,中外事无穷。自泣颓梁木,长期哭殡宫。浮湘犹未得,泪雨洒江风。"

李士棻在南昌前后约十年,其间多数时间是和江西的诗界名流往还,但从集中存诗看,此时期的创作较其他时期有所减少,大概是情绪低落的原因。

四

光绪六年(1880),李士棻流落到上海。直到去世,他的主要活动都在上海进行。上海成为他自京城、江西之后的又一主要活动地区,他的诗歌创作,在此进入又一高峰期。此时的上海已沦为殖民地,许多新奇的事物使他大开眼界,也拓宽了他的创作领域。上海荟萃了许多一流的名士,他跻身其中成为翘楚。当时的《申报》总编钱昕伯(雾里看花客)与他成为莫逆,他的作品在《申报》先后发表了200余首,"论者以为汪洋恣肆不减杜甫,以'小杜'目之"。

初到上海,李士棻即以《远游》四首引起诗坛轰动,"四方朋好屡继书问,并和予《远游》四律凡百余首"。邹弢在《三借庐笔谈》中称士棻诗中有奇气,即举《远游》为例:"秋田轻掷等鸿毛,便受饥驱敢告劳。旅伴独携三尺剑,侠肠终类五陵豪。重攀白下当初柳,一看元都去后桃。遥计陶然亭子上,到时佳节趁题糕。""临歧更触故乡情,爱惜初心有此行。敢倚文章留重价,全抛福力换虚名。怜才泪足流无尽,感旧诗多记不清。香火因缘湖海气,未应前路少逢迎。"

这时有一段轶事堪称佳话。出使美国的外交家、名诗人黄遵宪(公度)在美国知道了李士棻的窘况,竟从美国寄来四金,"交芋老为一醉之资",且附言"虽素未谋面,而叹慕芋老已非一日,当不以唐突见却也"。李士棻十分感动:"仆游于名场凡五十年,遍交九州内外人士,投桃报李无日无之,未有一面未睹,寄资助饮雅如公度者。"当即赋诗寄美国致谢:"老名士有值钱时,惭愧虚声海外驰。叔度汪洋千顷量,谪仙烂漫百篇诗……"

李士棻孤身在沪,其妻小尚在南昌,以李士棻的潦倒,是无力养家的,曾国荃念旧情,暗中资助南昌李士棻妻小。李士棻《寄谢张子衡廉使》自注:"顷得吴劭之由江西榷局来书,言沅甫九帅属衡老月致廿四金佐予江寓日用,可免内顾忧,感甚。"

关于李士棻此时和曾国荃的关系,从其《奉怀曾沅甫九丈》诗中得知:"闻九丈防御山海关,棻由江至沪,附海舶次天津,陡患伤寒,返沪就医。"士棻原欲经天津赴山海关见曾国荃,但在天津突患伤寒便返回了。此时恰好李鸿章驻天津,他曾以二诗(《天津旅舍病小愈,赋投合肥李爵相二首》)相投,此时李鸿章炙手可热,是否理睬老朋友李士棻就不得而知了。

早在京师时,李士棻即与京中名伶杜芳洲(蝶云)相爱,那时李士棻正值英年,常是一掷千金为杜芳洲捧场。之后辗转江湖不复相见。流寓上海时,杜芳洲亦寓居上海,距当初分别已三十年。垂老重逢,却旧情如故,李士棻无所依,索性寄寓于杜芳洲家中,黎庶昌在墓志铭中谓:"初,君在京师,放纵诗酒,与伶人杜蝶云者昵。及是,蝶云亦老,流寓沪上,仍倚歌曲为生涯。君之一二故人,始颇数数资给君,君挥霍不顾,金入立尽。久之无继,落魄甚,依蝶云以居。蝶云奉君三年,无失礼,斯足以愧天下士已。"邹弢《三借庐笔谈》所记与之相类,可互为佐证:"君为人行侠仗义,挥金如粪土,苏州某方伯赠金二千,一月即尽。京师时,爱优伶杜芳洲,动辄费千金。或劝君稍加节制,然君不愿。近来罢职,落拓上海,犹豪荡如昔。而芳洲此时已有名声,乃罄囊相报。"

令人有些尴尬的是,杜芳洲乃男性,为此我曾做过认真考证,撰有《李士棻笔下的杜芳洲之性别认定》。杜芳洲为一代名伶,近代京剧旦行大师王瑶卿就是师从杜芳洲学习刀马旦。而京剧四大名旦梅兰芳、程砚秋、尚小云、荀慧生,无一不是出自王瑶卿的门下,按辈分都是杜芳洲的再传弟子。在杜芳洲的年间,即同治年间,旦角都是由男性扮演,女性扮演旦角才开始尝试。为了最终确认杜芳洲的性别,我通过文友关系辗转请教了当今著名戏剧研究家、中国戏剧出版社资深编辑曹其敏先生。曹其敏先生明确回复:"杜蝶云系杜步云之弟,同治时期生人。杜步云系'全福'昆腔班(晚清著名王府班社)创建人。"我也知道清末文场中同性恋并不鲜见,用现在的话来说"是可以理解的",发生在颓废文人身上的这种癖好,自有其存在的理由。但是这一考证结果还是有些损害我心目中的李士棻形象。

五

光绪十年春,上海大雪,奇寒难当,李士棻被冻伤左足,痛不可忍,急返南昌寓舍疗养。湘潭名士吴劭之往访,见"君养疴斗室,闭门煮药,药气袭人。床不帐,惟有书。君露跣敲卧书中,首足臂左右,书凌乱累积,连屋诗稿换杂纵横。君既需人扶掖,不能出户跬步"。但即使到了如此地步,李士棻仍"日夕吟哦,声达于涂巷"。

在病榻上,李士棻思念平生交游之名师益友,作《灵会卧游诗百廿六首》,追忆天涯海角之故人,"诗中用意遣词,皆求曲肖其人"。吴劭之《李士棻刺史卧游诗序》称:"一日予过君,君喜曰:子来甚佳,我顷得怀人诗十首,非子莫可商定。……越三日,君缄告曰怀人诗增至六十余首矣,子盍来读之。予未即往,及往,则君于前一夕续成五十余首,已百廿六首矣。予惊叹曰:神勇一至此哉。"吴邵之记李士棻写诗时之神态甚详:"予移坐就君榻,一婢子秉烛侍,君仰卧操纸,悬腕写纸飒飒有声,且写且吟曰:此玉溪生也,子意何如?……君以手击床辨呼老妇曰:我不病足矣,速为吴先生具时蔬下酒。"其如痴如醉之状如在目前。

《灵会卧游诗百廿六首》十余天即完成,充分显示了李士棻炉火纯青之功力,这是他的重要作品,因篇幅有限,举例从略。

病中的李士棻赋诗怀念故人,在上海的朋友也念着他,由于音讯不通,上海误传他已去世,很多人都写了诗来悼念他。消息传到日本,老友黎庶昌(时任中国驻日本大使)竟含泪为他写了墓志铭,朝鲜驻日本大使徐秋堂(徐海观之子)亦大恸,为之设祭,持朋友之服。而这一切李士棻全然不知。

《申报》总编钱昕伯一日忽接李士棻的江西来信,大惊,始知李士棻尚在人间,喜而赋诗:"樱花初绽柳花残,闻说东坡骨已寒。才大易遭流俗忌,书来几作古人看。"李士棻听说了误传噩耗的事,觉得很有趣,赋诗说:"竟偿诗债死何辞,此日还非债满时。……题遍九州吾始去,玉楼长吉漫相思。"

大约在回南昌的当年年底,李士棻足伤痊愈重返上海。腊月廿二日,他在上海度过了六十五岁生日,钱昕伯等朋友在聚丰酒楼为他设宴,他即席赋诗二首:"又从黄浦醉生辰,大好年光正立春。开径喜来三益友,过江曾睹一流人。"诗成后满座传看,群起唱和,各有佳句:"肯为斗升侪俗吏,久从湖海说诗人。""一官进退非无命,大句乾坤已不贫。""沪渎于今如故里,船山以后见斯人,真能好色原非病,绰有多才不算贫。"

光绪十一年八月七日,李士棻病逝于上海。其《自悼》诗曰:"颓唐不恤赋风怀,双袖龙钟泪倦揩。万事向衰无药起,一身放倒听花埋。黄昏已近斜阳好,白首同归若个偕。十九寓言三致意,自伤自忏自营斋。"

人之将死,其言也哀!

六

李士棻一生视诗为命,从十二岁开始写诗直到去世从未中断。他自述"自道光甲午至光绪甲申秋,五十年中,手稿遗十之四,删十之六,姑存其半,得古今体诗一千六十六首"。早在同治二年(1863)四月,挚友王再咸就为他撰写了《〈天瘦阁诗半〉序》,只是由于经济拮据一直未能结集出版。直到二十二年后的光绪十一年(1885)三月,他才终于在朋友徐子静资助下实现了愿望,用活字印刷出版了《天瘦阁诗半》六卷凡五百部。当年晚些时候又出版《天补楼行记》一卷一千部,收诗约两百首。此两种集子皆藏于上海图书馆。另有选本《天瘦阁诗存》(上下卷)印数不详,何栻(廉昉)作序,现存于四川大学图书馆。

李士棻三十多岁就已经诗名传遍天下,王再咸在《〈天瘦阁诗半〉序》里说:"迨庚申,予游大江南北,泛沧溟,走闽粤,复循海万里北归,凡所历里区谒舍,质馆夷楼,旗亭之壁,酒垆之座,无不有芋仙诗者。盛矣哉!其书中之萧子云,文中之温子昇乎?"(萧子云,南朝梁著名史学家、文学家、书法家。温子昇,北魏著名文学家。)王氏所经过的地方差不多有大半个中国,在如此广大的地域内,"无不有芋仙诗者",可见其流行之广、影响之大。

他一生诗歌创作有两大高峰期,一是在北京期间,一是在上海期间。在北京,"名公卿交相延誉,……直省高才生之集辇下者,莫不推襟送抱,文酒之会旬至再三……天下人识不识,一见辄投分,作曲室语。久之,如饮纯醪,如听古琴,故始则读其诗想见其人,既则爱其人益重其诗"(王再咸《〈天瘦阁诗半〉序》)。甚至"达官贵人往往折节下交,而君视之淡然"(黎庶昌为李士棻所作墓志铭)。在上海,清代著名小说家李伯元称:"名流荟萃沪上,盛极一时,而才情品貌,当以忠州李芋老为最!"一个来自荒远峡江小城的诗人,能够卓立于北京上海诗坛,足见其实力之强大。

李芋仙挚友,著名诗人何栻(廉昉)在《李芋仙独立楼诗序》中评价李诗:"其诗善于言情,工于叙事。况其体洁,其性芳、其识沉、其志定。其思曲而能畅,其韵远而能留,其骨格似杜而貌似乐天,其胎息似苏而神似诚斋,兼采其长而善藏其短。"何栻(廉昉)乃深知李芋仙之人,故能对李诗条分缕析,得出以上结论。

李士棻去世七年后,江苏松江韩邦庆出版了著名的言情小说《海上花列传》,讲述的是同治光绪年间上海滩才子佳人的故事。其中用大量篇幅描写了一个叫高亚白的人,其人风流倜傥文采斐然名满江南,是小说中非常重要的角色。当时熟悉李士棻的人还很多,许多学者指出书中的高亚白就是李士棻。鲁迅在撰写《中国小说史略》时特别提到了《海上花列传》,也认为"书中人物,亦多实有,而悉隐其真姓名"。能够作为生活原型被写进《海上花列传》的人,岂是等闲之辈?

除了诗歌创作,李士棻还是中国第一个文学期刊的创办者之一。

鸦片战争后,上海出现"国中之国"的租界。外国传教士和商人纷纷跑到上海,有的开书馆,有的办报刊,有的建印刷所,这给上海带来了崭新的出版理念,可谓得风气之先。但是,外国教会所属书馆出版的期刊,仅能给人们带来"一时之新"。人们更希望看到的是中国人自己办的"本土杂志"。1872年11月,中国人自己办的"本土杂志"应运而生——《申报》报馆以文艺副刊形式,开始出版每月一册的《瀛寰琐记》。《瀛寰琐记》为24开线装本,内容侧重文艺,以诗词、小说、译文为主,很受读者欢迎,每期销量达2000册。

这个中国人自己办的"本土杂志",就是李士棻和他的文友们一起创办的,他是编辑之一。据专家考证,《瀛寰琐记》是中国近代第一个文学期刊,共出28期,原件现在都完好地保存在北京图书馆里,是研究中国期刊史的极其珍贵的资料。在谈到这一具有开创意义的文学期刊时,我们当然不能忘记李士棻的历史功勋。

七

　　李士棻以性情真率著称，其诗亦性情流露、真率感人，在清代诗坛中自成面目，独树一帜。"立言造精微，无或一字苟。出门筮同人，积诚动师友"，这是他晚年对自己作诗的总结。百余年后，我们读他的诗，往往会惊讶于他的情感穿越时空而来，有如电光火石。这正如白居易所言："感人心者，莫先乎情。"盖情感真挚为诗歌之要义，无情无感，何可言诗。试举数例如下：

奉怀家兄克猷先生

　　犹记临歧拜寝门，斯须执手黯销魂。
　　劝将灵药扶衰病，欲挽征衫忍泪痕。
　　秋老偏迟鸿雁信，难多空望鹡鸰原。
　　故应缓证菩提果，万里归来寿一樽。

　　辞家远游殷殷作别之状，万里隔阻欲见不能之思，历历如在眼前。"劝将灵药扶衰病，欲挽征衫忍泪痕"写对家兄之关心，写自己之难分难舍，让人不忍卒读。

林岱青同年赠羊裘一袭副以名笔占谢

　　已忍奇寒不敢号，忽逢良友赠绨袍。
　　今冬风雪连朝紧，古谊云天一样高。
　　衣锦几时归故里，大裘从此被吾曹。
　　酬君剩有新诗句，夜拥青灯试彩毫。

　　起句即直击人心，忍奇寒而不敢号，是何等凄楚？何等无奈？然后笔锋一转进入主题，此时有良友送来羊裘，无异雪里送炭。颔联造语新颖灵动，对仗妙不可言，可称神来之笔。衣锦大裘皆切羊裘而来，尾联始点出诗题之"副以名笔"。通篇皆贯以深情，此等佳作，岂可多得？

闻座主花松岑、杜云巢两先生尝对客问棻近状甚悉,感而赋诗

升沉事过向谁论,太息犹闻长者言。
并世不愁知己少,余生当为报恩存。
风培鹏翼三秋健,身傍龙门一士尊。
重检青衫仍欲泣,五年前泪尚留痕。

颔联之真挚深切,非常人所能道。尾联则余韵悠悠,感人肺腑。

李士棻才气纵横,学养深湛,古今诸体无一不得心应手、运用自如而又变化无穷。展读其诗,觉满纸烟云缭绕、珠玉纷披、美不胜收。其诗语之丰富多彩,对仗之神出鬼没,奇妙之处往往出人意料,令人为之叫绝。试读下面的句子:

一片秋声过风雨,五更归梦到江湖。

泥饮舞酣新获剑,放歌敲碎旧藏壶。

无量寿争名不朽,有情痴比病难医。

慈母有灵犹顾盼,穷人无事不艰难。

汪伦惜别潭千尺,杜牧伤春月二分。

老矣更期勤会面,嘿然相对久忘形。

万事向衰无药起,一身放倒听花埋。

海角天涯人一个,酒阑歌散夜三更。

十年旧句挑灯和,一片新愁对酒生。

或俊逸潇洒,或婉转凄清,诵之如鸣金玉,味之能沁心脾,看似信手拈来,实则力透纸背。无怪乎一代文宗曾国藩也禁不住赞叹:"太白醉魂今尚存","时吟大句动乾坤"。

八

可惜的是,曾经纵横天下的李士棻,身后却非常寂寞。五十年后,他就被人们遗忘得干干净净。1944年,日本汉学家八幡关太郎为李士棻深感惋惜,著长文《清末的薄命诗人》纪念李芋仙,称李芋仙"有争雄于天下的才能和实力","是不可思议的诗人"。在洋洋万余言的文章中,对李芋仙的诗品、人品、交游、著述、癖好等各方面进行了详细介绍,希望李芋仙能在中国文学史上复活。他感叹:"距芋仙之死迄今不过五十余年,然其诗却湮灭不传,其名字亦不见录于文学史,此诚可慨叹,然亦无可如何也。"然而,这篇文章并没有起到多大作用,之后,李士棻不再被人提起。

20世纪80年代,我开始关注李士棻,于1986年在《龙门阵》上发表了《忠州才子李芋仙》。文字虽然粗陋,却是最早介绍李士棻的文章。我痛感资料的不足,开始做资料搜集。

1987年,我在四川大学图书馆特藏部意外获李士棻诗选《天瘦阁诗存》上下卷,花了几天时间将全书手抄一遍。1990年,我在上海图书馆特藏部找到了李士棻的《天瘦阁诗半》六卷以及增补本《天补楼行记》一卷,惊喜得差点叫了起来。这两部珍贵无比的诗集在沉睡了105年后,终于等到了家乡忠州的后生前来探访。我将它们复印回家,如饥似渴地研读,仿佛跟随着李士棻从少年到老年的足迹,遍历大江南北,遍交天下名士,仿佛听见他的歌哭,看见他的悲欢。这以后我连续在《四川文艺》《重庆日报》《巴乡村》《万县日报》等报刊发表了有关李士棻的多篇文章。

1999年,经我力荐并提供稿本,李士棻诗入选《近代巴蜀诗抄》。该书是由四川省人大常委会主任杨析综和著名学者四川师范大学教授刘君惠主编的大型断代诗总汇，代表了近代巴蜀诗的最高水平。想到李士棻生前曾希望"一联半句流传身后，后之人或亦有激赏予诗，一如予今日之爱慕乾嘉诸词客，则予不为虚生矣"，我作为后来者，也差可告慰他了。

2000年，我在《三峡学院学报》发表长文《李芋仙：不能遗忘的诗人》，这是当代第一篇较全面的介绍李士棻的文章，学界对李士棻的了解大多是从这篇文章开始的。之后，李士棻于2003年入选重庆百名本籍历史名人，进入重庆名人馆。2006年，康清莲教授在《新疆大学学报》发表了《巴蜀才子：诗人李士棻考略》，并将李士棻作为课题进行研究，康清莲教授从此和我成为志同道合的知己。

2007年，我应邀到重庆电视台《重庆掌故》栏目做了《晚清巴渝第一才子李士棻》的专题讲座，节目反复播出，影响颇大。

现在，康清莲教授等注的《天瘦阁诗半注》面世了，《天瘦阁诗半注》乃皇皇巨著，全书六十余万字，旁征博引，深入浅出，考证精细，注释得当，填补了李士棻研究的巨大空白，是当今李士棻研究的重大成果，必将在文学史上产生极其久远的影响。这标志着，经过我们的先后努力，李士棻在文学史上复活已经没有任何悬念。走笔至此，忽然想起黎庶昌写的墓志铭里的赞词，不妨附后作为结尾：

瞿塘峡西涪水东，有士曰李命实穷。
天放傲骨世莫容，一官敝屣如转蓬。
乾坤大句声摩空，死而死耳文则雄。
物蜕反始归蜀宫，湛湛江水涵青枫。

2019年1月

自道光甲午至光绪甲申秋,五十年中手稿遗十之四,删十之六,姑存其半,得古今体诗一千六十六首。用活字排印五百部。去冬今春以后所作及旧作有漏印者皆载《天补楼行记》中,别为一编。

　　乙酉二月李士棻自记于上海寓斋

《天瘦阁诗半》序

　　予与忠州李君芋仙皆道光元年辛巳生,继乃同举拔萃科,为同年,至相好也。[1]癸卯甲辰间,同事李西沤宫詹师于文翁石室。[2]时方务帖括之学,君独引商刻羽,钻研六义,亲受西沤诗法,为之甚力,则以诗鸣蜀中。[3]庚戌廷试,君以会考第一人报罢,阅卷大臣湘乡曾公深惜之,资其膏火,命游太学。名公卿交相延誉,才名日隆隆起,则以诗鸣京师。[4]咸丰癸丑,予公车计偕,下车首访君,见直省高才生之集辇下者,莫不推襟送抱,文酒之会旬至再三,清词丽句类能举似而口诵之,则以诗鸣海内。[5]丙辰,再入都,因留过夏,往还较密。每朝鲜贡使至,辄诣君寓舍问起居,锦袍玉带作般辟拜,投缟赠纻,必乞其词翰以去,则以诗鸣海外。[6]迨庚申,予游大江南北,泛沧溟,走闽粤,复循海万里北归,凡所历里区谒舍,质馆夷楼,旗亭之壁,酒垆之座,无不有芋仙诗者,盛矣哉。[7]其书中之萧子云、文中之温子昇乎?[8]岁辛酉壬戌,君需次江西,出宰彭泽,则又千古诗人宅也。形赠神答,诗日富日工,因有劝其先付手民者。[9]

　　客或献疑曰:"偏弦不可以律调,孤羽不可以鹬饰,芋仙诗近体多古体少,奈何?"[10]予应之曰:"皇古之篇异于三代,骚、雅之作殊于两京,[11]诗家诸体至盛唐而始备,如子言,唐以前诗人其危矣哉!沈约云'诗乃神明之器',柳冕亦云'文本哀乐之旨',是有性焉、有情焉,出之于分寸杪忽之间,而达之于天下国家之大,何者?其体约,斯其味旨,其感神也。[12]使芋仙众体皆备,或一篇之中瑕瑜不掩,尚当为删之薙之,不以兼到之思累其独至之诣,况刻精竭虑,先攻一体而徐及其余,正昔人所谓同能不如独胜。"又云:"不荣古而虐今,则吴江五言、重阳七字,且有足传之无穷者,况尚有数百篇之义,心清尚感,均顽艳者在耶?[13]"

君藻励自喜,[14]无单复,无町畦,[15]天下人识不识,一见辄投分,作曲室语。[16]久之,如饮纯醪,如听古琴,故始则读其诗想见其人,既则爱其人益重其诗。然君之诗又非以人故而始家隋珠而户荆玉者也。[17]予别君数载,今来皖江,见其学益博,养益纯,不为官腐,不为势屈,如羊角之风转而益上。[18]他日短什长谣,当有无体不善者,然亦春兰秋菊,各秀其时,而非徒截凫续鹤之为,以徇夫吠影逐声之论。[19]此又如染工之五色相宜,律师之九变复贯,皆其境之所必开,又岂绳尺方隅之所能限哉？今姑以是编为天下不尽读其诗者赠,必复有翕然交推,[20]信其可传者,是则芋仙以诗鸣一世,一世之名则既成矣,千秋万岁之名犹今日也,尚预愁身后寂寞乎？

同治二年癸亥四月,温江同岁生王再咸泽山拜撰。[21]

【注释】

[1] 道光元年：1821年。拔萃：唐代始设的考选科目之一。《新唐书·选举志》："选未满而试文三篇,谓之宏辞,试判三条,谓之拔萃,中者即授官。"同年：古代科举考试同科中试者之互称。唐代同榜进士称"同年",明清乡试、会试同榜登科者皆称"同年"。清代科考先后中试者,其中试之年甲子相同,亦称"同年"。

[2] 癸卯甲辰：1842—1843年。李西沤：李惺,号伯子,字西沤,重庆垫江人。嘉庆二十二年(1817)进士,选为翰林院庶吉士,入庶常馆、散馆。道光十五年(1835)辞官归蜀,掌管成都锦江书院达二十年之久。著述甚丰,后人辑为《西沤全集》和《西沤外集》。文翁石室：公元前143至公元前141年间,蜀郡太守文翁曾创建文翁石室,是中国的第一所地方官办学校。"文翁石室"创立不久,即以学风卓荦、人才辈出而名冠西南。公元前124年,汉武帝下令全国效仿文翁兴办学校。

[3] 务：致力。帖括之学：唐制,明经科以帖经试士。把经文贴去若干字,令应试者对答。后考生因帖经难记,乃总括经文编成歌诀,便于记诵应对,称"帖括"。引商刻羽：古乐律音阶有宫、商、角、徵、羽以及变徵、变宫。商声在五音中最高,称"引";羽声等较细,称"刻"。"引商刻羽",谓曲调高古、讲求声律的演奏。

[4] 庚戌：1850年。廷试：也称"殿试",即科举制度中皇帝在殿廷上对会试

取录的贡士亲发策问的考试。其制始于唐武则天时。报罢:指科举时代考试落第。湘乡曾公:曾国藩。膏火:指供学习用的津贴。太学:中国古代的大学。太学之名始于西周,汉代始设于京师。汉武帝时,董仲舒上"天人三策",提出"愿陛下兴太学,置明师,以养天下之士"的建议。延誉:极高的赞誉。鸣:闻名,著称。

[5] 癸丑:1853年。公车:汉代以公家车马递送应征的人,后用为举人应试的代称。计偕:指举人赴京会试。辇下:"辇毂下"的省称,犹言在皇帝的车舆之下,代指京城。推襟送抱:向对方表示殷勤的心意。襟、抱:指心意。

[6] 丙辰:1856年。贡使:进贡的使臣。锦袍玉带:代指达官显贵。般辟:盘旋进退,形容古人行礼时的一种姿态。

[7] 迨:到。庚申:1860年。泛:浮,浮行。沧溟:大海。

[8] 萧子云(487—549):南朝梁史学家、文学家,字景乔,南兰陵人。萧子云从小勤学而有文采。著有《晋书》(已佚,有辑本1卷)。他还善于草隶书法,善效钟繇、王羲之之书,而微变字体,自觉功进,其书亦雅,被梁武帝赞为"笔力骏劲,心手相应。巧逾杜度(东汉草书家),美过崔实,当与元常(钟繇)并驱争先"。温子昇(495—547):字鹏举,济阴冤句(今山东荷泽西南)人,北魏著名文学家,官至中军大将军。

[9] 辛酉:1861年。壬戌:1862年。需次:旧时指官吏授职后,按照资历依次补缺。出宰:由京官外出任县官。手民:雕版排字的工人。

[10] 偏弦:犹孤弦。

[11] 骚、雅:《离骚》和《诗经》。两京:指以《两京赋》《二都赋》为代表的汉赋。

[12] 柳冕(约730—804):字敬叔,唐代蒲州河东人(今山西永济)。博学富文辞,是韩愈、柳宗元倡导的古文运动的先驱。

[13] 吴江五言:不详何指。重阳七字:据《冷斋夜话》载,北宋黄州诗人潘大临家境贫寒,但擅长写诗,有不少佳作被人传诵。他与临州诗人谢无逸相交莫逆,两人经常书信往来。一天,潘大临在家闲卧,正值秋雨淅淅,不觉诗兴大发,就提笔在粉墙上题诗。不料刚写一句"满城风雨近重阳",就听到大门口一片喧闹,原来是官府前来催租。潘大临应付完衙役后,诗思大败,再也续不成其余的诗句。当时名诗人吕居仁认为这句诗"文章之妙至此极矣",或指此云。顽艳:艳丽。

[14]藻励:整饰与磨炼,指砥砺名节。

[15]单复:单衣或复衣。《三国志·管宁》:"宁常着皂帽、布襦袴、布裙,随时单复,出入闺庭。"比喻不拘形迹。町畦:田界,喻规矩、约束。

[16]曲室:密室。

[17]隋珠:古代与和氏璧同称为稀世之宝。也写作"随珠",或称"灵蛇珠""明月珠"。《墨子》云:"和氏之璧,隋侯之珠……此诸侯之良宝也。"荆玉:荆山之玉,即和氏璧。

[18]羊角之风:即《庄子·逍遥游》里的"扶摇",飓风。

[19]截凫续鹤:即续凫截鹤。续,接续;凫,野鸭;鹤,仙鹤。截断仙鹤的长腿接到野鸭的短腿上。比喻做事违反自然规律。语出《庄子·骈拇》:"长者不为有余,短者不为不足。是故凫胫虽短,续之则忧;鹤胫虽长,断之则悲。"吠影逐声:即"随声吠影",汉代王符《潜夫论·贤难》:"一犬吠形,百犬吠声。"比喻一经他人唆使,便不分是非曲直,对人大加攻击。

[20]翕然:一致。

[21]同治二年癸亥:1863年。王再咸,字泽山,清咸丰壬子科(1852)举人。两次会试未第,遂滞留北京教馆。曾做过相继出任四川总督的赵尔巽、赵尔丰兄弟俩的老师。王再咸性格狂放,素喜纵论天下大势,诗名又盛,一时成为京中名士。

题新印诗卷酬徐君子静暨钱君昕伯、何君桂笙[1]

序曰：《天瘦阁诗半》六卷，往年屡烦友人录稿，顷始用活字排印成上下二册，凡五百部，前后计费二百金，告贷于同年同门之厚于赀、显于仕者二人，未有得也。得子静仁兄之助，乃底于成。欣愧交集，谨赋二诗，题之卷首。去腊廿二日，予六十五岁初度[2]，昕伯、桂笙两仁兄为予置酒会饮，并和予自寿元韵[3]，足舒久客之悲，弥切知己之感，且连年屡传噩耗，赖两仁兄屡登予诗，俾九州内外曾识未识诸朋好知予一息尚存[4]，万里如面。此与子静之助刊旧稿，皆予之所极难忘者也。

【注释】

[1]徐君子静：徐子静(1844—1904)，名士恺，字寿安，号子静，安徽石埭人。官浙江候补道。嗜金石，富收藏。著有《观自得斋丛书》。钱君昕伯：钱昕伯(1832—?)，名徵，号雾里看花客。浙江吴兴(今湖州市)人。同治十三年(1874)接任《申报》总编纂，主持《申报》二十余年。大约在光绪三十三年(1907)后去世。何君桂笙：何桂笙(1841—1894)，名镛，以字行，别署高昌寒食生。浙江绍兴人。曾考取秀才，两次应举未中，遂绝意仕途，入《申报》馆，任钱徵副手。
[2]初度：生日。语出《楚辞·离骚》："皇览揆余初度兮，肇锡余以嘉名。"
[3]和：依照别人的诗词题材或体裁作诗词。自寿：意指自己过生而作之诗。
[4]俾：使。

黄金适用易为功，支拄廉隅缓急中[1]。诗草粗完千古事，酒徒高会百花丛。[2]诗稿排印成帙,藉答远近朋好屡劝付梓之谊,暇时当仿去腊生日昕伯所议食单,邀诸至好一醉。稻粱辛苦随阳乌[3],予近寿桂笙,有"才华枉给稻粱谋"之句,洛才读之,谓恻然动心。盖吾辈无一日不在"稻粱"二字束缚驱使中,除非成佛生天,未有一人能解免者,可慨也。指爪东西踏雪鸿[4]。细读龙门游侠传[5],斯人何减布衣雄。

【注释】

[1] 为功:做成大事。 支拄:支撑、维持。 廉隅:棱角,比喻品行方正。 缓急:此为偏义词,偏"急",指紧急情况。
[2] 诗草:对自己诗作的谦称。 粗完:粗略完成。 高会:盛大的聚会。
[3] 稻粱:谷物的总称,这里指谋求衣食生计。 阳乌:神话传说中在太阳里的三足乌,后用为太阳的代称。
[4] 指爪东西踏雪鸿:比喻往事遗留下的痕迹。见宋苏轼《和子由渑池怀旧》:"人生到处知何似?应似飞鸿踏雪泥。泥上偶然留指爪,鸿飞那复计东西!"
[5] 龙门:指司马迁,《史记》有《游侠列传》,歌颂了布衣之侠。

侯喜诗声起少年,左思纸价贵于前。[1]坐销福分名何补,枉费工夫格未全。古少今多,命曰"诗半"。香草美人骚仿佛,鸟心花泪杜缠绵。[2]予诗去骚杜何啻霄壤,然感时恨别,每托于吞花卧酒以写无聊之极思,如卧游诗中"万事向衰无药起,一身放倒听花埋"一联,郭筠仙侍郎以为寓言十九,中有无限慨叹,此真神明于诗,知我之言也。九州闻有神交在[3],身后知谁愿执鞭。[4]

光绪十一年三月既望,李士棻并记于沪上寓馆。

【注释】

[1] 侯喜:字叔起,行十一,世称"侯十一"。唐代人,生卒年不详。贞元十九年(803)进士。元和七年(812)前后官校书郎,历官协律郎、国子主簿等。作品多佚。韩愈诗文中多有涉及,如《喜侯喜至赠张籍张彻》《赠侯喜》等。"左思"句用"洛阳纸贵"典故。李士棻二十多岁就名动京城,曾国藩曾赞其"太白醉魂今尚存"。

[2] 香草美人：屈原作《离骚》，以美人比君王，香草比君子。汉代王逸《离骚》序："《离骚》之文，依《诗》取兴，引类譬谕，故善鸟、香草以配忠贞。"杜：杜甫。

[3] 九州：古代分中国为九州，说法不一。《尚书·禹贡》作冀、兖、青、徐、扬、荆、豫、梁、雍；《尔雅·释地》有幽、营州而无青、梁州；《周礼·夏官·职方》有幽、并州而无徐、梁州。后以"九州"泛指天下，即全中国。

[4] 执鞭：为人持鞭驾车，这里表示对人敬仰之意。《史记·管晏列传·赞》："假令晏子而在，余虽为之执鞭，所忻慕焉。"

旅述八首 附印于此,冀览者知予近状。其去冬今春以后所作,入《天补楼行记》,别为一编

竟抛家计避啼号,旅次何能兴独豪[1]。愿在懒吟元亮赋[2],年来澄怀观道,力屏冶游。畔愁时续子云骚[3]。山丘华屋兼风义,笙鏊昂霄对俊髦[4]。未免低颜筹药饵[5],诗名坐愧古人高。

【注释】

[1]竟:全。 旅次:旅人暂居的地方。

[2]元亮赋:东晋陶潜字元亮,曾任彭泽令,作《归去来兮辞》,因不愿为五斗米折腰而归隐。后常用为隐居不仕的典实。

[3]子云:扬雄(前53—18),字子云,西汉后期辞赋家、语言学家,蜀郡郫县(今四川省成都市郫都区)人。

[4]华屋:华美的屋子。风义:风姿品行出众的人。俊髦:才智杰出之士。

[5]低颜:低眉顺眼。药饵:药引子。

仕宦还乡岂不佳,其如偃蹇与时乖[1]。饥寒亦半由人事,富贵焉能到我侪。谢傅年衰防子觉[2],庞公身隐有妻偕[3]。古来贤达甘无用,醉便高歌死便埋[4]。

【注释】

[1]偃蹇:艰难。乖:背离。

[2] 谢傅：指东晋名士谢安。《世说新语·言语》："谢太傅语王右军曰：'中年伤于哀乐，与亲友别，辄作数日恶。'王曰：'年在桑榆，自然至此，正赖丝竹陶写，恒恐儿辈觉，损欣乐之趣。'"苏轼《游东西岩（即谢安东山也）》："谢公含雅量，世运属艰难。况复情所钟，感慨萃中年。正赖丝与竹，陶写有余欢。常恐儿辈觉，坐令高趣阑。"《晋书·王羲之传》（卷八十）也有记载。
[3] 庞公：庞德公，东汉末襄阳人，隐士。大约生活在汉灵帝建宁至三国蜀汉昭烈帝章武年间。荆州刺史刘表数次请他进府，皆不就。刘表问他不肯官禄，后世何以留子孙，庞公曰："世人皆遗之以危，今独遗之以安，虽所遗不同，未为无所遗也。"见《后汉书·逸民列传》。
[4] 醉便高歌死便埋：指魏晋名士放任旷达的人生态度，如阮籍、刘伶等。

一语狂来欲问天[1]，忌才何苦用情偏。达摩面壁难成佛[2]，子晋吹笙易得仙[3]。志士仁人终寂寞，痴儿騃女总团圆[4]。从今愿乞容容福[5]，长日惟消食与眠。

【注释】

[1] 问天：屈原有《天问》。
[2] 达摩：天竺人，禅宗尊为中土始祖。他为弘扬佛法，东渡中历尽艰辛，后终在少林寺后山面壁九年得悟大道。
[3] 子晋：王子乔的字，神话人物。相传为周灵王太子，喜吹笙作凤凰鸣，被浮丘公引往嵩山修炼，后升仙。
[4] 騃(ái)：愚、呆。痴儿騃女，指迷恋于情爱的男女。
[5] 容容：形容盛多。

终始论交保一心[1]，异乡人士独情深。哀予每进王孙食[2]，知我惟分鲍叔金[3]。故里荐才无狗监[4]，新诗传诵有鸡林[5]。怪来坎壈缠身久[6]，忝窃虚名力不任[7]。

【注释】

[1] 终始:始终。
[2] 此句典出《史记·淮阴侯列传》,韩信贫贱之时,常从人寄食饮,曾寄食漂母,许愿将来会重报漂母,"母怒曰:'大丈夫不能自食,吾哀王孙而进食,岂望报乎!'"哀:同情。
[3] 此句典出《史记·管晏列传》,管仲曰:"吾始困时,尝与鲍叔贾,分财利多自与,鲍叔不以我为贪,知我贫也。"鲍叔:指鲍叔牙。
[4]《史记·司马相如传》:"蜀人杨得意为狗监,侍上。上读《子虚赋》而善之,曰:'朕独不得与此人同时哉!'得意曰:'臣邑人司马相如自言为此赋。'"狗监,汉代官名,主管皇帝的猎犬。司马相如因狗监荐引而名显,故后常用以为典。
[5] 鸡林:古国名,即新罗,朝鲜半岛的古国之一。
[6] 坎壈:困顿、不得志。
[7] 忝:辱、有愧于,常用作谦辞。

壮已无闻耄可知[1],我生飘荡复何之。记酣燕市荆轲酒[2],吟断扬州杜牧诗。海客致书投远物[3],山妻多病算归期[4]。行年怕就君平问,问了君平转自疑[5]。

【注释】

[1] 耄(mào):年老,高龄,古称大约七十至九十岁的年纪。
[2] 燕市:战国时燕国的国都。《史记·刺客列传》:"荆轲嗜酒,日与狗屠及高渐离饮于燕市。"晋左思《咏史》:"荆轲饮燕市,酒酣气益震。"
[3] 海客:浪迹四方的人。
[4] 山妻:隐士之妻,后多用为自称其妻的谦词。
[5] 君平:严君平(前86—10),西汉蜀郡(今四川)人。汉成帝时隐居成都市井中,以卜筮为业。精老庄之学,终身不仕。著有《老子注》和《道德真经指归》。

小窗听够连宵雨，勃勃诗心花怒开。看画迳思扶杖入[1]，典衣先备买书来。群芳得气皆奇福，竖子成名即霸才[2]。一览郊原春浩荡，东风吹活几楼台。

【注释】
[1] 迳：径直、直接。
[2] 竖子成名：《晋书·阮籍传》："（籍）尝登广武，观楚汉战处，叹曰：'时无英雄，使竖子成名！'"后指无能者侥幸得以成名。

行路古今同一难，出门天地果谁宽[1]。淫于服乃称佳士[2]，多得钱才显好官。瓦釜雷鸣诸乐哑，金尊酒满美人欢。[3]白衣倏忽成苍狗[4]，此等浮云我倦看。

【注释】
[1] 此句化用唐孟郊《赠崔纯亮》："出门即有碍，谁谓天地宽。"
[2] 淫：奢华、浮华。
[3] 屈原《卜居》："世浑浊而不清，蝉翼为重，千钧为轻；黄钟毁弃，瓦釜雷鸣；谗人高张，贤士无名。"比喻有才德的人被弃置不用，而无才德的平庸之辈却居于高位。
[4] 白衣句：唐杜甫《可叹》："天上浮云如白衣，斯须改变如苍狗。"后以"白衣苍狗"比喻世事变化无常。倏忽：顷刻。

已成孔父周流局[1]，更续庄生汗漫游[2]。一世鸡虫谁得失[3]，百年儿女几恩仇。易详忧患身多旅，诗写悲伤气是秋。此日东南耆旧尽[4]，过江不忍过西州。[5]

【注释】

[1] 孔父:指孔子。周流:周游、辗转奔波。
[2] 庄生:指庄周。汗漫:空泛、不着边际。
[3] 鸡虫谁得失:唐杜甫《缚鸡行》:"小奴缚鸡向市卖,鸡被缚急相喧争。家中厌鸡食虫蚁,不知鸡卖还遭烹。虫鸡于人何厚薄,吾叱奴人解其缚。鸡虫得失无了时,注目寒江倚山阁。"后改变原意,以比喻无关紧要的细微得失。
[4] 耆旧:年高而有声望的人。
[5] 西州:古城名,东晋置,为扬州刺史治所,故址在今南京市。晋谢安死后,羊昙醉至西州门,恸哭而去。见《晋书·谢安传》。后用为表示感旧兴悲、悼亡故人之典。

杨慈湖曰:"人生只忙迫一场便休。"[1]予堕地六十余年,所忙何事?成就何等?但得一联半句流传身后,后之人或亦有激赏予诗,一如予今日之爱慕乾嘉诸词客[2],则予不为虚生矣。既不敢妄自尊大,思兼擅古人之各体皆工,必至奢愿难副[3],无一端之可称;又不敢妄自菲薄,视古人过高。每有述作,不复精思力践,甘让古人,即专攻一体,亦难信安身立命之果在此也[4]。此则予平日为学宗旨也。童鸥居士芋仙附记。

【注释】

[1] 杨慈湖(1141—1226):名简,字敬仲,世称慈湖先生,哲学家。
[2] 乾嘉诸词客:乾嘉学派是清代乾隆、嘉庆时期思想学术领域逐渐发展成熟的以考据为主要治学方式的学术流派,乾嘉诸词客借用乾嘉学派的治学方式来研究词学的复雅、重情、协律的问题。
[3] 副:相称,符合。
[4] 安身立命:安身,容身,在某处安下身来。立命,指生活有着落,精神有寄托。

【注释】

[1] 伯位山:名受中,号时离,约生活于嘉庆中叶至同治末年,参与编修《忠州直隶州志》。
[2] 日下:指京都。古代以帝王比日,因以皇帝所在地为"日下"。
[3] 黄金台:古台名,又称金台、燕台。故址在今河北省易县易水南。相传战国燕昭王筑,置千金于台上,延请天下贤士,故名。

怀陈仪庭同年

五云楼阁凤城隈[1],先后俱从上计来[2]。紫殿挥毫砖影度[3],黄门捧卷漏声催[4]。千金谁市空群马,一样同为爨尾材。[5]不慕浮荣归便可,故山泉壑胜蓬莱。

【注释】

[1] 五云楼:指豪华富丽的楼阁。凤城:京都的美称。隈:角落。
[2] 上计:战国、秦、汉时地方官于年终将境内户口、赋税、盗贼、狱讼等项编造计簿,遣吏逐级上报,奏呈朝廷,借资考绩,谓之上计。
[3] 紫殿:帝王宫殿。
[4] 黄门:官名。漏声:古代计时器铜壶滴漏之声。
[5] 市:买。爨(cuàn):烧火煮饭。

怀杜海云

经年去国背亲知,不见如何不尔思。倜傥一生肩古谊[1],苍茫万里足新诗。秋宵石室连床处[2],春雨巴台祖帐时[3]。枉说文章声价重,文章曾不救輖饥[4]。

【注释】

[1] 肩:担负。古谊:同"古义",古贤人之风义。
[2] 连床:并榻或同床而卧,多形容情谊笃厚。
[3] 祖帐:古代送人远行,在郊外路旁为饯别而设的帷帐。亦指送行的酒筵。
[4] 不:音 fǒu,同"否"。輖饥:輖通"朝",早晨,早晨没吃东西时的饥饿状态。语出《诗经·汝坟》:"未见君子,惄如輖饥。"这里比喻穷困。

都门杂感

曾到蓬莱顶上行,丹台几辈骤蜚声[1]。小诗低咏参三昧[2],大鸟孤飞讳一鸣。旷代才稀关气运[3],名场事幻慕躬耕[4]。便应归饮西溪水,口诵黄庭心太平。

【注释】

[1] 丹台:道教指神仙的居处。骤:突然。
[2] 三昧:奥妙,诀窍。
[3] 气运:气数,命运。
[4] 名场:泛指追逐声名的场所。

恭送座主曾涤生师典试西江,乞假归省四首[1]

洪都持节拜恩新[2],文运重扶大雅轮[3]。众论久传长孺戆[4],至尊原识仲舒纯[5]。天民志事酬今日[6],海内安危托此身。用舍公常忘得失[7],朝评士气一时伸。

立朝风骨重如山,此去匡庐绝顶攀[8]。诗轶涪翁宗派外,身经子固钓游间[9]。鱼龙争入珊瑚网,桃李应成玉笋班[10]。合有异材支大厦,豫章搜得尽携还[11]。

十年端笏侍明光,遥祝庭闱燕喜长。[12]衣锦偶然归故里,捧觞重与寿高堂。一门金紫家声炽[13],满地兵戈贼势张。南服待公筹胜略,捷书早晚报天阊。[14]

耽吟何以补蹉跎[15],耿耿名心渐欲磨。万里关河为客远,三年门馆受恩多。怜才直与前贤并,问字还期异日过[16]。及事欧阳真厚幸,只惭无力到东坡。[17]

【注释】

[1] 曾涤生:曾国藩字涤生。典试:主持考试之事。归省:从外地回到家乡探亲。

[2] 洪都：江西省南昌市的别称。隋、唐、宋时南昌为洪州治所，唐初曾在此设都督府，因以得名。持节：古代使臣奉命出行，必执符节以为凭证。

[3] 大雅：高尚雅正。

[4] 长孺：汲黯（？—前112），西汉名臣，字长孺，濮阳人。汉武帝时官至主爵都尉，列于九卿。《史记·汲黯列传》："（汲黯）任气节，内行修洁，好直谏，数犯主之颜色……天子方招文学儒者，上曰吾欲云云，黯对曰：'陛下内多欲而外施仁义，奈何欲效唐虞之治乎！'上默然，怒，变色而罢朝。公卿皆为黯惧。上退，谓左右曰：'甚矣，汲黯之戆也！'"戆（zhuàng）：迂愚而刚直。

[5] 至尊：皇帝的代称。仲舒：指董仲舒，朱熹《朱子语类》卷一三七："汉儒惟董仲舒纯粹，其学甚正。"

[6] 天民：指贤者。因其明乎天理，适乎天性，故称。语出《孟子·尽心上》："有天民者，达可行于天下而后行之者也。"

[7] 用舍：指被任用或不被任用。

[8] 匡庐：江西庐山。相传殷周之际有匡俗兄弟七人结庐于此，故称。

[9] 轶：超过。涪翁：宋代黄庭坚晚号涪翁。子固：宋代文学家曾巩字子固。

[10] 珊瑚：喻俊才。玉笋：喻英才济济。语见《新唐书·李宗闵》："俄复为中书舍人，典贡举，所取多知名士，若唐冲、薛庠、袁都等，世谓之'玉笋'。"

[11] 豫章：古郡名，治所在今江西南昌。

[12] 笏：古代臣朝见君时所执的狭长板子，用玉、象牙、竹木制成，也叫手板。明光：指太阳，这里指皇上。庭闱：内舍，多指父母居住处。燕喜：宴饮喜乐。

[13] 金紫：金鱼袋及紫衣，唐宋的官服和佩饰。也用以指贵官。

[14] 南服：古代王畿以外地区分为五服，故称南方为"南服"。天阊：皇宫的大门。

[15] 耽吟：沉溺于吟诗作文。

[16] 问字：据《汉书·扬雄传》载，扬雄多识古文奇字，刘棻曾向扬雄学奇字。后来称从人受学或向人请教为"问字"。

[17] 及事：犹成事，谓做某事至于成功。欧阳：宋代欧阳修。

游二闸同杨海琴、何小宋、伍松生三太史,杨叔通同年、吴秋尹高士[1]

挈侣提壶出郭西[2],平沙远水觉天低。鹭鸥蹲岸看人过,芦苇吹花与雪迷。画桨静移波淼淼,酒旗斜傍柳萋萋。御河桥上频来往,翻羡鱼樵住夹隄。

【注释】

[1] 杨海琴:名杨翰(1812—1879),字海琴,一字伯飞,直隶新城人,道光乙巳(1845)进士,由翰林院编修改官湖南永州府知府,升辰永沅靖兵备道,为政宽易,著有《裦遗草堂诗集》。何小宋:何璟(1816—1888),字伯玉,号小宋,广东香山县人,丁未(1847)科进士,由翰林院编修补授江南道御史,升任闽浙总督。太史:官名。三代为史官与历官之长,朝廷大臣。后职位渐低,秦称太史令,汉属太常,掌天文历法。魏晋以后太史仅掌管推算历法。至明清两朝,修史之事由翰林院负责,又称翰林为太史。高士:志趣、品行高尚的人,高尚出俗之士,多指隐士。

[2] 郭:外城,古代在城的外围加筑的一道城墙。

都门秋夕

独坐虚堂夜气清[1],乍闻街柝报严更[2]。十年旧句挑灯和,一片新愁对酒生。如我光明惟月色,背人私语是虫声。尘劳辄作飞仙想[3],何日金丹炼始成[4]。

【注释】

[1] 虚堂：高堂。

[2] 柝：古代打更用的梆子，《木兰辞》中有"朔气传金柝"。严更：警夜行的更鼓。

[3] 尘劳：佛教徒谓世俗事务的烦恼。

杂感二首

霓裳一曲歇新声[1]，报道群仙谪玉京[2]。真赏已无前辈在，虚名犹与众人争。神驹千里徒思骋，大鸟三年竟不鸣[3]。薄有田庐归亦好，杏花深处事春耕。

直须我重物方轻，得失纷纷了不惊[4]。积毁岂能伤宋玉，穷愁何幸过虞卿。[5]著书一寸千秋在，为客三年百感生。夜半巡檐看冷月，团圞犹是旧时明[6]。

【注释】

[1] 霓裳：《霓裳羽衣曲》的略称。

[2] 玉京：道家称天帝所居之处。《魏书·释老志》："道家之原，出于老子。其自言也，先天地生，以资万类。上处玉京，为神王之宗。"唐白居易《梦仙》："须臾群仙来，相引朝玉京。"

[3] "大鸟"句：典出《韩非子·喻老》："楚庄王莅政三年，无令发，无政为也。右司马御座，而与王隐曰：'有鸟止南方之阜（土山），三年不翅，不飞不鸣，嘿然无声，此为何名？'王曰：'三年不翅，将以长羽翼；不飞不鸣，将以观民则。虽无飞，飞必冲天；虽无鸣，鸣必惊人。'"

[4] 得失：得与失，犹成败。

[5] 积毁：谓众口不断毁谤。宋玉：战国辞赋家，相传为屈原的弟子。虞卿：战国时期游说之士，《史记》有传。

[6] 团圞：借指月亮。

程钧甫、晴槎兄弟招饮

鞭丝斜指酒家楼[1]，饱看群花不掉头。银烛金尊娱永夜[2]，明星华月拥高秋。一时倾盖成良会[3]，四座飞觞诧隽游。来日定开闻喜宴[4]，红笺名字写风流[5]。

【注释】

[1] 鞭丝：马鞭，借指出游。

[2] 金尊：酒樽的美称。永夜：长夜。

[3] 倾盖：车上的伞盖靠在一起，此指初次相逢或订交。

[4] 闻喜宴：唐代进士发榜，醵钱宴乐于曲江亭子，称曲江宴，亦称闻喜宴。

[5] 红笺：红色笺纸。多用以题写诗词或作名片等。

秋夕与程钧甫、汤东笙、吴琼楼、程晴槎、何芸阁、蒋松乔会饮宣武门外酒楼，首唱一诗，属群季和作

花欲全开月欲圆，樱桃传舍晚秋天[1]。齐盟兄弟三生定[2]，下第文章万口传[3]。庭舞双鸾临宝镜[4]，楼修五凤助蛮笺[5]。他时同咏霓裳曲，记取蓬莱顶上仙。

【注释】

[1]传舍:古时供行人休息住宿的处所。
[2]齐盟:犹同盟。三生:佛家所说的三世转生,即前生、今生和来生。
[3]下第:科举时代指殿试或乡试没考中。
[4]宝镜:此处比喻月亮。
[5]五凤:古楼名,即五凤楼。唐在洛阳建五凤楼,玄宗曾在其下聚饮,命三百里内县令、刺史带声乐参加。梁太祖朱温即位,重建五凤楼,去地百丈,高入半空,上有五凤翘翼。后喻文章巨匠为造五凤楼手。蛮笺:唐时高丽纸的别称,也指蜀地所产名贵的彩色笺纸。

陶然亭题壁[1]

日下一亭闻九州,到门日日有诗流。频来不尽流连意,独立能生浩荡愁。蝴蝶做酣香国梦,芦花吹白酒人头。寒沙浅水南洼路[2],摇兀轻车似小舟[3]。

【注释】

[1]陶然亭:清代北京名亭,康熙三十四年(1695)建,取名于唐代白居易《闲饮》中的"更待菊黄家酿熟,与君一醉一陶然"。
[2]寒沙:寒冷季节的沙滩。
[3]摇兀:摇荡,飘荡。

稼生师命赋黄花鱼

小队江湖不喜秋,黄花名好趁春收。恰逢帝里重三节[1],初进天厨第一头[2]。骨比石坚元气足,味如人淡晚香留。至尊减膳多恩泽[3],赪尾频苏四海愁[4]。

【注释】

[1] 帝里:帝都,京都。三节:旧俗称端午、中秋、春节为三节。
[2] 天厨:皇帝的庖厨。
[3] 至尊:指皇帝。
[3] 赪(chēng)尾:赪,红色。语见《诗经·汝坟》:"鲂鱼赪尾,王室如毁。"《毛传》:"赪,赤也,鱼劳则尾赤。"后以"赪尾"指忧劳,劳苦。

东笙将归山左[1],作诗赠别

半生辛苦为长句,识者寥寥厌者多。今日得君同啸咏,异时传世不销磨[2]。迷离云雨侵巫峡,澎湃风涛震大河。总是诗家奇绝处,杜陵宗派接余波[3]。

惜君归速我归迟,三载何堪远别离。辽海文章同一哭[4],天涯知己最相思。盈盈酒认消愁物[5],点点花催写恨诗。试向明湖照秋水,鬓边新白几茎丝。

【注释】

[1] 山左:因山东省在太行山之左(东),故称。
[2] 销磨:磨灭。
[3] 杜陵:指杜甫。
[4] 辽海文章同一哭:语出李贺《南园十三首》之六:"寻章摘句老雕虫,晓月当帘挂玉弓。不见年年辽海上,文章何处哭秋风?"
[5] 盈盈:形容清澈。

赠袁漱六太史

庭院萧闲似隐沦[1],不知门外即红尘。万书重校无虚日,一代能传见此人。才大动成经世策[2],眼高偏爱不羁身。望洋久矣谁为导[3],犹喜相从屡问津[4]。

【注释】

[1] 萧闲:潇洒悠闲,寂静。唐顾况《山居即事》:"下泊降茅仙,萧闲隐洞天。"隐沦:隐居。
[2] 经世:治理国事。
[3] 望洋:即"望洋兴叹",本义指在伟大的事物面前感叹自己的微小,后多比喻想做一件事而又无能为力,无可奈何。
[4] 问津:打听渡口,引申为探求途径或尝试。

宿张酉山同年寓中不寐作

落落乾坤此鲜民,不才深愧苦吟身。十年行脚无长策[1],四海关心有故人。回想冶游俱是梦[2],欲除狂态便非真。即今揩尽英雄泪,猿鹤青山访旧邻[3]。

【注释】

[1]行脚:行走、行路。长策:上策,万全之计,效用长久的方策。
[2]冶游:野游,出外游乐。
[3]猿鹤:猿和鹤,借指隐逸之士。

十月廿一日出都至保阳

三年难避软红尘,才出层城气一新[1]。北地尚羁千里马,东风来领百花春。尽交慷慨悲歌士,自谓嶔奇可笑人[2]。漫道栖栖无定所[3],世间谁是自由身。

【注释】

[1]层城:京师、王宫。
[2]嶔奇:比喻品格卓异。
[3]漫道:莫说,不要讲。栖栖:忙碌不安的样子。《诗经·六月》:"六月栖栖,戎车既饬。"

寄东笙山左、钧甫山右[1]

短衣送别国门西,归卧空斋梦屡迷。平子愁吟青玉案[2],山公怕听白铜鞮[3]。香魂栩栩花间活,小字惺惺纸尾题。[4]卅六鱼鳞一行雁[5],开函应更怅分携。

【注释】

[1] 山左:指山东省。山右:指山西省。
[2] "平子"句:张衡(78—139),字平子,南阳西鄂(今河南南阳市石桥镇)人,曾做《四愁诗》。青玉案:词牌名,张衡《四愁诗》:"美人赠我锦绣段,何以报之青玉案"。
[3] "山公"句:李白《襄阳歌》:"襄阳小儿齐拍手,拦街争唱白铜鞮。旁人借问笑何事,笑杀山公醉似泥。"山公:指西晋山简,曾镇守襄阳,常喝得酩酊大醉。
[4] 栩栩:生动,活泼。惺惺:灵动。
[5] 鱼鳞一行雁:古人常用鱼雁形容书信。

怀张酉山同年

经年契阔寄书迟[1],来喜倾谈去耐思。萧寺还留听雨榻[2],奚囊最赏惜花诗。曾将酒德评公瑾[3],谓翼庭。能识琴心有子期[4]。屈曲聊为升斗计,文章憎命欲何之[5]。

【注释】

[1] 经年:经过一年或若干年。契阔:久别。

[2] 萧寺:佛寺。唐李肇《唐国史补》卷中:"梁武帝造寺,令萧子云飞白大书'萧'字,至今一'萧'字存焉。"后因称佛寺为萧寺。

[3] 公瑾:东汉末年东吴名将周瑜(175-210),字公瑾。

[4] 子期:钟子期,名徽,字子期,春秋楚国(今湖北汉阳)人。相传钟子期是樵夫,有一次听见俞伯牙在汉江边鼓琴,钟子期感叹说:"峨峨兮若泰山,洋洋兮若江河。"两人因此成为至交。钟子期死后,俞伯牙认为世上已无知音,终生不再鼓琴。

[5] 升斗:比喻微薄的薪俸。文章憎命:谓工于为文,而命运多舛。语出唐代杜甫《天末怀李白》:"文章憎命达,魑魅喜人过。"

出都留别师友诗十二首

往事如云过太清,三年一鸟不飞鸣[1]。世无市骨千金价,诗愧于鳞七子名。[2]日下旧闻浑欲补,终南捷径与谁争。[3]最难忘是贤师友,香火因缘骨肉情。

日边北面丰城叟[4],江上西风故里台。忆别新都排马去,为开旧馆授餐来。瀛洲清切公重上[5],人海浮沉我不才。五夜扪心有余憾,酬恩何路竭涓埃。[6]徐稼生师。

湘乡宗伯欧阳子[7],海内龙门一代尊。独抱遗经事尧舜,教吟大句动乾坤。思公不见如怀古,知己从来胜感恩。惆怅何时趋讲席,名山风雨得重论。[8]曾涤生师。

驻马还寻卧雪庐,虎坊桥北对踌躇。[9]家徒四壁羞千世,胸有千秋趁著书。临去更倾燕市酒,相思定寄锦江鱼。年来好古粗成癖,一别先生孰导予。袁漱六先生。

乾嘉诸老盛当时[10],文采风流俨在兹。金石尽收无价宝[11],丹青何减有声诗。朋樽北海追欢数,游屐西山揽胜迟。[12]良会不常人易别,凭传书札证襟期[13]。杨海琴太史、秦谊亭杨叔通两孝廉[14]。

名场只是可怜场[15],过去升沉记不详。谣诼且凭余子哄[16],悲歌未让古人狂。山窥真面千峰立,月写明心七宝装[17]。与说东坡携酒处,凌云游兴剧还乡[18]。曾佑卿吉士。

【注释】

[1]"三年"句:典出《韩非子·喻老》。
[2]市骨:指战国时燕昭王用千金买千里马骨以求贤才事,常用以比喻招揽人才之迫切,见《战国策·燕策一》。李攀龙(1514—1570),字于鳞,号沧溟,历城(今山东济南)人,明代著名文学家,"后七子"领袖人物。
[3]日下旧闻:清朱彝尊(1629—1709)撰,凡四十二卷。终南捷径:《新唐书·卢藏用》载,卢藏用隐居在京城长安附近的终南山,借此得到很大的名声,终于达到了做官的目的。
[4]丰城:位于江西省中部。
[5]瀛洲:本指传说中的仙山。唐太宗为网罗人才,设置文学馆,任命杜如晦、房玄龄等十八名文官为学士,轮流宿于馆中,暇日,访以政事,讨论典籍。又命阎立本画像,褚亮作赞,题名字爵里,号"十八学士"。时人慕之,谓"登瀛洲"。事见《新唐书·褚亮传》。后来的诗文中常用"登瀛洲""瀛洲"比喻士人获得殊荣,如入仙境。清切:清贵而切近,指清贵而接近皇帝的官职。
[6]五夜:即五更。涓埃:细流与微尘,比喻微小。唐杜甫《野望》:"惟将迟暮供多病,未有涓埃答圣朝。"
[7]湘乡:即曾国藩。宗伯:官名,周代六卿之一,掌宗庙祭祀等事,即后世礼部之职。因亦称礼部尚书为大宗伯或宗伯。欧阳子:宋代欧阳修。
[8]讲席:高僧、儒师讲经讲学的席位。亦用作对师长、学者的尊称。名山:指可以传之不朽的藏书之所。《史记·太史公自序》:"成一家之言……藏之名

山,副在京师,俟后世圣人君子。"此借指著书立说。

[9] 卧雪庐:清人袁芳瑛的藏书楼,亦名卧雪楼。虎坊桥:北京地名,是明朝宫廷圈养老虎的地方。

[10] 乾嘉:清乾隆、嘉庆两朝的合称。

[11] 金石:指古代镌刻文字、颂功纪事的钟鼎碑碣等。

[12] 朋樽:两樽(酒)。语出《诗经·七月》有"朋酒斯飨",《毛传》有"两樽曰朋"。游屐:出游时穿的木屐,此处代指游踪。

[13] 襟期:犹心期,指人与人之间的相互期许。

[14] 秦谊亭(1803—1873):名炳文,初名烨,字砚云,号谊亭,江苏无锡人。道光二十年(1840)举人,官吴江教谕,晚年在京任户部主事。画擅山水,初师王鉴,后宗黄公望、吴镇,臻其胜境。杨叔通:杨济,生卒年不详,字叔通,号鸥客,善书法。

[15] 名场:旧指读书人求功名的场所。泛指寻求名利的道路和竞夺声名的场所。

[16] 谣诼:造谣毁谤。

[17] 七宝:形容用多种宝物装饰的器物。

[18] 剧:急促、疾速。

千佛经中乍有名,四禅天上不无情[1]。逢花怕咏伤春句,被酒愁闻度曲声[2]。壮士黄金挥手尽,多时齑肉背人生[3]。长安去住非容易,便说重来泪已倾。

重阳时节雨冥冥,一曲霓裳梦乍醒。未到送行衣尽白,得逢知己眼俱青[4]。花心惨淡东篱菊,人影稀疏北斗星。自与诸君挥泪别,至今萍梗尚飘零[5]。谓程钧甫、汤东笙、吴琼楼、程晴槎、何芸阁、蒋松乔诸兄弟。

帝里风光次第新[6],清游不负苦吟身。酒家垆畔停车处,饭颗山头戴笠人[7]。揽胜江亭旬几度,搜书厂肆日多巡[8]。莺花槃敦淋漓地,入梦还应认得真。

自笑营巢鸟不如,三年流寓九移居。一床图史无余物,四海知交有报书。经世尚嫌才卤莽,谋生都坐计迂疏[9]。故山梅鹤平安否[10],应盼闲云返旧庐。

离筵屡荷故人招,裙屐相携慰寂寥[11]。击筑苍凉临别地,衔杯暖热可怜宵[12]。明明花月三春艳,渺渺云山万里遥。去后思量今日味,此生禁得几魂销。

五湖归计偶然成,帽影鞭丝出帝城[13]。三叠阳关催去去[14],一条来路重行行。文章终望扶轮手[15],心力空抛画饼名。料理十年书再读,异时经术赞隆平[16]。

【注释】

[1] 四禅:佛教语,即四禅定,色界初禅天至四禅天的四种禅定。

[2] 度曲:制曲,作曲。

[3] 髀肉背人生:即髀肉复生。髀肉是大腿上的肉,因久不骑马,大腿上肉又长起来了。典出《三国志·先主备》:"荆州豪杰归先主者日益多,表疑其心,阴御之。"裴松之注引晋代司马彪《九州春秋》:"备住荆州数年,尝于表坐起至厕,见髀里肉生,慨然流涕。还坐,表怪问备,备曰:'吾常身不离鞍,髀肉皆消。今不复骑,髀里肉生。日月若驰,老将至矣,而功业不建,是以悲耳。'"

[4] 衣尽白:荆轲刺秦王,太子及宾客知其事,皆穿上白色的衣服,戴上白色的帽子到易水河送别荆轲。眼俱青:青眼。

[5] 萍梗:浮萍断梗,因漂泊流徙,以喻人行止无定。

[6] 帝里:即帝都、京都。次第:依一定顺序,一个挨一个地。

[7] "饭颗山"句:饭颗山相传是唐代长安附近的一座山。典出唐代孟棨《本事诗·高逸》:"白(李白)才逸气高,与陈拾遗齐名……尝言:'兴寄深微,五言不如四言,七言又其靡也,况使束于声调俳优哉!'故戏杜曰:'饭颗山头逢杜甫,头戴笠子日卓午。借问别来太瘦生,总为从前作诗苦。'盖讥其拘束也。"后用用作表示写诗刻板平庸或诗人拘守格律或刻苦写作的典故。

[8] 厂肆:店铺。

[9] 坐:因为。

[10] 梅鹤:古代隐士常种梅养鹤以自娱。

[11] 离筵:饯别的宴席。荷:承蒙。裙:下裳。屐:木底鞋。裙屐原指六朝贵族子弟的衣着,后泛指富家子弟的时髦装束。

[12] 此处以击筑喻慷慨悲歌或悲歌送别。衔杯:口含酒杯,多指饮酒。

[13] 五湖:春秋末越国大夫范蠡,辅佐越王勾践,灭吴国,功成身退,乘轻舟以隐于五湖,见《国语·越语下》,后因以"五湖"指隐遁之所。鞭丝:马鞭,借指出游。

[14] 三叠阳关:即古曲《阳关三叠》,也泛指离别时唱的歌曲。

[15] 扶轮:扶翼车轮,比喻帮助。

[16] 异时:以后。隆平:昌盛太平。

行次保阳,归计顿左,侨寓安肃刘大令县斋,作诗遣怀,寄酬都中师友[1]

冠影峨峨赋远游[2],行藏未信属人谋[3]。命缠箕斗昌黎困[4],身似鸿泥玉局愁[5]。从古贤豪曾御李[6],祗今词客暂依刘[7]。榴花时节天街北[8],坛坫重寻第一流。

【注释】

[1] 次:(旅途中)停留。左:相背、相反。安肃:旧县名,治所在今河北徐水县。

[2] 峨峨:高的样子。远游:屈原《楚辞》有《远游》篇。此句意为要像屈原那样峨冠博带,不随流俗,赋诗言志。

[3] 行藏:指出处或行止。语出《论语·述而》:"用之则行,舍之则藏。"属:依靠。

[4] 箕斗:星名,即箕宿与斗宿。韩愈《三星行》:"我生之辰,月宿南斗。牛

奋其角,箕张其口。牛不见服箱,斗不挹酒浆;箕独有神灵,无时停簸扬。……"韩愈借星命家言,怨自己身宫命运不好,其实是用反语发泄怨愤,指出了世道的不平。

[5] 玉局:宋代苏轼曾任玉局观提举,后人遂以"玉局"称苏轼。

[6] 御李:东汉李膺有贤名,士大夫被他接见之后身价大大提高,被称作登龙门。荀爽去拜访他,并为他驾御车马,回家后对人说:"今日乃得御李君矣!"见《后汉书·李膺传》,后因以"御李"谓得以亲近贤者。

[7] 依刘:典出《三国志·王粲》:"(王粲)年十七,司徒辟,诏除黄门侍郎,以西京扰乱,皆不就。乃之荆州依刘表。"后因以"依刘"指投靠有权势者。这里指李士棻寓居刘大令家。

[8] 天街:京城中的街道。

座主蓉峰师赫特贺拜库车大臣之命,赋诗志别[1]

凤领银台典政权[2],新持玉节镇雄边[3]。八方风雨趋三辅[4],两戒河山共一天[5]。虎卫初看关塞月[6],麟袍犹染御炉烟[7]。踟蹰门馆东风里,忍听骊歌咽管弦。

【注释】

[1] 座主:旧时进士称主试官为座主。赫特贺(？—1858):字蓉峰,蒙古镶红旗人。道光三年(1823)进士。咸丰二年(1852),任库车办事大臣;三年,调驻藏办事大臣;四年,授镶白旗蒙古副都统。库车大臣:清代派驻库车地区的行政长官。库车:隶属于新疆维吾尔自治区,位于中国新疆维吾尔自治区中西部,属阿克苏地区东端。

[2] 银台:即银台门,宫门名。唐时翰林院、学士院都在银台门附近,后因以银台门指代翰林院。典:掌管、主持。

[3] 玉节:玉制的符节。古代天子、王侯的使者持以为凭。

[4]三辅:本为西汉治理京畿地区的三个职官的合称,也指其所辖地区。
[5]两戒:国家疆域的南北界限。
[6]虎卫:守卫王宫或国门的勇士。
[7]麟袍:即麟服,绣有麒麟的官服。明洪武二十四年规定,公、侯、驸马等,可穿麟服。御炉:御用的香炉。语见唐代柳宗元《省试观庆云图诗》:"抱日依龙衮,非烟近御炉。"

呈座主丰城徐稼生师

人生师友关天性,况是恩门感倍深。孤进难酬经世志[1],狂名易负爱才心。先生旧识群中马,小子曾闻海上琴。稽首皈依应未了[2],后身香火何须寻。

【注释】
[1]经世:治理国事。
[2]稽首:古时一种跪拜礼,叩头至地,在九拜中最恭敬。

怀王午桥学正[1],兼柬杨叔通同年

高人今有王摩诘[2],久不招寻减旅欢。画里芭蕉应好在,尊前诗卷与谁看。牢愁易惹游仙梦,潇洒无如博士官[3]。传语同年杨补阙,见渠一似见君难。[4]

【注释】

[1] 王午桥：王荫昌，字子言，号午（又作五）桥，今河北正定人。道光二十年（1840）举人，咸丰六年（1856）为国子监助教，后转学正。同治十二年（1873）官山东武定同知，工山水画。学正：宋元明清国子监所属学官，协助博士教学，并负训导之责。明清州学也设学正，掌教育所属生员。

[2] 王摩诘：唐诗人王维，字摩诘。

[3] 牢愁：忧愁、忧郁。博士：古代学官名。

[4] 补阙：官名，唐武后垂拱元年始置，有左右之分。渠：他。

周翼庭下礼部第，将返保阳，因与同游诚园[1]

礼闱新榜断知闻[2]，载酒名园醉夕曛。谁省焦桐弹渌水[3]，终看健翮上青云[4]。汪伦惜别潭千尺[5]，杜牧伤春月二分[6]。明日短辕芳草路，漫天飞絮感离群。

【注释】

[1] 周翼庭：直隶清苑人，辛亥年任河南知府。下礼部第：科举时代指殿试或乡试没考中。

[2] 礼闱：指古代科举考试之会试，因其为礼部主办，故称礼闱。

[3] 焦桐：琴名。东汉蔡邕曾用烧焦的桐木造琴，后称琴为焦桐。渌水：古曲名。

[4] 健翮：矫健的翅膀，借指矫健的飞禽，也比喻有才能的人。

[5] "汪伦"句：语见唐代李白《赠汪伦》："李白乘舟将欲行，忽闻岸上踏歌声。桃花潭水深千尺，不及汪伦送我情。"

[6] "杜牧"句：唐代杜牧伤春诗非常出色，李商隐《杜司勋》："刻意伤春复伤别，人间唯有杜司勋。"

纪梦诗

伤心号哭泪汍澜[1],俄判幽明到盖棺[2]。慈母有灵犹顾盼,穷人无事不艰难。七千里外身孤立,二十年来指一弹。却恨邻鸡催梦断,萧萧风雪五更寒。

【注释】
[1]汍澜:漫溢横流。
[2]俄:短暂的时间。幽明:指生与死,阴间与人间。

林岱青同年赠羊裘一袭,副以名笔。占谢[1]

已忍奇寒不敢号,忽逢良友赠绨袍[2]。今冬风雪连朝紧,古谊云天一样高。衣锦几时归故里,大裘从此被吾曹[3]。酬君剩有新诗句,夜拥青灯试彩毫[4]。

【注释】
[1]林岱青:名燿堃,广东平远人,咸丰六年(1856)官湖北随州知州。占谢:当面致词道谢。
[2]绨袍:厚缯制成之袍。战国时魏人范雎先事魏中大夫须贾,遭其毁谤,笞辱几死。后逃至秦国改名张禄,仕秦为相,权势显赫。魏闻秦将东伐,命

须贾使秦,范雎乔装,敝衣往见。须贾不知,怜其寒而赠一绨袍。后知雎即秦相张禄,乃惶恐请罪。雎以贾尚有赠袍念旧之情,终宽释之。见《史记·范雎蔡泽列传》,后多用为眷念故旧之典。

[3] 吾曹:我辈、我们。

[4] 彩毫:画笔、彩笔,亦指绚丽的文笔。

病中杂感四首

茶烟半榻鬓丝丝,一日从容课一诗。造物本来无尽藏,多生当是有情痴。[1]折除福分名何用,消受穷愁命固宜。耿耿元精还自惜,形骸土木漫支离。[2]

颓然趺坐万书堆,眠食亲探客数来。[3]身后一篇独行传[4],眼中几辈不凡材。相从忧患交情见,为报平安笑口开。小病何关世轻重,诸君高谊自怜才。

五年不识帝城春,看过唐花几度新[5]。永忆江湖空复梦,酷怜风月亦何因[6]。文章岂足惊当世,富贵徒能逼众人。径欲登高吊陈迹,黄金台上一沾巾。

长吁未了忽高歌,哀乐相寻奈若何。下士深悲闻道晚[7],中年渐悔识人多。只求身共花无恙,安得心如水不波。且息尘劳习禅悦[8],太空一任片云过。

【注释】

[1] 无尽藏:佛教语,谓佛德广大无边,作用于万物,无穷无尽。见《大乘义章》十四:"德广难穷,名为无尽。无尽之德苞含曰藏。"多生:佛教以众生造

善恶之业,受轮回之苦,生死相续,谓之"多生"。

[2] 元精:人体的精气。形骸:身体。支离:憔悴、衰疲。

[3] 趺坐:佛教徒盘腿端坐的姿势。眠食:睡眠和饮食,亦概指生活起居。

[4] 独行传:《后汉书》有《独行列传》。独行谓节操高尚,不随俗浮沉。

[5] 唐花:在室内用加温法培养的花卉。清王士禛《居易录谈》卷下:"今京师腊月即卖牡丹、梅花、绯桃、探春,诸花皆贮暖室,以火烘之,所谓堂花,又名唐花是也。"

[6] 酷:极、非常。风月:清风明月,泛指美好的景色。

[7] 下士:才德差的人。

[8] 禅悦:入于禅定者,其心愉悦自适之谓。

赠南昌傅古民比部兄[1]

儒门淡泊避轻肥[2],退食从容静揜扉[3]。与世寡谐人独立,经时不见我何依[4]。频供绿酒催新句,替蓄青钱赎旧衣。[5]赖有穷交二三子,天涯已觉憺忘归。

【注释】

[1] 傅古民:生平事迹不详。比部:魏晋时设,为尚书列曹之一,职掌稽核簿籍,明清时用为刑部司官的通称。

[2] 轻肥:轻裘肥马的略语。语出《论语·雍也》:"赤之适齐也,乘肥马,衣轻裘。"后以"轻裘肥马"形容富贵豪华的生活。

[3] 退食:语出《诗经·羔羊》:"退食自公,委蛇委蛇。"郑玄笺:"退食,谓减膳也。"此指归隐、退休。揜:同"掩"。

[4] 经时:长时间。

[5] 绿酒:美酒。青钱:即青铜钱。

过易次京水部绍琦[1]

及此良辰手一杯,凭他人海閧如雷[2]。旧家书有寒儒借,冷宦门无热客来[3]。朱墨相将雠近句[4],风尘安得困奇才。东篱早晚添诗料[5],看取黄花满意开。

【注释】

[1]过:拜访。易次京:名绍琦,湖北汉阳县监生,同治二年(1863)署双流县令,同治八年(1869)左右在贵州任知州。水部:中国封建时代中央官署名,掌管水利。
[2]閧:古同"哄",哄闹。
[3]热客:常来常往之客。
[4]朱墨:用朱砂制成的墨。将:拿。雠:古同"酬",酬答。
[5]东篱:语出晋代陶潜《饮酒》:"采菊东篱下,悠然见南山。"后指种菊之处,菊圃。

酬古民兄赠羊裘

一袭羊裘敦拜嘉,故人风义足咨嗟。劳生万里同行脚[1],知我千秋有叔牙[2]。曾典鹔鹴供薄醉[3],径披宫锦看群花[4]。作书为报妻孥道[5],料理寒暄胜在家。

【注释】

[1] 劳生：语出《庄子·大宗师》："夫大块载我以形，劳我以生，佚我以老，息我以死。"后以"劳生"指辛苦劳累的生活。行脚：行走、行路。

[2] 叔牙：春秋时齐国的鲍叔牙。因他善于知人，举贤让能，曾推荐管仲佐齐桓公成霸业，后代称能知人荐贤的人。

[3] 鹔鹴：即鹔鹴裘，相传为汉代司马相如所穿的裘衣。用鹔鹴鸟的皮制成，一说用鹔鹴飞鼠之皮制成。

[4] 宫锦：宫中特制或仿造宫样所制的锦缎。

[5] 妻孥：妻子和儿女。

读家书寄示家人，兼酬里中亲友十二首

昂藏海内苦吟身[1]，厌踏长安市上尘。一纸家书看郑重，五年归计悔因循。酷耽词赋工何益[2]，久别溪山梦不真。异地怀人倍惆怅，只愁孤负故园春。

亲舍遥遥何处边，松楸无恙郁风烟[3]。竭来京海七千里[4]，一别人天二十年。壮志销磨虚肯构，浮名束缚阻归田[5]。锦衣可有还乡日，凄绝文章表旧阡[6]。

寥寥兄弟泣分离，剪纸招魂无限悲。人说少游真善士，天哀伯道有孤儿[7]。九原不作春风老[8]，一梦重逢夜雨知。已矣深恩酬未得，故应世世和埙篪[9]。伯兄克猷先生

君如瘦鹤耐长饥，我似孤鸿任久飞。迢递关河西望远[10]，浮沉书札北来稀。青灯听雨诗谁和，白昼看云客未归。半百光阴一弹指，应知四十九年非[11]。仲兄莲亭先生

流转殊方得少休,天街小住又深秋。[12]官微岂复关轻重,客久浑难定去留。裁句有时题锦瑟,学书无计避银钩。[13]旧闻坛坫东南盛,觅向苍茫我欲愁。

交遍文星与酒星,敦槃连日会英灵。怀中刺懒豪门叩,户外车传长者停。未办恩仇孤剑在,熟知啼笑一灯青。狂名抵得登科记,不羡承明著作庭[14]。

青衫憔悴泪汍澜[15],忍听琵琶一再弹。知己尚愁同辈少,怜才出自少年难。梁园结客游应倦[16],杜曲看花梦未阑[17]。亦使旁人私太息,梅清雪艳两高寒。

结交岂必视黄金,遍数亲知感不禁。小草一生无远志,故人万里有来音。青云前路酬恩日,白首名山学道心。此意可怜谁省识,桃花潭水让情深[18]。

几度驰书访故乡,别来何事最神伤。黄垆父老逡巡尽[19],白社田园展转荒[20]。浮世菀枯浑不定,中年哀乐极难忘。争堪日夜思亲友,八表停云酒一觞。

白祠陆墓至今留[21],访古青山最上头。我去几人乘兴往,梦中依旧大江流。追思胜迹难为客,私惜华年易感秋。一幅蛮笺情万缕,凭风吹上荔枝楼。

【注释】

[1] 昂藏:仪表雄伟、气宇不凡的样子。

[2] 酷耽:沉迷。

[3] 松楸:松树与楸树。墓地多植,因以代称坟墓,也特指父母坟茔。风烟:犹风尘,尘世。

[4] 揭来:来到。

[5] 归田:指辞官归里,退隐。

[6] 阡:通往坟墓的道路。

[7] 少游:宋代秦观,字少游,一字太虚,"苏门四学士"之一。伯道:晋代邓攸字伯道。历任河东吴郡和会稽太守,官至尚书右仆射。永嘉末,因避石勒兵乱,携子侄逃难,途中屡遇险,恐难两全,乃弃去己子,保全侄儿。后终无子。事见《晋书·邓攸》。《世说新语·赏誉》中有:"谢太傅重邓仆射,常言:'天地无知,使伯道无儿。'"后用作叹人无子之典。

[8] 九原:墓地。作:起,借指死而复活。汉刘向《新序·杂事》:"晋平公过九原而叹曰:'嗟乎!此地之蕴吾良臣多矣,若使死者起也,吾将谁与归乎?'"

[9] 埙篪:埙、篪都是古代乐器,二者合奏时声音相应和,常以"埙篪"比喻兄弟亲密和睦。语出《诗经·何人斯》:"伯氏吹埙,仲氏吹篪。"《毛传》:"土曰埙,竹曰篪。"郑玄笺:"伯仲,喻兄弟也。我与女恩如兄弟,其相应和如埙篪,以言俱为王臣,宜相亲爱。"

[10] 迢递:形容遥远。

[11] 四十九年非:语出《淮南子·原道训》:"蘧伯玉年五十,而知四十九年非。"

[12] 殊方:远方、异域。天街:都城。

[13] 裁句:作诗。锦瑟:漆有织锦纹的瑟。银钩:比喻道媚刚劲的书法。

[14] 承明:古代天子左右路寝称承明,因承接明堂之后,故称。路寝:古代天子、诸侯的正厅。

[15] 青衫:古时学子所穿之服,借指学子、书生。汍澜:流泪的样子。

[16] 梁园:也作梁苑,西汉梁孝王所建的东苑,故址在今河南省商丘市东南。园林规模宏大,方圆三百余里,宫室相连属,供游赏驰猎。梁孝王在其中广纳宾客,当时名士司马相如、枚乘、邹阳等均为座上客。也称兔园。事见《史记·梁孝王世家》。

[17] 杜曲:地名,在今陕西省西安市东南,樊川、御宿川流经其间。唐大姓杜氏世居于此,故名。阑:残,尽。

[18] 桃花潭水:李白《赠汪伦》:"李白乘舟将欲行,忽闻岸上踏歌声。桃花潭水深千尺,不及汪伦送我情。"

[19] 黄垆:《世说新语·伤逝》:"(王濬冲)乘轺车,经黄公酒垆下过,顾谓后车客:'吾昔与嵇叔夜、阮嗣宗共酣饮于此垆……自嵇生夭、阮公亡以来,便

为时所羁绁。今日视此虽近,邈若山河。'"后世用"黄垆"作悼念亡友之辞。逡巡:顷刻、极短时间。

[20] 白社:地名,在河南省洛阳市东。晋葛洪《抱朴子·杂应》:"洛阳有道士董威辇常止白社中,了不食,陈子叙共守事之,从学道。"借指隐士或隐士所居之处。

[21] 白祠陆墓:在重庆忠县有唐代文学家陆贽的墓和纪念白居易的白公祠。

赠别林岱青同年

祖席天寒响朔风[1],河梁顿在国门中[2]。他乡羁旅乾坤窄,异姓交亲骨肉同。万里归程催匹马,百年吾道等冥鸿[3]。五羊城外逢诸好[4],为报囊诗总未空。

【注释】

[1] 祖席:饯行的宴席。
[2] 河梁:语出旧题汉李陵《与苏武》诗之三:"携手上河梁,游子暮何之?……行人难久留,各言长相思。"后以"河梁"借指送别之地。
[3] 冥鸿:高飞的鸿雁,比喻避世隐居之士,也比喻高才之士或有远大理想的人。
[4] 五羊城:广州的别名,林岱青是广东平远人。

岁暮杂感四首

神仙令仆与山林,一一蹉跎直到今。底用文章传众口[1],且凭花月耗雄心。江湖日短怀人远,风雪天寒闭户深。独有乡愁删不尽,夔门西望气萧森[2]。

侧身辇毂等浮槎[3],五度匆匆阅岁华。小病初苏宜谢客,归期无据怕思家。呕心苦撰惊人句,制泪潜看解语花[4]。不觉尊前易惆怅,故交星散各天涯。

壮年失计以诗鸣,愧未成家浪得名。儿女暗闻深夜语,风涛寒咽大江声。几枝红豆相思物,一领青衫太瘦生[5]。费尽才华销尽福,不胜肠断为多情。

行藏了了百无忧[6],毁誉云云一笑休。名画细量新壁挂,奇书私典旧衣收。酖人未可疑羊祜,被酒谁能识马周[7]。莫讶狂奴狂未减,半生心迹在清流[8]。

【注释】

[1]底:何,什么。
[2]萧森:阴森。杜甫《秋兴》:"玉露凋伤枫树林,巫山巫峡气萧森。"
[3]辇毂:本指皇帝的车舆,代指京城。浮槎:槎,木筏,传说中来往于海上和天河之间的木筏。
[4]潜看:偷偷地看。解语花:会说话的花。
[5]太瘦生:太瘦,很瘦。生:语助词。李白《戏赠杜甫》:"借问别来太瘦生,总为从前作诗苦。"宋代欧阳修《六一诗话》:"太瘦生,唐人语也,至今犹以

'生'为语助,如'作么生'、'何似生'之类。"

[6] 了了:明白、清楚。

[7] 酖(zhèn):毒杀。羊祜(221—278):字叔子,魏晋时期著名政治家、军事家,博学能文,清廉正直。《晋书·羊祜传》:"(吴国陆抗)尝病,祜馈之药,抗服之无疑心。人多谏抗,抗曰:'羊祜岂酖人者!'"马周:唐太宗时人,少孤贫,西入长安,曾寄宿新丰旅店,受到店主冷遇。后投靠中郎将常何,代为上书太宗陈说二十余事,皆切中时弊,得到太宗重用。见《旧唐书·马周传》。李贺《致酒行》有:"吾闻马周昔作新丰客,天荒地老无人识。"

[8] 清流:喻指德行高洁负有名望的士大夫。

过佑卿寓庐

飞鸿爪迹梵宫留[1],忍向尊前诉旧游。燕市荒凉斜日短,巴山合沓暮云愁。未成归计惭漂泊,赖有新诗富唱酬。勿讶词章妨学道,儒林文苑各千秋。

【注释】

[1] 梵宫:原指梵天的宫殿,后多指佛寺。

寿佑卿,兼送其赴江西戎幕

小寺黄昏扫雪天,昔曾呼酒赋新篇。我同苏子论千古[1],君作萧郎定几年[2]。远道风尘催老大[3],微时兄弟耐留连[4]。一尊来岁知何处,怅触离情各惘然[5]。

【注释】

[1] 苏子：可能指宋代苏轼。
[2] 萧郎：唐代崔郊之姑有一婢女，后卖给连帅，崔郊十分思慕她，赠之以诗曰："公子王孙逐后尘，绿珠垂泪滴罗巾。侯门一入深似海，从此萧郎是路人。"见旧题宋代尤袤《全唐诗话·崔郊》。后以"萧郎"指美好的男子或女子爱恋的男子。
[3] 老大：年纪大。《乐府诗集·相和歌辞五·长歌行》："少壮不努力，老大徒伤悲。"
[4] 微时：卑贱而未显达的时候。留连：留恋不舍。
[5] 怅触：感触。

京邸晤翼庭

南寺听钟隔几尘，寻思上谷剧怀人[1]。才名计日看题塔，高谊连年愧指囷[2]。浮世萍蓬无定所，及时桃李易为春。期君更上青云顶，益信文章果有神。

蛮笺写不尽离忧，对面真堪豁旅愁。金错刀酬青玉案[3]，胭脂坡走黑貂裘。琼筵烂醉千花室，彩笔高题五凤楼。一种雄心同激切，夜阑烧烛看吴钩[4]。

【注释】

[1] 上谷：即上谷郡，今河北省张家口市宣化区，因建在大山谷上边而得名。剧：极。

[2]指囷:典出《三国志·鲁肃》:"周瑜为居巢长,将数百人故过候肃,并求资粮。肃家有两囷米,各三千斛。肃乃指一囷与周瑜。"后以"指囷"喻慷慨资助。

[3]金错刀:刀名。青玉案:青玉所制的短脚盘子,名贵的食用器具。《文选·张衡〈四愁诗〉》:"美人赠我锦绣段,何以报之青玉案。"借指回赠之物。

[4]吴钩:钩是一种兵器,形似剑而曲。春秋吴人善铸钩,故称。后也泛指利剑。

再晤琼楼喜赠

折柳横街手易分[1],怀人三载独殷勤。身羁冀北无归日,目断天南有暮云。酒座玉山惊再见[2],歌场金缕怕重闻[3]。闲来不惜浓磨墨,看写新诗满练裙[4]。

【注释】

[1]折柳:折取柳枝。《三辅黄图·桥》:"霸桥在长安东,跨水作桥。汉人送客至此桥折柳赠别。"后多用为赠别或送别之词。

[2]玉山:《晋书·裴楷》:"楷风神高迈,容仪俊爽,博涉群书,特精理义,时人谓之'玉人',又称'见裴叔则(裴楷字)如近玉山,映照人也。'"后以"玉山"喻俊美的仪容。

[3]金缕:曲调《金缕曲》、《金缕衣》的省称。

[4]练裙:白绢下裳。亦指妇女所着白绢裙。

依韵作诗,一称"赋韵"。

[4] 净业湖:即积水潭,净业寺位于其旁,故又称净业湖。这里曾是北京城内著名的风景区,是平民消夏娱乐看荷花的地方。

[5] 俦匹:同伴、伴侣。

[6] 出都:离开京城。

[7] 炎天:炎热的夏季。

[8] 清凉:清静、不烦扰。

[9] 相向:相对、面对面。

[10] 翠盖:指形如翠盖的植物茎叶,这里是指婷婷荷叶簇拥着红颜女子。红妆:泛指妇女,唐李中《采莲女》:"晚凉含笑上兰舟,波底红妆影欲浮。"亦作"红装"。

[11] 酒瓢:盛酒的瓢,泛指酒具。

[12] 罗绮:罗和绮,多借指丝绸衣裳,这里指衣着华贵的女子。

[13] 侑(yòu):劝,多用于酒食、宴饮。悉:知道、懂得。

[14] 迂阔:迂腐。治生:经营家业、谋生计。

[15] 脱略:轻慢不拘。饾饤:盘碟中堆叠的食品。

[16] 少留:稍留。殊:特别。

[17] 拈韵:随意取用某一韵作诗,与"限韵"相对。

[18] 甲乙:评定优劣。

三月三日雪岩招同修梅陪张衡翁游祇园庵看牡丹[1]

朱藤紫绶高拂天[2],下有洛花扬春妍[3]。正含宿雨笼朝烟,绣幔斜飘绮砌边。[4]铁瓶道人诗中仙[5],御风而来入门先。绕花三匝花齐肩,戏评此花通诗笺[6]。璧月琼枝色色鲜[7],后庭玉树声声圆[8]。金荃丽句什百联[9],锦瑟华年五十弦[10]。形容不足永叹焉,花亦点头舞蹁跹[11]。忆予曩岁客于燕[12],丰台芍药天下传[13]。花时红紫弥陌阡,挈友往观喜欲颠。薄宦江城逾廿年,与此花无半面缘。[14]何图祇园花事全,尝茶食笋相流连。一株如梦参真禅,新诗催写浣花笺[15]。

【注释】

[1] 祇园庵:此处不知位于何处,疑为安徽九华山祇园庵。

[2] 朱藤:即紫藤,蔓生木本,茎缠绕他物,花紫色蝶形,可供观赏。

[3] 洛花:指牡丹,因洛阳以牡丹出名,故以洛花代指牡丹。

[4] 这两句写牡丹的华美。

[5] 铁瓶道人:张岳龄(1818—1885),字子衡,名南瞻,晚年自号铁瓶道人,即标题中的张衡翁。湖南平江县人,工诗词,有《铁瓶诗文集》。诗中仙:唐代李白,有诗仙之称。

[6] 诗筌:王述古编。王述古(1564—1617),字信甫,号钟嵩,万历十七年(1589)进士。另编有《历筌》《律筌》等。

[7] 璧月:对月亮的美称,南朝梁简文帝《慈觉寺碑序》:"龙星启曜,璧月仪天。"琼枝:传说中的玉树,屈原《楚辞·离骚》:"溘吾游此春宫兮,折琼枝以继佩。"

[8] 后庭玉树:即《玉树后庭花》曲名的省称,被视为靡靡之音、亡国之音。宋王安石《金陵怀古》诗之一:"东府旧基留佛刹,《后庭》余唱落船窗。"

[9] 金荃:即《金荃集》,温庭筠词作。欧阳炯《花间集序》:"近代温飞卿复有《金荃集》,迩来作者,无愧前人。"

[10] 锦瑟华年五十弦:唐李商隐《锦瑟》:"锦瑟无端五十弦,一弦一柱思华年。庄生晓梦迷蝴蝶,望帝春心托杜鹃。"

[11] 蹁跹:旋转的舞姿。

[12] 曩(nǎng):先时、以前。

[13] 丰台芍药:北京芍药主要产于丰台区。明清时就有"丰台芍药甲于天下"之说。

[14] 这两句说自己宦海漂泊二十年,以至于与牡丹二十年无一面之缘。

[15] 浣花笺:亦称"浣溪笺",笺纸名。唐代薛涛命匠人取浣花溪水造纸,为深红彩笺,名"薛涛笺",又名"浣花笺"。唐李商隐《送崔珏往西川》:"浣花笺纸桃花色,好好题诗咏玉钩。"

题石埭徐子静仁兄《观自得斋印谱》[1],谱中萃二十年中所得古今佳印凡八百余事

佛云不动尊,旛动曰心动。[2]骨鲠矫脂韦[3],城阙视岩洞。精微中默存,劬录外勿纵[4]。饮水知冷暖,滋味几人共。神骏故权奇,伯乐乃能鞚[5]。君抱金石癖,昼狎宵入梦。朋从印累累,摩挲节吟讽[6]。清斋观自得,得此八百众。旌别森凡阁,囊括连屋栋。铃处趁花开,赏余闻鸟哢[7]。瑟居悐幽讨,磐室忘屡空[8]。一技雕虫进[9],百年隙驹送[10]。起追飞鸿飞,后先侈传诵。汪谱予久藏,未敢覆酱瓮[11]。持赠作酒观,愿君时复中。邈也非今狂,较胜伯舆㤟[12]。才难古所嗟,材大谁为用。悬榻勤仲举[13],结驷侔子贡[14]。书法追皇象[15],经学叩高凤[16]。长使一编留,过于九鼎重。兰亭感陈迹,彭殇概可痛。读骚慕灵修[17],立名恃无恐。杜老徐乡歌,公侯祝群从。雪晴春欲来,且看莺花哢[18]。

【注释】

[1]徐子静(1844—1904):名士恺,字寿安,号子静,安徽石埭人。官浙江候补道。嗜金石,富收藏,著有《观自得斋丛书》。
[2]这两句典出《六祖坛经》,禅宗六祖慧能法师和两名僧人辩论的故事:在讲经会上,风吹动了经幡。一个僧人说,风动;一个僧人说,幡动。两人争论不已。禅宗六祖慧能法师站出来说,是你们的心在动。
[3]骨鲠:比喻刚直或刚正忠直的人。脂韦:油脂和软皮。屈原《卜居》:"宁廉洁正直以自清乎?将突梯滑稽,如脂如韦以洁楹乎?"后以"脂韦"比喻阿谀或圆滑。
[4]劬(qú)录:犹劳碌。
[5]鞚:谓控制、驾驭马匹。
[6]摩挲:抚摸。

[7] 钤：盖印章。哗：鸟鸣。

[8] 瑟居：犹索居，独居。明杨慎《重寄张愈光》："海裔江湄独倚楼，瑟居鲍系又惊秋。"屡空：经常贫困，谓贫穷无财。

[9] 雕虫：比喻从事不足道的小技艺，常指写作诗文辞赋。

[10] 隙驹：比喻时光消逝迅速，有如马驹飞越缝隙般，亦作"白驹过隙"。

[11] 罋：陶制容器，用于盛食物或他物。

[12] 伯舆：《世说新语·任诞》："王长史登茅山，大恸，哭曰：'琅邪王伯舆，终当为情死！'"王廞(xīn)：字伯舆，琅琊人，东晋宰相王导之孙，王荟之子，曾任司徒左长史，书法骨体瘦正，作有《晋书王荟传》《述书赋》。

[13] 悬榻：《后汉书·徐稚传》："蕃(陈蕃)在郡不接宾客，唯稚来特设一榻，去则县之。"仲举：即陈蕃，东汉时期名臣。《世说新语》："陈仲举言为士则，行为世范，登车揽辔，有澄清天下之志。为豫章太守，至，便问徐孺子所在，欲先看之。主簿曰：'群情欲府君先廨。'陈曰：'武王式商容之闾，席不暇暖，吾之礼贤，有何不可？'"常用以比喻礼贤下士。

[14] 侔：齐等、相当。

[15] 皇象：即皇象书，是流传至今最早的《急就章》写本，今有刻本流传。

[16] 高凤：东汉南阳人，高凤由于认真专注笃学，终成为闻名天下的学者。

[17] 灵修：指贤德明哲的人。

[18] 哄：喧闹。

题旧诗排印本分寄林颖叔、周荇农、郭筠仙三先生，曾劼刚、邵筱村、希虞臣三世仁兄，李仲约、平景荪、程尚斋、刘树君四同年，陈右铭、王壬秋两仁兄[1]

读书五十年，一编日在手[2]。行年近七旬，存诗过千首。忆予弱冠时，师事西沤叟[3]。叟曰汝学诗，诗教在温厚[4]。立言造精微，无或一字苟[5]。出门筮同人[6]，积诚动师友。唱酬日以多，离合日以久。险韵押殊怯[7],平日押惯熟韵,近体容易成篇,一作古诗,则惮于检阅韵书,不多作,遂不能工。**大句赏亦偶**。湘乡[8]师有"太白醉魂今尚存,时吟大句动乾坤"之誉,将裁小子狂简,俾就大匠彀率,名不副实,深以为愧。**詹詹非炎炎,唯唯必否否**[9]**火候粗觅丹,眼光仅窥牖**。所欠游名山,筇屐穿林阜[10]。**兼须搜古迹,金石勘鼎卣**[11]。五岳未游,惜少登山临水之句,千金所换,尚多羽陵汲冢之藏,暇当分题,用备诗格。**谁添十样笺**[12],**敢享千金帚**[13]。颇思季鹰言[14],有名不如酒。

【注释】

[1] 林颖叔(1809—1885):名寿图,初名英奇,字恭三、颖叔,别署黄鹄山人,闽县(今福州市区)人。道光二十五年(1845)进士,历官工部主事、实录馆纂修、山东道监察御史、礼部给事中、浙江道监察御史、山西布政使等。后免职,主讲钟山书院、鳌峰书院。光绪十年(1884),中法马江海战,海军败绩,福州告急。朝廷命办理团练,出为团练大臣。次年病故。 周荇农(1814—1884):名寿昌,字应甫,一字荇农,晚号自庵。湖南长沙人。道光二十五年(1845)进士,由编修累迁内阁学士兼礼部侍郎。光绪初罢官,居京师,以著述为事。诗文书画均为时所重。著有《思益堂集》《汉书注校补》。 郭筠仙(1818—1891):名嵩焘,号云仙、筠轩,别号玉池山农、玉池老人,湖南湘阴人。道光二十七年(1847)进士,咸丰四年(1854)入曾国藩幕。同治元年(1862),授苏松粮储道,旋迁两淮盐运使。同治二年(1863)任广东巡抚,同治五年(1866)罢官回籍,讲学长沙城南书院及思贤讲舍。光绪元年(1875)入总理衙门,不久出任驻英公使,光绪四年(1878)兼任驻法使臣,次年辞归。 曾劼刚(1839—1890):名纪泽,曾国藩次子,晚清著名外交家。初袭父一等毅勇侯爵。历任驻英、法、俄大使,官至户部左侍郎。光绪十六年(1890)卒,赠太子少保,谥惠敏。 邵筱村(1841—1901):名友濂,字筱春(小村)。浙江余姚人。同治四年(1865)举人,1874年补总理各国事务衙门章京。光绪四年(1878)以道员充头等参赞,随崇厚赴俄国,参与中俄伊犁交涉,次年任驻俄钦差大臣。1882年授苏松太道道台,1884年襄办台湾防务,后协助曾国荃与法国谈判和约。1886年任河南按察使,次年晋台湾布政使。1889年迁湖南巡抚,光绪十七年(1891)调任台湾巡抚。1894年复调湖南巡抚。次年受命为全权大臣,偕户部侍郎张荫桓赴日本谈判,遭拒而还。不久因病免

职。李仲约(1834—1895)：名文田，字畲光、仲约，号若农、芍农。广东佛山人。咸丰九年(1859)进士。殿试获一甲第三名(探花)。历官南书房行走、实录馆纂修、四川乡试副考官、江西学政、侍读学士等。同治十三年(1874)辞官南归。主讲佛山凤山、应元两书院。光绪十一年(1885)回京复职。此后历官江南乡试正考官、浙江乡试正考官、内阁学士、礼部右侍郎、顺天学政等。中日甲午战起，受任为特派团防大臣，负责守卫京城。次年病逝，谥文诚。文田精诗文书画，喜收藏。著有《元秘史注》《元史地名考》《塞北路程考》《和林金石录》《安南地理》等。平景荪(1832—1896)：名步青，号栋山、栋山樵、霞偶、三壶佚史、常庸等，山阴(今绍兴市)人。晚清文史大家，著名文学家、目录学家、藏书家。同治元年(1862)进士，历任翰林院庶吉士授编修、侍读、江西粮道并署布政使等职。同治十一年(1872)，弃官归里，专心校辑群书，从事撰述。校书80余种，其著述晚年自订为《香雪崦丛书》。程尚斋(1819—1897)：名桓生，安徽歙县人。道光三十年(1850)进士，授广西桂平知县，咸丰四年(1854)桂平县城被太平天国军攻破，革职。同年入曾国藩幕。后历任按察使衔广西候补道、两淮盐运使等。刘树君(1821—1891)：名淮年，河北大城县人。咸丰十年(1860)进士，历官翰林院编修、会试同考官、广东惠州府知府、潮州府代理府事、代理广州府知府。著有《三十二兰亭室诗》《约园词》。陈右铭(1831—1900)：名宝箴，字相真，号右铭，咸丰元年(1851)举人。江西义宁(今修水)人。清末维新派。历任按察使、布政使。1895年任湖南巡抚，与黄遵宪等倡办新政。设矿务、轮船、制造公司，开办时务学堂，刊行《湘学报》。并奏荐谭嗣同、杨锐等佐新政。为清末地方官员中推行新政最力者。戊戌政变时被革职。王壬秋(1833—1916)：名闿运，又字壬父，号湘绮。湖南湘潭人。晚清经学家、文学家。咸丰二年(1852)举人，曾任肃顺家庭教师，后入曾国藩幕。1880年入川，主持成都尊经书院。后主讲于长沙思贤讲舍、衡州船山书院、南昌高等学堂。授翰林院检讨，加侍读衔。辛亥革命后任清史馆馆长。著有《湘绮楼诗集、文集、日记》等。

[2] 编：书籍。

[3] 弱冠：古时以男子二十岁为成人，初加冠，因体犹未壮，故称弱冠。西沤：即李惺。

[4] 诗教：诗歌教化。温厚：温柔敦厚。

[5] 精微：精深微妙。苟：随便、马虎。

[6] 筮:古代用蓍草占卦,"龟为卜,策为筮"。筮仕,古人将出外做官,先占卦问吉凶。后称初次做官为"筮仕"。同人:《周易》六十四卦卦名之一。

[7] 险韵:险僻难押的诗韵。

[8] 湘乡:曾国藩。

[9] 詹詹非炎炎:语见《庄子·齐物论》:"大言炎炎,小言詹詹。"成玄英疏:"炎炎,猛烈也;詹詹,词费也。"后以"詹詹炎炎"形容喋喋不休之状。唯唯必否否:语见司马迁《史记·太史公自序》:"太史公曰:'唯唯,否否,不然。'"裴骃《集解》引晋灼曰:"唯唯,谦应也;否否,不通者也。"后因以"唯唯否否"形容虚与委蛇,伴应而不置可否。

[10] 筇屐:用竹子做的鞋。林皋:山林,也可指隐居之地。

[11] 勘:校订,核对。

[12] 十样笺:宋初谢景初受薛涛造纸笺的启发,在益州设计制造出"十样蛮笺",即十种色彩的书信专用纸。这种纸色彩艳丽新颖,雅致有趣,有深红、粉红、杏红、明黄、深青、浅青、深绿、浅绿、铜绿、浅云十种色,与薛涛笺齐名。唐韩浦诗:"十样蛮笺出益州。"

[13] 千金帚:典出汉刘珍等撰的《东观汉纪·光武帝纪》:"家有敝帚,享之千金。"指对旧物十分珍爱。

[14] 季鹰:张翰字季鹰,晋代吴郡人,善属文。《世说新语·任诞》:"张季鹰,纵任不拘,时人号为'江东步兵'。或谓之曰:'卿乃可纵适一时,独不为身后名邪?'答曰:'使我有身后名,不如即时一杯酒!'"

予一乡人耳,幸生古人后。古人旷无俦[1],能以诗自寿。讨源三百篇[2],问津十九首[3]。陵武植籍潜,五家森不朽[4]。杜韩与苏黄[5],继五家而九。圣清跨唐宋,扶轮多巨手[6]。国初逮乾嘉[7],作者堪尚友。私淑凡几人,瓣香奉之久[8]。乾嘉一辈中,仿佛近谁某。邯郸愧学步,太元宜覆瓿[9]。漫云纸价贵,徒增颜色忸[10]。聊赠后身我,酣吟充下酒。千秋万岁名,终让古人有。

【注释】

[1] 无俦：没有能够与之相比的。

[2] 讨源：追讨源流。三百篇：即《诗经》。

[3] 津：途径、门径。十九首：指《古诗十九首》：组诗名，南朝萧统从传世无名氏《古诗》中选录十九首编入《昭明文选》而成。《古诗十九首》深刻地再现了文人在汉末社会思想大转变时期，追求的幻灭与沉沦，心灵的觉醒与痛苦。语言朴素自然，描写生动真切，具有浑然天成的艺术风格。

[4] 陵武植籍潜：指李陵、苏武、曹植、阮籍、陶渊明。森：众盛貌。

[5] 杜韩：唐杜甫、韩愈。苏黄：宋苏轼、黄庭坚。

[6] 扶轮：扶翼车轮，代指得力干将。巨手：高手，喻指杰出的人物。

[7] 逮：到。

[8] 私淑：私自敬仰而未得到直接的传授。瓣香：师承、敬仰。

[9] 覆瓿(bù)：喻著作毫无价值或不被人重视，亦用以表示自谦。

[10] 颜色：表情、神色。忸：羞惭。

　　漆园善著书[1]，寓言十之九[2]。其道与诗通，予尝服习久。乾坤万形色，南华无不有。函关难为师[3]，郑圃难为友[4]。六经二严外，予藏《华严》《楞严》两经注疏本十余家，近得憨山大师《楞严通议》及所注《老子》《庄子》，将酿赀刊行。独立世无耦。古今人所注《庄子》，予收至五十余种，拟一律齐刊，奈棉力何。灵均廿五骚[5]，庶几称敌手。不立儒门庭，而包佛渊薮[6]。迷阳唱于前[7]，河梁瞠乎后[8]。散木无可用，大力负之走。天籁有时闻，纯气自然守[9]。出机入于机，得偶失非偶。和平感人深，醇粹宅心厚[10]。鼎说能解颐[11]，予乃固哉叟。一技成名，古人所耻。予惟赋材甚弱，学殖不深，所以满眼古人无力到。日暮途远，乃始自订其诗，非敢妄冀身后虚名，盖怵堕地以来，百无一成，若并此而无之，则尤蹈慈湖所讥"枉生世间，忙迫一场便休"，真大恨事也。

【注释】

[1] 漆园：指庄子。

[2] 寓言十之九:语见《庄子·寓言》:"寓言十九,重言十七,卮言日出,和以天倪。"陆德明《释文》:"寓,寄也。以人不信己,故托之他人,十言而九见信也。"

[3] 函关:即函谷关,在今河南灵宝县境,相传老子曾骑青牛从此经过,不知去向,这里代指老子。

[4] 郑圃:古地名,在今河南省中牟县西南,相传为列子所居。《列子·天瑞》:"子列子居郑圃,四十年人无识者。国君、卿大夫视之,犹众庶也。"这里代指列子。

[5] 灵均:屈原的字。

[6] 薮:人或物聚集之所。

[7] 迷阳:无所用心、诈狂,语见《庄子·人间世》:"迷阳迷阳,无伤吾行。"

[8] 河梁:语见旧题汉代李陵《与苏武》诗之三:"携手上河梁,游子暮何之?……行人难久留,各言长相思。"后以"河梁"借指送别之地。

[9] 纯气:纯真之气。语见《列子·黄帝》:"关尹曰:'是纯气之守也,非智巧果敢之列。'"

[10] 醇粹:醇厚、纯美。语见南朝梁萧统《文选·左思〈魏都赋〉》:"沐浴福应,宅心醇粹。"

[11] 鼎说能解颐:语出《汉书·匡张孔马传》:"匡衡字稚圭……无说《诗》,匡鼎来;匡语《诗》,解人颐。"解颐:谓开颜欢笑。

吾蜀王泽山,词场射雕手[1]。一身备三益[2],日下齐名久[3]。是时湘乡师,献纳帝左右。高呼太白魂,名满公卿口[4]。一别徐海观,朝鲜贡使徐友兰芗坡、任荷漪三国相,先后至皇都,皆访予酬唱,海观尤称莫逆。临别仰天长号,期来生世为兄弟。其子秋堂名相雨,今官侍郎,连年致书存问。去夏闻予噩耗,即持朋友之服。继知其讹,则益大喜,为予称庆。姚赋秋自旅顺寄予书,言秋堂敦尚古谊如此。**折腰活升斗**[5]。**悔余主坛坫**,何廉昉太守宏奖善类,予尝兄事之,今其二子秋耷、月担奉母读书,才名藉甚,能自树立。**风义辈韩柳**。[6]流涕望九原,两师三畏友。**抛官赋远游**,庚辰秋,予初至沪上,刊《远游》四律,和者甚众。行将入连年朋辈投赠之篇及留京时朝鲜诸诗友先后唱酬诗札,汇录成帙,付梓以传。**春江舣花柳**[7]。**闻歌湿青衫**[8],**问月搔白首**[9]。邂逅今贤豪,眷恋昔侪偶。一卷留影响,百年恸孤负。犹拥万牙签,三余探二酉[10]。支读来生书,天其许我否?

【注释】

[1] 射雕手:射雕的能手,借指才技出众的人。
[2] 备:完备、齐备。三益:谓直、谅、多闻。语出《论语·季氏》:"孔子曰:益者三友,损者三友。友直,友谅,友多闻,益矣。"
[3] 日下:指京都,古代以帝王比日,所以皇帝所在地称为"日下"。
[4] 公卿:三公九卿的简称,泛指高官。
[5] 折腰活升斗:语见《晋书·陶潜》:"潜叹曰:'吾不能为五斗米折腰,拳拳事乡里小人邪!'"比喻为人清高,有骨气,不为利禄所动。这里反其道用之,表达生活艰辛。
[6] 坛坫:会盟的坛台,引申指文坛。韩柳:唐代韩愈和柳宗元的并称。
[7] 舣(yǐ):使船靠岸。
[8] 闻歌湿青衫:典出唐代白居易《琵琶行》:"座中泣下谁最多,江州司马青衫湿。"用来形容极度悲伤。
[9] 搔:以指甲或他物轻刮。唐杜甫《春望》:"白头搔更短,浑欲不胜簪。"
[10] 三余:典出晋代陈寿《三国志·魏书·王肃传》:"明帝时大司农弘农、董遇等,亦历注经传,颇传于世。"裴松之注引三国魏鱼豢《魏略》:"遇言:'(读书)当以三余。'或问三余之意。遇言'冬者岁之余,夜者日之余,阴雨者时之余也'"。后以"三余"泛指空闲时间。陶潜《感士不遇赋》:"余尝以三余之日,讲习之暇,读其文。"二酉:指大酉山、小酉山。探二酉:即是书通二酉。南朝宋盛弘之《荆州记·湘东郡》:"小酉山石穴中有书千卷,相传秦人于此而学,因留之。"后比喻读书甚多,学识丰富精湛。

天瘦阁诗半注

【卷二】

五言律
八十八首

天瘦阁诗半今体
忠州李士棻芋仙

昙华寺听济公说戒[1]

桐柏郁山冈，昙华古道场[2]。有词投铁秀，无勇愧金刚[3]。北面千花墖[4]，西来一苇航[5]。平生持孔戒[6]，抱佛亦升堂[7]。

【注释】

[1] 昙华寺：位于昆明市东门约三公里的金马山麓，原为明光禄大夫施石桥的别墅，崇祯年间(1628—1644)，其曾孙施泰维捐赠建寺，清道光年间(1821—1850)地震后重修。因寺内有一棵优昙树(实为云南山玉兰)而得名。
[2] 道场：指佛教礼拜、诵经、行道的场所。《维摩经》僧肇注："闲宴修道之处，谓之道场也。"《大唐西域记》卷八："菩提树垣正中，有金刚座……证圣道所，亦曰道场。"其后道教亦沿用此称。
[3] 金刚：为密宗术语，即金属中最精最坚之金刚石。《三藏法数》所下定义一语破的："金刚者，金中最刚。"以金刚所造之杵为金刚杵，为古印度兵器，后逐渐演化为密宗法器。金刚力士就是一些手持金刚杵，在佛国从事护法的卫士。
[4] 墖：同"塔"。
[5] 一苇：相传达摩祖师站在一根芦苇上渡过长江。
[6] 戒：梵语的意译，指防非止恶的规范。孔戒：指以孔子为代表的儒家教义。
[7] 升堂：比喻学问技艺已入门。语见《论语·先进》："子曰：'由也升堂矣，未入于室也。'"

典衣购书

故衣吾鲍叔,缓急赖分金[1]。质库毋嫌数[2],贪书不讳淫[3]。囊看一钱涩[4],坐拥百城深[5]。绝学名山在,青灯知此心。[6]

【注释】

[1]分金:比喻情谊深厚,相知相悉。语出《史记·管晏列传》:"管仲曰:'吾始困时,尝与鲍叔贾,分财利多自与,鲍叔不以我为贪,知我贫也。'"
[2]质库:大都市中当铺的旧称。
[3]讳:与上句"嫌"为互文,嫌弃、忌讳。淫:多、过度。
[4]涩:艰难。
[5]坐拥百城:比喻藏书极丰富。语见北齐魏收《魏书·李谧》:"丈夫拥书万卷,何假南面百城?"
[6]绝学:宏伟独到的学术,失传的学问。青灯:油灯。

文房四咏

平生浪使纸,糅杂动成堆。[1]旧稿多涂乙[2],新篇细剪裁。光阴竹素老[3],声价洛阳来[4]。劫火能逃否,名心总不灰。[5]

天授一枝笔,精粗随所施[6]。但看花烂漫,都是墨淋漓。[7]圣代中兴颂,名场感遇诗[8]。凭君齐写出,留与后人思。

一笏坚于铁[9],藏来经几春。甘同吾守黑[10],不独尔磨人。但使心无染[11],能令笔有神。丹黄色虽好[12],慎勿傲龙宾[13]。

仙人运灵斧,割取紫云根[14]。池水四时活,文章千古存。生来自有骨,磨去了无痕。砚癖谁如我,摩挲手屡温[15]。

【注释】

[1] 浪:放纵、滥。糅杂:混杂、揉搓混杂。动:动辄。
[2] 涂乙:删除改动。
[3] 竹素:竹帛,多指史册、书籍。
[4] 洛阳来:《晋书》卷九十二《文苑》载,左思写《三都赋》后,豪贵之家竞相传写,洛阳为之纸贵。
[5] 劫火:天灾人祸造成的大火,如秦始皇的焚书。名心:求功名之心。
[6] 施:搽抹。
[7] 烂漫:形容色彩鲜艳。淋漓:形容充盛、酣畅。
[8] 名场:指科举的考场,因其为士子求功名的场所,故称名场,也可泛指追逐声名的场所。
[9] 笏(hù):量词,条、块,常用于金银、墨等。
[10] 甘:心甘情愿。守黑:语出《老子》:"知其白,守其黑,为天下式。"后以"知白守黑"谓韬晦自处。
[11] 但:只要。无染:不被污染。
[12] 丹黄:旧时点校书籍用朱笔书写,遇误字,涂以雌黄,故称点校文字的丹砂和雌黄为丹黄。
[13] 龙宾:守墨之神。唐冯贽《云仙杂记·陶家瓶余事》:"玄宗御案墨曰龙香剂。一日,见墨上有小道士如蝇而行。上叱之。即呼'万岁',曰:'臣即墨之精——黑松使者也。凡世人有文者,其墨上皆有龙宾十二。'上神之,乃以分赐掌文官。"后用以指名墨。
[14] 紫云:借指紫石砚。唐李贺《杨生青花紫石砚歌》:"端州石工巧如神,踏天磨刀割紫云"。
[15] 摩挲:抚摸。

示旧仆王泰[1]

惜汝仍为仆,知予谬作儒。忍言僮有约[2],免诮客无徒[3]。晓漏依书幌[4],宵灯守药炉。勤劳酬未得,犹恨在泥途。[5]

谴唾不吾怨[6],来寻旧主人。吞声相顾盼[7],和泪话酸辛。高筑悲歌地[8],颜瓢屡空身[9]。遄归及冬日,川路汝知津。[10]

【注释】

[1] 示:给……看。

[2] 僮:奴婢。

[3] 诮:嘲笑。

[4] 晓漏:拂晓时铜壶滴漏之声。幌:帘幔。

[5] 酬:报答。泥途:比喻卑下的地位。

[6] 谴:责备、谴责。唾:责骂。不吾怨:不怨吾。

[7] 吞声:哭不成声。顾盼:端详、细看。

[8] 高筑悲歌地:高渐(jiān)离,战国末燕人,荆轲的好友,擅长击筑(古代的一种击弦乐器,颈细肩圆,中空,十三弦),荆轲刺秦王时,高渐离与太子丹送之于易水河畔,高渐离击筑,荆轲高歌"风萧萧兮易水寒,壮士一去兮不复还。"

[9] 颜瓢屡空身:《论语·雍也》:"(颜回)一箪食,一瓢饮,在陋巷,人不堪其忧,回也不改其乐。"

[10] 遄(chuán):疾速。川路:回四川老家的路。忠州在当时属于四川。津:渡口。

赠别欧阳仲孙晖同年[1]

每喜荒斋过[2]，迟回手怯分[3]。书惊堆四壁，笔让扫千军。[4]世上吾犹赘，人中汝不群。[5]论交同性命，何止暂论文。[6]

四十看将到，吾仍困草莱[7]。风云奇气束，儿女壮心灰。[8]小杜青楼梦[9]，前刘紫陌来[10]。回头尽堪恨，忍覆掌中杯。[11]

去去伤孤露[12]，麻衣泪一身[13]。好扶东道榇[14]，归慰北堂亲[15]。士类难容傲[16]，儒风善守贫。临歧商后会，愁绝异乡人。[17]

【注释】

[1] 欧阳仲孙晖：欧阳晖，字仲苏，江西宜黄人，道光二十九年（1849）进士，同治年间曾任户部主事。同年：古代科举考试同科中试者之互称。

[2] 荒斋：贾岛《荒斋》："草合径微微，终南对掩扉。晚凉疏雨绝，初晓远山稀。落叶无青地，闲身著白衣。朴愚犹本性，不是学忘机。"指简陋冷清的住宅。

[3] 迟回：徘徊。手怯分：指二人感情真挚，怯于分手。

[4] "书惊""笔让"均为倒装。书堆四壁，泛指整个屋子都堆着书。笔扫千军，形容笔力雄健，有横扫千军万马的气势。唐杜甫《醉歌行》："词源倒流三峡水，笔阵横扫千人军。"

[5] 赘：多余、无用。不群：卓异、不平凡。

[6] 这两句是说论交往，诗人与欧阳仲孙可以说是性命与共，哪里仅止于谈诗论文呢？

[7] 草莱：犹草野、民间。

[8] 风云奇气：不平凡的志气。束：收起。灰：消沉，沮丧。

[9] 小杜：即唐代杜牧(803—853)，字牧之，号樊川居士，唐代中叶宰相杜佑之孙，晚唐杰出诗人。杜牧有《遣怀》诗云："落魄江湖载酒行，楚腰肠断掌中轻。十年一觉扬州梦，赢得青楼薄幸名。"

[10] 前刘紫陌来：唐刘禹锡《元和十年自朗州至京，戏赠看花诸君子》诗："紫陌红尘拂面来，无人不道看花回。玄都观里桃千树，尽是刘郎去后栽。"这两句泛指前尘往事。

[11] 恨：遗憾。忍：忍心。覆：翻倒、翻转。

[12] 去去：永别、死。晋陶潜《和刘柴桑》："去去百年外，身名同翳如。"孤露：孤单无所荫庇，指丧父、丧母，或父母双亡。三国魏嵇康《与山巨源绝交书》："少加孤露，母兄见骄，不涉经学。"

[13] 麻衣：古时丧服，《礼记·间传》："又期而大祥，素缟麻衣。"郑玄注："谓之麻者，纯用布，无采饰也。"

[14] 榇(chèn)：古时指内棺，后泛指棺材。

[15] 北堂：指母亲的居室，语见《诗经·伯兮》："焉得谖草，言树之背。"《毛传》："背，北堂也。"

[16] 士：智者、贤者，后泛指读书人，知识阶层。

[17] 临歧：临近分手的岔路口。愁绝：愁倒。

喜佑卿归自江西

把示新诗本[1]，平生见未曾。太羹味淡泊[2]，老树骨峻嶒[3]。诸费去已久，二张呼不应。凭君振蜀雅，此事独精能。[4]

京华冠盖地[5]，一住十年强。镜里形容劣，花前意态狂。[6]纵怀四方志[7]，犹在众人行[8]。秋抄吾归矣[9]，藏名老故乡。

【注释】

[1] 把示：把东西摆出来或指出来给人看。

[2] 太羹：不加佐料的原汁肉汤，古代祭祀时用的食物。

[3] 峻嶒：陡峭不平，高耸貌。

[4] 振：振兴。精能：精通熟练。

[5] 京华：犹言京师，京师为文物荟萃之地，故称"京华"。冠盖地：高冠华盖的权贵聚居之地。

[6] 形容：形体和容貌。意态：神态。

[7] 纵：即使。四方志：《左传·僖公二十三年》："姜氏杀之，谓公子（重耳）曰：'子有四方之志，其闻之者，吾杀之矣。'"后以"四方志"指经营天下或安邦定国的远大志向。

[8] 众人行：普通人的行列。

[9] 秋杪：暮秋、秋末。

登观象楼[1]

放眼得高处，始知吾最尊。九州无畔岸，万象自朝昏。[2]风紧吹尘世，云开见帝阍[3]。下方人攘攘[4]，徒为利名奔。

【注释】

[1] 观象楼：观测天象之地，很多地方都有，不知此诗所咏在何地。

[2] 畔岸：边际。万象：宇宙间的一切事物或现象。朝昏：早晚。

[3] 帝阍：古人想象的掌管天门的人，《离骚》："吾令帝阍开关兮，倚阊阖而望予。"

[4] 攘攘：纷乱貌，《史记·货殖列传》："谚曰：'千金之子，不死于市。'此非空言也。故曰：天下熙熙，皆为利来；天下攘攘，皆为利往。"

送劳亦渔出都还南海[1]

细检登科记[2],曾无李杜名。诗人例少达[3],天意总难明。白雪自高唱,青云宜后生[4]。惜哉著书手,辛苦去谈兵。

【注释】

[1]劳亦渔:广东人,生平事迹不详。
[2]细检:仔细翻检。登科:科举时代应考人被录取。
[3]例:照例。达:显贵、显达。
[4]白雪:即阳春白雪。战国楚宋玉《对楚王问》:"客有歌于郢中者,其始曰《下里》《巴人》,国中属而和者数千人。……其为《阳春》《白雪》,国中属而和者不过数十人。"原指战国时代楚国的一种艺术性较高、难度较大的歌曲,现比喻高深的、不通俗的文学艺术。青云:指青天,借指迅速升到很高的地位。后生:年轻人、晚辈。

同方云侯过佑卿留饮[1]

有酒即留宾,情亲话更亲。是为真率会,犹见老成人[2]。旧稿凭商榷,闲庭似隐沦[3]。笑他门外客,滚滚踏红尘。

【注释】

[1]过:拜访。佑卿:曾佑卿,名省三,四川荣县人,道光二十九年(1849)进

士,历任江西南康、吉安等地知府。
[2] 真率:纯真坦率。老成人:年高有德的人。
[3] 隐沦:指隐士。

题家信后

门户遂难支[1],年年远别离。早归安至此,不去更何为。[2]干世怀无刺,凋年鬓有丝。[3]读书百无效,甘被市人嗤[4]。

【注释】

[1] 门户:本指房屋庭院等的出入处,这里指家庭、家业。支:支撑、支持。
[2] 安:哪里。去:离开。
[3] 干世:求为世用。刺:名刺,即名片。凋年:晚年。
[4] 嗤:嘲笑。

过莲花寺旧寓

昔予来过夏,下榻寺东偏[1]。莲已无花看,槐仍对影圆。[2]蝉喧新雨后,蚊哄晚灯前。[3]旧侣皆云散[4],回头八九年。

【注释】

[1] 下榻:寄居,住宿。东偏:偏东,莲花寺偏东的地方。
[2] 这两句写莲花寺的凋敝、冷清。

[3] 喧、哄：喧闹。这两句用"蝉喧""蚊哄"来衬托莲花寺的静，模仿了"蝉噪林愈静，鸟鸣山更幽"的句式和意境。
[4] 旧侣：过去的朋友。云散：像云一样飘散。

彭泽留别[1]

元亮去千载[2]，后来非一官。如何都灭没，而我复饥寒。五斗适为累[3]，督邮毋得干[4]。说归即归矣，计较便成难。

僚友时相见[5]，艰危集病身。城稀守陴士[6]，野尽毁家民[7]。苦议巡防策[8]，谁逃战伐尘[9]。二云空在眼[10]，五柳惨无春[11]。

流转信天地，忧伤厚性情[12]。僻从时辈弃[13]，狂与古人争。倦鸟飞难健，疏花落亦轻[14]。夜窗摊卷坐，灯火荞纵横[15]。

八口将安寄[16]，南昌且卜居[17]。从军代乞食，多病废看书。转徙成流寓，飘摇失旧庐[18]。先人昨示梦，孤露卅年余。

【注释】

[1] 彭泽：位于江西省最北部，长江中下游南岸，九江市东北角上。
[2] 元亮：陶潜字。后常用为隐居不仕的典实。
[3] 五斗：语见《晋书·陶潜》："郡遣督邮至县，吏白：'应束带见之。'潜叹曰：'吾不能为五斗米折腰，拳拳事乡里小人邪！'义熙二年，解印去县。"适：的确。累：牵累。
[4] 督邮：始置于西汉中期，为各郡的重要属吏。代表太守巡行属县，督察长吏和邮驿，宣达教令，兼司捕亡等。唐以后废。毋得干：不得干预。
[5] 僚友：同为官的人。
[6] 稀：少。陴（pí）：城上的矮墙，亦称"女墙"。

[7] 野尽毁家民：野外尽是家破人亡、流离失所的百姓。

[8] 巡防策：巡守防御的方法。

[9] 战伐：征战、战争。唐杜甫《阁夜》："野哭几家闻战伐，夷歌数处起渔樵。"

[10] 二云：本书卷六《同沤馆杂题卅二首》之八"二云"下自注："停云望云，古今人岂有异乎？"陶渊明《停云》诗自序称"停云，思亲友也。"望云，陶渊明《始作镇军参军经曲阿作》："望云惭高鸟，临水愧游鱼。""望云"指企求自由。

[11] 五柳：陶渊明《五柳先生传》，因"宅边有五柳树"，所以自号为"五柳先生"。

[12] 这两句的意思是流落转徙让人相信天高地阔，忧伤可以使人性情深厚真挚。"信""厚"均为使动用法。

[13] 僻：孤僻，不随俗。时辈：当时的著名人物。

[14] 疏花：稀疏、稀少的花朵。

[15] 莽：无边无际。纵横：奔放，不受拘束。

[16] 安寄：寄身哪里。

[17] 卜居：择地居住。

[18] 流寓：指流落他乡居住的人。飘摇：随风飘荡的样子。

寄答朝鲜徐秋堂进士问近状

忆昨辞彭泽，从军赋壮游[1]。烽烟惊满目[2]，故旧半封侯[3]。六代青山在[4]，三年白下留[5]。秦淮河畔柳[6]，摇落不禁秋。

磨牛循旧迹[7]，步步返江西。小邑惭驯雉[8]，尼山笑割鸡[9]。养生生未养，齐物物难齐[10]。我欲询庄叟，为文续马蹄[11]。

未能勤抚字，无怪拙催科[12]。民力兵荒后，吾生缺陷多。空空三立望[13]，鼎鼎百年过[14]。衰病思田里[15]，凭高且放歌。

使臣东海至,连岁枉良书[16]。执友收仙李,中原慕小徐。[17]文章扶国运[18],兄弟饱经畲[19]。世世神交远[20],无为叹索居[21]。

【注释】

[1] 壮游:怀抱壮志而远游。

[2] 烽烟:烽火台报警之烟,借指战争。

[3] 故旧:旧交、旧友。封侯:泛指显赫功名。

[4] 六代:指代南京,因为自公元三世纪以来,先后有东吴、东晋和南朝的宋、齐、梁、陈(史称六朝)在南京建都立国,故南京被称为六朝古都。

[5] 白下:指代南京。

[6] 秦淮河:是南京第一大河,秦淮河分内河和外河,内河在南京城中,是十里秦淮最繁华之地。

[7] 磨牛:转磨之牛。

[8] 小邑:小县。驯雉:典出《后汉书·鲁恭传》:"建初七年,郡国螟伤稼,犬牙缘界,不入中牟。河南尹袁安闻之,疑其不实,使仁恕掾肥亲往廉之。恭随行阡陌,俱坐桑下,有雉过,止其傍。傍有童儿,亲曰:'儿何不捕之?'儿言:'雉方将雏。'亲瞿然而起,与恭诀曰:'所以来者,欲察君之政迹耳。今虫不犯境,此一异也;化及鸟兽,此二异也;竖子有仁心,此三异也。久留,徒扰贤者耳。'"后以"驯雉"为称颂地方官吏施行仁政,泽及鸟兽之典。

[9] 尼山:指孔子。割鸡:子游为武城宰时,提倡礼乐,孔子笑曰"割鸡焉用牛刀",后以"割鸡"指县令之职。

[10] 养生、齐物:出自庄子的《养生主》《齐物论》,这里是说自己一事无成。

[11] 庄叟:指庄子。马蹄:为《庄子》的一篇文章。

[12] 抚字:对百姓的安抚体恤。催科:催收租税,租税有科条法规,故称。

[13] 三立:即立德、立功、立言,也就是古人讲的"三不朽"。语出《左传·襄公二十四年》:春秋时期鲁国的叔孙豹出使晋国,晋国大夫范宣子问他,人生一世怎样才算是"不朽"?叔孙豹说:"豹闻之,太上有立德,其次有立功,其次有立言,虽久不废,此之谓不朽。"唐孔颖达疏:"立德,谓创制垂法,博施济众;立功,谓拯厄除难,功济于时;立言,谓言得其要,理足可传。"

[14] 鼎鼎:引申为蹉跎。陶潜《饮酒》之三:"鼎鼎百年内,持此欲何成!"

[15] 田里:指故乡。

[16] 连岁：连年。 枉：谦词，谓使对方受屈。
[17] 仙李：指朝鲜的李锦农。小徐：指徐秋堂。
[18] 扶：扶持。国运：国家命运。
[19] 畬：火耕，焚烧田地里的草木，用草木灰做肥料的耕作方法，这里指艰辛的生活。
[20] 神交：彼此慕名而没有见过面的交谊。
[21] 索居：孤身独居。

奉赠廉昉先生[1]

先生非石隐，束志卧蒿莱[2]。乡觅无何有，辞拈归去来[3]。文章能立命[4]，仙佛迕为才。得不低头拜，追陪襟抱开。[5]

与世本无竞，闭门宜病身。细思开口处，难得会心人。公独收迂腐[6]，吾将谥懒真[7]。为儒丁此日，出处一酸辛。[8]

【注释】

[1] 廉昉（1816—1872）：何栻字廉昉。
[2] 束志：收束自己的济世之志。蒿莱：草野，这里指民间。
[3] 拈：拿，持。归去来：指归隐乡里。语出陶渊明《归去来兮辞》："归去来兮！田园将芜，胡不归？"
[4] 立命：谓修身养性以奉天命。
[5] 得：能。襟抱：胸怀、抱负。
[6] 迂腐：指言谈、行为拘泥于旧准则，不适应时代潮流。这里是李士棻自指。
[7] 谥：古代帝王、贵族、大臣、士大夫或其他有地位的人死后，据其生前业绩评定的带有褒贬意义的称号。亦指按上述情况评定这种称号。
[8] 丁：当，遭逢。出处：出仕及退隐。

赠冯子良司马[1]

曩叩何平叔[2],今交冯敬通[3]。两公五湖长[4],一士百年穷[5]。吊古歌兼哭,谈禅色不空。平生获罪处,吟啸侮天公。

【注释】

[1] 冯子良:即冯询。司马:掌管军政和军赋的官职,西周开始设置,春秋、战国时沿用。

[2] 曩(nǎng):先时、以前。叩:拜访。何平叔:何晏(?—249),字平叔,三国曹魏大臣、玄学家。

[3] 冯敬通:即冯衍,字敬通,东汉初辞赋家,笃学重义,时人号为"德行雍雍冯敬通"。因冯子良亦姓冯,故用冯敬通代指。

[4] 五湖:近代一般以洞庭湖、鄱阳湖、太湖、巢湖、洪泽湖为"五湖"。两公:指何平叔、冯敬通。

[5] 穷:困厄。

赠弓簴芗明府[1]

君有能诗妇,吾怜废学儿[2]。旧游思灌口[3],清梦绕峨眉[4]。贫是才人例,时非我辈宜。惟应把书卷,世事百无知。

【注释】

[1]弓篠芗:弓嵩保,号篠芗,河南人,道光十八年(1838)进士。曾跟随曾国荃攻破南京,后任江西总督。明府:"明府君"的略称,汉人用为对太守的尊称,唐以后多用以称县令。唐代别称县令为明府,称县尉为少府,后世相沿不改。清代官场中客气时称官衔,但不直接称正式官衔,而用代称,如知县称"大令",知府称"明府",巡抚称"中丞"。

[2]废学:荒废学业、中止学习。

[3]灌口:即灌口二郎,也称二郎神。相传秦时李冰及其次子曾在灌口开离堆,锁孽龙,有德于蜀人,蜀人因此建庙祭祀,奉之为神灵。后演变为小说、戏剧中的神话人物。

[4]峨眉:中国佛教四大名山之一,位于四川盆地西南缘,有山峰相对如蛾眉,故名。

书愤[1]

世乱藏书贱,还能值几钱。故山归未可,旧事说难圆。善病妻矜恤,长贫友弃捐。[2]只应穷父子,兀兀守残编[3]。

天地方多难[4],诗书致不祥。语轻干忌讳[5],恩重易悲伤。骨肉穷离间,声名谤抵当。岳游首庐阜[6],婚嫁未须忙。

【注释】

[1]书愤:抒发义愤。

[2]矜恤:怜悯抚恤。弃捐:抛弃。

[3]兀兀:孤独貌。

[4]方:表示某种状态正在持续或某种动作正在进行。

[5]干:犯。
[6]庐阜:庐山也称匡山、庐阜,总名匡庐,相传在周朝时有匡氏七兄弟上山修道,结庐为舍,由此而得名。

斋居养疴[1]

稍与市声远[2],城南独掩扉。六尘空处定,百念病中微[3]。深树流莺语,晴檐乳燕飞[4]。海鸥能我狎[5],懒慢共忘机[6]。

力疾亲书卷,还能遍读无?少年空跌荡,中岁足忧虞[7]。杜老家何在,陶公子亦愚[8]。东方安一饱[9],谨勿羡侏儒[10]。

天实命之矣,何劳赋逐贫[11]。妻孥劣在眼[12],图史剩随身。放论违知己,低心畏众人[13]。近谙吾短处,亦复自嫌真。

【注释】

[1]疴(kē):疾病。
[2]稍:逐渐、慢慢地。市声:尘嚣。
[3]六尘:佛教术语,指色尘、声尘、香尘、味尘、触尘、法尘。百念:种种念头。
[4]乳燕:雏燕。
[5]狎:狎玩、亲近。
[6]忘机:消除机巧之心,常指甘于淡泊,与世无争。
[7]忧虞:忧虑、忧患。
[8]杜老:即杜甫。陶公:即陶潜。
[9]东方:东方朔(前154—前93),字曼倩,西汉辞赋家。武帝即位,征四方士人,东方朔上书自荐,诏拜为郎。后任常侍郎、太中大夫等职。
[10]侏儒:《汉书·东方朔传》载,东方朔不满意自己的地位和待遇,对汉武

帝说:"朱儒长三尺余,奉一囊粟,钱二百四十。臣朔长九尺余,亦奉一囊粟,钱二百四十。朱儒饱欲死,臣朔饥欲死。臣言可用,幸异其礼;不可用,罢之,无令但索长安米。"

[11] 天实命之:天意命定如此。逐贫:扬雄有《逐贫赋》。

[12] 妻孥:妻子和儿女。

[13] 放论:高谈阔论。低心:犹屈意。

赠别许小东同年[1]

见君吾不怿,怅触十年前。[2]花事忍重说,宦游殊可怜。[3]还留青在眼,渐畏白盈颠。[4]一面俄分手,云帆上楚天[5]。

频年有梦到,多在国西门。[6]把酒聊为寿,闻歌却断魂。官卑苛礼废[7],劫尽故人存[8]。传语蒲圻子谓贺幼甫[9],书稀似少恩。

【注释】

[1] 许小东:生平事迹不详。

[2] 怿:喜悦。怅触:感触。

[3] 花事:年轻时的风花雪月之事。宦游:旧谓外出求官或做官。殊:甚、极。

[4] 青在眼:即青眼,指对人喜爱或器重。白盈颠:头上青丝变白,年华逝去。

[5] 楚天:南方楚地的天空。

[6] 频年:连年。国西门:京城西门,这是诗人过去与朋友常常把酒欢会的地方。

[7] 苛礼:烦琐、繁细的礼节。

[8] 劫:佛教用语。梵文kalpa的音译,"劫波"的略称,意为极久远的时节。

古印度传说世界经历若干万年会毁灭一次,再重新开始,这样一个周期叫做一"劫"。"劫"的时间长短,佛经有各种不同的说法。一"劫"包括"成""住""坏""空"四个时期,叫做"四劫"。到"坏劫"时,有水、火、风三灾出现,世界归于毁灭。后人借指天灾人祸。

[9] 贺幼甫:字良桢,贺寿慈(1810—1891)之子,湖北蒲圻(今赤壁市)人。曾任南昌知府、贵州按察使。

游妙相庵[1]

四百八十寺[2],惟余妙相庵。莺花访城北,楼阁表江南。林鸟千声脆,池波万绿涵。连朝携酒去,游兴斗春酣。

【注释】

[1] 妙相庵:在南京鼓楼薛家巷中,因其环境清幽,历来受到文人雅士的青睐。

[2] 四百八十寺:语出唐代杜牧《江南春绝句》:"南朝四百八十寺,多少楼台烟雨中。"

送湘乡师相奉命东征二首[1]

两宫忧社稷[2],四海望旌旗[3]。圣相裴中立[4],勋王郭子仪[5]。丹心酬主眷,赤手挽时危。[6]快睹军容盛,青徐万马驰[7]。

恩兼生我大，材愧及门狂。[8]野服趋戎幕[9]，专经受礼堂。离心先海岱[10]，流涕对河梁[11]。后夜西江月，相随到战场。

【注释】

[1]湘乡：曾国藩。
[2]两宫：1861年，"辛酉政变"后，新皇载淳即位，慈安、慈禧两宫太后开始了垂帘听政。
[3]旌旗：旗帜的总称。
[4]裴中立：裴度（765—839），字中立，唐代文学家、政治家，贞元五年（789）进士，唐宪宗元和时拜相，率兵讨平淮西割据者吴元济，封晋国公，世称裴晋公。后又因拥立文宗有功，进位至中书令。死后赠太傅。
[5]郭子仪（697—781）：唐代著名军事家，安史之乱时任朔方节度使，在河北打败史思明。后联回纥收复洛阳、长安两京，功居平乱之首，晋为中书令，封汾阳郡王。
[6]丹心：赤诚的心。主眷：皇上的恩遇、恩宠。赤手：空手，徒手。
[7]青徐：青州和徐州的并称。
[8]材愧：资质低下，愧对师恩。及门：正式拜师求学的学生。
[9]野服：村野平民的服装。戎幕：军府、幕府。
[10]海岱：今山东省渤海至泰山之间的地带。海：渤海。岱：泰山。
[11]河梁：借指送别之地。

送盛恺翁守南康郡[1]

忆赁湖边屋，高轩喜再过[2]。轻材叨奖藉，冲度挹祥和[3]。录别三秋半，论心一语多[4]。我生何所似，鸿雪问东坡[5]。

西江谈治谱，公最历年深[6]。过眼红羊劫[7]，随身绿绮琴[8]。古欢敦竹素[9],遗爱遍棠阴[10]。定是香山叟[11],题诗满二林[12]。

召杜循良绩[13],湖山管领才[14]。一麾星渚去[15],五老郡庭来[16]。送客虎溪远[17],传经鹿洞开[18]。高堂千万寿,燕饮彩衣陪[19]。

寻常畏言别,况送老成人[20]。十载合离迹,一街前后邻。藏书通假借,定力阅艰辛[21]。白首相逢日,松心对竹筠[22]。

【注释】

[1] 盛恺:盛元(1820—1887),号恺庭,字韵琴,自号铁花馆主人,蒙古正蓝旗人,道光十六年(1836)进士。历官江西余干县知县、南康府知府、候补道。著有《南昌府志》《怡园诗草》等。

[2] 过:拜访。

[3] 轻材:也作"轻才",小才、浅薄之才。叨:谦词,得到(好处)。冲:淡泊、谦和。度:胸襟、器量。挹:推崇。

[4] 录别:分别。三秋:三年。论心:谈心,倾心交谈。

[5] 鸿:大雁。鸿雪:大雁踩过的雪地,比喻往事遗留下来的痕迹,苏东坡《和子由渑池怀旧》:"人生到处知何似,应似飞鸿踏雪泥。泥上偶然留指爪,鸿飞那复计东西"。

[6] 治谱:典出《南齐书·良政传·傅琰》:"琰父子并著奇绩,江左鲜有。世云'诸傅有《治县谱》,子孙相传,不以示人'。"后以"治谱"称颂父子兄弟居官有治绩。

[7] 红羊劫:古人认为天干"丙""丁"和地支"午"在阴阳五行里都属火,为红色,地支"未"的生肖为羊,故每六十年出现一次的"丙午丁未之厄",便被称为"红羊劫"。

[8] 绿绮琴:汉代司马相如弹奏的一张琴,后来"绿绮"成了古琴的别称。

[9] 敦:崇尚、注重。竹素:犹竹帛,多指史册、书籍。

[10] 棠阴:棠阴镇地处江西省抚州市中部偏东,宜黄县东南部。棠阴镇是江西省历史上四大名镇之一,小镇始建于北宋天圣九年(1031)。唐末五代时,四川节度使吴氏宣南迁的后裔吴竦定居此地,遍植甘棠树,茂然成荫,故得名棠阴。

[11] 香山叟：唐代白居易晚年居香山，自号香山居士。

[12] 二林：庐山东林寺、西林寺的合称。白居易《与微之书》："仆去年秋，始游庐山，到东西二林间香炉峰下，见云水泉石，胜绝第一，爱不能舍，因置草堂。"

[13] 杜：指唐代杜牧。

[14] 湖山：湖水与山峦。杜牧《江楼晚望》："湖山翠欲结蒙笼，汗漫谁游夕照中。"

[15] 一麾：一面旌麾，旧时为外任的代称，杜牧《即事黄州作》诗："莫笑一麾东下计，满江秋浪碧参差。"

[16] 郡庭：郡署的公堂。

[17] 虎溪：在江西省九江市南庐山东林寺前。相传晋慧远法师曾居此，他送客不过溪，过此，虎辄号鸣，故名虎溪。

[18] 鹿洞：指白鹿洞书院，朱熹讲学处。

[19] 燕饮彩衣陪：春秋时楚国隐士老莱子非常孝顺父母，他七十二岁时父母还健在，为讨父母的欢心，他做了一套五彩斑斓的衣服穿在身上，走路时装成小儿跳舞的样子。

[20] 老成人：年高有德的人。

[21] 定力：借指处变和把握自己的意志力。

[22] 松心对竹筠：语出《礼记·礼器》："其在人也，如竹箭之有筠也，如松柏之有心也。"孔颖达疏："筠是竹外青皮。"松心：喻坚贞高洁的节操。

追哭先师太傅曾文正公二十四首[1]

送至扬州返乙丑五月，师生一世终。后先书屡寄，中外事无穷。自泣颓梁木，长期哭殡宫。[2]浮湘犹未得，泪雨洒江风。

往者岁庚戌，吾师主校文[3]。遍观蚕食叶，先赏马空群。标榜千人伏，升沉一夕分。青衫门下士,从此附青云。

东方需诏日,北斗仰文星。[4]载酒子云宅[5],登龙元礼庭[6]。孝廉张廉卿同侍坐[7],太史袁漱翁许忘形[8]。丙夜谈无倦[9],灯花满意青。

豫章主秋试[10],击节送行诗。已报入闱近[11],旋衔陟岵悲[12]。清湘营葬日,墨绖募兵时[13]。果应筹南谳,戈船创水师。[14]

涿郡诗筒至,高呼太白存。[15]吹嘘扶羽翼,啸傲动乾坤。[16]七字蒙真赏,终身戴厚恩。悲秋输宋玉,无地赋招魂。[17]

海客尊风义[18],年年问侍郎。屡惊荐下第,殊羡仲升堂。[19]朝鲜贡使与都下士夫游,必问曾先生安否。徐海观见赠有"师友中原风义盛,文章下第姓名传"之句。付托曹溪钵[20],薰修正字香[21]。危楼今独立,挥涕对苍茫。

营门严鼓角[22],北面就东流。弟子犹青鬓,先生渐白头。新符彭泽宰,旧事帝京游。幕府同安盛,携家傍节楼。

龙飞新甲子,虎踞旧江山。[23]臣力诸昆瘁,侯封一等颁。[24]东征题扇别,西上掉舟还。县印凡三摄,临川堕梦间。[25]

高台衮带地,俯仰劫灰余。[26]壁上南丰记[27],人间北海书。[28]十贤今俎豆[29],万灶昔郊墟。比似临江宅,还留庾信居。[30]

作督丁多难,谋军出万全。[31]能行平日志,共信得君专。哀痛承优诏,忧劳失大年[32]。九原今不作,三圣渴求贤。[33]

大名侪蜀相[34],盛德媲温公[35]。衡麓英灵气,星冈积累功[36]。专祠连十省,绘像遍诸戎。先帝相望久,神依太庙中。

【注释】

[1] 太傅:官名,古三公之一,周代始置,辅弼天子治理天下。明清则为赠官、加衔之用,并无实职。曾国藩1872年3月在南京病卒,赠太傅,谥文正。

[2]梁木:栋梁,比喻能负重任的人才。殡宫:停放灵柩的房舍,或指坟墓。

[3]庚戌:道光三十年(1850)。校文:道光三十年四月,曾国藩充任庚戌科会试阅卷大臣。

[4]需:等待。文星:即文昌星,又名文曲星,相传文曲星主文才,后亦指有文才的人。

[5]载酒子云宅:汉代扬雄擅长文字,时人常携酒食至其家请教。

[6]登龙元礼庭:比喻得到有名望者的接待和援引而提高身价。《后汉书·李膺传》:"膺独持风裁,以声名自高。士有被其容接者,名为登龙门。"

[7]孝廉:明、清两代对举人的称呼。张廉卿(1823—1894):名裕钊,号濂亭,湖北鄂州人。晚清官员、散文家、书法家。道光二十六年(1846)中举,考授内阁中书。后入曾国藩幕府,为"曾门四弟子"之一,被曾国藩推许为可期有成者。《清史稿》有传。

[8]袁漱翁:袁芳瑛(1814—1859),一号漱六,湖南长沙人。道光二十五年(1845年)进士,授翰林院编修,官至苏州知府,后迁任松江知府。与曾国藩是儿女亲家,曾国藩的女儿嫁给了袁漱六的儿子袁榆生。太史:官职名,传夏代末已有此职,历代掌管事情不同。明清两代,修史之事归翰林院,所以对翰林亦有"太史"之称。

[9]丙夜:三更时候,为晚上十一时至翌日凌晨一时。

[10]豫章:古郡名,略相当于今之江西省,此处代指江西。

[11]闱:指科举考试。咸丰二年(1852)六月,曾国藩充任江西乡试正考官。

[12]陟屺(qǐ):《诗经·陟岵》:"陟彼屺兮,瞻望母兮。"郑玄笺:"此又思母之戒,而登屺山而望也。"后因以"陟屺"为思念母亲、母亲去世之典。曾国藩赴江西乡试正考官途中闻母丧。

[13]墨绖:亦作"墨缞从戎"。古代居丧,在家守制,丧服用白色;如有战事须任军职者,则服黑以代,谓之"墨绖从戎"。绖:古代丧服所用的麻带。扎在头上的称首绖,缠在腰间的称腰绖。

[14]谶:古代巫师、方士等以谶术所做的预言。戈船:古代战船的一种。水师:1853年,曾国藩在家乡组建湘勇,并派人赴广东购买西洋火炮,筹建水师。

[15]涿郡:今涿州市,属河北省保定市。诗筒:日常吟咏唱和后将诗书于诗

笺,诗筒为插放诗笺的用具。多以竹制成,取清雅之意。太白:指唐代李白。

[16] 吹嘘:比喻用力极小而成大事。语见南朝徐陵《檄周文》:"叱咤而平宿豫,吹嘘而定寿阳。"

[17] 悲秋:战国宋玉《九辩》:"悲哉,秋之为气也,萧瑟兮,草木摇落而变衰。"招魂:屈原曾作《招魂》篇。

[18] 海客:这里指海外人士。

[19] 蕡(fén):可能指刘蕡(?—838),字去华,唐宝历二年(826)进士。仲:这里可能指孔子弟子仲由,《论语·先进》:"子曰:'由也升堂矣,未入于室也。'"

[20] 曹溪:慧能取得五祖弘忍和尚的衣钵后,成为禅宗中土第六祖,后在曹溪弘扬佛法,因此后以曹溪指六祖慧能。钵:指衣钵,前人传下来的思想、学术、技能等。

[21] 薰修:佛教语,谓焚香礼佛,修养身心。语见《观无量寿经》:"戒香薰修。"正字:官名,与校书郎同掌校雠典籍,订正讹误。

[22] 鼓角:战鼓和号角,两种乐器。军队也用来报时、警众或发出号令。

[23] 龙飞:帝王即位,此处当指同治皇帝(1862—1874在位)。新甲子:这里可能指曾国潘的年龄,曾氏嘉庆十六年(1811)生,同治元年(1862)六十一岁。"虎踞"句:当指同治三年湘军攻克太平天国天京(南京)。

[24] 诸昆:诸兄弟,这里指曾国藩、曾国荃、曾国葆等,他们均供职于湘军中。瘁:劳累。"侯封"句:曾国藩因破太平天国天京获封一等侯爵。

[25] 临川:明代戏曲家汤显祖(1550—1616),祖籍江西临川,其代表作有"临川四梦",即《紫钗记》《牡丹亭》《南柯记》《邯郸记》。

[26] 裒带:轻裒博带,旧时达官贵人的服饰。劫灰:本谓劫火的余灰,后谓战乱或大火毁坏后的残迹或灰烬。

[27] 南丰:指北宋文学家曾巩。此处可能指曾巩《洪州新建县厅壁记》。

[28] 北海:孔融(153—208),字文举,鲁国(治今山东曲阜)人,东汉文学家,"建安七子"之首。献帝即位后他先后任北军中侯、虎贲中郎将、北海相,时称孔北海。此处可能指其《论盛孝章书》,开头数句:"岁月不居,时节如流,五十之年,忽焉已至。……海内知识,零落殆尽。"

[29] 十贤:指十贤祠,供奉宋代"十贤"(寇准、苏轼、苏辙、秦观、王岩叟、任

伯雨、李纲、赵鼎、李光、胡铨),始建于宋咸淳十年(1274)。俎豆:祭祀。

[30] 庾信(513-581):字子山,南北朝时期文学家。唐李商隐《过郑广文旧居》:"宋玉平生恨有余,远循三楚吊三闾。可怜留著临江宅,异代应教庾信居。"宋姚宽《西溪丛语》引余知古《渚宫故事》:"庾信因侯景之乱,自建康遁归江陵,居宋玉故宅。宅在城北三里。故《哀江南赋》云:'诛茅宋玉之宅,穿径临江之府。'"

[31] 丁:遭逢。

[32] 大年:谓年寿长,语出《庄子·逍遥游》:"小知不及大知,小年不及大年。"

[33] 九原:九泉、黄泉。金元好问《赠答刘御史云卿》诗之三:"九原如可作,吾欲起韩欧。"三圣:指尧、舜、禹,这里指当时清朝皇帝。

[34] 侪(chái):等同、并列。蜀相:指诸葛亮。

[35] 温公:指司马光,谥温国公。司马光,北宋陕州夏县涑水乡(今山西运城地区夏县)人,字君实,世称涑水先生。著名史学家、散文家。

[36] 星冈:曾国藩祖父,名玉屏,号星冈。

姓名文穆袋,桃李狄梁门[1]。荐达多邦彦[2],安危恋至尊。黄图磐石固[3],皤发典型存[4]。翳我成樗散[5],深孤雨化恩。

大裘同广厦,覆庇万孤寒。[6]物望真能副,天怀本自宽。怜才今代独,报德此生难。欲补穷愁志,茫茫感百端[7]。

桐城宗派歇[8],公起霸中原。只手提文柄[9],群材萃匠门。星辰引而上,云梦果然吞[10]。奏议兼碑版,名山一席尊。

自谓学山谷,人言近放翁。[11]即论余事作,亦与大家同。白发生明镜,青山忆谢公。[12]每吟姚叟句,三昧在唐风。[13]

积小成高大,艰难过一生。备尝辛苦味,分占古今名。乐与人为善,恒虞天忌盈[14]。弥留数行字,凄绝泪纵横。

十八诗人集,百家经史钞[15]。眼光随处到,心力此中抛。足掩昭明选[16],能将众制包。披吟充腹笥[17],孤陋免相嘲。

弈弈露神锋,临池不告慵。[18]详求拨镫去,细认画沙踪。[19]玉版驱毫健,金壶泼墨浓。[20]高堂伯夷颂,笔阵戏群龙。[21]

格言凡四幅,发药示砭针[22]。警惰肩时务,锄骄养道心。[23]穷通谁得料[24],愤乐每相寻。顾諟同提命[25],长悬座右箴。

闻昔赝提室山谷,悬真拜大苏。[26]公今天上去,谁道世间无。快睹须眉活,俨然言笑俱。[27]追踪圣哲像,香火奉新图。

天下奇男子,人间好弟兄。[28]九边雄作镇,万命倚为生。[29]多病思求药,成功乞解兵。金陵克复,沅甫[30]九帅引疾还湘,菜随侍吾师送至江干。今抚山西,连年筹赈,积劳增病,疏求长假,拟往药物多处,便于调治。言极沉痛,而朝旨慰留至再,不知近已安健否？太原何处是,湘水远含情。

接武韦平迹[31],趋庭对二难[32]。皇华万里远勋刚,算学一编刊栗诚。[33]启处应加慎,音书好寄看。[34]江东文字饮[35],追忆有余欢。

三峡枌榆社[36],五湖鸥鹭群。几时还听雨,八表一停云。[37]愁倍张平子,游希宗少文。[38]同门各星散,契阔断知闻[39]。

老成天下惜[40],今我哭其私。落日三湘远[41],长风万窍悲。遗书凭卒业,筑室恨愆期[42]。惟有寸心在[43],光明印本师。

【注释】

[1] 文穆:此处似指清文宗即咸丰帝和穆宗即同治帝。狄梁:指唐名臣狄仁杰,狄仁杰死后被追封为梁国公,故称。顾炎武《乾陵》:"至今寻史传,犹想狄梁公。"

[2] 邦彦:国家的贤士、俊才。

[3] 黄图:借指畿辅、京都。北周庾信《哀江南赋》:"拥狼望于黄图,填卢山于赤县。"倪璠注:"兹云'黄图',谓畿辅也。"磐石:比喻能负重任的人才。

[4] 皤发:白发。

[5]繄:通"繫",意为惟。樗散:樗木材劣,多被闲置,比喻不为世用的人。
[6]裘:皮衣。唐白居易《新制绫袄成感而有咏》:"争得大裘长万丈,与君都盖洛阳城。"覆庇:覆盖荫庇。广厦:杜甫《茅屋为秋风所破歌》:"安得广厦千万间,大庇天下寒士俱欢颜。"
[7]茫茫:纷繁。百端:百感、众多思绪。
[8]桐城:桐城派是清代中叶最大的散文流派,代表作家有方苞、刘大櫆、姚鼐,他们皆是安徽桐城人,故称"桐城派"。
[9]文柄:评定文章的权威。
[10]云梦:长江中游地区,荆楚之地先有"古云梦大泽",长江之北为云泽,长江之南为梦泽,这些"大泽"继而演变成"江汉湖群与千湖之省"。云梦果然吞:曾国藩《岁暮杂感十首》之四:"竟将云梦吞如芥,未信君山划不平",可见其自信和豪情非凡。
[11]山谷:指宋代黄庭坚,其诗风奇崛瘦硬,力摈轻俗之习,为江西诗派的开山鼻祖。放翁:指宋代陆游。
[12]前句语出唐代李白诗《将进酒》:"君不见高堂明镜悲白发,朝如青丝暮成雪。"后句语出李白诗《谢公宅》:"青山日将暝,寂寞谢公宅。"
[13]姚叟:指唐代姚合(约779—约855),唐代著名诗人,陕州人(今河南陕县),擅长五律,今传《姚少监诗集》十卷。三昧:佛教用语,意思是止息杂念,使心神平静,是佛教的重要修行方法。借指事物的要领、真谛。
[14]恒:总是、长久。虞:忧虑、担心。
[15]曾国藩编有《十八家诗钞》二十八卷,《经史百家杂钞》二十六卷。
[16]足:完全。掩:超过。昭明:南朝梁萧统两岁被立为太子,未即位而卒,世称昭明太子。萧统召集文人学士,编成《文选》三十卷,世称《昭明文选》。
[17]腹笥:喻腹中学识,语出《后汉书·边韶传》:"腹便便,五经笥。"笥,书箱。
[18]弈弈:轻盈的样子。临池:学习书法。慵:懒。
[19]拨镫:运笔的一种技法。镫一作灯,故亦有譬喻执笔运指如挑拨灯芯。画沙:书法家比喻用笔的方法。宋代姜夔《续书谱·用笔》:"用笔……如锥画沙……欲其匀面藏锋。"锥锋画进沙里,沙形两边突起,而中间凹成一线,以此形容书法"中锋""藏锋"之妙。
[20]玉版:一种光洁坚致的宣纸。驱:驾驭,役使,引申为挥洒。金壶:典出

晋代王嘉《拾遗记·周灵王》："浮提之国，献神通善书二人，乍老乍少，隐形则出影，闻声则藏形。出肘间金壶四寸，上有五龙之检，封以青泥。壶中有墨汁，如淳漆，洒地及石，皆成篆隶科斗之字。记造化人伦之始……及金壶汁尽，二人刳心沥血，以代墨焉。"后指精良之墨。

[21] 高堂：高大的厅堂，堂屋。伯夷：伯夷为商末孤竹君之长子。初，孤竹君欲以次子叔齐为继承人，及父卒，叔齐让位于伯夷。伯夷以为逆父命，遂逃之，而叔齐亦不肯立，亦逃之。后来二人听说西伯昌善养老人，于是投奔西伯昌。后来武王克商后，天下宗周，而伯夷、叔齐耻食周粟，逃隐于首阳山，采薇而食，终饿死于首阳山。唐代韩愈作《伯夷颂》，歌颂伯夷特立独行的精神。笔阵：比喻书法，谓作书运笔如行阵。

[22] 砭针：同"砭石"。本书卷五有首诗咏此，诗题为《湘乡先师曩在东流幕府为予撰书格言四幅，张之座隅，典型如在》。

[23] 警惰：警惕怠惰。肩：担负，担当。时务：时代的重任。道心：指天理，义理。语出《尚书·大禹谟》："人心惟危，道心惟微。"

[24] 穷通：困厄与通达。

[25] 顾諟：语出《尚书·太甲上》："先王顾諟天之明命，以承上下神祇。"孔传："顾谓常目在之，諟，是也。言敬奉天命，承顺天地。"孔颖达疏："《说文》云：顾，还视也。諟与是，古今之字异，故变文为是也。言先王每有所行，必还回视是天之明命。"后以"顾諟"指敬奉、禀顺天命。提命：即"耳提面命"。

[26] 这两句的意思是，在山谷道人修养身心、磨炼心性的屋子里，挂着拜东坡先生为师的画像。羼提：佛教语，梵语的汉译，为"六度"之一，意为安心忍辱。山谷：即黄山谷（宋代黄庭坚）。悬真：指画像。大苏：语见宋王辟之《渑水燕谈录·才识》："苏氏文章擅天下，目其文曰三苏。盖洵为老苏，轼为大苏，辙为小苏也。"

[27] 俨然：好像。言笑俱：谈言欢笑，形神俱在。

[28] 这两句是说曾国藩、曾国荃两兄弟是天下奇伟的男人，又是人间的好兄弟。

[29] 这两句是说曾家兄弟镇守边防，天下百姓苍生倚仗他们的保护才得以保全性命。九边：明代北部边塞的九个军事要镇。明朝建立后，逃亡北方边塞以外的北元仍不时骚扰，严重威胁着明朝的统治。明太祖朱元璋为巩固北部边防，屡次派将北征，同时，还分封子朱棣、朱权等将重兵驻守北部边

塞。明成祖朱棣五出漠北，又于沿边设镇，派兵驻守。初设辽东、宣府、大同、延绥四镇，继设宁夏、甘肃、蓟州三镇，又设山西、固原两镇，是为九边。倚：依仗，依靠。

[30]沅甫：曾国荃的字。

[31]接武：步履相接、继承。见《礼记·曲礼上》："堂上接武，堂下布武。"郑玄注："武，迹也。亦相接，谓每移足半蹑之。"南朝梁刘勰《文心雕龙·物色》："古来辞人，异代接武，莫不参伍以相变，因革以为功。"韦平：西汉韦贤、韦玄成与平当、平晏父子的并称。韦平父子相继为相，世所推重。这句是指曾氏兄弟继承他们父亲的足迹，事业有成。

[32]趋庭：典出《论语·季氏》："(孔子)尝独立，鲤趋而过庭。曰：'学诗乎？'对曰：'未也。''不学诗，无以言。'鲤退而学诗。"鲤：孔子之子伯鱼。后因以"趋庭"为承受父教的代称，也指趋庭参拜。唐代王勃《滕王阁序》："他日趋庭，叨陪鲤对。"二难：谓兄弟皆佳，难分高低。典出《世说新语·德行》："陈元方子长文，有英才。与季方子孝先各论其父功德，争之不能决，咨于太丘。太丘曰：'元方难为兄，季方难为弟。'"这里指劼刚和栗诚难分伯仲。

[33]劼刚：曾纪泽(1839—1890)的字，曾国藩的长子，袭侯爵。曾担任清国驻英、法、俄国大使，也是当时秉承"经世致用"新思维的知识分子。栗诚：曾纪鸿(1848—1881)，曾国藩次子，数学家，著有《对数评解》《圆率考真图解》《粟布演草》等数学著作。这两句是说曾纪泽、曾纪鸿兄弟两人一个在外交领域、一个在数学领域，做出了杰出的贡献。

[34]启处：工作休息。加慎：加倍慎重。音书：书信。

[35]江东：因长江在安徽境内向东北方向斜流，遂以此段江为标准确定东西和左右。江东所指区域有大小之分，可指南京一带，也可指安徽芜湖以下的长江下游南岸地区，即今苏南、浙江北部及皖南部地区以及今江西赣东北(东部)。

[36]枌榆：泛指故乡。

[37]八表：八方之外，指极远的地方。

[38]张平子：张衡(78—139)，字平子，南阳西鄂(今河南南阳市石桥镇)人。他是我国东汉时期伟大的天文学家，在数学、地理、绘画和文学等方面也表现出了非凡的才能和广博的学识，曾作《四愁诗》。此句是诗人说自己的愁绪超过了张衡。宗少文：即宗炳(373—443)，南朝宋画家，字少文。

[39] 契阔：离合、聚散。知闻：消息。
[40] 老成：老练成熟，阅历多而世事练达。
[41] 三湘：多泛指湘江流域及洞庭湖地区。
[42] 恨：遗憾。愆(qiān)期：误期。
[43] 寸心：真心。

题室中旧书架

收书万余卷，插架三十年。譬似守财虏，徒夸满屋钱。[1]几番投质库[2]，何日返欢田[3]。剩有零星本，珍于多宝船[4]。

【注释】

[1] 这两句的意思是，好似做了钱财的俘虏，只能向别人夸耀满屋的钱财。
[2] 几番：几次。质库：中国古代进行押物放款收息的商铺，亦称质舍、解库、解典铺、解典库等，即后来典当的前身。
[3] 欢田：佛教有"悲田"，意为贫穷，"欢田"可能仿此而造，意为富裕。
[4] 多宝船：装载各种宝物的船只。

喜晤雪岩和尚，乞为予作梦揽万松图

昔尝于梦里，身傍万松行。画手世无几，诗人例有情。烦摹孤鹤影，添写乱泉声。此境终须践，披图当结盟[1]。

【注释】

[1]披图:展阅图籍、图画等。

赠张子衡廉使[1]

每听谈鸿雪,名场与战场。东京文苑传,北阙御庐香。[2]傲岸封侯骨[3],豪华结客肠。回澜期巨手[4],驻景检神方[5]。

苏门瘦方叔[6],今日鬓毛斑。酒债寻常欠,诗篇次第删[7]。看花谁紫陌[8],入梦几青山。喜结新吟社,时时款竹关[9]。

【注释】

[1]张子衡:张岳龄(1818—1885),字子衡,名南瞻,晚年自号铁瓶道人,湖南平江县人。廉使:官名,指唐观察使、宋元廉访使以及后世的按察使。
[2]东京:古都名,指洛阳,东汉都洛阳,因在西汉故都长安之东,故称东京。北阙:古代宫殿北面的门楼,是臣子等候朝见或上书奏事之处。
[3]傲岸:高傲自负、不屑随俗。封侯骨:封侯的骨相。
[4]回澜:回旋的波涛,喻挽回局势。巨手:高手,喻指杰出的人物。
[5]驻景:犹驻颜。
[6]苏门方叔:李廌(1059—1109),北宋文学家,字方叔,家境贫寒,6岁而孤,勤奋自学。元丰年间(1078—1085),李廌到黄州(今湖北黄冈)拜谒苏轼,苏轼对他的文章极为赏识。与秦观、黄庭坚、张耒、晁补之、陈师道并称"苏门六君子"。
[7]次第:依次。
[8]紫陌:大路。唐刘禹锡《元和十年自郎州承召至京戏赠看花诸君子》:"紫陌红尘拂面来,无人不道看花回。玄都观里桃千树,尽是刘郎去后栽。"
[9]款:敲门。竹关:竹门,借指简陋的居室。

筱圃招同稷侯雪中小饮[1]

风雪三更壮,歌呼一室温。[2]鸡虫抛得失[3],冰炭了仇恩。浮海知天大[4],观空信佛尊[5]。醉归携果饵[6],推爱及双孙。

【注释】
[1]筱圃:张鹤龄(1867—1908),字筱圃,江苏武进人,近代教育家。
[2]虽然三更之时,外面风雪凛冽,但室内欢歌笑语,温暖如春。
[3]鸡虫:像鸡啄虫,人缚鸡那样的得失。比喻微小的得失,无关紧要。语出唐代杜甫《缚鸡行》:"鸡虫得失无了时,注目寒江倚山阁。"
[4]浮海:浮游海上。
[5]空:佛教语,谓万物从因缘生,没有固定,虚幻不实。语见《维摩经·入不二法门品》:"色即是空,非色灭空,色性自空。"
[6]果饵:糕饼。

寿蒲圻尚书贺云甫年丈[1]

真到南昌郡,从前岂预谋。[2]墨池忙旧课[3],酒库试新篘[4]。江汉今耆宿[5],丘崖仙匹俦[6]。老怀何所似,浩浩一虚舟[7]。

【注释】

[1] 寿：问候，祝健康长寿。贺云甫：贺寿慈(1810—1891)，字云甫，湖北蒲圻(今赤壁市)人，道光二十一年(1841)进士，初授吏部主事，官至工部尚书。后因事触怒慈禧，罢官。年丈：犹年伯。

[2] 这两句的意思是自己(李士棻)到江西南昌郡，是从前没想到的。

[3] 墨池：临川郡城的东面，有块突起的高地，下临溪水，名叫新城。新城上面，有一口低洼的长方形水池，称为王羲之墨池。这是南朝宋人荀伯子在《临川记》里所记述的。王羲之曾经仰慕东汉书法家张芝，在此池边练习书法，池水都因此变黑了。

[4] 篘(chōu)：用竹编成的滤酒器具。

[5] 江汉：长江汉水流域。耆(qí)宿：指有名望有学问的老年人。

[6] 丘崖：山丘崖涘。匹俦(chóu)：相当的、同类。

[7] 虚舟：语出《庄子·山木》："方舟而济于河，有虚船来触舟，虽有惼心之人不怒。"比喻用"虚舟"的态度周游于人世。

题孝昌沈同年棠溪文集[1]

论文谁入细，求惬此心难。每见商新课[2]，投书奖腐官[3]。予承乏临川，办理教案，君遗书推勉甚至。千钧三寸管，一粒九还丹[4]。贾勇谈明史[5]，君近撰明史纪事。休云力已殚。

【注释】

[1] 孝昌：地名，位于湖北省中部偏东。沈同年棠溪：沈棠溪，生平不详。

[2] 新课：新创作的诗文。

[3] 奖腐官：惩办贪官污吏。(临川教案，李士棻任临川县令时，"南城耶稣教民数犯法，自诩西教隶于领事，至县庭，公然抗礼，县令因莫敢治。士棻传讯，置书架二，纵横庭中，教民疑惧，谓其十字架也，仓卒屈伏，士棻遂按竟其

事,立置于法。")
[4] 九还丹:即九转丹,传说中的道家仙丹。
[5] 贾勇:鼓足勇气。

汪郋亭先生见示索杨咏翁书说文部首长歌[1],读竟题后

往见杨夫子,临池意态雄。用心周碣内[2],留客翟门中[3]。咏翁每作小局,招周缦云、莫子偲、赵惠甫及予与眉生辈过饮,治馔极精。五百四十部[4],为予写一通。今歌乞书制,硬语敌韩公[5]。

【注释】

[1] 汪郋亭:汪鸣銮(1839—1907),字柳门,号郋亭,钱塘(今杭州)人,侨寓吴门,同治四年(1865)进士,历官编修、陕甘学政、内阁学士、五城团防大臣、吏部右侍郎、总理各国事务衙门大臣、光禄大夫。后因事被革职。
[2] 碣(jié):石碑。
[3] 翟门:典出《史记·汲郑列传》:"始翟公为廷尉,宾客阗门;及废,门外可设雀罗。翟公复为廷尉,宾客欲往,翟公乃大署其门曰:'一死一生,乃知交情。一贫一富,乃知交态。一贵一贱,交情乃见。'"后用为门庭盛衰之典实。
[4] 五百四十部:东汉许慎《说文解字》有540个部首。
[5] 硬语:形容诗文气势磅礴,矫健雄浑。韩公:指唐代韩愈,其诗深险怪僻,好追求奇特的形象。

寄胡德斋明府[1]

坊近易经过,闲门访雀罗[2]。结交原有道,同调本无多[3]。节概三山峻[4],才华九曲波[5]。飞笺挑战急[6],敌手奈君何。

【注释】
[1] 胡德斋:名胡钦。生平事迹不详。
[2] 雀罗:喻指门庭冷落或世态炎凉。
[3] 同调:比喻志趣或主张相同的人。
[4] 节概:操守和气概。
[5] 九曲:黄河的弯多,素有"九曲黄河"的说法。黄河在黄土高原转了许多的大弯之后,呼啸奔腾远去。"九"在古代形容多,这里用作称赞朋友才华横溢。
[6] 笺:信札。

寄怀汪柳门学使吴中礼居二首[1]

东吴君已远[2],北郭我仍贫[3]。未纵青冥靷[4],谁扶大雅轮[5]。门前来几客,花外过三春。每念文章伯,时于董子觉轩亲[6]。

近校曲台记[7],遥知深闭关。忍饥餐白石[8],营葬走青山。许学功臣首[9]，韩门弟子班[10]。东南旧坛坫，只手与追还。

【注释】

[1] 汪柳门：即汪鸣銮。学使：督学使者的简称，即学政。清中叶以后，派往各省，按期至所属各府、厅考试童生及生员。均从进士出身的官吏中选派，三年一任。不问本人官阶大小，在充任学政时，与督、抚平行。

[2] 东吴：泛指古吴地。大约相当于现在江苏、浙江两省东部地区。

[3] 北郭：古代城邑外城的北部。亦指城外的北郊。

[4] 青冥：喻高位，显要的职位。

[5] 大雅：指德高而有大才的人。语出《文选·班固〈西都赋〉》："大雅宏达，于兹为群。"李善注："大雅，谓有大雅之才者。《诗经》有《大雅》，故以立称焉。"

[6] 董子：董沛（1828—1895），字孟如，号觉轩。

[7] 曲台：汉时作天子射宫，又立为署，置太常博士弟子，为著记校书之处。《汉书·儒林传》："仓说《礼》数万言，号曰《后氏曲台记》。"颜师古注引服虔曰："在曲台校书著记，因以为名。"后用以指著述校书。

[8] 白石：一种中药，味咸、微温、无毒，主治丹毒肿痒。

[9] 许学：指许慎的文字学功夫。

[10] 韩门：唐代韩愈任职四门博士期间，广授门徒，他的学生被称为"韩门弟子"。

得李崇珊天津书[1]

同姓怜同病，缄书自析津[2]。宛然相对语，俱是不如人。谪去仙鏖劫，悲来佛结邻。君寓大悲庵。艰难谋再见，别已廿余春。

【注释】

[1] 李崇珊：名金铃，湖北黄陂人，监生，同治六年(1867)广西河池州典史。
[2] 析津：古府名，辽开泰元年(1012)置，治所在今北京城西南，辖境包括今河北(部分)、天津等地，贞元元年(1153)改名为大兴府。此处代指天津。

怀朱蘋洲

一官骑户限[1]，公事了何时。念子尘犹抗[2]，嗟予路又歧[3]。有心希漫叟[4]，无计效鸱夷[5]。穷达姑由命，流传或在诗。

【注释】

[1] 户限：门槛。
[2] 子：指朱声先，字蘋洲，浙江归安人，监生，同治年间任武进知县、阳湖县令。尘犹抗：还在与尘世抗衡。
[3] 嗟予路又歧：感叹自己又走在人生的岔路口上。
[4] 希：仰慕。漫叟：放纵无拘束的老人，唐元结老时自称漫叟。
[5] 鸱(chī)夷：本为盛酒器具，是一种皮制的口袋，用时"尽日盛酒"，不用时可收起叠好，随身携带。此处指范蠡。《史记·货殖列传》载，范蠡乘扁舟，浮于江湖，变名易姓，适齐为"鸱夷子皮"。

寄酬张衡翁[1]

鱼盐尘外局，主客竹间堂。[2]置酒破僧戒，看花分佛香。别来年岁改，书到海天长[3]。耆旧兼新语[4]，思公未可忘。

梦乡谋一面,旅思积千重。慷慨幽州气,浮沉海国踪。[5]行年增马齿,老态避龙钟。[6]远拜瑶华字,藉开茅塞胸。[7]

【注释】

[1] 张衡翁:即张岳龄(1818—1885)。

[2] 这两句是指自己与友人张衡翁抛却柴米油盐等尘世之物,在一个绿竹环绕的堂屋,宾主置酒欢会。

[3] 海天:有天涯海角辽远、漫长之义。

[4] 耆旧:年高而久负声望的人。

[5] 慷慨:充满正气,情绪激昂。幽州:古九州及汉十三刺史部之一,其范围大致包括今河北北部及辽宁一带。幽燕自古多豪杰,"幽州气"指慷慨不平之气。浮沉:比喻盛衰或得意和失意。海国:海外。

[6] 行年:经历的年岁,指年龄。马齿:对年岁的一种谦称。

[7] 瑶华:喻珍贵的诗文等。藉:同"借",凭借、依托。

简钱君昕伯、袁君翔甫、何君桂笙,并乞和章[1]

黄浦三君子,清流几辈倾。新闻储史料,余力筑诗城。[2]未拜天家禄,遥驰海国名。[3]常何世无有,谁荐马荏平。[4]

物物皆平等,心心本洞然[5]。懒交趋势士,不问忌才天。拨置妻孥累[6],牵连文字缘。海内胜流无论曾识未识,时有诗札见及,则文字之缘似尚可据耳。古人言果立,功德并流传。[7]

【注释】

[1] 钱昕伯(1832—?):名徵,别署雾里看花客,浙江吴兴(今湖州市)人。袁

翔甫：袁祖志（1827—1898），字翔甫，号枚孙，钱塘人。何镛（1841—1894）：字桂笙，以字行，别署高昌寒食生。

[2] 储：积蓄。这两句是指三人不仅办报，积蓄史料，而且利用余力进行诗歌创作。

[3] 拜：敬受。天家禄：皇家的俸禄。遥驰海国名：诗名远扬至遥远的海国。

[4] 常何：唐初将领，因玄武门之变助李世民有功升为中郎将。马茌平：即马周（601—648），唐初大臣，字宾王，博州茌平人。少孤贫，勤读博学，精《诗》《书》，善《春秋》。后到长安，为中郎将常何家客。631年，代常何上疏二十余事，深得太宗赏识，授监察御史，后累官至中书令。632年，唐太宗要求在朝官吏每人都要写一篇关于时政得失的文章。常何武将出身，不会舞文弄墨，门客马周代常何撰写。李世民知道真相后十分欣赏马周，立刻让马周到掌管机要的门下省任职，后累官至中书令（丞相）。唐太宗为了表扬发现马周的常何，赐给常何三百匹锦帛。这两句是希望世上能有像常何那样的伯乐向社会推举贤才。

[5] 洞然：心地坦白磊落貌。

[6] 拨置：废置、搁置。妻孥：妻子和儿女。

[7] "古人"二句：指儒家"三立"的人生观。

为任簨甫孝廉题杜培之所画蝶去寻花团扇[1]

亦是可怜者[2]，人间有此虫。梦醒千古内，家世百花中。鱼乐应堪喻[3]，尝见鱼唼水面落红[4]，是即蝶恋花也。蝉清正自同。蝉非露不饮，蝶亦但饮花露耳。皆能自成高洁，吾以为虫天巢许[5]。齐纨摇动处[6]，随地起春风。

【注释】

[1] 任簨(sǔn)甫：名国铨（1857—?），字簨甫，重庆忠州人。谭宗浚《荔村草堂诗钞》卷八称赞他："乐安傲骨轻王侯，神峰峻立恨少遒，稍加淬炼成纯钩。"

[2] 可怜：可爱。

[3] 鱼乐：用庄周与惠施关于鱼乐与否的"濠梁之辩"的典故。

[4] 唼(shà)：形容成群的鱼吃东西的声音。

[5] 巢许：巢父、许由的并称。相传二人均为尧时人，隐居不仕，尧知他们有才能，要把君位让给他们，他们避而不受。后来用作隐士的代称。

[6] 齐纨：指团扇。

题高昌寒食生劫火纪焚诗册[1]

杜老吞声哭[2]，崎岖避贼腥。十年无暇晷[3]，百苦写零星。旧物龙泉在[4]，余生虎口经。輶轩需采进[5]，野史一编青[6]。

【注释】

[1] 高昌寒食生：何镛别号。

[2] 杜老吞声哭：唐代杜甫《哀江头》："少陵野老吞声哭"。

[3] 暇晷：空闲的时日。

[4] 龙泉：指宝剑。

[5] 輶(yóu)：古代一种轻便的车。轩：古代一种有帷幕而前顶较高的车。輶轩：古代使臣的代称。采进：选择和采用。

[6] 野史：一般指古代私家编撰的史书，与官修的史书不同。古代有"稗官野史"的说法，稗官者，采录民俗民情的小官。

方仲舫孝廉顷因鲍春霆爵帅聘游湖南,相见申江,抚今追昔,不可无诗[1]

江东开幕府[2],昔号小朝廷。骥尾青云士[3],龙门白下亭[4]。茫茫成昨梦,落落感晨星[5]。各诉羁人状[6],灯前忍泪听。

海内贤宾主,天涯老弟昆[7]。危言评将相,孱影倚乾坤[8]。朝雨歌三叠,春风酒一尊[9]莫善徵同年置酒上海县斋,招同张啸山文学、刘开生都转,饯君之行,五人皆尝从曾文正公游,今皆垂垂老矣。童年随宦地,好去采兰荪[10]。

【注释】

[1]方仲舫:方瀛(1827-1887),又名铭芝、华瀛,字仲舫,号湘畹,咸丰改元(1851)恩科举人。光绪七年(1881),入鲍超幕两年后因应科举试离去。光绪十年(1884)安南(越南)爆发中法战争,鲍超奉命调防云南白马关外,再请方瀛出山,会办军务。所著多辑入《听雨楼剩稿》。鲍春霆(1828—1886):鲍超,字春霆,清末湘军将领。咸丰六年(1856)募湘勇创立霆字五营。
[2]幕府:军队主将的府署设在帐幕内,因称。后也称军政大官僚的府署。
[3]骥尾:骥,千里马。依附在千里马的尾巴上。比喻依附他人而成名。青云士:指那些飞黄腾达的达官贵人。
[4]龙门:比喻声望卓著的人的府第,若一登龙门,则声誉十倍。白下亭:位于南京白下区,是唐代送往迎来、宴饮饯别之所。
[5]落落:稀疏、零落。
[6]羁人:长久地寄居他乡,在外漂泊的人。
[7]弟昆:兄弟。
[8]危言:直言。孱:衰弱、瘦弱。
[9]三叠:指劝酒之词令唱了三遍。尊:盛酒器。宋代黄庭坚《寄黄几复》:"桃李春风一杯酒,江湖夜雨十年灯"。

[10] 兰荪：即菖蒲，一种香草。宋沈括《梦溪笔谈·辩证一》："香草之类，大率多异名，所谓兰荪，荪即今菖蒲是也。"

酬杨茂才裕勋[1]

予偶患盗汗[2]，杜门调摄[3]，十日心斋[4]。适建屏世讲自忠来沪[5]，写赠花卉多幅，披玩移时[6]，遂占勿药[7]。昔人借辋川图以愈疾[8]，见桃花开而悟道[9]，信非虚语[10]。诗以志谢，预贺秋捷。[11]

当下病魔遁，因看新画屏。[12]孱躯调坐卧，生气盎丹青。[13]眼底横三绝[14]，毫端会百灵[15]。秋风京兆试[16]，盼尔佛名经[17]。

【注释】

[1] 杨茂才裕勋：名杨建屏（1837—1921），字裕勋，别号笑笑居士，重庆忠县人，清末画家。尤长于画荷花，人称"杨荷花"。著有《荷花画谱》《临面禅室随笔》《毓秀山庄诗文集》。重庆博物馆、重庆浮辉阁、新都宝光寺、忠县文管所均收藏有其荷花图。茂才：即秀才。
[2] 盗汗：中医病症名，是以入睡后汗出异常，醒后汗泄即止为特征。
[3] 杜门：闭门。调摄：调理保养。
[4] 心斋：谓摒除杂念，使心境虚静纯一。
[5] 适：刚好遇见或者碰到。世讲：谓两姓子孙世世有共同讲学的情谊。后称朋友的后辈为世讲。忠：重庆忠州。
[6] 披玩：把玩观赏。
[7] 占：占卜。
[8] 辋川图：唐王维的名画，宋秦观曾以之疗病，事见《淮海集》卷三十四《书辋川图后》。
[9] 见桃花开而悟道：相传韩湘子出外访道寻师，恰遇吕洞宾和钟离权，于

是韩湘子离家出走,跟随二人学道,并得真传。后来韩湘子游历到一地方,见一片桃林,仙桃红熟,他攀树摘桃,不想树枝突然折断,韩湘子堕地而死,尸解成仙。

[10] 信:确实。虚语:不实在的话语。

[11] 志谢:表示感谢。秋捷:秋试中式。

[12] 遁:迁移、逃开。

[13] 孱躯:衰弱的身躯。盎:洋溢。

[14] 三绝:晋顾恺之有"才、画、痴"三绝,这里暗喻杨氏之画有顾氏之风。

[15] 毫端:这里指画笔的笔端。百灵:各种神灵。

[16] 京兆试:到京城参加科举考试。

[17] 佛名经:凡十二卷,元魏菩提流支译。此处暗喻金榜题名。

赠张傥仙

出侍河汾席[1],归趋诗礼庭。才成同楚宝[2],神降是衡灵[3]。文字万夫特,姓名千佛经。[4]更看游理窟[5],家学有西铭。

老辈雕龙手[6],新交雏凤声[7]。尺书千郑重[8],寸抱一光明。送别忙题扇[9],临流欠举觞。塪乡襄水上[10],赠答富诗情。

【注释】

[1] 河汾:河汾诸老是金元之际一个重要的诗人群体,这一群体在金元诗歌发展过程中起着不可忽略的桥梁性作用。他们分别是麻革、张宇、陈赓、陈庾、房皞、段克己、段成己、曹之谦。因为这些诗人主要活动在黄河、汾河一带,所以由元人房祺编辑的他们的诗集被称作《河汾诸老诗集》,这八位诗人也就被称为"河汾诸老"。此处疑指诗人与张傥仙都曾拜谒于如曾国藩等一些名流府第。

[2]楚宝:指优秀杰出的人才。见《国语》之"王孙圉论国之宝":"楚之所宝者,曰观射父,能作训辞,以行事于诸侯,使无以寡君为口实……此楚国之宝也。"

[3]衡灵:与"楚宝"义近,衡指衡山。

[4]万夫特:指万人中之杰出者。"文字万夫特,姓名千佛经",指文学水平高超,定然金榜题名。

[5]理窟:指义理的奥秘。元侯克中《挽姚左辖雪斋》:"深探理窟得心传,洞彻先天与后天。"

[6]雕龙手:语见唐黄滔《伤蒋校书德山》:"如何万古雕龙手,独是相如识汉皇。"

[7]雏凤:比喻优秀子弟,后代子孙更有才华。语见唐李商隐《寄韩冬郎兼长之员外》:"桐花万里丹山路,雏凤清于老凤声。"

[8]尺书:书信。

[9]送刖:为受刖刑之人送去"义足",指解人围困之中。

[10]壻乡:在陕西城固县境内,《水经注·卷二十七·沔水》:"穴水东南流,历平川中,谓之壻乡,水曰壻水。川有唐公祠,唐君字公房,成固人也,学道得仙……公房升仙之日,壻行未还,不获同阶云路,约以此川为居,言无繁霜蛟虎之患,其俗以为信然,因号为壻乡,故水亦即名焉。"襄水:也叫襄河,汉水在襄阳市以下一段,水流曲折。

天瘦阁诗半注

卷三

七言律
二百十四首

天瘦阁诗半今体
忠州李士棻芋仙

入成都

芙蓉城郭去年游[1],彩笔重题五凤楼[2]。富拥图书堪敌国,奇凭骨相取封侯。金丹要试红炉诀[3],璧月来寻紫府秋[4]。多少报恩心里事,青天相对一昂头。

【注释】

[1] 芙蓉城:成都市的别名。
[2] 彩笔:相传南朝著名文学家江淹少时,曾梦人授以五色笔,从此文思大进,晚年又梦一个自称郭璞的人索还其笔,自后作诗,再无佳句。后人以"彩笔"指辞藻富丽的文笔。
[3] 金丹:古代方士炼金石为丹药,认为服之可以长生不老。红炉:烧得很旺的火炉,此指道教炼丹炉。
[4] 璧月:对月亮的美称。紫府:道教称仙人所居。

青衫

青衫落落首重搔,检点奚囊剩宝刀。[1]霜叶打窗风力紧,冰花团屋月轮高。诗含正味分清茗,衣怯严寒靠浊醪[2]。香草美人渺何许,一灯相伴读离骚。

【注释】

[1] 青衫：旧时学子所穿之服，也借指微贱者的服色。
[2] 浊醪：浊酒，用糯米、黄米等酿制的酒，较混浊。

竹西吟舫题壁

竹林西去路弯环，半榻琴书屋一间。文字常疑青史借[1]，世情都让白鸥闲。临摹画本重拈笔，忏悔诗名要闭关[2]。手把黄庭经细读[3]，隔篱流水正潺潺。

【注释】

[1] 青史：古代以竹简记事，故称史籍为"青史"。
[2] 闭关：闭门谢客，断绝往来，谓不为尘事所扰。
[3] 黄庭经：道教的经典著作。

秋夜

纤纤新月窥疏林，一桁帘栊秋意深[1]。贱子此时酌玉罍[2]，美人何处弹瑶琴[3]。青云路远耐遐想[4]，白雪词高宜独吟[5]。清梦悠扬忽已曙，木樨枝上啼珍禽。

【注释】

[1] 桁：竹竿。

[2] 贱子：谦称自己。玉斝(jiǎ)：酒杯的美称。

[3] 瑶琴：用玉装饰的琴。

[4] 青云路：喻高位或谋求高位的途径。

[5] 白雪：喻指高雅的诗词。

水仙花四首，用渔洋山人秋柳诗韵[1]

岁寒谁与伴吟魂，消受名花为闭门。小院递香风有信，重帘写照月无痕。搴芳尚记白蘋渚[2]，入梦不离黄叶村。莫道平生同调少[3]，梅兄砚弟会须论[4]。

多谢瑶台一夜霜[5]，凌波都趁好池塘。青冥风响紫霞佩[6]，绿绮琴藏黄竹箱[7]。忽讶清香分桂子，可知高格傲花王[8]。人间烟火浑无味，欲乞灵根种宝坊[9]。

一簇新妆幻绿衣，烟鬟雾鬓是耶非[10]。谪来人世春犹浅，修到仙家种也稀。碧落化身明月满[11]，红尘回首朵云飞。砚山侧畔屏风角[12]，永夜题诗不汝违[13]。

瓣香供养不胜怜，只恐云英化作烟。[14]一卷黄庭心澹定[15]，三生白石梦缠绵[16]。美人水调吟何处[17]，仙吏冰衔拜几年[18]。金盏银台名字好，春风先放凤池边[19]。

【注释】

[1] 渔洋山人秋柳诗：王士禛(1634—1711)，原名士禛，字子真，号阮亭，又

号渔洋山人,清初杰出诗人。《秋柳》诗四首,被视为其代表作之一。

[2] 搴芳:采摘花草。渚:小洲,水中的小块陆地。

[3] 同调:喻指志趣或主张一致的人。

[4] 梅兄矾弟:典出宋代黄庭坚《王充道送水仙花五十枝欣然会心为之作咏》:"含香体素欲倾城,山矾是弟梅是兄。"梅兄:对梅花的雅称。矾弟:山矾花,俗名椋花,花白而香,叶密枝肥,木高数尺。

[5] 瑶台:美玉砌的楼台,也泛指雕饰华丽的楼台。借指传说中的神仙居处。

[6] 青冥:形容青苍幽远,指仙境。紫霞:紫色云霞。道家谓神仙乘紫霞而行。

[7] 绿绮:古琴名。晋傅玄《琴赋》序:"齐桓公有鸣琴曰号钟,楚庄有鸣琴曰绕梁,中世司马相如有绿绮,蔡邕有焦尾,皆名器也。"

[8] 花王:花中之王,指牡丹。

[9] 灵根:植物根苗的美称,这里指水仙花。宝坊:对寺院的美称。

[10] 烟鬟雾鬓:形容头发浓密秀美。

[11] 碧落:道教语,指天空、青天。

[12] 砚山:砚台的一种,利用山形之石,中凿为砚,砚附于山,故名。

[13] 永夜:长夜。汝违:远离你。

[14] 怜:喜爱。云英:指白色的花。

[15] 黄庭:指《黄庭经》,道教的经典著作。

[16] 三生白石:传说唐李源与僧圆观友善,同游三峡,见妇人引汲,观曰:"其中孕妇姓王者,是某托身之所。"更约十二年后中秋月夜,相会于杭州天竺寺外。是夕观果殁,而孕妇产。及期,源赴约,闻牧童歌《竹枝词》:"三生石上旧精魂,赏月吟风不要论。惭愧情人远相访,此身虽异性长存。"源因知牧童即圆观之后身。见唐代袁郊《甘泽谣·圆观》。后人附会谓杭州天竺寺后山的三生石,即李源和圆观相会之处。诗文中常用为前因宿缘的典实。

[17] 水调:曲调名。唐杜牧《扬州》诗之一:"谁家唱水调,明月满扬州。"

[18] 仙吏:仙界、天庭的职事人员。

[19] 凤池:即凤凰池,池水的美称。亦指仙池。

浣心精舍

间却门前十丈埃,此身如在小蓬莱[1]。欲骑蝴蝶凌风去[2],为访梅花趁月来。万变白云摹世态,一编青史案人才。玻璃盏底菖蒲酒,破我愁城日几回[3]。

【注释】

[1] 小蓬莱:景色清丽,有如神话中的蓬莱仙境。
[2] 凌风:驾着风、凭借风力。
[3] 愁城:喻愁苦的心境,宋周邦彦《满路花·帘烘泪雨干》:"帘烘泪雨干,酒压愁破城。"

游嘉州凌云山

真作凌云载酒游,不妨三日驻扁舟。眼中峨顶千重翠,足底岷江万里流[1]。一石尚题笺雅地,郭璞尔雅台。二苏未白少年头。寺中供东坡、子由少时小像,龛外一联有"一楼风雨读书来"之句。全山毕现全身佛,终古西天象教留[2]。

【注释】

[1] 岷江:长江上游支流,在四川省中部。发源于岷山南麓,流经松潘、汶川等县到都江堰出峡,分内外两江到江口复合,经乐山接纳大渡河,到宜宾汇入长江。

[2]终古:往昔,自古以来。

秋怀

天水苍茫海上琴,寥寥何处托知音。崚嶒空抱神仙骨[1],慷慨难平壮士心。安得大裘兼广厦[2],每思一饭报千金[3]。杜陵白傅韩侯往[4],肯与前贤判古今。

三年京国恋浮名,怅触山林寂寞情[5]。摊卷只宜高士传,与松曾结岁寒盟[6]。几人忧乐关天下,如此盈亏问月明。试为东坡转一语[7],不须极贵且长生。

【注释】

[1]崚嶒:高耸突兀的样子。
[2]"安得"句:语出唐代杜甫《茅屋为秋风所破歌》:"安得广厦千万间,大庇天下寒士俱欢颜。"大裘:大皮衣。唐代白居易《新制绫袄成感而有咏》:"争得大裘长万丈,与君都盖洛阳城。"
[3]一饭报千金:语见《史记·淮阴侯列传》:"(韩)信钓于城下,诸母漂,有一母见信饥,饭信,竟漂数十日。"又:"信至国,召所从食漂母,赐千金。"
[4]杜陵:西汉宣帝刘询的陵墓,在今陕西省西安市,杜甫祖籍杜陵,他也曾在杜陵附近居住,故常自称杜陵野老、杜陵野客、杜陵布衣。这里指唐代杜甫。白傅:指唐代白居易。韩侯:指韩信。
[5]怅触:触动。
[6]高士:指隐居不仕或修炼者。岁寒:喻忠贞不屈的品行节操。
[7]处此指苏东坡《水调歌头·明月几时有》:"人有悲欢离合,月有阴晴圆缺。"

奉怀家兄克猷先生

犹记临歧拜寝门[1],斯须执手黯销魂[2]。劝将灵药扶衰病,欲挽征衫忍泪痕[3]。秋老偏迟鸿雁信,难多空望鹡鸰原[4]。故应缓证菩提果,万里归来寿一樽[5]。

【注释】

[1]临歧:本为面临歧路,后多用为赠别之辞。
[2]斯须:须臾、片刻。黯销魂:心神沮丧,失魂落魄。江淹《别赋》:"黯然销魂,惟别而已矣。"
[3]征衫:旅人之衣。
[4]鹡鸰:一种嘴细,尾、翅都很长的小鸟,只要一只离群,其余的就都鸣叫起来寻找。比喻漂泊异地的兄弟急待救援。
[5]菩提果:《本草纲目》称为木患子,四川称油患子,海南岛称苦患树,台湾又名黄目子,亦被称为油罗树、洗手果、肥皂果树。寿:敬酒,多指奉酒祝人长寿。

怀伯位山先生[1]

先生眠食近如何,远道相思独啸歌。日下颇惊词客少[2],山中翻觉异人多。著书才大名终显,阅世心长气不磨。曾约北来能践否,黄金台畔一经过[3]。

【注释】

[1] 伯位山:名受中,号时离,约生活于嘉庆中叶至同治末年,参与编修《忠州直隶州志》。
[2] 日下:指京都。古代以帝王比日,因以皇帝所在地为"日下"。
[3] 黄金台:古台名,又称金台、燕台。故址在今河北省易县易水南。相传战国燕昭王筑,置千金于台上,延请天下贤士,故名。

怀陈仪庭同年

五云楼阁凤城隈[1],先后俱从上计来[2]。紫殿挥毫砖影度[3],黄门捧卷漏声催[4]。千金谁市空群马,一样同为爨尾材。[5]不慕浮荣归便可,故山泉壑胜蓬莱。

【注释】

[1] 五云楼:指豪华富丽的楼阁。凤城:京都的美称。隈:角落。
[2] 上计:战国、秦、汉时地方官于年终将境内户口、赋税、盗贼、狱讼等项编造计簿,遣吏逐级上报,奏呈朝廷,借资考绩,谓之上计。
[3] 紫殿:帝王宫殿。
[4] 黄门:官名。漏声:古代计时器铜壶滴漏之声。
[5] 市:买。爨(cuàn):烧火煮饭。

怀杜海云

经年去国背亲知,不见如何不尔思。倜傥一生肩古谊[1],苍茫万里足新诗。秋宵石室连床处[2],春雨巴台祖帐时[3]。枉说文章声价重,文章曾不救辀饥[4]。

【注释】
[1] 肩:担负。古谊:同"古义",古贤人之风义。
[2] 连床:并榻或同床而卧,多形容情谊笃厚。
[3] 祖帐:古代送人远行,在郊外路旁为饯别而设的帷帐。亦指送行的酒筵。
[4] 不:音 fǒu,同"否"。辀饥:辀通"朝",早晨,早晨没吃东西时的饥饿状态。语出《诗经·汝坟》:"未见君子,惄如辀饥。"这里比喻穷困。

都门杂感

曾到蓬莱顶上行,丹台几辈骤蚩声[1]。小诗低咏参三昧[2],大鸟孤飞讳一鸣。旷代才稀关气运[3],名场事幻慕躬耕[4]。便应归饮西溪水,口诵黄庭心太平。

【注释】

[1] 丹台:道教指神仙的居处。骤:突然。

[2] 三昧:奥妙,诀窍。

[3] 气运:气数,命运。

[4] 名场:泛指追逐声名的场所。

恭送座主曾涤生师典试西江,乞假归省四首[1]

洪都持节拜恩新[2],文运重扶大雅轮[3]。众论久传长孺戆[4],至尊原识仲舒纯[5]。天民志事酬今日[6],海内安危托此身。用舍公常忘得失[7],朝评士气一时伸。

立朝风骨重如山,此去匡庐绝顶攀[8]。诗轶涪翁宗派外,身经子固钓游间[9]。鱼龙争入珊瑚网,桃李应成玉笋班[10]。合有异材支大厦,豫章搜得尽携还[11]。

十年端笏侍明光,遥祝庭闱燕喜长[12]。衣锦偶然归故里,捧觞重与寿高堂。一门金紫家声炽[13],满地兵戈贼势张。南服待公筹胜略,捷书早晚报天阊[14]。

耽吟何以补蹉跎[15],耿耿名心渐欲磨。万里关河为客远,三年门馆受恩多。怜才直与前贤并,问字还期异日过[16]。及事欧阳真厚幸,只惭无力到东坡[17]。

【注释】

[1] 曾涤生:曾国藩字涤生。典试:主持考试之事。归省:从外地回到家乡探亲。

[2] 洪都：江西省南昌市的别称。隋、唐、宋时南昌为洪州治所，唐初曾在此设都督府，因以得名。持节：古代使臣奉命出行，必执符节以为凭证。

[3] 大雅：高尚雅正。

[4] 长孺：汲黯（？—前112），西汉名臣，字长孺，濮阳人。汉武帝时官至主爵都尉，列于九卿。《史记·汲黯列传》："（汲黯）任气节，内行修洁，好直谏，数犯主之颜色……天子方招文学儒者，上曰吾欲云云，黯对曰：'陛下内多欲而外施仁义，奈何欲效唐虞之治乎！'上默然，怒，变色而罢朝。公卿皆为黯惧。上退，谓左右曰：'甚矣，汲黯之戆也！'"戆(zhuàng)：迂愚而刚直。

[5] 至尊：皇帝的代称。仲舒：指董仲舒，朱熹《朱子语类》卷一三七："汉儒惟董仲舒纯粹，其学甚正。"

[6] 天民：指贤者。因其明乎天理，适乎天性，故称。语出《孟子·尽心上》："有天民者，达可行于天下而后行之者也。"

[7] 用舍：指被任用或不被任用。

[8] 匡庐：江西庐山。相传殷周之际有匡俗兄弟七人结庐于此，故称。

[9] 轶：超过。涪翁：宋代黄庭坚晚号涪翁。子固：宋代文学家曾巩字子固。

[10] 珊瑚：喻俊才。玉笋：喻英才济济。语见《新唐书·李宗闵》："俄复为中书舍人，典贡举，所取多知名士，若唐冲、薛庠、袁都等，世谓之'玉笋'。"

[11] 豫章：古郡名，治所在今江西南昌。

[12] 笏：古代臣朝见君时所执的狭长板子，用玉、象牙、竹木制成，也叫手板。明光：指太阳，这里指皇上。庭闱：内舍，多指父母居住处。燕喜：宴饮喜乐。

[13] 金紫：金鱼袋及紫衣，唐宋的官服和佩饰。也用以指贵官。

[14] 南服：古代王畿以外地区分为五服，故称南方为"南服"。天阊：皇宫的大门。

[15] 耽吟：沉溺于吟诗作文。

[16] 问字：据《汉书·扬雄传》载，扬雄多识古文奇字，刘棻曾向扬雄学奇字。后来称从人受学或向人请教为"问字"。

[17] 及事：犹成事，谓做某事至于成功。欧阳：宋代欧阳修。

游二闸同杨海琴、何小宋、伍松生三太史,杨叔通同年、吴秋尹高士[1]

挈侣提壶出郭西[2],平沙远水觉天低。鹭鸥蹲岸看人过,芦苇吹花与雪迷。画桨静移波淼淼,酒旗斜傍柳萋萋。御河桥上频来往,翻羡鱼樵住夹隄。

【注释】

[1] 杨海琴:名杨翰(1812—1879),字海琴,一字伯飞,直隶新城人,道光乙巳(1845)进士,由翰林院编修改官湖南永州府知府,升辰永沅靖兵备道,为政宽易,著有《褱遗草堂诗集》。何小宋:何璟(1816—1888),字伯玉,号小宋,广东香山县人,丁未(1847)科进士,由翰林院编修补授江南道御史,升任闽浙总督。太史:官名。三代为史官与历官之长,朝廷大臣。后职位渐低,秦称太史令,汉属太常,掌天文历法。魏晋以后太史仅掌管推算历法。至明清两朝,修史之事由翰林院负责,又称翰林为太史。高士:志趣、品行高尚的人,高尚出俗之士,多指隐士。

[2] 郭:外城,古代在城的外围加筑的一道城墙。

都门秋夕

独坐虚堂夜气清[1],乍闻街柝报严更[2]。十年旧句挑灯和,一片新愁对酒生。如我光明惟月色,背人私语是虫声。尘劳辄作飞仙想[3],何日金丹炼始成[4]。

【注释】

[1] 虚堂：高堂。

[2] 柝：古代打更用的梆子，《木兰辞》中有"朔气传金柝"。严更：警夜行的更鼓。

[3] 尘劳：佛教徒谓世俗事务的烦恼。

杂感二首

霓裳一曲歇新声[1]，报道群仙谪玉京[2]。真赏已无前辈在，虚名犹与众人争。神驹千里徒思骋，大鸟三年竟不鸣[3]。薄有田庐归亦好，杏花深处事春耕。

直须我重物方轻，得失纷纷了不惊[4]。积毁岂能伤宋玉，穷愁何幸过虞卿[5]。著书一寸千秋在，为客三年百感生。夜半巡檐看冷月，团圞犹是旧时明[6]。

【注释】

[1] 霓裳：《霓裳羽衣曲》的略称。

[2] 玉京：道家称天帝所居之处。《魏书·释老志》："道家之原，出于老子。其自言也，先天地生，以资万类。上处玉京，为神王之宗。"唐白居易《梦仙》："须臾群仙来，相引朝玉京。"

[3] "大鸟"句：典出《韩非子·喻老》："楚庄王莅政三年，无令发，无政为也。右司马御座，而与王隐曰：'有鸟止南方之阜（土山），三年不翅，不飞不鸣，嘿然无声，此为何名？'王曰：'三年不翅，将以长羽翼；不飞不鸣，将以观民则。虽无飞，飞必冲天；虽无鸣，鸣必惊人。'"

[4] 得失：得与失，犹成败。

[5] 积毁:谓众口不断毁谤。宋玉:战国辞赋家,相传为屈原的弟子。虞卿:战国时期游说之士,《史记》有传。
[6] 团圞:借指月亮。

程钧甫、晴槎兄弟招饮

鞭丝斜指酒家楼[1],饱看群花不掉头。银烛金尊娱永夜[2],明星华月拥高秋。一时倾盖成良会[3],四座飞觞诧隽游。来日定开闻喜宴[4],红笺名字写风流[5]。

【注释】
[1] 鞭丝:马鞭,借指出游。
[2] 金尊:酒樽的美称。永夜:长夜。
[3] 倾盖:车上的伞盖靠在一起,此指初次相逢或订交。
[4] 闻喜宴:唐代进士发榜,醵钱宴乐于曲江亭子,称曲江宴,亦称闻喜宴。
[5] 红笺:红色笺纸。多用以题写诗词或作名片等。

秋夕与程钧甫、汤东笙、吴琼楼、程晴槎、何芸阁、蒋松乔会饮宣武门外酒楼,首唱一诗,属群季和作

花欲全开月欲圆,樱桃传舍晚秋天[1]。齐盟兄弟三生定[2],下第文章万口传[3]。庭舞双鸾临宝镜[4],楼修五凤助蛮笺[5]。他时同咏霓裳曲,记取蓬莱顶上仙。

【注释】

［1］传舍：古时供行人休息住宿的处所。
［2］齐盟：犹同盟。三生：佛家所说的三世转生，即前生、今生和来生。
［3］下第：科举时代指殿试或乡试没考中。
［4］宝镜：此处比喻月亮。
［5］五凤：古楼名，即五凤楼。唐在洛阳建五凤楼，玄宗曾在其下聚饮，命三百里内县令、刺史带声乐参加。梁太祖朱温即位，重建五凤楼，去地百丈，高入半空，上有五凤翘翼。后喻文章巨匠为造五凤楼手。蛮笺：唐时高丽纸的别称，也指蜀地所产名贵的彩色笺纸。

陶然亭题壁[1]

日下一亭闻九州，到门日日有诗流。频来不尽流连意，独立能生浩荡愁。蝴蝶做酣香国梦，芦花吹白酒人头。寒沙浅水南洼路[2]，摇兀轻车似小舟[3]。

【注释】

［1］陶然亭：清代北京名亭，康熙三十四年（1695）建，取名于唐代白居易《闲饮》中的"更待菊黄家酿熟，与君一醉一陶然"。
［2］寒沙：寒冷季节的沙滩。
［3］摇兀：摇荡，飘荡。

稼生师命赋黄花鱼

小队江湖不喜秋,黄花名好趁春收。恰逢帝里重三节[1],初进天厨第一头[2]。骨比石坚元气足,味如人淡晚香留。至尊减膳多恩泽[3],赪尾频苏四海愁[4]。

【注释】

[1]帝里:帝都,京都。三节:旧俗称端午、中秋、春节为三节。
[2]天厨:皇帝的庖厨。
[3]至尊:指皇帝。
[3]赪(chēng)尾:赪,红色。语见《诗经·汝坟》:"鲂鱼赪尾,王室如毁。"《毛传》:"赪,赤也,鱼劳则尾赤。"后以"赪尾"指忧劳,劳苦。

东笙将归山左[1],作诗赠别

半生辛苦为长句,识者寥寥厌者多。今日得君同啸咏,异时传世不销磨[2]。迷离云雨侵巫峡,澎湃风涛震大河。总是诗家奇绝处,杜陵宗派接余波[3]。

惜君归速我归迟,三载何堪远别离。辽海文章同一哭[4],天涯知己最相思。盈盈酒认消愁物[5]，点点花催写恨诗。试向明湖照秋水，鬓边新白几茎丝。

【注释】

[1] 山左：因山东省在太行山之左（东），故称。
[2] 销磨：磨灭。
[3] 杜陵：指杜甫。
[4] 辽海文章同一哭：语出李贺《南园十三首》之六："寻章摘句老雕虫，晓月当帘挂玉弓。不见年年辽海上，文章何处哭秋风？"
[5] 盈盈：形容清澈。

赠袁漱六太史

庭院萧闲似隐沦[1]，不知门外即红尘。万书重校无虚日，一代能传见此人。才大动成经世策[2]，眼高偏爱不羁身。望洋久矣谁为导[3]，犹喜相从屡问津[4]。

【注释】

[1] 萧闲：潇洒悠闲，寂静。唐顾况《山居即事》："下泊降茅仙，萧闲隐洞天。"隐沦：隐居。
[2] 经世：治理国事。
[3] 望洋：即"望洋兴叹"，本义指在伟大的事物面前感叹自己的微小，后多比喻想做一件事而又无能为力，无可奈何。
[4] 问津：打听渡口，引申为探求途径或尝试。

宿张酉山同年寓中不寐作

落落乾坤此鲜民,不才深愧苦吟身。十年行脚无长策[1],四海关心有故人。回想冶游俱是梦[2],欲除狂态便非真。即今揩尽英雄泪,猿鹤青山访旧邻[3]。

【注释】
[1]行脚:行走、行路。长策:上策,万全之计,效用长久的方策。
[2]冶游:野游,出外游乐。
[3]猿鹤:猿和鹤,借指隐逸之士。

十月廿一日出都至保阳

三年难避软红尘,才出层城气一新[1]。北地尚羁千里马,东风来领百花春。尽交慷慨悲歌士,自谓嵚奇可笑人[2]。漫道栖栖无定所[3],世间谁是自由身。

【注释】
[1]层城:京师、王宫。
[2]嵚奇:比喻品格卓异。
[3]漫道:莫说,不要讲。栖栖:忙碌不安的样子。《诗经·六月》:"六月栖栖,戎车既饬。"

寄东笙山左、钧甫山右[1]

短衣送别国门西,归卧空斋梦屡迷。平子愁吟青玉案[2],山公怕听白铜鞮[3]。香魂栩栩花间活,小字惺惺纸尾题。[4]卅六鱼鳞一行雁[5],开函应更怅分携。

【注释】

[1] 山左:指山东省。山右:指山西省。
[2] "平子"句:张衡(78—139),字平子,南阳西鄂(今河南南阳市石桥镇)人,曾做《四愁诗》。青玉案:词牌名,张衡《四愁诗》:"美人赠我锦绣段,何以报之青玉案"。
[3] "山公"句:李白《襄阳歌》:"襄阳小儿齐拍手,拦街争唱白铜鞮。旁人借问笑何事,笑杀山公醉似泥。"山公:指西晋山简,曾镇守襄阳,常喝得酩酊大醉。
[4] 栩栩:生动,活泼。惺惺:灵动。
[5] 鱼鳞一行雁:古人常用鱼雁形容书信。

怀张酉山同年

经年契阔寄书迟[1],来喜倾谈去耐思。萧寺还留听雨榻[2],奚囊最赏惜花诗。曾将酒德评公瑾[3],谓翼庭。能识琴心有子期[4]。屈曲聊为升斗计,文章憎命欲何之[5]。

【注释】

[1] 经年:经过一年或若干年。契阔:久别。

[2] 萧寺:佛寺。唐李肇《唐国史补》卷中:"梁武帝造寺,令萧子云飞白大书'萧'字,至今一'萧'字存焉。"后因称佛寺为萧寺。

[3] 公瑾:东汉末年东吴名将周瑜(175-210),字公瑾。

[4] 子期:钟子期,名徽,字子期,春秋楚国(今湖北汉阳)人。相传钟子期是樵夫,有一次听见俞伯牙在汉江边鼓琴,钟子期感叹说:"峨峨兮若泰山,洋洋兮若江河。"两人因此成为至交。钟子期死后,俞伯牙认为世上已无知音,终生不再鼓琴。

[5] 升斗:比喻微薄的薪俸。文章憎命:谓工于为文,而命运多舛。语出唐代杜甫《天末怀李白》:"文章憎命达,魑魅喜人过。"

出都留别师友诗十二首

往事如云过太清,三年一鸟不飞鸣[1]。世无市骨千金价,诗愧于鳞七子名。[2]日下旧闻浑欲补,终南捷径与谁争。[3]最难忘是贤师友,香火因缘骨肉情。

日边北面丰城叟[4],江上西风故里台。忆别新都排马去,为开旧馆授餐来。瀛洲清切公重上[5],人海浮沉我不才。五夜扪心有余憾,酬恩何路竭涓埃。[6]徐稼生师。

湘乡宗伯欧阳子[7],海内龙门一代尊。独抱遗经事尧舜,教吟大句动乾坤。思公不见如怀古,知己从来胜感恩。惆怅何时趋讲席,名山风雨得重论。[8]曾涤生师。

驻马还寻卧雪庐,虎坊桥北对踌躇。[9]家徒四壁羞干世,胸有千秋趁著书。临去更倾燕市酒,相思定寄锦江鱼。年来好古粗成癖,一别先生孰导予。袁漱六先生。

乾嘉诸老盛当时[10],文采风流俨在兹。金石尽收无价宝[11],丹青何减有声诗。朋樽北海追欢数,游屐西山揽胜迟[12]。良会不常人易别,凭传书札证襟期[13]。杨海琴太史、秦谊亭杨叔通两孝廉[14]。

名场只是可怜场[15],过去升沉记不详。谣诼且凭余子哄[16],悲歌未让古人狂。山窥真面千峰立,月写明心七宝装[17]。与说东坡携酒处,凌云游兴剧还乡[18]。曾佑卿吉士。

【注释】

[1]"三年"句:典出《韩非子·喻老》。
[2]市骨:指战国时燕昭王用千金买千里马骨以求贤才事,常用以比喻招揽人才之迫切,见《战国策·燕策一》。李攀龙(1514—1570),字于鳞,号沧溟,历城(今山东济南)人,明代著名文学家,"后七子"领袖人物。
[3]日下旧闻:清朱彝尊(1629—1709)撰,凡四十二卷。终南捷径:《新唐书·卢藏用》载,卢藏用隐居在京城长安附近的终南山,借此得到很大的名声,终于达到了做官的目的。
[4]丰城:位于江西省中部。
[5]瀛洲:本指传说中的仙山。唐太宗为网罗人才,设置文学馆,任命杜如晦、房玄龄等十八名文官为学士,轮流宿于馆中,暇日,访以政事,讨论典籍。又命阎立本画像,褚亮作赞,题名字爵里,号"十八学士"。时人慕之,谓"登瀛洲"。事见《新唐书·褚亮传》。后来的诗文中常用"登瀛洲""瀛洲"比喻士人获得殊荣,如入仙境。清切:清贵而切近,指清贵而接近皇帝的官职。
[6]五夜:即五更。涓埃:细流与微尘,比喻微小。唐杜甫《野望》:"惟将迟暮供多病,未有涓埃答圣朝。"
[7]湘乡:即曾国藩。宗伯:官名,周代六卿之一,掌宗庙祭祀等事,即后世礼部之职。因亦称礼部尚书为大宗伯或宗伯。欧阳子:宋代欧阳修。
[8]讲席:高僧、儒师讲经讲学的席位。亦用作对师长、学者的尊称。名山:指可以传之不朽的藏书之所。《史记·太史公自序》:"成一家之言……藏之名

山,副在京师,俟后世圣人君子。"此借指著书立说。

[9] 卧雪庐:清人袁芳瑛的藏书楼,亦名卧雪楼。虎坊桥:北京地名,是明朝宫廷圈养老虎的地方。

[10] 乾嘉:清乾隆、嘉庆两朝的合称。

[11] 金石:指古代镌刻文字、颂功纪事的钟鼎碑碣等。

[12] 朋樽:两樽(酒)。语出《诗经·七月》有"朋酒斯飨",《毛传》有"两樽曰朋"。游屐:出游时穿的木屐,此处代指游踪。

[13] 襟期:犹心期,指人与人之间的相互期许。

[14] 秦谊亭(1803—1873):名炳文,初名燡,字砚云,号谊亭,江苏无锡人。道光二十年(1840)举人,官吴江教谕,晚年在京任户部主事。画擅山水,初师王鉴,后宗黄公望、吴镇,臻其胜境。杨叔通:杨济,生卒年不详,字叔通,号鸥客,善书法。

[15] 名场:旧指读书人求功名的场所。泛指寻求名利的道路和竞夺声名的场所。

[16] 谣诼:造谣毁谤。

[17] 七宝:形容用多种宝物装饰的器物。

[18] 剧:急促、疾速。

千佛经中乍有名,四禅天上不无情[1]。逢花怕咏伤春句,被酒愁闻度曲声[2]。壮士黄金挥手尽,多时髀肉背人生[3]。长安去住非容易,便说重来泪已倾。

重阳时节雨冥冥,一曲霓裳梦乍醒。未到送行衣尽白,得逢知己眼俱青[4]。花心惨淡东篱菊,人影稀疏北斗星。自与诸君挥泪别,至今萍梗尚飘零[5]。谓程钧甫、汤东笙、吴琼楼、程晴槎、何芸阁、蒋松乔诸兄弟。

帝里风光次第新[6],清游不负苦吟身。酒家垆畔停车处,饭颗山头戴笠人[7]。揽胜江亭旬几度,搜书厂肆日多巡[8]。莺花槃敦淋漓地,入梦还应认得真。

自笑营巢鸟不如，三年流寓九移居。一床图史无余物，四海知交有报书。经世尚嫌才卤莽，谋生都坐计迂疏[9]。故山梅鹤平安否[10]，应盼闲云返旧庐。

离筵屡荷故人招，裙屐相携慰寂寥[11]。击筑苍凉临别地，衔杯暖热可怜宵[12]。明明花月三春艳，渺渺云山万里遥。去后思量今日味，此生禁得几魂销。

五湖归计偶然成，帽影鞭丝出帝城[13]。三叠阳关催去去[14]，一条来路重行行。文章终望扶轮手[15]，心力空抛画饼名。料理十年书再读，异时经术赞隆平[16]。

【注释】

[1] 四禅：佛教语，即四禅定，色界初禅天至四禅天的四种禅定。

[2] 度曲：制曲，作曲。

[3] 髀肉背人生：即髀肉复生。髀肉是大腿上的肉，因久不骑马，大腿上肉又长起来了。典出《三国志·先主备》："荆州豪杰归先主者日益多，表疑其心，阴御之。"裴松之注引晋代司马彪《九州春秋》："备住荆州数年，尝于表坐起至厕，见髀里肉生，慨然流涕。还坐，表怪问备，备曰：'吾常身不离鞍，髀肉皆消。今不复骑，髀里肉生。日月若驰，老将至矣，而功业不建，是以悲耳。'"

[4] 衣尽白：荆轲刺秦王，太子及宾客知其事，皆穿上白色的衣服，戴上白色的帽子到易水河送别荆轲。眼俱青：青眼。

[5] 萍梗：浮萍断梗，因漂泊流徙，以喻人行止无定。

[6] 帝里：即帝都、京都。次第：依一定顺序，一个挨一个地。

[7] "饭颗山"句：饭颗山相传是唐代长安附近的一座山。典出唐代孟棨《本事诗·高逸》："白（李白）才逸气高，与陈拾遗齐名……尝言：'兴寄深微，五言不如四言，七言又其靡也，况使束于声调俳优哉！'故戏杜曰：'饭颗山头逢杜甫，头戴笠子日卓午。借问别来太瘦生，总为从前作诗苦。'盖讥其拘束也。"后用用作表示写诗刻板平庸或诗人拘守格律或刻苦写作的典故。

[8] 厂肆：店铺。

[9] 坐:因为。

[10] 梅鹤:古代隐士常种梅养鹤以自娱。

[11] 离筵:饯别的宴席。荷:承蒙。裙:下裳。屐:木底鞋。裙屐原指六朝贵族子弟的衣着,后泛指富家子弟的时髦装束。

[12] 此处以击筑喻慷慨悲歌或悲歌送别。衔杯:口含酒杯,多指饮酒。

[13] 五湖:春秋末越国大夫范蠡,辅佐越王勾践,灭吴国,功成身退,乘轻舟以隐于五湖,见《国语·越语下》,后因以"五湖"指隐遁之所。鞭丝:马鞭,借指出游。

[14] 三叠阳关:即古曲《阳关三叠》,也泛指离别时唱的歌曲。

[15] 扶轮:扶翼车轮,比喻帮助。

[16] 异时:以后。隆平:昌盛太平。

行次保阳,归计顿左,侨寓安肃刘大令县斋,作诗遣怀,寄酬都中师友[1]

冠影峨峨赋远游[2],行藏未信属人谋[3]。命缠箕斗昌黎困[4],身似鸿泥玉局愁[5]。从古贤豪曾御李[6],祇今词客暂依刘[7]。榴花时节天街北[8],坛坫重寻第一流。

【注释】

[1] 次:(旅途中)停留。左:相背、相反。安肃:旧县名,治所在今河北徐水县。

[2] 峨峨:高的样子。远游:屈原《楚辞》有《远游》篇。此句意为要像屈原那样峨冠博带,不随流俗,赋诗言志。

[3] 行藏:指出处或行止。语出《论语·述而》:"用之则行,舍之则藏。"属:依靠。

[4] 箕斗:星名,即箕宿与斗宿。韩愈《三星行》:"我生之辰,月宿南斗。牛

奋其角,箕张其口。牛不见服箱,斗不挹酒浆;箕独有神灵,无时停簸扬。……"韩愈借星命家言,怨自己身宫命运不好,其实是用反语发泄怨愤,指出了世道的不平。

[5] 玉局:宋代苏轼曾任玉局观提举,后人遂以"玉局"称苏轼。

[6] 御李:东汉李膺有贤名,士大夫被他接见之后身价大大提高,被称作登龙门。荀爽去拜访他,并为他驾御车马,回家后对人说:"今日乃得御李君矣!"见《后汉书·李膺传》,后因以"御李"谓得以亲近贤者。

[7] 依刘:典出《三国志·王粲》:"(王粲)年十七,司徒辟,诏除黄门侍郎,以西京扰乱,皆不就。乃之荆州依刘表。"后因以"依刘"指投靠有权势者。这里指李士棻寓居刘大令家。

[8] 天街:京城中的街道。

座主蓉峰师赫特贺拜库车大臣之命,赋诗志别[1]

凤领银台典政权[2],新持玉节镇雄边[3]。八方风雨趋三辅[4],两戒河山共一天[5]。虎卫初看关塞月[6],麟袍犹染御炉烟[7]。踟蹰门馆东风里,忍听骊歌咽管弦。

【注释】

[1] 座主:旧时进士称主试官为座主。赫特贺(?—1858):字蓉峰,蒙古镶红旗人。道光三年(1823)进士。咸丰二年(1852),任库车办事大臣;三年,调驻藏办事大臣;四年,授镶白旗蒙古副都统。库车大臣:清代派驻库车地区的行政长官。库车:隶属于新疆维吾尔自治区,位于中国新疆维吾尔自治区中西部,属阿克苏地区东端。

[2] 银台:即银台门,官门名。唐时翰林院、学士院都在银台门附近,后因以银台门指代翰林院。典:掌管、主持。

[3] 玉节:玉制的符节。古代天子、王侯的使者持以为凭。

[4]三辅:本为西汉治理京畿地区的三个职官的合称,也指其所辖地区。
[5]两戒:国家疆域的南北界限。
[6]虎卫:守卫王宫或国门的勇士。
[7]麟袍:即麟服,绣有麒麟的官服。明洪武二十四年规定,公、侯、驸马等,可穿麟服。御炉:御用的香炉。语见唐代柳宗元《省试观庆云图诗》:"抱日依龙衮,非烟近御炉。"

呈座主丰城徐稼生师

人生师友关天性,况是恩门感倍深。孤进难酬经世志[1],狂名易负爱才心。先生旧识群中马,小子曾闻海上琴。稽首皈依应未了[2],后身香火何须寻。

【注释】
[1]经世:治理国事。
[2]稽首:古时一种跪拜礼,叩头至地,在九拜中最恭敬。

怀王午桥学正[1],兼柬杨叔通同年

高人今有王摩诘[2],久不招寻减旅欢。画里芭蕉应好在,尊前诗卷与谁看。牢愁易惹游仙梦,潇洒无如博士官。[3]传语同年杨补阙,见渠一似见君难。[4]

【注释】

[1] 王午桥:王荫昌,字子言,号午(又作五)桥,今河北正定人。道光二十年(1840)举人,咸丰六年(1856)为国子监助教,后转学正。同治十二年(1873)官山东武定同知,工山水画。学正:宋元明清国子监所属学官,协助博士教学,并负训导之责。明清州学也设学正,掌教育所属生员。

[2] 王摩诘:唐诗人王维,字摩诘。

[3] 牢愁:忧愁、忧郁。博士:古代学官名。

[4] 补阙:官名,唐武后垂拱元年始置,有左右之分。渠:他。

周翼庭下礼部第,将返保阳,因与同游诚园[1]

礼闱新榜断知闻[2],载酒名园醉夕曛。谁省焦桐弹渌水[3],终看健翮上青云[4]。汪伦惜别潭千尺[5],杜牧伤春月二分[6]。明日短辕芳草路,漫天飞絮感离群。

【注释】

[1] 周翼庭:直隶清苑人,辛亥年任河南知府。下礼部第:科举时代指殿试或乡试没考中。

[2] 礼闱:指古代科举考试之会试,因其为礼部主办,故称礼闱。

[3] 焦桐:琴名。东汉蔡邕曾用烧焦的桐木造琴,后称琴为焦桐。渌水:古曲名。

[4] 健翮:矫健的翅膀,借指矫健的飞禽,也比喻有才能的人。

[5] "汪伦"句:语见唐代李白《赠汪伦》:"李白乘舟将欲行,忽闻岸上踏歌声。桃花潭水深千尺,不及汪伦送我情。"

[6] "杜牧"句:唐代杜牧伤春诗非常出色,李商隐《杜司勋》:"刻意伤春复伤别,人间唯有杜司勋。"

纪梦诗

伤心号哭泪汍澜[1],俄判幽明到盖棺[2]。慈母有灵犹顾盼,穷人无事不艰难。七千里外身孤立,二十年来指一弹。却恨邻鸡催梦断,萧萧风雪五更寒。

【注释】

[1] 汍澜:漫溢横流。
[2] 俄:短暂的时间。幽明:指生与死,阴间与人间。

林岱青同年赠羊裘一袭,副以名笔。占谢[1]

已忍奇寒不敢号,忽逢良友赠绨袍[2]。今冬风雪连朝紧,古谊云天一样高。衣锦几时归故里,大裘从此被吾曹[3]。酬君剩有新诗句,夜拥青灯试彩毫[4]。

【注释】

[1] 林岱青:名燿堃,广东平远人,咸丰六年(1856)官湖北随州知州。占谢:当面致词道谢。
[2] 绨袍:厚缯制成之袍。战国时魏人范雎先事魏中大夫须贾,遭其毁谤,笞辱几死。后逃至秦国改名张禄,仕秦为相,权势显赫。魏闻秦将东伐,命

须贾使秦,范雎乔装,敝衣往见。须贾不知,怜其寒而赠一绨袍。后知雎即秦相张禄,乃惶恐请罪。雎以贾尚有赠袍念旧之情,终宽释之。见《史记·范雎蔡泽列传》,后多用为眷念故旧之典。

[3] 吾曹:我辈、我们。

[4] 彩毫:画笔、彩笔,亦指绚丽的文笔。

病中杂感四首

茶烟半榻鬓丝丝,一日从容课一诗。造物本来无尽藏,多生当是有情痴。[1]折除福分名何用,消受穷愁命固宜。耿耿元精还自惜,形骸土木漫支离。[2]

颓然趺坐万书堆,眠食亲探客数来。[3]身后一篇独行传[4],眼中几辈不凡材。相从忧患交情见,为报平安笑口开。小病何关世轻重,诸君高谊自怜才。

五年不识帝城春,看过唐花几度新[5]。永忆江湖空复梦,酷怜风月亦何因[6]。文章岂足惊当世,富贵徒能逼众人。径欲登高吊陈迹,黄金台上一沾巾。

长吁未了忽高歌,哀乐相寻奈若何。下士深悲闻道晚[7],中年渐悔识人多。只求身共花无恙,安得心如水不波。且息尘劳习禅悦[8],太空一任片云过。

【注释】

[1] 无尽藏:佛教语,谓佛德广大无边,作用于万物,无穷无尽。见《大乘义章》十四:"德广难穷,名为无尽。无尽之德苞含曰藏。"多生:佛教以众生造

善恶之业,受轮回之苦,生死相续,谓之"多生"。

[2] 元精:人体的精气。形骸:身体。支离:憔悴、衰疲。

[3] 趺坐:佛教徒盘腿端坐的姿势。眠食:睡眠和饮食,亦概指生活起居。

[4] 独行传:《后汉书》有《独行列传》。独行谓节操高尚,不随俗浮沉。

[5] 唐花:在室内用加温法培养的花卉。清王士禛《居易录谈》卷下:"今京师腊月即卖牡丹、梅花、绯桃、探春,诸花皆贮暖室,以火烘之,所谓堂花,又名唐花是也。"

[6] 酷:极、非常。风月:清风明月,泛指美好的景色。

[7] 下士:才德差的人。

[8] 禅悦:入于禅定者,其心愉悦自适之谓。

赠南昌傅古民比部兄[1]

儒门淡泊避轻肥[2],退食从容静掩扉[3]。与世寡谐人独立,经时不见我何依[4]。频供绿酒催新句,替蓄青钱赎旧衣。[5]赖有穷交二三子,天涯已觉憺忘归。

【注释】

[1] 傅古民:生平事迹不详。比部:魏晋时设,为尚书列曹之一,职掌稽核簿籍,明清时用为刑部司官的通称。

[2] 轻肥:轻裘肥马的略语。语出《论语·雍也》:"赤之适齐也,乘肥马,衣轻裘。"后以"轻裘肥马"形容富贵豪华的生活。

[3] 退食:语出《诗经·羔羊》:"退食自公,委蛇委蛇。"郑玄笺:"退食,谓减膳也。"此指归隐、退休。掩:同"掩"。

[4] 经时:长时间。

[5] 绿酒:美酒。青钱:即青铜钱。

过易次京水部绍琦[1]

及此良辰手一杯，凭他人海閧如雷[2]。旧家书有寒儒借，冷宦门无热客来[3]。朱墨相将雠近句[4]，风尘安得困奇才。东篱早晚添诗料[5]，看取黄花满意开。

【注释】

[1] 过：拜访。易次京：名绍琦，湖北汉阳县监生，同治二年(1863)署双流县令，同治八年(1869)左右在贵州任知州。水部：中国封建时代中央官署名，掌管水利。
[2] 閧：古同"哄"，哄闹。
[3] 热客：常来常往之客。
[4] 朱墨：用朱砂制成的墨。将：拿。雠：古同"酬"，酬答。
[5] 东篱：语出晋代陶潜《饮酒》："采菊东篱下，悠然见南山。"后指种菊之处，菊圃。

酬古民兄赠羊裘

一袭羊裘敦拜嘉，故人风义足咨嗟。劳生万里同行脚[1]，知我千秋有叔牙[2]。曾典鹔鷞供薄醉[3]，径披宫锦看群花[4]。作书为报妻孥道[5]，料理寒暄胜在家。

【注释】

[1] 劳生：语出《庄子·大宗师》："夫大块载我以形，劳我以生，佚我以老，息我以死。"后以"劳生"指辛苦劳累的生活。行脚：行走、行路。

[2] 叔牙：春秋时齐国的鲍叔牙。因他善于知人，举贤让能，曾推荐管仲佐齐桓公成霸业，后代称能知人荐贤的人。

[3] 鹔鹴：即鹔鹴裘，相传为汉代司马相如所穿的裘衣。用鹔鹴鸟的皮制成，一说用鹔鹴飞鼠之皮制成。

[4] 宫锦：宫中特制或仿造宫样所制的锦缎。

[5] 妻孥：妻子和儿女。

读家书寄示家人，兼酬里中亲友十二首

昂藏海内苦吟身[1]，厌踏长安市上尘。一纸家书看郑重，五年归计悔因循。酷耽词赋工何益[2]，久别溪山梦不真。异地怀人倍惆怅，只愁孤负故园春。

亲舍遥遥何处边，松楸无恙郁风烟[3]。羯来京海七千里[4]，一别人天二十年。壮志销磨虚肯构，浮名束缚阻归田[5]。锦衣可有还乡日，凄绝文章表旧阡。[6]

寥寥兄弟泣分离，剪纸招魂无限悲。人说少游真善士，天哀伯道有孤儿。[7]九原不作春风老[8]，一梦重逢夜雨知。已矣深恩酬未得，故应世世和埙篪[9]。伯兄克猷先生

君如瘦鹤耐长饥，我似孤鸿任久飞。迢递关河西望远[10]，浮沉书札北来稀。青灯听雨诗谁和，白昼看云客未归。半百光阴一弹指，应知四十九年非[11]。仲兄莲亭先生

流转殊方得少休,天街小住又深秋。[12]官微岂复关轻重,客久浑难定去留。裁句有时题锦瑟,学书无计避银钩。[13]旧闻坛坫东南盛,觅向苍茫我欲愁。

交遍文星与酒星,敦槃连日会英灵。怀中刺懒豪门叩,户外车传长者停。未办恩仇孤剑在,熟知啼笑一灯青。狂名抵得登科记,不羡承明著作庭[14]。

青衫憔悴泪汍澜[15],忍听琵琶一再弹。知己尚愁同辈少,怜才出自少年难。梁园结客游应倦[16],杜曲看花梦未阑[17]。亦使旁人私太息,梅清雪艳两高寒。

结交岂必视黄金,遍数亲知感不禁。小草一生无远志,故人万里有来音。青云前路酬恩日,白首名山学道心。此意可怜谁省识,桃花潭水让情深[18]。

几度驰书访故乡,别来何事最神伤。黄垆父老逡巡尽[19],白社田园展转荒[20]。浮世菀枯浑不定,中年哀乐极难忘。争堪日夜思亲友,八表停云酒一觞。

白祠陆墓至今留[21],访古青山最上头。我去几人乘兴往,梦中依旧大江流。追思胜迹难为客,私惜华年易感秋。一幅蛮笺情万缕,凭风吹上荔枝楼。

【注释】

[1] 昂藏:仪表雄伟、气宇不凡的样子。
[2] 酷耽:沉迷。
[3] 松楸:松树与楸树。墓地多植,因以代称坟墓,也特指父母坟茔。风烟:犹风尘,尘世。
[4] 揭来:来到。
[5] 归田:指辞官归里,退隐。

[6]阡:通往坟墓的道路。

[7]少游:宋代秦观,字少游,一字太虚,"苏门四学士"之一。伯道:晋代邓攸字伯道。历任河东吴郡和会稽太守,官至尚书右仆射。永嘉末,因避石勒兵乱,携子侄逃难,途中屡遇险,恐难两全,乃弃去己子,保全侄儿。后终无子。事见《晋书·邓攸》。《世说新语·赏誉》中有:"谢太傅重邓仆射,常言:'天地无知,使伯道无儿。'"后用作叹人无子之典。

[8]九原:墓地。作:起,借指死而复活。汉刘向《新序·杂事》:"晋平公过九原而叹曰:'嗟乎!此地之蕴吾良臣多矣,若使死者起也,吾将谁与归乎?'"

[9]埙篪:埙、篪都是古代乐器,二者合奏时声音相应和,常以"埙篪"比喻兄弟亲密和睦。语出《诗经·何人斯》:"伯氏吹埙,仲氏吹篪。"《毛传》:"土曰埙,竹曰篪。"郑玄笺:"伯仲,喻兄弟也。我与女恩如兄弟,其相应和如埙篪,以言俱为王臣,宜相亲爱。"

[10]迢递:形容遥远。

[11]四十九年非:语出《淮南子·原道训》:"蘧伯玉年五十,而知四十九年非。"

[12]殊方:远方、异域。天街:都城。

[13]裁句:作诗。锦瑟:漆有织锦纹的瑟。银钩:比喻道媚刚劲的书法。

[14]承明:古代天子左右路寝称承明,因承接明堂之后,故称。路寝:古代天子、诸侯的正厅。

[15]青衫:古时学子所穿之服,借指学子、书生。汍澜:流泪的样子。

[16]梁园:也作梁苑,西汉梁孝王所建的东苑,故址在今河南省商丘市东南。园林规模宏大,方圆三百余里,宫室相连属,供游赏驰猎。梁孝王在其中广纳宾客,当时名士司马相如、枚乘、邹阳等均为座上客。也称兔园。事见《史记·梁孝王世家》。

[17]杜曲:地名,在今陕西省西安市东南,樊川、御宿川流经其间。唐大姓杜氏世居于此,故名。阑:残、尽。

[18]桃花潭水:李白《赠汪伦》:"李白乘舟将欲行,忽闻岸上踏歌声。桃花潭水深千尺,不及汪伦送我情。"

[19]黄垆:《世说新语·伤逝》:"(王濬冲)乘轺车,经黄公酒垆下过,顾谓后车客:'吾昔与嵇叔夜、阮嗣宗共酣饮于此垆……自嵇生夭、阮公亡以来,便

为时所羁绁。今日视此虽近,邈若山河。'"后世用"黄垆"作悼念亡友之辞。
逡巡:顷刻、极短时间。
[20] 白社:地名,在河南省洛阳市东。晋葛洪《抱朴子·杂应》:"洛阳有道士董威辇常止白社中,了不食,陈子叙共守事之,从学道。"借指隐士或隐士所居之处。
[21] 白祠陆墓:在重庆忠县有唐代文学家陆贽的墓和纪念白居易的白公祠。

赠别林岱青同年

祖席天寒响朔风[1],河梁顿在国门中[2]。他乡羁旅乾坤窄,异姓交亲骨肉同。万里归程催匹马,百年吾道等冥鸿[3]。五羊城外逢诸好[4],为报囊诗总未空。

【注释】

[1] 祖席:饯行的宴席。
[2] 河梁:语出旧题汉李陵《与苏武》诗之三:"携手上河梁,游子暮何之?……行人难久留,各言长相思。"后以"河梁"借指送别之地。
[3] 冥鸿:高飞的鸿雁,比喻避世隐居之士,也比喻高才之士或有远大理想的人。
[4] 五羊城:广州的别名,林岱青是广东平远人。

岁暮杂感四首

神仙令仆与山林,一一蹉跎直到今。底用文章传众口[1],且凭花月耗雄心。江湖日短怀人远,风雪天寒闭户深。独有乡愁删不尽,夔门西望气萧森[2]。

侧身辇毂等浮槎[3],五度匆匆阅岁华。小病初苏宜谢客,归期无据怕思家。呕心苦撰惊人句,制泪潜看解语花[4]。不觉尊前易惆怅,故交星散各天涯。

壮年失计以诗鸣,愧未成家浪得名。儿女暗闻深夜语,风涛寒咽大江声。几枝红豆相思物,一领青衫太瘦生[5]。费尽才华销尽福,不胜肠断为多情。

行藏了了百无忧[6],毁誉云云一笑休。名画细量新壁挂,奇书私典旧衣收。酖人未可疑羊祜,被酒谁能识马周[7]。莫讶狂奴狂未减,半生心迹在清流[8]。

【注释】

[1] 底:何,什么。
[2] 萧森:阴森。杜甫《秋兴》:"玉露凋伤枫树林,巫山巫峡气萧森。"
[3] 辇毂:本指皇帝的车舆,代指京城。浮槎:槎,木筏,传说中来往于海上和天河之间的木筏。
[4] 潜看:偷偷地看。解语花:会说话的花。
[5] 太瘦生:太瘦,很瘦。生:语助词。李白《戏赠杜甫》:"借问别来太瘦生,总为从前作诗苦。"宋代欧阳修《六一诗话》:"太瘦生,唐人语也,至今犹以

'生'为语助,如'作么生'、'何似生'之类。"

[6] 了了:明白、清楚。

[7] 酖(zhèn):毒杀。羊祜(221—278):字叔子,魏晋时期著名政治家、军事家,博学能文,清廉正直。《晋书·羊祜传》:"(吴国陆抗)尝病,祜馈之药,抗服之无疑心。人多谏抗,抗曰:'羊祜岂酖人者!'"马周:唐太宗时人,少孤贫,西入长安,曾寄宿新丰旅店,受到店主冷遇。后投靠中郎将常何,代为上书太宗陈说二十余事,皆切中时弊,得到太宗重用。见《旧唐书·马周传》。李贺《致酒行》有:"吾闻马周昔作新丰客,天荒地老无人识。"

[8] 清流:喻指德行高洁负有名望的士大夫。

过佑卿寓庐

飞鸿爪迹梵宫留[1],忍向尊前诉旧游。燕市荒凉斜日短,巴山合沓暮云愁。未成归计惭漂泊,赖有新诗富唱酬。勿讶词章妨学道,儒林文苑各千秋。

【注释】

[1] 梵宫:原指梵天的宫殿,后多指佛寺。

寿佑卿,兼送其赴江西戎幕

小寺黄昏扫雪天,昔曾呼酒赋新篇。我同苏子论千古[1],君作萧郎定几年[2]。远道风尘催老大[3],微时兄弟耐留连[4]。一尊来岁知何处,怅触离情各悯然[5]。

【注释】

[1] 苏子：可能指宋代苏轼。

[2] 萧郎：唐代崔郊之姑有一婢女，后卖给连帅，崔郊十分思慕她，赠之以诗曰："公子王孙逐后尘，绿珠垂泪滴罗巾。侯门一入深似海，从此萧郎是路人。"见旧题宋代尤袤《全唐诗话·崔郊》。后以"萧郎"指美好的男子或女子爱恋的男子。

[3] 老大：年纪大。《乐府诗集·相和歌辞五·长歌行》："少壮不努力，老大徒伤悲。"

[4] 微时：卑贱而未显达的时候。留连：留恋不舍。

[5] 怅触：感触。

京邸晤翼庭

南寺听钟隔几尘，寻思上谷剧怀人[1]。才名计日看题塔，高谊连年愧指囷[2]。浮世萍蓬无定所，及时桃李易为春。期君更上青云顶，益信文章果有神。

蛮笺写不尽离忧，对面真堪豁旅愁。金错刀酬青玉案[3]，胭脂坡走黑貂裘。琼筵烂醉千花室，彩笔高题五凤楼。一种雄心同激切，夜阑烧烛看吴钩[4]。

【注释】

[1] 上谷：即上谷郡，今河北省张家口市宣化区，因建在大山谷上边而得名。剧：极。

[2]指囷：典出《三国志·鲁肃》："周瑜为居巢长，将数百人故过候肃，并求资粮。肃家有两囷米，各三千斛。肃乃指一囷与周瑜。"后以"指囷"喻慷慨资助。
[3]金错刀：刀名。青玉案：青玉所制的短脚盘子，名贵的食用器具。《文选·张衡〈四愁诗〉》："美人赠我锦绣段，何以报之青玉案。"借指回赠之物。
[4]吴钩：钩是一种兵器，形似剑而曲。春秋吴人善铸钩，故称。后也泛指利剑。

再晤琼楼喜赠

折柳横街手易分[1]，怀人三载独殷勤。身羁冀北无归日，目断天南有暮云。酒座玉山惊再见[2]，歌场金缕怕重闻[3]。闲来不惜浓磨墨，看写新诗满练裙[4]。

【注释】
[1]折柳：折取柳枝。《三辅黄图·桥》："霸桥在长安东，跨水作桥。汉人送客至此桥折柳赠别。"后多用为赠别或送别之词。
[2]玉山：《晋书·裴楷》："楷风神高迈，容仪俊爽，博涉群书，特精理义，时人谓之'玉人'，又称'见裴叔则（裴楷字）如近玉山，映照人也。'"后以"玉山"喻俊美的仪容。
[3]金缕：曲调《金缕曲》、《金缕衣》的省称。
[4]练裙：白绢下裳。亦指妇女所着白绢裙。

与琼楼、松乔酒边话旧

前尘如梦易销沉,独立苍茫剩苦吟。谣诼世丛憎士口[1],穷愁天酷忌才心。醉倾白酒浇长剑,寒裹青毡护旧琴。莫道狂迂浑不减,已忘钟鼎慕山林[2]。

【注释】
[1] 谣诼:造谣诽谤。
[2] 钟鼎:指富贵。杜甫《清明》:"钟鼎山林各天性,浊醪粗饭任吾年。"

小病兼旬,次京数来问讯,并贻长歌,谓予酷喜为诗,诗债未完,不当便死。重感其意,作此答谢[1]

竟偿诗债死何辞,此日还非债满时。无量寿争名不朽[2],有情痴比病难医。也如僧恋桑三宿[3],且纵天生笔一枝。题遍九州吾始去,玉楼长吉漫相思[4]。

太息诗家势最孤,百年坛坫渐荒芜。试看牛耳交谁执[5],只觉雄心对尔输。泥饮舞酣新获剑[6],放歌敲碎旧藏壶。长留一卷谈何易,大雅轮须并力扶[7]。

【注释】

[1] 兼旬：二十天。次京：易绍琦，字次京。
[2] 无量寿：极言高寿，长生不老。
[3] "也如"句：佛教有出家人不三宿桑下，以免妄生依恋之说。《后汉书·襄楷传》："浮屠不三宿桑下，不欲久生恩爱，精之至也。"李贤注："言浮屠之人寄桑下者，不经三宿便即移去，示无爱恋之心也。"
[4] "玉楼"句：李商隐《李贺小传》："长吉将死时，忽昼见一绯衣人……绯衣人笑曰：'帝成白玉楼，立召君为记。天上差乐，不苦也！'长吉独泣，边人尽见之。少之，长吉气绝。"后以其为文士早死的典实。漫：长久。
[5] 执牛耳：本指主持盟会的人。古代诸侯会盟，割牛耳以敦盛血，以珠盘盛牛耳，主盟者执盘，使与盟会者以血涂口（歃血），以示诚信不渝。后世用以称人于某方面居领导地位。
[6] 泥饮：痛饮。
[7] 大雅：旧训雅为正，谓诗歌之正声。后亦用以称闳雅淳正的诗篇。

乙卯北闱号舍题壁四首[1]

英雄莽莽强为儒，矮屋重经感叹俱。一片秋声过风雨，五更归梦到江湖。久拼貂敝麈词垒，谁略骊黄相酒徒。[2]渐近中年怀抱减，欲谈身世独踌躇。

浮踪住近隗台边，珠桂艰难耗酒钱。[3]温卷肩随诸举子[4]，登天目送大罗仙[5]。都亭惜别燕人筑[6]，乐府思归蜀国弦。剩有闱中看月分[7]，一轮看到十三年。

七千人似坐寒窗，各下风帘护夜釭[8]。一代科名原有数，五经条对孰无双[9]。神方换骨丹空授,健笔临文鼎尚扛。[10]我替芙蓉私地祝,莫教容易谪秋江。

选佛场开又此时[11],朱衣莫更点头迟[12]。苏门方叔悭关节,韩榜宣公领主司。南北棘闱辛苦地[13],古今花样浅深眉[14]。孤寒未敢他途进,敢倚文章说受知。

【注释】

[1] 乙卯:1855年。北闱:明、清科举制对顺天(今北京市)乡试的通称。江南乡试称为南闱。

[2] 鏖词:喧嚣的话。骊黄:典出《列子·说符》:伯乐推荐九方皋为秦穆公访求骏马。九方皋向穆公报告找到一匹好马"牝而黄",牵来一看,则是"牡而骊"。伯乐对此大加赞赏:"若皋之所观,天机也。""视其所视,而遗其所不视,若皋之相马,乃有贵乎马者也。"后指鉴识人才不可拘于细节。

[3] 隈:山水弯曲隐蔽处。珠桂:谓米如珠,薪如桂,极言物价昂贵,生活困难。

[4] 温卷:旧时举子于应试前,将名片投呈当时名人显要后,再将其著作送上,以求推荐,称为"温卷"。肩随:古时年幼者事年长者之礼,并行时斜出其左右而稍后。《礼记·曲礼上》:"年长以倍,则父事之;十年以长,则兄事之;五年以长,则肩随之。"郑玄注:"肩随者,与之并行差退。"后遂用作忝在同列,得以追随于后之意。

[5] 大罗仙:即大罗天,道教所称三十六天中最高一重天。《元始经》云:"大罗之境,无复真宰,惟大梵之气,包罗诸天太空之上。"

[6] 都亭:都邑中的传舍,古时供行人休息住宿的处所。

[7] 闱:指古代科举的试场。月分:月限,指规定的时限。

[8] 风簾:指遮蔽门窗的帘子。釭:油灯。

[9] 五经:五部儒家经典,即《诗》《书》《易》《礼》《春秋》。

[10] 神方:神奇的方术。鼎尚扛:扛鼎,比喻有大才,能负重任。

[11] 选佛场:唐代天然禅师初习儒,将入长安应举,途逢禅僧,谓选官不如"选佛","今江西马大师出世,是选佛之场,仁者可往。"天然改变初衷,出家

习禅。后以"选佛场"指开堂、设戒、度僧之地,亦泛指佛寺。

[12] 朱衣莫更点头迟:朱衣点头,旧称被考试官看中。传说,宋代欧阳修任翰林学士,主持贡院举试时,每次拿起朱笔批阅考卷,总觉得有一个穿着朱色服装的人站在他后面,严肃地注视着他手中的朱笔。这朱衣人头一点,他批阅着的文章便是合格的;否则,就不合格。这件事传开后,那些参加考试的人,心里常常暗暗祷念"唯愿朱衣一点头",就是希望自己的考卷合格,被录取。

[13] 棘闱:又作棘围,指科举时代的考场。唐、五代试士,以棘围试院以防弊端,故称。

[14] 浅深眉:这里借喻文章是否合适。唐代诗人朱庆馀《近试上张水部》:"洞房昨夜停红烛,待晓堂前拜舅姑。妆罢低声问夫婿,画眉深浅入时无。"朱庆馀曾得到张籍的赏识,而张籍又乐于荐拔后辈,因而朱庆馀在临应考前作这首诗献给他,借以征求意见。

闻座主花松岑、杜云巢两先生尝对客问荣近状甚悉,感而赋诗[1]

升沉事过向谁论,太息犹闻长者言。并世不愁知己少,余生当为报恩存。风培鹏翼三秋健[2],身傍龙门一士尊[3]。重检青衫仍欲泣,五年前泪尚留痕。

【注释】

[1] 座主:旧时进士称主试官为座主。明清时,举人、进士亦称其本科主考官或总裁官为座主,或称师座。花松岑:花沙纳(1806—1859),清蒙古正黄旗人,字毓仲,号松岑。宣宗道光年间进士,历官至吏部尚书、左都御史。杜云巢:名乔羽,字云巢,山东滨州人,道光十五年(1835)进士,历官工部左侍郎、兵部右侍郎、史部左侍郎等职。

[2] 风培：即培风，乘风。《庄子·逍遥游》："风之积也不厚，则其负大翼也无力，故九万里则风斯在下矣，而后乃今培风。"鹏翼：大鹏的翅膀。语出《庄子·逍遥游》："鹏之背，不知其几千里也，怒而飞，其翼若垂天之云。"

[3] 龙门：比喻声望高的人的府第。《世说新语·德行》："李元礼风格秀整，高自标持，欲以天下名教是非为己任。后进之士，有升其堂者，皆以为登龙门。"

乙卯冬，以北闱题壁诗为贽，奉谒座主贾相国桢筠堂夫子，蒙奖慰甚至，赋诗志感[1]

赐第潭潭日影迟[2]，晓趋东阁坐移时[3]。一朝龙衮交公补，四海骊珠惜我遗。[4]经国文章当世重，怜才心事古人知。昌黎枉用书三上[5]，不及狂生七字诗。

【注释】

[1] 贽：古代初次拜见尊长所送的礼物。桢：贾桢(1798—1874)，原名忠桢，字筠堂、伯贞，号艺林，山东黄县人，道光六年(1826)榜眼，入值上书房。后历任侍讲学士，内阁大学士，工部、户部、吏部侍郎。先后晋武英殿大学士、体仁阁大学士，管理兵部。英法联军入京时任北京国防大臣，慷慨不屈。后深得慈禧宠信。贾桢先后主持乡试七次，礼部试四次。

[2] 潭潭：深广的样子。

[3] 东阁：明清两代大学士殿阁之一，洪武十五年始置。移时：经历一段时间。

[4] 龙衮：天子礼服。因袍上绣龙形图案，故名。骊珠：比喻珍贵的人或物。

[5] "昌黎"句：韩愈登进士第后，从贞元九年(793)至贞元十一年，三次参加吏部的博学宏词科考试，均告失败。于是韩愈给宰相三次上书，但均未得回复。韩愈只得离开长安。

呈房师衍洗马东之夫子二首[1]

文章知己暗中求，屡爨枯桐忽见收。岂有东坡迷五色[2]，又从北地计三秋。每看青镜频含涕，终盼朱衣再点头。桃李满门新种得，春风更为散材留[3]。

一第登天力偶差，祇愁虚掷好年华。已乘明月探仙桂，恰被回风舞落花。[4]米贵长安艰乞食[5]，书来故里劝还家。摩挲宝剑将谁赠，陡觉雄心十倍加。

【注释】

[1]房师：举人、贡士对荐举自己试卷的同考官的尊称。洗马：官名，本作"先马"；汉沿秦置，为东宫官属，职如谒者，太子出则为前导；至清末废。衍秀（1822—1870）：字东之，满洲正白旗人，咸丰二年（1852）进士。历官翰林院编修、侍读，顺天乡试同考官、内阁学士兼礼部侍郎、阅卷大臣等。
[2]迷五色：迷，迷乱；五色，指青、红、黄、白、黑。五色纷呈，使人眼花缭乱，形容颜色又杂又多，因而看不清楚；比喻事物错综复杂，令人分辨不清。
[3]散材：无用之木，常比喻不为世所用之人。
[4]探仙桂：比喻取得科举功名。回风：旋风。
[5]米贵长安：典出唐代张固《幽闲鼓吹》："白尚书（白居易）应举，初至京，以诗谒著作顾况，顾睹姓名，熟视白公，曰：'米价方贵，居亦弗易。'乃披卷，首篇曰：'离离原上草，一岁一枯荣。野火烧不尽，春风吹又生。'即嗟赏曰：'道得个语，居即易矣。'"旧题宋代尤袤《全唐诗话》卷二记载此事，作"长安米贵，居大不易"。后用以指居大都市生活费用昂贵。

读李杜二公集

李杜堂堂孰并肩,后生怀古见遗编。狂呼东海钓鳌客,老剩南山射虎年。[1]别殿催诗空复尔,清宫献赋亦徒然。[2]时危家远身萧瑟[3],名乃千秋万岁传。

五花马当酒钱看[4],醉里高歌行路难[5]。天子呼来分玉食,仙班谪后忆金丹。[6]英雄早识中书令,清切宜为供奉官。[7]累叶王孙销歇尽[8],输公不朽占诗坛。

风骚递降及梁陈[9],崛起诗王笔有神。乱世篇章成信史[10],穷途忧患逼词人。关山莽莽无家别,稷契皇皇许国身[11]。记吊吟魂在何处,武侯祠畔草堂春[12]。

两家坛坫并称雄,毕竟师承有异同。数典敢忘陇西郡[13],论诗独奉少陵翁。一生勋业悲歌里,万古精灵想象中。欲起九原扶大雅,茫茫元气浩无穷。

【注释】

[1]钓鳌:喻抱负远大或举止豪迈。射虎:指汉李广射虎的故事。事见《史记·李将军列传》:"广所居郡,闻有虎,尝自射之。及居右北平,射虎,虎腾伤广,广亦竟射杀之。"诗文中常用以形容英雄豪气。

[2]别殿:正殿以外的殿堂。清宫:清凉的宫室。

[3]萧瑟:凄凉。

[4]"五花马"句:李白《将进酒》:"五花马,千金裘,呼儿将出换美酒。"五花马:唐人喜将骏马鬃毛修剪成花瓣以为饰,分成五瓣者,称"五花马"。

[5]行路难:乐府杂曲歌辞名,内容多写世路艰难和离情别意。原为民间歌谣,后经文人拟作,采入乐府。南朝鲍照《拟行路难》十九首及唐代李白所作《行路难》三首都较著名。

[6]玉食:美食。金丹:古代方士炼金石为丹药,认为服之可以长生不老。

[7]中书令:官名,隋唐时为中书省的属官。供奉:职官名。唐初设侍御史内供奉、殿中侍御史内供奉,唐玄宗时有翰林供奉,专备应制。

[8]累叶:即累世。

[9]风骚:本指《诗》中的《国风》和《楚辞》中的《离骚》,此处借指诗文。

[10]信史:纪事真实可信、无所讳饰的史籍。

[11]稷契:稷和契的并称,唐虞时代的贤臣。杜甫《自京赴奉先县咏怀五百字》:"许身一何愚,窃比稷与契。"

[12]武侯祠畔草堂春:成都有纪念诸葛亮的武侯祠和纪念杜甫的杜甫草堂。

[13]陇西:李白,陇西成纪人。

寿大冢宰花松岑师[1]

生继东坡寿一觞,诘朝东阁会冠裳[2]。六官清要名臣传,四座英才弟子行。菊部递闻仙乐奏,梅花飞傍衮衣香。[3]金瓯姓氏藏应久,早晚黄麻出紫闱。[4]

勋臣世阀史留青[5],公更驰声著作庭。日月文章韩吏部,云烟图画董华亭。[6]东瀛人仰天家使,北斗光分帝座星。[7]几度量才携玉尺,碧桃丹桂尽芳馨。[8]

山公风采四方知,五十年来鬓未丝。客至共倾新酿酒,朝回闲改旧吟诗。每闻佳士思先睹,喜接狂生恕不羁。多谢怜才宏奖意,焚香毕世礼吾师[9]。

眉山门下有青衫,何日条冰署妙衔。[10]得遇成连琴始韵[11],不逢伯乐马犹凡。锦囊投句珠为字,香案堆书玉作函。愿奏鹤南飞一曲,年年吹笛叶韶咸。

【注释】

[1] 冢宰:周官名,为六卿之首,也称太宰。后称吏部尚书为冢宰。

[2] 诘朝:即清晨。

[3] 菊部:宋高宗时宫中伶人有菊夫人者,人称"菊部头"。事见宋代周密《齐东野语·菊花新曲破》:"思陵朝,掖庭有菊夫人者,善歌舞,妙音律,为仙韶院之冠,宫中号为菊部头。"后以"菊部"为戏班或戏曲界的泛称。衮衣:古代帝王及上公穿的绘有卷龙的礼服。

[4] 金瓯:比喻疆土之完固,亦用以指国土。黄麻:古代诏书用纸。古代写诏书,内事用白麻纸,外事用黄麻纸。亦借指诏书。紫闼:金碧辉煌的宫门,一般指皇宫。

[5] 勋臣:功臣。世阀:指先世有功勋和名望。

[6] 韩吏部:唐代韩愈,因官吏部侍郎,又称韩吏部。董华亭:董其昌(1555—1636),字玄宰,华亭(今上海闵行区)人。

[7] 东瀛:指日本。天家:即天子,见汉蔡邕《独断》:"天家,百官小吏之所称。天子无外,以天下为家,故称天家。"帝座:古星名,属天市垣,即武仙座α星。

[8] 玉尺:玉制的尺子,借指选拔人才和评价诗文的标准。李白《上清宝鼎》:"仙人持玉尺,废君多少才。玉尺不可尽,君才无时休。"丹桂:《晋书·郄诜》:"(武帝)问诜曰:'卿自以为何如?'诜对曰:'臣举贤良对策,为天下第一,犹桂林之一枝,昆山之片玉。'"后以"丹桂"比喻秀拔的人才。

[9] 毕世:毕生。

[10] 眉山:指宋代苏轼。条冰:比喻清贵的官职。宋刘克庄《转调二郎神·再和》:"多幸,条冰解去,新衔全省。"

[11] 成连:春秋时著名琴师。传说伯牙曾学琴于成连,三年未能精通。成连因与伯牙同往东海中蓬莱山,使闻海水激荡、林鸟悲鸣之声,伯牙叹曰:

"先生将移我情。"从而得到启发,技艺大进,终于成为天下妙手。事见唐代吴兢《乐府古题要解·水仙操》。

乙卯腊月二十二日,予三十五岁初度,晓起,独拜坡公小像,斐然有作[1]

朝来鸣鸟絮庭柯[2],似报流年冉冉过。苦念妻孥怀北地,自亲香火事东坡。半生磨蝎占星惯[3],一例飞鸿踏雪多。愧署眉山门下士,文章忠孝悔蹉跎。

【注释】

[1] 乙卯:咸丰五年(1855)。初度:语出《楚辞·离骚》:"皇览揆余初度兮,肇锡余以嘉名。"后称生日为"初度"。坡公:宋代苏轼。斐然:有文采和韵味。
[2] 庭柯:庭园中的树木。陶潜《停云》:"翩翩飞鸟,息我庭柯。"
[3] 磨蝎:星宿名,"磨蝎宫"的省称。旧时迷信星象者,谓生平行事常遭挫折者为遭逢磨蝎。

朝鲜徐友兰国相、海观郎中、申澹人学士枉过寓斋,喜赠

天上朝回过腐儒,一时冠盖塞通衢[1]。云烟入手披诗卷[2],袍笏从容礼画图[3]。不恨词人相见晚,始知吾道未宜孤。百年莫忘尊前语,文字缘应骨肉俱。

肯携佳句到鸡林[4],海上成连对鼓琴。乞与矮笺钞万本[5],教同敝帚享千金。崔君所撰存无几,白傅之名说到今[6]。不枉灯窗风雨夜,半生辛苦费清吟[7]。

【注释】

[1] 冠盖:指贵官,此处特指使者。通衢:四通八达的道路。

[2] 云烟:比喻挥洒自如的墨迹。

[3] 袍笏:朝服和手板,此泛指官服。上古自天子以至大夫、士人,朝会时皆穿朝服执笏。

[4] 鸡林:古国名,即新罗。

[5] 矮笺:即矮纸,短纸。陆游《临安春雨初霁》:"矮纸斜行闲作草,晴窗细乳戏分茶。"

[6] 白傅:唐代白居易晚年曾官太子少傅,故称。

[7] 清吟:清美地吟哦,清雅地吟诵。

除夕拜坡公小像

异乡襟抱暂时开[1],笺展图边醉一杯。渐觉东风熏小院,欲回西日驻高台。祭诗兼踵长江例[2],馈岁谁如玉局才[3]。更办枣糕祠九烈,明年柳汁染衣来。

【注释】

[1] 襟抱:襟怀抱负。

[2] 祭诗:唐代贾岛常于每年除夕,取自己当年诗作,祭以酒脯而自勉。事见唐代冯贽《云仙杂记》卷四。后以"祭诗"为典,表示作者自祭其诗藉以自慰。贾岛于唐文宗时任长江县(今四川蓬溪)主簿,故被称为"贾长江"。

[3] 馈岁:岁末相互馈赠。

自题诗稿奉怀曾涤生夫子

闲极惟将诗度日,吟魂来往自相招。不谈时事难为史,爱赋离忧或近骚[1]。五夜曾叨授衣钵[2],百年谁与定歌谣。名山坛坫今余几[3],欲访成连万里遥。

怅望前贤感不禁,缠绵骨肉见情深。看云王屋思亲泪,听雨彭城出世心。[4]歌哭如闻通短梦,河山相对发长吟。异时吾果居何等,佳传应从独行寻。

年来毁誉信悠悠,已散狂名次第收。若辈惟当束高阁,此身终拟附清流。千场纵搏皆成负,万卷藏书不暇雠[5]。心在幼舆丘壑里[6],冷吟闲醉更何求。

落落交亲手易分,索居翻与古人群。锦囊排日投新句,篝火深宵纂旧闻。庄子创为齐物论,陈王善著释愁文。[7]书生在世何功德,窥尽陈编力枉勤。

长记临歧泪满巾,书来访旧亦酸辛。南州从古多高士[8],东海于今有古人[9]。并世却愁中外限[10],论交何异弟兄亲。相逢无日空相忆,八表停云一怆神。时得朝鲜徐友兰海观兄弟书。

墨池浓放笔花双[11],拂拂春风到小窗。摊卷眼如明月对,临文心为古人降。九歌幽怨怀吟泽,六代清才数过江[12]。我自长谣消积感,候虫时鸟本无腔。

【注释】

[1] "爱赋离忧"句:《史记·屈原贾生列传》:"离骚者,犹离忧也……屈平之作《离骚》,盖自怨生也。"

[2] 五夜:即五更。衣钵:佛家以衣钵为师徒传授之法器,引申指师传的思想、学问、技能等。

[3] 名山:指可以传之不朽的藏书之所。《史记·太史公自序》:"以拾遗补艺,成一家之言……藏之名山,副在京师,俟后世圣人君子。"借指著书立说。

[4] 王屋:山名,在山西阳城、垣曲两县之间。山有三重,其状如屋,故名。出世:超脱尘世。这两句是诗人在王屋看云,在彭城听雨的时候,想起了亲人,泪流满面,生出超脱尘世之想。

[5] 雠:校勘。

[6] 幼舆丘壑:幼舆是东晋名士谢鲲(281-324)的字,此典出自《世说新语·品藻》:"明帝问谢鲲:'君自谓何如庾亮?'答曰:'端委庙堂,使百官准则,臣不如亮;一丘一壑,自谓过之。'"后世便以"一丘一壑"指隐逸之情,也用作"幼舆丘壑"。

[7] 庄子作《齐物论》表达了"天地与我并生,万物与我齐一"的哲学思想;曹植作《释愁文》,表达了诗人愿解忧愁,超然物外的思想精神。

[8] 此句指东汉时期著名高士贤人徐稚(97—168)。《后汉书·徐稚传》:"徐稚字孺子,豫章南昌人也……及林宗有母忧,稚往吊之,置生刍一束于庐前而去。众怪,不知其故。林宗曰:'此必南州高士徐孺子也。'"

[9] 东海:郡名,秦置,楚汉之际也称郯郡。治所在郯(今山东郯城北)。其后历代屡有设置,辖境及治所亦有变迁。

[10] 并世:同存于世、同时。中外:朝廷内外、中央和地方、中原和边疆、中国和外国等。限:阻隔。

[11] 笔花:相传唐代李白少时,梦见所用笔头上生花,后来文才横逸,名闻天下。事见五代王仁裕《开元天宝遗事·梦笔头生花》。后以"笔生花"谓才思俊逸,文笔优美。

[12] 六代:即六朝,指三国吴、东晋和南朝的宋、齐、梁、陈,均建都建康(吴名建业,今南京)。清才:品行高洁的人。过江:这里指从北方南下。

赠何梦庐同年[1]

并州游后更游梁[2],远信邮来堕杳茫。文采谁能救奔走,鬓丝我已杂青苍。一朝会合犹疑梦,百念消磨只剩狂。把酒灯前偎影坐,莫须热泪话名场[3]。

【注释】

[1] 何梦庐:名鼎,贵州开州(今开阳)人。咸丰十年(1860)进士。官叶县知县。罢官后侨居汴梁,置园种海棠三百株,以诗酒自娱。著有《游嵩日记》《游终南太乙小记》《蔬香小圃漫录》等。

[2] 并州:州名。古为九州之一。其地约当今河北保定和山西太原、大同一带地区。

[3] 名场:指科举的考场,以其为士子求功名的场所,故称。

题梦庐《双美图》

披图一样叹沉沦,风絮云萍未了因[1]。居士有情难入道,美人无语独含颦。黄金结客家随破,红粉怜才意较真。我亦善愁工恨者,欲从圆泽问前身[2]。

【注释】

[1] 风絮云萍:像柳絮随风飘舞,像浮萍随波逐流。

[2] 圆泽：另作"圆规"，僧人，唐代杭州惠林寺的主持，和西湖十六遗迹之一的三生石有关。有关他的记载见于宋朝文学家苏东坡的《僧圆泽传》。

寄怀内子[1]

一别金闺动七年，梦回清泪独潜然[2]。人间何物非吾累，世上惟君最我怜。强报平安嗟信阻，难筹婚嫁任期愆[3]。西归誓及寒梅发，举酒花前对月圆。

【注释】
[1] 内子：称自己的妻子。
[2] 金闺：闺阁的美称。潜，同"潸"。
[3] 愆：耽误。

视梦庐疾，兼以自警

不辞风雪过君谈，安否餐眠细细探。旧识云英空绝代[1]，新供弥勒与同龛。百年弹指如朝暮，四海倾心只二三。且置清尊勤买醉，火炉红射醉颜酣。

酒旗歌板百花枝[2]，禅榻茶烟两鬓丝[3]。一病怕成无用物，半生悔作有情痴。名心浓向空中尽，世态纷从冷处知。忽忽梦回发深省，人天同证晓钟时[4]。

【注释】

[1] 云英:唐代著名歌姬名。唐罗隐《嘲钟陵妓云英》:"钟陵醉别十余春,重见云英掌上身。我未成名君未嫁,可能俱是不如人!"后亦泛指歌女或成年未嫁的女子。

[2] 酒旗:即酒帘,酒店的标识。歌板:即拍板,乐器,歌唱时用以打拍子,故名。李贺《酬答》诗之二:"试问酒旗歌板地,今朝谁是拗花人?"

[3] 禅榻:禅床。杜牧《题禅院》:"今日鬓丝禅榻畔,茶烟轻扬落花风。"

[4] 晓钟:报晓的钟声。

怀松江太守袁漱六先生

曩日推袁我最能,追陪寖久得师承。[1]晓窗试笔分钩帖,夜榻论文对翦灯[2]。厚价争收书万轴,高吟赌醉酒三升。一麾江海连年别,杰阁同谁得再登[3]。

【注释】

[1] 曩日:从前。推袁:晋代袁宏写成《北征赋》,王珣看了指出应增益一句,袁宏援笔立成,受到桓温称赏。后用为赞赏人极富有文才之典。追陪:追随、伴随。寖久:时间长。

[2] 翦:同"剪",剪灯芯、剪灯,后常指夜谈。语见宋代姜夔《浣溪沙》词:"春点疏梅雨后枝,剪灯心事峭寒时,市桥携手步迟迟。"

[3] 杰阁:高阁。

王泽山同年见赠七律，读之感叹，谨如其数赋答

诗坛高筑瞰中原，独耸吟肩傍酒尊[1]。长啸每惊孤月堕，短章亦挟怒涛奔。故应猛士如龙虎，难得殊方有弟昆。文字较轻风义重，此情同与古人论。

王李分驰七子名[2]，萧条异代各含情。可无文采追前辈，或有精灵相后生。海内遗编随处觅，卷中佳句使人惊。力亲风雅惟君共，钟吕千秋主正声[3]。

投闲聊作苦吟身，无地陈书动紫宸[4]。扪虱喜谈经世事，骑驴谁识谪仙人[5]。频年流转游初倦，中夜悲歌气不驯。归去浣花溪上路，移家当结草堂邻[6]。

新诗慷慨触愁肠，醉墨淋漓写报章[7]。孤枕拥书千帙乱，小楼听雨一灯凉。花前录别人无几，佛处称尊我亦狂。炯炯寸心输不尽，宣南高咏立苍茫[8]。

【注释】

[1] 吟肩：诗人的肩膀，因吟诗时耸动肩膀，故云。朱熹《次刘明远宋子飞〈反招隐〉韵之二》："荣丑穷通只偶然，未妨闲共耸吟肩。"

[2] 王李：明代王世贞、李攀龙的并称。《明史·文苑传三·李攀龙》："攀龙才思劲鸷，名最高，独心重世贞，天下亦并称王李。"明嘉靖、隆庆时期李攀龙、谢榛、梁有誉、宗臣、王世贞、徐中行、吴国伦等七人以文章名世，称"后七子"。

[3] 钟吕：即黄钟大吕，形容音乐或言辞庄严、正大、高妙、和谐。黄钟，我国

古代音韵十二律中六种阳律的第一律。大吕,六种阴律的第一律。

[4] 紫宸:宫殿名,天子所居。后借指帝王。

[5] 扪虱:前秦王猛少年时很穷苦。东晋大将桓温兵进关中时,他去谒见,一面侃侃谈天下事,一面在扪虱,旁若无人。事见《晋书·王猛》。后以"扪虱"形容放达从容,侃侃而谈。谪仙人:指唐代李白。《唐才子传·李白传》中描述过,李白曾云游四方,乘醉骑驴经过华阴县,县宰不认识李白,问他是何人,敢如此无礼。李白供状不书姓名,曰:"曾令龙巾拭吐,御手调羹,贵妃捧砚,力士脱草靴。天子门前,尚容走马;华阴县里,不得骑驴?"宰惊愧,拜谢曰:"不知翰林至此。"

[6] 浣花溪:一名濯锦江,又名百花潭,在四川省成都市西面,为锦江支流。溪旁有唐代杜甫的故居浣花草堂。

[7] 报章:复信、酬答诗文。

[8] 宣南:清代北京宣武门以南地区被称作"宣南"。人们在天桥一带观看杂耍等民间娱乐,进京赶考的学子也到这里的会馆住宿。

赠何镜海[1]

十二云屏护晓窗,打窗春雪玉琤玜[2]。梅花开处如侬瘦,蝴蝶飞来与影双。不得意人诗易好,最销魂事酒难降。纫兰亦有灵均赋[3],自续离骚梦楚江。

燕市高歌意气倾,肯寻屠狗话平生。文工不入登科记,诗好如闻变徵声。[4]骚客心从香草见,狂奴名付玉人评[5]。贫交合有重逢日,不用临歧泪满缨。

【注释】

[1] 何镜海：何应祺（1831—1884），字子默，号镜海，湖南善化（今长沙）人。咸丰年间为曾国藩赏识，历官江西吉宁赣南兵备道、高廉兵备道。有《守默斋诗集》。
[2] 云屏：有云形彩绘的屏风，或用云母作装饰的屏风。玎珰，象声词。
[3] "纫兰"句：灵均，屈原字灵均。《离骚》有"纫秋兰以为佩"。
[4] 变徵：我国古代七声声阶中的第四个音级，比徵低半音，以此为主调的歌曲，凄怆悲凉。
[5] 玉人：容貌美丽的人，后多用以称美丽的女子。

书怀

茫茫欲问有情天，诉尽穷通总寂然。干世果操何术进，著书难定异时传。会须放浪千场醉，别觅飞行一种仙。我是庄生工作达[1]，寓言十九散云烟。

【注释】

[1] 庄生：庄子。达：旷达。

仲冬九日内子初度，赋诗遣怀二首

闺中良友叹离群[1]，久失挑灯述旧闻。遗我音书虚锦字，看人夫婿半青云。[2]剖残莲子心俱苦，开遍梅花手屡分。今日天涯风雪里，一尊遥寿魏城君。[3]

一领儒冠累此生，青山空约汝同耕，私揩鸾镜窥无影，独拥牛衣泣有声。[4]末路荣华劳想象，贫家薪水费经营。归期错迕谁能卜[5]，总悔当时赋北征[6]。

【注释】

[1] 离群：离开同伴。

[2] 锦字：喻华美的文辞。青云：比喻高官显爵。

[3] 魏城君：指苏轼的夫人王氏。相传京兆王氏为毕公高之后，封魏。李士棻这里借指其妻。苏轼《伯父〈送先人下第归蜀〉诗云……安节将去……作小诗十四首送之》其八："东阡在何许，寒食江头路。哀哉魏城君，宿草荒新墓。"

[4] 鸾镜：妆镜。牛衣：供牛御寒用的披盖物，如蓑衣之类，喻贫寒，亦指贫寒之士。

[5] 错迕：违逆、错过。

[6] 北征：《北征赋》是汉代文学家班彪的作品。此赋记述了作者北行的历程，抒写了怀古伤今的感慨，表现了安贫乐道的思想。

寄酬朝鲜李锦农徵士[1]

飞梦连宵到海天，晓惊尺素堕樽前[2]。凄凉异域风尘色，郑重他生骨肉缘。穷坐攻诗同我癖，老羞干世得谁怜。著书差喜名山在[3]，东北相望两谪仙[4]。

【注释】

[1] 徵士：指不接受朝廷征聘的隐士。

[2]尺素:书信。
[3]名山:指可以传之不朽的藏书之所。
[4]两谪仙:唐代李白被称为谪仙人,因诗人与李锦农都姓李,所以用"两谪仙"作比。

寄酹朝鲜徐秋堂进士[1]

云海相望几溯洄,漫劳书札寄燕台。姓名雷动三韩国,词赋天生八斗才[2]。倚马时时挥彩笔[3],看花往往掷金罍[4]。中州朋辈多豪杰,早晚期君秉节来[5]。

【注释】

[1]酹:同"酬"。
[2]三韩:古代朝鲜半岛南部三个小部族,马韩、辰韩、弁韩,合称三韩。八斗才:旧时比喻高才。宋代无名氏《释常谈》:"谢灵运尝曰:'天下才有一石,曹子建独占八斗,我得一斗,天下共分一斗。'"
[3]倚马:靠在马身上。《世说新语·文学》:"桓宣武北征,袁虎时从,被责免官。会须露布文,唤袁倚马前令作。手不辍笔,俄得七纸,殊可观。"后人多据此典以"倚马"形容才思敏捷。
[4]金罍:饰金的大型酒器,泛指酒盏。
[5]秉节:持节。节:古代使臣所持的符节。

寄酬朝鲜赵苏堂鸿胪[1]

万里书来郑重看,神交不隔路漫漫。丰山钟为清霜动,大海琴同渌水弹[2]。佳句流传中外遍,才人会合古今难。一尊他日论文酒,携手亲登李杜坛[3]。

【注释】

[1] 鸿胪:官署名。《汉书·百官公卿表》:"典客,秦官,掌诸归义蛮夷,有丞。景帝中六年更名大行令,武帝太初元年更名大鸿胪。"颜师古注引应劭曰:"郊庙行礼赞九宾,鸿声胪传之也。"
[2] 渌水:古曲名。
[3] 李杜坛:诗坛。

寄酬朝鲜徐芗坡国相[1]

高轩曾枉屡经过[2],祖席春风送玉珂[3]。数去旧游成恶梦,寄来新句动悲歌。天边明月团圞少[4],海外才人契阔多。欲酹君家老枢密友阑先生[5],黄垆终古剩山河。

【注释】

[1] 国相:指侯国的长官。
[2] 高轩:高车,显贵者所乘,也借指显贵者。

[3]玉珂:指高官显贵。

[4]团圞:团圆。

[5]酹:把酒洒在地上表示祭奠或起誓。友阑先生:徐芗坡的父亲。

挽朝鲜徐友兰国相

三载分张百感侵,俄闻弦断伯牙琴。[1]麟符使者空相忆[2],鹤氅仙人杳莫寻[3]。世上荣华君一梦,天涯蕉萃我孤吟[4]。海山兜率归何处[5],凄绝招魂泪满襟。

【注释】

[1]分张:分离。弦断伯牙琴:比喻知己去世。

[2]麟符:古代朝廷颁发的麟形符节。

[3]鹤氅:汉服中的一种,饰以仙鹤图。仙鹤是道教常用的图案,世称成仙为"羽化登天"。

[4]蕉萃:同"憔悴",形容枯槁貌。

[5]兜率:即兜率天,梵语音译。佛教认为天分许多层,第四层叫兜率天。它的内院是弥勒菩萨的净土,外院是天上众生所居之处。

奉和稼生师见示原韵

文酒追陪漏下三[1],春风坐处兴俱酣。十年华屋依辰北[2],一代高名仰斗南[3]。爆竹飞声惊里耳[4],灯花留影伴清谈。自惭赐也何如器[5],拂拭还同玉产蓝[6]。

【注释】

[1] 文酒：饮酒赋诗。漏下三：漏刻（古计时器）的水面已经下落，指时间已晚。

[2] 辰北：即"北辰"，指北极星，喻帝王或受尊崇的人。

[3] 斗南：即"南斗"，星名。即斗宿，有星六颗。在北斗星以南，形似斗，故称。

[4] 里耳：俚俗人之耳。

[5] 赐也何如器：语出《论语·公冶长》："子贡问曰：'赐也何如？'子曰：'女器也。'曰：'何器也？'曰：'瑚琏也。'"

[6] 玉产蓝：蓝田出产美玉。

重有感

觥船犹记旧题诗[1]，薄倖无端似牧之[2]。世事那堪蛇画足，人生翻悔豹留皮[3]。每看青镜伤憔悴[4]，懒捉红绡诉别离[5]。多谢春风吹梦断，桃花空发去年枝。

【注释】

[1] 觥船：容量大的饮酒器。

[2] 薄倖：薄情，负心。唐杜牧《遣怀》："十年一觉扬州梦，赢得青楼薄倖名。"牧之：杜牧。

[3] 豹留皮：人死留名，豹死留皮。

[4] 青镜：即青铜镜。

[5] 绡：薄的生丝织品、轻纱。

得周翼庭昌乐县书,因念旧游,兼述近状寄答

天涯去住两无端,往事曾悲行路难。强策疲驴投上谷,仍携襆被入长安[1]。南州下榻尘频扫,东道分餐铗不弹[2]。今日思量倍惆怅,谁怜范叔比前寒[3]。

粗缯大布一狂生[4],风语华言四座倾[5]。惯就市垆谋薄醉,久将画饼视浮名。寄书天末人无恙[6],斫地灯前剑有声。知己寸心忘不得,侧身东望若为情。

【注释】
[1] 策:鞭打。襆被:铺盖卷,行李。
[2] 铗不弹:战国时薛国(今山东滕州市东南)的孟尝君门下食客冯谖弹剑唱"长铗归来乎",要求提高待遇。见《战国策·齐四》。
[3] 范叔:即范睢。
[4] 缯:古代丝织品的总称。大布:古指麻制粗布。语见苏轼《和董传留别》:"粗缯大布裹生涯,腹有诗书气自华。"
[5] 风语:虚浮不实的话。华言:浮华之言、浮夸之言。
[6] 天末:天的尽头,指极远的地方。

去年九日与杜芳洲同游天宁寺看菊,今一年矣,感而赋诗[1]

相逢时地总难忘,佳节何期到上方。出郭丛芦千顷雪[2],绕篱寒菊万枝霜。满头须插人如画,笑口能开月几场。载得盆花归较晚,一鞭斜照入城忙。

【注释】

[1] 杜芳洲:名怜,生平事迹不详。天宁寺:位于江苏常州,始建于唐贞观年间,有东南第一丛林之称。

[2] 丛芦千顷雪:千顷芦苇花开,像白雪一样,洁白如画。

再晤韩子千大弟,命酒征歌,赋诗属和

燕市悲歌有故交,相逢那忍暂相抛。升沉局里邯郸枕[1],聚散因中大海泡。太白玉山惊我倒[2],小红金缕泥人教[3]。明珠照眼花围席,丽句吟成十手钞。

【注释】

[1] 邯郸枕:唐代沈既济《枕中记》载:卢生在邯郸客店中遇道士吕翁,用其所授瓷枕,睡梦中历数十年富贵荣华。及醒,店主炊黄粱未熟。后以"邯郸梦"喻虚幻之事。

[2]太白:唐代李白。

[3]小红:原为宋代范成大侍婢,能歌。姜夔去看望范成大,以《暗香》《疏影》二词,命小红肄习,音节清婉。范成大于是将小红送给姜夔。姜夔《过垂虹》诗:"自作新词韵最娇,小红低唱我吹箫。"即咏此事,见《砚北杂志·卷下》。金缕:曲调《金缕曲》《金缕衣》的省称。泥:软求,软缠。

书感

萍蓬漂转失归期[1],坐损容华鬓有丝。富贵不来人欲老,贪嗔未尽我犹痴。浮名在世媒谀谤,恶梦连宵杂喜悲。早晚抽身软尘里[2],家山万里访峨眉。

【注释】

[1]萍蓬:比喻辗转迁徙,没有固定居所。喻行踪转徙无定。
[2]软尘:飞扬的尘土,指都市的繁华热闹。

寄怀陈子余[1]

相逢尘海各匆匆,未尽平生块垒胸[2]。一别腰围惊顿减,三年手札感频通。云萍风絮合离幻[3],塞马濠鱼悲喜空[4]。旅馆宵灯犹凤昔[5],照人飞梦过江东。

【注释】

[1] 陈子余：咸丰时期曾任永嘉县令。
[2] 块垒：比喻胸中郁结的愁闷或气愤。
[3] 云萍：天上的浮云和水中的浮萍，比喻聚散无常，漂泊无定
[4] 塞马：塞翁失马，焉知非福。濠鱼：典出《庄子·秋水》："庄子与惠子游于濠梁之上。庄子曰：'鲦鱼出游从容，是鱼之乐也。'"
[5] 夙昔：泛指昔时，往日。

赠别李载庵四弟

连年诗友手频分，忍向天涯更送君。冀北一尊违旧雨，江东千里见还云。垂杨驿路含情远，春草池塘入梦勤[1]。记取归来娱岁晚，梅边同醉雪花纷。

【注释】

[1] 春草池塘：《诗品》引《谢氏家录》云："康乐（谢灵运）每对惠连辄得佳语。后在永嘉西堂，思诗竟日不就，寤寐间忽见惠连，即成'池塘生春草'。故常云：'此语有神助，非我语也。'"

奉和廖韵叔见赠

多谢诗翁琢句新，似怜臣壮不如人。一丘一壑归殊晚，为蝶为周梦觉真[1]。纵酒幸逢燕市侠，[2]看花轻负洛阳春。他时相忆知何处，桂海滇池万里身[3]。

【注释】

[1] 为蝶为周：《庄子·齐物论》："昔者庄周梦为蝴蝶，栩栩然蝴蝶也。自喻适志与，不知周也。俄然觉，则蘧蘧然周也。"本为寓言，后多用"梦蝶"表示人生原属虚幻的思想。傥：或许。

[2] 燕市侠：即荆轲，战国齐人，好读书击剑，为燕太子丹刺秦王，失败被杀。

[3] 桂海：古代指南方边远地区。

柬泽山同年

燕郊同调苦无多[1]，乐与王郎一再过。天马笯云出西极[2]，党人冠蜀有东坡。饱闻众口工谣诼[3]，剩遣雄心入啸歌。沧海横流吾道在，百年风义肯蹉跎[4]。

【注释】

[1] 同调：音调相同，比喻有相同的志趣或主张，也喻指志趣或主张一致的人。

[2] 笯，通"蹑"，追踪。西极：西边的尽头，谓西方极远之处。

[3] 谣诼：造谣毁谤。《楚辞·离骚》："众女嫉余之蛾眉兮，谣诼谓余以善淫。"

[4] 风义：情操。

都中赠别柳谏墀师回里[1]

异乡师弟忽临歧,贫贱无妨怕别离。刘子传经公渐老[2],阮生失路我何之[3]。十年未办酬恩地,一第应偿再见期。归向里中亲友道,停云天末苦相思。

风雪长安耐岁寒,居原不易去尤难[4]。酒招燕市酒人醉,诗付鸡林诗友看。白社未归空结客[5],黄金散尽懒求官。他时倘许登华省,敢忘先生苜蓿盘。[6]

【注释】

[1]里:故乡。
[2]刘子传经:刘子当指汉代经学家刘向,唐代杜甫《秋兴八首》之三:"匡衡抗疏功名薄,刘向传经心事违。"
[3]阮生失路:事见《晋书·阮籍传》:"(阮籍)时率意独驾,不由径路,车迹所穷,辄恸哭而反。"
[4]居原不易:用唐代白居易典,"长安米贵,居大不易"。
[5]结客:结交宾客,常指结交豪侠之士。语见唐代韩翃《送王诞渤海使赴李太守行营》:"少年结客散黄金,中岁连兵扫绿林。"
[6]华省:指清贵者的官署。苜蓿盘:典出宋代计有功《唐诗纪事·薛令之》:"(薛令之)及第,迁右遮子。开元中,东宫官僚清淡,令之题诗自悼曰:'朝日上团团,照见先生盘。盘中何所有,苜蓿长阑干。'"薛公《自悼》诗中的"苜蓿"一词,成为形容为官清贫和廉洁的熟典,为历代诗文家所用,如宋代苏轼就写过"久陪方丈曼陀雨,羞对先生苜蓿盘"。

教习期满[1]，行将出都还蜀，留别杂诗十六首

阅世浑忘行路难，几经忧患尚追欢。山中桂树谁招隐[2]，湖上莲花合拜官。得句半因愁酝酿，伤春只算梦团圞。不如人处吾能说，富贵浮云一例看[3]。

呵笔逡巡试问天，谪来三十五华年。颠张世谬推书圣，狂李人俱唤酒仙[4]。贫到一锥无地立，富争万户有诗传。不须寂寞论身后[5]，名著当时亦偶然。

不才闲过圣明时，惭负中朝哲匠知。四海赏音公最早，十年闻道我偏迟。叨趋绛帐思前会，盼附青云指后期[6]。独立苍茫无限感，大江东下日西驰。徐稼生师。

瓣香自拜南丰叟，汲引寒儒喜不胜。[7]佳句每教追谢朓[8]，大科兼许继王曾[9]。置身夏屋千间广[10]，回首春风百感增。今日有公天下福，摩崖早晚颂中兴[11]。曾涤生师督兵江西。

多谢怜才荐子云，秋风落叶不堪闻。题名强入登科记，行卷谁收下第文[12]。早识筌蹄为世弃[13]，惟应笔砚避人焚。一编剞劂终何用[14]，清俸徒劳长者分。乙卯中式北榜[15]，旋因额满，掣置副车[16]，房师衍洸马东之先生为代刻朱卷[17]。

扫除形迹见精神，如水论交淡倍真。晏子与人能久敬[18]，鲍生知我岂长贫[19]。百年风义先贤传，一代文章大雅轮。暂别青门万里远[20]，重逢白首几回新。傅古民、曾佑卿、贺幼甫、梁南洲、高云飞、王泽山诸兄弟。

蟠根仙李小将军[21]，长剑轻裾故不群。四座琴樽常召客，一家骨肉恰

逢君。晨星此日看孤映，夜雨他时怕独闻[22]。去去池塘应入梦，梦吟春草写殷勤[23]。李载庵兵部。

文字缘深果有神，忽逢东海几词臣。君应宿世崔供奉[24]，我岂前身白舍人[25]。双管钞诗纷满帙，一尊和泪黯沾巾。今生良会殊难再，准拟来生共结邻。朝鲜使臣徐芍坡、海观、申澹人、李锦农、赵苏堂。

【注释】

[1] 教习：学官名，掌课试之事。明代选进士入翰林院学习，称"庶吉士"，命学士一人(后改为礼、吏两部侍郎二人)任教称为"教习"。清代沿用此制，翰林院设庶常馆，由满汉大臣各一人任教习，选侍讲、侍读以下官任小教习。官学中亦有设教习者。

[2] 招隐：招人归隐。

[3] 富贵浮云：语出《论语·述而》："不义而富且贵，于我如浮云。"

[4] 颠张：指唐代书法家张旭。狂李：唐代李白。

[5] 不须寂寞论身后：化用杜甫《梦李白》二首之二："千秋万岁名，寂寞身后事"。

[6] 叨趋：即"叨陪趋庭"，唐王勃《滕王阁序》："他日趋庭，叨陪鲤对。"趋庭，恭敬地快步走过庭前，接受老师教诲。绛帐：典出《后汉书·马融传》："融才高博洽，为世通儒，教养诸生，常有千数……居宇器服，多存侈饰。常坐高堂，施绛纱帐，前授生徒，后列女乐，弟子以次相传，鲜有入其室者。"后以"绛帐"为师门、讲席之敬称。青云：旧时比喻道德高尚有威望的青云之士。

[7] 南丰叟：指曾国藩。南丰，今江西省南丰县。汲引：引荐、提拔。

[8] 谢朓(464—499)：字玄晖，陈郡阳夏(今河南太康县)人，南朝齐诗人。

[9] 大科：唐制，取士之科，由皇帝自诏者曰制举，其科目随皇帝临时所定，如贤良方正、直言极谏等；宋人谓之大科；清代的制举如博学鸿词科亦称"大科"。王曾(978—1038)：青州益都(今山东益都)人，字孝先。宋真宗咸平(998—1003)中解试、会试、殿试皆第一。

[10] 夏屋：大屋。语出《楚辞·大招》："夏屋广大，沙堂秀只。"王逸注："言乃为魂造作高殿峻屋，其中广大。"

[11] 摩崖：山崖，此指在山崖石壁上刻石记功等。

[12] 行卷：旧时坊肆所刻举人中式的诗文。

[13] 筌蹄：语出《庄子·外物》："荃者所以在鱼，得鱼而忘荃；蹄者所以在兔，得兔而忘蹄。"筌：捕鱼竹器；蹄：捕兔网。后以"筌蹄"比喻达到目的的手段或工具。

[14] 剞劂（jī jué）：雕版、刻印。

[15] 中式：科举考试合格。北榜：指明代北京顺天府乡试录取的榜帖。

[16] 副车：清代称乡试的副榜贡生，可入国子监肄业。

[17] 朱卷：明清科举制度，乡、会试卷考生用墨笔书写叫墨卷；然后由专门誊录的人用朱笔誊写，不书姓名，只编号码，使阅卷者不能辨认笔迹，叫做朱卷。发榜后朱卷发还考生，中试者往往刻以送人。

[18] 晏子：晏婴（前578—前500），春秋后期齐国重要的政治家，以生活节俭、谦恭下士著称。

[19] 鲍生：鲍叔牙（约前723—前644），春秋时齐国大夫，管仲的好朋友。管仲早年家贫，鲍叔牙常接济他。

[20] 青门：汉长安城东南门。本名霸城门，因其门色青，故俗呼为"青门"或"青城门"。也泛指京城东门。汉代青门外有霸桥，送客至此桥，折柳赠别，后以"青门"泛指游冶、送别之处。

[21] 蟠根：谓根脚盘曲深固。

[22] 夜雨：晚唐诗人李商隐身居遥远的异乡巴蜀写给在长安的妻子的一首抒情七言绝句《夜雨寄北》。

[23] "去去"句：出自南朝谢灵运《登池上楼》中的"池塘生春草"。

[24] 宿世：前世、前生。崔供奉：可能指唐代崔宗之，名成辅，以字行。历左司郎中、侍御史，谪官金陵。与李白诗酒唱和，常月夜乘舟，自采石达金陵。

[25] 白舍人：可能指唐代白居易。

骑驴两出国西门，离合无端涌泪痕。一第自知吾有命，三生曾为汝销魂。迁疏久恕狂奴态[1]，顾盼犹衔宿昔恩[2]。来日大难居不易，拚教死别了情根[3]。杜芳洲。

兴阑回忆旧繁华，赢得清狂计已差。[4]信誓几回贻杂佩[5]，灵光一现失昙花。中年哀乐须陶写[6]，末路英雄半狭斜[7]。今日茶烟轻飏处，鬓丝禅榻送生涯[8]。秋影庵。

黄金虚牝掷匆匆[9]，不学昌黎送五穷[10]。拔剑时为斫地客[11]，忘机自号信天翁[12]。道逢游侠车争下，市有豪门刺懒通。除是梅花耐冰雪，岁寒能得几人同。

旅食艰难不复论，五年宾馆历朝昏。书堆万轴花为壁，酒醉千场月满轩。欲去似成垂老别[13]，再来应扫旧时痕。鸾飘凤泊浑无定，一任模糊爪迹存。蕴和店。

凌云逸气兀蟠胸[14]，落拓宁工悦己容。在世零丁独活草，此身偃蹇后凋松[15]。坚持迂论难谐听，阴相畸人傥许逢。看惯世情姑一笑，羊公鹤与叶公龙[16]。

几从海上鼓瑶琴，牙旷寥寥响易沉[17]。万事故应行我直，一生误在信人深。蛾眉谣诼憎兹口[18]，犀首流连醉此心[19]。且脱名靰息尘鞅[20]，是非宜不到山林。

故园生计日衰微，陌上花开劝客归。忍堕骅骝千里志，倦看雕隼九霄飞[21]。吴中画像思团扇，海内诗名起布衣。行矣溪山落吾手，到时先访钓鱼矶[22]。

一官如赘万缘轻，出处商量对友生[23]。几见散材图有用，徒闻大器叹无成。关河细践来时路，词赋空留去后名。诗满锦囊书满箧，归装应使里人惊[24]。

【注释】

[1] 迂疏：迂远疏阔。狂奴：狂放不羁的人。
[2] 衔宿昔恩：感恩从前。
[3] 拚：舍弃，不顾惜。刖：砍掉脚或脚趾，古代酷刑之一。

[4] 兴阑:兴残,兴尽。清狂:放逸不羁。

[5] 贻:赠送。杂佩:总称连缀在一起的各种佩玉,见《诗经·女曰鸡鸣》:"知子之来之,杂佩以赠之。"《毛传》:"杂佩者,珩、璜、琚、瑀、冲牙之类。"一说指佩玉的中缀,即琚瑀。王夫之《〈诗经〉稗疏·郑风》:"下垂者为垂佩,中缀者为杂佩。杂之为言间于其中也。则杂佩者专指琚瑀而言。"

[6]"中年哀乐"句:《世说新语·言语》:"谢太傅语王右军曰:'中年伤于哀乐,与亲友别,辄作数日恶。'王曰:'年在桑榆,自然至此,正赖丝竹陶写。恒恐儿辈觉,损欣乐之趣。'"陶写:怡悦情性,消愁解闷。

[7] 狭斜:小街曲巷,多指妓院。古乐府有《长安有狭斜行》,述少年冶游之事。后称娼妓居处为"狭斜"。

[8] 生涯:《庄子·养生主》:"吾生也有涯,而知也无涯。"原谓生命有边际、限度,后指生命、人生。

[9]"黄金"句:虚牝:空谷,也比喻无用之地。《文选·殷仲文〈南州桓公九井作〉诗》:"爽籁警幽律,哀壑叩虚牝。"李善注引《大戴礼记》:"丘陵为牡,溪谷为牝。"唐代韩愈《赠崔立之评事》诗:"可怜无益费精神,有似黄金掷虚牝。"

[10]"不学昌黎"句:唐代韩愈作《送穷文》,谓智穷、学穷、文穷、命穷和交穷是使人困厄不达的五个穷鬼,遂三揖而送之。后常以"五穷"喻厄运。

[11] 斫地:砍地,表示愤激,唐代杜甫《短歌行赠王郎司直》:"王郎酒酣拔剑斫地歌莫哀,我能拔尔抑塞磊落之奇才。"

[12] 信天翁:亦称"信天缘",大型海鸟。古人见其凝立水际,或谓其不能捕鱼,常用以比喻呆立或留居原地少活动。

[13] 去:离开。垂老别:《垂老别》是唐代杜甫的一首五言古诗,描写一老翁暮年从军与老妻惜别的悲戚场景。

[14] 蟠胸:满腹。

[15] 后凋:《论语·子罕》:"岁寒,然后知松柏之后凋也。"何晏集解:"喻凡人处治世,亦能自修整,与君子同在浊世,然后知君子之正不苟容也。"后以"后凋"比喻守正不苟而有晚节。

[16] 羊公鹤:《世说新语·排调》:"昔羊叔子有鹤善舞,尝向客称之。客试使驱来,氃氋而不肯舞。故称比之。"后以"羊公鹤"比喻名不副实的人。叶公龙:刘向《新序·杂事五》:"叶公子高好龙,钩以写龙,凿以写龙,屋室雕文以

写龙。于是天龙闻而下之,窥头于牖,施尾于堂。叶公见之,弃而还走,失其魂魄,五色无主。是叶公非好龙也,好夫似龙而非龙者也。"后以"叶公好龙"比喻表面上爱好某事物,实际上并不真爱好。

[17] 牙旷:指伯牙和师旷。师旷,春秋晋国乐师,善于辨音。

[18] 蛾眉:蚕蛾触须细长而弯曲,因以比喻女子美丽的眉毛。

[19] 犀首:《史记·张仪列传》:"陈轸曰:'公何好饮也?'犀首曰:'无事也。'"后即以"犀首"指无事好饮之人。

[20] 靰:牵制,束缚。尘鞅:世俗事务的束缚。鞅:套在马颈上的皮带。

[21] 骅骝:赤色的骏马。雕隼:猛禽。

[22] 钓鱼矶:钓鱼时坐的岩石,可简称"钓矶",语见北周明帝《贻韦居士诗》:"坐石窥仙洞,乘槎下钓矶。"矶:水边石滩或突出的岩石。

[23] 友生:朋友。语出《诗经·常棣》:"虽有兄弟,不如友生。"

[24] 里人:同里的人,同乡。

柬胡练溪同年

良友经旬一过存,城隅执手黯销魂[1]。看花侠少空联骑,种菜英雄合闭门[2]。冷阅沧桑仙有泪[3],虚谈因果佛无恩。何时归趁团圞乐,烂醉山家老瓦盆。

【注释】

[1] 城隅:城角。黯销魂:心神沮丧,失魂落魄。江淹《别赋》:"黯然销魂,惟别而已矣。"

[2] 种菜英雄:宋陆游《月下醉题》:"闭门种菜英雄老,弹铗思鱼富贵迟。"

[3] 沧桑:"沧海桑田"的略语。

赠方子听[1]

醉倒黄垆日又曛,缠绵话旧手难分。梦中蝴蝶初非我,岭上梅花即是君。书抵家珍裁锦裹,画逃劫火买香薰。平生事事俱痴绝,合有狂名四海闻。

【注释】

[1] 方子听:名濬益(？—1899),字子聪,一作子听,亦字伯裕,安徽定远人。咸丰十一年(1861)进士,官江苏金山知县。善画花卉,书法六朝,金石收藏甚富,工刻印。著有《定远方氏吉金彝器款识》《缀遗斋彝器考释》等。

小寓题壁

强逐时趋入举场,槐花应亦笑人忙。少年一去哪能再,旧卷重温殊自伤。苦恋科名迟仕宦,亟伸福命托文章。试挥观象台边笔,织得天孙云锦裳。[1]

忍说长安不易居,十年生计堕孤虚[2]。仆顽浑似调生马[3],囊涩犹思购异书。酒赋琴歌空跌宕,米珠薪桂费踌躇[4]。惟余长者经过密,门外时停薄笨车[5]。

饱识人间行路难,牢愁往往夺清欢[6]。交亲可奈河山阻,文字常将骨肉看[7]。世态如云俄变灭,我心与月总高寒。零星旧稿无多在,海客殷勤许校刊。徐海观、李锦农书来云将刊行予诗。

坐招百病总由憨,何止嵇康七不堪[8]。世路让人趋捷径,山居容我署空庵。二亲已逝生谁养,五岳能游死亦甘。早晚去投香火社[9],前身原是一瞿昙[10]。

【注释】

[1] 观象台:我国古代观测天象的高台。天孙:星名,即织女星。

[2] 孤虚:古代方术用语。即计日时,以十天干顺次与十二地支相配为一旬,所余的两地支称之为"孤",与孤相对者为"虚"。古时常用以推算吉凶祸福及事之成败。

[3] 生马:强悍的马。

[4] 米珠薪桂:米贵如珠,薪贵如桂,极言物价昂贵。《战国策·楚策三》:"楚国之粮贵于玉,薪贵于桂。"

[5] 薄笨车:一种制作粗简而行驶不快的车子。《宋书·隐逸传·刘凝之》:"妻亦能不慕荣华,与凝之共安俭苦。夫妻共乘薄笨车,出市买易,周用之外,辄以施人。"

[6] 牢愁:忧愁、忧郁。清欢:清雅恬适之乐。唐代冯贽《云仙杂记·少延清欢》:"陶渊明得太守送酒,多以春秋水杂投之,曰:'少延清欢数日。'"

[7] 将:当作。

[8] 七不堪:三国嵇康不满当时执政的司马师、司马昭等人,山涛推荐他做选曹郎,他在《与山巨源绝交书》中列陈自己不能出仕的原因,"有必不堪者七,甚不可者二"。后来诗文中把"七不堪"作为疏懒或才能不称的典故。

[9] 香火社:佛教徒的结社,以"香火"名社,盖取"香火因缘"之意。

[10] 瞿昙:释迦牟尼的姓,一译乔答摩(Gautama),也作佛的代称。此处借指和尚。

柬周玉年

经句不见懒相寻,形迹能忘心始深。宜及盛年攻朴学[1],喜从孤客觅知音。爱君甘作他山石[2],与我同为跃冶金。欲酹天桥酒楼酒,洪黄醉魄可销沉[3]。

【注释】
[1] 朴学:本指上古朴质之学,后指清代儒家经学。
[2] 他山石:《诗经·鹤鸣》:"他山之石,可以攻玉。"意思是:别的山上的石头,能够用来琢磨玉器。原比喻别国的贤才可为本国效力,后比喻能帮助自己改正缺点的人或意见,说的是善于利用事物,可以做到自己不能做的事。
[3] 醉魄:酒醉之身。

寄示文琮、文琛两儿

十年隔阔家人面,尚滞京尘未得归[1]。深悔求名吾已误,极怜失学尔何依。几时白社投身去,他日青云接翅飞[2]。看取古来憔悴士,多应后嗣发春晖[3]。

【注释】
[1] 京尘:出自晋代陆机《为顾彦先赠妇》:"京洛多风尘,素衣化为缁。"后以

"京尘"比喻功名利禄等尘俗之事。
[2]接翅:翅膀碰着翅膀,一个接着一个。
[3]春晖:春日的阳光,这里指光芒。

赠李眉生[1]同年

才调纵横入雅驯,并驱汉晋蹴梁陈。凌云一赋工无敌,倚马千言速有神。经世文章不朽业[2],大家宗派谪仙人。自惭枥马空思骋[3],望见骅骝叹绝尘[4]。

【注释】

[1]李眉生:李鸿裔(1831—1885),字眉生,号香严,又号苏邻,四川中江人。咸丰元年(1851)举人,在曾国藩幕多年,官至江苏按察使加布政使。
[2]经世:治理国事,三国曹丕《典论·论文》:"文章乃经国之大业,不朽之盛事。"
[3]枥马:拴在马槽上的马。多喻受束缚的不自由者。
[4]骅骝:赤毛黑鬣的马。

酬玉年老弟

爱闻才语活天机[1],时有君来叩我扉。十载狂名悲杜牧[2],一篇孤愤借韩非[3]。贪倾浊酒壶常佩,愁对凉蟾泪暗挥[4]。试取楞严低首读,天花那得更沾衣[5]。

【注释】

[1]天机:犹灵性,谓天赋灵机。

[2]"十载"句:出自唐代杜牧《遣怀》:"十年一觉扬州梦,赢得青楼薄幸名。"

[3]"一篇"句:《韩非子》有《孤愤》篇。

[4]凉蟾:指秋月。

[5]天花:佛教语,天界仙花。

赠何梦庐

爱君风雅绝常伦,落笔千言力扫陈。寿世名逾登第艳[1],看花福配拥书亲。梦移巫峡思神女,目断秦云忆美人。一样情根浑不划,年年刻意为伤春[2]。

怪道新诗字字佳,卷中多是赋风怀[3]。玉关人远和愁赴,锦字书来有泪揩[4]。绮语任为文体颣[5],狂名合与世情乖。维摩一榻萧条甚[6],欲乞天花散小斋。

【注释】

[1]寿世:谓造福世人。

[2]划:音 chǎn,同"铲",削除。唐代李商隐《杜司勋》:"高楼风雨感斯文,短翼差池不及群。刻意伤春复伤别,人间唯有杜司勋。"

[3]风怀:抱负、志向。

[4]玉关:即玉门关。锦字书:事见《晋书·窦滔妻苏氏》:"窦滔妻苏氏,始平人也,名蕙,字若兰。善属文。滔,苻坚时为秦州刺史,被徙流沙,苏氏思之,织锦为回文旋图诗对赠滔。宛转循环以读之,词甚凄婉。"后多用以指妻子给丈夫的表达思念之情的书信。

[5] 绮语:华美的语句。颣(lèi):疵病、缺点。
[6] 维摩:佛经中人名,维摩诘的省称。唐代李商隐《酬崔八早梅有赠兼示之作》:"维摩一室虽多病,亦要天花作道场。"

赠别吴子渔同年

寥天黯淡见归云[1],国士台西日欲曛。知己半生孤鲍叔[2],文章连岁泣刘蕡[3]。长途雨雪身须惜,祖帐琴樽手怕分[4]。此后相思两愁绝,寄书重与写殷勤。

【注释】

[1] 寥天:辽阔的天空。
[2] 鲍叔:指鲍叔牙,春秋时齐国大夫,以知人并笃于友谊称于世。后常以"鲍叔"代称知己好友。
[3] 刘蕡(?—838),字去华,唐代宝历二年(826)进士,善作文,耿介嫉恶,祖籍幽州昌平(今北京市昌平)。太和元年(827)参加"贤良方正"科举考试时,秉笔直书,主张除掉宦官,考官赞赏他的策论,但不敢授以官职。后令狐楚、牛僧孺等镇守地方时,征召为幕僚从事,授秘书郎。终因宦官诬害,贬为柳州司户参军,客死异乡。
[4] 祖帐:古代送人远行,在郊外路旁为饯别而设的帷帐,也指送行的酒筵。

酬王石甫留别之作

小别凄其似远游，临歧驻马尽绸缪[1]。少年词赋白团扇，旷世仙人紫绮裘。[2]风雨对床诗味永，龙蛇满幅墨缘留[3]。重来好共嫦娥语，玉宇银蟾桂树秋[4]。

【注释】

[1] 绸缪：缠绵，情意深厚。
[2] 白团扇：唐张祜《相和歌辞·团扇郎》："白团扇，今来此去捐。愿得入郎手，团圆郎眼前。"紫绮裘：上清道士法服。
[3] 龙蛇：指草书飞动圆转的笔势，飞动的草书。李白《草书歌行》："恍恍如闻神鬼惊，时时只见龙蛇走。"
[4] 银蟾：月亮的别称，传说月中有蟾蜍，故称。

送方子听弟出关为人作记室[1]

年来交旧似晨星，散置遥天迹不停。谩世心情徒有恨[2]，投时文字总无灵。燕关君踏千重翠[3]，蜀栈吾摩万仞青。一为饥驱一游倦，欲将何计免飘零。

【注释】

[1] 记室：东汉置，诸王、三公及大将军都设记室令史，掌章表书记文檄。相

当于现在的秘书。
[2] 谩:欺骗,欺诳,蒙蔽。
[3] 燕关:指山海关。

偕佑卿送朝鲜任荷漪尚书于玉河行馆[1]

不知再见是何方,更向旗亭尽一觞[2]。萍梗浮生任飘泊[3],风云奇气久低昂。五年韩孟投诗地,千载荆高击筑场。[4]愿结后身香火社,莫将大梦付茫茫。

【注释】

[1] 玉河:即北京市宛平县之玉泉。行馆:旧时官员出行在外的临时居所。
[2] 旗亭:酒楼,悬旗为酒招,故称。
[3] 萍梗:浮萍断梗。
[4] 韩孟:唐代韩愈、孟郊。荆高:战国荆轲、高渐离。

叠韵再呈荷漪

后夜思君已各方,及时犹得倒壶觞。梁间月落魂应断,海上云飞首一昂。各指鬓毛趋老境,悔攻词赋背名场。他年投劾归田里[1],过去繁华堕渺茫。

【注释】

[1]投劾:呈递弹劾自己的状文,古代弃官的一种方式。

清明感怀

十年客里过清明,日暮愁闻野哭声。孝子慈孙空复恨,高天厚地若为情。风光暗淡辜佳节,人事依违惜令名[1]。且向殊方勤制泪,异时归去洒先茔[2]。

【注释】

[1]依违:迟疑不定。
[2]先茔:先人坟茔。

赠别周子谦进士

一城咫尺少经过,翻向临歧唤奈何。北里莺花思命酒[1],南宫风月艳登科[2]。迹疏何碍心坚固,名盛谁云福折磨。归谒蓣翁投远信[3],为言壮志日蹉跎。

【注释】

[1]北里:在古代是一种舞曲名,该曲萎靡粗俗;唐时期指妓院所在地,含贬义。莺花:莺啼花开。

[2] 南宫：指礼部会试，即进士考试。
[3] 瘐(yǔ)翁：羸弱的老头，作者自指。

寄上李宫詹西沤师[1]

石室先生古大儒[2]，早投簪组卧江湖[3]。经师海右孙明复[4]，文苑河东柳仲涂[5]。壁立谁摩千仞峻，火传亲受一灯孤[6]。远游徒结名山梦，何日归寻旧草庐。

【注释】

[1] 宫詹：即太子詹事，属东宫詹事府。
[2] 石室先生：指李惺(1785—1863)，即标题之李西沤。
[3] 簪组：冠簪和冠带，借指官宦。
[4] 孙明复：孙复(992—1057)，字明复，号富春，北宋晋州平阳(今山西临汾市)人。著名教育家，北宋理学的先导人物。因长期居泰山讲学，人称"泰山先生"。
[5] 柳仲涂：柳开(947—1000年)，字仲涂，北宋文学家。
[6] 火传：指品质、道理或事业代代流传。

赠别易次京刺史之官蜀中

京洛论交骨肉亲[1]，纵横才调更无邻。珠盘狎主金台社[2]，绣盖行颁锦水春[3]。远客临歧如梦寐，名流作吏岂风尘。他时归托贤侯宇，记取苍生是故人。

【注释】

[1]京洛:洛阳的别称,因东周、东汉均建都于此,故名。也泛指国都。
[2]珠盘:珠饰的盘,古代盟会所用,也指盟文或订盟。狎主:交替主持。金台:指古燕都北京。
[3]行颁:即颁行。锦水:即锦江,岷江分支之一,在今四川成都平原。

赠吴秋伊兄

落拓江东老布衣,廿年无计稳南归。箧藏金石初刊本,梦绕湖山旧钓矶[1]。世上轻肥久厌薄[2],佛前香火勤皈依。残书堆案不能帙,时赋小诗深掩扉。

对门晨夕便经过,七八年如一刹那。得句亟称狂太白,谈禅能愈病维摩。闲寻玛瑙前朝寺,亦走胭脂旧日坡。君尚食贫吾未达,苍苍其奈两人何[3]。

【注释】

[1]钓矶:钓鱼时坐的岩石。
[2]轻肥:"轻裘肥马"的略语。
[3]苍苍:灰白色。指头发斑白,行将暮年。

赠劳亦渔

履綦常接万书堆[1],忽枉敲门笑口开。江汉几年悲转战,云霄诸老讳怜才。且将忧患供诗料,赢得清狂泥酒杯[2]。君看古来百官志,高官能否到邹枚[3]。

【注释】

[1] 履綦:足迹、踪影。

[2] 泥酒:嗜酒。

[3] 邹枚:汉邹阳、枚乘的并称,两人皆以才辩闻名当时。后以"邹枚"借指富于才辩之士。

送古民兄闻讣归南昌

不图分手是今辰,彳亍河梁几故人[1]。风雨八年交有道,云龙一别世无邻[2]。麻衣君哭慈亲墓,墨绶吾趋下吏尘[3]。此岂当初先料定,天高难问转伤神。

去住无凭为一官,旁人未免笑儒酸。亦知富贵还乡好,其奈疏慵涉世难。眼底朋侪俱抑塞[4],梦中妻子尚团圞。名心垂烬归心炽,说向君前泪逬弹。

【注释】

[1] 彳亍：慢步行走，形容小步慢走或时走时停。

[2] 云龙：比喻朋友相得。

[3] 慈亲：慈爱的父母。墨绶：结在印钮上的黑色丝带。《汉书·百官公卿表》："县令、长，皆秦官，掌治其县。万户以上为令，秩千石至六百石；减万户为长，秩五百石至三百石……秩比六百石以上，皆铜印黑绶。"后也以"墨绶"作为县官及其职权的象征。

[4] 抑塞：抑郁、郁闷。

感怀四首

不善谋生世笑痴，吾穷岂尽坐攻诗[1]。黄金何物偏难致，白璧从来不可为。恒产仅夸书满箧，闲心多付酒盈卮。江淹枉赋茫茫恨[2]，谁解流传绝妙词。

尽凭忧患送流年，懒把升沉问向天。酒半酤为柘枝舞[3]，花时争唤海棠颠。名能折福甘分谤，热不因人耻乞怜。盍往钓鳌东海上[4]，一竿风雨换吟鞭。

上追甫白下苏黄[5]，河岳英灵俨一堂[6]。我辈荣枯随草木，古人功德配文章。晚年身作江湖长，旷世名争日月光。孱弱小儒思尚友，举头寥廓永相望。

酿愁天气总迷离[7]，独倚阑干薄暮时。微雪乍随残叶下，闲云故傍晚花移。才人命困邻箕口，禅榻年深指鬓丝。安得扫除烦恼尽，焚香晏坐百无为。

【注释】

[1] 坐:因为。

[2] "江淹"句:南朝著名文学家江淹,其《恨赋》为南朝赋的名作。

[3] 柘枝舞:唐代自西域石国(今中亚塔什干一带)传来的舞蹈。最初为女子独舞,舞姿矫健,节奏多变,大多以鼓伴奏。后来有双人舞,名"双柘枝"。又有二女童藏于莲花形道具中,花瓣开放,出而对舞,女童帽施金铃,舞时转动作声。宋时发展为多人队舞。

[4] 钓鳌:比喻抱负远大或举止豪迈。

[5] 甫白:杜甫、李白。苏黄:苏轼、黄庭坚。

[6] 河岳英灵:诗歌选集,唐代殷璠编选,分上、中、下三卷,其叙称"起甲寅(开元二年,714),终癸巳(天宝十二载,753)"。该书选录了这个时期自常建至阎防24家诗234首,今本实为228首。在唐人编选的唐诗选本中历来最受重视,影响深远。

[7] 酿愁:酝酿愁绪。

寄怀吴拜亭明府

草绿湖南路几千,思君不见又三年。酒徒渐散吾仍客,舆颂遥传吏是仙[1]。明月长天闻雁过,春风乔木报莺迁。时危努力成佳政,早晚春花到日边。

【注释】

[1] 舆颂:民众的议论。

送方云侯弟往粤东省觐[1]

西风满眼断蓬飞,君去弥怜我住非。江左夷吾三战北[2],洛阳季子一身归[3]。伤离未忍分吟袂,上寿还应舞彩衣[4]。他日寄书途更远,相思惟有泪交挥。

【注释】

[1] 省觐:探望父母或其他尊长。
[2] 江左夷吾:见《晋书·温峤传》:"于时江左草创,纲维未举,峤殊以为忧。及见王导共谈,欢然曰:'江左自有管夷吾,吾复何虑!'"管夷吾,春秋时期政治家管仲,相齐桓公成霸业。后来诗文中多以"江左夷吾"称有辅国救民之才的人。宋陆游《泛舟湖山间有感》诗:"野人只欲安耕钓,江左夷吾可见不?"北:失败。
[3] 季子:张翰,字季鹰,吴郡吴县(今苏州市吴江县)人,西晋著名文学家,时人称之为"江东步兵"。他曾在洛阳为官,因见秋风起,乃思吴中菰菜、莼羹、鲈鱼脍,曰:"人生贵得适志,何能羁宦数千里,以要名爵乎?"遂命驾而归。
[4] 舞彩衣:用楚国老莱子扮小儿孝顺父母之典。

冬夜不寐

飒飒寒飙袭曲房[1],萧萧落叶响空廊。短檠翳壁回余焰[2],残菊欹瓶驻晚香[3]。砌下凉蛩如欲语[4],天边鸣雁可成行。此时孤客真愁绝,滴断铜壶夜未央[5]。

【注释】

[1] 寒飙:寒冷的大风。曲房:内室、密室。
[2] 短檠:矮灯架,借指小灯。
[3] 欹:歪斜、倾斜。
[4] 蛩:蟋蟀。
[5] 滴断铜壶:铜壶滴漏即漏壶,中国古代的自动化计时装置,又称刻漏或漏刻。

稼生师招同张香涛解元[1]、扬子恂舍人对菊饮酒

一樽乘兴醉东篱,佳日高斋接履綦[2]。弟子来陪无事饮,先生心与此花宜。中年丝竹升沉澹,并世云龙上下随[3]。冷局相招娱晚节[4],九衢冠盖任纷驰[5]。

【注释】

[1] 张香涛:张之洞。解元:科举制度中乡试第一名,唐制,举进士者均由地方解送入京,后世相沿,乃有此名。
[2] 履綦:足迹、踪影。
[3] 并世:同时代。云龙:喻豪杰。白居易《与元九书》:"大丈夫所守者道,所待者时,时之来也,为云龙,为风鹏,勃然突然,陈力以出。"
[4] 冷局:冷落的衙门。
[5] 九衢:纵横交叉的大道,繁华的街市。冠盖:泛指官员的冠服和车乘。冠:礼帽;盖:车盖。

庄少甫刺史由蜀入觐[1]，将赴兰州补官，与予同寓正阳门外旅舍。时予小病兼旬，雪中君为予作画独多，撰句赠别，情见乎辞，凡五首

十年读画久知名，意外相逢喜且惊。交厚过于前识友，官贫犹是旧书生。酒分邻瓮停杯待，雪满天街借屐行。一种坦怀人不及，最欹奇处最和平[2]。

石谷南田并一人[3]，力追前辈更无邻。山川莽莽动遥势，花竹欣欣生冶春。万纸流传名满世，卅年成就技通神。画家清福平生欠，不得从君细问津。

苦忆西溪旧钓矶，年年流水岸花飞。忽逢妙手图乡梦，胜检神方解病围。禅榻支颐清不寐，晴窗泼墨憺忘机[4]。矮笺长幅充行箧，早晚真成载宝归。

频年误著远游冠[5]，未有归期泪暗弹。阅世渐深思入道，谋生无术且求官。在山泉共名心冷，出岫云将倦眼看。幸是闻君谈治谱，异时清节傥能完。

匆匆折柳过旗亭，马首西归去不停。燕市酒徒同日散秋伊兄同往，凉州乐府到时听。画图便算留鸿爪，书札毋忘系雁翎[6]。太息吾侪何所似，飘飘大海几浮萍。

【注释】

[1] 庄少甫（1817—1863）：名裕崧，字味诗，号少甫。江苏武进人。太学

生,通判分发四川,历任石砫、绵竹、罗江县知县,署甘肃平凉府知府,以军功升知府加道衔。工诗,精山水画及泼墨花卉。

[2] 崎奇:险峻,不平,比喻品格卓异。

[3] 石谷南田:指王翚和恽寿平,均为清代著名画家。王翚(1632—1717):字石谷,号耕烟散人、乌目山人、清晖老人等,有"画圣"之誉。恽南田(1633—1690):名格,字惟大,后改字寿平,南田是他的号。王翚擅长山水画,恽寿平擅长花卉,尤工牡丹,世称"恽牡丹"。

[4] 憺:安稳,泰然。

[5] 远游冠:古代冠名。《后汉书·舆服志》:"远游冠,制如通天,有展筩横之于前,无山述,诸王所服也。"

[6] 雁翎:鸿雁翅膀和尾巴上的长而硬的羽毛。

赠别秋伊

惜君垂老走关河[1],无怪临歧热泪多。未死尚思重会合,此生何事不蹉跎。怜才易作伤心语,论事常干弩目诃[2]。岂复寻常师友谊,故应骨肉不能过。

【注释】

[1] 关河:指函谷等关与黄河。

[2] 弩目:犹怒目。诃:大声斥责、责骂。

李公步墀守戎，殉节粤西[1]，事在道光丁未十月。菜自癸丑冬获交载庵骑尉，即读所征诗文前后刻本。今春，庄少甫刺史作《梅溪殉节图》，载庵装治成幅，乞曾太守省三、贺孝廉良贞分书各体文，而以诸家诗律授菜书之。书既竣[2]，谨撰一诗附书左方，用托不朽

旧卷新图郑重开，招魂寥廓有余哀。阴符早读参兵法[3]，杀运方兴失将才。单骑仓皇冲矢石，乱山合沓殷风雷[4]。此时不作生还想，万古名从一死来。

【注释】
[1]李公步墀：李步墀，名丹九，号玉岭，江苏兴化庠生。工写山水、兰竹，晚精隶书。著《揖旭山房诗草》。
[2]竣：完成。
[3]阴符：古兵书名，此处泛指兵书。
[4]合沓：重叠。殷：震动。

赠梁南洲四弟

家无弱弟客无邻，与子论交分外亲。万里关河行役远，八年风雨往来频。灯前举酒酬佳节，囊底搜金润旅人[1]。同是少年同未遇，一回话旧一酸亲。

【注释】

[1] 润：以财物酬人。

大招[1]

茫茫百感逼魂销，泣向西风赋大招。死伴精灵应有分，生牵烦恼镇无聊。十年旅食形容老[2]，万里乡心骨肉遥。流水高山琴久冷[3]，赏音今日更寥寥。

【注释】

[1] 大招：《楚辞》篇名，相传为屈原所作，或景差作。王夫之解题云："此篇亦招魂之辞。略言魂而系之以大，盖亦因宋玉之作而广之。"后用以泛指招魂或悼念之辞。
[2] 形容：外貌，模样。
[3] 流水高山：即"高山流水"，典出《列子·汤问》："伯牙善鼓琴，钟子期善听。伯牙鼓琴，志在高山。钟子期曰：'善哉！峨峨兮若泰山！'志在流水。钟子期曰：'善哉！洋洋兮若江河！'"后以"高山流水"为知音相赏或知音难遇之典，或比喻乐典高妙。

赠赵韫山兄

后来交际纵多贤，耐久朋惟子最先。蜀国旧游如昨日，粤天老友别经年李春园兄。白衣落拓风尘下，青眼高歌酒盏前。预想还乡仍把晤，何时征斾指西川[1]。

【注释】

[1]征旆:古代官吏远行所持的旗帜。

留别载庵弟

十年无计去长安,君为予谋劝赴官。交久不忘平仲敬,情亲直作子由看。[1]山重水复王程远,雨覆云翻世事难。曾约南归应早决,出门天地自然宽。

【注释】

[1]平仲:指春秋时齐国政治家晏婴。子由:宋代苏辙字子由。

留别杜芳洲

去门十步邈山河,更欲回车奈若何。死别可将生别例,壮年深惜少年过。江州白傅千行泪[1],京兆何郎一曲歌[2]。缘分尚思来世有,天涯良会岂无多。

【注释】

[1]白傅:唐代诗人白居易晚年曾官太子少傅,故称。白居易曾被贬做过江州司马。

[2]京兆:京兆尹的省称,汉代京畿的行政区域,为三辅之一,在今陕西西安

以东至华县之间,下辖十二县。后称京都。何郎:三国魏驸马何晏仪容俊美,平日喜修饰,粉白不去手,行步顾影,人称"傅粉何郎",后即以"何郎"称喜欢修饰或面目姣好的青年男子。也借指才高的年轻男子。见《世说新语·容止》。

留别幼甫弟

初终能保寸心坚[1],岂复寻常一辈贤。言语到君忘忌讳,饥寒投我赖周旋。名园春老看花醉,矮屋秋深听雨眠。旧事分明犹在眼,更为后会定何年。

【注释】

[1] 寸心:指心。旧时认为心的大小在方寸之间,故名。

留别崇珊弟

海王村畔一书生,年少风规剧老成[1]。念我远谋升斗俸,因君益重弟兄情。黄金安得籯能满[2],白首当如盖始倾[3]。中外故人音问密,尚烦频寄豫章城[4]。

【注释】

[1] 风规:风度品格。剧:极,非常。老成:稳重,持重。
[2] "黄金"句:籯(yíng):箱笼等类盛器。《汉书·韦贤传》:"遗子黄金满籯,不如一经。"后以"籯金"指儒经。
[3] 盖始倾:车上的伞盖靠在一起。《史记·鲁仲连邹阳列传》:"谚曰:'白头如新,倾盖如故。'何则?知与不知也。"司马贞索隐引《志林》曰:"倾盖者,道行相遇,軿车对语,两盖相切,小敧之,故曰倾。"比喻相谈甚欢。
[4] 豫章:古郡名,治所在今江西南昌。

留别高云飞弟

看携书剑别京华[1],执手还停陌上车。百岁瞻依君有母,十年行役我无家。终身胶漆金兰簿[2],满耳笙箫玉树花。一段酒人歌哭地,那堪背面即天涯。

【注释】

[1] 京华:京城之美称。因京城是文物、人才汇集之地,故称。
[2] 胶漆:比喻情谊极深,亲密无间。金兰:指契合的友情、深交。《易·系辞上》:"二人同心,其利断金;同心之言,其臭如兰。"

出都杂诗

平生自揣不宜官,未免诗人骨相寒。世路经行随处险,儒门澹泊此心安。王维别墅川名辋[1],李愿幽居谷号盘[2]。我有旧庐溪水上,日归常把钓鱼竿。

久废青山上塚期,吾亲如未有斯儿。高天厚地恩何极[3],春露秋霜心益悲[4]。十载那堪恒产落,一官敢谓令名贻。归当息影松楸下,生死瞻依无尽时。

忧患能令壮志销,年来踪迹极飘萧。美人迟暮生孤愤,执友沦亡泣大招[5]。白首著书千古邈,青山入梦一身遥。试看奔走风尘者,始觉林泉福分饶[6]。

偶题独立榜吾楼,便有苍茫万里愁。堕溷飘茵悬夙命[7],呼鹰跃马失前游。恩仇未报难言侠,婚嫁频催不暇谋。再假数年天或许[8],奇书读到死时休。

【注释】

[1] 辋:水名,即辋谷水,几条河流会合如车辋环凑,故名。在陕西省蓝田县南,源出秦岭北麓,北流至县南入灞水。唐诗人王维曾在此建有别墅。
[2] 李愿:唐代著名隐士,与韩愈、卢仝为好友,韩愈有《送李愿归盘谷序》。
[3] 高天厚地:这里比喻父母恩情深重。
[4] 春露秋霜:比喻恩泽与威严。也用在怀念先人。
[5] 执友:志同道合的朋友。
[6] 林泉:山林与泉石,指隐居之地。
[7] 堕溷飘茵:典出《梁书·儒林传·范缜》:"子良(竟陵王萧子良)问曰:'君不信因果,世间何得有富贵,何得有贱贫?'缜答曰:'人之生譬如一树花,同发一枝,俱开一蒂,随风而堕,自有拂帘幌坠于茵席之上,自有关篱墙落于粪溷之侧。坠茵席者,殿下是也;落粪溷者,下官是也。贵贱虽复殊途,因果竟在何处?'子良不能屈,深怪之。"后遂以"飘茵堕溷"比喻由于偶然的机缘而有富贵贫贱的不同命运。溷(hùn):厕所。
[8] 假:借。《论语·述而》:"子曰:'假我数年,五十以学《易》,可以无大过矣。'"

铜雀台[1]

荒台指点隔寒云,漳水茫茫日易曛。枉学伪新邀九锡[2],竟移全汉作三分。只今写恨无遗瓦,终古传疑有乱坟。想得痴魂还恋此,西陵歌管夜来闻。

【注释】

[1] 铜雀台:汉末建安十五年冬曹操所建。周围殿屋一百二十间,连接榱栋,侵彻云汉。铸大孔雀置于楼顶,舒翼奋尾,势若飞动,故名铜雀台。故址在今河北省临漳县西南古邺城的西北隅。见《三国志·武帝纪》。

[2] 伪新:王莽建立的新朝。九锡:古代天子赐给诸侯、大臣的九种器物,是一种最高礼遇。锡:通"赐"。《公羊传·庄公元年》"锡者何?赐也"汉何休注:"礼有九锡:一曰车马,二曰衣服,三曰乐县,四曰朱户,五曰纳陛,六曰虎贲,七曰弓矢,八曰铁钺,九曰秬鬯。"

天瘦阁诗半注

【卷四】

七言律

二百十八首

天瘦阁诗半今体

忠州李士棻芋仙

南昌旅社病中杂感 庚申十月初到南昌[1]

十载高吟动帝城,一官遂削旧诗名。悲欢已悟前尘幻[2],宠辱俄从末路惊。事到难言惟有泪,身将安往欲无生。眼中不少怜才者,半是当年阮步兵[3]。

天涯薄宦等萍飘,卧病江城鬓发凋。壮志转辜多事日,羁魂长耐可怜宵。穷愁岂尽由诗召,块垒谁云得酒消[4]。刻意思归归未准,关河风雨莽萧萧。

【注释】
[1]庚申:1860年。
[2]前尘:犹前迹、往事。
[3]阮步兵:三国魏阮籍的别称,阮籍尝官步兵校尉。
[4]块垒:比喻胸中郁结的愁闷或气愤。

寄呈湘乡师

十年旄节领诸军[1],转战东南靖寇氛。只手艰难扶日月[2],群材合沓赴风云。令严壁垒唐光弼[3],功在河山宋允文[4]。圣主中兴公作颂,捷书先遣万方闻。

一出春明气不扬,抠衣犹记昔升堂。[5]忍抛坛坫千秋业,来阅鱼龙百变场[6]。见面期因多故改,酬恩心到甚时偿。别公日久诗无力,认是家书急就章。

【注释】

[1] 旄节:镇守一方的长官所拥有的符节。

[2] 日月:指代国家。

[3] 光弼:李光弼(708—764),唐天宝十五年(756)初,郭子仪推荐其为河东节度副使,率兵东出井陉(今河北井陉西北),参与平定安史之乱。

[4] 允文:虞允文(1110—1174),字彬父,南宋人。绍兴三十年(1160)使金,见其大举运粮造船,归请加强防御。次年,以参谋军事犒师采石(今安徽当涂境内),适主将罢职,三军无主,而金完颜亮正拟渡江,遂毅然督战,大破金军。

[5] 春明:即唐都长安春明门,指代京都。抠:提起。

[6] 鱼龙:指鱼龙混杂的地方。

春暮书怀

眠食姑调无用身[1],杜门喜与旧书亲[2]。悔从薄俗求知己,苦觅幽栖类避人。时事总多新变幻,天心终护旧清贫[3]。昨非今是何须较,野性由来便隐沦[4]。

窥园树底有残红,禁得连朝雨又风。粲赋从军才向尽,潜悲乞食道将穷。[5]空思一卷留文苑,预制双棺作殡宫。不合时宜欲谁合,未应冰炭置吾胸[6]。

【注释】

[1] 眠食：睡眠和饮食，亦概指生活起居。
[2] 杜门：闭门。
[3] 天心：本性，本心。
[4] 隐沦：隐居。
[5] 粲：指建安七子之一王粲，有《登楼赋》。潜：指晋代陶渊明，陶渊明有《乞食》诗。
[6] 冰炭：冰块和炭火，比喻性质相反，不能相容。

自彭泽卸事归，赠梅庵诗僧

宦途挥手诀风波，比似冥鸿脱网罗[1]。岁月拟从僧腊借[2]，英雄晚傍佛门多。画看稚子工游戏，诗与高人细琢磨。却念征南吴半亩竹庄[3]，干戈满眼忆头陀[4]。

【注释】

[1] 冥鸿：高飞的鸿雁。
[2] 僧腊：僧尼受戒后的年岁。
[3] 吴半亩：字竹庄，名坤修（1816—1872），江西省永修县人（旧属新建县）。捐纳从九品，分发湖南，咸丰间为湘军水师司军械。同治间官至安徽布政使、署巡抚。有《三耻斋诗集》。
[4] 头陀：或作"头陁"，梵文 dhūta 的译音，意为去掉尘垢烦恼，用以称僧人。

书感

去年今日醉江干[1],元亮思归正解官[2]。故国田园余想像,殊方骨肉倚团圞[3]。吹笙未信成仙易[4],指月惟愁见佛难。所愿举家无疾苦,药钱留与买书看。

【注释】
[1] 江干:江边、江岸。
[2] 元亮:陶潜的字。
[3] 团圞:团圆。
[4] 吹笙未信成仙易:讲的是董双成的故事。董双成:商亡后于西湖畔修炼成仙,飞升后任王母身边的玉女,善吹笙,通音律,深得西王母的喜爱。

奉怀湘乡师相

辞官始有读书年,相国原分造命权[1]。八百孤寒惟我甚[2],一生文字托公传。思家元亮荒三径[3],度日端明挂百钱[4]。为报旅中真实状,梅癯鹤瘦剧堪怜。

药裹关心役一身,皇皇无计免劳薪[5]。啼乌夜惊他乡客,修竹天寒绝代人[6]。殊幸息交逃毁誉,巫图闻道长精神[7]。绛纱帷影红莲府,早晚追随悉后尘[8]。

【注释】

[1] 造命：谓掌握命运。

[2] 八百孤寒：很多处境贫寒的读书人。五代王定保《唐摭言·好放孤寒》："八百孤寒齐下泪，一时南望李崖州。"

[3] 三径：语出晋代赵岐《三辅决录·逃名》："蒋诩归乡里，荆棘塞门，舍中有三径，不出，唯求仲、羊仲从之游。"后以"三径"指归隐者的家园。晋代陶渊明《归去来兮辞》有"三径就荒，松菊犹存"句。

[4] 端明：古宫殿名。一为后唐庄宗同光二年改解卸殿为端明殿，设端明殿学士；二为宋仁宗明道二年改承明殿为端明殿，复设端明殿学士。挂百钱：北京旧俗于农历年初一在门首窗前贴挂钱，至二月二日打落弃去。挂钱用长尺许、宽四五寸的红或黄棉纸做成，上雕镂钱形花纹或吉祥文字。

[5] 药裹：药包、药囊。劳薪：旧时木轮车的车脚吃力最大，使用数年后，析以为烧柴，故云。比喻辛劳奔波。

[6] 修竹：长长的竹子。

[7] 闻道：领会某种道理，《论语·里仁》："朝闻道，夕死可矣。"

[8] 绛纱：犹绛帐，对师门、讲席之敬称。忝：辱、有愧于，常用作谦辞。

同子良、恬生饮新丰酒楼[1]

远访垆头似出城，街泥滑滑屐声声。酒徒尽带幽燕气[2]，我辈甘居饮食名。风雨撼楼天忽夜，江湖满地路难行。衣裳沾湿归来晚，口腹累人殊不轻。

【注释】

[1] 子良：冯询，字子良。恬生：丁恬生。

[2] 幽燕：古称今河北北部及辽宁一带。唐以前属幽州，战国时属燕国，故名。

酬老良、廉昉两先生

分无杰句敌长城,往往悲歌答徵声。燕市荆高为伴侣[1],唐家李杜不科名[2]。一编未是安身处,四海谁容掉臂行[3]。多谢名流私印可,尚愁文士善相轻[4]。

【注释】

[1] 荆高:战国荆轲、高渐离。
[2] 唐家:唐朝。李杜:唐代李白、杜甫。科名:科举考中而取得的功名。
[3] 掉臂:自在行游貌。
[4] 文士善相轻:谓文人之间相互轻视,彼此不服气。语见三国曹丕《典论·论文》:"文人相轻,自古而然。"

和素园见酬韵

一语弥伤吾道孤[1],未应投笔是良图。累牵妻子难充隐,贫售琴书悔作儒。旧事追思千叹息,狂奴相对一歌呼[2]。近来时势尊鱼目,无怪尘封大宝珠。[3]

【注释】

[1] 道孤:有道德的人也会感到孤单。这里是反用孔子的"德不孤,必有邻。"
[2] 狂奴:狂放不羁的人。

[3]尊鱼目:指鱼目混珠,鱼眼睛掺杂在珍珠里面。比喻以假乱真。

奉怀稼生师

甘泉侍从历三朝[1],六十平头鬓渐凋。京洛深居避簪绂[2],江湖旧侣狎渔樵。蓼莪篇有诸生废[3],桃李阴连四海遥。垂老未应忘用世,众知剑气尚干霄。[4]

【注释】

[1]甘泉:宫名,故址在今陕西淳化西北甘泉山,本秦宫,汉武帝增筑扩建。此处借指皇宫。
[2]簪绂:冠簪和缨带,古代官员服饰。也用以喻显贵、仕宦。
[3]蓼莪:《诗经·小雅》篇名,此诗表达了子女追慕双亲抚养之德的情思。后以"蓼莪"指对亡亲的悼念。
[4]干霄:高入云霄。

寄怀廉舫先生

寻常文酒惯淋漓,药倦斋中接履綦[1]。执手顿惊千里远,读书方悔十年迟。林间乌鸟凄凉色,地上麒麟骥褭姿[2]。准与诗家争割据,蜉蝣撼树扫群儿[3]。

【注释】

[1] 惓(juàn):危急,疲倦。《淮南子·人间训》:"患至而后忧之,是犹病者已惓,而索良医也"。履綦:鞋上的带子。

[2] 骒袅(yǎoniǎo):古骏马名。

[3] 蜉蝣:虫名;幼虫生活在水中,成虫褐绿色,有四翅,生存期极短;比喻微小的生命。蜉蝣撼树:比喻自不量力。

寄怀王霞轩太守

高烧银烛照离愁,午夜清尊共拍浮[1]。东道主人三老健[2],西风落木一天秋。新诗合入题襟集[3],远梦还陪载酒游。他日秦中开府地,看公旄节取封侯。[4]

【注释】

[1] 拍浮:游泳,《世说新语·任诞》:"毕茂世云:'一手持蟹螯,一手持酒杯,拍浮酒池中,便足了一生。'"后以"拍浮"为诗酒娱情之典。

[2] 东道主:原意为东方道路上的主人,因郑国在秦国之东,接待秦国出使东方的使节,故称"东道主"。后以"东道主"指称接待或宴客的主人,或指请客的人。三老:古代掌教化之官,乡、县、郡均曾先后设置,《礼记·礼运》:"故宗祝在庙,三公在朝,三老在学。"

[3] 题襟:抒写胸怀。唐代温庭筠、段成式、余知古常题诗唱和,有《汉上题襟集》十卷,见《新唐书·艺文志》、宋代计有功《唐诗纪事·段成式》。后遂以"题襟"谓诗文唱和抒怀。

[4] 开府:古代指高级官员(如三公、大将军、将军等)成立府署,选置僚属。旄节:古代镇守一方的长官所拥有的节。

寄怀杨素园兄

南州录别剧伤神[1]，盼得书来重叹呻。利器果从盘错见，交情翻较弟兄亲。何时尊酒轰吟社[2]，如此烽烟阻去津[3]。元老怜才工品目[4]，谓君珠玉不缁磷[5]。

【注释】

[1] 剧：非常。
[2] 吟社：诗社。
[3] 烽烟：烽火台报警之烟，亦借指战争。
[4] 品目：分辨人品。
[5] 缁磷：语出《论语·阳货》："不曰坚乎？磨而不磷；不曰白乎？涅而不缁。"何晏《论语集解》："言至坚者，磨之而不薄；至白者，染之于涅而不黑。喻君子虽在浊乱，浊乱不能污。"后亦以"缁磷"喻操守不坚贞。

仲兄莲亭先生自里中来皖上[1]

四千里外嗟予季[2]，十五年来见阿兄。仕宦转添身上累，别离倍怆病中情。那能书听痴儿读，空叹归无寸土耕。梦寐松楸吾已久[3]，烦君亟为扫先茔[4]。

【注释】

[1]里中:犹家中。
[2]季:兄弟排行次序最小的。
[3]松楸:松树与楸树,因墓地多植,常代称坟墓。
[4]先茔:先人坟茔。

稼生师奉讳南归[1],道经皖口[2],枉过再三,垂示篇什,读之泫然。谨成四律志别

三年前出国西门,马上青衫涌泪痕。从仕尚难谐世故[3],读书终望答师恩。厕身京邸忘飘荡,戢影江城感过存[4]。此会岂由当日料,未应草草把离樽。

静掩蓬窗哭母时,春晖小草报云迟[5]。论文泪堕泷冈表[6],望古心伤陟岵诗。一代令名无愧色,终身孺慕有余悲。焚黄犹得光泉壤[7],忠孝能兼世有谁。

艰难身世久相关,狂态重教并力删。欲挽扁舟千日驻,不投捷径一官闲。潜鳞族弱依沧海[8],倦羽巢空恋故山。皖水章江衣带耳[9],思公尚幸易追攀。

荒江风紧浪氵言氵言[10],可得移舟傍鹭群。东阁敦槃新旧雨,西山猿鹤去来云。传经寂寞邻中垒,誓墓苍凉辈右军[11]。目送归帆帆更远,大观亭外立斜曛[12]。

【注释】

[1]奉讳:居父或母之丧。

[2] 皖口：皖河入长江之口，今属安庆市，距安庆城十五华里，是历史上有名的军事、政治、文化重地。

[3] 世故：通达人情，富有待人接物的处世经验。

[4] 戢影：匿迹、隐居。过存：登门拜访。

[5] 春晖：春光、春阳，比喻母爱。

[6] 泷冈：山冈名，在江西省永丰县南凤凰山。泷冈表：宋代欧阳修葬其父母于此，并为文镌于阡表，即《泷冈阡表》。

[7] 焚黄：旧时品官新受恩典，祭告家庙祖墓，告文用黄纸书写，祭毕即焚去，谓之焚黄。后亦称祭告祝文为焚黄。泉壤：犹泉下、地下，指墓穴。

[8] 潜鳞：即鱼，王粲《赠蔡子笃》诗："潜鳞在渊，归雁载轩。"

[9] 章江：赣江的古称。

[10] 沄沄：水流汹涌的样子。

[11] 中垒：西汉有中垒校尉，掌北军营垒之事。刘向曾任此职，后世以"中垒"称之。右军：王羲之曾任右军将军，后称羲之为"右军"。

[12] 斜曛：落日的余晖。

题冯鲁川《微尚斋诗稿》[1]

年时同醉青门月，忽漫相逢皖口春。略似飞鸿留指爪，屡闻骑马犯烟尘。杜陵忍赋潼关吏[2]，龚遂能驯渤海民[3]。官职渐高诗恐少，岂如京秩号闲人。

【注释】

[1] 冯鲁川：名志沂(1814—1867)，山西代州人，道光十六年(1836)进士。历官刑部主事、郎中、庐州知府、安徽按察使。著有《微尚斋诗文集》等。

[2] 潼关吏：杜甫有五言诗《潼关吏》。

[3] 龚遂：汉代人，字少卿。汉宣帝时，龚遂任渤海太守，曾诱使起义的农民放弃武装斗争，积极从事农耕生产，勤劳致富。

湘乡师相为书昌黎《伯夷颂》巨幅,赋谢

铺几麦光丈二尺[1],临池不易墨难磨。名言古澹求铭座,老笔纵横试擘窠[2]。四裔文章李北海[3],二王宗派赵鸥波[4]。书家他日论真迹,独有侯芭什袭多[5]。

【注释】

[1]麦光:纸名。
[2]擘窠:写字、篆刻时,为求字体大小匀整,以横直界线分格,叫"擘窠"。擘:划分;窠:框格。
[3]李北海:即李邕(678—747),唐玄宗时为北海太守,故世称李北海,著名书法家。
[4]二王:王羲之、献之父子。赵鸥波:赵孟頫(1254—1322),字子昂,号松雪,松雪道人,又号水精宫道人、鸥波,著名书法家。
[5]侯芭:又名侯辅,西汉巨鹿人,随扬雄学习《太玄》《法言》(见《汉书·杨雄传》)。什袭:重重包裹,谓郑重珍藏。

夜不得睡,默成一诗

卅年溺苦篇章里,月露都成过去缘。近忏绮言除口业[1],欲崇朴学叩心传[2]。工夫须信无多子,名士真能值几钱。试看冲虚谈力命,灵均何事更笺天[3]。

【注释】

[1] 口业：佛教语。佛教以身、口、意为三业，口业指妄言、恶口、两舌和绮语。绮言：佛教语，指涉及闺门、爱欲等华艳辞藻及一切杂秽语。十善戒中列为四口业之一。

[2] 朴学：本指古代质朴之学，后泛指儒家经学（主要为汉学中的古文经学派）。

[3] 灵均：屈原字灵均。笺天：行文以祭告上天。

赠赵惠甫[1]

平原公子四君首[2]，姑射神人一代称[3]。朴学名家疑有党，长才经世托无能[4]。文驱江左方姚体[5]，禅叩华严大小乘[6]。谄曲众生吾亦耻，道场端用直心承[7]。

【注释】

[1] 赵惠甫（1832—1894）：名烈文，小字惠甫，号能静居士，江苏阳湖（今属常州市）人，其先祖赵申乔是康熙朝名臣，官至户部尚书。赵烈文少有文名，三次应省试不第，咸丰五年，入曾国藩幕府。

[2] 平原公子：战国四公子之一，赵国贵族赵胜，赵武灵王之子，惠文王之弟。因赵烈文姓赵，故以平原公子赵胜来比他。

[3] 姑射神人：《庄子·逍遥游》："藐姑射之山，有神人居焉，肌肤若冰雪，淖（绰）约若处子。不食五谷，吸风饮露。乘云气，御飞龙，而游乎四海之外。"此句形容赵惠甫先生才能出众，超尘拔俗。

[4] 长才：优异的才能。

[5] 方姚：清代文学家姚鼐、方苞的合称。

[6] 大小乘：大乘，梵文 Mahāyāna（摩诃衍那）的意译，指大乘佛教；小乘，梵文 Hīnayāna（希那衍那）的意译，指小乘佛教。公元一世纪左右，佛教中出现了主张"普度众生"的新教派，自称"大乘"，而称原有的教派为"小乘"。"大乘"强调利他，普度一切众生，提倡以"六度"为主的"菩萨行"，如发大心者所乘的大车，故名"大乘"。小乘注重修行、持戒，以求得"自我解脱"。
[7] 道场：在佛道二教中，指诵经礼拜的场所。

皖上感怀

不能钟鼎不山林[1]，颍上徘徊直到今[2]。乱后收书增厚价，贫来求仕背初心[3]。亲友凋零更聚散，江山寥落畏登临。新诗往往无人和，浊酒时时一自斟。

【注释】

[1] 钟鼎：指高官重任。山林：指隐居。
[2] 颍上：颍水北岸，相传为古代高士巢父、许由隐居之地。
[3] 初心：本意。

奉赠吴竹庄方伯[1]

飞将军是老诗翁，口似悬河气吐虹。白舫青帘来皖上，高牙大纛镇江东[2]。箧中书视千金橐，园里花藏半亩宫。叠韵万言俄顷办，苏黄无此捷神通。

十年结客荆高市,流落江湖两鬓丝。吟社有公如敌国,长城何日下偏师[3]。云泥隔阔叨存问[4],珠玉骈蕃荷赠遗[5]。欲学陈遵投辖饮[6],一庭晴雪照须眉。

【注释】

[1] 吴竹庄(1816—1872):名坤修。方伯:殷周时代一方诸侯之长。汉以来之刺史,唐之采访使、观察使,明清之布政使均称"方伯"。
[2] 高牙:大纛、牙旗。大纛:军中或仪仗队的大旗。
[3] 偏师:旧时指在主力军翼侧协助作战的部队。
[4] 云泥:《后汉书·矫慎传》:"(吴苍)遗书以观其志曰:'仲彦足下,勤处隐约,虽乘云行泥,栖宿不同,每有西风,何尝不叹!'"云在天,泥在地,后用"云泥"比喻两物相去甚远,差异很大。存问:问候、探望,通常带有客气的意思。
[5] 骈蕃:繁多。荷:谦词,与上句"叨"意思相近,表示接受(恩惠)。
[6] 陈遵:汉代人。投:丢。辖:车轴两头的金属键,用以挡住车轮,不使脱落。陈遵为留住客人,把客人车上的辖取下投到井里去。唐代骆宾王《帝京篇》:"陆贾分金将宴喜,陈遵投辖正留宾。"后以"投辖"形容主人好客。

赠莫子偲[1]

卅年流誉满词场,湖海交游尽老苍。学海世推黔帜志[2],荐章今许古循良[3]。篆书突过当涂李[4],诗格兼摹双井黄[5]。一事笑君憨胜我,陈编敝簏侈收藏[6]。

【注释】

[1] 莫子偲(1811—1871):莫友芝,字子偲,自号郘亭,又号紫泉、眲叟,贵州独山人。清代著名学者、书法家、藏书家、诗人。
[2] 帜志:典范、标准。

[3] 荐章：推荐人才的奏章，举荐文书。循良：指官吏奉公守法。
[4] 当涂李：李阳冰（生卒年不详），唐代文字学家、书法家，字少温，赵郡（治今河北赵县）人，为李白族叔，曾为当涂令。李阳冰精工小篆，被誉为李斯后小篆第一人。
[5] 双井黄：宋代黄庭坚为江西修水双井人。
[6] 陈编敝箧：旧书籍破书箱。

赠徐懿甫

替求灵药检方书，城北徐公昵就予[1]。朴野衣冠疑释老[2]，荒唐名氏乍樵渔。青灯照睡新吟涩，白社思归旧业墟。参破南华前梦否，庄生栩栩蝶蘧蘧。

【注释】

[1] 城北徐云：战国时齐国的美男子。后用以为美男子的代称。这里是美称徐懿甫。
[2] 释老：释迦牟尼和老子的并称，亦指佛教和道教。

赠姚慕庭，时将赴湖口县任

一街前后易招呼，亦号诗流亦酒徒。冷谈论交心不转，迂疏涉世气常孤[1]。劫余厚价求先集，江上空城瞰大湖。只恐到官闲日少，朝吟暮醉与谁俱。

【注释】

［1］迂疏：迂远疏阔。

赠黎莼斋

赋材雄骜起黔中[1]，一日声名达两宫。杖策欵关来邓禹[2]，上书言事效陈东[3]。圣朝受谏包容大，元老旌贤礼数隆[4]。应副希文期待意[5]，秀才忧乐古今同。

【注释】

［1］骜：本为骏马名，此处比喻才能出众。
［2］杖策：执马鞭，指策马而行。欵关：即款关，叩关。邓禹（2—58）：字仲华，南阳新野（今河南省新野）人。东汉开国功臣，"云台二十八将"之首。
［3］陈东（1086—1127）：字少阳，宋代人，面对蔡京、王黼用事专权，陈东敢于直言指斥。
［4］旌：表彰。
［5］希文：范仲淹（989—1052），字希文，北宋政治家、文学家、军事家。其《岳阳楼记》"先天下之忧而忧，后天下之乐而乐"为千古名句。

呈湘乡师

门馆无私訑荡开[1]，九州韦布日趋陪[2]。默参黄老回元气，不薄王杨铸异材[3]。天下文章今在是，淮西功业盛于裴[4]。濡毫亟草中兴颂[5]，纳纳乾坤首重回[6]。

【注释】

[1] 軼(dié)荡:空旷无际的样子。
[2] 韦布:韦带布衣,古指未仕者或平民的寒素服装,借指寒素之士,平民。
[3] 王杨:初唐诗人王勃与杨炯的并称。
[4] 淮西:即淮右,为一地域名称。宋在苏北和江淮设淮南东路和淮南西路,淮南东路又称淮左,淮南西路称淮右。淮右多山,淮左多水。一般指今江淮地区。裴:裴度(765—839),字中立,唐代中期政治家、文学家。唐宪宗时淮西节度使吴少阳死后,其子吴元济拥兵叛乱,裴度作为宰相亲自督统诸将平定叛乱,以功封晋国公。
[5] 濡毫:濡笔,蘸笔书写或绘画。
[6] 纳纳:包容的样子,杜甫《野望》:"纳纳乾坤大,行行郡国遥。"

赠渔父

一叶扁舟载一身,新衔准拟谥元真。风波看惯成平地,将相归来结近邻。越绝书中辞剑客[1],灵均赋里濯缨人[2]。五湖范蠡无寻处[3],烟水茫茫独问津。

【注释】

[1] 越绝书:又名《越绝记》,是记载我国早期吴越历史、地理的重要典籍,又称《越绝》《越录》《越记》等。辞剑客:伍子胥逃亡吴国途中渡河时被一渔翁所救,为表示感谢,伍子胥送给渔翁一把名贵的宝剑,渔翁不受,且为免子胥疑其告密,遂自刎。见《越绝书》卷一《荆平王内传第二》。
[2] 灵均:屈原名灵均。濯缨:洗濯冠缨。屈原《渔父》:"渔父莞尔而笑,鼓

枻而去,乃歌曰:'沧浪之水清兮,可以濯吾缨。……'"后以"濯缨"比喻超脱世俗,操守高洁。

[3] 范蠡:字少伯(前536—前448),春秋楚国宛(今河南南阳)人。春秋末著名的政治家、军事家。因不满当时楚国政治黑暗,投奔越国,辅佐越王勾践,灭吴国,功成身退,乘轻舟以隐于五湖。

一等侯湘乡师相督师克复金陵,赋献六诗

丹霄紃缦五云凝,中有黄人捧日升。[1]世说魏公原间气,史称宣帝尚中兴。[2]百年礼乐应重定,万古文章信可凭。拓遍钟山龙虎势[3],摩崖碑在最高层。

大名神笔武侯齐[4],迅扫蚩尤雾不迷。北府军谙黄袴褶[5],南州部曲白铜鞮[6]。连兵乡里程灵洗[7],持节江淮马日䃅[8]。一疏至尊含涕读,如闻先帝问群黎[9]。

八千子弟出重围,释甲櫜弓衣锦衣[10]。天上玉书催奏凯[11],阵前铁骑捷如飞。淮阴兵法多多善,小雅征夫得得归。[12]满目英豪皆楚产,衡云湘水有光辉。

电扫军符晓漏初[13],弹棋子响客谈余。大江东下频怀古,太史南行更著书。功在河山身欲退,帝褒智勇世谁如。文人首创封侯例,八百孤寒气一舒。

于万斯年异数邀,上公茅土侍中貂。[14]经神学海高千古,虎节麟符镇六朝[15]。天下安危唐代郭,关中输转汉家萧。[16]吾师心迹吾能说,舒卷闲云在绛霄[17]。

廿年门馆荷恩长[18]，趋府从容礼数忘。骥尾幸依东国某[19]，马头重拜北平王。频来西第曾无颂，敬为南丰尚有香。不付勋名付文字，千秋衣钵受欧阳[20]。

【注释】

[1] 丹霄：本指绚丽的天空，此处比喻帝王居处、朝廷、京都。紃缦：萦回缭绕貌。"紃"同"纠"。五云：五色云，多作吉祥的征兆。黄人捧日：比喻朝政清明，国力强盛。

[2] 魏公：指韩琦（1008—1075），北宋政治家，为相十载、辅佐三朝，宋徽宗时追封为魏郡王。间气：旧谓英雄伟人，上应星象，禀天地特殊之气，闻世而出，故称。《宋史·韩琦传》，"（韩琦）弱冠举进士，名在第二。方唱名，太史奏日下五色云见。"宣帝：汉宣帝，在位期间励精图治、任用贤能，政治清明、社会和谐、经济繁荣，史称"宣帝中兴"。

[3] 钟山：南京紫金山。

[4] 武侯：诸葛亮。

[5] 北府：东晋建都建康（今江苏省南京市），军府设在建康之北的广陵（今江苏扬州市），故称军府曰北府。军谘：古军职名，相当于后世军队中的参议、参谋。袴褶（xí）：服装名，上穿褶，下着裤，外不加裘裳，故称。名起于汉末，初为骑服，盛行于南北朝。也用作常服、朝服。

[6] 部曲：军队，也指部属、部下。白铜鞮：南朝梁歌谣名。《隋书·音乐志上》："初，武帝之在雍镇，有童谣云：'襄阳白铜蹄，反缚扬州儿。'识者言，白铜蹄谓马也；白，金色也。及义师之兴，实以铁骑，扬州之士，皆面缚，果如谣言。故即位之后更造新声，帝自为之词三曲。"

[7] 程灵洗：字云涤，南朝徽州休宁（今属安徽）人。后起兵拒侯景，梁元帝任为新安太守。入陈，官兰陵太守。先后参与讨平徐嗣徽、周迪、华皎等。治军严明，与士卒同甘苦。

[8] 马日䃅（dī）：字翁叔（？—194），扶风茂陵（今陕西兴平东北）人。东汉末年官至太傅，曾奉丞相董卓之命，为交战的袁绍和公孙瓒调停。

[9] 群黎：百姓。

[10] 櫜弓：藏弓，意谓战事平息。锦衣：精美华丽的衣服，旧指显贵者的服装。

[11] 玉书：天子的诏书。

[12] 淮阴：即淮阴侯韩信（约前231—前196），西汉开国功臣，后贬为淮阴侯。小雅征夫：《诗经·小雅》中有很多反映征夫的诗。

[13] 军符：即兵符，古时调遣军队的符节凭证。晓漏：拂晓时铜壶滴漏之声。

[14] 异数：特殊的礼遇。上公：西周制度，三公（太师、太傅、太保）八命，出封时，加一命，称为上公。汉代仅以太傅为上公。也泛指高官显爵。茅土：指王、侯的封爵。古天子分封王、侯时，用代表方位的五色土筑坛，按封地所在方向取一色土，包以白茅而授之，作为受封者得以有国建社的表征。侍中貂：唐门下省有侍中二人，正二品，其官帽以貂尾为饰，借指朝廷珍贵的赏赐。

[15] 虎节：周代山国使者出行时所持的符节，也泛指符节。麟符：古代朝廷颁发的麟形符节。

[16] 唐代郭：指中唐名将郭子仪。输转：转运。萧：指萧何。

[17] 绛霄：指天空极高处。

[18] 门馆：书院、学塾。

[19] 骥尾：语出《史记·伯夷列传》，"颜渊虽笃学，附骥尾而行益显。"比喻追随先辈、名人之后。东国某：指曾国藩。东国，指东部地区，春秋时指楚国东部地区，因曾氏为湖南人，故有此说。

[20] 欧阳：指宋代欧阳修。

奉酬沅甫九丈招同幕府诸君登楼会饮二首

长公门下痴方叔，风雨年年忆颍滨[1]。何幸元戎平巨寇[2]，揭来胜地附嘉宾。九秋茱菊供高会，六代江山净战尘。一等英雄五湖长，古犹无两况今人。

浮云流水视轩裳[3]，不改书生旧日狂。杜老随身有棋局，庾公乘兴据胡床。[4]喜为才语成谐史，戏罚深杯王醉乡。转悔升堂迟十载，笑声须补百千场。

【注释】
[1] 长公：指宋代苏轼。颖滨：苏辙号颖滨遗老。
[2] 元戎：大军。
[3] 轩裳：指官位爵禄。
[4] 杜老：此处指唐代杜甫。庾公：庾亮(289—340)，字元规，东晋人，任征西大将军、荆州刺史。胡床：一种可以折叠的轻便坐具，又称交床。

恭送曾中丞沅甫九丈乞假还湘四首

建业楼船拥阿童，江天六月赋车攻。[1]黄巾党羽无逃匿，白马河山誓始终。南渡李纲提劲旅，东京邓禹冠群雄。[2]我公伟绩高千古，不在寻常将帅中。

大难初平赖拊循，长令亿兆戴皇仁。[3]万家香火祠生佛[4]，一路讴歌逮远民。膏泽流为功德水[5]，慈祥酿作太和春。行年四十成功退，潞国汾阳羡此人[6]。

盍往观潮过浙江，先教湘水识归艭[7]。里中交旧多韦布，帐下偏裨半羽幢[8]。谢傅置身爱丘壑，富公清德重乡邦[9]。即今西北犹烽火，肯放将军狎钓矼[10]。

虎卧龙跳笔阵奇，日长铃阁喜临池[11]。平原书有忠贞骨，涑水名兼妇孺知[12]。万事乘除凭气数[13]，一身出处系安危。明年花柳燕山道，应是锋车入觐时[14]。

【注释】

[1] 建业：即南京。阿童：晋王濬的小字。六月：《诗经·六月》歌颂尹吉甫北伐狁。这里借以歌颂曾国荃。

[2] 李纲(1083—1140)：北宋末、南宋初抗金名将，字伯纪，祖籍福建邵武。靖康元年(1126)金兵侵汴京(今河南开封)时，任京城四壁守御使，团结军民，击退金兵。邓禹(2—58)，东汉初军事家，协助刘秀建立东汉，功劳卓著。

[3] 拊循：安抚、抚慰。亿兆：百姓。戴：感恩。

[4] 生佛：活佛，此处比喻曾国荃。

[5] 膏泽：比喻恩惠。

[6] 汾阳：指郭子仪，郭子仪祖籍汾阳，是平定安史之乱的大功臣，封为汾阳郡王。

[7] 艭：小船。

[8] 偏裨：偏将和裨将，将佐的通称。羽幢：以鸟羽为饰的旌旗之属。幢是一种旌旗，垂筒形，饰有羽毛、锦绣，古代常在军事指挥、仪仗行列、舞蹈表演中使用。

[9] 富公：即富弼，北宋名臣，字彦国，洛阳人，至和二年(1055)拜相。

[10] 矼：石桥。

[11] 铃阁：指翰林院以及将帅或州郡长官办事的地方。临池，指学习书法，或书法的代称。

[12] 平原：指晋代陆机，曾历任平原内史、祭酒、著作郎等职，世称"陆平原"。其《平复帖》是我国古代存世最早的名人书法真迹。涑水：指宋代司马光，世称涑水先生。

[13] 乘除：比喻人事的消长盛衰。语见宋代陆游《遣兴》："寄语莺花休入梦，世间万事有乘除。"

[14] 入觐：指地方官员入朝进见帝王。

江左书感

此身竟似屏风样,曲屈周旋亦自疑。官事世无能了日,古人仕有为贫时。三年求食依仁祖[1],百战成名让敬儿[2]。还是独醒还共醉,愿寻詹尹课灵蓍[3]。

【注释】

[1] 仁祖:谢尚(308—356)字仁祖,东晋太傅谢安从兄。
[2] 敬儿:疑指张敬儿(？—483),原名苟儿,南阳冠军(今河南邓州)人,南北朝时期南齐大臣。少习弓马,有勇力,以军功累迁宁朔将军,越骑校尉,后被封为侍中、中军将军、开府仪同三司。
[3] 詹尹:古卜筮者之名。《楚辞·卜居》:"心烦虑乱,不知所从。往见太卜郑詹尹。"课:占卜。灵蓍:占卜用的蓍草。

为廉昉先生题万足图

盛名坎壈日缠身[1],但有佳儿气一伸。世上欢娱惟此最,眼中头角崭然新。荀龙薛凤行相踵[2],杜库曹仓故不贫[3]。谁实与公填缺陷,天心终是爱才人。

挂冠赢得一身轻[4],载酒江湖自在行。余事亦令流俗诧,新诗欲掩古人名。梦魂夜夜趋乡井,肝胆时时向友生。我愿郎君勿翁似[5],只将愚蠢博公卿。

【注释】

[1]坎壈:困顿、不得志。
[2]荀龙:东汉时荀淑有子八人,皆享才名,人称"八龙",见《后汉书·荀淑传》。薛凤:隋代薛元敬、薛收和薛德音,少时均有文名,时人谓之"河东三凤",见《旧唐书·薛收传》。
[3]杜库曹仓:杜指杜暹,曹指曹曾,均为古代藏书家。杜暹唐玄宗时官至宰相,藏书万卷,其书后均题"鬻及借人为不孝"。曹曾是东汉藏书家,晋代王嘉《拾遗记·后汉》载,曹曾家有书万卷,"及世乱,家家焚庐,曾虑其先文湮没,乃积石为仓以藏书"。
[4]挂冠:辞官、弃官。
[5]翁:此处指诗人自己。勿翁似:不要像我一样。

除夕以汲古阁十七史赠贺幼甫,副以此诗

年年除夕连元旦,京邸高歌好友齐。何幸两家居对吻[1],可无十日醉如泥。交更势利思贫贱,语带忧危出笑啼。只此陈编持赠意[2],他时相忆定凄迷。

【注释】

[1]对吻:门对门居住。
[2]陈编:指古籍、古书。韩愈《进学解》:"踵常途之促促,窥陈编以盗窃。"

梅庵和尚约同曾佑卿太守游生生庵

临湖满眼是新诗,杨柳风轻拂鬓丝。入寺饱餐香积饭,论书思补太和碑李北海碑字迹磨灭殆尽。[1]永嘉一宿禅参破,圆泽三生石护持[2]。寂寞论交曾子在,素心还倚老僧知。

【注释】
[1] 太和碑:《北魏吊比干墓文》的俗称。李北海:即李邕(678—747),唐代著名书法家。
[2] 圆泽:僧人,唐代杭州惠林寺的主持,和西湖十六遗迹之一的三生石有关。

喜闻仲兄将至东乡

老去翻然犯远征[1],舟航无恙下江城。音书入眼来颜色,骨肉惊心问死生。归路预愁巫峡险,还乡先赎墓田耕。年年妻子随流转,今日尊前有弟兄[2]。

【注释】
[1] 翻然:反而。
[2] 尊:酒杯。

山行志喜 丁卯三月十四日东乡作

闲携梅鹤入村林[1],旁有流泉上鸟音。花映千山红胜锦,秧铺万顷绿抽针。英雄岂讳求田计[2],仕宦难移爱树心。他日西归夸父老,编诗添得汝东吟。

【注释】

[1] 梅鹤:宋代林逋隐居杭州西湖孤山,无妻无子,种梅养鹤以自娱,人称"梅妻鹤子"。

[2] 求田:求田问舍之省,指专营家产而无远大志向。语见《三国志·陈登》:"(刘备)曰:'君有国士之名,今天下大乱,帝主失所,望君忧国忘家,有救世之意,而君求田问舍,言无可采。'"

游麻姑山,门人涂少卿、侄映庚、儿文琛侍行[1]

登高胜事补重阳,亲到灵山夙愿偿。草木尚含仙气味,池台疑涌佛毫光。洞中白鹿依稀见[2],桥畔红泉一再尝[3]。笑顾门生语儿辈[4],菟裘吾欲老斯乡[5]。

【注释】

[1] 麻姑山:位于江西南城县西,离城约十余华里。门人:门生,弟子。

[2] 白鹿:白色的鹿。传说仙人、隐士多骑白鹿。

[3] 红泉:红色的泉水。传说汉东方朔小时掘井,陷落地下,有人欲引往采仙草,中隔红泉不得渡,其人以一屐与之,遂泛红泉,至仙草之处,采而食之。事见旧题汉代郭宪《洞冥记》。后遂以红泉为传说中的仙境之一。
[4] 语:告诉。
[5] 菟裘:地名,在今山东省泗水县。语见《左传·隐公十一年》:"羽父请杀桓公,以求大宰。公曰:'为其少故也,吾将授之矣。使营菟裘,吾将老焉。'"后用以称告老退隐的居处。

甄别凤冈书院诸生,赋诗述意

雨霁山城过雁声,行吟场屋对诸生[1]。文心悔被尘劳夺,好事终须福力成。毕世难抛惟笔札,看人满意到功名。群贤合以予为鉴,早踏金鳌顶上行[2]。

【注释】
[1] 场屋:科举考试的地方,又称科场。
[2] 金鳌:神话中海中金色巨龟。

读黄修馀和诗再赋

中外称诗浪有声,揄扬毕竟误平生[1]。曾临彭泽难归隐,暂领盱江岂宜成[2]。五斗米聊充活计,一条冰肯负清名。巴歈换得阳春曲[3],吟向东风绕院行。

【注释】

[1] 揄扬：赞扬。
[2] 盱(xū)江：发源于江西省广昌县驿前镇血木岭，流经广昌、南丰、南城、临川、进贤、南昌，在南昌市滕王阁附近汇入赣江，总长约四百千米。广昌段称盱江。
[3] 巴歈：古代巴渝地区的民间武舞，周初传入中原，被采用为军队乐舞。汉代桓宽《盐铁论·刺权》："鸣鼓《巴歈》，作于堂下。"

赠何镜海方伯

青门旧是悲歌地，白下重逢好事朋。吟傍琼花挥彩笔，醉沉璧月拥华灯。中兴谠论陈同甫[1]，天宝诗人杜少陵。公取封侯轻四镇[2]，我拚佞佛究三乘[3]。

【注释】

[1] 谠论：正直之言。陈同甫（1143—1194）：南宋思想家、文学家，原名汝能，后改名陈亮，人称龙川先生，婺州永康（今属浙江）人，著有《中兴五论》等。
[2] 四镇：镇守四方的四将军。汉晋之世，有镇东将军、镇南将军、镇西将军、镇北将军各一人，称为四镇，见《文献通考·职官十三》。
[3] 佞佛：谄媚佛、讨好佛。后用为迷信佛教之称。三乘：佛教语，一般指小乘（声闻乘）、中乘（缘觉乘）和大乘（菩萨乘），三者均为浅深不同的解脱之道。也泛指佛法。

徐颂阁学使按试建昌，试竣赋赠

种成桃李满盱江，江上西风送锦艭。昼永邮签闻水驿[1]，雨余山翠扑篷窗。诗专神韵笺三昧[2]，鸥共忘机下一双。想见隐囊纱帽侧[3]，时拈画笔写鱼矼。

羁人薄宦备迍邅[4]，无复豪情十载前。世故迁流因以老，诗名傲兀甚于颠。儒林文苑谈何易，抚字催科岂曰贤。四十九年明岁是，知非准拟赋归田。[5]

【注释】

[1]邮签：驿馆、驿船等夜间报时的更筹。
[2]三昧：佛教语，梵文音译，又译"三摩地"，谓摒除杂念，心不散乱，专注一境。
[3]隐囊：供人倚凭的软囊。犹今之靠枕、靠褥之类。
[4]薄宦：卑微的官职，有时用为谦辞。迍邅：处境不利、困顿。
[5]知非：语出《淮南子·原道训》："故蘧伯玉年五十，而有四十九年非。"后以"知非"代指五十岁。

平景翁属题其族人《耕烟草堂诗集》

一官潇洒鲍参军[1]，三绝高闲郑广文[2]。足迹动经天下半，才名自向古人分。酒边客到论奇字，纸上山成拥乱云。展卷便当年谱读，承平胜事备传闻。

龙门屡叩阅楹书[3]，十万牙签奉起居。暇日精勤文字役，遗编写定劫灰余。王家七叶皆清德，窦氏连珠有盛誉[4]。尽发秘藏传枣本[5]，星云先睹快何如。

【注释】

[1]鲍参军：南朝鲍照。临海王刘子顼镇荆州时，鲍照任前军参军。有《鲍参军集》。

[2]"三绝"句：唐代郑虔诗、书、画皆精妙。唐代李绰《尚书故实》："郑广文（虔字）学书而病无纸，知慈恩寺有柿叶数间屋，遂借僧房居止，日取红叶学书，岁久殆遍。后自写所制诗并画，同为一卷封进，玄宗御笔书其尾曰：'郑虔三绝。'"

[3]龙门：借指科举会试，会试中式为登龙门。楹书：《晏子春秋·杂下三十》："晏子病，将死，凿楹纳书焉，谓其妻曰：'楹语也，子壮而示之。'"后以"楹书"指遗言、遗书。

[4]叶：世、代。窦氏连珠：指《窦氏联珠集》五卷，唐西江褚藏言所辑窦常等兄弟五人之诗。

[5]枣本：古代用枣木翻刻法帖，再予捶拓，所得的拓本称"枣本"。

同许璞生同年游百花洲[1]

往事东华簌软尘[2],眼明重见岭南春。云龙角逐犹前日,陈屈风骚有替人。美酒任浇胸块垒,宝刀曾识胆轮囷[3]。宦途滋味尝应遍,岂到闻钟始怆神。

百花未见一花开,颇讶洲名浪得来。石磴高低余草木[4],烟波掩映几楼台。遥山一桁看成画[5],短烛三更照举杯。击节听谈珠海胜,锦帆箫鼓斗诗回。

【注释】

[1] 百花洲:南昌东湖之中有三座小岛,合称百花洲。
[2] 东华:明清时中枢官署设在宫城东华门内,故借称中央官署。
[3] 轮囷:硕大貌。
[4] 石磴:石级,石台阶。
[5] 桁:量词,用于成横行的东西。

元旦试笔四首

新年醉饱似还乡,瘦尽腰围减却狂。已料班资终不进,惟余风义耿难忘。[1]人情斟酌为通介,书味温燖得老庄。[2]渐悔将诗惊世眼,便传何补一生忙。

平生不浅是天机[3],云自无心鸟倦飞。安得金门充隐去[4],谁令玉局有田归。文人几辈能消福,相者从来只举肥[5]。盘敦奇零碑拓夥,摩挲竟日乐忘饥。

自量未易合时宜,客至从嗔见面迟。惯阙报章无乃简,不争要路果然痴。清流触忤阶言语,薄俗讥诃胜祷祠[6]。剩有累累书万卷,南船北马镇相随[7]。

勾留一半在幽燕,小别江南又几年。彭泽久为陶令占,东乡仍以艾家传[8]。将游海岳先攻画,每遇悲欢认作禅。已迫知非思学易,深居渊默向韦编[9]。

【注释】

[1] 班资:官阶和资格。风义:犹风操。
[2] 通介:通达耿介、有操守。温燖:温习之使熟于心。
[3] 天机:犹灵性,谓天赋灵机。
[4] 金门:汉代宫门金马门的省称,学士待诏之处。唐代宫门金明门也省称金门,其门内为翰林院所在。
[5] 举肥:相马只选肥壮。比喻荐士只举有财势者。《楚辞·九辩》:"变古易俗兮世衰,今之相者兮举肥。"
[6] 讥诃:讥责非难。
[7] 镇:常、长久。
[8] 陶令:指晋代陶渊明。东乡:县名,位于江西省东部。艾:指艾南英(1583—1646),字千子,临川(今江西省东乡县)人。明末散文家,天启举人。因策文讥刺权宦魏忠贤,罚停考三科(次)。
[9] 韦编:古代用竹简书写,用皮绳编缀称"韦编"。语见《史记·孔子世家》:"孔子晚而喜《易》,……读《易》韦编三绝。"后以"韦编"借指《易》。

许星台观察赴九江任,诗以代饯

临汝清流鉴一心[1],预章直干耸千寻[2]。江州再领观风使,庐岳重招入社人。陶径菊松凭问讯,庾楼烟月恣登临[3]。主持骚雅唐蜗寄[4],先有欢声动士林[5]。

【注释】
[1]临汝:古县名,属豫章郡。
[2]豫章:古郡名,治所在今江西南昌。寻:古代长度单位,一般为八尺。
[3]庾楼:楼名,一名庾公楼,在江西九江。传说为晋庾亮镇江州时所建。恣:尽情。
[4]唐蜗寄:名英(1682—1756),清代制瓷家、书画家、篆刻家、剧作家。他的字号很多,如俊公外,蜗寄、蜗寄老人、陶成居士等。
[5]士林:指文人士大夫阶层、知识界。

题项芝生先生诗集[1]

林和靖后数诗流[2],竞说先生胜几筹。一卷骚情兼雅思,百年埙唱得篪酬。承平京洛嬉公谨,跌宕湖山纵俊游。吟遍杭州佳丽地,荷花宜夏桂宜秋。

【注释】

[1]项芝生：名廷绶，又名绶章。浙江钱塘（杭州）人，嘉庆二十三年（1818）举人。曾担任过福建同安县令。

[2]林和靖：林逋（967—1028），字君复，幼时刻苦好学，通晓经史百家。性孤高自好，喜恬淡，后隐居杭州西湖孤山，宋仁宗赐谥"和靖先生"。

祝王霞轩廉访之尊人八十寿[1]

双江亲听颂声来，一树灵椿荫上台[2]。世以义方尊五桂[3]，公之盛德应三槐[4]。金樽竹叶分曹醉[5]，画槛梅花满意开。珠舄填门车溢巷[6]，群仙高唱紫云回[7]。

【注释】

[1]尊人：对他人或自己父母的敬称，也泛指长辈。
[2]灵椿：古代传说中的长寿之树，喻年高德劭的人。
[3]义方：行事应该遵守的规范和道理，后多指教子的正道，或曰家教。五桂：旧称进士登第为折桂。宋王应麟《小学绀珠·氏族·五桂》："范致君、致明、致虚、致祥、致厚，相继登第，有五桂堂。"
[4]三槐：相传周代宫廷外种有三棵槐树，三公朝天子时，面向三槐而立。后以三槐喻三公。
[5]分曹：分班，分批。
[6]舄(xì)：古代一种以木为复底的鞋。
[7]紫云：紫色云，古以为祥瑞之兆。

题汤雨生先生遗像为戴春波作[1]

将军别业在金陵,地近随园世并称[2]。六代江山归品藻,一家词翰备师承。茫茫浩劫从先子[3],飒飒遗容似定僧[4]。独有门生风义重,白头感旧对青灯。

【注释】

[1] 汤雨生(1778—1853):汤贻汾,字若仪,号雨生,晚号粥翁,江苏武进人。曾官温州镇副总兵,后寓居南京,太平天国攻破金陵时,投池而死。
[2] 随园:原为曹寅所建,后为袁枚所有。位于金陵小仓山(今南京市广州路西侧)。
[3] 先子:泛指祖先。
[4] 定僧:坐禅入定的和尚。

送罗惺士太守入蜀[1]

十年章水愧浮沉,径欲随君返故林。峭蒨山川入蜀记[2],平安琴鹤告天心[3]。百花潭忆嬉春路,万里桥留送别吟。到日草堂梅信早,江村骑马试相寻。[4]

上寿高堂舞彩衣[5],闲云还向蜀天飞。中年以往悲欢遽,契阔之间故旧稀[6]。岸帻谈兵诸帅伏[7],当筵题句万花围。不须更问封侯事,但有田耕便合归[8]。

【注释】

[1] 罗惺士：生平不详。

[2] 峭蒨：高耸挺立。《入蜀记》是南宋陆游入蜀途中的日记，共六卷，是中国第一部长篇游记。《入蜀记》将日常旅行生活、自然人文景观、世情风俗、军事政治、诗文掌故、文史考辨、旅游审美、沿革兴废错综成篇，评古论今，夹叙夹议，卓见迭出，寄慨遥深。

[3] 天心：天意。

[4] 前两句和这两句诗中提及的百花潭、万里桥、草堂、江村均为成都地名。

[5] 彩衣：指孝养父母。

[6] 契阔：久别。

[7] 岸帻：推起头巾，露出前额。形容态度洒脱，或衣着简率不拘。

[8] 合：应当。

酬陈右铭、朱蘋舟见过[1]

闲肯到门惟石友[2]，病能致客信畸人。夜凉孤月生遥浦，风定疏花弄晚春。老境渐同诗境澹，今年真较去年贫。暂容存活还堪恨，无术修成自在身。

【注释】

[1] 陈右铭：名宝箴（1831—1900），江西义宁（今修水）人。举人出身，曾参曾国藩幕府，于光绪年间任湖南巡抚，倡办新政，是清末维新派人物。朱蘋舟：事迹不详。

[2] 石友：情谊坚如金石的朋友。语见晋代潘岳《金谷集作诗》："投分寄石友，白首同所归。"

赠右铭别

贪作英雄厌腐儒,行藏合与古人俱。谈兵大帅虚前席[1],过阙名王叩远谟。海上鱼龙看出没,林间花草阅荣枯。临歧为诵垂堂语[2],珍重千金七尺躯。

【注释】
[1]虚前席:空着座位等候。多表示礼贤。
[2]垂堂:靠近堂屋檐下。因檐瓦坠落可能伤人,故以喻危险的境地。

题素园兄小照

白头冷宦厌趋奔,问字能容日叩门。炫烂文心归澹定,摩挲书卷与温存。画图看作真丘壑,朋旧亲于老弟昆。千万买邻吾愿足,买山偕隐要重论[1]。

【注释】
[1]买山:购买山地田舍。喻贤士的归隐,亦用以形容人的才德之高。

临川杂感二首

梁州旅食更幽州[1],丹凤城南十钱秋[2]。喜共清流趋太学[3],频来海客说瀛洲[4]。中朝几见蕡登第[5],下考仍如广不侯[6]。今日江干憔悴极,等闲还梦帝京游。

久说临川是梦乡,梦中说梦足悲伤。男钱女布恩仇局,后果前因解脱场。鸿爪何年周五岳,龙门终古在三湘。还山结屋依先垄[7],补种松楸土亦香。

【注释】

[1] 梁州:古代行政区划名,曾是古九州之一。旅食:客居、寄食。幽州:古九州之一。

[2] 丹凤城:相传秦穆公的女儿弄玉吹箫引凤,凤鸟落在秦都咸阳,因称咸阳为凤城,后人往往以丹凤城代指京城。

[3] 清流:喻指德行高洁负有名望的士大夫。

[4] 海客:居无定所的江湖人。

[5] 中朝:朝中、朝廷。蕡:当指刘蕡(? —838),唐宝历二年(826)进士。

[6] 下考:科举考试或官吏考绩列为下等。广不侯:李广不侯的省称。汉名将李广部下因军功而封侯的人很多,而李广本人抗击匈奴,战功显赫,却不见封侯。后以"李广未封""李广不侯""李广难封"慨叹功高不爵,命运多舛。

[7] 先垄:亦作"先陇"。祖先的坟墓。

和董觉轩明府旅感原韵四首

打门人送好诗过，对客长吟唤奈何。似此通才前辈少，最怜同病后来多。怕惊凡俗琴休碎，未报恩仇剑屡摩。瓠落江城吾老矣[1]，每逢青眼一高歌。

蜀道天西远作程，旧时曾访子云亭[2]。来浮彭蠡千帆白[3]，梦绕峨眉万笏青[4]。铁柱仙人何日遇，金绳梵塔偶然经。遨游拟遍中华地，画手先图五岳形。

停车不复过黄垆，十载青春忆上都。易水衣冠壮士酒[5]，燕台脂玉美人图[6]。有情芍药遥相赠[7]，前度桃花定未枯[8]。乘兴且须观海市，岂应牖下老癃儒。

孑立回黄转绿间，多时顾影自嫌单。荆州旧识阶前李，淮市谁惊袴下韩。[9]白日正长清睡足，青山未买隐居难。洞天倘割宽闲地[10]，便就松筠守岁寒[11]。

【注释】

[1] 瓠落：潦倒失意貌，犹落拓。
[2] 子云亭：为纪念西汉文学家扬雄而建，位于今绵阳城区的西山风景区内。
[3] 彭蠡：即彭蠡湖，一说为鄱阳湖古称。鄱阳湖在古代有过彭蠡湖、彭蠡泽、彭泽、彭湖、扬澜、宫亭湖等多种称谓，还有认为是星子县东南鄱阳湖的一部分。
[4] 万笏：一般用来形容群山的壮观，亦有"万笏朝天"的景点。笏：封建时

代大臣朝见天子时所执的狭长手板。

[5] 指战国荆轲刺秦王,燕太子与宾客易水送别之事。

[6] 燕台:故址在今河北省易县东南。相传燕昭王筑台以招纳天下贤士,故也称贤士台、招贤台。

[7] 出自《诗经·溱洧》:"维士与女,伊其相谑,赠之以勺药。"

[8] 出自唐代刘禹锡《再游玄都观》:"种桃道士归何处?前度刘郎今又来!"

[9] 前句不知指何人,后句指韩信在淮阴受过胯下之辱。

[10] 洞天:道教指神仙居住的地方,意思是洞中别有天地。

[11] 松筠:松树和竹子。《礼记·礼器》:"其在人也,如竹箭之有筠也,如松柏之有心也。二者居天下之大端矣,故贯四时而不改柯易叶。"后以"松筠"喻节操坚贞。

和陈南村六十自寿四首

太邱道广物皆孩[1],爱好诗瓢与酒杯[2]。湖海一楼豪气在,浔阳九派颂声来。鸿泥远印蛮天雪,鹤盖曾探玉笥梅[3]。想得掀髯左右顾,孺人稚子笑千回。

随阳鸟与号寒鸟[4],平等相看气自平。缺陷所都为世界,中边皆苦是人情。原尝爱士拼金尽,嵇阮全生以酒名。[5]愿学钱塘桑水部[6],遍游五岳御风行。

无论堕溷与飘茵,花正飞时草色新。读史贤豪多恨事,置身贫贱敢骄人。量盐数米中闺妇,拜月禳星下土臣。天意玉成终食报,孤寒还有甑生尘[7]。

局外看棋烂斧柯[8],夜来支枕耐消磨。少撄霜露终天恨[9],壮役关山去日多。羊祜前身原李氏[10],马周知己一常何。春来准备诗情胜,遍酬园花纵笑歌。

【注释】

[1] 太邱:太丘,古县名,治所在今河南永城西北。孩:幼稚。

[2] 诗瓢:语出宋代计有功《唐诗纪事·唐球》:"球居蜀之味江山,方外之士也。为诗撚(同拈)藁为圆,纳入大瓢中。后卧病,投于江曰:'斯文苟不沉没,得者方知吾苦心尔。'至新渠,有识者曰:'唐山人瓢也。'"后以"诗瓢"指贮放诗稿的器具。

[3] 鹤盖:形如飞鹤的车盖,语见汉代刘桢《鲁都赋》:"盖如飞鹤,马如游鱼。"玉笥:山名,在江西永新县,道家称为仙居之所,见《云笈七签》卷二七:"三十六小洞天……第十七玉笥山洞,周回一百二十里,名曰太玄法乐天。在吉州永新县,真人梁伯鸾主之。"

[4] 随阳鸟:鹧鸪。见崔豹《古今注》:"鹧鸪出南方,向日而飞,畏霜露,早晚希出。"号寒鸟:相传这种鸟从不做窝,冬天被冻得极其难受,一边哆嗦着说:"嗦啰啰,嗦啰啰,寒风冻死我,明天就垒窝。"可等到天暖又有了不做窝的理由,如此周而复始。

[5] 原尝:指战国时代的平原君和孟尝君,与魏国的信陵君和楚国的春申君,被后人称为"战国四公子",均以善于养士而名闻后世。嵇阮:指三国嵇康和阮籍。全生:保全生命。

[6] 桑水部:即桑调元。

[7] 甑生尘:饭甑生尘,表明经常断炊。

[8] 局外看棋烂斧柯:典出南朝任昉《述异记》卷上:"信安郡石室山,晋时王质伐木,至,见童子数人,棋而歌,质因听之。童子以一物与质,如枣核,质含之,不觉饥。俄顷,童子谓曰:'何不去?'质起,视斧柯烂尽,既归,无复时人。"后以"烂柯"谓岁月流逝,人事变迁。

[9] 撄:触犯。

[10] 羊祜:《晋书·羊祜》载,祜年五岁,时令乳母取所弄金环。乳母曰:"汝先无此物。"祜即诣邻人李氏东垣桑树中探之。主人惊曰:"此吾亡儿所失物也,云何持去!"乳母具言之,李氏悲惋。时人异之,谓李氏子则祜之前身也。

坡公生日，汪柳门学使招同董觉轩、赵㧑叔、张公束三大令及学使门人邓竹生孝廉谦集静香斋，即席有作

委笛曾吹江上风，敢云心与昔人同。大名一代兼仙佛，盛会千秋继毕翁。喜入梅花供笠屐，满斟腊酒侑丝桐。定知玉局精灵在，即在吾侪笑语中。

静香频许坐春风，君与吾家仲约同[1]谓若农学使。昔忝苏门六君子[2]，今成白傅一渔翁。温馦烟墨珍周碣[3]，流别文章说皖桐。夜半醉归余兴惬，高吟声出笋将中。

【注释】

[1] 吾家：我的同宗。
[2] 苏门六君子：指黄庭坚、秦观、晁补之、张耒、陈师道、李廌。
[3] 温馦(nún)：温暖馨香。馦：香气。

和韵柳门学使留须

只迟三日便迎春，笑说留须意态新。预卜银髯坡老似[1]，应防玉貌孺人嗔[2]。好诗撚就眉先喜，贺酒倾来德有邻。随例称翁不嫌早，公于六一最情亲[3]。

【注释】

［1］坡老：对宋代苏轼的敬称。
［2］孺人：古代称大夫的妻子，唐代称王的妾，宋代用为通直郎等官员的母亲或妻子的封号，明清则为七品官的母亲或妻子的封号。亦通用为妇人的尊称。
［3］六一：宋代欧阳修晚年自号。

用觉轩韵赠顾稷侯别驾四首[1]

日望羊求熟径过[2]，不来为问意云何。案头书发一行覆，君近编算经。巷口水深三尺多。留客精肴烦德曜[3]，传家异本秘维摩。君藏殿板《文选》不肯示人。命宫俱有金星照[4]，我爱闻歌君善歌。

约略年时北上程，河声岳色短长亭。市楼取酒拈重碧，店壁寻诗泥小青[5]。一缕蛛丝终未断，几时鸿爪得重经。竭来眼底多凡艳，谁似花红玉白形。

不忍重寻旧酒垆，平生知己半丰都[6]。每当砚北挑灯语[7]，即是山阳闻笛图。薄宦俸因刊史尽，夏谦甫丈。衰年泪以悼亡枯。杨太守素园。八哀诗与五君咏，竟被青袍误老儒。[8]

铸梦精庐只半间，频留说梦伴孤单。玲珑画笔王兼恽，烂漫诗心孟与韩。[9]热不因人为计左，动而得谤合时难。惟应我我周旋久，江上鸥盟未可寒[10]。

【注释】

［1］别驾：官名。亦称别驾从事，通常简称"别驾"。汉置，为州刺史的佐

官。因其地位较高,出巡时不与刺史同车,别乘一车,故名。魏、晋、南北朝沿设。别驾为州府中总理众务之官。

[2] 羊求:汉高士羊仲、求仲的并称。

[3] 德曜:汉代梁鸿妻孟光的字。初,夫妇耕织于霸陵山中,后随夫至吴地,鸿贫困为人佣工,每归,光为具食,举案齐眉,恭敬尽礼。事见《后汉书·梁鸿传》,后为贤妻的典范。

[4] 命宫:星命术士以本人生时加太阳宫,顺数遇卯为命宫。如太阳在子宫,生于酉时,即以酉时加于子宫,顺数到午遇卯,即为其人之命宫。

[5] 重碧:酒名,语见唐代杜甫《宴戎州杨使君东楼》:"重碧拈春酒,轻红擘荔枝。"小青:年轻的婢女,古婢女穿青色衣,故称。

[6] 丰都:传说中重庆丰都是阎王掌控的地方,人死后一定来这里报到,在这里总结前世善恶,成为阴间的鬼魂,或按前世因缘投胎轮回转世。

[7] 砚北:谓几案面南,人坐砚北,指从事著作。

[8] "八哀"句:《八哀诗》与《五君咏》都是诗歌篇名,《八哀诗》指唐代杜甫伤悼王思礼、李光弼、严武、汝阳王李琎、李邕、苏源明、郑虔、张九龄等八人所作五言古诗八首。《五君咏》是南朝宋颜延之所作五首五言诗,分别吟咏阮籍、嵇康、刘伶、阮咸、向秀。宋代苏轼《故李诚之待制六丈挽词》:"凄凉《五君咏》,沉痛《八哀诗》。"青袍:学子所穿之服,借指学子。

[9] 王兼恽:可能指的是恽南田及与之交往的王姓画家。孟、韩:当指唐代诗人孟郊与韩愈。

[10] 鸥盟:谓与鸥鸟为友,比喻隐退。

用觉轩韵答郑晓涵明府四首

罗雀门庭几客过[1],断无许史有阴何[2]。论交推我十年长,得句加人一倍多。糊口只依仁祖食[3],生儿望受志公摩[4]。江淮异士幽燕将,并入王郎斫地歌[5]。

怅望鹏抟九万程，振衣时上翠微亭[6]。故乡云海极天白，浩劫钟山依旧青。喜就宗工温试卷[7]，耻同名士读骚经。一官纵与尘相抗，不改郊寒岛瘦形[8]。

一堕鸿蒙造化垆，人间何处觅通都[9]。去思漫说千家佛，到眼偏饶万变图。夜雨打花拚向尽，春风嘘柳倘回枯。吾侪但有忍饥法，谁是侏儒谁腐儒。

千红万紫渺茫间，花叶谁能辨复单。乞巧未工还念柳[10]，送穷无效更怜韩[11]。高台尚记当年会，乐府休歌来日难。八百崖州门下士，烟波江上有孤寒[12]。

【注释】

[1] 罗雀门庭：形容门庭冷落，来客绝少。
[2] 许史：汉宣帝时外戚许伯和史高的并称。见《汉书·盖宽饶传》："上无许史之属，下无金张之托。"颜师古注引应劭曰："许伯，宣帝皇后父。史高，宣帝外家也。"后借指权门贵戚。阴何：南朝梁诗人何逊和陈诗人阴铿的并称。
[3] 仁祖：此处可能指谢尚（308—357），字仁祖。东晋人，豫章太守谢鲲子、东晋太傅谢安从兄。少有令名，又为王导所重，比之竹林七贤之一的王戎，时人谓谢尚为"小安丰"（安丰为王戎字）。
[4] 志公：即宝志（418—514），南北朝齐、梁时僧人，又称宝志、保志、保公，俗姓朱，金城（在今陕西南郑或江苏句容）人。年少出家，刘宋泰始年间（465—471），常往来于都市，居无定所，口中有时吟唱，颇似谶记，众人争问祸福，所言均验，称为"神僧"。
[5] 王郎斫地歌：杜甫《短歌行·赠王郎司直》："王郎酒酣拔剑斫地歌莫哀！"
[6] 翠微亭：翠微亭有三座，一座在宋代江南东路的池州州府秋浦县（今安徽池州市贵池区）南边的齐山上，另一座翠微亭在杭州西子湖畔飞来峰半山腰，第三座翠微亭原为静宜园二十八景之一，位于北京的香山公园内。
[7] 宗工：犹宗匠、宗师，指文章学术上有重大成就，为众所推崇的人。
[8] 郊寒岛瘦：指唐代孟郊、贾岛的诗歌风格，宋代苏轼《祭柳子玉文》："元轻白俗，郊寒岛瘦。"

[9] 鸿蒙：宇宙形成前的混沌状态。通都：四通八达的地方。
[10] 乞巧：旧时风俗，农历七月七日夜（或七月六日夜）妇女在庭院向织女星乞求智巧，称为"乞巧"。
[11] "送穷"句：典出唐宪宗元和六年春，韩愈写《送穷文》。
[12] 此句典出自唐代宰相李吉甫之子李德裕的事迹。他常常援助那些出身寒微的读书人，后在党争中失败，被贬为崖州司户，受恩的士子都为此垂泪。当时有人作诗云："八百孤寒齐下泪，一时南望李崖州。"

寄酬王庐陵松溪明府[1]，用觉轩旅感韵四首

燕公亲袖寸笺过，剥啄其如债主何。[2]番佛廿尊谁谓少[3]，赧王一辈此时多[4]。迎春美酒须霑醉[5]，致富奇书要揣摩。免得年年穷不送，夜闻人唱太平歌。

匆匆惜未送登程，想见离樽会野亭。腊雪顿催梅信白，春风又过柳条青。平生懒慢君应谅，行路崎岖我久经。自笑空函迟作答，论交原说在忘形[6]。

江乡何处有黄垆，意外逢人美且都[7]。南郭笙歌春赛社，东华车马昔游图。[8]儿童斗草心皆喜[9]，我辈看花眼未枯。尚记留餐香积饭，山僧真率类寒儒。

居在廉泉让水间[10]，邻多好友不嫌单。两家杨柳同元白，一代云龙似孟韩。[11]摩诘诗名谁可及，庐陵米价向来难。[12]计君官满归南浦[13]，近局同消九九寒。

【注释】

[1] 王庐陵松溪：王松溪，名守训（1845—1897），字仲彝，号松溪。山东省登州府黄县(今龙口市)人。光绪十二年(1886)进士，翰林院庶吉士，清光绪年间武英殿协修、纂修，任职内分管编修《国史·艺文志》。

[2] 燕公：周代燕国的始祖召公，也称邵公、召康公。袖：藏于袖中。寸笺：简短的书信。剥啄：叩击、敲打。

[3] 番佛：旧时对外国银元的俗称，主要指有人头像的西班牙"本洋"。

[4] 赧王：东周第25位君主，也是东周最后一位君主，公元前314年至前255年在位。周赧王在位时期，东周王室的影响力仅限于洛邑。

[5] 霑醉：大醉，因酒醉时胸襟沾湿，故称。

[6] 忘形：谓朋友相处不拘形迹。

[7] 都：美好。

[8] 南郭：南面的外城。东华：宫城东门名。

[9] 斗草：亦作"斗百草"，一种古代游戏，竞采花草，比赛多寡优劣，常于端午行之。见南朝宗懔《荆楚岁时记》："五月五日，四民并蹋百草，又有斗百草之戏。"

[10] 廉泉让水：原比喻为官廉洁，后也比喻风土习俗淳美。《南史·胡谐之传》："帝言次及广州贪泉，因问柏年：'卿州复有此水不？'答曰：'梁州唯有文川、武乡、廉泉、让水。'"

[11] 元白：中唐诗人元稹、白居易的并称。二人同为新乐府运动的倡导者，文学观点相同，作品风格相近，在中唐诗坛影响很大。孟韩：指唐代诗人孟郊和韩愈。

[12] 摩诘：唐代诗人王维。庐陵米价：佛教中禅宗的一个公案。事见《景德传灯录》卷五："僧问：'如何是佛法大意？'师曰：'庐陵米作么价？'"唐代著名禅师青原以不着边际的"庐陵米价"反问什么是"佛法大意"，其用意在促使求法者反观自我。

[13] 南浦：地名，在江西省南昌县西南，章江至此分流。

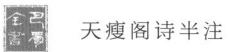

六月三日见韩生于半梦庐

岭梅湘杜梦魂牵[1],近对冬郎益惘然[2]。病尚三分愁亦尔,别才卅日瘦于前。心情未解因人热,性命须防以艺捐。太息大千花世界,花谁长好月谁圆。

【注释】
[1]岭梅:指大庾岭上的梅花。大庾岭上梅花,古来有名。因岭南北气候差异,梅花南枝已落,北枝方开。杜甫《秋日荆南述怀》:"秋雨漫湘竹,阴风过岭梅。"
[2]冬郎:唐代诗人韩偓的小名。此处指韩生。

和赠俞竹君大令出都元韵[1]

迟迟不忍去京华,何术能回歧路车。梦醒都非庄叟蝶,升沉大抵子阳蛙[2]。低眉佛有千般恨,行脚僧无一定家。惊世文章辽海泪,可堪泪眼罩红纱[3]。

说归那有可耕田,堕溷聊随现在缘。失计安知非善计,衰年强认是华年。平生缺事难胜酒,此日清官要积钱。时作床头金尽想,须防鸡骨受尊拳[4]。

【注释】

[1] 大令：古时县官多称令，后以大令为对县官的敬称。
[2] 子阳蛙：根据《后汉书》的记载，东汉的马援曾对隗嚣说："子阳（公孙述的字）井底蛙耳，而妄自尊大，不如专意东方。"
[3] 可堪：哪能禁得住。
[4] 鸡骨：比喻嶙峋瘦骨、瘦弱的身体。尊拳：谑称他人的拳头。《晋书·刘伶》："尝醉与俗人相忤。其人攘袂奋拳而往。伶徐曰：'鸡肋不足以安尊拳。'其人笑而止。"

子衡老诗翁垂示花朝法云堂与梅庵修、梅雪岩、瑞青四长老小集原唱，因和其韵

探得骊珠出手先[1]，当筵彩笔夺花妍。半间我附青莲室，十年前葊与梅庵商筑半间诗屋。一老今推白乐天。玉轸听弹流水远[2]，铁瓶留镇法云传。骈梅瑞雪皆禅侣，近局相期续旧缘。

[1] 骊珠：宝珠，传说出自骊龙颔下，故名。
[2] 玉轸：玉制的琴柱，借指琴瑟。

和张傥仙游百花洲韵

山色湖光共一楼，芙蓉杨柳似汀洲。西窥远岫留丹壑[1]，中亘长堤界碧流。孺子亭空乔木老[2]，云卿囿冷菜花收[3]。玉箫金管犹能办，惜少沙棠几叶舟。

山色湖光共一楼,天开图画表瀛洲。每看万士堤边立,欲置千艘水上流。日晚游人还不散,月明渔网几曾收。藕香深处联吟地,拟附诸君李郭舟[4]。

【注释】
[1] 远岫:远处的峰峦。
[2] 孺子亭:位于南昌市区的西湖之中,相传为徐稚隐居垂钓之所。徐稚(97—168),字孺子,豫章南昌(今南昌市)人,东汉著名高士贤人,经学家。
[3] 云卿圃:又名苏圃,位于南昌东湖,相传为南宋名士苏云卿隐居之所。
[4] 李郭舟:典出《后汉书·郭太传》:"郭太字林宗,太原界休人也。家世贫贱……乃游于洛阳。始见河南尹李膺,膺大奇之,遂相友善,于是名震京师。后归乡里,衣冠诸儒送至河上,车数千辆。林宗唯与李膺同舟而济,众宾望之,以为神仙焉。"后以"李郭同舟""李郭同船"比喻知己相处,不分贵贱,亲密无间。

得杜生芳洲沪上书

二十余年小劫过,伊人远似隔天河。忽传海上缠绵字,校胜浔阳宛转歌[1]。夜枕暗闻鲛泪滴[2],冬郎其奈虎贲何[3]。贞元朝士垂垂老[4],故旧无多缺憾多。

【注释】
[1] 校(jiào):比较。浔阳宛转歌:指唐代白居易的《琵琶行》。
[2] 鲛泪:眼泪。
[3] 冬郎:唐代诗人韩偓的小名。虎贲:勇士之称。
[4] 贞元(785—805):唐德宗李适的年号。垂垂:渐渐。

远游 庚辰八月沪上作

熟读楞严念念空,扁舟竟过大江东。藏书久散千头蠹,晚节犹凭百足虫。思托士安传赋咏,将以拙稿就正通人,待序付刊。漫寻詹尹问穷通[1]。布帆与我皆无恙,会有江神送好风。

频年偃息乱书堆[2],鱼雁时传远信来。世上素心宜责善,平生故人遗书屡劝出游。客中奇遇是通财。谐于末俗操何术?算到清流愧不才。出户愿观天地大,江山风月任徘徊。

秫田轻掷等鸿毛[3],便受饥驱敢告劳。旅伴独携三尺剑,侠肠终类五陵豪[4]。重攀白下当初柳,一看元都去后桃。遥计陶然亭子上,到时佳节趁题糕[5]。

临歧更触故乡情,庚戌正月由里中北上,今卅余年矣[6]。爱惜初心有此行。敢倚文章留重价,全抛福力换虚名。友人先后入都,遇公卿朋好多有问讯近况者。怜才泪足流无尽,读史阅人,见有怀才不偶者,辄为流涕悼叹,而一身之沦落不以介意。感旧诗多记不清。香火因缘湖海气[7],未应前路少逢迎。

【注释】

[1] 詹尹:古占卜筮者之名。
[2] 偃息:睡卧止息。
[3] 秫田:种植黏粟之田。
[4] 五陵豪:指高门贵族的豪迈气概。 五陵:汉代五个皇帝的陵墓,即长陵、安陵、阳陵、茂陵、平陵,在长安附近。当时富家豪族和外戚都居住在五陵附近,后世诗文常以五陵指富豪人家聚居之地。

[5] 题糕：宋邵博《闻见后录》卷十九："刘梦得作《九日诗》，欲用糕字，以《五经》中无之，辍不复为。宋子京以为不然。故子京《九日食糕》有咏云：'飚馆轻霜拂曙袍，糗糍花饮斗分曹。刘郎不敢题糕字，虚负诗中一世豪。'"后遂以"题糕"作为重阳题诗的典故。
[6] 庚戌：1850年。
[7] 香火因缘：香和灯火都是供佛的，因此佛教称彼此意志相投为"香火因缘"。指彼此契合。

访袁翔甫仁兄于杨柳楼台，率成二律就正

吾曹无地起楼台，一室俄同广厦开。六代精灵高会后，九州人表不羁才。午风白裕穿花出[1]，斜日红裙斗草回。认是仓山诗世界，壁间珠玉朗吟来。

忘机真作海边鸥[2]，去住升沉不自由。怒马一鞭开笑口，流莺百转惜歌喉。醉乡能使英雄老，诗卷姑凭天地留。杨柳熟知人意思，千条万绪弄轻柔。

【注释】
[1] 白裕：白色夹衣，旧时平民的服装，也借指无功名的士人。
[2] 忘机：消除机巧之心，忘却世俗烦恼，淡泊清静，与世无争。

赠吴孟霖仁兄二首

舌逞风雷气吐虹,炎天揖我蜃楼中[1]。过江名士真无匹,忍辱仙人即大雄。刘有孔知千古再,龙宜云逐四方同。一帆遥入榑桑国[2],压倒鲸波万顷红。

新诗引我好怀开,共吸论文酒一杯。石破天惊才鬼语[3],云旗烟驾古人来。近闻下诏搜岩穴,会立奇勋上鼎台[4]。自笑臂鹰身手劣[5],不随君去看蓬莱。

【注释】
[1] 蜃楼:古人谓蜃气变幻成的楼阁。
[2] 榑桑:即扶桑,东方古国名,今日本。
[3] 石破天惊:指文章议论新奇惊人。
[4] 岩穴:指隐士。鼎台:指三公之位。
[5] 臂鹰:架鹰于臂。古时多指外出狩猎或嬉游。

天津旅舍病小愈,赋投合肥李爵相二首[1]

云雷夙擅经纶手[2],寰宇今瞻社稷臣。东海有连争一字,北门以准系千钧[3]。和戎旧策姑增币,谋国深忧甚卧薪[4]。翘首先师衣钵士,望公画像在麒麟[5]。

万里趋投岂偶然,樗材无用得天全[6]。敢希幕府司文墨,但乞兵厨贷酒钱。珠桂极知居不易,云泥未觉势相悬。相公造命柰安命,旅榻禁寒夜似年。

【注释】

[1] 李爵相:这里指李鸿章(1823—1901),晚清名臣,洋务运动的主要领导人之一,安徽合肥人,世人多尊称李中堂,亦称李合肥。
[2] 经纶:指治理国家的抱负和才能。
[3] 北门:喻指北部边防要地。
[4] 卧薪:即"卧薪尝胆",身卧于柴薪,口尝着苦胆,比喻发奋磨砺,时刻不忘雪耻。
[5] 麒麟:即麒麟阁,汉代阁名,在未央宫中。汉宣帝时曾画霍光等十一功臣像于阁上,以表扬其功绩。
[6] 樗材:喻无用之才,多用为谦词。

昕伯仁兄手赠《衡华馆诗集》,读竟,题寄王弢园广文求正[1]

蛾眉老大虎头痴,岭表江东久系思。[2]元亮故知无俗韵,子瞻终欠合时宜。[3]异乡托足忘为客[4],同辈倾心远寄诗。经世输君书几卷,即论风雅亦堪师。

【注释】

[1] 衡华馆诗集:作者为王韬(1828—1897)。王韬初名利宾,字仲弢,别号弢园老人,天南遯叟。江苏长洲(今属吴县)人。王韬是清末改良主义政治家,著作颇丰,代表作有《弢园文录外编》《重订弢园尺牍》《衡华馆诗集》等。

广文:"广文先生"的简称,泛指清苦闲散的儒家教官。
[2]虎头:谓头形似虎,古时以为贵相。岭表:岭外。
[3]元亮:晋代陶渊明的字。子瞻:宋代苏轼的字。
[4]托足:容身、立脚。

壬午元旦试笔,柬雾里看花客、仓山旧主、高昌寒食生,并寄赋秋生天津、瘦鹤词人梁溪四首[1]

海天红旭射吾庐,喜入眉间揽镜初。顾盼东风三女粲,凭临南面一楼书。绿窗倚醉闻瑶瑟,紫陌嬉晴命彩车。[2]西望章江春信早,八行珍重达双鱼[3]。

蜃市淹留岁再更[4],越繁华地越孤清。瓶花影闹春如竞,爆竹声酣梦不惊。江左风流殊未远[5],淮南宾客久知名[6]。忘机已入闲鸥社,一触前尘百感生。

老去游踪水上云,江湖喜结散人群。黄生雅量论千顷,颜氏高吟继五君。[7]古叹通才无显仕,今谙时务有新闻。貂裘夜走藏春坞,一寸光阴酒百分。

清才最念梁溪鹤,远梦时萦茂苑秋。[8]别后顿衰风月兴,愁中各警稻粱谋。谁逢鲍叔金多与,我羡班生笔果投[9]。行路栖栖君勿悔,古人传食遍诸侯。

【注释】

[1]壬午:光绪八年(1882)。雾里看花客:钱徵(字昕伯)别号。仓山旧主:袁祖志(字翔甫)别号。高昌寒食生:何镛(字桂笙)别号。赋秋生:姚文藻

（字芷芳）别号。瘦鹤词人：邹弢（字翰飞）别号。

[2] 瑶瑟：用玉装饰的琴瑟。紫陌：指京师郊野的道路。

[3] 章江：赣江的古称。春信：春天的信息。八行：信笺多每页八行，故以称书信。双鱼：指书信。

[4] 淹留：久留。

[5] 江左风流：东晋及南朝宋、齐、梁、陈各代的基业都在江左，故当时人又称这五朝及其统治下的全部地区为江左，南朝人则专称东晋为江左。江左风流是唐宋时期常用的典故，通常指谢安等风流人物。

[6] 淮南宾客：指刘安（前179—前122），沛郡（今属江苏）人，西汉淮南王。西汉著名的思想家、文学家，奉汉武帝之命所著《离骚传》是中国最早对屈原及其《离骚》作高度评价的著作。曾招宾客方术之士数千人，编写《鸿烈》（全称《淮南鸿烈》，后称《淮南子》）。

[7] 黄生：可能指黄居中（1562—1644），字明立，号海鹤，福建晋江安海（今泉州）人。明代著名藏书家，创建藏书楼"千顷斋"，著有《千顷斋集》等。颜氏高吟继五君：南朝宋颜延之有《五君咏》。

[8] 梁溪：古代为无锡的别称。梁溪本为流经无锡的一条河流，相传东汉时著名文人梁鸿偕其妻孟光曾隐居于此，故而得名。"梁溪鹤"指邹弢。茂苑：古苑名，又名长洲苑，故址在今江苏省吴县西南。后也作苏州的代称。

[9] 班生：指班超。《后汉书·班超传》："（班超）家贫，常为官佣书以供养。久劳苦，尝辍业投笔叹曰：'大丈夫无它志略，犹当效傅介子、张骞立功异域，以取封侯，安能久事笔砚间乎？'"后立功西域，封定远侯。

和松石道人于役江介即事原韵二首[1]

群贤努力作长城，公法先教万国明。暮四朝三调喜怒[2]，东艬西艓费经营[3]。诸邦幸自能安堵，治世何尝讳用兵。计日看君囊颖出，才兼文武动簪缨。[4]

自昔夷吾策富强,只今江海壮堤防。一时扼险中流柱,百辟昌言政事堂[5]。医国元臣亲药饵,惊人妖彗指欃枪[6]。独惭戢影旌幢外[7],不遣忧时鬓发苍。

【注释】

[1] 松石道人：李汝珍(约1763—约1830),字松石,号松石道人。博学多才,精通文学、音韵等,现存最著名的作品是《镜花缘》。不确定李士棻此诗指的是不是他,从生卒年来看,还是吻合的。

[2] 暮四朝三：即"朝三暮四",原来比喻用诈术欺骗人,后来比喻变化多端,捉摸不定。

[3] 艦(jiān)：船名。艓(dié)：一种小船。

[4] 囊颖出：即脱颖而出。簪缨：古代官吏的冠饰,比喻显贵。

[5] 百辟：百官。昌言：直言不讳。

[6] 元臣：重臣、老臣。欃枪：彗星的别名,喻邪恶势力。

[7] 戢影：匿迹、隐居。旌幢：旌旗。

哭童逊庵同年。予与逊庵及王同年泽山皆道光初元辛巳年生蜀中,车笠之盟无出三人右者[1]。京邸过从,风义弥笃。一别二十余年,闻泽山卒于山东,遥哭之。今逊庵以词臣领琼海,未及通问而丧车倏至。夏间哭曾栗诚二弟,不意又哭逊庵于此也。自念白头一棹,载酒江湖,天且不遽夺之者！予才不如泽山,位不如逊庵,天其或者假我数年,将寿补蹉跎乎

往筑鸡坛共结盟[2],同年辛巳复同庚。抗心古昔三人最[3],脱手文章

四座倾。白也风尘仍落魄,羲之海岱久吞声,今君又向仙龛去,只立寰中莽自惊[4]。

曾孝廉来停旅榇,童观察至设灵帷。[5]谢公泪堕东山日[6],白傅心皈西土时。已解天弢安所苦[7],略知礼意未须悲。讲堂弟子多英隽,伐石应刊有道碑。

【注释】

[1] 车笠之盟:比喻不因为富贵而改变贫贱之交。笠:斗笠。
[2] 鸡坛:典出《说郛》卷六十引晋周处《风土记》:"越俗性率朴,初与人交,有礼:封土坛,祭以犬鸡,祝曰:'卿虽乘车我戴笠,后日相逢下车揖。我步行,君乘马,他日相逢卿当下。'"后遂以"鸡坛"为交友拜盟之典。
[3] 抗心:谓高尚其志。
[4] 只立:孤立、单独存在。莽:渺茫。
[5] 旅榇:客死者的灵柩。灵帷:灵帐。
[6] 谢公:指东晋政治家、军事家谢安。据《晋书·谢安》载,谢安早年曾辞官隐居会稽之东山,经朝廷屡次征聘,方从东山复出,官至司徒要职,成为东晋重臣。又,临安、金陵亦有东山,也曾是谢安的游憩之地。后以"东山"为典,指隐居或游憩之地。
[7] 天弢:谓天然的束缚。《庄子·知北游》:"解其天弢,堕其天袠,纷乎宛乎,魂魄将往,乃身从之,乃大归乎!"成玄英疏:"弢,囊藏也。"

赠别胡虎臣同年由湖南还肃州

边州人物抗中州,想见当时张介侯[1]。青史古今罗众制[2],白头南北望清流。故山松菊荒三径,归路图书压一舟。老识同年休恨晚,贤于旷世但神游。

【注释】

[1] 抗：匹敌。张介侯：张澍(1776—1847)，字百瀹，又字寿谷、时霖等，号介侯、鸠民、介白，凉州府武威(今属甘肃)人。嘉庆四年(1799)进士，历官贵州玉屏县知县、代理遵义县知县、代理广顺州(今贵州长顺县)知州，四川屏山县知县等。著有《姓氏寻源》《西夏姓氏录》《蜀典》《大足县志》《养素堂诗文集》等。《清史稿》有传。
[2] 青史：古代以竹简记事，故称史籍为"青史"。

沪上喜晤蔡辅臣太史

京华旧事得重论，最羡君家好弟昆。窦氏联珠无敌手，姜生大被有奇温[1]。文章先后高词苑，孝友东南表义门[2]。叶易成阴人易老，一思空谷一销魂。

【注释】

[1] 姜被：《后汉书》卷五十三《周黄徐姜申屠列传·姜肱》载，姜肱"与二弟仲海、季江，俱以孝行著闻。其友爱天至，常共卧起。"后遂以"姜被"谓亲如兄弟，咏兄弟友爱。
[2] 孝友：事父母孝顺、对兄弟友爱。义门：旧时为表彰尚义之家而建立的牌坊。

和管君秋初见赠元韵,并柬邹翰飞茂才二首[1]

醒即高僧醉即仙,抱琴未暇访成连。花当荣悴皆如梦,鸟不飞鸣又几年。虚室有光窥道妙,坠车无恙恃神全。近来兼主尧夫学,击壤吟成澹众缘[2]。

点石成金众谓仙,君言无术救颠连[3]。北门半是居贫日,东野曾逢得意年[4]。举子文章官样贵,予尝语翰飞,应举之文须是吉祥丰满,一登科第即食禄有阶,岂不贤于屈曲嫁衣绸缪馆谷也哉。[5]秀才忧乐古人全。儒宫一亩斋三瓮[6],且避寻常肉食缘。

【注释】

[1] 管君秋初:管秋初,名斯骏,吴县(今苏州)人。光绪十八年(1892)左右在上海英租界开设"可寿斋"书店。著有《刘大将军平倭百战百胜图说》(1895年刊)等。邹翰飞:邹弢(1850—1931),字翰飞,别署潇湘馆侍者、玉愁生、瘦鹤词人等。江苏无锡人,晚清小说家,尝官姑苏十余年,后寓居上海,以卖文糊口。著《三借庐笔谈》、《三借庐丛稿》、《万国近政考略》、《洋务罪言》和小说《海上尘天影》(又名《断肠碑》)等。

[2] 击壤:古歌名,相传唐尧时有老人击壤而唱此歌。

[3] 颠连:困顿不堪、困苦。

[4] 北门:《诗经·邶风》篇名,其首章:"出自北门,忧心殷殷。终窭且贫,莫知我艰。已焉哉!天实为之,谓之何哉!"《序》谓"《北门》,刺士不得志也",后用以喻士之不遇。东野:指唐代苦吟诗人孟郊,这里借孟郊指寒士。

[5] 馆谷:指塾师或幕宾的酬金。

[6] 儒宫:古代官立学校。

顷以"天瘦"颜室,客曰:"是添寿也。"病中闻之则大喜,乃以"天补"名楼,而自称曰"天补老人",盖谓将寿补蹉跎耳[1]

和天也瘦少游痴[2],天瘦题楣亦好奇。岂为假年求不老,便呼添寿喜相宜。眼中花过如投梦,身后书传欲靠诗。侥幸虚名华夏及,可能来世有人知。

【注释】

[1] 此诗是诗人将房屋取名"天瘦",楼取名"天补",自号"天补老人"的原因,以表寄托。
[2] 语出宋代秦观《水龙吟》:"名缰利锁,天还知道,和天也瘦。"

近日新旧之交皆不似故友傅古民、曾佑卿之笃于责善,予虽欲寡过,而无人可质,吾道孤矣[1]。即予将以傅、曾自任,亦未见有一人焉如予昔日之服善者,则世道又可知矣,此诗之所为作也

畏友平生傅与曾[2],每于小过亦严惩。二君落落稀同调[3],万善兢兢劝服膺[4]。流俗往来多貌执[5],美人迟暮欠心朋。九原倘念吾衰久[6],呵护残年饭量增。

【注释】

[1] 吾道孤:《论语·里仁》:"德不孤,必有邻。"意思是,有道德的人是不会感到孤单的。进而引申为"吾道不孤"。此处反用其意。

[2] 畏友:在道义上、德行上、学问上互相规劝砥砺,令人敬重的朋友。

[3] 落落:犹磊落。常用以形容人的气质、襟怀。

[4] 兢兢:精勤貌。服膺:铭记在心,衷心信奉。

[5] 貌执:以礼相待。

[6] 九原:九泉、黄泉。

韩聪甫访予沪寓,顷复频来问疾,并赠所刻前贤遗书多种[1]

廿年宦海侈交游,今日升沉两白头。爱访名山传秘笈,每临湖水问闲鸥。文能警世心何热,老不趋时骨本遒。叹息晨星天上少,一回相见一绸缪[2]。

【注释】

[1] 韩聪甫:名懿章(1816—?),仁和(今杭州)人,咸丰八年(1858)进士,历官永新知县、宁都知州等,光绪十年(1884)被陈宝琛参奏革职,光绪十七年(1891)仍在世。

[2] 绸缪:情意殷切。

冯子因过予视疾，赋谢

名父佳儿起旧家，君之食报正无涯[1]。身兼颍上将军树，官有河阳满县花[2]。湖舍频来看煮药，江船远去听吹笳。重烦寄语胡衡麓，尚忆湘毫赋舜华[3]。

【注释】
[1] 食报：受报答或受报应。
[2] 河阳满县花：潘岳做河阳县令时，满县栽花。后遂用"河阳一县花、花县"等用作咏花之词，或喻地方之美或地方官善于治理。
[3] 舜华：指木槿花。

舒彰五静坐观心，时过予印证所得

浮图千仞峙雄关，指点君家旧住山。苦县过来仍有累[1]，浮云看破只宜闲。仙心佛旨凭参悟，逸士羁人与往还。终是秀才风味好，两无归计笑囊悭[2]。

【注释】
[1] 苦县：相传老子出生地。
[2] 囊悭：喻悭吝者的钱袋。

寄陈南村,时宰新城[1]

与君投分在京华,市饮常停薄笨车[2]。远幕天山工起草,久官章水善栽花[3]。闲来说旧寻三径,老去为诗就一家。公暇好过通德里[4],鲁山木、陈石士两先生后裔必有衍前人文业能自树立者。半论文字半桑麻。

【注释】

[1]陈南村:名鼐,清四川蓬溪人。历官江西峡江知县,德化、瑞金、兴国、星子、新城、石城、都昌及义宁知州,工诗书,为官清正。著有《出塞吟》《南村诗集》等。

[2]薄笨车:一种制作粗简且行驶不快的车子。

[3]章水:又名章江,赣江的源头之一。

[4]通德:共同遵循的道德。《史记·平津侯主父列传》:"智,仁,勇,此三者天下之通德,所以行之者也。"

刘璧礽喜藏金石书画,屡携所得佳品共赏。香涛制军主蜀试时,君受知最深[1]

蜀士千人一白眉[2],南皮高弟重当时[3]。衡门屡顾栖迟客[4],保障优为慈惠师。书画舫中饶韵事,御屏风上待恩知。凭君为报张京兆[5],老友新添几卷诗。

【注释】

[1] 香涛:清张之洞的字。制军:明、清时期总督的称呼。

[2] 白眉:典出《三国志·马良》:"马良,字季常,襄阳宜城人也。兄弟五人,并有才名,乡里为之谚曰:'马氏五常,白眉最良。'良眉中有白毛,故以称之。"后以喻兄弟或侪辈中的杰出者。

[3] 南皮:县名,张之洞故乡,故人称张之洞为张南皮。高弟:谓同门弟子之成绩优良者。

[4] 衡门:横木为门,指简陋的房屋。语出《诗经·衡门》:"衡门之下,可以栖迟。"借指隐者所居。

[5] 张京兆:张之洞之代称,张之洞时任京官。

夏子和温雅好学,诗以奖之

夏生诗笔阿龙超[1],记室年年有雅招[2]。绛帐留师循北面,青灯读史爱南朝。百篇太白叨低首[3],五斗渊明念折腰。倘就风尘奔走吏,应闻来暮采民谣。

【注释】

[1] 阿龙:晋丞相王导的小名,语见《世说新语·企羡》:"王丞相拜司空,桓廷尉作两髻葛裙,策杖路边窥之,叹曰:'人言阿龙超,阿龙故自超。'"

[2] 记室:官名,东汉置,掌章表书记文檄。后世因之,或称记室督、记室参军等。

[3] 太白:唐代李白字。低首:低头,折服貌。

许子玉约江南馆雅集，患足未往[1]

宗之玉树皎风前，祖砚能传胜种田。湖上来寻多病客，池边约醉艳阳天。豪情镇可同评剑，老态居然听执鞭[2]。思看江南红芍药，却因小蹇负清缘[3]。

【注释】

[1] 许子玉：名声炎，晋江人。厦门英长老会圣道书院毕业。曾在安溪、南安、晋江等地传道，后任厦门圣道书院院长。1890年返晋江金井创办金井毓英男女学校、金声月刊社、闽南圣经学院，同时任学校总理，金声社社长，中华基督教协会全国总会副会长。
[2] 执鞭：执教。
[3] 蹇：跛行、行动迟缓。

李筱圃就《申报》中剪予沪上所作诗，排比成帙

石钟山下榷门前[1]，一道新堤利泊船。久叹长才工画策，近分余智划吟笺[2]。裘成正赖收零腋[3]，食美频叨致小鲜。如此解人何处得[4]，塔尖思看相轮圆[5]。

【注释】

[1] 榷：独木桥。

[2] 长才：优异的才能。吟笺：诗稿。

[3] 腋：指狐狸腋下的毛皮。

[4] 解人：见事高明，通解理趣的人。

[5] 相轮：佛教语，塔刹的主要部分，贯串在刹杆上的圆环，多与塔的层数相应，为塔的表相，故称。

前年在沪上，张廉卿告予曰："吾门有二范，天下士也。"予见无错，读其古文辞，才识闳卓，叹美之。顷，无错之弟仲木明经[1]在陈伯潜学使幕中襄校文字，过予，定交。予益信廉卿之言不虚，喜而有作，贻仲木并寄无错

双丁二陆见于书[2]，幸甚今朝识面初。日下一龙疑未远[3]，邺中七子问何如[4]。偶逢陈尹因留榻[5]，喜过侯生久驻车[6]。画苑稷侯诗家觉轩联袂至，东南竹箭满吾庐。

【注释】

[1] 明经：明清对贡生的尊称。

[2] 双丁：指三国魏丁仪、丁廙兄弟两人。二陆：指西晋陆机和陆云。

[3] 日下：京都。

[4] 邺中：指三国魏的都城邺，故址在今河北省临漳县西南邺镇东。后世多以"邺中"指代三国魏。"邺中七子"即建安七子：孔融、陈琳、王粲、徐干、阮瑀、应玚、刘桢。这七人大体上代表了东汉建安时期除曹氏父子之外的优秀作者。

[5] 陈尹因留榻：后汉陈蕃为太守，在郡不接宾客，唯徐穉来特设一榻，去则

悬之。事见《后汉书·徐穉传》。后以"陈蕃榻"为礼贤下士之典。

[6] 侯生：指侯嬴。魏公子无忌置酒大会宾客，亲自迎接侯嬴，侯嬴半路上下车见朋友朱亥，故意让魏公子久等，以此昭示其能礼贤下士。见《史记·魏公子列传》。

董觉轩同年集中有赠予二绝，盖初定交时予已失官也。用其诗第四句、第二句发端，成二律答之

醉挥诗笔当吴钩[1]，七字惊人未易酬。独立苍茫来伴侣，此中空洞失恩仇。本非骨鲠荣犹辱，便学脂韦老亦休。今日书生谁强项[2]，凭君一柱砥横流。

湖滨风月独清寒，啸月吟风强自宽。肯为穷愁还作志，原来骨相不宜官[3]。沉冥尚觉逃名易[4]，偃蹇方惊乞食难。闭户出门皆失计，竟凭何术洗儒酸。

【注释】

[1] 吴钩：钩是一种兵器，形似剑而曲。春秋吴人善铸钩，故称。后也泛指利剑。

[2] 强项：刚正不为威武所屈。

[3] 骨相：指人的骨骼、形体、相貌。

[4] 沉冥：隐居。

钱塘戴秋畦为文节公少子，以优贡任训导[1]，保选江西县丞。暂假回籍，顷至章门[2]，客张子衡廉使鹾局[3]。闻予患足，偕吴劭之来顾，深谈竟日，酬以此诗索和

怜君亦厌小官卑，佐县何如领学宜。秋气渐生黄落感，春人来副碧云思[4]。力求手泽存遗画，久托神交爱小诗。一室晤言磅礴裸，主郊宾岛对狂痴[5]。

【注释】

[1] 文节公：戴熙（1801—1860），字醇士，号榆庵、松屏。浙江钱塘（今杭州）人，道光十二年（1831）进士，官至兵部侍郎，后引疾归。咸丰十年（1860）太平天国克杭州时死于兵乱，谥文节。见《清史稿》卷三九九《戴熙传》。优贡：清代制度，每三年各省学政于府、州、县在学生员中选拔文行俱优者，与督抚会考核定数名，贡入京师国子监，称为优贡生。经朝考合格后可任职。
[2] 章门：江西赣州的别称。
[3] 鹾（cuó）：盐的别名。
[4] 春人：游春的人。
[5] 郊、岛：指唐代诗人孟郊、贾岛。

忆巴台 台侧即白文公祠,中有醉吟楼,往时每逢九日宴客楼上,凡四五年

云根驿外耸巴台[1],秋士悲秋醉几回。稳插黄花防落帽,赌拈红叶记传杯。只今佳节乡愁剧,何处登高笑口开。好决归期勤载酒,荒丘长酹古人来[2]。

【注释】

[1] 云根:深山云起之处。
[2] 酹:把酒洒在地上表示祭奠或起誓。

怀屏风山陆宣公祠墓[1] 祠中有怀忠堂,堂之左右则毗庐寺吕祖楼也

丰碑矗矗冠屏风,宰树槃槃幂殡宫[2]。三峡一州为引重,千秋百姓远怀忠。贬官心力岐黄里[3],丞相祠堂仙佛中。闻说帝尝呼陆九,如何竟向谪居终。

【注释】

[1] 陆宣公:陆贽(754—805),字敬舆,唐代政治家,文学家。贞元八年(792)出任宰相,两年后因与裴延龄有矛盾,被贬充忠州(今重庆忠县)别驾,永贞元年卒于任所,谥号宣。
[2] 宰树:坟墓上的树木。幂:覆盖,遮盖。殡宫:坟墓。
[3] 岐黄:岐伯与黄帝。《黄帝内经》托名岐伯与黄帝讨论医术。陆贽贬居忠州,编有《陆氏集验方》五十卷。

白桃花

咫尺仙源懒问津[1],澹烟轻霭隔红尘。开当南国连琼树,看到东风避画轮[2]。玉露濯枝空冶习,梨云入梦认前身[3]。瑶林一望明于雪,中有牵萝绝代人[4]。

洞口经时几客过,竹篱含笑野情多。只应素面嫌脂粉,且让红颜炫绮罗[5]。西土散花银世界,东皇著手玉枝柯。芳心早似池莲净,照影春流印碧波。

【注释】
[1]问津:寻访或探求。
[2]画轮:彩饰的车轮,亦指装饰华丽的车子。
[3]梨云:梨花。
[4]萝:女萝,植物名。
[5]绮罗:指穿着绮罗的人,多为贵妇、美女之代称。

追和湘乡先师曾文正公壬子主试江西,在涿州道中寄酬元韵二首

河汾弟子多人杰[1],一士江湖一息存。屡役梦魂投几席,时指醉眼玩乾坤。书堆墙角侵蜗壁,竿插庭心曝狭裈[2]。安得水田过十亩,砚田终不

济饔飧[3]。

春风广坐纳群伦,鲁卫同封净战尘[4]。彪炳鼎钟延世胄[5],流传衣钵树文人。逢时亦有雕龙衍,藉公吹嘘送上天者,今之功烈何如。爱士今无相马歅[6]。旧德在心诗在目,高歌犹足壮精神。

【注释】

[1] 河汾弟子:隋末王通设教于河汾间,有弟子千余人。唐初名臣房玄龄、魏徵、李靖、程元、窦威、薛收等皆从其受业,时称"河汾门下"。此处借指曾国藩门生众多。

[2] "竿插"句:犊裈,即犊鼻裈,短裤,一说围裙。形如犊鼻,故名。三国魏阮籍、阮咸叔侄,俱名列竹林七贤。阮族所居,在道北的都是富户,在道南的都为贫家。俗有七月七日晒衣之习,是日,居道北诸阮盛陈纱罗锦绮,居道南之阮咸"以竿高挂大布犊鼻裈于中庭"。人多怪之,他说:"未能免俗,聊复尔耳!"用以调侃世俗。见《世说新语·任诞》。后用为贫穷的典故。

[3] 砚田:砚台。文人恃文墨为生,故谓砚为"砚田"。饔飧:早饭和晚饭。

[4] 鲁卫:见《论语·子路》:"鲁卫之政,兄弟也。"后以"鲁卫"代称兄弟,此处指曾国藩、曾国荃兄弟。

[5] 世胄:世家子弟、贵族后裔。

[6] 相马歅(yīn):春秋时期的九方歅善相马。

附:湘乡先师诗

巴东三峡猿啼处,太白醉魂今尚存。遂有远孙通肸蠁[1],时吟大句动乾坤。爱从吾党鱼忘水,厌逐人间虱处裈[2]。却笑文章成底用[3],千篇不值一盘飧。

劲翮摩空故绝伦,吹嘘曾未出风尘。细思科第定何物,却是饥寒解困人。大道但期三洗髓[4],长途终遇九方歅。秋高一放脱鞲去[5],看汝飞腾亦有神。

【注释】

[1] 胚蠁(xī xiǎng):比喻灵感通微。
[2] 裈虱:三国魏阮籍生活于魏晋易代之际,不满现实,常作诗文以讥刺和抨击虚伪的礼教制度。其所作《大人先生传》云:"世人所谓君子,惟法是修,惟礼是克……君子之处域内,何异夫虱之处裈中乎!"见《晋书·阮籍》。后遂以"裈虱"比喻虚伪、迂腐、守礼求荣的"正人君子"。
[3] 底用:何用,什么用。
[4] 洗髓:道教谓修道者洗去凡髓,换成仙骨。亦比喻彻底改变思想、习性。
[5] 鞲(gōu):臂套,用皮制成,用以蹲鹰。"脱鞲"比喻摆脱羁绊的人。

和韵寄酬向梅修同年

一官竟陷不羁身,且避今人抗古人。赚甚荣华来苦恼,凭何伎俩去清贫。意中精卫茫茫海,扇外元规种种尘[1]。别卅余年年六十,旧愁新恨助沾巾。

老来书卷不随身,痛惜异乡同谱人。一世分飞弥恋别,半生铢积赖忘贫[2]。英雄末路愁强弩,京洛前踪狎软尘。我已伤心撄缴矢,君须努力保冠巾。[3]

【注释】

[1] 元规种种尘:晋庾亮,字元规,为当朝国舅,一连三朝为官,握有兵权,门下趋炎附势的人甚多。王导厌恶庾亮权势逼人,见大风扬尘,便以扇拂尘

说：“元规尘污人。”表示对庾亮的鄙视。见《世说新语·轻诋》。后以"元规尘"喻高官权贵气势凌人，又泛指尘污。
[2] 铢积：犹言一点一滴地积累。
[3] 撄：纠缠。冠巾：指官职。

感旧

过江忝侍相门茵[1]，浩劫初销世界新。白下移居九如巷，青山怀古六朝人。一时坛坫高词客，半壁东南倚老臣。师友苍凉分手地，扬州明月渺前尘[2]。

【注释】

[1] 忝：辱、有愧于，谦辞。茵：垫子。
[2] 扬州明月："天下三分明月夜，二分无赖是扬州"，这是唐朝诗人徐凝咏扬州的名句，后人便将"二分明月"作为扬州的代称，扬州独占明月风流。

写愤

棋局迷离久倦看，酒杯冷落共谁欢。发余种种七分白，心告苍苍一寸丹。忠孝未伸何敢死，恩仇垂报已无官。朝来跂足南窗下[1]，乐府空歌行路难。

【注释】

[1] 跂足：踮起脚跟。

沈棠溪至，赠所撰古文刻本。别逾十年，君今年七十有七，犹以著述自课[1]。情话移时，皆切磋语也

打门声急入门亲，与说频年去住因[2]。肯念故交探近状，错援古事料今人[3]。士如画饼名无用，树易成阴德有邻。莫怪上书干宰相，昌黎多病愧长贫。[4]

【注释】

[1] 自课：自己完成规定的工作或学业。
[2] 去住：犹去留。
[3] 援：引证。
[4] 干：求、请求。昌黎：唐代韩愈。

题竹垞老人砚像摹本[1]

一生食砚倚为田，采遍端江几洞天。图仿东坡留笠屐，书藏北垞护云烟。红丝石有欧阳癖[2]，玉带生同信国传[3]。对此更怀毛检讨[4]，西湖二老昔流连。

【注释】

[1] 竹垞：朱彝尊(1629—1709)，清代诗人、学者，字锡鬯，号竹垞。

[2] 红丝石：砚名，产于山东临朐。欧阳：指欧阳修，于熙宁元年至三年(1068—1070)以兵部尚书知青州，蔡襄曾赠送给他一方红丝石砚，欧阳修非常珍爱，曾写文记录此事，收入《欧阳文忠公全集·居士外集》中。

[3] 玉带生：古砚名。信国：指文天祥，祥兴元年(1278)，宋廷封文天祥为少保、信国公。清于敏中《西清砚谱》卷九："砚高五寸许，宽一寸七分，厚如之。形长而圆，旧端溪子石也。下砚面三分许，周界石脉一道，莹白如带。墨池上高寸许，镌'玉带生'三字篆书；侧面石脉下周，镌宋文天祥铭三十八字；末署'庐陵文天祥制'六字。"

[4] 毛检讨：毛奇龄(1623—1716)，清代经学家、文学家，康熙时荐举博学鸿词科，授检讨，充明史馆纂修官。

附：竹翁著书砚铭 砚背下段镂像，上段刊铭竹翁隶书

北垞南，南垞北，中有曝书亭，空明无四壁。八万卷，家所储，鼠衔姜[1]，獭祭鱼[2]。壮而不学老著书，一泓端州石，晨夕心相于。审厥象[3]，授孙子。千秋名，身后事。

【注释】

[1] 鼠衔姜：形容劳而无用。明朱国桢《涌幢小品·竹轩》："(徐本)独嗜书，每得一书，手自披对……笑谓人曰：'吾犹老鼠搬生姜，荡无用也。'"

[2] 獭祭鱼：比喻罗列故实，堆砌成文。见宋代吴炯《五总志》："唐李商隐为文，多检阅书史，鳞次堆集左右，时谓为獭祭鱼。"

[3] 厥：其。

易笏山方伯往在都门[1]，屡偕文䜩。一日过予寓，勇谈经济[2]。见予手一卷咿唔[3]，辄夺掷于地，劝予赴湘乡师军幕，勿徒郁郁居此。追念三十年前良友勉慰之谊，乃为此诗

决科贪上凤皇池[4]，恋恋都门去较迟。显者岂皆由举业，昔贤多半就军谘[5]。只今萍梗无归宿[6]，始悔风云不早期[7]。良友树人先自树，果然声绩满西陲。

【注释】

[1] 易笏山：名佩绅（1826—1906），一字子笏，湖南龙阳（今汉寿县）人。咸丰八年举人。从军川陕间，积功授知府。
[2] 经济：经世济民。
[3] 咿唔：象声词，读书声。
[4] 决科：参加射策，决定科第，后指参加科举考试。凤皇池：禁苑中池沼。皇，同"凰"。魏晋南北朝时设中书省于禁苑，掌管机要，接近皇帝，故称中书省为"凤凰池"。
[5] 军谘：古军职名，相当于后世军队中的参议、参谋。
[6] 萍梗：浮萍断梗，因漂泊流徙，故以喻人行止无定。
[7] 风云：比喻遇合、相从。

子衡廉使偶返平江，为杜文贞创修祠墓，已逾两月，时望其来。顷劭之至，言及廉使平生惬心三事：一驭兵，一堪舆之学[1]，一则其诗也。适予刻《卧游诗》竟，寄呈求正，因附此篇

自谓韩侯足将兵[2]，喜寻山脉定佳城[3]。就诗而论应无憾，能赋之才夙有名。晏子善交宏气类[4]，阮亭爱好讳风情[5]。卧游一帙粗刊就，云树清樽与细评。

【注释】

[1] 堪舆：即风水，指住宅基地或墓地的形势，亦指相宅相墓之法。"堪"为高处，"舆"为下处。
[2] 韩侯：当指西汉开国军事家韩信。
[3] "喜寻"句：指古代的风水术。
[4] 晏子：晏婴。
[5] 阮亭：王士禛（1634—1711），原名王士禛，字贻上，号阮亭，又号渔洋山人，人称王渔洋，新城（今山东桓台县）人，常自称济南人，清初杰出诗人、文学家。博学好古，能鉴别书、画、鼎彝之属，精金石篆刻，诗为一代宗匠，与朱彝尊并称。

应莘臣时时过予，主方，关注勤切，卓有古风

玉函秘要久推详[1]，二仲真传妙主张。君专用仲景遗方，又得传于仲远张氏。翘楚往时随宦辙[2]，君之先人以大挑官湖北知县，君侍奉之暇，因从张氏学医。活人近代备仙方。法当止痛还思痛，效在循常不改常。金尽床头颜色减，药钱姑典旧衣偿。

【注释】

[1] 玉函：晋代葛洪《玉函方》的省称，也泛指医书。

[2] 翘楚：本指高出杂树丛的荆树，后用以比喻杰出的人才或突出的事物。

宦辙：仕宦之路，为官的行迹、经历。

读陈右铭所撰《河北致用精舍课士录》[1]，经世之学，实事求是。昔人曰"识时务者为俊杰"，予于此录亦云

万方民物一堂中，胞与先程造士功[2]。上古神灵西北盛，秀才忧乐帝王同。匠思构厦材求备，儒以通经用不穷。莫谓书生迂寡效，请看文正曾湘乡与文忠胡益阳[3]。

【注释】

[1] 陈右铭：名宝箴(1831—1900)。

[2] 造士：造就学业有成就的士子。语出《礼记·王制》："顺先王诗、书、礼、乐以造士。"郑玄注："顺此四术而教以成是士也。"

[3] 文正、文忠：即曾国藩和胡林翼。

奉怀曾沅甫九丈

庚辰秋杪[1]，闻九丈防御山海关，莱由江至沪，附海舶次天津，陡患伤寒，返沪就医。壬午，九丈总制两广，莱适患滞下，不得径赴穗城。今春人日[2]，沪雪严寒，冻损左足。由沪回江，又以足患未平，不得速往金陵。忆自甲子秋，九丈乞假还湘，莱远送江宁城外，赋七言四律志别。继闻九丈抚晋主赈，贤劳致疾，为诗

奉怀,曰:"天下奇男子,人间好弟兄,九边雄作镇,万命倚为生。多病思求药,成功乞解兵。太原何处是,湘水远含情。"方莱天津病剧时,为书一通,凡千余言,托黄沛皆太守携呈关幕,不知九丈果得览否？自先师薨逝,天时人事日更月变,迥与昔殊。即莱弃掷一官不足惜,而一身多病,屡濒于危,无惑乎传噩耗者一年两闻！此身虽在亦堪惊。既赋当日留赠长剑入卧游诗中,复成此律,而亦迟迟未寄者,莱谓过南都而诣元城,道泗州而瞻圣塔,但期一面,不枉连年驰慕,不啻再见吾师。师弟团圞之乐,较之金陵克复时倍堪眷恋。使莱沉疴顿愈,克副往见之诚,及此桑榆[3],亦足罄畴昔之怀[4],而览江山之胜,斯晚年极快事也。

晚节栖栖尚远行,苏门方叔老无成。曾期跃马投关塞,复拟扬舲诣粤城[5]。百疾因循游兴阻,三年左右寸心倾。白头趋府知何日,万感填胸一寄声。

【注释】

[1]庚辰:光绪六年,即1880年。下文壬午为光绪八年(1882),甲子为同治三年(1864)。杪:年月或四季的末尾。

[2]人日:旧俗以农历正月初七为人日。

[3]桑榆:日落时光照桑榆树端,指日暮,比喻晚年、垂老之年。

[4]畴昔:指往日,从前。

[5]扬舲:犹扬帆。

寄朱蘋舟

庚辰夏,为湘乡先师撰《梁木吟》五律廿四首粗就,适蘋舟至,见诗注徐海观赠予"师友中原风义盛,文章下第姓名传"一联,相顾嗟赏。昨闻陈右老言,顷次武宁,蘋舟尚问予近状,乃撮四年前此段情事,为一诗寄之。

独吟梁木与谁亲[1],诗社惟君许结邻。紫府押衙寻位业[2],青云声价出风尘。一碑岘首同千古[3],六子苏门剩几人。当日中原师友句,每思海客易伤神。

【注释】
[1]梁木:栋梁,也比喻能负重任的人才。
[2]紫府:道教称仙人所居。押衙:官名,管领仪仗侍卫。
[3]岘首:又称岘山碑,晋羊祜任襄阳太守,有政绩。后人以其常游岘山,故于岘山立碑纪念,称"岘山碑"。

酬惺士、右铭、幼甫三君子,并柬实君[1]。适伯严自长沙寄予诗札,徐当和韵,先写此作寄览

名师即父友如兄,日遣痴儿诣老成[2]。肯悔亡羊终鲜咎[3],独怜舐犊尚含情[4]。桑榆不恤黄昏近,药石强于月旦评[5]。拜纪交群风义在,岁寒努力守前盟。

【注释】
[1]实君:毛实君,生卒年不详,曾担任过陕甘都督,江南制造总局总办。
[2]诣:造访。老成:年高有德的人。
[3]亡羊:即"亡羊补牢"。咎:过错。
[4]舐犊:老牛以舌舔小牛,用以示爱,比喻人之爱其子女。
[5]药石:药剂和砭石,泛指药物,比喻规诫。月旦评:品评人物,典出《后汉书·许劭传》:"初,劭与靖俱有高名,好共核论乡党人物,每月辄更其品题,故汝南俗有'月旦评'焉。"

示儿文琛

夜闻吾子戒吾孙,簷雨声声堕泪痕。家运尚堪兴白屋[1],天心终信护清门[2]。图书散落他人有,松柏萧森故垄存。急为延师严塾课,徐图返蜀卧山根[3]。

【注释】
[1] 白屋:指不施彩色、露出本材的房屋。一说指以白茅覆盖的房屋,为古代平民所居。
[2] 天心:天意。清门:寒素之家。
[3] 山根:山脚。

闻《申报》怀沅甫丈并寄陈舫仙方伯[1]

人心震动应天文,迭起红光散阵云。电报鸡笼争得失,风声鹤唳骇传闻[2]。九重再命全权使[3],百战重提却敌军。亟振凋残谓越南。锄狡悍,力分宵旰剂忧勤[4]。

【注释】
[1] 陈舫仙:陈湜(1832—1896),字舫仙,湖南湘乡人。咸丰六年(1856)入

湘军,1865年授陕西按察使,调山西,参与镇压捻军。1894年甲午战起,奉命率湘军赴防山海关。后擢江西布政使。死后赠太子少保。
[2]风声鹤唳:唳,鸣叫。典出《晋书·谢玄》:东晋时,秦主苻坚率众攻晋,列阵淝水,谢玄等率精兵击破秦军,秦军在败逃途中极度惊慌疑惧或自相惊扰。"闻风声鹤唳,皆以为王师已至。"形容非常慌张,到了自惊自扰的程度。
[3]九重:朝廷。
[4]宵旰:也作"宵衣旰食",天不亮就穿衣起身,天黑了才吃饭。形容非常勤劳,多用以称颂帝王勤于政事。

酬胡德斋屡偕子因过谈,并馈阿胶

联翩屡肯过书巢[1],发药言关道义交[2]。昔荷素心扬子恂同年。投建曲[3],今苏痼疾仗阿胶[4]。无题谬赏销愁句,近撰春江浮梦录,君甚击节。有喜兼占无妄爻[5]。仲景遗方收效捷[6],良朋审用几推敲[7]。君之同乡应莘臣为予主方,多用仲景良法。

【注释】
[1]书巢:语出宋代陆游《书巢记》:"陆子既老且病,犹不置读书,名其室曰书巢。"
[2]发药:药气散发,喻事情已经开始。
[3]建曲:一种防治感冒的中药。
[4]痼疾:积久难以治愈的病。
[5]爻:组成八卦中每一卦的长短横道。
[6]仲景:汉末著名医学家张机的字。效捷:立功,取胜。
[7]推敲:典出贾岛斟酌诗句:"鸟宿池边树,僧敲月下门。"指斟酌字句,亦泛谓对事情的反复考虑。

阅《申报》,读钱君昕伯为予志喜之作,始知沪上又有传予噩耗者[1]。撄疾弥年[2],衰态大露,亟思再游黄浦[3]。先次金陵[4],而亦迟迟未发。盖左足仅能移步,尚难出游,宜时人以予当少微之变[5]。然予敢自命高隐[6],而以求死为荣耶?因和原韵,寄酬昕伯,其辛巳秋和答昕伯三律并附于左

蚕吐春丝渐欲残,鸥盟秋社不曾寒[7]。远书剧喜白头在[8],新句还将青眼看。字比涧松撑瘦硬[9],身随寺竹报平安。万花中有桐花凤[10],香雾濛濛秀可餐。

【注释】

[1]沪上:上海的别称。
[2]撄(yīng)疾:患病。
[3]亟思:急切地希望。
[4]次:旅行所居止之处所。
[5]少微:星座名,共四星,在太微垣西南。《史记·天官书》:"廷藩西有隋星五,曰少微,士大夫。"张守节正义:"少微四星,在太微西,南北列:第一星,处士也;第二星,议士也;第三星,博士也;第四星,士大夫也。占以明大黄润,则贤士举;不明,反是;月、五星犯守,处士忧,宰相易也。"《晋书·谢敷》:"初,月犯少微。少微一名处士星,占者以隐士当之。"
[6]高隐:隐居。
[7]秋社:古代秋季祭祀土神的日子。
[8]远书:送往远方或远方送来的书信。
[9]涧松:即涧底松,涧谷底部的松树,多喻德才高而官位卑的人。晋左思《咏史》诗之二:"郁郁涧底松,离离山上苗,以彼径寸茎,荫此百尺条。世胄

蹑高位,英俊沉下僚。地势使之然,由来非一朝。"

[10] 桐花凤:一种鸟名。苏轼《鸟与人》:"吾昔少时所居书室,前有竹柏,杂花丛树满庭,众鸟巢其上。母恶杀生,诫儿童婢仆皆不得捕取鸟鹊,故数年间皆集巢于低枝,其雏可俯而窥也。又有桐花凤四五百,日翔集其间。此鸟十里之内难见,而能栖于其间,殊不畏人。闾里闻之,以为异事,咸来观。此无他,人之仁爱,信于异类也。"

附:得李芋仙刺史江右旅次书,知夏初传言之误,喜而有作

钱徵 昕伯

樱花初绽柳花残,闻说东坡骨已寒[1]。才大易遭流俗忌[2],书来几作古人看[3]。细详笔势仍飞舞[4],方信吟身尚健安[5]。遥寄江城无别语,客中最好是加餐[6]。

【注释】

[1] 东坡:宋代苏轼自号东坡居士,后以"东坡"为其别称。
[2] 流俗:世俗,一般的风俗习惯,也指世俗之人。忌:嫉妒,憎恨。
[3] 书:写文章。古人:泛指前人,以区别于当世的人。
[4] 笔势:写、画运笔的风格,也指文章的气势。
[5] 健安:平安健康。
[6] 加餐:劝慰之辞,谓多进饮食,保重身体。

昕伯社兄宠赠三律，和韵求正

未面相思面即亲，买丝先合绣斯人。谨严笔竖千秋史，浑噩胸含万古春[1]。休更问天干忌讳，独怜垂老狎风尘。[2]诗家争诧君知我，阿堵传神字字真[3]。

生无媚骨法宜贫，输却一官赢一身。槃敦东瀛怀远使，曩在京都，与朝鲜贡使频年酬唱。壶觞北海聚嘉宾[4]。闻歌沪上疑天上，溷迹游民号幸民[5]。傥纵五湖烟水棹[6]，愿凭鸥鹭问前津。

头白犹然卧海滨，比于嵇阮托沉沦。文章不抵金三品[7]，性分惟饶友一伦。绝代佳人何日嫁，随身书卷自为邻。共君且作逃名计，晚福终邀造物仁[8]。

【注释】

[1]浑噩：浑沌无知，淳朴。
[2]问天：谓心有委屈而诉问于天。汉王逸《〈楚辞·天问〉序》："《天问》者，屈原之所作也。何不言问天？天尊不可问，故曰天问也。"垂老：将近老年。狎：亲近而态度不庄重。
[3]阿堵：六朝人口语，这、这个。《世说新语·文学》："殷中军见佛经云，理亦应阿堵上。"
[4]壶觞：酒器，这里指与客人对饮。
[5]溷：同"混"。
[6]傥：假使，如果。烟水：雾霭迷蒙的水面。棹：划船的一种工具，形状和桨差不多。
[7]金三品：谓金、银、铜。一说指铜之青白赤三色。
[8]造物：特指创造万物的神。

附：昕伯见赠诗

举世滔滔局样新，如公端合困风尘。[1]生无媚骨难为吏，賸有名心亦累身[2]。结习未忘歌当哭[3]，闲情虽赋幻非真。可怜秋雨潇潇夜，头白犹然卧海滨。

不爱高官不爱仙，但逢良友便开筵。座中尽有知名士，囊底从无隔宿钱。入手千金随地散，撑肠万卷待人传[4]。于今老去雄心在，莫问还山买薄田。

我亦栖皇西复东，卅年奔走每途穷。[5]久伤濩落将归隐[6]，不信飘零尚有公。此日歌鱼弹旧铗[7]，当年跃马挽雕弓。才人一例饶孤愤[8]，安得巫咸问碧翁[9]。

【注释】

[1] 滔滔：盛大、普遍，比喻言行或其他事物连续不断。端合：应当、应该。
[2] 賸(shèng)：同"剩"，多余、剩余。
[3] 结习：佛教用语，指烦恼。也多指积久难除之习惯。
[4] 撑肠：犹满腹，多喻饱学，宋叶适《哭郑丈》诗之三："插架轴三万，撑肠卷五千。"
[5] 栖皇：忙碌不安、奔忙不定。途穷：喻走投无路或处境困窘。
[6] 濩(hù)落：原谓廓落，引申谓沦落失意。
[7] 歌鱼弹旧铗：铗，剑把。谓嗟叹不被知遇。典出《战国策·齐策四》："齐人有冯谖者，贫乏不能自存，使人属孟尝君，愿寄食门下……左右以君贱之也，食以草具。居有顷，倚柱弹其剑，歌曰：'长铗归来乎！食无鱼。'"后以"弹铗"谓处境窘困而又欲有所求。

[8] 一例：一律、同样。饶：多。孤愤：指因孤高嫉俗而产生的愤慨之情。
[9] 巫咸：古代传说人名，传说为唐尧时人。碧翁：原为"碧翁翁"，犹天公。

柬贺云舲

君家累叶素风存[1]，人爵都因乐善尊[2]。章水清流传治谱，湘乡遗训服师门。东坡耻以他途进，北使能知债吏冤[3]。此是平生廉靖效[4]，更期报最达天阍[5]。

【注释】

[1] 累叶：累世。素风：纯朴的风尚、清高的风格。
[2] 人爵：爵禄，指人所授予的爵位。语出《孟子·告子上》："孟子曰：有天爵者，有人爵者。仁义忠信，乐善不倦，此天爵也。公卿大夫，此人爵也。古之人，修其天爵，而人爵从之。今之人，修其天爵，以要人爵。既得人爵而弃其天爵。则惑之甚者也。"赵岐注："天爵以德，人爵以禄。"
[3] 北使：出使北国，亦指出使北国的使臣。
[4] 廉靖：逊让谦恭。
[5] 天阍：天宫之门。

怀熊小峰大令需次广州[1]

记到南州早识君，君兼博览与多闻。后山香为名师爇，杨素园太守下世多年，君追念师门，尝为予称述旧游。藏室书从好友分。纸阁芦帘伤德曜[3]，君近有安仁之恸[4]。白衣苍狗阅浮云。鱼龙出入珠江上,应念章江鸥鹭群。

【注释】

[1] 大令:古时县官多称令,后以大令为对县官的敬称。需次:旧时指官吏授职后,按照资历依次补缺。

[2] 蒻(ruò):焚烧。

[3] 纸阁:用纸糊贴窗、壁的房屋,多为清贫者所居。

[4] 安仁之恸:指丧妻之痛。

怀薛山长慰农[1]

卅年春梦绕京华,白下遥闻拥绛纱。风月满天闲是主,凫鹥近水偶为家。生徒北面胡安定[2],台宕东游谢永嘉[3]。自谓。犹拟寻诗桃叶渡[4],千秋一舸六朝花[5]。

【注释】

[1] 薛山长慰农:薛时雨(1818—1885):字慰农,一字澍生。安徽全椒人。清咸丰三年(1853)进士,授嘉兴知县。太平军起,参李鸿章军幕。官至杭州知府。去官后,主讲杭州崇文书院,江宁尊经书院等。山长:旧时对山居讲学者的敬称。

[2] 生徒:学生、门徒。胡安定:胡瑗(993—1059),字翼之,祖籍陕西安定堡,世称安定先生,北宋理学的开创者。

[3] 谢永嘉:南朝谢灵运曾出任永嘉太守。

[4] 桃叶渡:渡口名,在今江苏省南京市秦淮河畔。相传因王献之在此送其爱妾桃叶而得名。

[5] 舸：大船。六朝：指三国吴、东晋和南朝的宋、齐、梁、陈，相继建都建康（吴名建业，今南京市），史称为六朝。

阅《申报》，知沪人闻警，日有迁移。久不得故人消息，此时尚居旧巢否？疾草一书驰问，附寄是诗

鸡笼警报閧台湾[1]，侨沪人思乐土还[2]。愁甚杜陵怀弟妹[3]，难于庾信在江关[4]。吴门咫尺纡归计[5]，蜀客惊疑瘦旅颜[6]。看扫鲸波安燕幕[7]，相携丝竹老东山[8]。

【注释】

[1] 鸡笼警报閧台湾：指1884年中法战争中的福州海战。鸡笼：现在的基隆。閧(hòng)：吵闹。
[2] 乐土：安乐的地方，这里指故土。
[3] 杜陵：指唐代杜甫。
[4] 杜甫《咏怀古迹》："庾信生平最萧瑟，暮年诗赋动江关。"庾信：字子山，南阳新野（今属河南）人，是南北朝文学的集大成者。他自幼随父亲庾肩吾出入于萧纲的宫廷，后来又与徐陵一起任萧纲的东宫学士，成为宫体文学的代表作家。他们的文学风格，也被称为"徐庾体"。羁留北朝后，其诗赋大量抒发了自己怀念故国乡土的情绪，以及对身世的感伤，风格也转变为苍劲、悲凉。所以唐代杜甫说："庾信文章老更成，凌云健笔意纵横。"（《戏为六绝句》）江关：海内。
[5] 吴门：指苏州。纡：结，苦闷盘结胸中。归计：回家乡的打算。
[6] 蜀客：指旅居在外的蜀人。
[7] 鲸波：巨浪。安燕幕：即"燕幕自安"，比喻处危境而不自知。
[8] 相携：互相搀扶，相伴。丝竹：弦乐器和管乐器（箫笛等）。东山：指代隐居或游憩之地。

记梦 七月十三日

忍死长悬再见期[1]，乍相逢亦喜兼悲。电光石火催离合[2]，天上人间杂信疑。来去总无言一句，寻常剩有泪双垂。新秋既望前三夕[3]，黯赋今生未了诗。

【注释】

[1] 悬：挂、系，久延不决的。
[2] 电光石火：闪电的光，燧石的火。原为佛家语，比喻事物转瞬即逝。
[3] 新秋：初秋。既望：周历以每月十五、十六日至廿二、廿三日为既望；后称农历十五日为望，十六日为既望。

柬竿场诗友梅庵和尚

抱送曾烦老释迦[1]，古稀又历几年华。半间诗屋知无恙[2]，一例漆园说有涯[3]。逃世未能疑媚世，出家先要自成家。别来参透禅消息，及见灵云所见花[4]。

【注释】

[1] 释迦：释迦牟尼的简称，这里指代和尚。
[2] 诗屋：吟诗和作诗之所。

[3]漆园:这里指庄子。庄周在蒙邑中为吏,主督漆事,蒙在今商丘市北。
[4]及见灵云所见花:出自宋代惠洪和尚的偈:"灵云一见不再见,红白枝枝不着花。"

晤浴室寺僧小沧大师于豫章城外

执手街心泪欲倾[1],六年前事记分明。霜钟打破诸天梦[2],鹤唳惊为半夜兵[3]。磨折竟同仙在劫[4],周旋真信佛多情[5]。重新浴室酬涓滴[6],誓到他生了此生。

【注释】

[1]执手:握手、拉手。
[2]霜钟:指钟或钟声。语见南朝谢朓《雩祭歌·黑帝》:"霜钟鸣,冥陵起,星迴天,月穷纪。"诸天:佛教语,指护法众天神。佛经言欲界有六天,色界之四禅有十八天,无色界之四处有四天,其他尚有日天、月天、韦驮天等诸天神,总称之曰诸天。《长阿含经》卷一:"佛告比丘,毗婆尸菩萨生时,诸天在上于虚空中,手执白盖宝扇,以障寒暑风雨尘土。"
[3]鹤唳:鹤鸣,用来形容惊恐疑虑,自相惊扰。
[4]磨折:折磨、磨难。仙在劫:形容遭受了很大的磨难。劫:人们把天灾人祸等借称为"劫"或"劫数"。
[5]周旋:相机进退,与对手追逐较量。
[6]涓滴:点滴的水,比喻极少量的钱、物或贡献。

贺云甫年丈初至南昌[1]，相见话旧。赋呈二律

江上归舟一叶轻，老臣心迹大光明。乞身常恐深恩负，去国无妨微罪行。[2]官舍鼎彝春烂漫[3]，墨池风雨笔纵横[4]。楚天空阔烟波远，何限谘鸥访鹭情[5]。

羁人薄宦饱迍邅，永巷长门感弃捐[6]。儒不治生难了债，佛云忍辱始成仙。灵均敢信居堪卜，精卫终期海可填[7]。记得昆明当日路，五更星月送朝天。

【注释】

[1] 贺云甫：名寿慈。年丈：年伯。
[2] 乞身：古代以做官为委身事君，故称请求辞职为乞身。语见宋代苏轼《玉堂栽花周正孺有诗次韵》："故山桃李半荒榛，粗报君恩便乞身。"微：无，非，隐匿。
[3] 官舍：官署、衙门。鼎彝：古代祭器，上面多刻着表彰有功人物的文字。
[4] 墨池：指砚。
[5] 谘(zī)鸥访鹭：比喻隐退。
[6] 永巷：长巷。长门：汉宫名。见汉代司马相如《长门赋》序："孝武皇帝陈皇后时得幸，颇妒，别在长门宫，愁闷悲思。闻蜀郡成都司马相如天下工为文，奉黄金百斤，为相如、文君取酒，因于解悲愁之辞。而相如为文以悟上，皇后复得亲幸。"后以"长门"借指失宠女子居住的寂寥凄清的宫院。唐代杜牧《长安夜月》诗："独有长门里，蛾眉对晓晴。"弃捐：特指士人不遇于时或妇女被丈夫遗弃。
[7] 精卫终期海可填：《山海经》有神话故事"精卫填海"。比喻按既定的目标坚毅不拔地奋斗到底。

饯毛孝廉实君部郎赴礼部试北行

蒲帆高趁大江风[1],志节堂堂并世雄[2]。剑出丰城牛斗避[3],车过冀野马群空[4]。从来科目因人重[5],直上烟霄验命通。张香涛李仲约相逢应念我[6],为言饥饱万书中。

【注释】

[1]蒲帆:用蒲草编织的帆。
[2]志节:志向和节操。
[3]剑出丰城牛斗避:典出《晋书·张华》,传说吴灭晋兴之际,牛斗间常有紫气。雷焕告诉尚书张华,说是宝剑之气上冲于天,在豫东丰城。张华派雷为丰城令,得两剑,一名龙泉,一名太阿,两人各持其一。张华被诛后,失所持剑。后雷焕子持剑过延平津,剑入水,但见两龙各长数丈,光彩照人。后常用以为典。见北周庾信《思旧铭》:"剑没丰城,气存牛斗。"牛斗:指牛宿和斗宿。
[4]车过冀野马群空:《左传·昭公四年》:"冀之北土,马之所生。"《南齐书·王融传》:"秦西冀北,实多骏骥。"因以谓良马产地,并指人才荟萃之所。唐代韩愈《送温处士赴河阳军序》:"伯乐一过冀北之野,而马群遂空。"因以"冀野"指人才聚积之地。
[5]科目:指通过科举取得的功名。
[6]香涛:张之洞号。李仲约:李文田(1834—1895),字畬光、仲约,号若农、芍农,谥文诚,广东顺德均安上村人。咸丰九年(1859)进士,官至礼部侍郎,晚年归乡,主讲广州凤山、应元书院。在广州筑泰华楼,藏书甚富,著有《元秘史注》《元史地名考》《西游录注》《塞北路程考》《和林金石录》《双溪醉隐集笺》等,是清代著名的蒙古史研究专家和碑学名家。

梅庵禅兄手造佛阁，赋诗落成，依韵和之

凿池移石像蓬莱[1]，说有谈空倚辩才[2]。少日争趋诗老席，梅庵学诗于黄树斋侍郎。中天新筑化人台[3]。过冬一月还看菊，种树多般更补梅。指点昔时觞咏地[4]，应刘星散我频来[5]。

忆傍城南筑一椽[6]，买山而隐究何年。孤芳几见能谐俗[7]，好梦从来不易圆。贻上编诗增感旧，欧阳著录望归田。[8]岁寒三友禅三昧，与结空门现在缘。[9]

【注释】

[1] 蓬莱：又称蓬壶，神话中渤海里仙人居住的三座神山之一（另两座为方丈、瀛洲）。
[2] 谈空：谈论佛教义理。辩才：善于辩论的才能。
[3] 中天：高空中，指上界，神仙世界。
[4] 觞咏地：饮酒咏诗的地方。
[5] 应刘：汉末建安文人应场、刘桢的并称，二人均为曹丕、曹植所礼遇，后亦用以泛称宾客才人。星散：分散、四散。
[6] 筑：居室。椽：放在檩上架着屋顶的木条，古代房屋间数的代称。
[7] 谐俗：谓与时俗相谐合。
[8] 贻上：王士禛，字贻上。感旧：康熙十二年（1673），王士禛选录平生师友之诗，编为《感旧集》。归田：宋代欧阳修所著的《归田录》。
[9] 三友：指松、竹、梅，俗称岁寒三友。

留别王鹤樵廉使[1]

莺迁自谓久胜鹊营巢自谓[2],绣服能全韦布交[3]。萱草长春心替祝[4],梅花健句手亲钞。勋名枢府崇阶注[5],膏泽章江善颂包[6]。今日别公行李薄,独余琴剑未曾抛。

【注释】

[1] 王鹤樵:名嵩龄,生卒年不详,河南光州人,官至四川布政使。
[2] 莺迁:指登第,或为升擢、迁居的颂词。语出《诗经·伐木》:"伐木丁丁,鸟鸣嘤嘤。出自幽谷,迁于乔木。"
[3] 韦布交:犹言布衣之交,指不计势位,以平民身份交往的朋友。
[4] 萱草:植物名,俗称金针菜、黄花菜。古人以为种植此草,可以使人忘忧,故称忘忧草。
[5] 勋名:功名。崇阶:高位,高官。
[6] 膏泽:滋润土壤的雨水。语见三国曹植《赠徐干》:"良田无晚岁,膏泽多丰年。"

题《铁瓶诗钞》呈子衡廉使正和[1]

牛耳登坛一手操,吟髭频撚不辞劳。近来颇尚余波丽,此事终推老辈高。过眼云烟何梦好,侧身天地以诗豪。鲰生正坐名为祟[2],不合从前醉读骚。

【注释】

[1] 子衡：张岳龄(1818—1885)，字子衡，名南瞻，晚年自号铁瓶道人，湖南平江县人，著有《铁瓶诗钞》《铁瓶东游草》等。
[2] 鲰生：浅薄愚陋的人，小人。

附：铁瓶先生和诗

懒散心情百不操，微吟到枕欲忘劳[1]。怀才未许青莲并[2]，和曲何堪白雪高。画栋珠帘空绮丽[3]，铜弦铁板太粗豪[4]。相宜敛尽姜芽手，痛饮狂歌当读骚。

【注释】

[1] 微吟：小声吟咏诗。忘劳：不感觉劳苦，不知疲倦。
[2] 青莲：李白号青莲居士，这里指李白。
[3] 画栋：有彩绘装饰的栋梁。
[4] 铜弦铁板：形容豪迈激越的文章风格。

留别贺大司空云甫年丈

廿年东阁侍车茵[1]，一夕南州谒后尘[2]。亲向江湖赊岁月，记看剑履上星辰[3]。高文不减传三赋[4]，公序菜所为梁木吟，备蒙奖奖。老笔犹能挽六钧[5]。咫尺郡庭疏造请[6]，况堪远别渺关津[7]。

【注释】

[1] 东阁：明、清两代大学士殿阁之一，洪武十五年始置，清继承这种制度，参阅《明史·职官志一》《清史稿·职官志一》。车茵：亦作"车裀"，车上垫的席子，车坐垫。

[2] 谒：拜见。后尘：行路时身后扬起的灰尘，比喻在别人的后面。

[3] 剑履：亦作"剑履上殿"。经帝王特许，重臣上朝时可不解剑，不脱履，以示殊荣。

[4] 高文：指优秀诗文，亦用作对对方诗文的敬称。三赋：三篇赋。语见唐代杜甫《奉留赠集贤院崔于二学士》诗："谬称三赋在，难述二公恩。"

[5] 老笔：老练娴熟的笔法，语见唐代李白《题上阳台》："山高水长，物象千万，非有老笔，清壮何穷？"挽：拉，牵引。均：重量单位。三十斤为一均。

[6] 郡庭：郡署的公堂。造请：登门晋见。

[7] 堪：勉强承受，忍受。渺：茫茫然，看不清楚。关津：水陆交通必经的要道，关口和渡口，泛指设在关口或渡口的关卡。

故友何廉昉先生哲嗣秋辇、月担两世讲奉母居扬州[1]，读书应举[2]，能自树立。顷予再至沪上，承惠诗札、番币，读之欣慨交心[3]。报以二律，寄酬高谊，并乞和章[4]

父书能读母为师，二陆双丁此一时[5]。后起才名同学避[6]，先公清德古人期。七言诗带金华语，万足图连玉树枝[7]。搜尽枯肠难出手，沉吟兼愧报章迟。

两世论交艳纪群[8]，江淮驿使易知闻[9]。久伤骑鹤人千古[10]，乙丑夏送湘乡先师东征，因至扬州，不数年廉翁与先师同归道山，有师凋友替之感。尚记吹箫月二分[11]。北固金焦曾识我[12]，南朝求点不如君。绿杨城郭春风暖，欲访琼花张酒军[13]。

【注释】

[1] 哲嗣：敬称他人之子。世讲：语出宋代吕本中《官箴》："同僚之契，交承之分，有兄弟之义；至其子孙亦世讲之。前辈专以此为务，今人知之者盖少矣。"此谓两姓子孙世世有共同讲学的情谊。后称朋友的后辈为世讲。

[2] 应举：参加科举考试。

[3] 欣慨：欣喜感慨。

[4] 和章：谓酬和他人的诗章，一般只和其意，非必和其韵。

[5] 二陆：指陆机和陆云，二人俱为我国西晋时期著名文学家。双丁：指三国魏国的丁仪、丁廙兄弟两人。二人以文学齐名，与曹植亲近。此处用"二陆双丁"比喻何廉昉的两个儿子才华出众。

[6] 同学：清代严禁文人结社，禁用社兄、盟弟等称呼，于是文人之间改称同学。事见清代王应奎《柳南续笔·刺称同学》："自前明崇祯初，至本朝顺治末，东南社事甚盛，士人往来投刺，无不称'社''盟'者；后忽改称同学，其名较雅，而实自黄太冲始之。"

[7] 玉树：指玉树琼枝，形容树木华美。

[8] 纪群：即纪群交，累世之交。语见西晋陈寿《三国志·陈群》："鲁国孔融高才倨傲，年在纪群之间，先与纪友，后与群交，更为纪拜，由是显名。"

[9] 江淮：泛指长江与淮河之间的地区。

[10] 骑鹤：犹言骑鹤上扬州。南朝殷芸《小说》卷六："有客相从，各言所志，或愿为扬州刺史，或愿多赀财，或愿骑鹤上升。其一人曰：'腰缠十万贯，骑鹤上扬州。'欲兼三者。"后以比喻欲集做官、发财、成仙于一身，或形容贪婪、妄想。

[11] 吹箫：吹奏箫管。语见唐代杜牧《寄扬州韩绰判官》："二十四桥明月夜，玉人何处教吹箫。"月二分：典出唐代徐凝《忆扬州》诗："天下三分明月夜，二分无赖是扬州。"

[12] 北固：山名，固，也写作"顾"，在今江苏省镇江市东北。有南、中、北三峰。北峰三面临江，形势险要，故称"北固"。金焦：金山与焦山的合称，两山都在江苏省镇江市。北固山位于金焦二山之间，濒临长江。

[13] 酒军：谓朋友角饮，如两军对垒。

附：秋辇世讲见赠诗

何彦升[1]

弹指章门二十秋[2]，先生白发未蒙头。自丙寅豫章别后迄今十九年。官居彭泽三年令[3]，公曾宰彭泽。家在忠州独立楼。公籍四川忠州，有独立楼，今名天补楼。天地有情留老辈，湖山无恙放孤舟[4]。休休不作华胥梦[5]，重到江南续卧游。公近作有灵会卧游诗。

一代经师社稷臣[6]，升堂衣钵迥超伦。公与先君俱受业于曾文正公。仙才不受封侯券[7]，诗派偏归失意人。泪洒清湘悲鹏鸟[8]，目空高阁绘麒麟[9]。瓣香先子同门士，沦落迁公只立身。公曾刊私印曰"悔余道人"，以我为迁，因号迁仙。自壬申文正公薨、先君殁后，公又刊一章曰"师凋友替只立人间"。

东鲽西鳒万里航[10]，鸡林纸贵字生香。公居沪久，《申报》录公诗甚夥。傲他瀛海金银气[11]，壮此文章日月光。酒国神仙宗李白，花城弟子拜姚黄[12]。沪上二姚师事公甚挚。秋高惠我传书雁[13]，尺素殷殷十二行。

门巷萧条长者车，山林岑寂昔年居[14]。先君手构瓠园，升今家此。不才幸得承慈训，有弟还能读父书。升髫年失怙，奉母闲居，偕弟力读。写韵彩鸾中道去[15]，号寒雏鹤五龄余[16]。室人为吴竹庄中丞女，客秋悼亡，子尚襁褓。半生况味凄凉甚[17]，拜手天涯报鲤鱼。

【注释】

[1] 何彦升（1860—1910）：乳名恬生，字秋辇，江苏省江阴县人，光绪十五年（1889）副贡生。能文章，兼通数国语，曾作为参赞出使俄国。回国后历任直隶按察使、甘肃布政使、新疆巡抚等职。

[2] 章门：赣州的别称，其地汉时属豫章郡，故称。

[3] 彭泽：县名，汉代始设，在今江西省北部。

[4] 无恙：没有疾病，没有忧患，多作问候语。

[5] 华胥梦：泛言入梦。语见宋代陆游《晨雨》："饭余一枕华胥梦，不怪门生笑腹便。"

[6] 经师：泛指传授经书的大师或师长。

[7] 券：契据。

[8] 鹏鸟：喻指高才。

[9] 麒麟：比喻才能杰出的人。

[10] 鲽鳒：均为比目鱼，见《尔雅·释地》："东方有比目鱼焉，不比不行，其名谓之鲽。"徐珂《清稗类钞·动物·鲽》："古亦曰鳒。"

[11] 瀛海：大海。语见东汉王充《论衡·谈天》："九州之外，更有瀛海。"

[12] 姚黄：牡丹花名种之一。

[13] 传书：传递书信。

[14] 岑寂：寂静。

[15] 写韵：即吴彩鸾书写《唐韵》的故事。传说仙女吴彩鸾于唐大和末，遇书生文箫于钟陵郡，相互爱悦而成夫妇。文箫贫，彩鸾为写孙愐《唐韵》，售以为生。后二人皆乘虎仙去。

[16] 号寒：即号寒啼饥，因冻馁而号哭，形容极为贫困。

[17] 况味：景况和情味。

忆旧述怀寄程都转尚斋同年[1]

廿年前事忆东流，鼓角声中笔共投[2]。幕府军书随手了[3]，县官奔走折腰愁。近闻幢节临行马，自向烟波玩舞鸥。[4]太史谓嗣君午坡他时修国史，倘容文苑姓名留。

【注释】

[1] 程尚斋:名桓生(1819—1897)。都转:官名,都转盐运使司盐运使之省,始置于元代,设于产盐各省区。明清相沿,简称为盐运使或运司。
[2] 笔共投:即投笔从戎。
[3] 军书:军事文书。
[4] 幢节:旗帜仪仗。烟波:指避世隐居的江湖。

寄酬刘树君同年侨居扬州

赢得清闲即福人[1],及时行乐在忘贫。词投白石周文璞[2],仙许青莲贺季真[3]。求友渐无燕市侠,往在都中,狎主文盟;前秋至沪,弥敦凤昔兄弟之好。卜居当有蜀冈邻[4]。蕃厘观亦元都观[5],试为桃花赋冶春[6]。

【注释】

[1] 清闲:清静悠闲,引申指暇时。
[2] 白石:指姜夔(1154—1221),自号"白石道人"。宋代有代表性的词家之一。周文璞:约公元1216年在世,字晋仙,号方泉,又号野斋,阳谷(今属山东)人。《四库总目》张端义极称他的《灌口二郎歌》《听欧阳琴行》《金铜塔歌》,以为不减唐代李贺与李白。词存二首。
[3] 贺季真:贺知章(约659—约744),字季真。李白《对酒忆贺监二首》其一:"四明有狂客,风流贺季真。长安一相见,呼我'谪仙人'。"
[4] 蜀冈:扬州著名的风景区。
[5] 蕃厘观:后称"琼花观",位于江苏扬州城东琼花观街,是扬州市著名旅游景点之一。曾屡次修缮,今殿宇已圮,仅存琼花台和"蕃厘观"石匾。
[6] 冶春:游春。

附：树君同年见怀诗

章江一饭别匆匆，十二年来又梦中。往事只今成露电[1]，穷途从古出豪雄。能将艳福酬佳句，才信名区属寓公[2]。笑我萍踪老无定[3]，乘风游遍海云东。

香火因缘旧弟兄，金丹惭愧说修成[3]。纷华过眼悲陈迹，迂拙甘心远世情。[5]薄酒已拼千日醉，归帆犹喜一江晴。长途好续骖鸾录[6]，近水遥山子细评。

【注释】

[1] 露电：朝露易干，闪电瞬逝，比喻迅速逝去或消失。
[2] 寓公：古指失其领地而寄居他国的贵族，后凡流亡寄居他乡或别国的官僚、士绅等都称"寓公"。
[3] 萍踪：浮萍的踪迹，常比喻行踪漂泊无定。
[4] 金丹：古代方士炼金石为丹药，认为服之可以长生不老。
[5] 纷华：繁华，富丽。迂拙：迂阔笨拙。
[6] 骖鸾录：宋代范成大所作游记。宋孝宗乾道八年(1172)，范成大由中书舍人出知广西静江府(治所在桂林)，此书为途中纪行之作。

萧芸浦孝廉二十年前定交京邸，顷自扬州邮书问讯，拈句寄谢

临池酷仿赵鸥波，笔久成堆墨耐磨。东晋风流传禊事[1]，北人天性善悲歌。予留京最久，诗多慷慨，君尝许可。门敲白板频题凤，君昔过予邸舍，月无虚日。经写黄庭亦换鹅[2]。来岁曲江红饼宴[3]，杏花十里马蹄过。

【注释】

[1] 禊事：禊祭之事，指三月上巳临水洗濯、祓除不祥的祭祀活动。

[2] 黄庭亦换鹅：典出《晋书·王羲之》："山阴有一道士，养好鹅，羲之往观焉，意甚悦，固求市之。道士云：'为写《道德经》，当举群相赠耳。'羲之欣然写毕，笼鹅而归，甚以为乐。"后遂用"黄庭换鹅、书经为鹅、墨妙笼鹅"等指以己之高才绝技换取心爱之物，或赞扬书法之高妙。

[3] 曲江：水名，指江苏省扬州市南长江的一段。

与莫仲武世讲话京邸旧游[1]

壮即相亲老系思，卅年再见说京师。牛腰书卷多为累[2]，驹隙光阴去若驰[3]。犹笋吟肩仙洒落[4]，长留墨本佛慈悲。仲武为予手拓法源寺船山所摹佛像，顷方付裱。先公畴昔敦风义[5]，堂构声华副厚期[6]。

【注释】

[1] 莫仲武：名绳孙(1844—1919)，号省教，贵州独山人，莫友芝次子。清末藏书家。

[2] 牛腰：牛的腰部，喻诗文数量之大。唐代李白《醉后赠王历阳》："书秃千兔毫，诗裁两牛腰。"王琦注："言其卷大如牛腰也。"

[3] 驹隙：喻光阴易逝。

[4] 吟肩：诗人的肩膀，因吟诗时耸动肩膀，故云。

[5] 畴昔：往日、从前。风义：犹情谊。

[6] 堂构：比喻继承祖先的遗业。声华：犹言声誉荣耀。

寄徐圣秋八弟需次淮南

竹西歌吹夜连晨[1]，淞北招寻主亦宾。一缕香蓑三日坐，二分月洗六街尘[2]。雄谈似击正平鼓，晚节思扶大雅轮。[3]质票入诗矜草创[4]，巴歈何幸换阳春。

【注释】

[1] 竹西：典出唐代杜牧《题扬州禅智寺》："谁知竹西路，歌吹是扬州。"后人故于其处筑竹西亭，又名歌吹亭，在扬州府甘泉县(今江苏省扬州市)北。

[2] 街尘：道路上的尘土。

[3] 正平：公正持平。晚节：晚年的节操。

[4] 质票：当票。

柬莫上海善徵同年[1]

东流投分至于今,交际年光日以深。[2]久竖修名齐伯仲[3],同牵薄宦耐升沉[4]。四知砥励关西节[5],囊与君以清白吏相期,今虽一仕一隐,而素节不渝。一字商量砚北吟[6]。偶以近作就正,君代为推敲,俾反三隅,堪师一字。饮惯吴淞江上水,受廛亦愿托棠阴[7]。

【注释】

[1] 善徵:莫祥芝(1827—1890),字善徵,号九莖,别号拙髯,友芝弟,贵州独山人。曾官江宁知县。

[2] 东流:东去的流水,亦比喻事物消逝,不可复返。投分:情投意合、兴趣相投等。年光:年华、岁月。

[3] 修名:美好的名声。

[4] 升沉:升降,旧时谓仕途得失进退。

[5] 四知:典出南朝范晔《后汉书·杨震传》:"当之郡,道经昌邑,故所举荆州茂才王密为昌邑令,谒见,至夜怀金十斤以遗震。震曰:'故人知君,君不知故人,何也?'密曰:'暮夜无知者。'震曰:'天知,神知,我知,子知。何谓无知!'密愧而出。"后多用为廉洁自持、不受不义馈赠的典故。

[6] 砚北:谓几案面南,人坐砚北,指从事著作。宋代张邦基《墨庄漫录》(卷十):"唐段成式书云:'杯宴之余,常居砚北。'"

[7] 受廛:谓接受居地而为民。廛:一个男劳力所居住的屋舍。语见《孟子·滕文公上》:"远方之人,闻君行仁政,愿受一廛而为氓。"棠阴:喻惠政或良吏的惠行。

李眉生同年自苏州以所刊《楞严蒙钞》见赠,寄谢

中庸说性极精微[1],后起楞严善发挥。长水虞山应合辙[2],出无入有在忘机。云烟多处千花舞,天地之间一鸟飞。自度度人先度我,每当开卷泪沾衣[3]。

【注释】

[1] 中庸:儒家的政治、哲学思想,主张待人、处事不偏不倚,无过无不及。
[2] 合辙:车轮与车的轨迹相合,比喻彼此思想言行相一致、合拍。
[3] 开卷:打开书本,借指读书。

赠查翼甫,兼怀范无错、仲木,三君皆吾友,张廉卿门人也

鸿名峻节惊天下[1],何止流传绝妙文。努力古人三不朽,轩眉今日一逢君[2]。英雄岂有风尘识,汉宋原无畛域分[3]。老矣尚能交国士[4],横渠师友是河汾[5]。

【注释】

[1] 鸿名:大名,盛名。

［2］轩眉：犹扬眉，形容得意的样子。
［3］畛域：界限、范围。
［4］国士：一国中才能最优秀的人物。
［5］横渠：张载，北宋哲学家，理学创始人之一，程颢、程颐的表叔，理学创始人，祖籍大梁（今开封），徙家凤翔郿县（今陕西眉县）横渠镇，人称横渠先生。河汾：黄河与汾水的并称，用以比喻名师门下人才济济或人才辈出。

柬郭孟毓舍人自日本使还

蜀人仙李墨庄太史使琉球[1]，沪上今逢郭细侯[2]。喜泛星槎凌浩瀚[3]，遥从日本壮遨游。紫薇省趁春风入，红药诗凭海客酬。[4]欲买一樽邀月饮，披襟为我说瀛洲[5]。

【注释】

［1］琉球：位于中国东南端，日本列岛最南端，由琉球、宫古、八重山三个群岛为中心的六十多个岛屿组成，面积2265平方公里。
［2］细侯：南朝范晔《后汉书·郭伋传》："郭伋字细侯……始至行部，到西河美稷，有童儿数百，各骑竹马，道次迎拜。伋问：'儿曹何自远来？'对曰：'闻使君到，喜，故来奉迎。'"后以"细侯"称颂受人欢迎的到任官吏。
［3］浩瀚：水盛大貌。
［4］紫微：即紫微垣，星官名，三垣之一。海客：浪迹四海者，谓走江湖的人。
［5］瀛洲：亦作瀛州，借指日本。

徐子静司马属校其先兄棣友《寄生山馆诗草》，行将付梓，谨题一律用代弁言[1]

姜家大被期来世[2]，窦氏联珠剩此编。偏是才人偏易死，不逢知己不求怜。瑶琴独抚声清绝，锦瑟沉吟意惘然。比似池塘春草句[3]，千秋一梦共流传。

【注释】

[1] 徐子静(1844—1904)：名士恺。棣友：徐棣友，名士怡。弁言：序言，序文。

[2] 姜家大被：据《百孝图》记载，东汉姜肱，字伯淮，与兄弟仲海、季江相亲相爱，情同手足。虽然长大后他们各自都成家立业、娶妻生子，但兄弟间仍不忍分离，便作了一床很大的被子，夜晚兄弟三人同床共被而眠。

[3] 池塘春草句：南朝谢灵运《登池上楼》中有名句"池塘生春草，园柳变鸣禽"。尤其"池塘生春草"，几乎成了后人称呼谢灵运的代名词。据钟嵘《诗品》记载，谢灵运每与其族弟谢惠连晤对，便能得到佳句。当他在永嘉(今浙江温州)时，曾苦思冥想，终日未能成诗，乃困倦而卧。朦胧间忽如见到了谢惠连，于是一下子便得到"池塘生春草"之句。故谢灵运说："此语有神助，非我语也。"

寄谢张子衡廉使

顷得吴劭之由江西薛局来书，言沅甫九帅属衡老月致廿四金佐予江寓日用，可免内顾忧，感甚，正无须留半以待予归也[1]。

铁瓶居士老维摩，高卧章江暂养疴[2]。文正昔尝推毂久[3]，庐陵今更读书多。贤于鲍叔分金谊，且免冯生弹铗歌。一室遥知安且乐，追踪康节有行窝[4]。

【注释】

[1] 吴劭之：名熙（1840—1922），号绮霞江馆主人，湖南湘潭人。光绪七年（1880）入左宗棠幕，后辞职。曾主讲船山书院、思贤讲舍等，是清末著名的对联家。无须：不用，不必。

[2] 养疴：养病。

[3] 推毂：推动、协助。

[4] 行窝：宋人为接待邵雍，仿其所居安乐窝而为之建造的居室。见宋代邵伯温《闻见前录》卷二十："十余家如康节先公所居安乐窝，起屋以待其来，谓之行窝。故康节先公没，乡人挽诗有云：春风秋月嬉游处，冷落行窝十二家。"后指可以小住的安适之所。

赠蔡子黻仁兄

豁达襟期肆应才，相逢倦眼拨云开[1]。世推儁杰谙时务[2]，文富波澜主史裁[3]。玉麈偶麾谈士伏[4]，金鱼惯犒酒家回[5]。期君同把钱何臂，并辔春郊得得来[6]。

【注释】

[1] 襟期：襟怀、志趣。肆：显明、显示。拨云：拨云见日。

[2] 推：推重，推许。儁杰：同"俊杰"，特异的、超过一般的杰出人才。谙：知道，懂得。

[3] 史裁：谓史事的裁断能力。

[4] 玉麈：玉柄麈尾，东晋士大夫清谈时常执之。麈：挥动。谈士：善于言谈议论的人。伏：通"服"。

[5] 犒：犒赏，以酒食财物慰劳。

[6] 得得：象声词，多形容马蹄声。

读曾文正公奏议

哲人名德耐人思[1]，经世文章举世知[2]。木坏山颓生有尽[3]，天荒地老见无期[4]。古来相业公称首，今日戎机帝倚谁[5]。陆贽奏疏苏轼进，宜陈乙览备诹诹[6]。

【注释】

[1] 名德：名望与德行。

[2] 经世：治理国事。

[3] 木坏山颓：木，梁木；山，泰山；颓，倒下。梁木折坏，泰山崩倒，比喻德高望重的人死去。亦作"泰山梁木"。语见《礼记·檀弓上》："孔子蚤作，负手曳杖，逍遥于门，歌曰：'泰山其颓乎！梁木其坏乎！哲人其萎乎！'"

[4] 天荒地老：天荒秽，地衰老，指经历的时间极久远。见唐代李贺《致酒行》："吾闻马周昔作新丰客，天荒地老无人识。"

[5] 戎机：战争、军事机宜。

[6] 乙览：皇帝阅览文书被称为乙览。诹诹：商议、征询。

怀陈舫仙仁兄

竟挂归帆日夜行,骊歌呜咽秣陵城[1]。九重必复宣同甫[2],一眚终难掩孟明[3]。苍狗白衣多变态,赤松黄石且寻盟[4]。几时真践浮湘约,草绿湖南无限情。

【注释】

[1]骊歌:告别的歌。逸诗有《骊驹》篇云:"骊驹在门,仆夫具存;骊驹在路,仆夫整驾。"客人临去歌《骊驹》,后人因而将告别之歌称为"骊歌"。秣陵:秦汉时期今南京的称谓。

[2]同甫:指陈同甫(1143—1194),南宋思想家、文学家,字同甫,原名汝能,后改名陈亮,人称龙川先生,婺州永康(今属浙江)人。著有《龙川文集》《龙川词》。

[3]一眚:一时的或一小点过失。眚本指目病生翳,引申为过错。语出《左传·僖公三十三年》:"吾不以一眚掩大德。"孟明:即百里视,字孟明,秦国大夫百里奚之子。

[4]赤松:赤松子,秦汉传说中的上古仙人。黄石:黄石公本为秦汉时人,后得道成仙,被道教纳入神谱。黄石公三试张良后,授予《太公兵法》,临别时有言:"十三年后,在济北谷城山下,黄石公即我矣。"

再题子静兄《观自得斋印存》

阁称天籁馆停云,观自得斋今见君[1]。铁画银钩真宰出[2],金题玉躞异香薰[3]。瘦铜几历红羊劫,彩笔亲书白练裙[4]。添筑一楼名看篆[5],飞鸿前后艳传闻[6]。

【注释】
[1]天籁:自然界的声响,如风声、鸟声、流水声等。
[2]铁画银钩:画,笔画;钩,钩勒。形容书法家运笔,其点画刚健柔美。唐代欧阳询《用笔论》:"徘徊俯仰,容与风流,刚则铁画,媚若银钩。"
[3]金题玉躞:金题,用泥金书写的题签;玉躞,系缚书卷的玉别子(又称"插签")。谓极精美的书画或书籍的装潢。
[4]白练裙:白绢制的裙。此句典出《南史·羊欣传》:"欣尝夏月着新绢裙昼寝,献之入县见之,书裙数幅而去。"
[5]看篆:欣赏书法艺术。
[6]飞鸿:指音信。

和桂筌兄不寐近作

一壶救溺偶然尔,百喙争鸣将奈何[1]。皎皎易汗吾辈甚[2],容容之福古来多。诗场斗险疲铜钵[3],局棋旁观冷斧柯[4]。心地有魔凭佛度,身材如墨耐人磨。

【注释】

[1] 百喙：犹百口。
[2] 皎皎：洁白貌、清白貌。
[3] 铜钵：青铜铸成，形似大钵，铜钵外侧常铸有花纹、文字。以木棒击之发声。
[4] 斧柯：斧柄。

碧玉清流与予别廿五年而再见，见而再别，离合之感无日无之[1]

三十年来续旧盟，两番分手两心惊。影孤宝镜看无兴，泪重香奁滴有声。若果再逢休再别，久甘同死怆同生。后身勿复如今日，高筑红墙住碧城[2]。

来去频乘小钿车，果然仙子好楼居。为林处士梅花伴，学卫夫人薤叶书[3]。万种牢愁凭汝遣，百番触忤不予疏。[4]流连地有流连队，比翼鸳鸯比目鱼。

门垂杨柳户临桥，两界三年一客侨。香桁因依多翡翠，卑枝安稳惬鹪鹩。玉溪生句原宗杜[5]，虞美人花倘姓姚。相约巢痕须再扫，海风江雨免飘摇。

泪痕一片在离襟[6]，不断相思直到今。飞絮游丝迷倚著[7]，江鳞渚羽对浮沉。金樽寿月天同醉[8]，银烛禳星夜向深。感惠徇知何日了[9]，士夫无此爱才心。

【注释】

[1] 碧玉清流：李士棻的红颜知己。
[2] 碧城：语出《太平御览》卷六七四引《上清经》："元始（元始天尊）居紫云之阙，碧霞为城。"后以"碧城"为仙人所居之处。
[3] 林处士：宋代林逋别称。卫夫人（272—349）：名铄，字茂漪，东晋女书法家。晋人钟繇曾称颂卫夫人的书法，说："碎玉壶之冰，烂瑶台之月，婉然若树，穆若清风。"唐代杜甫《丹青引赠曹霸将军》："学书初学卫夫人，但恨无过王右军。丹青不知老将至，富贵于我如浮云。"薤叶书：倒薤书的美称，喻文字之优美。语见唐代韩愈《调张籍》："平生千万篇，金薤垂琳琅。"韩醇注："金薤，书也。古有薤叶书……言李杜文章，播于金石云尔。"
[4] 牢愁：忧愁、忧郁。触忤：冒犯。
[5] 玉溪生：唐代诗人李商隐的别号。
[6] 离襟：离别的衣襟，借指离人的思绪或离别的情怀。
[7] 飞絮：飘飞的像棉絮一般的柳树、芦苇等的种子。游丝：飘荡在空中的蜘蛛丝。
[8] 金樽：酒樽的美称。寿月：圆月。
[9] 感惠徇知：《书谱》"五乖五合"的五合之一，意即"感谢恩惠，酬答知己"。

陈伯严孝廉近年勇于作诗，去夏寄予二律，如"空对黄江万柳丝，条条门巷断肠时。四愁南北思平子，满眼莺花领牧之"及"一代风流齐老辈，九州传说是狂名"等句，予读之恻然在念。去冬因曾重伯回长沙托交一书，久未得复，赋此寄之[1]

文豪乃复以诗鸣，语必惊人得我惊。七字果然凌绝顶，九州传说是狂名。赵庭父子为师友，对酒圣贤罗浊清。贫贱久离忧戚少，天将福汝玉于成。

【注释】

[1] 陈三立(1853—1937),字伯严,号散原,江西修水人,陈宝箴长子。光绪十五年(1889)进士,授吏部主事,不久辞职。近代同光体诗派重要代表人物,著有《散原精舍诗集》《散原精舍文集》等。

病足数月,顷方小愈,酬陈舫仙、胡云台、徐子静三君燕窝鹿茸之馈

壮劳筋骨供奔走,老视官骸若槁枝。伏隩冻蛟禁瑟缩[1],陟岨瘦马故权奇[2]。曾为一邑中流柱,向者暂知江西四县,适当兵后,往往破例为民请命。上游中有忌而见誉者,谓予不侮鳏寡,不畏强御,坐是终以交代被斥,予勿悔也。惯下千般后著棋。多谢良朋投善药,燕丝鹿粉赛参蓍。

【注释】

[1] 伏隩:形容潜藏深处,不出头露面。隩:河岸弯曲的地方。
[2] 岨:上面有土的石山,一说为上面有石的土山。权奇:奇谲非凡,多形容良马善行。

题剑,更定旧作

铸就干将气不驯[1],年年相伴走风尘[2]。每因恩怨长思汝,几见英雄肯负人。一鸟下空谁敌手,双龙跃水此前身。张雷去后悲声价,寥落乾坤听屈伸。

【注释】

[1] 干将：春秋末著名冶匠，相传为吴国人，与欧冶子同师，善铸造兵器。曾为吴王阖闾作剑，"采五山之铁精，六合之金英"，金铁不销，其妻莫邪断发剪爪，投入冶炉，于是"金铁乃濡"，成剑两柄，即名为干将、莫邪。
[2] 风尘：比喻纷乱的社会或漂泊江湖的境况。

朝鲜徐侍郎秋堂世讲连年致予书，顷复寄惠人参，因撰句声谢，附新排《天瘦阁诗半》六卷求正

星轺暂向东京驻[1]，君去岁以全权大臣使日本。雪爪重寻北地遥。君往年曾三入皇都。书寄百回悭一面，交逾卅载历三朝。近排诗草成新卷，想见梅花发旧条。君筑梅花精舍，藏中国诸名家词翰甚备。多病正思求药物，人参拜馈折屐腰。

【注释】

[1] 星轺：使者所乘的车，亦借指使者。

有致书责予不往金陵见九帅者，诗以答之

整军经武耀文章，江左风流未可忘[1]。昔事长公勤侍坐，今思同叔懒升堂[2]。狄门旧是英豪薮，颜巷难寻歌哭场。千古九原知己一，山丘华屋恨茫茫。

【注释】

[1] 江左风流:这里代指曾国藩。
[2] 同叔:晏殊(991—1055),字同叔,北宋著名词人。

酬邵方伯筱村世仁兄叠赠刻诗经费

骥尾青云附后尘[1],廿年门馆侍平津。郎君淮海观风使,弟子江湖载酒人。射策竟虚宣室对[2],癸丑六月,先师文靖公阅教习卷,置菜第三,谓预为传胪之兆[3]。栽花偶现宰官身。[4]欧阳叔弼苏和仲,更放一头诗态新。[5]

【注释】

[1] 骥尾:语出《史记·伯夷列传》:"颜渊虽笃学,附骥尾而行益显。"唐代司马贞《索隐》:"苍蝇附骥尾而致千里,以喻颜回因孔子而名彰。"后用以喻追随先辈、名人之后。青云:旧时比喻道德高尚有威望。
[2] 射策:汉代考试取士方法之一。见《汉书·萧望之》:"望之以射策甲科为郎。"泛指应试。宣室:汉未央宫前正室。
[3] 传胪:科举制度中,殿试以后由皇帝宣布登第进士名次的典礼,叫做传胪。传胪即唱名之意。
[4] 宰官:泛指官吏。
[5] 此两句指宋代欧阳修好"奖掖后生",看罢苏轼写给梅尧臣的信,深为苏东坡的才气所震撼,不由感慨道:"读轼书,不觉汗出,快哉快哉!老夫当避路,放他出一头地也!"成语"出人头地"就是从欧阳修这句话中提炼出来的。

谢尔澈刺史需次粤东，远贻书币，寄酬二律[1]

兰台走马趁春风，听鼓何妨类转蓬。[2]南海声华冠盖里[3]，东山陶写管弦中[4]。五云笺待公庭判[5]，双错刀烦驿使通[6]。旧雨未来新雨少，无心更醉百花丛。

卅年诗草半无存，行箧搜刊泪暗吞。大地空留鸿雪爪，终天愧负父师恩。乾嘉一辈思追步，文酒何时得细论。乞米兼堪偿纸价，不妨倾橐济平原[7]。

【注释】

[1] 谢尔澈：名彭发，其余不详。刺史：清代用为知州的别称。
[2] 这两句诗是化用唐代李商隐的《无题》"嗟余听鼓应官去，走马兰台类转蓬"，指走马至秘书省上班。兰台：在汉代为宫内收藏典籍之处，至唐代用以指秘书省。听鼓：晨鼓已经敲响，上班应差的时间到了。转蓬：随风飘转的蓬草。
[3] 声华：声誉。冠盖里：在乡里声名出众。
[4] 东山：因为谢安长期隐居在东山，后来把重新出来做官称为"东山再起"。陶写：陶冶性情，用音乐来陶冶性情。
[5] 五云笺：唐代韦陟用五彩笺写信，由他人代笔，自己签名，由于他写的"陟"字像五朵云，因而后来人们称书信为五云笺或云笺。
[6] 双错刀：错刀为汉王莽所铸币名，语见唐代李白《叙旧赠江阳宰陆调》："一诺许他人，千金双错刀。"
[7] 平原：可能指西晋陆机，世称"陆平原"。

有传予噩耗者，黎莼斋星使在日本为予撰墓铭[1]，此与昕伯为予作志喜诗皆他日传中佳事也

毁誉兼收四十年，生先传死死应传。归心久痛田园失，庸福难专子弟贤。未副显扬孤爱日，长期定省在重泉[2]。读书为宰皆无补，奖到诗名益惘然。

【注释】

[1] 黎莼斋(1837—1897)：名庶昌，贵州遵义人。历任驻英、法、德、日参赞，回国后官至川东兵备道。桐城派后期作家之一，著有《拙尊园丛稿》。星使：古时认为天节八星主使臣事，故称帝王的使者为星使。

[2] 重泉：犹九泉，旧指死者所归。

天瘦阁诗半注

【卷五】
卧游七言律
一百二十六首

天瘦阁诗半今体
忠州李士棻芋仙

灵会卧游录百廿六首 并序

今春人日，沪雪严寒，冻伤左足，痛不可忍，急返江城[1]，牏下呻吟，百念灰冷。聊复拈韵消遣[2]，专忆沪上朋好、年谊世交[3]、声气相同、顾盼尤密者。凡游览所至，闻见所及，一事一物，一往一来，或读书，或感旧，皆病中有为而作。惟朝鲜徐君秋堂向未谋面，予与其先人海观郎中三十年前定交京邸。前年秋堂因姚君赋秋由日高军次致予一书，求题其梅花精舍，且言往随国相来朝帝京，过予城南旧馆曩与其先人觞咏地，下马瞻顾，涕泪交流。此段风味不可无诗。其他旧雨新盟，形赠影答，别为一卷。诗成病榻，命曰"卧游"。诗中用意遣辞皆求曲肖其人与予当下情事，而其人平日行谊有足述者，辄引旧典新闻互相比附，期于不可移易，当局自知之[4]，不复注明。其有非注不明者，乃就本诗下略笺数语。自予扶病遄归[5]，已逾两月，亟思乘一叶轻舟，东下金陵，追寻克复时师友文游之盛。今左足尚难践地，岂能遽办行縢[6]？其不克继见诗中诸至好，审矣[7]。凭诗吐怀，冀览者知予此时尚在人间，犹能日课数诗[8]，其或尚有再见之一日，是必诸至好意中常设此想，则予死犹不死，况未必遽死，则灵山一会[9]，俨然未散也。抑予每当痛楚增剧时，益复悼念生平好逸畏难，清狂不慧。盖尝学矣，而不及古人；亦尝仕矣，而不及今人。自弱冠出游，周旋名师益友间四十余年，年今六十有四，一事无成。即区区妄欲以诗鸣其时[10]，亦有如渔洋之激赏莲洋者[11]，壮不自树，俄及桑榆，结局如斯，诗其可恃乎哉？光绪十年甲申四月既望[12]，童鸥居士李士菜自序于豫章东湖之天瘦阁[13]。

【注释】

[1] 江城：指南昌，南昌历史上曾被称为"章江城"。
[2] 拈韵：代写诗。

[3]年谊:科举时代称同年登科的关系。
[4]当局:当事者。
[5]遄:速。
[6]遽办行縢:犹言立刻启程。縢(téng):布囊口袋之类。
[7]审:确定。
[8]课:写作。
[9]灵山:佛家称灵鹫山,道家称蓬莱山为灵山,亦泛指仙山。
[10]区区:自谦之词。
[11]渔洋:王士禛号渔洋山人。莲洋:清顺治诗人吴雯,字天章,号莲洋,有《莲洋集》。
[12]光绪十年:1884年。既望:农历十六日。
[13]豫章:指今南昌地区一带。

钱昕伯

看花拨去雾多层,适用文章耐久朋。一士东南今有几,百年老大我无能。鲸吞酒座红螺满[1],虎视诗坛赤帜腾[2]。兄事袁丝惭且幸[3],时容并马过芳塍[4]。

【注释】
[1]红螺:软体动物名,壳薄而红,可制为酒杯。
[2]虎视诗坛:喻自成一家。
[3]袁丝:袁盎(约前200—约前150),字丝,西汉人。汉文帝时任中郎,因数次直谏,触怒文帝,被调任陇西都尉,后徙吴相。"七国之乱"时,奏请诛晁错,乱平后,封为太常。《史记》《汉书》有传。
[4]塍(chéng):田埂。

何桂笙[1]

一联珍重手初分,遽有升天噩耗闻[2]。曾仰青蝇为吊客[3],误垂红泪感湘君[4]。伯阳未授长生诀[5],元亮先成自祭文[6]。何李齐名前七子,至今风义怆离群[7]。去夏有传予去世者,君为诗寓感,将信将疑,可歌可泣。

【注释】

[1] 何桂笙(1841—1894):名镛,号高昌寒食生。《申报》主笔。浙江山阴人。

[2] 遽:仓促、突然。

[3] 青蝇:谓生无知己,只有以青蝇为吊客。《三国志·虞翻》裴松之注引《虞翻别传》:"生无可与语,死以青蝇为吊客。"

[4] 红泪:东晋王嘉《拾遗记》载,魏文帝曹丕所爱的美人薛灵芸离别父母登车上路之时,用玉唾壶承泪。至京师,壶中泪凝如血。后世因称女子的眼泪为"红泪"。湘君:湘水之神,传为尧女舜妻娥皇、女英为之,娥皇为湘君,女英为湘夫人。一说即巡视南方时死于苍梧的舜。

[5] 伯阳:老子的字。

[6] 元亮:晋代陶渊明,63岁时作《自祭文》。

[7] 何李:何景明、李梦阳,明前七子领袖。风义:风采高义。

袁翔甫

文孙继起筑吟坛，亦学随园勇挂冠[1]。十万里归千古创，一层楼有八纮宽[2]。等身旧草高堆案，过眼群花笑倚栏。我解推袁君御李[3]，每思陈迹有余欢。

【注释】

[1] 随园：袁枚号。
[2] 八纮：大地极限，犹言八极，也泛指天下。纮：维。
[3] 御李：东汉李膺有贤名，士大夫凡被他接见的，身价倍增，谓之"登龙门"。荀爽为他驾御了车马，无比骄傲。后以"御李"谓得以亲近贤者。

杨诚之[1]

难忘茗上艺兰生[2]，一种芬芳好性情。喜过寓楼看小影，久闻阿阁继清声。朝云替写东坡福[3]，鸿雪能留北地盟。丝绣平原吾有愿，愿君乘传海天行。[4]

【注释】

[1] 杨诚之（1854—?）：名兆鋆，号须园，浙江吴兴（今湖州）人。清末外交官。同治十年（1871）入京师同文馆学英文。光绪十年（1884）随许景澄公使出洋。回国担任过金陵同文馆教习、江南储材学堂督办，出使比利时钦差

大臣等。
[2] 苕上：浙江苕溪岸上。
[3] 朝云：宋代苏轼宠妾，常为其抄写书稿。
[4] 平原：赵胜（约前308—前251），赵武灵王之子，惠文王之弟，战国四公子之一，号平原君，因贤能而闻名。此句出自唐代李贺《浩歌》："买丝绣作平原君，有酒唯浇赵州土。"

邹翰飞[1]

辍饮贪填金缕曲，失眠因序玉台诗。[2]名花列表援班史[3]，香草题笺托楚辞。牛耳别操谁敢侮，龙头终属不嫌迟。曾叨二妙联翩过，一是微之一牧之[4]。

【注释】

[1] 邹翰飞：邹弢（1850—1931），字翰飞，号酒丐、瘦鹤词人，无锡人。著有小说《断肠碑》（一名《海上尘天影》）等。曾任《苏报》主编，晚年任教于上海启明女学。
[2] 金缕曲：词牌名，又名《贺新郎》、《乳燕飞》。玉台：指《玉台新咏》，相传为南朝梁徐陵所编，收录上继《诗经》《楚辞》下至梁代的诗歌760余篇。
[3] 援：引用，引证。班史：《汉书》。
[4] 微之：指唐代元稹。牧之：指唐代杜牧。

管秋初[1]

秦嘉徐淑唱酬忙[2],谁遣安仁赋悼亡[3]。莲界异花惟一现[4],藜床清泪有千行[5]。何妨誉妇称痴绝,不惜斋僧荐道场[6]。昔者征题今续尾,试陈檀像替焚香。

【注释】

[1]管秋初:名斯骏,江苏吴县(今苏州市)人。
[2]秦嘉徐淑:东汉顺帝、桓帝时的夫妻诗人。秦嘉为郡上计吏,离开家乡陇西远赴洛阳。徐淑患病还家,于是夫妇相互赠答,以诗书寄意。现存秦嘉的五言诗《赠妇诗》是中国古代文人五言诗成熟的标志。
[3]安仁:西晋文学家潘岳的字,其以《悼亡诗》著称。
[4]莲界:指佛地。《华严经》云:"莲华世界是庐舍那佛成道之国,一莲华有百亿国。"
[5]藜床:藜制之榻。语见北周庾信《庾子山集·小园赋》:"况乎管宁藜床,虽穿而可坐;嵇康煅灶,既暖而堪眠。"
[6]道场:本指释迦牟尼成道之处,后借指供佛祭祀或修行学道的处所。

王紫诠[1]

天南遁叟返江南,偶以分飞欠对谈。近种陶家三径菊,遥邻杜老百花潭[2]。倦游倘得琴心悦[3],晚福应知蔗尾甘。醉倒花前前日事,几时拇战一场酣[4]。

【注释】

[1] 王紫诠：名韬（1828—1897），苏州府长洲县（今苏州市）人，初名王利宾，字兰瀛。十八岁县考第一，改名为王瀚，字紫诠、兰卿，号仲弢、天南遁叟等。

[2] 杜老百花潭：唐代杜甫曾寓居成都百花潭。

[3] 琴心：琴声表达的情意。语见《史记·司马相如列传》："是时，卓王孙有女文君新寡，好音，故相如……以琴心挑之。"

[4] 拇战：猜拳行令饮酒。

金免痴[1]

长年富贵又多儿，似此容容免得痴[2]。我辈本无如意事，国风先有好逑诗[3]。落红凭筑花千冢，吹皱偏干水一池[4]。蓉号断肠棠泪化，人前说梦两迷离。

【注释】

[1] 金免痴：名继，一名慎继，字勉之，号免痴，一号酒盫，吴县（今苏州）人。晚清画兰名家。

[2] 容容：随世俗沉浮。

[3] 好逑诗：指《诗经·关雎》："窈窕淑女，君子好逑。"

[4] 吹皱偏干水一池：南唐冯延巳《谒金门》："风乍起，吹皱一池春水。"

姚赋秋[1]

亲携书剑几时还,出入馋蛟幻蜃间[2]。诗句每流弦外响,乡心应恋画中山。徐陵鱼素遥相寄[3],吴札鸿飞傥可攀[4]。我亦兰成词赋手,不堪萧瑟老江关。[5]

【注释】

[1] 姚赋秋:名文藻,号藏园、芝舫。近代书画家,生卒年不详。
[2] 幻蜃:海市蜃楼。
[3] 徐陵:南朝梁陈间文学家,编《玉台新咏》。鱼素:书信。
[4] 吴札:春秋吴公子季札的省称。曾历聘鲁、齐、郑、卫、晋诸国,以博闻著称,为春秋之贤者。汉代班昭《东征赋》:"吴札称多君子兮,其言信而有徵。"鸿飞:鸿雁能传书。
[5] 兰成:北周庾信的小字。唐代陆龟蒙《小名录》:"庾信幼而俊迈,聪敏绝伦,有天竺僧呼信为兰成,因以为小字。"萧瑟老江关:语出唐代杜甫《咏怀古迹》:"庾信平生最萧瑟,暮年诗赋动江关。"

徐秋堂[1]

人天久隔海观生[2],骥子才华复老成[3]。军幕致书谈近状,店门下马访前盟。多栽绿萼求题句[4],每见红云缺寄声[5]。万国正通来较易,相期沪界盖同倾[6]。

【注释】

[1] 徐秋堂:朝鲜诗人徐海观之子。

[2] 人天久隔:指徐海观去世多年,诗人与他天人相隔。

[3] 骥子:良马,比喻有才能的人。老成:稳重,持重。

[4] 绿萼:绿萼梅,又名绿萼梅,梅花的一种。传说慈恩寺僧曾以此邀请李白题新诗,见《云仙杂记》(二)。

[5] 红云:荔枝的别名。

[6] 盖同倾:冠盖相倾,谓行道相遇,停车而语,车盖接近,一见如故。

吴翰涛

马周王猛不须官[1],横览瀛寰策治安[2]。万国合为今日局,一流自作古人看。行教雷雨区中满,久惜龙蛇地底蟠。别后闻琴思说剑[3],海云相望寄书难。

【注释】

[1] 马周(601—648):字宾王,唐初大臣,累官至中书令。王猛(325—375):字景略,十六国前秦政治家、军事家。

[2] 瀛寰:即世界。地球海洋、陆地的总称。策治安:即《治安策》,贾谊作品。

[3] 说剑:《庄子》有《说剑》篇,后以"说剑"指谈论武事。

杜邠农、王剑云

未面先倾纸上诗[1]，论交恰在病深时。古来李杜原同调[2]，别后云龙不并驰[3]。犹记一尊留看雪，更烦七字问求医。王郎亦是珠江杰，朗月清风有所思。

【注释】
[1] 倾：欣赏。
[2] 李杜：唐代李白和杜甫，这里借指诗人自己和杜邠农。
[3] 云龙：骏马，这里比喻朋友。

张敬甫

交满华夷酒不空[1]，眉痕深浅画来工。褒莺惜燕无新故[2]，送抱推襟有始终[3]。盛馔屡邀为雅集[4]，好花亲荐与衰翁。再相逢日论前梦，月冷风凄问断鸿[5]。

【注释】
[1] 华夷：指汉族与少数民族，也指中国和外国。
[2] 褒莺惜燕：怜香惜玉。
[3] 送抱推襟：真诚相待的意思。
[4] 馔：饮食，吃喝。
[5] 断鸿：失群的孤雁。

张牧九、徐砺青、陈杏生、郭子静、黎伯崿、刘葆吾六君合传[1]

张卿潇洒对徐郎，陈郭黎刘楚四狂。风月大千情世界[2]，莺花第一好文章[3]。欲除烦恼平生障[4]，将老温柔此处乡。我亦流连成故态，时时分梦到南湘。

【注释】

[1] 黎伯崿：黎景嵩(1847—1910)，字伯崿，号宪甫，湖南湘阴人，台湾末代知府。入仕后历任厦门、基隆同知，1894年任台南同知，1895年(乙未)任台湾知府，理中路营务处，负责抗日。晚年著有《台海思痛录》，署名思痛子，以记其事并抒发失台之痛。
[2] 风月：指男女间情爱之事。
[3] 莺花：借喻妓女。
[4] 障：业障，佛教指妨碍修行的罪恶。

陈炳卿

曾闻百万买佳邻[1]，我爱陈君似晋人[2]。一路每惊花识面，两家俱喜柳回春。心光皎洁争洋镜，旅次平安托海轮[3]。他日宝和寻爪迹，冷吟闲醉又相亲。

【注释】

[1]百万买佳邻:自古就有"百万买宅,千万买邻"的说法,比喻好邻居千金难买。

[2]晋人:指具有魏晋风度,即人格思想行为极为自信、不拘礼节、特立独行等。

[3]旅次:旅人暂居的地方。海轮:可航行于海上的轮船。

徐子静

窦珠曾否刻遗诗,姜被还应绕梦思。南郡胜流陈廨榻[1],西堂春草谢家池[2]。寻花时复迷三径,寿我先谋醉一卮[3]。吟遍玉台怀孝穆[4],雅人深致酒人痴。

【注释】

[1]陈廨榻:即陈蕃榻。

[2]谢家池:南朝宋谢灵运《登池上楼》:"池塘生春草,园柳变鸣禽。"

[3]卮(zhī):古代盛酒的器皿。

[4]孝穆:徐陵(507—583)的字。

余易斋[1]

君居辇毂我江滨,远荷良书赞叹频。门户支持名父子[2],封章正大圣朝臣。春明旧事浑如梦,水部新诗不染尘[3]。更策时艰襄庙略[4],闲曹谁谓竟无人[5]。

【注释】

[1] 余易斋（1835—1907）：名思诒，字雨亭、翼斋，号易斋、草庐一翁。武进（今常州）人。历任驻英使馆随员、美使馆参赞、古巴总领事、美国旧金山总领事等职。著有《驻英日记》《海战要略》等。

[2] 名父子：余思诒的祖父余保纯，曾任广州知府，先随林则徐禁烟，后又奉琦善、奕山之命与义律议和、跟英军妥协签订《广州和约》。父亲余光倬官至刑部提调。

[3] 水部：疑指南朝梁文学家何逊，何逊官至尚书水部郎，故称。

[4] 襄：帮助，辅佐。庙：王宫的前殿，泛指朝廷。

[5] 闲曹：清闲的官府。

刘仲康

记赴津门趁海航，黯然相对说南湘。严更已报逾三鼓[1]，痛饮还劳劝十觞。腊月再来风雪紧，春天争逐燕莺忙。彩云易散花无色，怅望蓉湖水一方。

【注释】

[1] 严更：警夜行的更鼓。

吕箴叔

不因浑厚损精明,痴黠之间有性情[1]。客路相逢黄歇浦[2],花天共定白头盟。每当别后佳风月,弥念从前好弟兄。官不易居居有道,加勤致慎又怀清。

【注释】

[1] 黠(xiá):聪明而狡猾。
[2] 黄歇浦:上海市境内黄浦江的别称,简称歇浦。因相传战国时楚春申君黄歇疏凿此浦而得名。

易实甫[1]

谪仙低首谢宣城[2],我亦逢君心独倾。诗视韩碑钞万本[3],人如晋士在今生。才方鹦鹉年犹弱,愿作鸳鸯福不轻。径拟浣花溪上去,草堂粉壁看题名[4]。

【注释】

[1] 易实甫:名顺鼎(1858—1920),湖南龙阳(今汉寿)人。一字中硕,号哭庵、一厂居士等。光绪元年(1875)举人,纳赀为江苏候补道,旋师事张之洞。马关条约签订后,上书请罢和议。反对割让辽东与台湾。曾两次去台湾,入刘坤一军,后赴台湾协助刘永福筹划防务。后入张之洞幕,曾主讲两

湖书院。辛亥革命后寓居上海,袁世凯称帝后出任代理印铸局局长。

[2]谪仙:指唐代李白。谢宣城:谢朓,南齐诗人,因其曾任宣城太守,故称。

[3]韩碑:宪宗时,摄蔡州刺史吴元济反,平定叛乱后韩愈奉诏撰《平淮西碑》,世称"韩碑"。

[4]粉壁:白色墙壁。

毛实君

心中无妓程夫子[1],今见毛生果不虚。每听清歌思楚些[2],譬看小说有虞初[3]。花丛回顾偶然尔,柳下坐怀何碍渠[4]。肯赋金钗银烛句,韩公豪宕世谁如?[5]

【注释】

[1]程夫子:指北宋理学家、教育家程颢和其胞弟程颐。心中无妓:程颐、程颢两兄弟同赴宴会。程颐见座中有妓女,马上告退;程颢却同妓女一起喝酒玩乐,尽欢而散。次日,程颐对程颢提出了批评。程颢说:"我昨晚赴宴时,同大家一块喝酒玩乐,座中有妓女,心中无妓;今天这里没有妓女了,你心中却还有妓女。"(见明冯梦龙《古今谭概·迂腐部第一·心中有妓》)

[2]楚些:楚辞。

[3]虞初:指明末清初笔记小说集《虞初新志》。

[4]柳下坐怀:指柳下惠坐怀不乱的故事。柳下惠,姓展,名获,字子禽,曾官拜鲁国士师。据说他居官清正,执法严谨,不合时宜,遂弃官归隐,居于柳下(今濮阳县柳屯)。死后被谥为"惠",故称柳下惠。

[5]此两句出自唐代韩愈《酒中留上襄阳李相公》:"银烛未销窗送曙,金钗半醉座添春。"

何丹臣[1]

太邱道广孟诗寒[2],胸次何曾著一官[3]。慷慨黄金生计绌,扶持白发远游难。尝为十日平原饮[4],安得千间广厦看[5]。草绿湖南思会面,离愁直绕洞庭宽。

【注释】

[1] 何丹臣:生卒年不详,曾与杨咏如、莫友芝居住安庆内军械所,此时杨咏如是安庆内军械所委员。
[2] 太邱道广:东汉人陈寔曾为太邱长,故称。他很有名望,交游甚广,后称人交游广为"太邱道广"。孟诗:指唐代孟郊的诗歌,他和贾岛的诗歌被称为"郊寒岛瘦"。
[3] 胸次:胸间,亦指胸怀。
[4] 十日平原饮:平原指战国时赵国的平原君赵胜,《史记·范睢蔡泽列传》:"寡人闻君之高义,愿与君为布衣之友,君幸过寡人,寡人愿与君为十日饮。"
[5] 安得千间广厦:出自唐代杜甫《茅屋为秋风所破歌》:"安得广厦千万间,大庇天下寒士俱欢颜。"

王石珊[1]

弟畜王郎我亦痴,六朝裙屐六朝诗[2]。肯从南海求珠网,只学东坡啖荔枝。鱼雁久沉徒有梦,莺花继醉恐无期。高牙大纛何须恋,爱看悲歌斫地时。

【注释】

[1] 王石珊：名藻章，号石珊，别署石山、石珊甫，贵州遵义人，清举人，广东后补道台，遵义八大书家之首。

[2] 裙屐：裙，下裳；屐，木底鞋。原为六朝贵游子弟的衣着，后泛指富家子弟的时髦装束。

刘树君

荆高旧侣再相依[1]，新自潮阳解组归[2]。物外游踪宜独往，花前逸兴尚遄飞[3]。蛾眉易惹人谣诼，犀首能逃世是非。记否国门分手日，伤春怨别泪交挥。

【注释】

[1] 荆高：战国荆轲和高渐离的并称，后泛指任侠行义的人。

[2] 解组：解下印绶，即辞免官职。

[3] 逸兴：超逸豪放的意兴。遄飞：勃发，疾速飞扬。

林颖叔[1]

斫轮老手别多时[2]，何幸春江对举卮。酒态纵横花妩媚，仙心缥缈佛慈悲。九重尚望东山起[3]，一客还矜北海知[4]。子羽风流今未远[5]，不论官职要论诗。

【注释】

[1] 林颖叔：名寿图(1809—1885)。
[2] 斫轮：斫木制造车轮，借指经验丰富、水平高超。
[3] 九重：指帝王。
[4] 北海：汉代孔融，字文举，"建安七子"之一，曾任北海相，人称孔北海。
[5] 子羽：未知此处指何人。

唐鄂生

陶然亭上醉千场[1]，再见形容各老苍。西子五湖三叹息，南云万里九回肠。近闻边患生仓猝，尚冀天心宥善良[2]。时事多艰人物少，力图效用固金汤。

【注释】

[1] 陶然亭：在北京市区南隅，右安门内东北。原在辽金古寺慈悲院内，清康熙三十四年(1695)工部郎中江藻在其中西部建厅三间，取唐代白居易《与梦得沽酒闲饮且约后期》诗句"更待菊黄家酝熟，共君一醉一陶然"之意，名陶然亭。
[2] 宥：宽容、原谅。

李眉生

寄书任诮报书迟[1],善病甘聋不讳痴。官职升沉吾辈澹[2],才名仙鬼世人知。先诗唐笔何年刻,楚尾吴头两处思。行谒颍滨逢足下[3],湖楼对影拜吾师。曾约刻先之溪诗集唐大陶潜书。

【注释】

[1]诮:责备。
[2]澹:恬静、安然的样子。
[3]颍滨:颍河边,也指宋苏辙。辙晚年居许州,地临颍河,自号颍滨遗老。

汪柳门学使视学山左[1],往年奉讳归吴[2],执别豫章城外。沪上晤李眉生同年,以予所钞论文书四册托其面交,不知柳翁留览否,甚念之

轺轩校士愚山子[3],先后东方炳使星[4]。松岱千寻凌绝顶,蒿庵一辈与传经。山哀水思滕王阁,甫唱邕酬历下亭[5]。想见鹊华长在眼[6],向人不改古时青。

【注释】

[1]山左:山东省,因在太行山之左(东),故称。

[2]奉讳：居父或母之丧。
[3]轺轩：古代使臣乘坐的一种轻车，也是古代使臣的代称。校士：考评士子。
[4]使星：使者。
[5]甫：唐代杜甫。邕(yōng)：李邕，唐代北海（今山东益都）太守。历下亭：济南名亭之一，因其南临历山（千佛山），故名。唐天宝四年(745)，68岁的李邕在新建成的历下亭与34岁的杜甫相见，杜甫有诗《陪李北海宴历下亭》，其中有"海右此亭古，济南名士多"之句。
[6]鹊华：济南附近的鹊山和华不注山。

鲍春霆[1]

要画凌烟并力争[2]，霆军所至贼先惊。今辞山海军容使，昔领湖湘子弟兵。小队轻衫寻老友，谈禅学道冀长生[3]。春申江上催骊唱[4]，归卧名园白帝城。

【注释】

[1]鲍春霆：名超(1828—1886)，字春霆，湘军中的霆军主帅。
[2]凌烟：凌烟阁的省称，唐太宗李世民为纪念一同打天下的众位功臣，命阎立本在凌烟阁内描绘二十四位功臣的图像，褚遂良题之。图像皆真人大小，李世民时常前往怀旧。
[3]谈禅学道：学习佛道二家的修身养性之法。冀：希望。
[4]春申江：黄浦江。骊唱：指骊歌，告别的歌。

方仲舫

匆匆分手背春江，汉上书来鲤一双[1]。露布昔挥青镂管[2]，烟㡡今倚碧纱窗[3]。壶觞酒社堪娱老，壁垒诗城欲受降[4]。为问当时同学辈，几人真不负旌幢[5]？

【注释】

[1] 鲤：书信的代称，因中国古代传递书信用尺素结成双鲤鱼形而得名。
[2] 露布：一种写有文字并用以通报四方的帛制旗子，多用来传递军事捷报。青镂管：青色玉雕的笔管，借指用这种笔管做成的毛笔。
[3] 㡡（chú）：古代一种似橱形的帐子。
[4] 诗城：藏有丰富诗稿、诗集之所在。
[5] 旌幢：旗幡。

张廉卿

桐城宗旨发湘乡[1]，今有张生起武昌。星海探源踪左马，蚕丛问径指韩王。[2]偶经东道三更醉，不负南丰一瓣香。愁未能销书未寄，名山地志括渔阳。[3]

【注释】

[1] 桐城宗旨：桐城派是我国清代文坛上最大的散文流派，为文提倡"考据、义理、辞章"兼备。

[2] 星海：星的海洋。左马：左丘明与司马迁的并称。蚕丛：相传为蜀王的先祖，教人蚕桑。

[3] 渔阳：地名，唐玄宗天宝元年改蓟州为渔阳郡，治所在渔阳(今天津市蓟县)。

贺幼甫

白头携手醉花阴，戴笠乘车一再吟。燕赵当年怀古泪，江淮此日远游心。官高近觉心弥下，交久终期道共深。太息古人风义厚[1]，能抛相印况分金[2]。

【注释】

[1] 太息：叹息。

[2] 能抛相印况分金：指鲍叔牙与管仲的友谊，比喻情谊深厚。

李载庵

识君记在卅年前，我昔壮年君弱年。蓬转再逢临极浦，兰交半已入重泉[1]。黄垆感旧今何夕，红袖成围有此筵。归访名山应见忆，茅家兄弟本神仙。

【注释】

[1]兰交:指意气相投、志同道合的至交。

方子听

花时同醉海棠巢,谪宦羁人半故交。痛说千金容易散[1],未妨五斗等闲抛[2]。西溪约看梅边雪,北梦难停水上泡。独有岁寒心不改,鸡鸣风雨听胶胶[3]。

【注释】

[1]千金容易散:指唐代李白。
[2]五斗等闲抛:指晋代陶渊明。
[3]胶胶:鸡鸣声。语出《诗经·风雨》:"风雨潇潇,鸡鸣胶胶。"

方长孺是子听之子

云司七品小京官[1],直上烟霄振羽翰[2]。见汝儿时同玉雪,随翁今日会珠槃。元亭奇字当筵问,绮席飞花隔座看。终贾妙年才左陆[3],纪群相对老怀宽。

【注释】

[1]云司:疑指云骑尉,正七品。
[2]羽翰:翅膀。语见南朝鲍照《咏双燕》之一:"双燕戏云崖,羽翰始差池。"

[3]终贾:汉代终军和贾谊的合称。两人皆早成,后指年少有才的人。左陆:晋代左思和陆机、陆云的合称,三人皆以才名。

胡练溪[1]

故交先后散如烟,老对同年说往年。何意春江花月夜,重寻燕市弟兄缘。蝉惟饮露堪为吏[2],鸥以忘机不愧仙。显晦自来无定局[3],亦由人事亦由天。

【注释】

[1]胡练溪:曾担任宁波知府、江西赣州知府。
[2]蝉惟饮露:语出唐代虞世南《蝉》:"垂緌饮清露,流响出疏桐。居高声自远,非是藉秋风。"
[3]显晦:显达和晦暗。

胡云楣[1]

死生之际见交情,君是当年范巨卿[2]。一病艰危当逆旅[3],百端顾虑到归程。海棠愿借春阴护,梁燕思看夏屋成[4]。直北朝天膺茂擢[5],更期辛苦树勋名。

【注释】

[1] 胡云楣:名燏棻(1836—1906),清末大臣,安徽泗州(今泗县)人,祖籍浙江萧山,字芸楣,亦作云眉。一生力倡维新,主张向西方学习,振兴国家。

[2] 范巨卿:东汉山阳人范式,字巨卿。少游太学,与张绍为友,同归乡里,式与绍约:"后二年当还,将过拜尊亲。"后期至,绍杀鸡炊黍以待,式果到,尽欢而别。后式梦绍告以死,式素服奔赴,如期会葬,为修坟树,然后乃去。事见《后汉书·独行列传》。

[3] 逆旅:旅店,旅居。常用以喻人生匆遽短促,语见晋代陶渊明《自祭文》:"陶子将辞逆旅之馆,永归于本宅。"

[4] 夏屋:大屋。语见《楚辞·大招》:"夏屋广大,沙堂秀只。"

[5] 直北:正北。直北朝天:语见唐代杜甫《小寒食舟中作》:"愁看直北是长安。"膺:当。茂:优秀。

方右民

一别霓裳第一仙[1],飞沉顿隔廿余年[2]。肯为天地留诗卷,惯助风骚损俸钱。岱顶云生九州雨,江心人在五湖船[3]。经过倘看烟台月,高揖元英棨戟前[4]。

【注释】

[1] 霓裳第一仙:指舞女。

[2] 飞沉:飞黄腾达与沉沦世间。

[3] 五湖船:越国范蠡功成身退,泛舟五湖。

[4] 元英:字虎儿,原名拓跋英,孝文帝改革后改姓元,代郡平城(今山西大同)人,北魏著名军事将领、音乐家。棨戟:有缯衣或油漆的木戟。古代官吏所用的仪仗,出行时作为前导,后亦列于门庭。

平景荪[1]

新诗一队鹳鹅军[2],旧学三天鸾鹤群[3]。临水笋斋趋入直,过江竹垞誓衡文[4]。栋山归隐书重校[5],滕阁登高袂久分[6]。迟我未来君偶去[7],绛霄舒卷两闲云。予去冬再至沪,景翁闻予将至,留云楣寓中十日待之。

【注释】

[1] 平景荪:名步青(1832—1896),别号栋山樵、霞偶、常庸等,浙江山阴人。同治元年(1862)进士,选为翰林院庶吉士,历任编修、侍读、江西粮道并署布政使等职。精于掌故、校勘之学。晚年自订所著为《香雪崦丛书》。
[2] 鹳鹅:军阵名。语出《左传·昭公二十一年》:"丙戌,与华氏战于赭丘,郑翩愿为鹳,其御愿为鹅。"西晋杜预注:"鹳、鹅皆阵名。"后遂以"鹳鹅"泛指军阵。
[3] 鸾鹤:鸾与鹤,相传为仙人所乘,借指神仙。
[4] 笋斋:李士棻与郭嵩焘为诗友,郭名其书斋曰:"食笋斋"。"笋斋"疑为"食笋斋"之省称。入直:旧时谓官员入宫值班供职。竹垞:此处可能指朱彝尊(1629—1709),字锡鬯,号竹垞。衡文:品评文章。
[5] 栋山:平景荪别号栋山樵。
[6] 滕阁:即"滕王阁"的简称。
[7] 迟:等待。

胡云老为余述其座主平景翁尝谓余诗可必传，既承景翁、云老与方右民同年分助经费，而新旧诸稿顷始钞付排印

必传未必副同心，麟角牛毛后视今[1]。太白狂吟饶大句[2]，小红低唱亦知音。闻青人自云：在吴门读余"海角天涯人一个，酒阑歌散夜三更"一联，凄入心脾。又余所为诗，青人与碧玉时一聚晤，则必各举其尤感人者，为予诵之。过人哀乐衰年甚，命世贤豪古意深[3]。敝帚区区竟何用[4]，一言激赏抵千金。

【注释】
[1] 麟角：比喻稀罕而又可贵的人才或事物。晋代葛洪《抱朴子·极言》："若夫睹财色而心不战，闻俗言而志不沮者，万夫之中有一人为多矣。故为者如牛毛，获者如麟角也。"
[2] 太白：唐代李白。
[3] 命世：著称于当世。
[4] 敝帚：破旧的扫帚，谦称自己的东西。语见东汉班固等《东观汉记·光武帝纪》："家有敝帚，享之千金。"

冯培之

紫薇长系舍人思[1]，出守饶州拥一麾[2]。斗酒百篇多病日[3]，阳关三叠送行时[4]。同心谊重金兰簿[5]，竟爽名高棠棣碑[6]。君与兄申之皆能尊行显志之学。曾课梅花书喜字[7]，惜无双鲤报雷池[8]。

【注释】

[1] 紫薇长系舍人思：紫薇舍人，亦称紫薇郎，唐中书舍人的别称。

[2] 饶州：隋置，治所在鄱阳（今江西鄱阳县）。

[3] 斗酒百篇：出自唐代杜甫《饮中八仙歌》："李白斗酒诗百篇"。

[4] 阳关三叠：又名《阳关曲》《渭城曲》，是据唐代王维《送元二使安西》谱写的一首琴歌。

[5] 金兰：出自《易·系辞上》："二人同心，其利断金；同心之言，其臭如兰。"形容友情深厚，相交契合。后朋友间情投意合，进而结为异姓兄弟或姐妹，称结金兰。义结金兰后，要交换谱贴（用红纸书写每人姓名、生日、时辰、籍贯及父母、祖及曾祖三代姓名），称金兰谱或兰谱，因此也叫"换贴"。

[6] 竞爽：媲美，争胜。棠棣碑：即兄弟碑，唐时记载贾敦颐、贾敦实兄弟功德的石碑。《旧唐书·良吏传上·贾敦实》："初敦颐为洛州刺史，百姓共树碑于大市通衢。及敦实去职，复刻石颂美，立于兄之碑侧。时人号为'棠棣碑'。"

[7] 课：占卜。梅花：即梅花易数，相传为北宋邵雍所创的一种占卜方式。

[8] 雷池：湖名，在安徽省望江县南。双鲤报雷池：《太平御览》六十五卷引《孝子传》："孟宗为雷池监，作鲊一器以遗母，母不纳。"孟宗，三国时江夏人，曾在雷池任监鱼官。

蔡辅臣[1]

风雨来敲冷客门，入门惊顾有啼痕。断金利协同心卜，挟纩春回病骨温[2]。棣萼有声皆及第[3]，梅花无语两销魂。柯亭刘井回翔地[4]，应制诗成动至尊[5]。

【注释】

[1] 蔡辅臣：生卒年不详，在张之洞给张佩纶的书札中曾谈到蔡辅臣与他谈

政事,据此推测,蔡辅臣应是与张之洞往来密切的大臣或清流。

[2] 挟纩:披着棉衣。纩:絮衣服的新丝棉。

[3] 棣萼:语出《诗经·常棣》:"常棣之华,鄂不韡韡。凡今之人,莫如兄弟。"孔颖达疏:"华、鄂相覆而光明,犹兄弟相顺而荣显。然则凡今时之人,恩亲无如兄弟之最厚也。"后喻指兄弟同享美名,多就友爱、才华而言。

[4] 柯亭:明学士柯潜建造。刘井:据说为明学士刘定之所浚。柯亭、刘井均位于清翰林院内。

[5] 应制诗:封建时代臣僚奉皇帝所作、所和的诗。唐以后大都为五言六韵或八韵的排律。内容多为歌功颂德,少数也陈述一些对皇帝的期望。至尊:皇帝。

陈缄斋

玉堂金殿备论思[1],翰苑一官君最宜[2]。士礼有加尊父执[3],夜香无愧告天知。腐儒几辈成何用,平世三公举可嗤[4]。忠定文忠凭努力,代兴多难急才时[5]。

【注释】

[1] 玉堂金殿:宫殿的美称。唐宋以来,称翰林院为玉堂。

[2] 翰苑:即翰林院。

[3] 父执:父亲的朋友。执:指志同道合之人。

[4] 平世:政治清明的时代。三公:周立太师、太傅、太保为三公。举:全,都。

[5] 代兴:更迭兴起。

陈伯商[1]

父书能读果清才[2],湖海还寻父执来。莲子有心能耐苦,苹婆知味美于回[3]。玉堂行视天边草,瑶札凭传江上梅[4]。倘过郊园停辔处,红情绿意漫徘徊。

【注释】

[1] 陈伯商:疑即陈鼎。据《徐尔谷先生事迹钩述》,徐尔谷光绪十六年(1890)参加乡试,主考官之一即陈伯商(鼎),时间也基本吻合。
[2] 父书能读:读父书,即承父遗教。
[3] 苹婆:果木名,又称"凤眼果",果实鲜红色,可供食用。回:回味,回甘。
[4] 瑶札:对人书札的敬称。

陈养源[1]

三陈异籍有同心[2],载酒江头次第寻。客邸喜闻今雨至[3],友邦看共使星临[4]。惊才徐庾词章丽[5],老辈孙洪向慕深。倘忆湘花饶近句,不妨遥寄得长吟。

【注释】

[1] 陈养源(1865—1905):字镜泉,后改竟全,甘肃秦州(今天水)人,光绪二十一年(1895)进士。历任或署理夏津、新泰、巨野等县知县。1903年秋,

辞官到上海开设镜今书局,加入兴中会,发起组织对俄同志会,创办《俄事警闻》,资助并结交了包括蔡元培、刘师培、吴稚晖、章士钊在内的许多革命志士。《俄事警闻》改为《警钟日报》后初期任该报总理,不久引退。后镜今书局因刊印了许多革命和进步的书籍而于1905年被上海道台袁树勋封禁。陈养源因此破产,抑郁而死。(参见郑峰《陈养源先生生平事迹考》)。

[2] 三陈:陈缄斋、陈伯商、陈养源并称。

[3] 今雨:指新交的朋友。典出唐代杜甫《秋述》:"秋,杜子卧病长安旅次,多雨生鱼,青苔及榻,常时车马之客,旧,雨来;今,雨不来。"谓宾客旧日遇雨也来,而今遇雨则不来了,初亲后疏。后用今雨指新交的朋友。

[4] 使星:使者。

[5] 徐庾词章丽:指南朝梁时徐摛、徐陵父子和庾肩吾、庾信父子的诗文风格,以流丽著称,号徐庾体。

溧阳王子云

孝廉江上泊船初[1],便访枇杷花下居。宽到酒肠真似海[2],雄于笔阵更求书。才华景允驹千里[3],风貌安仁果一车[4]。绿水红莲才地美,苏台烟月兴何如[4]?

【注释】

[1] 孝廉江上泊船初:事见《世说新语·文学》:东晋张凭举孝廉,自负其才,乘船访丹阳尹刘惔。与诸贤清谈,一座皆惊。凭既还船,惔又命人觅张孝廉船,与凭共诣时任抚军大将军的简文帝司马昱,并为之推荐。张凭遂被任为太常博士。孝廉船,常用作对有才识之士的美称。

[2] "宽到"句:出自唐代刘叉《自问》:"酒肠宽似海,诗胆大于天。"

[3] 景允:明熹宗朱由校的第七子。驹千里:千里驹,能日行千里的良马,喻指英俊有为的青少年。语见《汉书·楚元王传》:"(刘)德,字路叔,修黄老术,

有智略。少时数言事,召见甘泉宫,武帝谓之'千里驹'。"
[4] 安仁:西晋美男子潘岳的字。《世说新语·容止》中有:"潘岳妙有姿容,好神情。少时挟弹出洛阳道,妇人遇者,莫不连手共萦之。"刘孝标注引《语林》:"安仁至美,每行,老妪以果掷之满车。"
[5] 苏台:即姑苏台,故址在今江苏省苏州市西南姑苏山上。

管才叔[1]

当初排日醉流霞[2],丹凤城南小杜家[3]。并骋金台千里足[4],高歌玉树一庭花[5]。偶来西市偿吟债[6],犹为东京说梦华[7]。归去蓉湖堪送老[8],满江秋水对蒹葭。

【注释】
[1] 管才叔:名乐,江苏武进人。生卒年不详。曾担任《汇报》主笔。
[2] 排日:连日。
[3] 丹凤城:相传秦穆公之女弄玉,吹箫引凤,凤凰降于京城,故曰丹凤城。后称京城为凤城。小杜:指唐代诗人杜牧。
[4] 金台:即黄金台,亦称招贤台,在河北省定兴县,战国燕昭王为宴请天下士而筑。
[5] 玉树一庭花:即《玉树后庭花》,陈后主所创。
[6] 偿吟债:吟诗作词。语见南宋陈人杰《沁园春·辛丑岁自寿》:"约向人间,尽偿吟债,依旧乘风来帝旁。"
[7] 东京说梦华:《东京梦华录》,宋代孟元老撰,为追述北宋都城东京开封府城市风貌之作。此处借指追忆在北京的生活情景。
[8] 蓉湖:江苏古芙蓉湖,古称上湖、射贵湖,入无锡地称无锡湖,在江阴境内又称三山湖。虞翻、郦道元皆将之列入五湖。后因湖中荷花生长异常茂盛,改名芙蓉湖(另有湖形酷似芙蓉花而得名之说)。

刘季眉

沉吟迷路出花难[1],一朵昙花一夕残。六月火云焦碧树,九秋清露泣红兰[2]。正堪富贵偏无命,可惜才华不但官。犹有盘洲交分在[3],天涯感旧独辛酸。

【注释】

[1]"沉吟"句:出自唐代宋之问《春日宴宋主簿山亭得寒字》:"攀岩践苔易,迷路出花难。"
[2]九秋:整个秋季共分为九旬,故云。红兰:多花兰,兰科兰属的一种附生植物。
[3]盘洲:洪适(1117—1184),南宋金石学家、诗人、词人,晚年自号盘洲老人,饶州鄱阳(今江西省鄱阳县)人。累官至尚书右仆射、同中书门下平章事兼枢密使,封魏国公,卒谥文惠。与弟洪遵、洪迈皆以文学负盛名,有"鄱阳英气钟三秀"之称。交分(fèn):交谊,情分。

范无错[1]

绨袍直作绮裘看,银烛金尊兴未阑。红锦裹头旄乐句[2],青云附尾壮文澜。犹闻洛下传双陆[3],竟识军中有一韩[4]。苦忆伯霜逢仲雪[5],武昌鱼美问加餐。顷见君弟仲木,真今代二难也。

【注释】

[1] 范无错:名当世(1854—1905),字肯堂,因排行居一,号伯子。原名铸,字无错。江苏通州(今南通市)人。桐城派后期作家,也是南通市近代教育的主要倡导者和奠基人之一。光绪时入李鸿章幕府,常相与谈论政事,自负甚高,终身坎坷。诗多沉郁苍凉,著有《范伯子诗文集》。

[2] 红锦裹头:古代歌舞艺人表演完毕,客以罗锦为赠,称缠头。

[3] 洛下传双陆:晋武帝太康十年(289),陆机和陆云来到京城洛阳拜访时任太常的著名学者张华。张华颇为看重他们二人,说:"伐吴之役,利获二俊。"使得二陆名气大振。

[4] 军中一韩:指韩琦,河南安阳人。宋仁宗康定元年,韩琦与范仲淹同为陕西经略安抚副使,共同防御西夏,名重一时。事见宋代朱熹《五朝名臣言行录》卷七:"(范)仲淹与韩琦协谋,必欲收复灵夏横山之地,边上谣曰:'军中有一韩,西贼闻之心胆寒;军中有一范,西贼闻之惊破胆。'"

[5] 伯霜、仲雪:楚熊严,芈姓,有子四人,长子伯霜,中子仲雪。此借指范氏兄弟。

洪引之[1]

昂藏鹤只避鸡群[2],骈体专家起异军。师法远摹东汉史,祖风善继北江文[3]。意中兰畹三湘草[4],梦里梨花万树云[5]。沪市黄垆追旧迹,章门陈榻俟新闻。[6]君为北江先生元孙,文有家法。

【注释】

[1] 洪引之:名熙,生平事迹不详,清代经学家、文学家洪亮吉之长孙。

[2] 昂藏:超群出众貌。

[3] 祖风:祖辈的风范。洪引之为洪亮吉元孙,故称其文有乃祖之风。北江:洪亮吉(1746—1809),字君直,号北江,阳湖人(今江苏常州),清代史学

家、经学家。

[4]"兰畹"句:语出屈原《离骚》:"余既滋兰之九畹兮,又树蕙之百亩。"三湘为古楚地,屈原为楚人,故称。

[5]"梦里"句:语出唐代岑参《白雪歌送武判官归京》:"忽如一夜春风来,千树万树梨花开"。"兰畹"和"梦里"二句赞洪引之品行高洁,才华横溢。

[6]章门:赣州的别称。其地汉时属豫章郡,故称。陈榻:即陈蕃榻。

张道岷

彩毫频染十眉图[1],京兆风流未可无[2]。扶老喜迎灵寿杖[3],阄诗爱咏合欢襦[4]。丈人峰顶千寻玉[5],商女歌喉一串珠[6]。遥想东瀛琴酒会,万花围席足清娱[7]。

【注释】

[1]彩毫:彩笔。十眉图:唐明皇令画工画十眉图。一曰鸳鸯眉(又名八字眉),二曰小山眉(又名远山眉),三曰五岳眉,四曰三峰眉,五曰垂珠眉,六曰月棱眉(又名却月眉),七曰分梢眉,八曰涵烟眉,九曰拂云眉(又曰横烟眉),十曰倒晕眉。

[2]京兆:京兆尹张敞常常为妻子画眉,后来指夫妇或男女相爱。

[3]灵寿杖:用灵寿木做的手杖。

[4]阄诗:拈阄作诗。合欢襦:绣有合欢花图案的短袄,用以象征和合欢乐之意。

[5]丈人峰:位于泰山主峰玉皇顶西北,形状好像老翁伛偻着背而得名。附近又有数块稍小之石相配,因此又有"老翁弄孙"之称。寻:古代长度单位,八尺为一寻。

[6]商女:歌女。一串珠:形容歌声圆转,有如一串明珠。此句出自唐代白居易《寄明州于驸马使君三绝句》之三:"何郎小妓歌喉好,严老呼为一串珠。"

[7]万花围席:出自宋代无名氏《沁园春·寿刘宰》:"元戎高会,万花围席,争看题诗。"

郭莲生

莲生才调又风情[1],每听琴声有叹声。一日移山谐凤愿,百年同室保前盟。何时得免伤金尽,此事凭谁善玉成。佛说因缘殊可据,不然岂易配倾城。

【注释】

[1]才调:犹才气,多指文才。风情:风采、风神。

许竺生

先识琴川第一花[1],乡亲苏小不如他[2]。殷勤好丽君弥甚,委曲怜香我倍加。对影时时看绿鬓,闻歌字字响红牙[3]。元瑜彩笔娴书札[4],绣幕何须讳狭邪[5]。

【注释】

[1]琴川:常熟的别称。
[2]乡亲苏小:指南齐钱塘名妓苏小小。清代袁枚刻有一章,其文为:"钱塘苏小是乡亲"。
[3]红牙:用红色檀木制成,唱歌时打拍子用的牙板。

[4] 元瑜：阮瑀（约165—212），东汉文学家，建安七子之一，字元瑜，陈留尉氏（今河南尉氏）人，有《阮元瑜集》。彩笔：典出南朝钟嵘《诗品》："初，淹罢宣城郡，遂宿冶亭。梦一美丈夫，自称郭璞。谓淹曰：'我有笔在卿处多年矣，可以见还。'淹探怀中，得五色笔授之。而后为诗，不复成语，故世传江淹才尽。"后以"彩笔"指辞藻富丽的文笔。
[5] 狭邪：指妓院。

勒元侠[1]

倒屣难迎恕病中，裼裘来与太原同[2]。每临豪竹哀丝地[3]，合有名姬骏马风。诗虎两当今日独[4]，灵犀一点美人通。尽麾蜣志交廉蔺[5]，起视长天气吐虹。

【注释】

[1] 勒元侠：名深之（1853—1898），字公遂，一作元侠，江西新建人。光绪拔贡生，廷试第一，供职京师。性豪放，博学，尤长于诗，并工书、画。有《蕉鹿吟》《门龠三宝斋诗》等传世。
[2] 裼：古代加在裘上面的无袖丝织锦衣。裘：毛皮裘袍。
[3] 豪竹哀丝：语出唐代杜甫《醉为马坠诸公携酒相看》："酒肉如山又一时，初筵哀丝动豪竹。"
[4] 诗虎：喻作诗能手。
[5] 蜣志：语出南朝刘义庆《世说新语·品藻》中，庾道季云："廉颇、蔺相如虽千载上死人，懔懔恒如有生气；曹蜣、李志虽见在，厌厌如九泉下人。"故"蜣志"被用来指称庸碌之人。

徐圣秋

往事西江记不差,两陵人指两诗家[1]。十年未破樊川梦[2],一夕同看海市花[3]。衰白最难逢旧雨[4],小红相倚劝流霞。珊瑚笔试琉璃砚[5],醉墨催涂字字鸦。

【注释】

[1] 两陵人:指唐代诗人杜甫和杜牧。
[2] 樊川:唐代杜牧因晚年居长安南樊川别墅,故后世称"杜樊川"。
[3] 海市:指上海。
[4] 衰白:谓人老体衰鬓发疏落花白。
[5] 珊瑚笔:宋代欧阳修《归田录》卷下:"钱思公生长富贵,而性俭约,闺门用度,为法甚谨。子弟辈非时不得辄取一钱。公有一珊瑚笔格,平生尤所珍惜,常置之几案。"琉璃砚:南北朝徐陵《玉台新咏序》:"琉璃砚匣,终日随身;翡翠笔床,无时离手。"

程蒲生[1]

章江倾盖又申江[2],时向花间对影双。题凤屡闻词客过[3],执雌甘受美人降[4]。我于东野为云愿[5],诗有西昆往日腔[6]。犹记分曹乘夜饮[7],醉春园里酒盈缸。

【注释】

[1] 程蒲生：名秉钊(1850—1891)，又名秉铦，字公勖，号蒲苏，安徽绩溪人。光绪十六年(1890)进士。早年家境富有，潜心学问，后家业毁于太平天国战乱，遂往来四方，充当幕僚。同治九年(1870)至光绪四年(1878)，受聘参与编修《江西通志》。著述颇多，有《绩溪志乘》《琼州杂事诗》《丹荃馆诗余》等。

[2] 申江：上海黄浦江。

[3] 题凤：典出《世说新语·简傲》："嵇康与吕安善，每一相思，千里命驾。安后来，值康不在，喜(嵇康的哥哥名嵇喜)出户延之，不入，题门上作凤字而去；喜不觉，犹以为欣。"凤繁体字拆开为"凡鸟"二字，喻指人平庸。

[4] 执雌：谓保持柔顺之德。语出《孔子家语·观周》："温恭慎德，使人慕之；执雌持下，人莫逾之。"

[5] "我于"句：语出唐代韩愈《醉留东野》："吾愿身为云，东野变为龙。四方上下逐东野，虽有离别无由逢？"东野：唐代孟郊。

[6] 西昆：北宋初，杨亿、刘筠、钱惟演于景德二年(1005)至大中祥符六年(1013)间，聚集于皇帝藏书的秘阁，编纂《历代君臣事迹》，闲暇时以诗唱和。杨亿将酬唱之作结集为《西昆酬唱集》，时人纷纷效仿，号为西昆体。

[7] 分曹：分对、两两。

陈次亮[1]

几度相逢古押衙[2]，公车近喜驻京华[3]。待听槐省音声树[4]，记看琴川姊妹花[5]。客邸千金休放手，江城四子已名家[6]。南湖合访东湖隐，说梦无妨一笑哗。

【注释】

[1] 陈次亮：名炽(1855—1900)，原名家瑶，后更名炽，字次亮，别号瑶林馆

主,江西瑞金人,清末维新派。历任户部郎中、刑部章京、军机处章京,曾遍游沿海各商埠,并考察香港、澳门,主张学习西方以求自强。光绪二十一年(1895)与康有为在北京组织强学会,任提调。维新失败后,忧愤而死。著有《庸书》《续富国策》等。

[2] 押衙:唐宋官名,管领仪仗侍卫。

[3] 公车:官车。

[4] 槐省:三公(太师、太傅、太保)的官署。

[5] 琴川:常熟别称。

[6] 江城:指南昌。名家:有专长而自成一家。

顾稷侯

是何天授笔玲珑,书画名高艺苑中。半世讴吟多散草,一官弃置易飘蓬。情深亦使花能笑,兴在惟余酒不空。可惜此才无地用,命宫磨蝎与予同。

能筱垣

东湖置酒寿荷花[1],来访天台玉女家[2]。击钵尚争诗敏捷[3],挥金曾慕侠豪华。广文独冷官无用[4],歧路堪虞鬓有华。一曲骊歌听不得[5],自怜流滞海之涯。

【注释】

[1] 东湖:指南昌之东湖。

[2] 天台玉女:传说中的仙女。

[3] "击钵"句:《南史·王僧儒传》载:南朝时期,齐竟陵王萧子良常夜集学士,刻烛作诗,刻一寸限成四韵,萧文琰认为这不是难事,就与丘令楷、江洪二人改为击铜钵催诗,击钵音止,诗即成。

[4] 广文:唐天宝九年,国子监增开广文馆,设博士、助教等职。郑虔曾为广文博士,时人视为冷官(清苦闲散之职)。见唐代杜甫《醉时歌赠广文馆博士郑虔》:"诸公衮衮登台省,广文先生官独冷。"

[5] 骊歌:告别的歌。

李洛才[1]

游闲裘马最翩翩,过市常挥白玉鞭。交广用情知不浅,才高课忍更求坚。新诗荷赞韩陵石[2],远信时飞郑驿笺[3]。试问万千红紫地,谈兵谁似杜樊川[4]。

【注释】

[1] 李洛才:名智俦,字鹤俦,号乐才(洛才),江苏仪征人,监生,光绪间官湖南龙山县知县。后为两江总督刘坤一幕宾。

[2] 韩陵石:原指北魏温子昇所撰《韩陵山寺碑》。事见唐代张鹭《朝野佥载》卷六:"梁庾信从南朝初至北方,文士多轻之。信将《枯树赋》以示之,自后无敢言者。时温子昇作《韩陵山寺碑》,信读而写其本。南人问信曰:'北方文士何如?'信曰:'唯有韩陵山一片石堪共语。薛道衡、卢思道少解把笔,自余驴鸣犬吠,聒耳而已。'"

[3] 郑驿:好客主人迎宾待客之所。典出《汉书·郑当时》:"郑当时字庄,……孝景时,为太子舍人。每五日洗沐,常置驿马长安诸郊,请谢宾客,

夜以继日,至明旦,常恐不遍。"语见唐代元稹《献荥阳公诗五十韵》:"郑驿骑翩翩,丘门子弟贤。"笺:书信。
[4]谈兵谁似杜樊川:唐代杜牧生性倜傥慷慨,喜议论,好谈兵,却被投闲置散,始终未能得位以施展。

任巽甫

霓裳咏盼众仙同,骈体文兼六代工。时响马蹄趋酒市,贪随蝶影入花丛。拜袁揖赵春江上[1],涧柳坡花故里中。自别黄滩书信少[2],蜀天西望夕阳红。

【注释】

[1]拜袁揖赵:不知袁、赵此处具体指谁。
[2]黄滩:地名,在湖北应城市。

袁如生[1]

卅年老友久忘形,故眼相看不改青。偶向东山寻谢墅,似从西蜀问扬亭[2]。骊黄可略成孤赏,块垒同浇讳独醒。[3]闻说牙签需善价,宋元珍本惜凋零。

【注释】

[1]袁如生:生平不详。

[2] 扬亭：汉代扬雄家居成都，其宅中有亭。

[3] 骊黄：骊，黑马；黄，黄马。指鉴识人才不必拘泥于细节。独醒：语出《楚辞·渔父》："举世皆浊我独清，众人皆醉我独醒。"

饶从五

检书看剑欸门生[1]，此亦南州后起英[2]。缝掖昔随祠泰伯[3]，篮舆今喜御渊明[4]。白头烂醉狂奴态，青眼高歌变徵声。因念关中涂大令[5]，宦途犹得震文名。昔予宰南城，尝集书院诸生拜李盱江墓道于凤皇山麓。顷从五会试下第，过沪见访。激昂时务，信是异才。为余言涂少卿以名解元成进士，近官陕西上游，推毂行即真除。予老矣，及门如少卿，固自可喜。而高霞初、郭少韭、黄迪庵、杨式如辈尚滞公车，清贫可念，对从五弥复萦怀不已。

【注释】

[1] 检书看剑：语出唐代杜甫《夜宴左氏庄》："检书烧烛短，看剑引杯长。"门生：泛指学生与弟子。这里指饶从五，他是李士棻的学生。

[2] 南州：泛指南方地区。后起英：后起之秀，青年才俊。

[3] 缝掖：亦作"缝腋"，大袖单衣，古儒者所服，亦指儒者。泰伯：即诗末自注中的李盱江(1009—1059)，名李觏，字泰伯。

[4] 篮舆：古时一种竹制的座椅。

[5] 涂大令：即自注中的涂少卿，生平不详。

歌园雏伶中有名想九霄者[1]，每一登场，万人倾靡。予仅与一面，喜其略通弈妙，诗以旌之

梨园今有魏长生[2]，珠媚花娇万目惊。鲁酒难期同日醉[3]，胡弦急送过云声。九天缥缈真人想，一往潆洄子野情[4]。看近画楼闲对弈，搔头散髻最轻盈。

【注释】

[1] 想九霄(1864—1925)：京剧、河北梆子花旦表演艺术家。名瑞麟，一作瑞霖，艺名想九霄，亦作响九霄，小名田虎，直隶(今河北)保定高阳县人。

[2] 梨园：原为唐代训练乐工的机构。事见《新唐书·礼乐志》："玄宗既知音律，又酷爱法曲，选坐部伎子弟三百，教于梨园。声有误者，帝必觉而正之，号皇帝梨园弟子。"后称戏曲班子为梨园。魏长生(1744—1802)：字婉卿，四川金堂县人，清乾隆时著名秦腔旦角演员。

[3] 鲁酒：鲁国酒薄，因称薄酒为鲁酒。

[4] 潆洄：水流回旋的样子。子野：东晋桓伊，字子野。子野情：事见《世说新语·任诞》："子野每闻清歌，辄唤'奈何！'谢公闻之，曰：'子野可谓一往有深情。'"

梅谱慧人未死前，予犹题纨扇寄讯。伊闻予与子听先后失官，则为之饮泣

风流云散久神伤，忽报惊魂赴北邙[1]。吾辈宦游竿木戏[2]，伊人歌舞

荔枝香[3]。深深埋玉知仙骨[4],佼佼挥金有侠肠[5]。团扇题诗珍重寄,墨痕今剩泪痕凉。

【注释】

[1]北邙:亦作"北芒",山名,即邙山。因在洛阳之北,故名。东汉、魏、晋的王侯公卿多葬于此。后泛称墓地。
[2]竿木戏:一种杂技表演形式。
[3]荔枝香:相传杨贵妃过生日,命乐队作新曲献上庆贺,适逢驿马送来南国荔枝,因而用《荔枝香》作曲名。
[4]埋玉:典出《世说新语·伤逝》:"庾文康亡,何扬州临葬,云:'埋玉树箸土中,使人情何能已已!'"多用于悼念年少有才华而去世的人。
[5]佼佼:即美好出众或优秀出众的样子。

浣花余裔

近事匆匆未易详,前尘历历最难忘。揭来淮海繁华地[1],重说幽燕游侠场[2]。贫议蓄钱无此福,饥谋辟谷有何方[3]。惟余一枕庄生梦,夜夜相逢在睡乡。

【注释】

[1]揭来:来到。
[2]幽燕:称今河北北部及辽宁一带。唐以前属幽州,战国时属燕国,故名。
[3]辟谷:即不吃五谷,方士道家修炼成仙的一种方法。

碧玉清流[1]

几世清修一世逢,后身犹誓续前踪[2]。善愁未免成情种,任忤终难改笑容[3]。势迫死生谁忍别,梦随形影自相从。鱼来雁往伤心极[4],再面凭销恨万重。

【注释】

[1] 碧玉清流:生平事迹未详,李士棻的红颜知己。
[2] 后身:佛教以前世、今世、来世为三世,谓来世之身为"后身"。
[3] 忤:抵触,不顺从。
[4] 鱼来雁往:古人有鱼雁传书之说。

坡公生日,风雪满天,与碧玉同拜《笠屐图》[1],歌诗侑酒[2],情文斐然

有一朝云万里从[3],海南真与故乡同。奇才两字恩君后,初度三冬耐雪风。再献瓣香供小像,长留爪迹寿飞鸿。老来情分钟儿女,我亦儋州秃鬓翁。

【注释】

[1]《笠屐图》:宋代苏轼所绘。

[2] 侑:助,在筵席旁助兴,劝人吃喝。

[3] 朝云(1062—1095):姓王,字子霞,北宋钱塘人,苏轼之妾。苏轼晚年,难有起复之望,身边侍妾都陆续散去,只有王朝云始终如一,追随至岭南惠州。苏轼感叹为诗,序云:"予家有数妾,四五年间相继辞去,独朝云随予南迁,因读乐天诗,戏作此赠之。"后朝云逝于惠州。

湘水青人

问天何忍误婵娟[1],带怨含悽又一年。肯与青莲同在涸[2],独愁紫玉化为烟[3]。临池余力兼工画[4],捉麈微言半近禅[5]。食蓼苦心谁共喻[6],友梅高咏世争传。

【注释】

[1] 婵娟:代指美女。
[2] 青莲:佛教以为莲花清净无染,常用以喻品行高洁。涸:污秽物。
[3] 紫玉:传说中春秋时吴王夫差小女名,欲嫁童子韩重,为父所阻,气结而死。
[4] 临池:东汉张芝学习书法十分勤苦,他在水池边练习写字,用池水洗笔砚,使一池的水都变黑了。
[5] 捉麈:手拿麈尾,语见《世说新语·容止》:"王夷甫容貌整丽,妙于谈玄,恒捉白玉柄麈尾,与手都无分别。"微言:精深微妙的言辞。
[6] 食蓼苦心:语出宋代苏轼《定惠院寓居月夜偶出》:"少年辛苦真食蓼,老景清闲如啖蔗。"蓼:又名辛菜,为一年生或多年生草本植物,味苦辣,可作调味用。

马禅樨庚辰九日同予游潘园[1]，写《湖楼啜茗图》，禅樨作序

宛在城中有水滨，潘园叠石最嶙峋。莺花惯趁登高会，鹿鹤如逢累劫人[2]。四座茶香诗味足，三秋画本墨痕新。禅樨文好今何处，一度披吟若比邻。

【注释】
[1] 庚辰：清光绪六年(1880)。潘园：清末上海名园。
[2] 累劫：连续数劫，谓时间极长。

歌园凡事皆穷极百巧，倾动万人

沪园丝管沸年年[1]，火树红于不夜天。渌水歌兼么凤舞[2]，莲花队领柘枝颠[3]。拓开风月无边界，破费闾阎有用钱[4]。赢得销金锅一叹[5]，古来繁盛已堪怜。

【注释】
[1] 丝管：音乐。
[2] 渌水歌：语出唐代李白《秋浦歌》十三："渌水净素月，月明白鹭飞。郎听采菱女，一道夜歌归。"么凤舞：舞蹈名，又名《火凤舞》。北魏高阳王元雍，有家妓五百，其中有个名艳姿的美姬，擅舞《火凤舞》。事见唐代元稹《法曲》："女为胡妇学胡妆，伎进胡音务胡乐。火凤声沉多咽绝，春莺转罢长萧索。"

[3]柘枝颠:语见沈括《梦溪笔谈》卷五:"寇莱公好《柘枝舞》,会客必舞《柘枝》,每舞必尽日,时谓之柘枝颠。"
[4]闾阎:平民百姓。闾泛指门户、人家。古代以二十五家为闾,阎指里巷的门。
[5]销金锅:喻挥金如土,用钱如沙,像销金的锅子一样。

观外国戏法,凡十昼夜无一雷同,骇叹不已,而有此诗

偃师伎俩在寰中[1],骇未曾经出不穷。压倒古人成绝技,安排造化与同功。向天撒手飞皆剑,贴地翻腰势尽弓。百马齐驱千鼠拱,象奴狎虎吼江风[2]。

【注释】
[1]偃师:传说中的能制造能歌善舞人偶的神奇工匠,见《列子·汤问》。
[2]象奴:饲养大象的仆人。狎:驯养。

电气灯

自来火不借薪传,电气为灯亦自然。日月蔽亏他有耀,人民摇动睹争先。烛龙竟似腾于海[1],玉虎何尝亘在天[2]。圣祖光明开算学[3],洋人格物此为贤[4]。

【注释】

[1]烛龙:传说中的神兽,人面龙身,口中衔烛,在西北无日之处照明于幽阴。传说他威力极大,睁眼时普天光明,即白天;闭眼时天昏地暗,即黑夜。见《山海经》。

[2]玉虎:白虎,二十八星宿中西方七宿,其形像虎,西方五行属金,色白,故称白虎。

[3]算学:数学,包括天文学。

[4]格物:清末称西洋自然科学为"格物"。

自来水

人工亦复与天侔,电火交檐水纳沟[1]。灌向瓮中何必井,来从湖上不须舟。随时足备闾阎用,伏地遥同济沇流[2]。似此机关殊有益,江心雷炮即阴谋。

【注释】

[1]电火交檐水纳沟:电线安装在屋檐下,自来水管放置在地下。

[2]沇(yǎn):河流名。"沇"一作"兖",济水的别称,源出河南省,流经山东省入渤海。

静安寺同车游览[1],世间无第二处。除此游,沪上亦无第一乐,不可无诗

寺门日日有春风,一老婆娑锦绣丛[2]。酒旗并招三岛客,鞭丝不断五花骢[3]。爱他临去秋波转[4],结伴归来夕照红。别是一重香世界,华严楼阁化人宫[5]。

【注释】

[1] 静安寺:上海市的著名古刹。
[2] 婆娑:逍遥、闲散自得貌。
[3] 五花骢:珍贵的马。骢(cōng):毛色青白相杂的马。
[4] 临去秋波转:语出元代王实甫《西厢记》第一本第一折:"怎当他临去秋波那一转!便是铁石人也意惹情牵。"
[5] 化人:劝化人、教化人。

程雪笠[1]

山迎水送意迟迟,一叶轻舟万卷随。题蹬久供蟫腹饱[2],丹青初趁虎头痴[3]。平生嗜好书为命,他日流传画是诗。予偶作沪游,临行,雪笠为予写随身书卷图。南面百城吾老矣[4],犹能卓荦不停披。

【注释】

[1] 程雪笠(1833—1908):原名增培,字松生,号雪笠、笠道人,安徽黟县

人,擅长浅绛彩绘艺术。

[2] 题籖(xiè):书卷的杆轴。蟫(tán):蛀蚀书的小虫。

[3] 虎头:东晋画家顾恺之小字虎头。

[4] 南面百城:语出北齐魏收的《魏书·李谧》:"丈夫拥书万卷,何假南面百城?"

庚辰秋[1],未抵沪之前,拜先师曾文正公遗像于莫愁湖楼[2]。念今日飘零,过此,虽惭学道未坚,实由谋生不善。古人云:"不作无益之事,何以悦有涯之生?"饥驱所至,不恤拍浮酒中,借消块垒[3]。曩在京邸,吾师见赠有"太白醉魂今尚存"之句,今者落魄不羁,醉魂成谶,人间天上,感慨系之

师门当日盛朋俦[4],才薄甘居第二流。永忆祖庭亲杖拂[5],重寻华屋感山丘[6]。古来名德公皆备,今对长江我欲愁。地下应怜桃李旧,道旁之李更谁求[7]。

【注释】

[1] 庚辰:清光绪六年(1880)。

[2] 莫愁湖:在南京秦淮河西。1888年,江宁藩司许振祎在湖畔建曾公阁。

[3] 拍浮酒中:典出《世说新语·任诞》:"毕茂世云:'一手持蟹螯,一手持酒杯,拍浮酒池中,便足了一生!'"后以"拍浮"为诗酒娱情之典。

[4] 朋俦:朋友。

[5] 祖庭:祭奠。语出《礼记·檀弓上》:"小敛于户内,大敛于阼,殡于客位,祖于庭,葬于墓。"杖拂:即"执绋",丧葬时手执牵引灵柩的大绳以助行进。语见《礼记·曲礼上》:"助葬必执绋。"

[6] 华屋感山丘：语出三国曹植《箜篌引》："生在华屋处，零落归山丘。"华屋：华美的屋宇；山丘：坟墓。

[7] 道旁之李：典出《世说新语·雅量》："王戎七岁，尝与诸小儿游。看道边李树多子折枝，诸儿竞走取之，唯戎不动。人问之，答曰：树在道旁而多子，此必苦李。取之，信然。"

陈右铭分巡河北[1]，筑致用精舍[2]，祀河朔英灵[3]韩文公、韩魏公、邵康节、岳武穆[4]，召多士来学。其子伯严孝廉抗心希古[5]，世并称之

铁瓮城边夜半舟[6]，失之交臂怕回头。过淮屡饭无双士，适卫先祠第一流。骥子文章前辈亚[7]，蛾眉谣诼众人咻[8]。楚黄闻衣还乡锦[9]，应访东湖水上鸥。

【注释】

[1] 分巡：分道出巡，此处指陈宝箴任直隶布政使。

[2] 精舍：学舍。

[3] 河朔：泛指黄河以北。

[4] 韩文公：唐代韩愈。韩魏公：北宋名将韩琦（1008—1075）。邵康节：北宋易学家邵雍（1011—1077）。岳武穆：南宋抗金名将岳飞。

[5] 伯严：陈三立（1853—1937），字伯严，号散原，陈宝箴之子。

[6] 铁瓮城：江苏镇江子城。

[7] 骥子：千里马，多比喻英才。

[8] 咻：吵闹、喧哗，语见《孟子·滕文公下》："一齐人傅之，众楚人咻之。"

[9] 闻衣："绍闻衣德"的简写，语出《尚书·康诰》："今民将在祇遹乃文考，绍闻衣德言。"孔传："今治民将在敬循汝文德之父，继其所闻，服行其德言，以为政教。"后用为承继旧闻善事，奉行先人之德化教言。

曾沅甫九丈克复金陵[1],时时召予会饮。返湘之日,授予长剑留别。丁恬生赠予一琴。年来图史散失,独携琴剑至沪,觅工修治,顾之怃然。乃为二诗,一投九帅,一寄恬生

万流仰镜看扶轮[2],四海依然一颍滨[3]。再整金瓯新世界[4],不遗玉局老门人。年时北面趋前席[5],早晚东游谒后尘[6]。自顾平生无长物[7],独留琴剑伴吟身。

【注释】
[1] 克复金陵:指1864年7月攻陷太平天国的天京。
[2] 万流仰镜:语出南朝颜延之《皇太子释奠会作》:"庶士倾风,万流仰镜。"意为受到众人钦慕。扶轮:指扶翼车轮,在侧拥进之意。
[3] 颍滨:宋代苏辙晚号颍滨遗老。
[4] 金瓯:指国土。
[5] 前席:语出《史记·商君列传》:"卫鞅复见孝公。公与语,不自知膝之前于席也。"后以"前席"指欲更接近而移坐向前。
[6] 谒后尘:比喻追随别人之后。
[7] 长物:多余的东西。

丁恬生

散尽图书我不孤,随身桐尾老堪娱[1]。几经浩劫今犹在,若论知音世岂无。白首喜闻官职进,青萍同作友朋呼[2]。索居且赋停云句[3],七字吟成百感俱。

【注释】

[1] 桐尾:指琴。语见《后汉书·蔡邕传》:"吴人有烧桐以爨者,邕闻火烈之声,知其良木,因请而裁为琴,果有美音,而其尾犹焦,故时人名曰'焦尾琴'焉。"
[2] 青萍:喻身世漂泊无定。
[3] 索居:孤居一方。

罗惺士以精微二字赠别,爱予与佑卿同[1]

始知真放本精微[2],坡老此言谁庶几[3]。良友不辜三益望[4],晚年空醉百花围。陈雷气类齐名久[5],许史交游责善稀[6]。尝恨世无曾氏子,因君感旧泪重挥。

【注释】

[1] 佑卿:曾省三,四川荣县人。

[2] 始知真放本精微：宋代苏轼《子由新修汝州龙兴寺吴画壁》："始知真放本精微，不比狂花生客慧。"真放：天真逸放。精微：精深微妙，也指精微之处。

[3] 坡老：对宋代苏轼的尊称。庶几：差不多，近似。

[4] "良友"句：出自《论语·季氏》："益者三友，损者三友。友直，友谅，友多闻，益矣。"

[5] 陈雷：不知此处指哪二人。气类：意气相投者。

[6] 许史：汉宣帝时外戚许伯和史高的并称，后借指权门贵戚。责善：劝勉从善，语出《孟子·离娄下》："责善，朋友之道也。"

宦莘斋[1]

朱窗四面绕红裙，触目琳琅介寿文[2]。予六十初度，君尝为文见寿。见谓琼筵来倩女[3]，亲逢玉局对朝云[4]。石铫活火量茶乳[5]，纸帐梅花袭麝氛[6]。他日古稀高会处，寄声当复念相闻[7]。

【注释】

[1] 宦莘斋：名懋庸（1842—1892），字伯铭，号莘斋，别号碧山野史，贵州遵义人。幼苦心向学，时值离乱，未就乡试，先后游幕江浙三十年，与江浙一带学者名流交游。贵州人莫祥芝任上海知县时，聘宦佐其幕，钩稽财用出入，并经营盐业商事。

[2] 触目琳琅：语出《世说新语·容止》："有人诣王太尉，遇安丰、大将军、丞相在座，往别屋见季胤、平子。还语人曰：'今日之行，触目见琳琅珠玉。'"介寿：祝寿，语见《诗经·七月》："为此春酒，以介眉寿。"

[3] 琼筵：盛宴、美宴。倩女：美丽的少女。

[4] 玉局：指宋代苏轼。朝云：苏轼侍妾。

[5] 石铫（diào）：陶制的小烹器。铫：煮开水熬东西用的器具。乳：即乳花，

烹茶时起的泡沫。

[6] 纸帐:纸做的帐子,亦名梅花纸帐,用藤皮茧纸缠于木上,以索缠紧,勒作皱纹,不用糊,以线缝之,顶不用纸,以稀布为顶,取其透气。帐上常画梅花、蝴蝶等为饰。参见明代高濂《遵生八笺》卷七。麝氛:麝香。

[7] 寄声:托人传话。

李勉林[1]

春酒招登江上台,故交三两对尊罍。[2]冯吉云、李石渠、莫善徵皆旧好也。乍经钩党推排后[3],亲看洪炉煅炼来。当路尚多桃李辈[4],空山已老栋梁材。频年伏处今堪出[5],合有奇勋震八垓[6]。

【注释】

[1] 李勉林(1827—1904):名兴锐。湖南浏阳人。咸丰二年(1852)以诸生办团练。后入曾国藩军,治湘军军需。同治七年(1868)官大名府知府,升道员。光绪二十六年(1900)擢江西巡抚。后历官广东巡抚、闽浙总督、两江总督。

[2] 春酒:冬酿春熟,亦称春酿秋冬始熟之酒。语见《诗经·七月》:"为此春酒,以介眉寿。"尊罍:泛指酒器。

[3] 钩党推排:语见宋代唐庚《白鹭》:"诸公有意除钩党,甲乙推排恐到君。"钩党:指相牵连的同党。推排:一个一个地转相推勘、逐步追查。

[4] 当路:执政,掌权。桃李辈:这里与"栋梁材"相对而言,指平庸之辈。

[5] 伏处:隐居。语见《庄子·在宥》:"贤者伏处大山嵁岩之下,而万乘之君忧慄乎庙堂之上。"

[6] 八垓:八方。

萧敬甫工于諟正文字[1]，顾千里之学如此

田间易学与庄骚[2]，善本同看是旧雕。千里校讎专近代[3]，一家词赋盛梁朝。书坊对语心相契，铁厂来寻路甚遥。犹有灵皋衣钵在[4]，远追槲鼐建文杓[5]。

【注释】

[1] 萧敬甫：名穆(1835—1904)，一字敬孚。安徽桐城县人。同治十一年(1872)，进入上海制造局翻译馆任编纂，在馆三十余年，校勘书籍九百余种。著有《敬孚类稿》。諟正：同"是正"，订正。

[2] 田间：钱澄之(1612—1693)，字饮光，初名秉镫，字幼光，晚号田间，桐城(今属安徽)人。明末清初杰出的诗人、学者和思想家。晚年隐居乡里，改名澄之，终生不仕清廷。著有《田间易学》《田间诗学》《庄屈合诂》《藏山阁集》《田间诗集》《田间文集》《所知录》等。庄骚：《庄子》和《离骚》。

[3] 千里：顾千里(1766—1835)，名广圻，字千里，别号思适居士，人称"万卷书生"，江苏元和人，清校勘学家、目录学家、著名藏书家。

[4] 灵皋衣钵：原指佛教中师父传授给徒弟的袈裟和钵，后泛指传授下来的思想、学问、技能等。

[5] 槲鼐：指桐城派代表人物刘大槲、姚鼐。杓(biāo)：古代指北斗第五、六、七颗星，亦称斗柄。

顷阅《申报》,知徐丰城先师门人张君香涛新拜总制两广之命[1],因念往年君以名解元留京,赠予诗曰:"昔者晁美叔[2],远不及东坡。同列欧门下[3],因之古谊多。"复约予携陆宣公、苏文忠两集入西山求经世之学,今君果副壮怀。是行也,将见海不扬波,人皆安堵[4]。予载酒江湖,有乐郊、乐土之适[5],幸矣

岭海雄封遥拥节[6],京华大雅久扶轮。籍翱二子称高弟[7],贽轼千秋见替人[8]。星汉勋名天有斗,云雷志业易之屯[9]。凭君整顿瀛寰局[10],安稳江湖庇幸民。

【注释】

[1] 徐丰城:即徐士谷(1803—1866),江西丰城人。香涛:张之洞号。
[2] 晁美叔:晁端彦(1035—1095),字美叔,清丰(今属河南)人,宋仁宗嘉祐四年(1059)进士(一说嘉祐二年)。
[3] 欧:指宋代欧阳修。
[4] 安堵:安定、安居。
[5] 乐郊、乐土:出自《诗经·硕鼠》。
[6] 拥节:执持符节,指出任一方。
[7] 籍翱:唐代李翱、张籍,韩愈的弟子。
[8] 贽轼:唐代陆贽、宋代苏轼。
[9] "云雷"句:《周易·屯·象》:"云雷,屯。君子以经纶。"
[10] 瀛寰:全世界,这里指国家。

郭晚香携自寿诗见访[1]，并问觉轩近状

南皮门下轶才多，郭十三名今未磨。就我论文挥玉麈，与山同寿指金鹅。注书力阐皇朝学，对酒思闻子夜歌[2]。倘访诗豪董元宰[3]，鄮湖一棹好烟波。

【注释】

[1] 郭晚香（1855—?）：名传璞，号怡士。浙江鄞县（今宁波）人。同治六年（1867）举人，清末藏书家，收藏古籍和金石书画甚富。著有《金峨山馆文酌》《吾梅集》等。

[2] 子夜歌：乐府曲名，现存晋、宋、齐三代歌词四十二首，写爱情生活中的悲欢离合，多用双关隐语。南朝乐府又有《子夜四时歌》，系据《子夜歌》变化而成。

[3] 董元宰：董其昌（1555—1636），明代书画家，字玄宰，号思白、香光居士。

沪上书肆日起岁增，不但外洋刊本麇至[1]，而累朝有用之书及乾嘉诸老各种著述向未刊行者时时层见迭出

人言蜃市钱刀侈[2]，我喜龙宫宝笈多。纸贵华夷工索价，学兼汉宋妙同科。新编旧撰皆精绝，夜读晨钞奈老何。三十年来求始得，得看目录备搜罗。

【注释】

[1] 麇(qún)：成群。

[2] 蜃市：滨海和沙漠地区因折光而形成的奇异幻景。钱刀：钱币。

行箧所携[1]，张之寓壁[2]，则冬心佛像[3]，湘乡格言[4]，梅耦长为渔洋写千崖落木[5]，程穆倩山水[6]，张雪鸿图陶然亭、覃溪诗其上[7]，竹垞老人、伊墨卿八分小联各一[8]，仇十洲《笠屐图》之左厕以春痕小影[9]，似朝云之伴老坡。丁琴、曾剑并予而三。《风雨怀人图》，则庄少甫为予作也。案上老、庄、骚、史、二严、灵素外，汉魏六朝碑拓十余种，及宋明旧磁三两器，聊供涉猎

百城坐拥百无存，存者亲于骨肉恩。枕剑味琴忘寝食，惜阴随月度朝昏。罪浮官写鹇交质[10]，字饱神仙蠹返魂[11]。一样爱花成左癖，不妨有佛亦称尊。

【注释】

[1] 行箧：旅行用的箱子。

[2] 张：悬挂。

[3] 冬心：清代书画家金农(1687—1763)，扬州八怪之一，字寿门，号冬心，又号稽留山民、曲江外史等。

[4] 湘乡：曾国藩。

[5] 梅耦长：梅庚(1640—约1722)，清代画家、诗人，一字耦长、子长，号雪坪、听山翁、南书生，安徽宣城人，康熙二十一年举人，官泰顺知县，书善八分，擅画山水、花卉，为王士禛所推重。渔洋：王士禛，号渔洋山人。

[6]程穆倩：程邃（1607—1692），明末清初篆刻家、书画家，字穆倩，号垢区、青溪、垢道人等，歙县（今属安徽）人，生于松江华亭（今上海松江）。

[7]张雪鸿：张敔（1734—1803），字虎人，又字芷园，号雪鸿，又号木者（一作木香），晚号止止道人，先世安徽桐城人，迁江宁（今南京），籍山东历城。清代画家。覃溪：翁方纲（1733—1818），清代书法家、文学家，字正三，一字忠叙，号覃溪，晚号苏斋，直隶大兴（今属北京）人，乾隆十七年进士，官至内阁学士。

[8]伊墨卿：伊秉绶（1754—1815），字祖似，号墨卿，福建汀洲人，清代著名书法家，尤精篆隶。八分：汉字一种书体的名称，又称楷隶，指东汉中期出现的新体隶书。

[9]仇十洲（1498—1552）：名英，字实父，号十洲，又号十洲仙史，太仓（今江苏太仓）人，移家吴县（今江苏苏州），擅人物画。

[10]交质：谓古代列国互相派人为质，作为守信的保证。也指互相以物品作抵押。

[11]蠹（dù）：蛀蚀器物的虫子。

壁间佛像，长立合眼，内观其心。冬心历劫不磨之笔，即予西方公据也[1]

佛门广大语精微，包括儒宫与道扉[2]。世有冬心能仿佛，我于西土久皈依[3]。诗中阙里无邪旨[4]，方外漆园杜德机[5]。都被此图收拾尽，焚香顶礼愿传衣。

【注释】

[1]历劫：佛教语，宇宙在时间上一成一毁叫"劫"，经历宇宙的成毁为"历劫"，后统谓经历各种灾难。

[2]儒宫、道扉：这里指儒道二家的学问。

[3] 皈依：佛教语。原指佛教的入教仪式。表示对佛、法（教义）、僧三者归顺依附，故也称三皈依。后多指虔诚信奉佛教或参加其他宗教组织。

[4]"诗中"句：语出《论语·为政》："《诗》三百，一言以蔽之，曰：'思无邪。'"

[5] 漆园：指庄子。杜德机：语出《庄子·应帝王》："乡吾示之以地文，萌乎不震不止，是殆见吾杜德机也。"陈鼓应注："杜德机，杜塞生机。"

湘乡先师曩在东流幕府为予撰书格言四幅[1]，张之座隅[2]，典型如在[3]

四壁年年耀日星，愚砭顽订奉仪型。精金久铸湘东像，子玉长留座右铭[4]。书法龙鸾成结构，文心河岳会英灵[5]。及门我亦狂之亚，太白醉魂醒未醒。

【注释】

[1] 曩：从前。
[2] 张：悬挂。
[3] 典型：典范。
[4] 子玉：春秋时期楚令尹成得臣，字子玉。
[5] 文心：指文章或文思。河岳会英灵：指《河岳英灵集》，唐代殷璠编选的一部诗歌集。

庄少甫往在都门，为予作《风雨怀人图》[1]，并写花木多幅，他人求一笔不可得也

誓笠盟车在帝都，祇今醉魄杳难呼。海兜毕竟归何处，风雨依然护此图。酒阵冲兵无算爵，花香浮纸许多株。钟期去后知音少[3]，一度怀人百叹吁。

【注释】

[1] 庄少甫：名裕崧(1817—1863)，字味诗，号少甫。江苏武进人。历官四川石砫(今重庆石柱)、绵竹、罗江知县，甘肃平凉府知府。晚清著名山水、花卉画家。

[2] 钟期：春秋时楚人，伯牙鼓琴，意在高山流水，钟子期听而知之。子期死，伯牙谓世无知音，乃破琴绝弦，终身不复鼓琴。事见《吕氏春秋·本味》等。

读顾氏亭林遗书[1]

赤手无人借斧柯[2]，老于道路与岩阿。世方水火思三代，身在菰芦备四科[3]。尚友诗书求适用，遗民出处耻随波。本朝第一儒林传，伯仲船山两不磨[4]。

【注释】

[1] 顾亭林：顾炎武，号亭林。
[2] 斧柯：斧柄，亦指权柄。
[3] 菰芦：菰和芦苇，借指隐者所居之处或者民间。四科：指汉代以德行举士的四条标准，即质朴、敦厚、逊让、有行。（参见《汉书·元帝纪》）
[4] 船山：王夫之（1619—1692），字而农，号姜斋，衡州（今衡阳市）人。晚年居南岳衡山下的石船山，著书立说，世称船山先生。一生著述甚丰，其中以《读通鉴论》《宋论》为代表作。

读王氏船山全书[1]

志士仁人抱膝吟，时时援古寓伤今。著书自雪南冠泪[2]，垂死难灰北定心[3]。衡岳千盘灵运屐[4]，汾亭一曲仲淹琴[5]。离骚天问堪同读，猿叫浈阳烟水深。

【注释】

[1] 王氏船山全书：王夫之著作总集。明亡后，王夫之隐居衡阳石船山麓，为总结明亡教训而笃学深思，发愤著述。所著近100种、400余卷。
[2] 南冠：春秋时楚人之冠，后泛指南方人之冠。语见《左传·成公九年》："晋侯观于军府，见钟仪，问之曰：'南冠而絷者，谁也？'有司对曰：'郑人所献楚囚也。'"后借指囚犯。
[3] 北定：语出宋代陆游《示儿》："王师北定中原日，家祭无忘告乃翁。"
[4] 衡岳：衡山。灵运屐：见《宋书·谢灵运传》："寻山陟岭，必造幽峻，岩嶂千重，莫不备尽。登蹑常著木履，上山则去前齿，下山去其后齿。"这种特制的木屐被称为"灵运屐"。

[5] 汾亭：隋王通因上策不用，退居河汾之间，授徒自给，尝讲学游憩于汾亭，确址已不可考。仲淹：王通（584—617），字仲淹，道号文中子，隋朝教育家，思想家。代表作品：《文中子》《续诗》《续书》等。

读朱竹垞集[1]

贪多正恐不能多，读破其如万卷何。玉海珠林供涉猎[2]，道山册府久经过[3]。关河易触英雄叹，花月兼将意气磨[4]。诗到此时泉涌出，樊南獭祭任讥诃[5]。

【注释】
[1] 朱竹垞：朱彝尊。
[2] 玉海：比喻人弘深的气度。珠林：比喻著述丰富。
[3] 册府：文坛。
[4] 花月：指美好的时光。
[5] 樊南：唐代李商隐的别称。獭祭：比喻作文罗列典故或堆砌成文。

读王渔洋集[1]

金华羊叱初平石[2]，缑岭鹤闻子晋笙[3]。从古仙家多幻境，几人诗格到新城。琼花一树扬州梦，锦水三秋蜀道行。我为渔洋低首拜，天然爱好有风情。

【注释】

[1] 王渔洋：王士禛(1634—1711)。

[2] 金华句：指传说中的仙人黄初平(亦称赤松子)，因其牧羊遇仙而出世修炼，故称。

[3] 缑岭：即缑氏山，多指修道成仙之处。子晋：王子乔的字，神话人物，相传为周灵王太子，喜吹笙作凤凰鸣，被浮丘公引往嵩山修炼，后升仙。

故友何镜海向在京邸投予一诗，顷从旧箧中得之[1]，忍泪题此

极有才人极爱才，代兴何李又燕台[2]。登坛旗鼓提诗印，拥座莺花压酒杯。云在不忘龙角逐，月明思见鹤归来。恩仇竟夺英雄命，万恸千吁赋八哀[3]。

【注释】

[1] 何镜海(1831—1884)：名应祺，字子默，号镜海，湖南善化人。箧：箱子一类的东西。

[2] 何李：李梦阳、何景明，明前七子代表作家。燕台：指战国时燕昭王所筑的黄金台，也称贤士台、招贤台。

[3] 八哀：唐代杜甫有《八哀》诗。

读朱丈伯韩、吴丈和甫两先生遗集[1]，念两先生往在都门，时过予寓辄不值，予非厂肆收书即斜街顾曲。然每届亭林生日会饮顾祠，两先生则先期订，予必至，至则甚喜。追思两先生以韩、杜诱予之厚，白首无成，诗以志愧

古文屡勉师韩子，诗史常期仿杜公。[2]二老同声呼国士[3]，百花无实负春风。朝搜蠹简琉璃肆，夜拥貂裘丝竹丛。[4]柱被两端销日力，白头柴立恨何穷。[5]

【注释】

[1] 朱伯韩(1803—1861)：名琦，字濂甫，号伯韩。广西临桂(今桂林)人。道光十五年(1835)进士，改翰林院庶吉士，授编修，迁御史。太平天国时，总理杭州团练局，城陷死难，赠太常寺卿。工诗古文，著有《怡志堂诗文集》。吴和甫(1802—1868)：名存义，江苏泰兴人。道光十八年(1838)进士，历官云南学政、侍读学士、太仆寺卿、礼部侍郎、吏部侍郎、浙江学政等。
[2] 韩子：唐代韩愈。杜公：唐代杜甫。
[3] 国士：一国中才能最优秀的人物。
[4] 蠹简：被虫蛀坏的书，泛指破旧书籍。丝竹：弦乐器与竹管乐器之总称，亦泛指音乐。
[5] 日力：泛指时间、光阴。柴立：瘦瘠貌。

俞荫甫太史有才有学[1]，湘乡老门人也。读其书，天机洋溢，予尤爱其有趣，愿见其人，将以诗先之

拼命著书书果成[2]，书高三尺远驰名。一人爱好贪多癖，四海家弦户诵声。文苑扫千军笔阵[3]，湘乡加一等门生。西湖拟看湖心月，苇际延缘挐棹行[4]。

【注释】

[1] 俞荫甫：俞樾（1821—1907），清末朴学大师，字荫甫，号曲园，浙江德清人。
[2] 拼命著书：曾国藩戏称"李少荃（李鸿章）拼命做官，俞荫甫拼命著书"。俞樾著述极丰，达五百余卷，堪称一代儒学宗师，有《群经平议》《诸子平议》《古书疑义举例》等。
[3] 千军笔阵：形容笔力雄健，如有横扫千军万马的气势。唐代杜甫《醉歌行》："词源倒流三峡水，笔阵横扫千人军。"
[4] 挐棹：挐通"桡"，船桨。

曾重伯为先师文正公之孙，世二弟栗诚孝廉之子，顷自都中扶送孝廉灵榇回湘，道出申江，予哭之虹口舟次。重伯博学能文，年方十六[1]

达人后有异才生，默祷天心善玉成[2]。重伯既仲宣体弱，又好深沉之思，予恐其易于致疾，力劝调摄。曼倩文章兼讽刺[3]，楞严仙种诧飞行。绮年便已追前

辈[4],朴学先期避盛名。我亦少孤为尔哭,大江风急泪河倾。

【注释】

[1] 曾重伯(1866—1929):名广钧,曾纪鸿长子。栗诚:曾栗诚(1848—1881),名纪鸿,曾国藩次子。灵梓:灵柩。

[2] 天心:天意。玉成:语见宋代张载《西铭》:"富贵福泽,将厚吾之生也;贫贱忧戚,庸玉女(汝)于成也。"意谓助之使成,后为成全之意。

[3] 曼倩:东方朔(前154—前93),字曼倩,西汉辞赋家,平原厌次(今山东惠民)人。

[4] 绮年:华年、少年。

忠城北去十五里,地名龙井湾,先大夫先太宜人之墓田在焉[1],不躬祭扫三十余年,病剧时往往哭叫吾母,声达四邻。予年六十有四,失怙恃已五十年矣[2],诗不成音,告哀雨泣

记从井水过田间,长拜先人种树山。一穴久依龙稳卧,卅年未共鸟飞还。他时旧垄期埋骨[3],此日恒河愧照颜。返蜀无凭儿已老,深松茂柏梦中攀。

【注释】

[1] 先大夫先太宜人:已去世的父母。

[2] 怙恃:父母,语见《诗·小雅·蓼莪》:"无父何怙,无母何恃!"

[3] 垄:坟冢。

病榻怆念，百年将尽，五岳未登，亦缺陷之一端。倘得病除，将于明春首谒孔林，次揽岱胜，徐游近蜀名山，归扫峨眉一亩宫。需之三年，当满夙愿，为此诗以盟息壤[1]

平生儒释印初心，曲阜峨眉结愿深。六十年才恩此病，四方志始决于今[2]。天山雪满光皆佛，普贤大士实主峨眉，每夜佛光烛天，吾师西沤老人尝亲见之。岱顶云高散即霖[3]。芳草晚晴增眷恋，青鞋布袜备登临。

【注释】

[1] 息壤：古代传说的一种能自生长，永不减耗的土壤，也指沃土。
[2] 四方志：语出《左传·僖公二十三年》："谓公子曰：'子有四方之志，其闻之者，吾杀之矣。'"后以"四方志"指经营天下或安邦定国的远大志向。
[3] 霖：久下不停的雨。

沪寓乏用，辄检衣物质钱。顷搜行箧，得当票多纸，乃首唱此诗，引通人一笑[1]

字不分明认不清，叠投夹袋便携行。涓埃所济于人切[2]，缓急之间与命争。阿堵匆匆随去手[3]，故衣恋恋未忘情。家珍散尽何堪数，典到琴书泪要倾。

【注释】

[1]通人:学识渊博通达的人。

[2]涓埃:细流与微尘,比喻微小。

[3]阿堵:俗指银钱。

沪上所作逾三百首,仅录其半,余则记忆不清。又平生诸作,或题存而文不具,或句在而篇不全,其与朝鲜故人唱酬寄答并前后书札,约计可满四卷,即四十年来中外朋好见赠和韵亦不止百人百诗,大半散失,追念惘然

小草何关世有无,为曾破费几工夫。已残昌谷投囊纸[1],竟失燕公记事珠[2]。坐懒更难营活计,知非未易改前图。百年争此区区帚,谁以千金善价沽。

【注释】

[1]昌谷:唐代李贺的别号,李贺居昌谷(今河南省宜阳县西),故称。

[2]燕公记事珠:唐代张燕公苦无记性,有客赠一绀色珠,执握在掌,已过了然,故曰记事珠。

客谓予近作多犯佛门绮语戒，未免枉抛心力，因忆竹垞词有曰："老去填词，一半是空中传恨。"予亦犹是耳[1]

老惧江淹笔有尘[2]，香奁诗句偶争新。维摩净室来天女，子建微波感洛神。[3]百顷置田为酒地，万金买宅与花邻。豪华意态清闲福，我似昔人非昔人。

【注释】

[1] 绮语：佛教指涉及闺门、爱欲等华艳辞藻及一切杂秽语。"老去填词"：朱彝尊《解佩令·自题词集》中的词句。
[2] 江淹笔：江淹少时曾梦人授以五色笔，从此文思大进。
[3] 净室：清静、干净的屋子（多指和尚或尼姑的住室）。子建：三国曹植。

顷病小愈，偶从《申报》中读陈伯潜侍郎疏请黄、顾两大儒从祀圣庑[1]，疏稿具见。侍郎经世大略，世倘有援此例为方望溪、李穆堂两先生请谥者[2]，予尤愿旦暮遇之

忠孝堂堂节不移，发挥潜德中兴时。明夷足备皇朝范[3]，文案长衔故国思。沧海芦中穷士泪，蕺山门下党人碑[4]。侍郎一疏惊顽懦，亦使儒林仗起衰。梨洲先生[5]

不朽讲席不求官，世有亭林节独完。[6]天外三峰高士寓，先生就王山史卜

居,华下并建朱子祠。**日知一录后王看**[7]。先生谓《日知录》之刻,启多闻于来学,待一治于后王。民将沟壑谋生聚,道在龙蛇任屈蟠。圣庑馨香堪配食,流传疏草振**孤寒**。[8] 亭林先生

【注释】

[1] 陈伯潜:名宝琛(1848—1935),字伯潜,号弢庵、陶庵,福建闽县人。黄、顾:指黄宗羲、顾炎武。庑:堂下周围的走廊、廊屋。

[2] 方望溪:方苞(1668—1749),字凤九,一字灵皋,晚年号望溪,安徽桐城人,清代散文家,是桐城派散文的创始人之一。李穆堂:即李绂,字巨来,别号穆堂,清江西临川人。

[3] 明夷:指黄宗羲《明夷待访录》。

[4] 蕺(jí)山:绍兴古城内小山。

[5] 梨洲先生:指黄宗羲(1610—1695),字太冲,号梨洲,世称南雷先生或梨洲先生,浙江绍兴府余姚县(今浙江省宁波余姚市)明伟乡黄竹浦(今陆埠镇)人。明末清初经学家、史学家、思想家。

[6] 杓(biāo):拉开。亭林:指顾炎武。

[7] 日知一录:顾炎武所著《日知录》,以明道、救世为宗旨,囊括了作者全部学术、政治思想,遍布经世、警世内涵。

[8] 圣庑:神圣的庙堂。疏草:奏章的草稿。

庚辰中秋前十日将往沪上,平江张衡翁赋诗作饯,并赠《铁瓶全集》,赋此留别

铁汉为诗号铁瓶,一生别具一门庭。心光照世自然阔,眼色向人时复青[1]。骚国相期扶大雅,湘山从古萃精灵。十年雌伏蓬蒿底[2],今去江湖访岁星[3]。

【注释】

[1] 眼色句：青眼表示对人喜爱或尊重。
[2] 雌伏：比喻退隐、不进取、无所作为。蓬蒿：借指荒野偏僻之处。
[3] 岁星：本指木星。相传东方朔仕汉武帝，为大中大夫。武帝暮年好仙术，与朔狎昵，从朔求不老之药及吉云、甘露等。朔尝谓同舍郎曰："天下知朔者唯大王公耳"。及朔卒，武帝召大王公问之，对以不知。问何能，对以善星历。乃问诸星皆在否，曰："诸星具在，独不见岁星十八年，今复见耳。"帝仰天叹曰："东方朔生在朕傍十八年，而不知是岁星哉！"事见旧题汉代郭宪《东方朔传》。

董觉轩君撰诗饯予游沪，顷君自建昌至，赠新刻诗续集，并《吴平赘言》《汝东判语》[1]。读君上大府公牍及书，笃于恤下，非慢上也

经神学海以诗鸣，百里三年有颂声。肯为小民陈疾苦，惟期大吏缓徭征。催科自注追呼拙[2]，强项能将去就争[3]。任责好名疎且傲，奉宣得意要书生[4]。

【注释】

[1]《吴平赘言》：载董沛于光绪六至七年任江西省临江府清江县知县时期所审案件。《汝东判语》：载董沛于光绪八年署江西省抚州府东乡县知县时所审案件。
[2] 催科：催收租税。租税有科条法规，故称。
[3] 去就：取舍。
[4] 奉宣：宣布帝王的命令。

彭小川

簿领劳劳偶息肩[1],春明余梦落江天。鱼龙曼衍群争长[2],鸡犬飞腾半附仙[3]。剩有一囊长吉句[4],料无半亩翠微田[5]。吾侪久侮裈中虱[6],不乞人怜但自怜。

【注释】

[1] 簿领:谓官府记事的簿册或文书。息肩:让肩头得到休息,比喻卸除责任或免除劳役。
[2] 鱼龙:这里有鱼龙混杂的意思。曼衍:连绵不绝。
[3] 鸡犬飞腾半附仙:这里有"一人得道鸡犬升天"的意思。
[4] 长吉:唐代李贺字长吉。
[5] 翠微:青翠掩映的山腰幽深处。
[6] 裈中虱:裤子里的虱子,比喻见识短浅。

黎莼斋君出使日本,搜采唐镌宋锓善本书廿余种[1],影刊行世,皆中国稀有者

邵亭不见见莼斋[2],江左文游往日偕。虎节麟符新出使,珠槃玉敦旧同侪。近来风雅将谁属,老去烟花强自排。东国书多唐宋本,及时搜刻快人怀。

【注释】

[1]镌(juān)：雕刻。锓(qǐn)：雕刻。
[2]郘亭：指莫友芝。

沪肆购得未见书多种，因忆往在都中，丰城徐稼生师尝为予题斋额曰"不廉于书之室"。予每从厂肆得佳书，必以进师，时曾湘乡师每来师寓，见予案上精本，往往携去，且柬予曰："好书不可独享，肯以珍秘多供馋眼，德莫大焉。亦为尔惜福，非为豪夺地也。"今疾苦纠缠，床头金尽，藏书且与俱尽，不免乞贷累人，廉隅隳矣[1]。追维师训，感叹弥襟

师谓于书独不廉，似因博杂下针砭[2]。幸依工部千间厦[3]，敢诩邺侯三万签[4]。问富每将黄卷数[5]，咀华奚避素餐嫌[6]。朝收暮获巾箱本[7]，冀幸曹仓逐岁添[8]。

【注释】

[1]廉隅：比喻端方不苟的行为、品性。隳：废弃。
[2]针砭：比喻指出错误，劝人改正。
[3]工部：指唐代杜甫。
[4]邺侯：唐代李泌(722—789)。历官中书侍郎、同中书门下平章事，累封邺县侯，家富藏书。后用为称他人藏书众多之典。
[5]黄卷：书籍。
[6]咀华：比喻欣赏、体味或领会诗文的精华。奚：哪里，何。

[7]巾箱：古时放置头巾的小箱子，后亦用以存放书卷、文件等物品。

[8]冀幸：犹侥幸、希冀。曹仓：曹家书仓，晋代王嘉《拾遗记·后汉》载，曹曾书垂万余卷，"及世乱，家家焚庐，曾虑其先文湮没，乃积石为仓以藏书，故谓曹氏为书仓。"后以曹仓泛指藏书的仓库。

庚辰九日，莫善徵招同王石珊、黎椒园、宦莘斋、黎祝衡、赵筱容及善徵之子梅城、楚生偕游潘园[1]，因题湖楼啜茗图

平生不负题糕兴，三十年来略可知。犹及主宾高会地，恰当云水纵游时。南朝旷达联裙屐，北郭风骚盛鼓旗。留得观河真面目[2]，长从画里证襟期[3]。

【注释】

[1]莫善徵：名祥芝。黎椒园：名庶蕃（1829—1886），字晋甫，别号椒园，贵州遵义人，黎庶昌之二哥。少刻苦攻读，又从郑珍学诗。黎祝衡：名尹融，贵州遵义人，清光绪九年（1883）进士，官至吉林五常厅同知。

[2]观河：佛教故事，谓波斯匿王观看恒河，自伤发白面皱，而恒河不变。佛谓变者受灭，不变者原无生灭。见《首楞严经》卷二。后用以比喻佛性永恒。

[3]襟期：襟怀、志趣。

上年阅《新报》，有杏坪氏见赠一律，辄和元韵，实未晤杏坪也。近日《申报》中屡载海内诗流见怀之作，惜予未能遍答，爰附此诗，申予感佩

浪迹凫鹥水作家[1]，虚舟任触等空槎。一心自转三生石[2]，十友兼收六代花。北海知名交不浅[3]，西崑得句手频叉[4]。诗人先我投珠玉，世味谁云薄似纱。

【注释】

[1] 凫鹥(yī)：水鸟，鸥。
[2] 三生石：诗文中常用为前因宿缘的典实。
[3] 北海：即汉代孔融，曾为北海相，故称。
[4] 西崑：是北宋真宗时期流行的诗派，因杨亿所编著的《西昆酬唱集》得名，师法唐代李商隐，代表作家有杨亿、刘筠、钱惟演等。

留沪三年，四方朋好屡继书问，并和予《远游》四律凡百余首，每以小杜相目。近有传予已游东岱者，钱昕伯兄得予手书，乃作诗志喜，曰："才大易遭流俗忌，书来几作古人看。"予谓非忌也，必夙知予者，念予抱疴弥年，无从探讯近状，私忧过计[1]，而忽传噩耗。是亦他日传中一事，附记于此

多谢诗筒问远游[2]，谓如杜牧在扬州。三分明月窥余梦[3]，十里春江

荡绮愁。醉甚戏为鸜鹆舞[4]，寒深御以鹔鹴裘。自嗟猿臂成鸡肋，恨未酬恩怯报仇。

【注释】
[1] 过计：过多的考虑。
[2] 诗筒：盛诗稿以便传递的竹筒。喻指满腹诗才的诗人。
[3] 三分明月：化用唐代诗人徐凝的《忆扬州》："天下三分明月夜，二分无赖是扬州。"
[4] 鸜(qú)鹆(yù)：体小，尾巴长，嘴短而尖，羽毛美丽，能模仿人说话，俗称八哥。

沪上饮食衣服穷极腴丽，风气所驱，即贤者亦不免随波折节，求合时宜，此有心世道者之隐忧也

鲜衣美食荡人心，侈习申江弊最深。毕进错珍酾绿酒[1]，巧裁罗绮赚黄金。王侯奴隶温兼饱，朴素纷华古逮今。谁挽颓波崇节俭，国风唐魏示披吟[2]。

【注释】
[1] 绿酒：古代名酒。
[2] 国风唐魏：指《诗经》十五国风之"唐风"和"魏风"。

沪界十里外，龙华一寺在桃花林中，花时士女嬉游，与都城中顶相埒[1]。予与碧玉青人辈独悭一至[2]，胜游宜补，情见于诗

龙华寺在种桃村，万树红霞拥寺门。春洧往观谁解谑[3]，天台涉想倍销魂。东山丝竹淹行色，西土香花媚世尊[4]。他日补游偿眼福，旧人能得几人存。

【注释】
[1]相埒(liè)：相等。
[2]悭：欠缺。
[3]洧(wěi)：古水名，源出河南登封县阳城山，东南流至新郑县与溱水合，至西华县入颖水。此句化用《诗经·溱洧》："维士与女，伊其相谑。"
[4]世尊：佛陀的尊称。

吴劭之为言姑苏城外山多水阔，订予同游，行将鼓勇一往

屡叩蜗庐对病身，惜花如命有天真。欧虞降写新诗本，嵇阮添呼旧酒人。[1]红粉偶然收弟子，青溪佳处定芳邻。太湖三万六千顷，老矣犹思一问津。

【注释】
[1]欧虞：唐代大书法家欧阳询与虞世南的并称。嵇阮：三国魏嵇康与阮籍。

自诉

弱龄出蜀走駸駸[1],故里难归老境侵。应举赴官成昨梦,过家上塚负初心。不随世态趋乡愿,竟坐诗名到陆沉。[2]犹望诸孙勤日课,一经聊代满籯金。[3]

【注释】

[1] 駸駸(qīn):马跑得很快的样子,喻事业进行迅速。
[2] 乡愿:指乡中貌似谨厚,而实与流俗合污的伪善者。陆沉:比喻愚昧迂执,不合时宜。
[3] 日课:每天的功课。籯(yíng):同"籯",竹笼。

自悲

黑头孟浪到华颠[1],抛负中间有用年。鸿爪枉留南北地,蚕丝犹裛别离天[2]。不应我辈皆如此,正恐他生亦复然。便死何妨妨二事,诗篇书目欠亲编。

【注释】

[1] 孟浪:犹浪迹、浪游。华颠:白头,指年老。
[2] 裛:缭绕。

自悼

颓唐不恤赋风怀,双袖龙钟泪倦揩[1]。万事向衰无药起,一身放倒听花埋。黄昏已近斜阳好,白首同归若个偕[2]。十九寓言三致意[3],自伤自忏自营斋。

【注释】

[1] 龙钟:湿漉漉的样子。

[2] 若个:哪个,可指人,亦可指物。

[3] 十九寓言:语出《庄子·寓言》:"寓言十九,重言十七,卮言日出,和以天倪。"

自慰

名师胜友诧从游,历选奇书厚价收。正始遗音闻叹赏[1],贞元朝士得淹留[2]。二京以上怀庄屈[3],两宋之间有孔周[4]。满眼古人无力到,他生愿学此生休。

【注释】

[1] 正始遗音:指魏晋玄谈风气,出现于三国魏正始年间。当时以何晏、王

弼为首，以老庄思想糅合儒家经义，谈玄析理，放达不羁；名士风流，盛于洛下，世称正始之音。

[2] 贞元朝士：典出唐代刘禹锡《听旧宫中乐人穆氏唱歌》："曾随织女渡天河，记得云间第一歌。休唱贞元供奉曲，当时朝士已无多。"刘禹锡在贞元中任郎官御史，后因参与王叔文变革被贬逐，历二十余年，始以太子宾客再入朝，感念今昔，故有此语。

[3] 二京：可能指张衡的辞赋代表作《西京赋》、《东京赋》，合称《二京赋》。庄屈：指庄子与屈原。

[4] 两宋：指北宋和南宋。孔周：指孔子和周公。

卧游诗起草纸费云蓝阁小笺近三百番，敛付一炬

残稿横陈故纸堆，荼毗竟似火焚槐[1]。美人弃置伤销歇，词客推敲费剪裁。洛下向闻声价贵[2]，宫中忆赋衍波来。谪仙老绌惊天句，敢吐光芒禳劫灰。[3]

【注释】

[1] 荼毗：佛教语，梵语音译，意为焚烧。指僧人死后将尸体火化。

[2] 洛下向闻声价贵：用"洛阳纸贵"之典。原指西晋都城洛阳之纸，因大家争相传抄左思的作品，以至一时供不应求，货缺而贵。后喻作品为世所重，风行一时，流传甚广。

[3] 绌：不够。禳(yǎn)：除灾求福之祭。劫灰：本谓劫火的余灰。

罗蜀生喜读乾嘉诸老书[1]，卧游诗粗就，多所涂乙[2]，君为予写净本，无一误笔，可奖也

载酒元亭自蜀回，南州更御李君来。力攻汉宋乾嘉学，继骋云龙韩孟才[3]。名马飞腾开道路，秘文校理上蓬莱[4]。后生领袖推英绝，今日罗含旧姓裴。

【注释】

[1] 乾嘉：指乾嘉学派。
[2] 涂乙：对文字进行删除改动。
[3] 云龙：豪杰。韩孟：唐代韩愈和孟郊的并称。
[4] 秘文：犹秘籍，难见之书。校理：校勘整理。

卧游诸作半是因花感旧，借酒消愁，虽近《小雅》之怨诽，恐贻大方之讥笑。适铁瓶老居士偶分佛面之钱，移给匠心之价，匆匆付梓，耿耿在怀

小技文章未足尊，惭无大句动乾坤。敢收骏骨千金价[1]，与印鸿泥一片痕。南史隽流今士有[2]，东京独行美人论。金风亭长风怀语，两庑何由祔圣门[3]。

【注释】

[1] 骏骨：据《战国策·燕策一》载，郭隗用买马作喻，说古代有用五百金买千里马的马头骨，因而在一年内就得到三匹千里马，劝燕昭王厚币以招贤。后以"骏骨"喻杰出的人才。

[2] 隽流：风雅的人或事。

[3] 祔：奉新死者的木主于祖庙，与祖先的木主一起祭祀。

吴劭之、洪引之为卧游诗弁首跋尾[1]，赋谢

二君似未见西施，刻画无盐亦振奇[2]。颊上添毫如写相[3]，言中发药抵求医。笙歌跌宕沉于酒，竹帛蹉跎补以诗。一室书声风雨集，九州人表古今思。

【注释】

[1] 弁首：卷首、前言。跋尾：与"序"相对，是写在书籍、文章、金石拓片等后面的短文，内容大多属于评价、鉴定、考释之类。

[2] 无盐：亦称无盐女。即战国时齐宣王后钟离春，因是无盐人，故名。为人有德而貌丑，后指貌丑而有贤德的妇女。振奇：发扬新奇。

[3] 颊上添毫：颊，面颊；毫，毫毛。给人画像时在脸上添上几根毫毛。比喻文章经润色后更加精彩。语见《晋书·顾恺之》："尝图裴楷像，颊上加三毛，观者觉神明殊胜。"

卧游诗题后

半月为诗过百篇,只愁起草费蛮笺[1]。酒旗歌板沉酣处,雪北香南秀媚禅。六代风流人易老,十间花屋梦初圆。朋来喜作灾梨劝[2],未必长留或偶传。

【注释】

[1] 蛮笺:唐时高丽纸的别称,这里指蜀地所产名贵的彩色笺纸。
[2] 灾梨:谓刻印无用的书,灾及作版的梨木。常用作刻印的谦词。

附:李芋仙刺史卧游诗序并跋

东湖之东[1],试院之北,有老屋,一堂二内。主人病卧牖下,日夕吟哦,声达于涂巷者,忠州李君芋仙也。君以狂夺官,侨居上海三年。上海南北绾毂[2],涂于斯者[3],达官秀民无日不有。是惟非士人,士人则无不知有李芋仙者。君豪于诗,不自存录,有女弟子能记忆数十篇,诵之琅琅。或友人为刊入《申报》中[4],所称二爱仙人者是也[5]。然散佚多矣。予闻君名,实在庚辰之岁[6]。过上海辄访君,辄不遇。癸未冬[7],予由上海来豫章,平江张子衡廉使觞于梅园。酒半,忽报君至,则大喜。君出言惊座,无所畏忌。予服其狂不可及,而君亦异视予[8],见谓曰:"子不狂耳,固非不能狂者。"时君将再游上海,予以一诗赠别。君极赏"快心红粉传诗学,张口朱门作酒狂"一联,为击节久之[9]。今年二月,君病足,自上海来,予屡就问起居。君养疴斗室[10],闭门煮药,药气袭人。床不帐,惟有书。君露跣骸卧书中[11],首足臂左右,书凌乱累积,连屋诗稿,挽杂纵横。君既需人扶掖,不能出户跬步[12],朋旧亦稀有至者。得予数数过从谭艺[13],乃极欢。一日,予过君,沿湖行,见垂柳毿毿[14],得发端二句:"东湖杨柳绿,今日正清明"。君立为续之,尾云:"万里湖南草,王孙归未成"。诩曰[15]:"诗争起结,此岂宋人所能耶?"自是,有作即示予,不三月,诗束高逾一尺[16]。又一日,予过君,君喜曰:"子来甚佳,我顷得怀人诗十首,非子莫可商定者。"时日已晡[17],予移坐就君榻,一婢子秉烛侍。君仰卧操纸,悬腕写,纸飒飒有声,且写且吟,曰:"此玉溪生也[18],子意何如?"予曰:"诚如君言。"君曰:"子盍读而俾我卧听乎?"予乃抗队其音节[19],神跃而味流。君以手击床辨[20],呼老妇曰:"我不病足矣,速为吴先生具时蔬下酒。"越三日,君缄告曰[21]:"怀人诗增至六十余首矣。子盍来读之?"予未即往。及往,则君于前一夕续成五十余首,已百廿六首矣。予惊叹曰:"神勇一至此哉!"君曰:"我生蹉跌已矣[22],顾幸终不为魁儒钜人所弃[23],下至幽仄轶材[24],降而俳优女子,争相慕悦,夫何憾哉!今春秋六十有四矣,淹卧江乡,恐遂不复得与知交相见,耿耿者此耳[25]。言念诸人,声音笑貌历历目前,诗乃各肖之以出,岂尽吾才使然,倘所谓神助,非耶?"则又慨然曰:"子视我岂甘以诗狂终者?平生知己,徒报以一诗,岂我志哉?"因而老泪雨下。予益感动欷嘘,私以为古之伤心人定如是耳。彼不信古人者,盖未尝见君辈一流人也,习与君游,则必信之矣[26]。君爱予诗,尤爱予书,谓得唐人笔意。诗成,属以楷法书之,既而曰:"诗多,不敢劳子也,乞一序,可乎?"予曰:"诺。"遂序之。君诗所云"欧虞降写新诗本"者[27],即写此序以代其可也。光绪十年夏五月,湘潭吴熙劭之。

【注释】

[1] 东湖:指南昌之东湖。

[2] 绾毂：控扼路口，喻四周多条道路凑集之点，有如车毂辐辏。毂：车轮中心插轴部分。

[3] 涂于斯者：涂，通"途"，道路，此处作动词。走在道路上的人。

[4] 友人：指钱昕伯，时为上海申报主编。

[5] 二爱仙人：李士棻在寓居上海期间穷愁潦倒，幸遇旧交京城艺人杜芳洲，此时杜已显赫，遂将他供养；同时，另一艺妓也时时周济，在生性风流的李士棻看来，自是神仙眷侣，故以此自号。

[6] 庚辰：光绪六年(1880)。

[7] 癸未：光绪九年(1883)。

[8] 异视：不寻常地看待。

[9] 击节：鼓掌赞赏。

[10] 养疴斗室：在狭小的屋子里养病。

[11] 露跣：光着脚，不穿鞋袜。

[12] 跬步：半步。

[13] 数数(shuò)过从：屡次拜访。谭艺：谈论诗文。

[14] 毵毵(sān)：细长貌。

[15] 诩：夸耀。

[16] 诗柬：装诗的信札。

[17] 晡：晚间。

[18] 玉溪生：唐代诗人李商隐。

[19] 抗队：指音调的高低清浊。语出《礼记·乐记》："故歌者上如抗，下如队。"队，后作"坠"。

[20] 床辨：床足与床身分辨之处。

[21] 缄：信函。

[22] 蹉跌：失误。

[23] 顾：但。魁儒钜人：大儒名公。

[24] 幽仄轶材：隐居不仕而才能出众。

[25] 耿耿：烦躁不安的原因。

[26] 习：常。

[27] 所引诗句见前《吴劭之为言姑苏城外山多水阔，订予同游，行将鼓勇一往》。

右卧游诗百廿六首,蜀中李芋仙先生怀人之所作也。嗟乎,憔悴之士,我知之矣。碧月万里,狂花一床,萃百感于苍茫,藐四大若疣赘[1]。哀乐之际,视以烟云;游侠之场,判乎今昔。目疲意倦,匪可言也。若夫萧瑟江关,低徊身世[2];穷愁有作,嬉笑成文;唐衢之哭[3],有泪便挥;孙登之啸[4],在山不远。读者酸齿,作者敝神。危苦之词,其言夥矣[5]。先生之作,迥异斯俦,怅望千秋,沉吟一世。宛邱屋小,不厌打头;[6]北海榻穿[7],无忧绕足。百城坐拥,三径偶来;我思古人,今夕何夕。[8]晨星案户,感朋旧于天涯;邻鸡晦鸣,警畴昔之风雨。盖迹之所寓,情不能忘;意之所莩[9],神即为助;伟人杰士,媚草幽花[10];桃李之投[11],芍药之赠[12];过存异致,动静殊时;胜会易迁,坠欢难拾[13]。过风去水,人何以堪。所以交睫趺坐[14],即见所思;握管疾书,如逢旧识。诚药倦之奇方,怀人之高致也。至若恺之痴绝[15],平子愁多[16],老则思传世。还知我略凭词翰,自喻生平。古之伤心人,别有怀抱。由先生之诗,见先生之心,谓是南华之寓言可也,即以为东方之慢世[17],亦可谓是陶靖节亲友之思可也[18],以为阮嗣宗英雄之叹亦无不可。五君广咏[19],万本愿钞[20]。跋尾一言,从容三复[21]。甲申仲夏阳湖洪熙引之[22]。

【注释】

[1] 四大:古称大功、大名、大德、大权为四大。疣赘(yóu zhuì):皮肤上生的瘊子,比喻多余的、无用的东西。

[2] 低徊:徘徊,流连。

[3] 唐衢:唐中叶诗人,屡应进士试,不第,所作诗意多伤感,见人诗文有所悲叹者,读后必哭。每与人言论,既相别,音辞哀切,闻之者莫不凄然泣下,故世称唐衢善哭。

[4] 孙登之啸:见《晋书·阮籍》:"(阮)籍尝于苏门山遇孙登,与商略终古及栖神导气之术,登皆不应,籍因长啸而退。至半岭,闻有声若鸾凤之音,响乎

岩谷,乃登之啸也。"

[5] 夥(huǒ):多。

[6] 宛邱屋小,不厌打头:语出苏轼《戏子由》:"宛丘先生长如丘,宛丘学舍小如舟,常时低头诵经史,忽然欠伸屋打头。"

[7] 北海榻穿:北海:汉末孔融为北海相,时称孔北海。孔融性格宽容,好士,喜奖掖后进,及退闲职,宾客日盈其门。常叹曰:"坐上客恒满,尊中酒不空,吾无忧矣。"后用以喻主人之好客。榻穿:据晋皇甫谧《高士传·管宁》载:"(管宁)常坐一木榻上,积五十五年未尝箕踞,榻上当膝皆穿。"后用为行事端正之典。

[8] 今夕何夕:语见《诗经·绸缪》:"今夕何夕?见此良人。"多用作赞叹语。

[9] 莩(fú):种子的外皮,这里比喻露在外面。

[10] 媚:艳丽、美好。幽:幽雅。

[11] 桃李之投:语出《诗经·抑》:"投我以桃,报之以李。"后以"投桃报李"比喻相互赠答,礼尚往来。

[12] 芍药之赠:青年男女恋爱时的赠物,又为离别时的赠物,语见《诗经·溱洧》:"维士与女,伊其相谑,赠之以勺药。"

[13] 坠欢:语见《后汉书·郭皇后纪》:"爱升,则天下不足容其高;欢坠,故九服无所逃其命。"本谓失去宠爱,后称往日的欢乐。

[14] 交睫:上下睫毛合在一块,指睡觉。趺(fū)坐:盘腿端坐,坐禅入定的姿势。

[15] 恺之痴绝:顾恺之当时被人称其三绝:才绝、画绝、痴绝。

[16] 平子愁多:张衡作《四愁诗》。

[17] 东方:东方朔。慢世:傲世,玩世不恭。

[18] 陶靖节:指晋代陶渊明。

[19] 五君广咏:南朝颜延之作《五君咏》,此处指李士棻的《卧游诗》。

[20] 钞:同"抄"。

[21] 三复:反复诵读。

[22] 甲申:光绪十年(1884年)。

卷六

天瘦阁诗半注

五六七言绝句
三百五十首

天瘦阁诗半今体

忠州李士棻芋仙

鸣玉溪晚泛

溪头雨歇水平坳[1]，两岸人家竹树交。要趁晚凉还泛月，一钩新挂绿杨梢。

【注释】

[1]坳：山间的平地。

塘上吟

水落寒塘不上潮，拍隄杨柳半萧萧[1]。何年买得烟波艇，来对青山荡画桡[2]。

【注释】

[1]隄：同"堤"。萧萧：风声。
[2]桡(ráo)：船桨。

游仙诗

秘书亲与校龙威,照字流萤绕案飞[1]。爱就桃花多处醉,月明萧鼓洞天归。

一簇家禽是凤鸾,女床山下筑瑶坛[2]。芝盘长就充鸾食,竹米收来与凤餐。[3]

峨眉西见雪山秋,跨鹤频来最上头。揩眼偶然窥下界,茫茫人海一浮沤[4]。

三千羽葆引罡风[5],百二云軿碾碧空[6]。南北东西俄顷遍,步虚声在九疑中[7]。

【注释】

[1] 秘书:官名,掌秘要文书之官。龙威:皇帝的威风。流萤:飞行无定的萤。

[2] 女床:山名,见《山海经·西山经》:"西南三百里,曰女床之山,有鸟焉,其状如翟而五彩文,名曰鸾鸟。"瑶坛:用美玉砌成的高台,多指神仙的居处。

[3] 芝:指灵芝。竹米:即竹实。

[4] 浮沤:水面上的泡沫,因其易生易灭,常比喻变化无常的世事和短暂的生命。

[5] 羽葆:帝王仪仗中以鸟羽联缀为饰的华盖,亦泛指卤簿或作为天子的代称。卤簿:古代帝王驾出时扈从的仪仗队。罡风:道教谓高空之风,后亦泛指劲风。

[6] 云軿(píng):神仙所乘之车,传说以云为之,故云。

[7]步虚:道士唱经礼赞。九疑:亦作九嶷,山名,在湖南宁远县南。见《山海经·海内经》:"南方苍梧之丘,苍梧之渊,其中有九嶷山,舜之所葬,在长沙零陵界中。"

海棠初放

海棠树倚画堂东,枝上灵禽唤晓风[1]。一种天生好颜色,花开便作十分红。

【注释】

[1]灵禽:对鸟的美称。

读青莲居士集[1]

怜才两字泪无穷,正在人皆欲杀中。[2]千古青莲一知己,浣花溪上老诗翁。

【注释】

[1]青莲居士:唐代诗人李白的号。
[2]这两句诗出自唐代杜甫《不见》:"不见李生久,佯狂真可哀。世人皆欲杀,吾意独怜才。敏捷诗千首,飘零酒一杯。匡山读书处,头白好归来。"

除夕闻爆竹声

想到团圞悔远行[1],岁寒踪迹锦官城[2]。夜深忽坠思乡泪,十万人家爆竹声。

【注释】
[1] 团圞:团聚、团圆。
[2] 锦官城:故址在今四川成都南。成都旧有大城、少城,少城古为掌织锦官员之官署,因称"锦官城",后用作成都的别称。

病中口占

生太聪明是病根,病魔从此困朝昏。玉楼且莫催人去[1],尚有平生未报恩。

【注释】
[1] 玉楼:传说中天帝或仙人的居所。

题画四首

茅屋水之涯,溪光时隐见。忽闻欸乃声[1],白云飞几片。

松风吹野客[2],行行出江浦。招手唤渔舟,烟中数声橹。

笑指画中人,仿佛君与我。消受此烟波,凌风荡轻舸[3]。

所好在溪山,红尘不可住。一棹入武陵[4],桃花开处处。

【注释】

[1] 欸(ǎi)乃:象声词,摇橹声。
[2] 野客:村野之人,多借指隐逸者。
[3] 轻舸:快船,小船。
[4] 棹:划船。武陵:郡名,亦指桃花源,见晋代陶渊明《桃花源记》:"晋太元中,武陵人捕鱼为业"。

元宵微雨同伯位山受中何晓垣映辰游鸣玉桥[1]

遍看竹马戏青春[2],醉拍阑干雨满身。为问桥西老榕树,一生曾见几诗人?

归来花放一灯青,狂写涛笺酒半醒[3]。欲上高楼呼月出,玉箫吹与万人听。

【注释】

[1]何映辰:字晓垣,号勋伟,忠州(今属重庆)人,约生活在清嘉庆末年至光绪年间。咸丰举人。鸣玉桥:李士棻家乡鸣玉溪上的桥。
[2]竹马:儿童游戏时当马骑的竹竿。
[3]涛笺:指薛涛笺,薛涛设计的笺纸,是一种便于写诗,长宽适度的笺。

春日鲁惇五茂才_{国典}招游鸣玉溪[1]

一重杨柳一重花,携手行吟傍水涯。多少流莺啼不住,只应春在那人家。

沙鸥两两贴波飞,饱听溪声不肯归。也是画中人小立,一筇扶上钓鱼矶[2]。

杯盘草草聚行厨[3],一幅山家主客图。莫怪者番人醉了[4],花间鸟尚劝提壶。

夕阳西下客初还,一路泉声送出山。陡觉红霞生眼底,小桃花放竹林湾。

重重石磴几徘徊,手剔残碑落古苔。道是秦夫人故里[5],好山一角忽飞来。

锦囊佳句写从头,不负春风此唱酬[6]。说与东君开口笑[7],荷花生日再来游。

【注释】

[1]茂才:即"秀才"。东汉时,为了避讳光武帝刘秀的名字,将"秀才"改为

"茂才"，后来有时也称"秀才"为"茂才"。
[2] 筇(qióng)：手杖。
[3] 行厨：谓出游时携带酒食。
[4] 者番：这番、这次。
[5] 秦夫人：秦良玉(1574—1648)，字贞素，忠州人，明朝末年著名女将。
[6] 唱酬：以诗词相酬答。
[7] 东君：犹东家，对主人的尊称。

文翁石室[1]

石室书声满户庭，圣贤图像肃精灵。江山巴蜀文邹鲁[2]，只在当时讲六经[3]。

【注释】

[1] 文翁：文党，字翁仲，西汉景帝时任蜀郡太守，倡导教化，在成都城中设立学校，为古代地方政府设立学校之始。
[2] 邹：孟子故乡。鲁：孔子故乡。后以邹鲁指文化昌盛之地、礼仪之邦。
[3] 六经：六部儒家经典，即《诗》《书》《礼》《乐》《易》《春秋》。

子云亭

草元亭下访遗尘，也学侯芭载酒频。无怪著书嘲覆瓿，先生位貌不惊人。[1]

【注释】

[1] 位貌：官位和容貌。

武侯祠

翠柏阴中拜卧龙[1]，纶巾羽扇尚从容[2]。后来将相功名际，谁继先生伊吕踪[3]。

【注释】

[1] 卧龙：指诸葛亮，见《三国志·诸葛亮》："（徐庶）谓先主曰：'诸葛孔明者，卧龙也，将军岂愿见之乎？'"
[2] 纶巾羽扇：多用以形容飘逸潇洒或儒雅风流的风度。
[3] 伊吕：殷商伊尹辅商汤，西周吕尚佐周武王，皆有大功，后并称伊吕，泛指辅弼重臣。

万里桥[1]

听唤桥名已自愁，无端送客此桥头。怜他桥下东流水，竟似行人去不留。

【注释】

[1] 万里桥：成都市城南锦江上，古时乘舟东航起程处。三国时，费祎使吴，诸葛亮饯行于此，祎叹曰："万里之行，始于此桥。"桥由是得名。

青羊宫[1]

万松围住白云房，一路风吹药草香。欲觅神仙无处所，青牛杳矣剩青羊[2]。

【注释】

[1]青羊宫：道教观名，在成都市，唐代始建，清初重建，有铜制青羊、铁铸瓶等古物和八角亭、青羊桥等古迹。
[2]青牛：见汉代刘向《列仙传》："老子西游，关令尹喜望见有紫气浮关，而老子果乘青牛而过也。"后以"青牛"指称神仙道士之坐骑。

草堂寺[1]

得闲便过浣花溪，茗碗香匜手自携[2]。揖罢诗人无一事，观鱼痴坐水亭西。

【注释】

[1]草堂寺：指成都杜甫草堂。
[2]匜(yí)：古代一种盛酒的器具。

薛涛井[1]

桃花笺纸手亲裁,想见题诗玉镜台。今日井波兼酿酒,娇魂应傍醉边来。

【注释】

[1] 薛涛井:位于成都望江楼公园内,旧名玉女津,是纪念唐代女诗人薛涛的主要文物遗迹之一。

梓潼道院[1]

木樨满院发天香[2],几树槐花散晚凉。槐下小窗灯火夜,曾陪举子一番忙。

【注释】

[1] 梓潼:四川北部的一个县(今属绵阳市),初置于汉武帝元鼎元年(116),因境内有潼江,江边多梓树而得名。梓潼神即梓潼县的一个地方神,其庙在县城北十余公里外的七曲山。七曲山位于古金马道上,唐以来该道就一直是由北出入蜀的必经之路。在宋代,蜀中举子赴开封省试,大多得走金马道,则顺路向梓潼神乞灵助考,并由此形成了一个以举子为主的相对稳定的信奉群体。祖籍四川的元初作家虞集说:"囊蜀全盛时,俗尚诗祠,鬼神之宫相望,然多民间商贾、里巷男女师巫所共尊信而已,独所谓七曲神君者,学士

大夫乃祠之,以为是司禄主文治科第之神云。"
[2]木樨:同"木犀",指木犀花。

秋海棠

春风万种颜色,谁似此花媚秋。相对不禁太息[1],和烟和雨含愁。

【注释】

[1]太息:叹息。

于琉璃厂肆书摊上得宋芷湾先生诗一帙[1],因题

乱书堆里得奇珍,金铸香薰日夕亲。地下吟魂应一笑,子云身后有斯人[2]。

【注释】

[1]宋芷湾(1757—1826):名湘,字焕襄,号芷湾、芷湾居士,广东嘉应州(今梅县)人,官至湖北督粮道,著有《红杏山房集》。帙:卷册,函册。
[2]子云:扬雄的字。

次京招看海棠，不果往[1]

别来不异隔天涯，流水光阴日易斜。一树海棠红胜锦，与谁秉烛看飞花[2]。

【注释】
[1] 次京：易绍琦字。
[2] 秉烛：谓持烛以照明。见唐代孟浩然《初春汉中漾舟》："良会难再逢，日入须秉烛。"

神骏一首为王与琴弟作

神骏由来世不多，谁令壮志渐蹉跎。孙阳一去无人顾[1]，伏枥长鸣奈尔何。

【注释】
[1] 孙阳：即伯乐。

式如属题《秋江饯别图》

四条弦上诉飘零[1],满纸秋声过远汀[2]。记得七年前旧事,有人掩泪画楼听。

【注释】

[1] 四条弦:即火不思,是我国古代北方游牧民族创制的一种弹拨乐器。
[2] 汀:水边平地,小洲。

读《紫葡萄馆诗稿》,题寄朝鲜徐秋堂

新诗一卷写深情,此是徐家雏凤声[1]。想见岸冠挥彩笔[2],玉山风格照人清[3]。

才人原不讳清狂,锦瑟华年怨最长。十二红栏都倚遍,亲书花叶寄兰香。

【注释】

[1] 雏凤:比喻有才华的子弟。
[2] 岸:将冠帽上推,露出前额。彩笔:指辞藻富丽的文笔。
[3] 玉山:喻俊美的仪容。

口占赠古民

英雄心力坐销磨[1],其奈平生感慨多。他日与君拼一哭,春明门外送山河[2]。

【注释】
[1]心力:思维能力,才智。
[2]春明门:古长安城门名,为城东三门之中门,借指京城。

寄答宜宾聂云峰同年鍊,兼怀蔼堂年丈

每对燕云忆蜀云,别来三载断知闻。函题喜见戎州字[1],肯念梅花尚有君。

秋声一片莲花寺,往事凄凉不可论。笠散车零灯火歇[2],孤吟七十二朝昏。

三十六鳞远寄吾,新诗字字泣鲛珠。[3]一般辛苦为词客,赚得神仙到手无。

宏奖难忘宿昔心,锦江秋雨赏高吟。雪堂过客平安否,惯梦君家老竹林。

【注释】

[1]戎州：指宜宾，梁武帝大同十年(544年)于今宜宾城设戎州。
[2]笠散车零：指朋友离散。
[3]三十六鳞：鲤鱼的别称，见唐代段成式《酉阳杂俎·鳞介》："鲤……大小皆三十六鳞。"鲛珠：比喻泪珠。

俞望之画梅见赠，钱揆初题诗其上[1]，殆皆为予写照。奉答四绝，叹望之工画，至无以资其身，且愿与揆初更唱迭和以昌其诗，不徒有名于时已也

深居略避市声哗，疑是孤山处士家[2]。忽漫故人勤问讯，新诗一幅万梅花。

前有补之今望之，画梅的的见风姿。[3]一枝斜倚湘妃立，惆怅天寒袖薄时。

枉抛心力事丹青，绝技何如不识丁[4]。君看五陵游侠子，惯将沉醉傲人醒。

诗人几个到公卿，已分清吟过一生。李杜寥寥天地老，共君怀古不无情。

【注释】

[1]俞望之：江苏无锡人，善画花卉。钱揆初：名勖，江苏无锡人，属咸丰、同治年间淮海诗人群体。
[2]处士：本指有才德而隐居不仕的人，后亦泛指未做过官的士人。
[3]补之：即晁补之，北宋文学家，济州巨野(今属山东巨野县)人，为"苏门四学士"之一。的的：分明貌。

[4] 识丁:见《旧唐书·张弘靖传》:"汝辈挽得两石力弓,不如识一丁字。"后以"识丁"指识字。《元史·许有壬传》:"或憎不能识丁矣。"一说"丁"乃"个"之形误,因篆文"个"与"丁"相似,传写讹作"丁"。

题劳亦渔词稿[1]

晓风残月柳屯田[2],此曲徒为女子怜。何似铜琶铁绰板[3],大江东去唱坡仙[4]。

红牙拍碎可怜生[5],酒半如闻斫地声。直致虽非词本色[6],胜他娇涩啭春莺[7]。

【注释】

[1] 劳亦渔:生平事迹不详,广东人。
[2] 晓风残月:出自宋代柳永《雨霖铃》:"杨柳岸,晓风残月。"柳屯田:即柳永。
[3] 铜琶铁绰板:即铁板铜琶,指苏东坡的词气概豪迈。
[4] 大江东去:宋代苏轼《念奴娇·赤壁怀古》首句。坡仙:苏轼号东坡居士,仰慕者称之为"坡仙"。
[5] 红牙:乐器名,檀木制的拍板,用以调节乐曲的节拍。
[6] 词本色:词本色曲雅,以婉约为宗。
[7] 春莺啭:曲调名,见唐代崔令钦《教坊记》:"《春莺啭》,高宗晓声律,晨坐闻莺声,命乐工白明达写之,遂有此曲。"

偶过子听[1]，见案上置时文一册[2]，拟题强作，貌悴神伤，似深以此道为苦者

惜君手把如椽笔[3]，屈作今人应举文。绝似雕笼拘大鸟[4]，几时抛去上青云。

不值一钱成腐儒，破窗低首读阴符。异时金印倘悬肘[5]，我亦人间大丈夫。

【注释】

[1] 子听：即方濬益。
[2] 时文：此指八股文。
[3] 如椽笔：典出《晋书·王珣》："珣梦人以大笔如椽与之，既觉，语人曰：'此当有大手笔事。'俄而帝崩，哀册谥议，皆珣所草。"后遂以"如椽笔"比喻笔力雄健，犹言大手笔。
[4] 雕笼：指雕刻精致的鸟笼，见汉代祢衡《鹦鹉赋》："闭以雕笼，剪其翅羽。"
[5] 金印：旧时帝王或高级官员金质的印玺，比喻官高位尊，功勋卓著。

题少甫为予画菊

几枝高秀几枝斜，秋满柴桑处士家[1]。此味世人宜不识，一生渠只重唐花[2]。

十载京尘染素衣,就荒三径梦依稀。画中近识黄花面,便算征人万里归。

【注释】

[1] 柴桑处士:指晋代陶潜,因其故里在柴桑,故称。
[2] 渠:岂。唐花:在室内用加温法培养的花卉。

奉和稼生师冬夜不寐

满地霜华印月明[1],虚堂岑寂道心生[2]。年来雅嗜琴中味,起弄梅花第几声[3]。

惊心烽火照江东,若个真乘万里风。剩欲追陪文字饮,举杯时复一中中[4]。

【注释】

[1] 霜华:这里指皎洁的月光。
[2] 虚堂:高堂。道心:佛教语,菩提心、悟道之心。
[3] 梅花:乐府曲名《梅花落》的省称。
[4] 中中:不偏不倚貌。

病中忆故园花木，凡八种，属庄少甫刺史图之[1]

故园手种梧桐树，秋老常留满院阴。凤鸟不来人未返[2]，天涯见画一沾襟。梧桐。

百花开尽可怜红，群雁横天叫晚风。亏汝鏖秋幻春色，倡条冶叶一丛丛[3]。雁来红[4]。

湖海交游骨肉亲，每当风雨辄怀人。是谁催出停云句，窗外芭蕉听最真。芭蕉。

惜花情重惹愁魔，奈此秋花掩抑何[5]。认取迷离魂一缕，墨痕浓敌泪痕多。秋海棠。

孤行一世世称狂，睥睨群花爱冷香。乞写数枝长伴我，百年无日不重阳[6]。菊花。

空谷佳人手易分[7]，相思千里断知闻。含情却谱幽兰操[8]，弹碎潇湘日暮云[9]。兰花。

昔年曾赋水仙诗，翠羽明珰有所思[10]。今日披图重省识，凌波犹似洛川时[11]。水仙。

平生最有梅花癖，失脚红尘梦故山。归去合栽三百树，忍寒先向画中攀。梅花。

【注释】

[1] 庄少甫：名裕崧(1817—1863)，江苏武进人，工诗画。

[2] 凤鸟：凤凰，见《论语·子罕》："子曰：'凤鸟不至，河不出图，吾已矣夫！'"
[3] 倡条冶叶：指雁来红枝叶多姿。
[4] 雁来红：一年生草本植物，秋天开花。
[5] 掩抑：低沉抑郁。
[6] 重阳：即重阳节，此日有赏菊之习俗。
[7] 空谷佳人：兰花原生长于深山幽谷中，故有"空谷佳人""花中君子"之誉。
[8] 幽兰操：古琴曲，相传为孔子所作，又名《猗兰操》。
[9] 日暮云：出自唐代杜甫《春日忆李白》："渭北春天树，江东日暮云。"
[10] 翠羽明珰：泛指珍贵的饰物。
[11] 凌波：比喻美人步履轻盈，如乘碧波而行。出自曹植《洛神赋》："凌波微步，罗袜生尘。"洛川：即《洛神赋》中的洛水。

少甫又为予作花卉长卷，各题一绝，凡十二首

荷花

水佩风裳影[1]，忽从纸上逢。可怜娇欲语[2]，犹带露华浓[3]。

【注释】

[1] 水佩风裳：以水作佩饰，以风为衣裳，本写美人的妆饰，后用以形容荷叶荷花之状貌。出自唐代李贺《苏小小墓》："风为裳，水为佩。"
[2] 娇欲语：语出唐代李白《蔡氏五弄·渌水曲》："荷花娇欲语，愁杀荡舟人。"

[3]露华浓：语出李白《清平调》："春风拂槛露华浓"。

莲房

采莲复采莲，侬比莲心苦。忆郎郎不归[1]，溪上多风雨。

【注释】

[1]忆郎郎不归：化用南朝乐府民歌《西洲曲》："忆郎郎不至，仰首望飞鸿。"

梅花

好作横斜态，能为寂寞香[1]。几生修到汝，风骨饱经霜。

【注释】

[1]寂寞香：出自宋代陆游《卜算子·咏梅》："寂寞开无主""只有香如故"。

佛手

尝闻佛说法，天花手中散[1]。至今留一拳，妙香永不断。

【注释】：

[1]天花手中散：佛教故事，天女散花以试菩萨和声闻弟子的道行，花至菩萨身上即落去，至弟子身上便不落。后多以"天女散花"形容抛洒东西或大雪纷飞的样子。

兰花

我尝读离骚,托兴在香草[1]。灵修不可求,佩之以终老。[2]

【注释】

[1] 香草:比喻忠贞之士。见汉代王逸《离骚经序》:"《离骚》之文,依《诗》取兴,引类譬喻,故善鸟香草,以配忠贞。"
[2] "灵修"二句:出自屈原《离骚》:"怨灵修之浩荡兮""纫秋兰以为佩"。灵修:比喻君王、神灵。

萱草[1]

想重翻成恨,情深转惹愁。吾生不如草,犹得号忘忧。

【注释】

[1] 萱草:又名谖草,即忘忧草,见《诗经·伯兮》:"焉得谖草,言树之背"。晋张华《博物志》:"萱草,食之令人好欢乐,忘忧思,故曰忘忧草。"

绣毬[1]

小婢难簪鬓,群蜂任采香。天工尚游戏,花里筑毬场。

【注释】

[1] 绣毬:花名,一名"粉团""八仙花"。

蔷薇

密叶浮朝露,轻英堕夕阳[1]。好风时复至,吹送一痕香。

【注释】

[1]轻英:轻盈的花朵。

白牡丹

照影宜临水,窥妆但见烟。有如唐虢国[1],素面去朝天[2]。

【注释】

[1]虢国:唐玄宗宠妃杨玉环的三姐,有才貌,嫁裴氏为妻,杨贵妃得宠后,被封为虢国夫人。
[2]素面去朝天:不施脂粉而朝见皇帝。宋代乐史《杨太真外传》:"(唐玄宗)封大姨为韩国夫人,三姨为虢国夫人,八姨为秦国夫人。同日拜命,皆月给钱十万,为脂粉之资。然虢国不施妆粉,自炫美艳,常素面朝天。"

芍药

丰台三月时[1],十里红云裹[2]。醉倒深坞中,犹记花扶我。

【注释】

[1]丰台:见元代熊樊祥《析津志》:"芍药之盛……而京师丰台,连畦结畛,倚担市者日万余茎"。
[2]红云:形容芍药花开放时的壮美艳丽。

百合

十事常九乖[1],性癖减酬答。愧尔得佳名,尽人呼百合。

【注释】

[1]乖:不顺、不和谐。

桂花

桃作红雨观[1],桂宜黄雪号。欲知无隐禅,闻香一绝倒。

【注释】

[1]桃作红雨观:出自唐代李贺《将进酒》:"桃花乱落如红雨"。

安阳韩魏公故里碑[1]

魏公故里黄河侧,矗立安阳郭外碑。闻说绕碑云五色[2],还如金殿唱名时[3]。

【注释】

[1]韩魏公:韩琦(1008—1075),字稚圭,相州安阳(今属河南)人,北宋政治家、名将。
[2]云五色:古人认为五色云表示喜庆,见《宋史·韩琦传》:"琦风骨秀异,弱冠举进士,名在第二。方唱名,太史奏日下五色云见,左右皆贺。"
[3]唱名:科举时代殿试后,皇帝呼名召见登第进士。

宿黄河岸上待渡

雷吼河声睡未曾，十呼舟子九无应。一痕残月星三两[1]，认是沙边店壁灯。

【注释】
[1] 该句与宋代辛弃疾的《西江月·夜行黄沙道中》"七八个星天外，两三点雨山前"的意境类似，写的是夜深人静，残月疏星，只听见黄河波涛怒吼。

襄阳道中

马头隐隐岘山横[1]，触起千秋万岁情。莫怪一碑商位置[2]，古人最恸是无名。

匆匆欠赋习池游，何处铜鞮唱市楼。[3]闻说襄阳风景好，独怜江水是清流。

【注释】
[1] 岘山：在湖北襄阳县南，又名岘首山，东临汉水，为襄阳南面要塞。
[2] 一碑商位置：晋代镇南将军羊祜，镇襄阳十年，因有德政，百姓为其立碑于岘山上。

[3] 欠赋：欠缺天赋。铜鞮：指襄阳。市楼：市中楼房，又称旗亭，指酒楼。

畏热柬素园

朝朝苦热夜无眠，世界清凉若个边[1]。欲就高齐餐玉屑[2]，晓来又见日红天。

【注释】

[1] 若个边：何处。

[2] 玉屑：玉的碎末。《周礼·天官·玉府》中有"王齐则共食玉"，汉代郑玄注："玉是阳精之纯者，食之以御水气。郑司农云：'王齐当食玉屑。'"在古汉语中，齐、斋通用。

题右军书翻刻本[1]

虎卧龙跳笔阵奇[2]，几经镌刻费然疑。世间风雨不能蚀，惟有泰山没字碑[3]。

【注释】

[1] 右军：东晋王羲之曾任右军将军，故称王右军。

[2] 虎卧龙跳：后人评王羲之的书法："龙跳天门，虎卧凤阙"。

[3] 没字碑：没有镌刻文字的碑石。泰山玉皇顶庙前无字的巨碑，碑身高6米，宽1.2米，传为秦始皇时立，后人考证为汉武帝所建。

七夕同内子夜坐[1]

迢迢银汉四无声,织女黄姑相向明[2]。一世夫妻辛苦够,更无心绪祝他生。

【注释】
[1]内子:自己的妻子。
[2]黄姑:牵牛星,见《玉台新咏》卷九:"东飞伯劳西飞燕,黄姑织女时相见。"

冯老良属和另影桥诗

似从河上赋逍遥[1],得酒还将我辈招。散作东坡千亿影,夕阳人在绿杨桥[2]。

【注释】
[1]逍遥:优游自得,安闲自在。
[2]绿杨桥:位于上海普陀区桃浦镇绿杨桥地区李家浜北段,又名洛阳桥。

题画为张梅孙大令作

乌帽黄尘白日驰[1],珠江烟水梦迷离。看他留得童心在,一领红衣学钓师。

钓竿亦是寻常物,只是无人入手中。鲈脍堪尝蓴菜美[2],季鹰须不负秋风[3]。

我家旧傍白云根[4],鸣玉溪边老屋存。记得儿时垂钓处,残荷衰柳夕阳村。

昨宵急雨打柴扉,新水溶溶上钓矶。[5]便拟扁舟狎鸥鸟,五湖浩荡一身归。

【注释】

[1] 乌帽:黑帽。古代贵者常服,隋唐后多为庶民、隐者之帽。
[2] 鲈脍:鲈,鲈鱼。脍,切得很细的肉。蓴菜:蘘荷,一种草本植物,花穗和嫩芽可食,根状茎入药。
[3] 季鹰:晋人张翰,字季鹰。
[4] 白云根:白云生处。
[5] 柴扉:柴门,亦指贫寒的家园。新水:春水。溶溶:水流盛大貌。

寄怀贺幼甫八首

庚申九月重阳日[1],破帽残衫出国门。多谢故人扶上马,惊沙扑面压啼痕[2]。

别来花月殊无色,梦里河山不计程。梦到君边三太息,旧曾游处怕经行[3]。

故国田园久已芜,弦歌初试盍归乎。[4]踵他乞食陶公例[5],三径之资命里无。

子野难除一往情,前生结习到今生。青衫留得当时泪,总认歌声是哭声。

怪君不啖红绫饼,亦不题名白玉堂。[6]五马逼人殊有力[7],夺君科第削君狂。

黄鹤楼残新者谁,闻君僦屋傍楼基。[8]月明风紧江声壮,听否仙人玉笛吹[9]。

燕市悲歌结俊游,当年意气剧绸缪。[10]而今散置天南北,便有音书无路投。

汉阳皖口千余里[11],相念何妨命驾寻[12]。雪夜扁舟各无意,始知情逊古人深。

【注释】

[1] 庚申:1860年。

[2] 惊沙:狂风吹动的沙砾。

[3] 经行:经过。

[4] 弦歌:依琴瑟而咏歌,指礼乐教化。《论语·阳货》记孔子学生子游任武城宰,以弦歌为教民之具,后以"弦歌"为出任邑令之典。盍:何不。这两句化用晋代陶渊明《归去来兮辞》:"归去来兮,田园将芜胡不归!"

[5] 踵:追随、继承。陶公:陶渊明。

[6] 红绫饼:古代的一种珍贵的饼饵,以红绫裹之,故名。白玉堂:借指富贵人家,这里指科举中第。

[7] 五马:太守的代称。

[8] 黄鹤楼:位于湖北省武汉市。僦屋:租赁房屋。

[9] 仙人玉笛吹:传说仙人画鹤于壁,仙人吹玉笛,黄鹤翩然起舞,仙人乘鹤飞去,遂建黄鹤楼记之。

[10] 燕市悲歌:《史记·刺客列传》:"荆轲既至燕,爱燕之狗屠及善击筑者高渐离。荆轲嗜酒,日与狗屠及高渐离饮于燕市,酒酣以往,高渐离击筑,荆轲和而歌于市中,相乐也,已而相泣,旁若无人者。"俊游:快意的游赏。绸缪:情意殷切。

[11] 皖口:皖河入长江之口,今属怀宁县,距安庆城十五华里。

[12] 相念何妨命驾寻:王子猷住在山阴时,有一天夜里下大雪,他从梦中醒来,四下一望洁白一片,于是起身徘徊,吟诵左思的《招隐》诗,忽然想起在剡州的戴安道,便连夜乘小船去拜访他。

不能忘情吟[1]

已无饮酒读骚福[2]，还作拖泥带水人。百岁光阴将过半，可堪伤别更伤春。

平生恩怨万般多，来似惊飚去似波[3]。说向石人头不点[4]，天荒地老奈伊何。

搏沙散雪费经营，满目云山阻寄声。[5]便认渠侬成异物[6]，今生再见是他生。

【注释】

[1] 不能忘情吟：唐代白居易曾以此为诗题。
[2] 骚：即屈原《离骚》。
[3] 惊飚：狂风。
[4] 石人：比喻与世长存之人，见《史记·魏其武安侯列传》："今我在也，而人皆藉吾弟，令我百岁后，皆鱼肉之矣。且帝宁能为石人邪！"司马贞索隐："谓帝不如石人得长存也。"
[5] 搏沙：捏沙成团，比喻聚而易散。散雪：见三国时期曹植《七启》："蝉翼之割，剖纤析微。累如叠谷，离若散雪。"寄声：托人传话。
[6] 渠侬：吴语，指他、他们。

重有感

骨肉无多亲友稀,贫官事事与心违。那堪旧燕辞巢去[1],去傍谁家门户飞。

一世似无重见日,三年亦有爱才心。烛花今夜呼谁剪[2],暗坐空斋事苦吟。

【注释】

[1] 堪:忍受。
[2] 烛花今夜呼谁剪:化用唐代李商隐《夜雨寄北》:"何当共剪西窗烛,却话巴山夜雨时。"

除夕送幼甫十七史

心朋尚复论形迹[1],何况面朋多诡随[2]。不赠黄金赠青史[3],两人风味古人知。

【注释】

[1] 心朋:交心朋友。
[2] 面朋:非真诚相交的友朋。见汉代扬雄《法言·学行》:"朋而不心,面朋也;友而不心,面友也。"诡随:谓不顾是非而妄随人意。
[3] 青史:即史书,古时用竹简记事,故称。

闲居无事，课次子文琛作画，得四绝句

草圣诗狂任世呼[1]，平生总欠画工夫。乃翁缺陷儿能补[2]，一幅浮岚暖翠图。

好句须从画里搜，最难诗与画俱幽。野人如豆泉如线[3]，一种荒寒貌得不。

烟霞福分今生浅[4]，五岳未游徒挂心。时复呼儿拈破笔，矮亭疏树仿云林[5]。

慎勿粗豪信手成，古人意匠极经营[6]。他时讨遍奇山水，咫尺应含万里情。

【注释】

[1]草圣：对在草书艺术上有卓越成就的人的美称，如汉代张芝、唐代张旭等。诗狂：狂放不羁的诗人。

[2]乃翁：你的父亲，即诗人自己。

[3]野人：借指隐逸者。

[4]烟霞：泛指山水、山林。南朝梁萧统《锦带书十二月启·夹钟二月》："敬想足下，优游泉石，放旷烟霞。"

[5]云林：元代画家倪瓒的别号。

[6]意匠：诗文、绘画等的构思布局，见唐代杜甫《丹青引赠曹霸将军》："诏谓将军拂绢素，意匠惨淡经营中。"

读盛唐诸大家诗

山精伎俩不神奇[1],卅载狂吟失导师[2]。今日瓣香亲手炷[3],开天一辈古人诗[4]。

霍王无短更无长[5],略解攻诗世笑狂。两鬓有丝尘眯眼,疾追佳句甚追亡[6]。

国风二雅童年读[7],香草云旗猎楚词[8]。我是枉抛心力者[9],古人圣处到无时。

苏黄变法开诗境[10],绝类书家颜鲁公[11]。欲遣后来窥晋体,请从今日主唐风。

【注释】

[1] 山精:传说中的山间怪兽。伎俩:技能、手段。
[2] 狂吟:纵情吟咏。
[3] 瓣香:佛教语,犹言一瓣香。
[4] 开天:启发天性。见《庄子·达生》:"不开人之天,而开天之天。开天者德生,开人者贼生。"郭象注:"不虑而知,开天也;知而后感,开人也。然则开天者性之动也,开人者知之用也。"
[5] 霍王无短更无长:典见清代袁枚《随园诗话》:"唐霍王元轨有贤名。或问人:'霍王何长?'其人曰:'无长。'问者愕然。乃答曰:'人必有所短也,而后见所长。霍王无所短,又何所见其长?'"
[6] 追亡:追念死者。
[7] 国风二雅:指《诗经》。
[8] 香草:比喻寄情深远的诗篇。云旗:《楚辞·东君》:"驾龙辀兮乘雷,载云

旗兮委蛇。"王逸注："以云为旌旗。"

[9] 枉抛心力：白费精神与体力。

[10] 苏黄：指宋代苏轼和黄庭坚。

[11] 绝类：超出同类。颜鲁公：唐代颜真卿。

廖养泉无赀购书[1]，其仆出私蓄偿值[2]，为作二绝以张之[3]

倾囊慷慨酬书值，绝爱君家解事奴。我有奚童三五辈[4]，检书私笑主人迂。

亦悔饥时煮不堪，一经触目又成贪。书痴自谓居何等[5]，负蝂虫兼作茧蚕[6]。

【注释】

[1] 廖养泉：名纶（1810—1889），号橘叟，四川平昌县人。曾任金匮、无锡县令。工书法，善诗文。赀：同"资"。

[2] 偿值：偿还书钱。

[3] 张：彰显。

[4] 奚童：未成年的男仆。

[5] 居何等：到了什么样的程度。

[6] 负蝂：虫名，即蝜蝂，传说该虫遇物则取而负之，虽困不止。

题叶云岩松筠庵话别图[1],图为秦谊亭写[2]

松筠庵叩椒山宅,瘦石疏花谏草堂[3]。记得五年前旧事,一樽情话坐僧廊[4]。

第二泉边老画师[5],怜君匹马向天涯。斜街一片荒凉月,照到河梁执手时[6]。

【注释】

[1] 叶云岩:名圻,浙江嘉兴人,同治年间任江宁参将、副总兵。松筠庵:又名杨椒山祠,明代杨继盛故居,位于北京宣武区。

[2] 秦谊亭:秦炳文(1803—1873),初名燡,字砚云,号谊亭,江苏无锡人,道光二十年(1840)举人,官至户部主事,擅山水画。

[3] 谏草堂:明代杨继盛曾弹劾严嵩,并将其奏疏请海盐布衣镌石名手张受之刻石,嵌在起草疏稿的书房壁上。后称杨继盛起草疏稿的书房为"谏草堂"。

[4] 僧廊:寺院的廊庑,亦借指僧舍。

[5] 第二泉:江苏无锡惠山第一峰白石坞下的惠山泉,相传为唐大历年间无锡令敬澄开凿,唐代陆羽《茶经》认为庐山康王谷洞帘水为第一,无锡惠山新泉为第二。

[6] 河梁:指送别之地。

宿黄石矶[1]

黄石矶边系缆时,一江雪浪白差差。月明欹枕闻渔唱[2],和得渔洋七字诗[3]。

【注释】

[1] 黄石矶:在安徽东流县东北五十里大江滨。
[2] 欹:倾斜。
[3] 渔洋:王士禛。

九如庵寓[1]

白下门中偶卸车[2],秦淮河畔乍移居[3]。不如意事平生夥,今日全家住九如。

【注释】

[1] 九如庵:又名真如庵,位于安徽九华山。
[2] 白下:南京的别称。卸车:谓停车解马。
[3] 乍:刚刚。

恭和湘乡师相寿沅甫九丈克复金陵乞假还湘元韵十三首

东南半壁有长城，十万戈船江上横。[1]李郭诸军猿鹤尽，中兴功在一书生。[2]

平吴已决请缨年[3]，百战难磨一念坚。今日始知臣力瘁，捷书飞入九重天。

入城闻说剧辛酸，唤起重泉骨肉难。一炬顿空狐鼠穴，钟山依旧指龙蟠[4]。

玺书重叠奖王师[5]，鲁卫同封四海知。史馆他年传盛事，龙飞甲子太平时[6]。

万里烽烟接战尘，江湖转徙尽流民[7]。可怜南北诸豪杰，生保山河死作神。

午潮声撼白门来，执讯降王虎帐开。[8]疑是岘山羊叔子[9]，临风缓带一登台。

平生潇洒寓天机，说有谈空善解围[10]。心在幼舆丘壑里，朝衣不换芰荷衣。[11]

三湘七泽好林泉，暂和灵均渔父篇。[12]计日朝廷征颇牧[13]，亲看画像在凌烟。

南楼尊俎会英髦，蜀国狂生末坐叨。[14]多谢将军宽礼数，只谈风月忘勋劳。

画戟森严拥万书,韬钤铅椠气俱除[15]。客来都作平交看,心共闲云驻太虚。

燕南赵北不羁身[16],屠狗论交秋复春。才到江东开倦眼,惊看管乐一流人[17]。

无著天亲兄与弟[18],中分茅土佐皇家。铙歌直掩平淮雅[19],一日欢呼遍海涯。

隋家将略韩擒虎[20],汉代经生隽不疑[21]。公比古人还达甚,乞身开府拥旄时[22]。

【注释】

[1]东南半壁:指长江中下游及其以东、以南的半边江山。戈船:古代战船的一种。

[2]李郭诸军:指李秀成等率领的太平军。猿鹤尽:指太平军被完全击败。中兴:国家由衰退而复兴。

[3]吴:泛指我国东南(江苏南部和浙江北部)一带。请缨:自告奋勇请求杀敌。

[4]钟山:即南京紫金山。

[5]玺书:秦以后专指皇帝的诏书。

[6]龙飞:比喻升官提职,仕途得意。

[7]流民:由于天灾人祸,为了生存被迫背井离乡,逃往深山大泽,觅一栖身之地的老百姓。

[8]白门:南京的别名。执讯:谓对所获敌人加以讯问,出自《诗经·出车》:"执讯获丑,薄言还归。"后用为称美战功之典。降王:指太平军忠王李秀成。虎帐:旧时指将军的营帐。

[9]岘山:在浙江湖州市南,本名显山,后避唐中宗(李显)讳,改名岘山。羊叔子:即羊祜,其常游岘山。

[10]谈空:清谈。解围:解除窘困或困境。

[11]芰荷衣:出自《楚辞·离骚》:"制芰荷以为衣兮,集芙蓉以为裳。"

[12] 七泽:泛称楚地诸湖泊。渔父篇:《渔父》是《楚辞》中的一篇。
[13] 颇牧:战国时赵国名将廉颇与李牧。
[14] 尊俎:尊为盛酒器,俎为置肉之几,常用为宴席的代称。英髦:也作英旄,俊秀杰出的人。末坐叨:即"叨陪末座"。
[15] 韬钤:古代兵书《六韬》《玉钤篇》的并称,泛指兵书。
[16] 燕南赵北:泛指黄河以北地区。
[17] 管乐:指管仲、乐毅。
[18] 著:指出身显赫。天亲:指父母、兄弟、子女等血亲。
[19] 铙歌:指凯歌。
[20] 韩擒虎:原名擒豹,字子通,河南东垣(今新安县东)人,隋朝名将。
[21] 隽不疑:西汉渤海(治今河北沧县东)人,初为郡文学,官至京兆尹,为官公正清廉,名重当时。
[22] 拥旄:持旄,指统率军队。

题稼生师留仙诗帙[1]

东坡说鬼黄州日[2],姑妄言之妄听之[3]。读罢留仙酬唱句,灵均词赋少陵诗。

【注释】

[1] 诗帙:包装诗稿的封套,这里指诗稿。
[2] 东坡说鬼:宋代苏东坡爱好说鬼和搜集鬼故事,并辑录《东坡志林》。
[3] 姑妄言之妄听之:语出王士禛《戏书蒲生〈聊斋志异〉卷后》:"姑妄言之妄听之,豆棚瓜架雨如丝;料应厌作人间语,爱听秋坟鬼唱时。"

题白下杨西华孝廉诗卷

唐家河岳宋江湖[1],往日英灵一个无。剩有先生诗在眼[2],狂来直作古人呼。

【注释】
[1] 河岳:黄河和五岳的并称,后泛指山川。
[2] 剩有:犹有。

题画墨梅

墨痕认作雪初飘[1],柴立空山气象超[2]。绝似人中黄叔度[3],见他鄙吝自然消[4]。

江南二月雪花麤[5],雪里寻梅一树无。今日却从壁上见,朝朝把酒寿林逋。

【注释】
[1] 墨痕:墨黑的痕迹。
[2] 柴立:如枯木般独立。
[3] 黄叔度:名宪(109—156),东汉汝南慎阳(今河南正阳)人,出身贫贱,以德行著称。

[4] 鄙吝：形容心胸狭窄，见唐代高适《苦雨寄房四昆季》："携手风流在，开襟鄙吝祛。"
[5] 麤：同"粗"。

白下闻歌

萧瑟江南酒一尊，断肠时节是黄昏。琵琶弹出秦淮月，照见红颜有泪痕。

文德桥晚步

虹桥影跨水中间，桃叶桃根问渡还[1]。喜有六朝来眼底，夕阳红遍蒋家山[2]。

【注释】
[1] 桃叶桃根：晋代王献之爱妾与其妹之名，见宋代张敦颐《六朝事迹编类·桃叶渡》："桃叶者，晋王献之爱妾名也；其妹曰桃根。"
[2] 蒋家山：位于安徽安庆天柱山东麓。

涂少卿贻余长歌,有"东坡老去思归蜀,汉嘉之守胜封侯"之句,叹味不已,拈此志谢

坡老平生为口忙,浮名薄宦阻还乡[1]。凌云载酒成虚语,拟共匡君结道场[2]。

【注释】

[1] 浮名:虚名。
[2] 匡君:即匡俗,传说为周武王时或秦末人,与兄弟七人学仙得道,结庐隐居于南障山。故世称南障山为庐山、匡山、匡庐,尊匡俗为匡神。道场:成道修道之所。

丁卯二月廿六日同揭仰斋、周缦卿、涂少卿、揭用宾游饶溪张菊裳静山书院[1]

出城见树便欣然,雨后风光卯色天[2]。此境吾乡随处有,被他簪组负林泉。

山写轻云树染烟,万花扑面水平田。肩舆只作圆蒲坐[3],自放心光照大千。

顷刻桃源眼底生[4],桑麻鸡犬动关情。徐行忽到山祠畔,听得书声引

笑声。

枫树为屏柳作藩,野人别据一乾坤。结邻何必东林寺[5],径欲携家住此村。

山寺田荒树半枯,断幢零碣卧平芜。乡氓枉事西天佛[6],救得红羊大劫无。

空庭解带受东风,酒面斜阳相映红。世事变迁纷到眼,牛宫前日是琳宫[7]。

四山环列锦屏风[8],一簇人家老木中。已喜麦苗翻浅浪,荞花还认雪濛濛。

乱石陂塘水怒流[9],鸟呼蛙吠倍清幽。杜鹃闻得红于火,错认丹枫九月秋。

周家祠屋创前朝,栗主频经劫火烧[10]。谁肯用心根本地,亟将轮奂洗萧条[11]。

村翁三五饷春醪,磬折衣冠古谊叨。[12]但解力田忘觅举[13],秀才成就读书高。

涧底拾薪村竖喜[14],溪边看钓野鸥随。临流苦觅童时面,对竹追评少日诗[15]。

小楼侧畔桃花树,红雨飞残盛绿阴[16]。唤起十年京邸梦,城南载酒远相寻。

禅榻茶烟作道场,药炉经卷送年光[17]。身兼妻子无归日,忍借登高望故乡。

山人久作尘中客,得到田家似远归。暂就溪堂饱鸡黍[18],几时真饭蜀山薇[19]。

饶溪唤作舞雩游[20]，簿领抽身得自由。莫漫龙蛇惊满壁，百年鸿爪祝长留。

一榻青山笑语亲，鸾停鹄峙得嘉宾。[21]他年华省同登后，莫忘粗官姓李人。

【注释】

[1] 丁卯：1867年。

[2] 卵色：蛋青色。

[3] 肩舆：指轿子。

[4] 桃源："桃花源"的省称。

[5] 东林寺：位于江西省九江市庐山西麓，佛教净土宗（又称莲宗）的发源地，始建于东晋大元九年（384）。

[6] 氓：民、百姓。

[7] 牛宫：古代国家饲养禽畜的处所。见汉代袁康《越绝书·外传记吴地传》："桑里东，今舍西者，故吴所畜牛羊豕鸡也，名为牛宫。"琳宫：仙宫，亦为道观、殿堂之美称。

[8] 锦屏风：比喻色彩鲜艳华美的屏障。

[9] 陂（bēi）塘：池塘。

[10] 栗主：古代练祭所立的神主，用栗木做成，故称，后也用来通称宗庙神主。见《公羊传·文公二年》："虞主用桑，练主用栗。"

[11] 亟：急切。轮奂：形容屋宇高大众多。

[12] 三五：指农历正月十五上元节。饷：同"飨"，用酒食招待客人。磬折：弯腰，表示谦恭。

[13] 觅举：谓古代士子请托以求举用，见《新唐书·薛登》："方今举士……出入王公之第，陈篇希恩……故俗号举人皆称觅举。觅者，自求也，非彼知之义。"

[14] 村竖：村童。

[15] 少日：年少之时。

[16] 红雨：语见唐代李贺《将进酒》："况是青春日将暮，桃花乱落如红雨。"

[17] 经卷：指宗教经典。年光：年华、岁月。

[18] 溪堂：临溪的堂舍。鸡黍：指饷客的饭菜。

[19] 蜀山薇："蜀山"这里借指故乡，"薇"本为一种菜名，也称野豌豆。《诗经·采薇》："采薇采薇，薇亦作止。曰归曰归，岁亦莫止。"蜀山薇用以表达诗人思念故乡之意。

[20] 舞雩(yú)：语见《论语·先进》："浴乎沂，风乎舞雩，咏而归。"后指乐道遂志，不求仕进。

[21] 榼(kē)：古代盛酒的器具。鹄峙：直立貌，见明代徐弘祖《徐霞客游记·游太和山日记》："下瞰诸峰，近者鹄峙，远者罗列。"

偶于破簏中拾得少年时东涂西抹伎俩，口占示赠汝东书院同学诸子[1]

剪烛西窗理旧文，筌蹄宜弃砚宜焚[1]。明朝把示诸英少，绣得鸳鸯到几分。

【注释】

[1] 占：吟诗。示：把东西拿出来或指出来给别人看。汝东书院：位于江西省东乡县。

[2] 筌蹄：语出《庄子·外物》："筌者所以在鱼，得鱼而忘筌；蹄者所以在兔，得兔而忘蹄。"筌：捕鱼竹器；蹄：捕兔网。后用以比喻达到目的的手段或工具。砚宜焚：指自愧文不如人而欲自焚其砚，不复写作，典出《晋书·陆机》："机天才秀逸，辞藻宏丽，张华尝谓之曰：'人之为文，常恨才少，而子更患其多。'弟云尝与书曰：'君苗见兄文，辄欲烧其笔砚。'"

到书院与诸生作竟日谈，临别占示

妻子图书共转蓬，死生疾苦恨无穷。还余几点怜才泪，苦恋文人洒汝东。

闲居偶题五首

殿板乍逢初印史，客囊刚欠可挥金。还书似遣明驼去[1]，悽绝文姬出嫁心[2]。

秃笔寒檠改旧诗[3]，茶烟撩动鬓丝丝。门前莫怪稀来客，正愧无金可润伊。

租来邸舍不多宽，位置琴书与敦槃。一尺维摩香火地，闲呼妻子说团圞。

卧游坐拥任吾豪，胜似绥山啖一桃[4]。两手到秋闲不得，左持杯酒右持螯[5]。

古人纸上露形声，发我千秋万岁情[6]。仙佛渺茫恩怨冷，更耽何物慰平生。

【注释】

[1]明驼:善走的骆驼。

[2]文姬:蔡文姬,名琰,东汉文学家蔡邕之女,著名才女和文学家,著有《胡笳十八拍》和《悲愤诗》。东汉末年,蔡文姬被掳到了南匈奴,嫁给了匈奴左贤王。十二年后,曹操统一北方,用重金赎回了蔡文姬。文姬归汉后,嫁给了董祀。

[3]秃笔:自谦语,称写作能力不高明。寒檠:寒灯。

[4]"胜似"句:出自《搜神记》卷一:"绥山多桃,在峨眉山西南,高无极也。随之者不复还,皆得仙道。故里谚曰:'得绥山一桃,虽不能仙,亦足以豪。'"

[5]螯(áo):螃蟹的前脚,这里指代螃蟹。

[6]发:表达,阐述。

南城感事

未得油油与世偕[1],侧身天地几朋侪[2]。做人方法今粗解,有是非心总不佳。

学力先争义利关[3],几人战胜夺标还。肯同元晦参斯旨[4],只有鹅湖陆象山[5]。

【注释】

[1]油油:悠然自得貌。

[2]侧身:置身。朋侪:朋辈。

[3]学力:学问上的造诣,学问达到的程度。

[4]元晦:宋代朱熹字。

[5]鹅湖:指宋淳熙二年,朱熹与陆九渊在鹅湖寺的辩论。陆象山:陆九渊(1139—1193),字子静,号象山,南宋著名哲学家、教育家,江西抚州金溪人,与朱熹齐名,世称"朱陆"。他以"心即理"为核心,创立"心学"。

赠徐茂才，兼寄梅庵大师

湘管一枝禅在画，梅花三弄圣于琴。[1]寒泉瘦石清流地，中有寥寥太古心。[2]

西山一抹意中青，梦绕东湖高士亭[3]。传语梅庵老尊宿，归来相伴注坛经。[4]

【注释】

[1]湘管：以湘竹制作的毛笔，故名。梅花三弄：古曲名。
[2]寒泉：清冽的泉水或井水。瘦石：峭削之石。太古：远古，上古。
[3]高士亭：在南昌市内的西湖南岸。
[4]尊宿：对前辈有重望者的敬称。坛经：指《六祖坛经》，佛教禅宗创始者、禅宗六祖慧能(一作惠能)的传法记录。

为平景翁题《栋山樵隐图》

指点烟霞了不疑，栋山一角画中诗。前身定是兹山主，梦耐频游醒耐思。

红亭白塔映松篁[1]，带壑襟崖缀草堂。认是旧时游钓地，蒓鲈风味剧还乡[2]。

江南桃李满公门,转漕贤劳答至尊[3]。此日柯亭花事盛,三天高处忆巢痕。

谢公山泽为仪止,屈子云旗赋远游。[4]但对画图如出世,未须早计筑菟裘。

懒慢从知与俗违,喜闻庄叟论天机。余年愿学桑弢甫,万首诗成五岳归。

自笑无方可救贫,朱侯也是可怜人[5]。饥寒正拜天公赐,漫对青山议卜邻[6]。

收书忆自卅年前,纂述曾无一卷传[7]。譬似篙工争寸进,退常逾丈柱撑船。

高轩屡过感情深,空谷跫然有足音[8]。缅想乾嘉诸老辈,尚留毕阮到于今。[9]

【注释】

[1] 松篁:松与竹。

[2] 蒪(chún)鲈:莼菜与鲈鱼。《世说新语·识鉴》载:晋代张翰在洛,见秋风起而思故乡莼鲈,因辞官归,后用为思乡之典。剧:疾速。

[3] 转漕:利用水道转运粮食。贤劳:劳苦,劳累。

[4] 谢公:指南朝谢灵运。屈子:指屈原。

[5] 朱侯:明代归有光有《送昆山县令朱侯序》。

[6] 卜邻:选择邻居,见《左传》:"且谚曰:'非宅是卜,唯邻是卜。'二三子先卜邻矣。"

[7] 纂述:编纂著述。

[8] 跫然:空无所有或稀少的样子。

[9] 缅想:遥想。毕阮:毕沅和阮元。毕沅(1730—1797):清代官员、学者,字纕蘅,亦字秋帆,因从沈德潜学于灵岩山,自号灵岩山人,镇洋(今江苏太仓)人,官至湖广总督,精通经史小学金石地理之学,著有《续资治通鉴》《传

经表》《经典辨正》《灵岩山人诗文集》等。阮元(1764—1849):扬州仪征人,字伯元,号云台(一说芸台)、雷塘庵主,晚号怡性老人,清嘉庆道光间名臣,在经史、数学、天算、舆地、编纂、金石、校勘等方面都有着非常高的造诣主编《经籍籑诂》,校刻《十三经注疏》。

怀汤若士先生[1]

一代填词足擅场[2],服官亦号古循良[3]。春风吹冷临川梦[4],不见当时玉茗堂。

【注释】

[1] 汤若士:明代剧作家汤显祖。
[2] 擅场:谓强者胜过弱者,专据一场,后谓技艺超群。见唐代杜甫《冬日洛城北谒玄元皇帝庙》:"画手看前辈,吴生远擅场。"
[3] 服官:为官,做官,见《礼记·内则》:"五十命为大夫,服官政。"循良:谓官吏奉公守法,亦指循良的官吏。
[4] 临川梦:指"临川四梦"。

园居杂忆诗一百六首[1]

东

膏沐施灵雨,棉温引惠风。[2]百花作生日[3],春满一园中。

【注释】

[1]一百六首:古人作诗填词常用的《佩文韵府》《诗韵集成》等韵书,都把诗韵分为一百零六个韵目,其中平声三十韵,上声二十九韵,去声三十韵,入声十七韵。这里的诗题就是这一百零六韵的韵目字。诗的排列顺序即韵部的排列顺序,某诗题下的诗的韵脚即属该韵部,如第一首《东》韵脚"风""中"就属于东部的韵字。

[2]灵雨:好雨。惠风:柔和的风,也指春风。

[3]百花作生日:旧指阴历二月十二日,即花朝。

冬

一夕瀼瀼露[1],花开尽冶容[2]。不闻花解语[3],旧事说无从。

【注释】

[1]瀼瀼:露水盛多貌。

[2]冶容:形容花朵的美丽犹如精心装扮过的女子。

[3]解语:会说话。

江

风义兼文藻[1],人才盛过江[2]。中流书画舫[3],帆影贴波双。

【注释】

[1]风义:犹风操,又指诗文的风格义理。文藻:文采。

[2]过江:东晋王朝在江南建立后,北方士族纷纷来到江南,当时人谓"过江名士多于鲫"。

[3]中流:水流的中央。

支

六朝宫阙地[1],开遍野棠梨[2]。忆过钟山下[3],陵松无一枝。

【注释】

[1] 六朝:东吴、东晋、宋、齐、梁、陈六个朝代先后建都于建康(吴称建业,今江苏南京),史称六朝。
[2] 野棠梨:落叶乔木,叶长圆形或菱形,花白色,果实小,略呈球形,有褐色斑点。
[3] 钟山:又名紫金山,位于江苏省南京市东北郊,以中山陵为中心,包括紫金山、玄武湖两大区域。

微

市酒青山麓[1],落帆黄石矶[2]。矶头飞白雨,骇浪打人衣。

【注释】

[1] 市酒:买酒。
[2] 黄石矶:位于今湖北省东南部。

鱼

饮啜皆岚翠,酣于读异书。石尤功不细[1],著我饱匡庐[2]。

【注释】

[1] 石尤:元代伊珍《琅嬛记》引《江湖纪闻》,有商人尤某娶石氏女,情好甚笃。尤远行不归,石思念成疾,临死叹曰:"吾恨不能阻其行,以至于此。今凡有商旅远行,吾当作大风为天下妇人阻之。"后称逆风、顶头风为"石尤

风"。功不细:这里指逆风功劳不小的意思。
[2]匡庐:指江西的庐山。

虞

客尘何所有[1],劫火自然无[2]。佛证阿罗汉[3],儒尊大丈夫。

【注释】
[1]客尘:佛教语,指尘世的种种烦恼。
[2]劫火:佛教语,谓坏劫之末所起的大火。
[3]阿罗汉:佛教用语,梵语的音译,即得道者、圣者的意思。

齐

楼瞰云根驿[1],门临鸣玉溪。卅年抛旧宅,南北费轮蹄。

【注释】
[1]云根驿:位于今重庆市忠县,为忠州三驿(云根驿、曹溪驿、花林驿)中最重要的驿站。

佳

适见送君者,相携反自崖[1]。千山和万水,行矣办青鞋[2]。

【注释】
[1]反自崖:自崖而反,见《庄子·山木》:"君其涉于江而浮于海,望之而不见

其崖,愈往而不知其所穷,送君者皆自崖而反,君自此远矣。故有人者累,见有于人者忧。"

[2]青鞋:草鞋。

灰

寙翁门下士[1],几个是仙才[2]。许作青云附[3],先看丹鼎开[4]。

【注释】

[1]寙翁:瘦弱的老头。门下:学生,弟子。
[2]仙才:道教谓成仙者的资质。
[3]青云:青色的云,喻高官显爵。
[4]丹鼎:炼丹用的鼎,古代道士相信用朱砂等矿石药物能炼制成使人强身健体或者长生不老的丹药,用来炼制这些丹药的鼎就叫做丹鼎。

真

石室亲灯火[1],成都三改春。得闻第一义[2],曾是过来人。

【注释】

[1]灯火:指读书,学习。见清代蒲松龄《聊斋志异·连城》:"(连城)又遣媪矫父命,赠金以助灯火。"
[2]第一义:佛教用语,佛教称彻底圆满的真理为"第一义"。

文

忘形纵歌哭,闯入酒人群。地下荆高辈[1],呼之闻不闻。

【注释】

[1] 荆高：战国荆轲和高渐离的并称。

元

四十九年说，如来不惮烦。阙里上下语[1]，函关五千言[2]。

【注释】

[1] 阙里：孔子故里，此指《论语》。
[2] 函关：函谷关的省称，此处指《老子》。

寒

拾得从何得，寒山镇要寒。[1]汝心安已竟，无物把来安。

【注释】

[1] 拾得、寒山皆为唐朝贞观年间人。拾得相传是唐代丰干禅师捡回来的小孩，所以称为"拾得"，寒山则是他的朋友。二人佛法高妙，更兼诗才横溢，佛门弟子认为他们分别是文殊、普贤菩萨转世。寒山、拾得二人踪迹怪异，其典型形象总是满面春风，拍掌而笑，民间奉为"和""合"二仙。

删

神藏形影内，命在呼吸间。可坐可无坐，非山非不山。

先

飞仙绝行迹,偶驻昆仑巅[1]。下视人间世,齐州九点烟[2]。

【注释】

[1] 昆仑:山名,在新疆西藏之间,西接帕米尔高原,东延入青海境内。古代神话传说,昆仑山上有瑶池、阆苑、增城、县圃等仙境。
[2] 齐州九点烟:语出唐代李贺《梦天》:"遥望齐州九点烟,一泓海水杯中泻。"

萧

移文休更勒,大隐不须招。去结鸡豚社[1],兄渔弟畜樵。

【注释】

[1] 鸡豚社:即鸡豚社酒。豚:猪。社酒,祭祀神祇时所用的酒。

肴

不办兔三窟,谁容鸠一巢。食蓼已忘苦,无心啖蔗梢。

豪

疲马支瘦骨,枯萁剩旧槽[1]。吾方艰一饱,何忍醉葡萄。

【注释】

[1] 萁:豆茎。

歌

忆泛锦江波,船窗对二峨[1]。别来能入梦,终是蜀山多。

【注释】

[1] 二峨:二峨山,又名绥山,属于广义的峨眉山,峨眉山古代分为四座,分别是大峨山、二峨山、三峨山、四峨山。大峨山即今日的旅游胜地峨眉山。二峨山则位于大峨山(峨眉山)西南,两山左右相连,因古人从成都远望大峨山、二峨山两山犹如古代美女两片秀眉,故称峨眉山。

麻

宣武门西路[1],一街上下斜。记同吴长者,看竹醉杨家。

【注释】

[1] 宣武门:位于北京西城区南部,明、清时京师内城九门之一。

阳

笼底剪翎鸟,坐看群鸟翔。[1]锄兰同一哭[2],枉抱谷中香。

【注释】

[1] 此两句出自唐代韩愈《调张籍》"剪翎送笼中,使看百鸟翔。平生千万篇,金薤垂琳琅。"剪翎:翎是鸟翅和尾上的长而硬的羽毛,这些羽毛被剪掉,鸟儿便不能够再自由飞翔。
[2] 锄兰:《三国志·蜀志》记载刘备将杀张裕,诸葛亮请免其罪,刘备答曰:"芳兰生门,不得不锄。"

庚

意气倾湖海,诗名动帝京。只今赚憔悴,绣佛忏虚声[1]。

【注释】

[1]绣佛:用彩色丝线绣成的佛像。

青

头较往年白,眼于何物青。永无载酒日,遥哭草元亭[1]。

【注释】

[1]草元亭:即"草玄亭","元"因避康熙皇帝讳改。汉代扬雄曾著《太玄》,其在四川成都的住宅遂称草玄堂或草玄亭,亦简称"玄亭"。

蒸

日边十过夏,三伏失炎蒸。[1]爱下湘帘坐[2],门前叫卖冰。

【注释】

[1]日边:比喻京师附近或帝王左右。炎蒸:极言其热。
[2]湘帘:本指用湘妃竹做的帘子,此处是对帘子的美称。

尤

凤城重九日[1],盆菊遍街头。城外天宁寺[2],花田万顷秋。

【注释】

[1] 凤城：京都的美称。
[2] 天宁寺：始建于北魏孝文帝年间，当时叫"光林寺"，是北京最古老的寺院之一。

侵

三观中空假[1]，一息去来今[2]。富贵唐花速[3]，神仙陆海沉。

【注释】

[1] 三观：佛教语，天台宗的基本教义之一，谓从事物缘起中观悟空、假、中三谛。
[2] 一息：一呼一吸，比喻极短的时间。去来今：佛教语，指过去、未来、现在。
[3] 唐花：又名堂花，指在室内用加温法培养的花卉。见清代富察敦崇《燕京岁时记》："谓熏治之花为唐花……牡丹呈艳，金橘垂黄，满座芬芳，温香扑鼻，三春艳冶，尽在一堂，故又谓之堂花也。"

覃

芍药丰台市，芙蓉积水潭。年年花事盛，城北际城南。

盐

槐龙高百尺[1]，长爪碧纤纤。偶向江亭立，绿阴蟠画檐[2]。

【注释】

[1] 槐龙:谓盘曲如龙的老槐枝柯。
[2] 蟠:屈曲,环绕,盘伏。

咸

探囊存绿绮,操券赎青衫。何日真归蜀,安居傍石岩[1]。

【注释】

[1] 石岩:此处指隐居的处所。

堇

方外西方佛[1],方内东方孔[2]。游于方内外,万事一懵懂。

【注释】

[1] 方外:世俗之外,旧时指神仙居住的地方。
[2] 方内:指尘世,对"方外"而言。孔:这里指孔夫子。

肿

鲜民四十年[1],卅年别先陇[2]。宰木恐凋零[3],松楸宜补种。

【注释】

[1] 鲜民:无父母穷独之民,语出《诗经·蓼莪》:"鲜民之生,不如死之久矣。"《毛传》:"鲜,寡也。"

[2] 先陇：即先垄，祖先的坟墓。
[3] 宰木：坟墓上的树木，见《公羊传》："秦伯怒曰：'若尔之年者，宰上之木拱矣。'"

讲

倘买田十双[1]，雨余水盈港。田家五行志[2]，当就老农讲。

【注释】

[1] 十双：双为一种计量单位，田广二亩、四亩、五亩都可称双，各从方俗，无定制。宋代欧阳修、宋祁撰《新唐书·南诏传》中有"官为田，四十双为二百亩。"
[2] 田家五行志：元朝一本有关古代天气的谚语集。

纸

汉家真少恩，吾哀龙门子[1]。蓦地受极刑，开山成信史。[2]

【注释】

[1] 龙门子：此处代指司马迁，司马迁自称"迁生龙门"。
[2] 极刑：指司马迁所受的宫刑。"开山"句：司马迁作《史记》，开我国纪传体史书的先河。

尾

筑室水中央，四面绕丛苇。夜读离骚经，书声警山鬼[1]。

【注释】

[1] 山鬼：屈原《九歌·山鬼》。

语

青山佳处居，白石饥来煮[1]。文章花样多，移法营别墅

【注释】

[1] 白石：旧传神仙、方士烧煮白石为粮。见晋代葛洪《神仙传·白石先生》："（白石先生）常煮白石为粮，因就白石山居。"

庾[1]

冰炭不相容，斗筲何足数[2]。礼义备群攻，吾自有干橹[3]。

【注释】

[1] 庾：音 yǔ。
[2] 斗筲：筲也是一种竹器，仅容一斗二升。斗和筲都是很小的容器，用以比喻气量狭小和才识短浅。
[3] 干橹：小盾大盾，也泛指武器。见《礼记·儒行》："儒有忠信以为甲胄，礼义以为干橹；戴仁而行，抱义而处。"

荠

意外纳群污，日夕望湔洗[1]。气苏碧翁前[2]，恨坠黄泉底。

【注释】

[1] 湔洗：洗涤。

[2] 苏：缓解，解除。碧翁：碧翁翁的简称，犹天公。见宋代陶穀《清异录·天文》："晋出帝不善诗，时为俳谐语，咏天诗曰：'高平上监碧翁翁。'"

蟹

石阙耐口衔[1]，风幡验心摆[2]。怕见杯中蛇[3]，莫谈水中蟹[4]。

【注释】

[1] 石阙：石筑的阙。多立于宫庙陵墓之前，作铭记官爵、功绩或装饰用。

[2] 风幡：风中的旗幡。

[3] 杯中蛇：典出"杯弓蛇影"，墙上的弓箭倒影在酒杯中像是一条蛇的影子。这里指无意义的猜疑担忧。

[4] 水中蟹：典出《晋书·解系》："及张华、裴頠之被诛也。伦、秀以宿憾收系兄弟。梁王肜救系等。伦怒曰：'我于水中见蟹且恶之，况此人兄弟轻我邪！此而可忍，孰不可忍！'"喻报仇心切，或喻愤怒。

贿

力反鲁阳戈[1]，怨填精卫海[2]。百折与千磨，埋名而铲采[3]。

【注释】

[1] "力反"句：典出《淮南子·览冥训》："鲁阳公与韩构难，战酣日暮，援戈而挥之，日为之反三舍。"后以"鲁阳戈"谓力挽危局的手段或力量。

[2] 精卫海：即"精卫填海"。

[3] 铲采：铲灭光彩。

轸

瑶琴久不弹,凝尘翳徽轸[1]。敢为不平鸣,且谱思归引。

【注释】

[1] 徽轸:琴腹下转动琴弦的轴。

吻

龙有渊中潜,豹有雾中隐。忘忧对晚萱[1],习静看朝槿[2]。

【注释】

[1] 萱:萱草,一种草本植物,传说可以使人忘忧。
[2] 槿:落叶灌木或小乔木,叶卵形互生,花钟形,单生,通常有红、白、紫等颜色。

阮

不可与作缘[1],小人宜夙远[2]。从来德有邻,柴立非孤蹇[3]。

【注释】

[1] 作缘:结缘,结交,谓发生瓜葛、联系。见南朝刘义庆《世说新语·方正》:"刘真长、王仲祖共行,日旰未食,有相识小人贻其餐,肴案甚盛,真长辞焉。仲祖曰:'聊以充虚,何苦辞?'真长曰:'小人都不可与作缘。'"
[2] 夙:素有的,旧有的。夙远:一直都应该远离。
[3] 孤蹇:本意指单人独骑,引申指孤单。

旱

盈缺视月轮，一年几回满。况当食之尽，蟾圆故应缓[1]。

【注释】

[1] 蟾圆：传说中月有蟾蜍，所以称月为蟾。

潸

异乡难久居，故乡失恒产。天何遽夺之，区区手中版[1]。

【注释】

[1] 版：上面有文字或图形的用木板或金属等制成供印刷用的东西。

铣

春蚕一寸丝，作茧缚于茧。吁嗟离合间，宿业定非浅[1]。

【注释】

[1] 宿业：前世的善恶因缘。佛教相信众生有三世因果，认为过去世所做的善恶业因，可以产生今生的苦乐果报。

篠

索居怀故人[1]，一日肠九绕[2]。愁听子规声[3]，渠是伤心鸟。

【注释】

[1] 索居：孤独地散处一方。见《礼记·檀弓上》："吾离群而索居,亦已久矣。"郑玄注："群,谓同门朋友也；索,犹散也。"

[2] 此句出自司马迁《报任安书》："是以肠一日而九回,居则忽忽若有所亡,出则不知其所往"。比喻内心极度痛苦。

[3] 子规：杜鹃鸟的别名,传说为蜀帝杜宇的魂魄所化,常夜鸣,声音凄切,故借以抒发悲苦哀怨之情。

巧

立论不妨卑,谋生不妨巧。臣朔金马门[1],羡煞侏儒饱[2]。

【注释】

[1] 金马门：汉代宫门名,见《史记·滑稽列传》："金马门者,宦署门也。门傍有铜马,故谓之曰'金马门'。"朔：此处指汉代名臣东方朔。

[2] 侏儒饱：喻小人得志而贤才受屈。

皓

心君坐愁城[1],自取心兵捣[2]。宜有调人调,勿任老师老。

【注释】

[1] 心君：即心,古人以心为一身之主,故称。见宋代陆游《对酒》："烟水幸堪供眼界,世缘何得累心君。"愁城：充满愁绪的城池,此处喻满怀愁绪。

[2] 心兵：见《吕氏春秋·荡兵》："在心而未发,兵也。"后以"心兵"喻心事。捣：舂、撞击。

哿[1]

指似盆盎花,当风易飘堕。[2]护以锦屏风,留取初开朵。

【注释】

[1] 哿:音 gě。
[2] 盆盎:盆和盎,亦泛指较大的盛器。当:面对着。

马

耳目同古人,智出今人下。去日挽不回,来日岂堪把[1]。

【注释】

[1] 堪把:能够把握。

养

大木多高阴,洪钟无细响。文章期代兴,操觚辟草莽[1]。

【注释】

[1] 操觚:执简,谓写作。见晋代陆机《文赋》:"或操觚以率尔,或含毫而邈然。"李善注:"觚,木之方者,古人用之以书,犹今之简也。"辟:古同"避",躲开。草莽:比喻平庸,轻贱。

梗

高士无燕朋[1],凭人议幽冷。独酌和陶诗[2],挥杯劝孤影。

【注释】

[1]高士:志趣、品行高尚,超脱世俗的人,多指隐士。燕朋:轻慢朋友。《礼记·学记》:"燕朋逆其师,燕辟废其学。"郑玄注:"燕,犹亵也,亵其朋友。"
[2]陶诗:指晋代陶渊明的诗歌。

迥

名山如伟人,常是去人迥。一览八表空[1],㧐身凌绝顶[2]。

【注释】

[1]八表:八方之外,指极远的地方。
[2]㧐(sǒng)身:挺立身子。凌绝顶:见唐代杜甫《望岳》:"会当凌绝顶,一览众山小。"

有

山川与文人,相遭定非偶[1]。愚溪传到今[2],记者柳州柳[3]。

【注释】

[1]相遭:相遇。
[2]愚溪:水名,在湖南省永州市西南,本名冉溪。唐代柳宗元谪居于此,改其名为愚溪,并名其东北小泉为愚泉,意谓己之愚及于溪泉。
[3]柳州:唐代柳宗元遭贬后,徙为柳州刺史,故以之为其代称。见宋代苏轼《故周茂叔先生濂溪》:"应同柳州柳,聊使愚溪愚。"

寝

偶得未见书,如逢岁大稔[1]。又如客他州,六亲来会饮[2]。

【注释】
[1]大稔:丰收。
[2]六亲:泛指亲戚、亲人。

感

坡公渡海时,气压洪涛撼。岭南万荔支[1],被公一口啖[2]。

【注释】
[1]岭南:指中国南方的五岭之南的地区,相当于现在广东、广西、海南全境,以及湖南、江西等省的部分地区。荔支:即荔枝。
[2]啖:吃。苏轼《食荔枝二首》其二:"日啖荔枝三百颗,不辞长作岭南人。"

琰[1]

窗下置方床,平铺湘竹簟[2]。拂簟忆湘君[3],盈盈泪万点。

【注释】
[1]琰:音 yǎn。
[2]湘竹:即湘妃竹,白居易《江上送客》:"杜鹃声似哭,湘竹斑如血。"簟:竹席。
[3]湘君:尧二女,舜妃。据《史记》记载,舜帝南巡时,其二妃从之不及,后追至君山,惊闻舜帝殁于苍梧之野,顿时挥泪如雨,洒竹成斑遂成君山独特的斑竹。

赚[1]

三彭据三田[2],灵台宝光减[3]。秉剑守庚申[4],一例葛藤斩[5]。

【注释】

[1] 赚:音 xiàn。

[2] 三彭:又称三尸、三虫。指人身上三种影响健康、妨碍修炼的邪恶之物。见唐代张读《宣室志》卷一:"契虚因问桦子曰:'吾向者谒觐真君,真君问我三彭之仇,我不能对。'桦子曰:'夫彭者,三尸之姓,常居人身中,伺察功罪,每至庚申日,籍于上帝。故凡学仙者,当先绝其三尸,如是则神仙可得,不然虽苦其心无补也。'"据:占有。三田:道家谓两眉间为上丹田,心为中丹田,脐下为下丹田,合称三丹田或三田。

[3] 灵台:指心、心灵,见《庄子·庚桑楚》:"不可内于灵台。"郭象注:"灵台者,心也。"宝光:神奇的光辉。

[4] 秉:拿着,持。庚申:按阴阳五行学说,天干之庚与地支之申均属金。

[5] 一例:一律。

送

西涧柳遮桥,东坡花绕洞。嬉春里中儿[1],风鸢翦鸾凤[2]。

【注释】

[1] 嬉春:游乐于春光之中。里中儿:指同里的人。

[2] 风鸢:风筝。

宋

书屋署藏云,读易常内讼[1]。云或有时行,霖雨为世用[2]。

【注释】

[1]内讼:内心自责,见《论语·公冶长》:"吾未见能见其过而内自讼者也。"
[2]霖雨:甘雨,时雨,见《尚书·说命上》:"若岁大旱,用汝作霖雨。"

绛

龙兴佛旁龙,飞去复来降。山僧咒龙归[1],寺钟日三撞。

【注释】

[1]山僧:住在山寺的僧人。咒:某些宗教或巫术中的密语。

寅

但见天寥寥[1],万古常如醉[2]。但见人胶胶[3],一世尽如睡。

【注释】

[1]寥寥:广阔,空旷。
[2]万古:万代,万世,形容经历的年代久远。
[3]胶胶:关系密切,如胶似漆。

未

惊飚摧大木[1],繁霜压群卉。此时天地心,酿得梅花未?

【注释】
[1]惊飚:暴风。

御

名理入清言[1],玉屑霏霏锯[2]。吾友古之民,竟成古人去。

【注释】
[1]名理:指魏晋及其后清谈家辨析事物名和理的是非同异。清言:魏晋时期何晏、王衍等崇尚《老》《庄》,摈弃世务,竞谈玄理的风气。
[2]玉屑:比喻美好的文辞。霏霏:泛指浓密盛多。

遇

忍过西州门,誓上南丰墓。老泪益湘流,英灵栖宰树。

霁

京肆簇天桥[1],山海聚珍丽[2]。黄公旧酒楼,我辈复来憩。

【注释】
[1]天桥:在北京市永定门内,清末逐渐形成为民间艺人集中演出的地区。
[2]山海:指山珍海味。珍丽:指珍贵美丽之物。

泰

颐园水一湾,风林响烟濑[1]。莺叫万花中,鸥巡万花外。

【注释】

[1] 濑:从沙石上流过的水。

卦

收书四十年,鼠蠹啮不坏[1]。一官抵换来,忍更捆车卖。

【注释】

[1] 蠹:蛀蚀器物的虫子。

队

平生不作家[1],长物余杂碎[2]。方愁无米炊,听捣西邻碓[2]。

【注释】

[1] 作家:治家。
[2] 长(cháng)物:多余的东西。杂碎:不值钱的杂乱零碎。
[3] 碓:木石做成的捣米器具。

震

垂老学草书,临池强自振[1]。一技未成名,已白遂良鬓[2]。

【注释】

[1] 临池：指学习书法，或作为书法的代称。强（qiǎng）：劝勉。自振：自己振作起来。

[2] 遂良：褚遂良（596—658），唐代著名书法家。

问

看人若登仙[1]，送人去作郡[2]。一梦成前尘[3]，勿复相闻问。

【注释】

[1] 登仙：喻声名直上或升迁高官。
[2] 作郡：指担任一郡长官，治理地方。
[3] 一梦：指黄粱一梦，喻荣华富贵如梦一般，短促而虚幻；美好之事物，亦不过顷刻而已，转眼成空。前尘：佛教称色、声、香、味、触、法为六尘，认为当前的境界由六尘构成，都是虚幻的，所以称前尘。后来指从前的或过去经历过的事情。

愿

山家薜荔墙[1]，雨过滋青蔓。取酒赏晚晴，林鸟提壶劝[2]。

【注释】

[1] 山家：山野人家。薜荔：植物名，又称木莲。
[2] 提壶：亦作"提壶芦"，也作"提胡芦"，鸟名，即鹈鹕。见宋代欧阳修《啼鸟》："独有花上提葫芦，劝我沽酒花前倾。"

翰

饭余施雀餐,茶熟凭鹦唤[1]。盆花悟色空[2],池萍论聚散。

【注释】
[1]凭:听任。
[2]色空:佛教语。"色即是空"的略语。谓一切事物皆由因缘所生,虚幻不实。

谏

月来花上窗,雨余泉聒涧[1]。出户窥远空,一字横归雁。

【注释】
[1]聒:喧嚣、闹腾。

霰

双瞳喜无花,秋水剪一片。笑拥灯前书,惊飞岩下电。

啸

昔者欧阳公,常畏后生笑[1]。后生有肺肝,不虞秦镜照[2]。

【注释】
[1]欧阳公:宋代欧阳修。欧阳修晚年尝修改平生所为文,用思甚苦。其夫

人止之曰:"何自苦如此!尚畏先生嗔耶?"公笑曰:"不畏先生嗔,却怕后生笑!"

[2]秦镜:见汉代刘歆撰《西京杂记》卷三。传说秦宫有方镜,广四尺,高五尺九寸,能照见人的五脏六腑,鉴别人心邪正。

效

权门任指麾[1],气岸肆笼罩。临深以为高,犬羊袭虎豹。

【注释】

[1]权门:权贵,豪门。

号

避世镬汤中[1],众苦所不到[2]。吾将访高僧,说法度破灶[3]。

【注释】

[1]镬汤:佛经所说"十八地狱"之一,用以烹罪人,这里比喻水深火热的处境。
[2]众苦:佛教语,指多种苦痛。
[3]说法:讲授佛法。破灶:传说有一个"灵性"附在一个破灶上,以灶为身,使灶显灵。于是有很多人祭祀它、供它、求它解决疑难问题。

笛

耘田冀晚收,学易防大过。古来几恨人,可许参末坐[1]。

【注释】

[1]末坐:亦作"末座",座次的末位。

祃[1]

立命思古人[2],不立岩墙下[3]。莫问官有无,但看花开谢。

【注释】

[1]祃:音mà。

[2]立命:谓修身养性以奉天命。

[3]岩墙:将要倒塌的墙,借指危险之地。见《孟子·尽心上》:"是故知命者不立乎岩墙之下。"朱熹集注:"岩墙,墙之将覆者。"

漾

中流一叶舟,骤触掀天浪。出险定何时[1],布帆祝无恙。

【注释】

[1]出险:犹涉险,身临险境。定:到底、究竟。

敬

真成谪仙人[1],谁问居士病[2]。一官一世终,再造再生命。

【注释】

[1]谪仙人:指唐代李白。

[2]居士：文人雅士的自称，这里指青莲居士李白。

径

胎息寻九还[1]，足音断三径[2]。蒲团百和香[3]，竹屋一声磬。

【注释】

[1]胎息：道家的一种修炼方法。见《后汉书·王真传》："年且百岁，视之面有光泽，似未五十者。自云：'周流登五岳名山，悉能行胎息胎食之方，嗽舌下泉咽之。'"九还：指九转丹或其炼制秘诀。
[2]断：截断，截开。
[3]百和(hè)香：由各种香料合成的香。

宥

采药问名山，结茅宜远岫[1]。世外有高真[2]，何时一邂逅。

【注释】

[1]岫：山穴。
[2]高真：得道成仙的人。

沁

虎视目耽耽，逼人勿乃甚。物有同类伤，曷弛金吾禁[1]。

【注释】

[1] 金吾：古官名，负责皇帝大臣警卫、仪仗以及徼循京师、掌管治安的武职官员。

勘

久无醉饱心[1]，食贫一味澹。只惭费烛花，夜读救灯暗[2]。

【注释】

[1] 醉饱：谓酒食过度。见《左传·昭公十二年》："形民之力，而无醉饱之心。"孔颖达疏："食充其腹谓之饱，酒卒其量谓之醉。醉饱者，是酒食餍足过度之名也。"
[2] 救：终止。

艳

卅年南北游，历历皆可念。师友视父兄，花月媚琴剑[1]。

【注释】

[1] 琴剑：琴与剑。两者为古时文人随身之物，以寓刚柔相济之意。

陷

枉上邹阳书[1]，痛哭不予鉴。援手无一人，始信势交泛[2]。

【注释】
[1]邹阳书:指汉代邹阳的《狱中上梁王书》。
[2]势交:攀权附势之交。

屋

道义相琢磨,酒食避征逐[1]。曾陪长者游,说士甘于肉[2]。

【注释】
[1]酒食避征逐:酒食征逐指的是酒肉朋友互相邀请吃喝玩乐。韩愈《柳子厚墓志铭》:"今夫平居里巷相慕悦,酒食游戏相征逐,诩诩强笑语以相取下。"
[2]说士:游说之士。

沃

虚牝掷黄金[1],微瑕攻白玉。好事多折磨,灾星何日足。

【注释】
[1]"虚牝"句:韩愈《赠崔立之评事》:"可怜无益费精神,有似黄金掷虚牝。"虚牝:白白地浪费。

觉

廉吏不可为[1],谄术直须学。从今效簧鼓[2],慎勿树圭角[3]。

【注释】

[1]"廉吏"句：出自无名氏《楚相孙叔敖碑》："贪吏不可为而可为，廉吏可为而不可为。贪吏而不可为者，当时有污名；而可为者，子孙以家成。廉吏而可为者，当时有诗名；而不可为者，子孙困穷披褐而卖薪。"
[2]簧鼓：用动听的言语迷惑人。
[3]圭角：圭的锋芒有棱角，比喻人的言行奇特刻薄。

质

海鸥自去来，塞马谁得失[1]。痛定思痛时，谈虎犹战栗。

【注释】

[1]塞马：喻世事多变，得失无常，吉凶莫测。亦用以表示超然于得失祸福之外。

物

百万掷湘流，是身亦赘物[1]。庞家说无生[2]，此意谁仿佛。

【注释】

[1]赘物：多余无用的东西。
[2]无生：佛教语，谓没有生灭，不生不灭。

月

空山古贤人，饔飧一薇蕨[1]。我今饱而嬉，膏粱送日月。

【注释】

[1]饔飧:早饭和晚饭。薇蕨:薇和蕨,嫩叶皆可作蔬,为贫苦者所常食。

曷

骐驎地上行[1],蝴蝶草间活。耻为乞米书[2],还击催诗钵[3]。

【注释】

[1]骐驎:传说中的兽名,即麒麟。
[2]乞米书:唐书法家颜真卿向李太保借米的信,又称《与李太保帖》。
[3]击催诗钵:见"击钵尚争诗敏捷"注。

黠

棉力苦难支[1],草心伤屡拔[2]。何罪至于斯,雁以一鸣杀[3]。

【注释】

[1]棉力:犹微力,常用作自谦之词。
[2]草心:卑微的心。
[3]雁:指鹅。见《庄子·山木》:"'夫子出于山,舍于故人之家。故人喜,命竖子杀雁而烹之。'竖子请曰:'其一能鸣,其一不能鸣,请奚杀?'主人曰:'杀不能鸣者。'"

屑

往愬逢彼怒[1],冠裳顿毁裂。上贻先人羞[2],断送平生节。

【注释】

[1]"往愬"句：出自《诗经·柏舟》："薄言往愬，逢彼之怒。"
[2]贻：遗留、留下。

药

家事勑勿关[1]，但求健腰脚。食冰不知寒，况共梅花嚼。

【注释】

[1]勑：告诫、嘱咐。

陌

闻蚁疑斗牛[1]，看朱认为碧。惜生省求医，避劫不观弈。

【注释】

[1]"闻蚁"句：指身体虚弱，典出《世说新语·纰漏》："殷仲堪父病虚悸，闻床下蚁动，谓是牛斗。孝武不知是殷公，问仲堪：'有一殷，病如此不？'仲堪流涕而起曰：'臣进退维谷'。"见宋代苏轼《次韵乐著作野步》："眼晕见花真是病，耳虚闻蚁定非聪。"

锡

缟素遍乾坤[1]，春色伤目击。才是光绪年，忍抛同治历。

【注释】

[1] 缟素：缟与素都是白色的生绢，引申为白色，此处指丧服。

职

魔兵战顽躯[1]，非复旧精力。四顾百踟蹰，一言三太息。

【注释】

[1] 顽躯：顽健的身躯，自谦之辞。

缉

爱惜身与名，甚于保首级。陷之以病狂，使无余地立[1]。

【注释】

[1] 无余地立：形容一无所有，贫困到了极点。

合

善下效执雌，腾谤任吠蛤[1]。一事类坡公，时宜未能合[2]。

【注释】

[1] 吠蛤：蛙鸣。
[2] 时宜：当时的需要或风尚。

叶

多制远游冠[1],五岳将遍涉。一观井外天,喜气生眉睫。

【注释】

[1] 远游冠:古代冠名。秦汉以后历代沿用,至元代始废。

洽

大勇习可成,龙泉常在匣。满志报恩仇,是为究竟法[1]。

【注释】

[1] 究竟法:佛法之一,指究竟佛果以及为此所设的种种修行法门或理论。

偶然作六言绝句十三首

无怀葛天之民[1],去我千春万春。独有渊明近似,早从彭泽抽身。

处士名为谤国,丈夫事在出家。不僧却具僧态,布袍便是袈裟。

诗歌有烟水气[2],人物在菰芦中。寥落南州孺子[3],徜徉西塞渔翁。

伯始万事弗理[4],子渊终日如愚[5]。侂更不识一字,其乐岂有穷欤。

士但略有才名,禄位便落人后。皎污垞缺相望[6],甲乙推排到某[7]。

瀼川太史绪言[8],论文亦折人福。福泽不供抵偿,折到粗官微禄。

平生五岳系怀，一度凌云载酒。域中何限名山[9]，恨煞胸中乌有。

名花最爱海棠，蜀中独以香著。我从香国往来[10]，未见海棠开处。

渔洋一代诗宗，极贵兼登大耋[11]。斯人跨宋跻唐，香山醉翁同列[12]。

栎下新钞三编，贻上古欢一录[13]。曲摹世说意林，备载微言高躅[14]。

君苗拼笔砚焚，臣朔让侏儒饱[15]。遗恨长留水滨[16]，旧诗略记鸿爪。

奇句梦中涌出，藏园居近随园。六代云山绕屋[17]，两家猿鹤看门。

不平而以诗鸣[18]，春秋之有虫鸟。断难学到古人，容易厄于群小[19]。

【注释】

[1] 葛天之民：传说中无名利机巧之心、远离世事尘嚣的远古先民。

[2] 烟水气：琴棋书画、风流倜傥的艺术气息。

[3] 南州孺子：指徐稚（97—168）。

[4] 伯始：见《后汉书·胡广传》："胡广，字伯始，南郡华容人也。"

[5] 子渊：颜渊，名回，孔子弟子。此句出自《论语·为政》："子曰：'吾与回言终日，不违，如愚。退而省其私，亦足以发。回也不愚。'"

[6] "皎污"句：语出《后汉书·黄琼传》："峣（yáo）峣者易缺，皦皦者易污。"皎：指玉石之白；峣：高直貌。

[7] "甲乙"句：出自宋代唐庚《谪罗浮作》："诸公有意除钩党，甲乙推排恐到君。"

[8] 溳：水名，源出河南省信阳县南，南流经湖北省应山、孝感等县市，至武汉入长江。

[9] 域中：寰宇间，国中。见《老子》："域中有四大，而王居其一焉。"

[10] 香国：犹花国。

[11] 渔洋一代诗宗：王士禛创"神韵说"，与朱彝尊并称"南朱北王"。耋：年八十曰耋。

[12] 香山、醉翁：指唐代诗人白居易和北宋诗人欧阳修。

[13] 栎下：周亮工（1612—1672），字元亮，别号陶庵、减斋、栎园等，学者称

栎园先生、栎下先生。河南祥符(今属开封)人。明末清初文学家、收藏家。贻上:王士禛(1634—1711)的字。

[14]高躅(zhú):崇高的品行。

[15]"君苗"句:出自晋代陆云《与兄平原书》:"(崔)君苗文,天才中亦少尔……见兄文,辄云欲烧笔砚。""臣朔"句:出自《汉书·东方朔传》:"侏儒饱欲死,臣朔饥欲死。"侏儒:古代常以侏儒为倡优取乐,故亦指侏儒中之充任优伶、乐师者。

[16]"遗恨"句:清孟超然《应山吊杨忠烈公》:"封疆门户同澌灭,遗恨空留楚水滨。"

[17]云山绕屋:唐许浑《游钱塘青山李隐居西斋》:"云山绕屋犹嫌浅,欲棹渔舟近钓台。"

[18]"不平"句:出自唐代韩愈《送孟东野序》:"大凡物不得其平则鸣。"

[19]群小:众小人。出自《诗经·柏舟》:"忧心悄悄,愠于群小。"郑玄笺:"群小,众小人在君侧者。"

健饭自警八首

鼎肉投门久不闻,谁于贤者致殷勤。闵生大有修行力,耻以猪肝累使君。闵贡叔[1]

束带何妨见长官[2],公田犹可给朝餐。后来一饭期冥报[3],始信人间乞食难。陶渊明

诸侯宾客渐无存,菜把区区说感恩。口腹累人公亦尔,也云朝叩富儿门[4]。杜子美

秀才忧乐大臣风,即在量斋界粥中[5]。末俗纷纷营一饱,儒酸滋味几人同。范希文[6]

桄榔树下足婆娑[7],老落南荒纵啸歌。依旧闭门餐杞菊,陆天随后一东坡。苏子瞻

独有权奸不讳贪,食前方丈恣肥甘[8]。一盂脱粟先生饭,便惹胡纮劾晦菴。朱子[9]

日啖东坡玉糁羹[10],犹闻肠内作雷鸣。忍饥莫作寻常看,煞费功夫始炼成。陆放翁

小学篇终细讨论,信民一语至今存。人生百事都堪做,得力先须咬菜根。汪信民[11]

【注释】

[1]闵贡叔:其事迹见《后汉书·周黄徐姜申屠列传》:"太原闵仲叔者,世称节士……客居安邑。老病家贫,不能得肉,日买猪肝一片,屠者或不肯与,安邑令闻,敕吏常给焉。仲叔怪而问之,知,乃叹曰:'闵仲叔岂以口腹累安邑邪?'遂去。"宋代陆游《蔬食》中有:"何由取熊掌,幸免买猪肝。"
[2]束带:指穿戴官服。
[3]冥报:谓死后相报。
[4]朝扣富儿门:唐代杜甫《奉赠韦左丞丈二十二韵》:"朝扣富儿门,暮随肥马尘。残杯与冷炙,到处潜悲辛。"
[5]量斋(jī)界粥:断斋画粥,形容贫苦力学。事见宋代魏泰《东轩笔录》:"公(范仲淹)少与刘某上长白僧舍修学,惟煮粟米二升,作粥一器,经宿遂凝,刀画为四块,早晚取二块,断斋数十茎,……入少盐,暖而啖之。如此者三年。"
[6]范希文:宋代范仲淹,字希文。
[7]桄榔:木名,俗称砂糖椰子、糖树。常绿乔木,羽状复叶,小叶狭而长,肉穗花序的汁可制糖,茎中的髓可制淀粉,叶柄基部的棕毛可编绳或制刷子。
[8]方丈:一丈见方,吃饭时面前一丈见方的地方摆满了食物,形容吃得阔气。
[9]脱粟:粗粮,只脱去谷皮的粗米。胡纮(约1139—1204):字应期,庆元

人,宋隆兴元年(1163)进士,历任监察御史、吏部侍郎等职。晦庵、朱子:朱熹,字元晦,一字仲晦,号晦庵。

[10] 玉糁(sǎn)羹:食品名。陆游《晚春感事》:"酿成西蜀鹅雏酒,煮就东坡玉糁羹。"糁:米粒。

[11] 汪信民:汪革,字信民,宋人,生卒不详,《菜根谭》作者。见宋代朱熹《小学·善行实敬身》:"汪信民尝言:'人常咬得菜根,则百事可做。'"

鹤樵观察命题湘浦真境手卷

微茫纸上有湘烟,一碧湖南万里天。唤起乾嘉诸老辈,花之寺里叩真禅[1]。

古刻丛钞辨异同,新摹真迹九成宫[2]。八分兼擅诸家体,又一覃溪不姓翁[3]。

【注释】

[1] 花之寺:清初扬州八怪之一罗聘自号花之寺僧。
[2] 九成宫:唐代书法家欧阳询《九成宫醴泉铭》之省称。
[3] 覃溪:翁方纲的号。

同沤馆杂题卅二首 庚辰五月作于豫章[1]

闭门听过黄梅雨,百首新诗取次成。已是不干门外事,敢张旗鼓猎才名。

联吟恰有素心人[2],玉敦珠槃气一新。忆自攀安提万后,章江萍约又今辰。[3]十二年前,何廉昉、何镜海、冯子良、王霞轩、杨素园、夏谦甫诸公许同唱和。

月随北阙尚书至蒲圻贺公[4],风送东吴孝子还汪柳门学使。偶取铁瓶平江张公诗卷读,一般得助在江山。

年来就懦更锄豪,棋局何人著最高。未免抛荒臂鹰手[5],挥戈无力只挥毫。故友傅古民、曾佑卿、欧阳晓岑尝谓菜豪气未除,恐不宜于官,使果早用其言,安有今日耶?

往日书多翻恨少,只今书少尚嫌多。南华经与龙门史[6],其奈从前浪读何。李仲约氏谓菜当致力于《庄子》《史记》,平景孙氏谓宜专看本朝人所著书,泛收泛读,无益也。

亦有看书会意时,亟思说与解人知。解人岂得长相见,且自怀人且赋诗。己酉岁与温江王泽山同年定交成都,嗣在都门、在安庆时时与泽山互证心得,今泽山已矣。山东有人刻其零星诗稿,不足以尽泽山。菜尝游大河南北,长江左右,所交如泽山之才之学正不乏人,而落落穆穆胸无一寸城府,文有万丈光芒,则泽山所独也。因念往者桂林朱伯韩先生屡过京寓,许传古文绝学,又泰兴吴和甫先生谓菜际洪贼之乱,当努力成就一部杜诗,惜其时为举业所夺,追恨到今,今尚有以扶奖后进为心如朱吴两先生者乎?[7]

传神谁与添三颊[8],济世何由拔一毛[9]。长笛得名思赵瑕[10],洞箫作谥羡王褒[11]。

五柳捐俸买屋为诸生肄业之所,署其门曰"五柳书院",题其堂曰"耸壑昂霄"。二云狄梁公尝宰斯邑,菜为此楼,与陶公并祀,停云望云,古今人岂有异乎?无恙否?学宫创建劫灰余。要凭弦诵销兵气,十户人家九读书。此七字彭泽旧谚也。菜在任时,正当乱后,息讼缓征,日求庠序中人与谋向学。数月之间,城厢内外亦遂有书声盈耳矣。

汝东兵后士无多,招集孤寒讲切磋。更筑一祠拜千子[12],每逢朔望泪滂沱。在东乡修复汝东书院,为艾先生立后立祠,朔望行香,与诸生说先生文章风节,辄流涕以悲。

粮外派捐保甲钱[13],分充私橐十余年。便干群小耽耽怒[14],革弊粗伸县令权。初抵南城,即率书院诸生拜盱江先生墓[15],正议捐俸兴修为每年奠酹地,旋以禁止派捐被愬去任。

【注释】

[1] 同沤馆:李士棻室名。庚辰:光绪六年(1880)。

[2] 素心人:心地纯洁、世情淡泊的人。见晋代陶潜《移居》:"闻多素心人,乐与数晨夕。"

[3] 攀安提万:仰攀谢安,提携谢万。指介于两人之间,不及谢安,超过谢万。出自《世说新语·品藻》:"或问林公:'司州何如二谢?'林公曰:'故当攀安提万。'"林公,支道林。司州,王胡之,字修龄,曾为司州刺史。

[4] 北阙:宫禁或朝廷的别称。贺公:贺寿慈(1810—1891),初名于逵,继名霖若,字云甫,晚号赘叟,又号楚天渔叟,清代蒲圻(今湖北赤壁)人,官至工部尚书。工书画,有《贺寿慈诗文集》。

[5] 臂鹰:架鹰于臂,古时多指外出狩猎或嬉游。

[6] 龙门史:指司马迁《史记》。

[7] 朱伯韩:名琦(1803—1861),字伯韩,一说字濂甫,号伯韩,广西临桂人。道光十五年进士,官至御史。晚年总理杭州团练局,遇太平天国攻杭州被杀,赠太常寺卿。工诗文,是桐城派在广西的代表作家之一,著有《怡志堂诗文集》。吴和甫(1802—1868):名存义,江苏泰兴人。道光十八年(1838)进士,官至吏部侍郎。

[8] "传神"句:出自《晋书·顾恺之》:"尝图裴楷像,颊上加三毛,观者觉神明殊胜。"

[9] "济世"句:出自《孟子·尽心上》:"杨子取为我,拔一毛而利天下,不为也。"

[10] 赵嘏:(约805—852),唐代诗人,山阳(今江苏淮阴)人,其《长安秋望》:"云物凄清拂曙流,汉家宫阙动高秋。残星几点雁横塞,长笛一声人倚楼。"

[11] 王褒(?—前61):西汉辞赋家,蜀资中(今四川资中)人,今存《洞箫赋》《九怀》等。

[12] 千子:艾南英(1583—1646),字千子,号天佣子。临川(今江西省东乡

县)人。明末散文家、文学评论家。深恶科场八股文章腐烂低劣,与临川人章世纯、罗万藻、陈际泰等力矫其弊,以兴斯文为任,世人称其为"临川四才子",又称"江右四家"。

[13] 保甲:旧时的一种户籍编制。清代保甲之法,十户为牌,设一牌头;十牌为甲,设一甲头;十甲为保,设一保长。户给印牌,书其姓名丁口,出则注其所往,入则稽其所来。

[14] 干:触犯,冒犯。群小:众小人。耽耽:同"眈眈",形容贪婪注视的样子。

[15] 盱江先生:李觏(1009—1059),字泰伯,号盱江先生。北宋建昌军南城(今江西资溪县)人。著名思想家、哲学家、教育家。创办盱江书院。

只手偏思扫异端[1],忍将人命博人欢。一堂儿女吾儿女,哭煞临川父母官。临川教案某为民请命,民教至今相安。

雪鸿尚有爪痕留,冀北江东恋旧游。纵未腰缠十万贯,也曾一度上扬州。[2]乙丑五月,送湘乡先师东征小留五日,买得文选楼旧书多种以归。

惯携图史作行装,愧挈妻孥食异乡。人口正添书太减,六旬惊见鬓边霜。

青天碧海去无踪,积得闲愁万万重。枉说今生缘未了,梦犹难准况真逢。杜门不见一客凡六年,陈右铭氏力劝出游。

门前颇怪客求字,座上但留人说诗。此外更无闲事业,定香一炷坐禅时。因坐功而痼疾消除,已逾五年。

衣本无多质日多[3],山妻算券畏期过。年年糊口兼凭此,半饱不为弹铗歌。

出门未易入山难,排日经营脱粟餐[4]。动念尚期三不朽,便无官职有心肝。

龙井湾地名头好墓田,松楸一别卅余年。令威倘有归来日,埋骨终须傍旧阡[5]。

白文公陆宣公祠堂隔一江,巴蔓子台访古醉僧窗。[6]玉溪在吾家门外两岸桃花树,记得花时系钓艭。

老槐当户宝田堂,少日肩随弟子行[7]。讲席州人推第一,南金东箭满门墙[8]。业师杜桃圃先生齿德兼尊,门下士凡千余人。

【注释】

[1] 只手:喻指一人之力,独力。异端:正统的人或组织将异己的观点、学说或教义称之为异端。
[2] 用"骑鹤上扬州"典。乙丑:同治四年(1865)。
[3] 质:抵押或抵押品。
[4] 排日:每天,逐日。
[5] 令威:即丁令威,传说中的神仙名。阡:通往坟墓的道路。
[6] 白文公:指白居易。陆宣公:指陆贽。巴蔓子:古巴国将军。
[7] 肩随:追随。
[8] 南金东箭:古时以南方的金石和东方的竹箭为华美贵重之物,后以比喻优秀杰出的人才。见《尔雅·释地》:"东南之美者,有会稽之竹箭焉……西南之美者,有华山之金石焉。"

南浦春波送别诗[1],公归应恨我归迟。年年风雨重阳日,遥折黄花寿一卮[2]。柳谏埠师视篆豫章,旋返里门,今二十年矣。师以九日生。

初地难忘是泮宫[3],京华还许坐春风。袖中携去新词翰,诧向南斋几钜公。督学何小笠师[4]

飞上青天弄月明,此菜少时句也,师以为最近太白。品题遂玷谪仙名。堂堂父执兼师道,诗易传薪万古情。[5]文翁石室山长李西沤师。师,垫江人,尝来州中应试，与先大夫善，又与先兄克猷同丁未生，尝诫棻为人宜温柔敦厚，为文宜洁净精微，至训也。

  亲看拔帜许传衣，下第应官事事非[6]。**少不能廉今已老，来生可得再相依**。督学徐稼生师尝为棻题斋额曰"不廉于书之室"，受业京邸凡十年。师尝以棻与南皮张香涛、闽县杨子恂为及门三子。今棻一无所成，不但负师，愧友多矣。

  天放闲人师有小印，镌此四字。**到锦城**[7]，**白头青眼对门生。不才最有崖州泪，并入焦山痛哭声**[8]。周筱村师家在丹徒，应川督琦侯聘，主锦江讲席。往年棻登焦山绝顶，望京口恸哭移时。

  山公雅擅画书诗，进见常逢下直时[9]。**孤负怜才宏奖意，手笺留读至今悲**。庚戌朝考座主花松岑师。[10]

  果收樗散作门生，说士当时倚老成。今日岂无寒瘦句[11]，**更谁延誉到公卿**。癸丑教习座主文孔修、邵又村、罗椒生三先生。[12]

  已忝红旗充教习，更惭黄榜副贤书[13]。**师门说与登科辈，比似刘蕡如不如**。乙卯试京兆，误中副车。座主贾筠堂、花松岑、何子缦三先生，房师衍东之洗马皆深惜之。

  梁木吟成泪暗倾，追哭湘乡先师得五言廿四律。**九原应鉴此时情。韩门当日诸同学，谁有书来访死生**。

  日下颇惊词客少，山中翻觉异人多。此棻初留京时怀吾州伯位山明经句也，湘乡师一见称赏，遂有'时吟大句动乾坤'之誉。**受知旧句重拈出，百感中来叹逝波**。师与位山今皆下世久矣。

  东国词人卓荦才，投诗溢分宠邹枚。年年不断梅花信[14]，**都自海云红处来**。朝鲜贡使徐芍坡、任荷溏、李庆平君、徐海观、申澹人、李锦农、吴亦梅先后定交，风义甚笃。海观之子秋堂进士远念父执，虽未与棻一面，而书问则连年相继。

  惯迟作札费沉吟，存殁都关感旧心[15]。**安得一人为一传，略凭文字报知音**。行年六十，我已无师老辈，平交犹有存者，中外悬隔，音信罕通。怅触前尘，历历在目，不可忘也。

【注释】

[1] 南浦：南面的水边。后常用称送别之地。《楚辞·九歌·河伯》："子交手兮东行，送美人兮南浦。"南朝江淹《别赋》："春草碧色，春水绿波，送君南浦，伤如之何。"春波：春水的波澜。

[2] 寿：寿文、寿序等祝寿的文辞。卮：古代盛酒的器皿。

[3] 泮宫：古时的学校名称。

[4] 钜公：巨匠、大师。何小笠，名裕承，浙江山阴（今绍兴）人。道光十五年（1835）进士。历官侍讲、内阁学士、四川学政。

[5] 父执：父亲的朋友。传薪：比喻师生递相授受。

[6] 拔帜：犹言别树一帜。传衣：谓传授师法或继承师业。下第：科举时代考试不中者曰下第，又称落第。

[7] 师：这里指周筱村。

[8] 焦山：在江苏省镇江市东北长江中，与金山对峙，相传东汉处士焦光隐此，故名。

[9] 山公：晋山涛的别称。这里指花沙纳。下直：在宫中当直结束，下班。

[10] 花松岑：花沙纳（1806—1859），字毓仲，号松岑，蒙古正黄旗人。官吏部尚书。工诗画，善鼓琴，谥文定。庚戌：道光三十年（1850）。

[11] 寒瘦：形容诗的风格冷峻艰涩。见清代陈廷焯《白雨斋词话》卷八："若香山之老妪可解，卢仝、长吉之牛鬼蛇神，贾岛之寒瘦，山谷之桀骜，虽各有一境，不学无害也。"

[12] 癸丑：咸丰三年（1853）。邵又村：浙江余姚人，曾担任过吏部侍郎。

[13] 黄榜：发布殿试中式名单的公告。贤书：语出《周礼·地官·乡大夫》："乡老及乡大夫群吏献贤能之书于王。"贤能之书，谓举荐贤能的名录，后以"贤书"指考试中式的名榜。

[14] 梅花信：指信函。

[15] 存殁：生存和死亡，犹言生死。

题《斜倚熏笼坐到明图》[1]，为曾幼乡驾部作[2]

一代红颜属内家，一生从不御铅华[3]。只应春在昭阳殿[4]，长向天边管落花。

迤逦银屏天上开[5]，君王几度与徘徊。妖姬狎客新承宠[6]，无复羊车夜半来[7]。

银烛辉辉漏未央[8]，悄无人语独回肠。罗衣不惜薰教透[9]，曾是年时御赐香。

漏声迢递隔长门[10]，拂拭龙绡涌泪痕。三十六宫都入梦，可怜犹恋旧时恩。

永巷凭谁慰寂寥，残妆欲洗转无聊。晓筹忽听鸡人报[11]，曾否君王视早朝。

上阳风月偶经过[12]，为汝声声唤奈何。丽质天生终不弃，更修膏沐待恩波。[13]

【注释】

[1]《斜倚熏笼坐到明图》：唐代白居易《后宫词》："红颜未老恩先断，斜倚熏笼坐到明。"明代画家陈洪绶有《斜倚熏笼图轴》。
[2] 驾部：官职名，掌舆辇、传乘、邮驿、厩牧之事。
[3] 铅华：女子化妆用的铅粉。
[4] 昭阳殿：汉代宫殿名，赵飞燕姊妹曾居住此殿，后代指妃子居住的后宫。
[5] 迤逦：接连不断地。

［6］狎客：陪伴权贵游乐的人。承宠：受到宠爱，宠幸。

［7］羊车：宫中用羊牵引的小车。《晋书·后妃传上·胡贵嫔》："（晋武帝）常乘羊车，恣其所之，至便宴寝。宫人乃取竹叶插户，以盐汁洒地，而引帝车。"后常以羊车降临表示宫人得宠，不见羊车表示宫怨。

［8］"银烛"句：化用宋代王安石《葛溪驿》："缺月昏昏漏未央，一灯明灭照秋床。"

［9］罗衣：轻软丝织品制成的衣服。

［10］迢递：指时间久长之貌。

［11］晓筹：即更筹，夜间计时的竹签。鸡人：周官名，掌供办鸡牲，凡举行大典，则报时以警夜。

［12］上阳：唐代白居易有《上阳白发人》，这里指受冷落的妃子。

［13］丽质：美丽的姿容天然生成。膏沐：古代妇女润发的油脂。

赠查慧如

碧城遥在凤皇城，怅望银河泪每倾。何意西风章水上，问奇新得女门生。

老眼怜才幸未花，寸心属望不妨奢[1]。惜君身世同飞燕，误入寻常百姓家。[2]

带得前生慧业多[3]，散花天女意云何。心声心画叨矜宠，较胜丁娘十索歌[4]。

果能亲到四禅天，下视尘寰九点烟。须记岭梅初放日，莲舻来访老青莲[5]。

【注释】

[1] 属望:期望。

[2] 这两句化用唐代刘禹锡《乌衣巷》:"旧时王谢堂前燕,飞入寻常百姓家。"

[3] 慧业:佛教语,指智慧的业缘。

[4] 丁娘:隋朝歌妓。十索歌:丁娘所作乐府,每首末句有"从郎索花烛"等语,共十首。

[5] 軿:古代一种有帷幔的车,多供妇女乘坐。青莲:唐代李白号青莲居士,这里是诗人自比。

听韩生度赏荷一阕

闲情欲赋更无因,聊复徵歌净耳尘。挨过廿年闻一曲,依稀前度玉京人[1]。

病余犹敛远山蛾[2],自倚湘帘宛转歌。明日江南亭子上,去看骤雨打新荷。

【注释】

[1] 玉京人:仙女,也泛指美人。
[2] 远山蛾:对眉毛的美称。

半梦庐即事

食前方丈拥名姬,此岂闲居所得为。一个璧人扶病去[1],黄鸡白粥晚凉时[2]。

莫凭禅悦议情痴[3],痴绝还于禅最宜。参到色空不到处,寒崖枯木与支持。

【注释】
[1] 璧人:《世说新语》载,卫玠自幼风神秀异,常坐着羊车行在洛阳街上,远远望去,恰似白玉雕的塑像,时人称为"璧人"。
[2] 黄鸡白粥:用于益下元、壮气海。
[3] 禅悦:佛教语。谓入于禅定,心神怡悦。

善徵兄饷鲈鱼

髫龄曾读黄州赋,知有松江巨口鲈。[1]今拜一筐盈百尾,使君风味与人殊[2]。

蒯缑一剑客寒窗[3],懒向空厨问食单。童子朝来催下箸,有鱼饱煞瘦冯驩[4]。

【注释】

[1] 髫龄：童年。黄州赋：指苏轼的《后赤壁赋》，其中有："今看薄暮，举网得鱼，巨口细鳞，状如松江之鲈。"

[2] 使君：尊称州郡长官，或对人的尊称。莫祥芝(1827—1890)，字善徵，光绪八年(1882)前后曾任上海知县。

[3] 蒯缑(kuǎi gōu)：以草绳缠绕剑柄。《史记·孟尝君列传》："冯先生甚贫，犹有一剑耳，又蒯缑。"蒯，草名，多年生草本植物。缑，刀剑的柄。

[4] 冯驩：即冯谖，战国时齐人，孟尝君门下的食客之一。

朱君筱艇属题《鉴湖渔隐图》

诗人决计避膻腥[1]，日饮湖光号独醒。渔弟渔兄来往熟，自煎佳茗媚樵青[2]。

家在蜀东鸣玉溪[3]，桃花红匝绿杨堤。镜湖一曲明人眼，仿佛抽身到涧西。

【注释】

[1] 膻腥：比喻充满利禄或世俗的生活。

[2] 樵青：唐代颜真卿《浪迹先生玄真子张志和碑》："肃宗尝赐奴婢各一，玄真配为夫妻，名夫曰渔僮，妻曰樵青。"后用以指女婢。

[3] 鸣玉溪：水名，故址在今重庆市忠县西。溪流水声溅溅如鸣佩玉，故称。李士棻的故居在此。

后记

十三年辛苦不寻常

当《天瘦阁诗半注》书稿四校完成，幸即付梓之时，我感慨万千。屈指一算，从2006年暑期誊抄书稿开始，到今天十三年的时光过去了，拖延得确实太漫长了，让我常常为自己的慵懒汗颜，但又很庆幸，最终还是让书稿面世了，这既是对所有关心支持我做此工作的师友的交代，也是对自己辛苦付出的交代，更是对我们重庆本土的文化名人李士棻在天之灵的一个交代。

光绪十一年（1885）三月，李士棻在朋友徐子静的资助下编印了诗集《天瘦阁诗半》，他在卷首《旅述八首》的附记中说："'人生只忙迫一场便休。'予堕地六十余年，所忙何事？成就何等？但得一联半句流传身后，后之人或亦有激赏予诗，一如予今日之爱慕乾嘉诸词客，则予不为虚生矣"，之后不到半年他便去世了，李士棻这段遗言性的话说得很感伤。李士棻能不能找到激赏他诗歌的人呢？

知道李士棻很偶然，熊笃教授一直热衷于重庆地方文学文化研究，他主持了重庆社科联"十五"重点规划项目"巴渝古代近代文学研究"，他说到李士棻这个人，说重庆图书馆有他的诗集。于是，我就去重庆图书馆找来《天瘦阁诗半》阅读，没想到一读就爱不释手，甚至有一种穿越时空的心灵的默契。我想：既然我无意中接触了他的诗，又很欣赏，我怎能让他遗恨千古呢？我愿意做他的隔代知音。

　　李士棻的诗集没有点校本,重庆图书馆只有一套孤本,因此十分爱惜,无论复印还是拍照,均10元一页,六卷本如果全部复印,经济上是一个不小的负担,再一想,这么好的诗,"养在深闺人未识"岂不可惜?也就在那时我下定决心,要为李士棻的诗集《天瘦阁诗半》做注,并将研究深入下去,让更多的人认识他,懂得他。

　　没想到这个工作进行得异常艰辛。2006年夏天是重庆罕见的酷暑天,43、44摄氏度的高温一点儿也不稀奇,我和学生程君永伟天天早上坐车到长江大桥北桥头,爬石板坡到两路口重庆图书馆,下午五点半闭馆的时候再从石板坡走下来坐车回校。图书馆里虽然开着空调,依然暑气逼人;我们下山的时候,太阳却还没有下山,地面热气蒸腾,完全像在蒸笼里穿行。一个暑假,我们完成了《天瘦阁诗半》1066首诗、几十篇序的抄写任务,虽然辛苦,但觉得自己在做一件有意义和有价值的事情,心里充满了幸福感。然后开始电脑录入,由于《天瘦阁诗半》乃私人刻印,没有标点,使用的是繁体字,其书汗漫,加之手工抄录,后来在开始注释的时候才发现亥豕相望,甲乙紊乱,以至于注释工作无法进行下去。加之重庆图书馆后来迁址到沙坪坝,许多书籍被打包以后,一直没有对读者开放,没办法对照原文进行校对,这一拖就拖了整整两年的时间。即便后来古籍重新对读者开放,我的注释工作还是进展得很慢很慢,因为从我校到重庆图书馆实在太远了,差不多纵穿重庆主城区,下很大的决心跑一趟,可注释又是一个慢工作,一天下来也校对不了几首诗。很感谢薛新力老师,他费了不少周折,到图书馆把《天瘦阁诗半》卷五帮我借出来了,我首先完成了卷五的校对工作。尤其让我欣喜不已的是,陈仁德老师不仅将他的著作《吾乡吾土》赠送给我,而且在2013年把他多年前如获至宝从上海复印回来的、秘不示人的《天瘦阁诗半》和《天补楼行记》慷慨借给我,一个爱书如命的人,如此慷慨大方,怎不让我感动万分?陈老师的复印本对我的帮助实在太大了,不说别的,如果没有他这套书,时间的耗费就让人承受不起!谢谢陈老师!

李士棻是幸运的,曾国藩乃一代文宗,地位显赫,他将李士棻称作"小李白",绝非谬奖;钱昕伯乃当时社会名流,他以"小杜甫"称颂李士棻,也非妄颂;"诗界革命"的领军人物黄遵宪,出使美国之时,得知李士棻生活困顿,虽素未谋面,却从遥远的美国寄金相助,以"芋老"尊之,对其叹慕备至。李士棻的名望不仅在国内倾于一时,车马日盈门巷,而且诗名流播海外。日本、朝鲜的使者凡到京城,都要到李的寓所,慰问起居,"锦袍玉带作般辟拜,投缟赠纻,必乞其词翰以去,则以诗鸣海外",在诗酬唱和中,李士棻与这些外国友人建立了深情厚谊。但李士棻又是不幸的,就是这样一个出类拔萃的诗人,不仅像《清史稿》、《清史列传》这类正史没有收录,甚至连专论四川诗人的专著也未提及。日本学者八幡关太郎1944年著《清末的薄命诗人》,纪念李士棻,称他有"争雄于天下的才能和实力","是不可思议的诗人"。同时他也慨叹"距芋仙之死迄今不过五十余年,然其诗却湮灭不传,其名字亦不见录于文学史,此诚可慨叹然亦无可如何也"。不仅一般人不知李士棻何许人,就是专门从事文学研究的人,也对李士棻和他的诗歌茫然不知。重庆直辖以来,发掘和研究巴渝文学和文化已成为重庆文化建设的重要课题。不愿让这位出色的诗人就此沉寂下去,正是我注其诗稿并将研究工作进行下去的缘由和动力。

据笔者所知,国内外研究李士棻的学者寥寥无几,研究的成果也不多,且多局限于逸闻趣事的搜罗,鲜少系统研究其诗作。同光体诗派领袖人物陈三立曾为李士棻作《畸人传》,民国初北京师范大学教授杨鸿烈、南社诗派领袖柳亚子等先后为他作传。重庆的陈仁德先生算是对李士棻最早做研究的人,他在其著作《吾乡吾土》中有专节介绍、研究李士棻。《海上花列传》、《二十年目睹之怪现状》两部小说分别以高亚白、李玉轩来影射李士棻,对其罢官经过、为人行事以及诗作多有诋毁贬损之词,台湾的高拜石在《新编古春风楼琐记》第四集中写了《朝中无人难做官——李士棻及其罢官经过》为李士棻辩诬。无疑,这些都弥补了李士棻研究的一些空白。但这些研究,基本上属于描述性质,既不全面又不系统,与李士棻的文学成就显然不匹配。

李士棻的诗歌无论是思想内容还是艺术成就，都出类拔萃，《天瘦阁诗半》和《天补楼行记》的诗作，虽不能说首首俱佳，但上乘之作十之七八。李士棻性本多情，经历又坎坷曲折，再加之他满腹诗书，举凡人类所具有的羁旅他乡之忧、思亲念故之切、怀才不遇之愁、嗟老伤病之悲等各种各样的感情都在李诗中得到最充分的抒发。"感人心者，莫先乎情"，李诗堪称"情之至者"，各种各样的"情"是贯通李士棻诗歌思想内容的一根红线，就连赠答诗都无不带有真诚的血泪感情，曾国藩称李士棻为"文哀公"。李士棻各体皆工，他的诗意象多义，虚实相生，有言外之意，言外之境；处处用典，如辛词一样，随手拈来，即成妙语。他的诗风格多样，从他既被誉为"小李白"又被誉为"小杜甫"就可见一斑：有的诗豪迈不群，气冲斗牛；有的诗清新雅致，春风拂面；有的诗含蓄凝重，意蕴深厚……丰富的内容借助于丰富的艺术表现形式，使得李诗给予人美的艺术享受。

李士棻不仅是诗人，而且是一位典型的中国知识分子。他关心民生疾苦，热衷办校兴学，借手中的笔，为百姓鼓与呼；一身傲骨，反抗强权，宁愿弃官归隐，也不愿与邪恶势力同流合污，他辞官之地刚好是彭泽，他的身上确有渊明之风。陈三立将他写入《畸人传》，实至名归，我们的研究就是希望能"传畸人于千秋"。

2014年，《天瘦阁诗半注》有幸被列入由重庆市文化委员会主持评审的重点选题项目库，又被列入《巴蜀全书》后期资助项目，但愿此书的出版能让更多的读者了解清代末年著名的忠州诗人李士棻，但愿我们对他的研究不仅可以丰富巴渝文学文化研究，而且能使他的诗成为中国文学史上不被忽略的一笔宝贵财富。

此书集结了多人的心血。

在这里，我要特别感谢此书的责任编辑吕杭老师，她的认真敬业让我们非常感动，大到一个典故的出处、一句诗的理解，小到一个标点符号的使用，她都不惮其烦一一核实，对她的严格把关和辛勤付出致以深深的敬意和谢意。

笔者做了卷一、卷二、卷三、卷五绝大部分诗歌的注释工作，并指导研究生赵洪梅、杨晓君、梅艺、尹鹏飞、董普松注释了其中的部分诗作。同时负责全书的修改、校对。唐德正博士注释了卷四、卷六绝大部分诗歌，并与笔者一道反复校对书稿。熊笃、王亚培二位老师注释了卷四的部分诗作。研究生梅艺、赵丽君、张迎春、朱慧、余婷、朱贤高、高倩注释了卷六的部分诗作。向所有为此书付出心血的老师、同学致谢！

  在此书完稿之时，我的心却忐忑不安，说实话，这种古籍整理校注工作，吃力不讨好，在注释的过程中，有时为查实一个人物、一个典故会耗费不少的时间精力，如果稍不注意就可能出错，贻笑大方。仅举一例，卷三《恭送座主曾涤生师典试西江乞假归省四首》，其中两句："众论久传长孺憨，至尊原识仲舒纯。"我原来注释长孺，指韩安国，《史记》有传；仲舒，温仲舒，《宋史》有传。唐德正老师在校对的过程中，总感觉这个地方有问题，但苦于找不到出处。功夫不负苦心人，他最后终于在《四库全书》的《朱子语类》里找到汉儒惟"仲舒纯粹"，而长孺，我仗着对《史记》比较熟悉，条件反射地认定就是指韩安国，没想到汲黯字长孺，差一点就弄错了，幸好德正兄认真细致。古籍校注恐怕是一个永远有遗憾的工程，所以"好汉不愿干，孬汉干不了"。里面一定有不少错讹之处，恳请各位大家批评指正！

康清莲
2019年4月29日